LOS PREMIOS

ERICH SEGAL

Traducción de
Víctor Pozanco

PLANETA

Título original: Prizes

© Ploys, Inc., 1995
© por la traducción, Víctor Pozanco, 1996
© Editorial Planeta, S. A., 1996
    Córcega, 273-279, 08008 Barcelona (España)
Diseño cubierta: Mont Marsà (fotos © J&M Studios/Zardoya e Incolor)
Primera edición: marzo de 1996
Segunda edición: marzo de 1996
Depósito Legal: B. 14.270-1996
ISBN 84-08-01710-1
Composición: Foto Informática, S. A.
Impresión: Duplex, S. A.
Encuadernación: Eurobinder, S. A.
Printed in Spain - Impreso en España

A Karen, Francesca y Miranda,
mis premios

¿Qué es la urgencia?
Pregúntesele al enfermo de cáncer a quien sólo quedan unos meses de vida.
Pregúntesele al enfermo de sida cuyo cuerpo tiembla... La «urgencia» brota de la humana compasión que nos inspira un semejante que necesita ayuda inmediata.

DOCTOR W. FRENCH ANDERSON
pionero de la genética

AGRADECIMIENTOS

Sólo he podido aventurarme desde este siglo nuestro, que tiene ya un pie en el XXI, gracias a todos aquellos expertos que han tenido la paciencia de asesorarme en los aspectos más avanzados de la ciencia.

Ha sido un privilegio poder visitar sus laboratorios, y hablar con la nueva generación de pioneros del saber que en ellos se forman con palpable entusiasmo.

Quiero concretar mi agradecimiento al doctor Joseph Hill y su esposa, la doctora Deborah Anderson, ambos profesores de inmunología en la Escuela de Medicina de Harvard, que han sido para mí una inagotable fuente de consejos e información. Las investigaciones del doctor Hill, sobre las causas de los abortos reiterados, han sido un «préstamo» que me ha permitido utilizar con Adam. La insólita generosidad del doctor Hill me exime de plagio.

Al doctor Jack Strominger, titular de la cátedra Higgins de Bioquímica en Harvard, por su paciencia, su hospitalidad y la generosidad que me ha mostrado, con su tiempo y sus conocimientos, tan gran conocedor de la dinámica de la ciencia y de la psicodinámica del mundo de los científicos. Conocerlo y escucharlo ha sido para mí no sólo una lección sino también un placer. No es sorprendente que, al concluir yo esta novela, otro de sus discípulos (el doctor Richard Roberts) haya obtenido el premio Nobel.

Entre la nueva generación de genetistas, el doctor Tali Haran del Tecnológico de Haifa, logró transmitirme el entusiasmo por la revelación científica.

Mientras escribía este libro tuve la suerte de hacer mi personal descubrimiento, al saber que W. French Anderson, compañero mío en Harvard en la promoción de 1958, había hecho historia en el campo de la medicina: el 1 de setiembre de 1990 aplicó por primera vez a un ser humano su geno-terapia.

El equipo del NIH, dirigido por Anderson, logró incorporar exitosamente al organismo de una niña de cuatro años, cuyo sistema inmunológico se hallaba gravemente dañado, células sometidas a manipulación genética que podían salvar la vida de la niña, prácticamente desahuciada. Desde entonces, el doctor Anderson ha obtenido otros importantes éxitos. Y, pese a su frenético ritmo de vida (casi increíble), me permitió visitar su laboratorio y hablar con destacados miembros de su equipo.

¿Cómo hubiese podido yo imaginar que nuestro destacado corredor de los cuatrocientos metros lisos, que tenía su taquilla contigua a la mía, se convertiría en un famoso científico?

El recurso al «ratón humanoide» que, en la novela, salva la vida del Jefe, se debe a los trabajos de otro discípulo de Jack Strominger, el doctor Mike McCune, de Systemix, Inc. Con él tuve una larga conversación en California a las cinco de la madrugada, quizá porque los científicos nunca duermen.

Por los datos sobre astronomía y física (y por su permanente amistad) quiero expresar mi agradecimiento a Earl Dolnick, de la Universidad de California en San Diego. Tiene el raro don de hacer comprensibles al profano las ideas más complejas.

Y, en cuanto a Estocolmo, me satisface recordar mi deuda con Birgitta Lemmel, de la Fundación Nobel, para quien ninguna pregunta ha sido demasiado difícil ni demasiado trivial.

PRÓLOGO

A grandes males,
Grandes remedios,
O alivio ninguno.

Hamlet (acto IV, escena 5)

Iba a morir.

Perdía peso, y cada vez estaba más pálido y demacrado. Su agotamiento era tal que no se rehacía por más que durmiese.

—Boyd Penrose es un vil mentiroso, *Capi* —le confesó a quien consideraba su más íntima amiga.

—Vamos... Es el médico de la Casa Blanca por algo.

—Óyeme: me estoy muriendo. Lo sé muy bien.

—No...

—¡Sí, maldita sea! Un siniestro y frío viento sopla por el pasillo de mi pecho. Incluso oigo aletear al Ángel de la Muerte en mi dormitorio cuando me dejan solo.

—Llamaré al doctor Penrose.

—No. Que, si yo no se lo saco, no se lo va a sacar nadie.

—Lo abordaremos en superioridad numérica. No podrá zafarse de los dos.

Cuarenta y cinco minutos después, un Penrose hecho polvo, a quien nadie hubiese tomado por almirante de la Armada, estaba en el regio dormitorio, muy erguido y con los labios apretados.

—¿Ha llamado usted, Jefe? —preguntó el médico en un tono de voz tan sarcástico como podía permitirse ante su poderoso paciente.

—Siéntese, cuervo piojoso —le espetó el enfermo.

El almirante obedeció.

—Sin tapujos, Boyd —lo urgió *Capi*—. Ocultas algo. ¿Tiene él alguna enfermedad incurable que no te atreves a decir?

Penrose agachó la cabeza cohibido y suspiró.

—Bien sabe Dios que daría cualquier cosa por que no tuvieses que oírlo, *Capi* —contestó el médico, que tuvo que armarse de valor para proseguir—. Tiene un linfosarcoma. Es un cáncer de la sangre y de los tejidos.

Se quedaron sin habla unos instantes.

—Bueno, guárdese un momento el cilicio y las cenizas —dijo al fin el enfermo haciéndose el valiente—. A ver esos malditos detalles. ¿Qué probabilidades tengo de recuperarme? —le preguntó al médico.

—Ése es el problema, Jefe —contestó Penrose—. No es de los lances de los que sale uno con vida.

De nuevo se produjo un silencio.

—¿Cuánto tiempo me queda?

—Unos cinco meses, seis a lo sumo.

—Maravilloso. Con suerte, llegaré a tiempo de abrir los regalos de Navidad. Anda, *Capi*, sé una buena amiga y dame un trago de Jack Daniel's. Y sirve uno para ti, y para Penrose también.

—No, no puedo —protestó el médico.

—Beba, Boyd, por Dios. Demuéstreme que aún tengo algo de autoridad aquí.

El almirante accedió. *Capi* estaba pálida.

—No lo entiendo —dijo ella—. ¿Por qué os resignáis de ese modo los médicos? Tiene que haber alguna manera de combatir este terrible mal.

—Lo cierto —confesó el médico al ver por sus miradas que lo urgían a responder— es que se trabaja denodadamente en tres laboratorios distintos, Harvard, Stanford y Rockefeller, en un fármaco experimental para combatir a ese bastardo. Pero les falta aún mucho para poder conseguir la licencia del Instituto de Farmacología.

—Pues... sáltese los legalismos, Boyd —le espetó el paciente—. En la Casa Blanca me conceden lo que pida.

—No, no. No se trata sólo de tener influencia para conseguirlo, que ya sé que la tiene. El problema reside en que, aunque lo obtengamos, no hay medio de saber cuál de los tres fármacos es eficaz, caso de que lo sea alguno. Y, aunque estuviésemos en condiciones de elegir el mejor, no sabríamos qué dosificación es la idónea. Podríamos matarlo. Tal cual.

—Comprendido. Bombardeo por aproximación entonces. ¿Ni un palo de ciego puede dar?

A Penrose le volvió un poco el color del rostro. Quizá pensó que algo estaba en condiciones de hacer.

—Bueno... Podría llamar a un par de autoridades en el asunto y, sin dejar traslucir de qué paciente se trata, ver qué opinan de las propiedades de cada uno de los tres fármacos.

—Buena idea. ¿Por qué no pones ya manos a la obra? —sugirió *Capi*—. Llama desde el despacho del Jefe. La línea telefónica es segura. Y dinos algo.

En cuanto salió el almirante, el enfermo se volvió hacia *Capi*.

—Sé una buena amiga, anda. Sírveme otro trago y ponme la tele.

Penrose regresó antes de que transcurriera una hora.

—¡Increíble! —farfulló meneando la cabeza.

—A ver, a ver: ¿cuál es el motivo de tanto asombro? —le preguntó *Capi*.

—Todos han coincidido en el fármaco en el que trabaja Max Rudolph. Es el inmunólogo de Harvard que ha criado esos singulares ratones.

—¿*Ratones*? —preguntó el enfermo, visiblemente exasperado—. ¿Qué demonios tendrán que ver los ratones con mi puñetera vida?

Penrose miró a su paciente a los ojos.

—Se la podrían salvar —musitó.

1

ADAM

Max Rudolph estaba sentado a oscuras en su laboratorio del ático de la Facultad de Medicina de Harvard. Miraba al negro terciopelo del cielo, aguardando a que asomasen las primeras luces del amanecer más allá del río Charles.

Como le dijeron que las muestras de sangre y de tejidos se las traerían a las seis en punto de la mañana, llegó temprano para asegurarse de que ninguno de los celosos búhos de su equipo estuviese trabajando en su banco al llegar el mensajero.

Sólo hizo una excepción. Llamó a su discípulo predilecto, Adam Coopersmith, para que se presentase a las cinco de la madrugada.

El aspecto físico de ambos no podía ser más dispar. Max rondaba los sesenta y cinco, era de baja estatura, casi calvo y llevaba gafas. Adam era alto, fibroso, con un pelo castaño oscuro muy poblado. Parecía bastante más joven de los veintiocho años que tenía y conservaba un desconcertante candor en la mirada.

—Oiga, Max, que me ha hecho salir del quirófano. Supongo que será por algo importante.

—Lo es —le aseguró su mentor.

—Como me ha hablado con tanto misterio por teléfono... ¿De qué demonios va la cosa? —preguntó Adam.

—Ay, muchacho —exclamó Max muy serio—. Por primera vez en nuestra vida profesional vamos a faltar a la ética.

Adam quedó perplejo.

—¿Lo he oído a usted bien? ¿Usted, que corre detrás del cartero cuando éste olvida cobrar el franqueo debido?

—Está en juego una vida —le contestó muy serio Max Rudolph—. Habrá que orillar ciertas cosas.

—Nunca ha hecho usted nada semejante.

—Ya. Pero nunca había tenido por paciente al presidente de la nación.

—¿Cómo dice?

—El almirante Penrose me ha llamado, desde la Casa Blanca, acerca de un paciente que sólo me ha descrito como «un notable de Washington». Y me ha insistido en que no le preguntase más.

Max le refirió a Adam, literalmente, los datos clínicos que el médico de Washington le proporcionó por teléfono. Y la tremenda misión que se les encomendaba.

—Dios mío. Es una enorme responsabilidad.

—Lo sé. Por eso he tenido que compartirla con alguien.

—¿Debo darle las gracias por ello? —dijo Adam sonriente.

Los interrumpió un fuerte chirrido procedente del fondo del pasillo. Miraron en silencio hacia las puertas del ascensor, que se abrieron. Asomó una de esas criaturas de la noche, con chaqueta de piel negra. Llevaba en una mano un casco y en la otra una caja del tamaño de un cartón de cigarrillos.

—¿Doctor Rudolph? —preguntó el de la chaqueta en tono deferente y monocorde.

—Sí.

—¿Puede mostrarme algún documento de identidad?

Max sacó la cartera y le mostró al mensajero el carné de conducir.

El mensajero dirigió una escrutadora mirada al documento, le entregó la caja a Max y se retiró en seguida hacia las sombras del pasillo. Los dos científicos se miraron.

—Cual aparición de la víspera de Todos los Santos —musitó Max—. A trabajar pues.

Fueron lentamente por aquel pasillo que parecía una pista de carreras de obstáculos, lleno de neveras con hielo seco, centrifugadores refrigerados, y depósitos de nitrógeno, helio y oxígeno esparcidos caóticamente como grandes bolos metálicos.

Adam encendió las luces de un cuarto atestado del suelo al techo de jaulas de ratones que correteaban de un lado para otro, benditamente ignorantes de sus excepcionales características.

Al practicarles una transfusión de sangre humana, o trasplantarles otros tejidos, su metabolismo se convertía en una réplica del metabolismo del donante. Esto significaba que sus reacciones eran un reflejo en miniatura, pero exacto, de las del modelo humano.

—Bien, Adam, tenemos tres posibilidades. Pueden curar, matar o, simplemente, no tener efecto alguno. ¿Qué sugiere?

—Seleccionar cuatro grupos de seis ratones. Les inoculamos a todos sangre del paciente y luego tratamos a cada grupo con distintas dosis del fármaco, salvo, obviamente, al cuarto grupo, al que sólo se le administrarán placebos.

—Lo que no impide que tengan su ración de buen queso —le encareció Max.

—Usted siempre al lado de los oprimidos —comentó Adam sonriente.

Hacia las siete y media, al ir llegando los integrantes del equipo que trabajaban durante el día, ya habían inoculado a un tercio de los ratones. Para no despertar sospechas, a los técnicos que normalmente ejecutaban tan trivial labor sólo les identificaron el caso como el AC/1068/24.

Adam llamó al pabellón de obstetricia. Escuchó un momento y luego puso cara de satisfacción.

—Cuatro kilos exactos —proclamó.

—Suertudos —musitó el doctor Rudolph.

Mientras descendían en el ascensor, Max se permitió el lujo de bostezar.

—¿Y si nos pasásemos por la Casa de las Tartas antes de ir a la nuestra?

—No me haga esto a mí —protestó Adam—. Que le prometí a Lisl que velaría por su colesterol.

—Pero es que en estos momentos somos científicos corruptos —bromeó Max—. ¿No va a dejar que un anciano hecho un manojo de nervios se tranquilice con unas tartitas a la crema?

—No. Perder la decencia es una cosa, pero no quiero perder a mi mejor amigo a causa de una torta pringada de lípidos.

—Está bien —suspiró Max con apayasados aspavientos—. Para que no le remuerda la conciencia las pediré con margarina.

Pasaron dos lentas y penosas semanas. Cada día, a las once y media de la noche, los dos científicos se encontraban en el laboratorio para encajar el rapapolvo del almirante Penrose, cuyo tono de voz, cada vez más tenso, reflejaba los crecientes temores de Washington.

En una de aquellas ocasiones, las andanadas de Penrose se hicieron tan vociferantes y agrias que Adam estalló.

—¡Basta ya, almirante! Convenza de una vez a su paciente que es, prácticamente, como si esos ratones fueran tratados en su lugar.

—Lo sabe —replicó el almirante con perceptible enojo.

—Pues entonces debería agradecer que pospongamos tratarlo —dijo Adam, que hizo una pausa antes de proseguir para que sus palabras causaran mayor efecto—. Anoche murieron todos los ratones del Rockefeller.

—¿Todos? —exclamó el médico con voz trémula.

—Me temo que sí. Pero la muerte de unos ratones no es tan grave como la de un presidente, ¿no cree?

—Sí... Sí..., supongo que sí —concedió Penrose tras un instante de vacilación—. ¿Y qué me sugieren que le diga?

—La verdad —contestó Adam—. Aunque recordándole que aún le quedan dos municiones. Buenas noches, almirante.

Adam colgó el teléfono y miró a su mentor.

—¿Y bien, Max?

—Muy impresionante, doctor. Vamos a poner al día nuestro diario del laboratorio.

—Muy bien. ¿Y usted por qué no vuelve a casa, con su preocupada esposa, mientras yo transcribo la infausta necrológica al ordenador?

—Será no cumplir con mi parte en el trabajo rutinario, pero se lo cedo gustoso a su exceso de energía. Y, por cierto, ¿por qué supone que mi esposa está preocupada por mí?

—Es su misión —replicó Adam—. Me ha dicho centenares de veces: «Mi esposo se preocupa por el mundo y yo me preocupo por mi esposo.»

Max sonrió, se subió el cuello de la gabardina y se alejó con paso cansino por el pasillo.

Los ojos de Adam lo siguieron con una inhabitual expresión de tristeza. Es ya tan poquita cosa, y tan vulnerable, pensó. ¿Por qué no podré infundirle un poco de mi juventud?

2

ISABEL

EL DIARIO DE ISABEL

16 de noviembre

Me llamo Isabel da Costa. Tengo cuatro años y vivo con mis padres y mi hermano mayor Peter en Clairemont Mesa, California. Hace cosa de un año, mamá y papá descubrieron que ya sabía leer. Se entusiasmaron mucho y me llevaron a ver a muchas personas que me hicieron leer muchas cosas.

No me gusta nada esto. Porque Peter ya no quiere jugar conmigo. Puede que si llevo en secreto este diario me vuelva a querer.

Ahora casi siempre tengo que jugar sola, inventando historias... y pensando. Me preocupa. Como en esa canción del Qué *será, será..., que nunca te contesta.*

Y además, mi padre, que es muy listo, me ha explicado que las estrellas son grandes bolas de gas caliente y luminoso. Que están tan lejos que sólo las vemos como puntitos de luz. Y que aunque la luz corre más que ninguna otra cosa en el mundo, puede tardar años y años en llegar a nosotros.

Le he dicho que me explicase más cosas de las estrellas. Y papá ha prometido enseñarme el sistema solar... si salía del hoyo de la arena y me lavaba las manos para cenar.

De postre hemos comido pudding de chocolate, que es el que más me gusta.

Es terrible nacer deficiente mental. Y, sin embargo, pocas personas se percatan de que también es doloroso nacer genial. Isabel da Costa lo sabía.

En los antecedentes familiares de sus padres nada indicaba

que a su hija la llegarían a llamar «Einstein femenina». Es más, a su padre, Raymond, lo suspendieron dos veces en el examen final para doctorarse en Física por la Facultad de San Diego de la Universidad de California. Con todo, el departamento reconoció su desbordante entusiasmo y le ofreció un puesto no docente, como técnico, con la misión de preparar toda la parafernalia para las conferencias y los aparatos para los experimentos.

No era lo que Ray soñó. Pero, por lo menos, tendría un contacto auténtico y directo con el trabajo de laboratorio en una universidad. Se entregó al trabajo con tal dedicación que no tardó en hacerse imprescindible. Y su recompensa fue Muriel Haverstock.

Un día, aquella rechoncha y vivaracha morenita estudiante de música, aquejada de la común fobia femenina por la ciencia, le suplicó a Raymond que la ayudase.

—Oh, por favor, señor D. —le rogó al recio y pelirrojo supervisor de material—. Necesito aprobar esta asignatura para licenciarme. Si no me ayuda, jamás sabré hacer funcionar este osciloscopio.

Al terminar de mostrarle cómo se medía la resonancia de los circuitos RLC, ya se había colado por ella. En cuanto sonó el timbre para salir, se armó de valor y la invitó a tomar café.

—Encantada —aceptó ella—. Si no le importa esperar a que termine el ensayo con mi orquesta.

El corazón le dio un vuelco a Raymond.

—Estupendo.

—Y... bien pensado, ¿por qué no pasa por el auditórium a las siete y media —le propuso ella—. Aún llegaría a tiempo de oír cómo asesinamos a un tal Johann Sebastian.

Raymond llegó temprano y se sentó en la última fila. Edmundo Zimmer dirigía el *Doble concierto en re menor* de J. S. Bach. Le sorprendió ver que habían elegido a Muriel para acompañar a la solista en el delicioso dúo del movimiento *largo*.

—La verdad es que vine aquí con la intención de estudiar filología inglesa —le explicó ella mientras cenaban—. Pero, al inscribirme en la orquesta de la universidad, Edmundo hizo que me pasase a la música. Es tan... carismático. Y sin asomo de amargura por su accidente.

—¿Qué le ocurrió —preguntó Raymond—. Le he notado los brazos un poco rígidos, pero...

—Era toda una joven promesa del violonchelo en Argentina

cuando tuvo un accidente de automóvil. Se incrustó en el salpicadero y le quedaron paralizados los dos antebrazos. De manera que ahora todo lo que puede hacer como músico es dirigir a un grupo de aficionados. Admiro su presencia de ánimo.

En cuanto intimaron algo más, Raymond le confesó que ya tenía asumido que era un fracaso como científico. Que nunca pasaría de ser un peón de la ciencia.

Paradójicamente, esto hizo que Muriel lo admirase aún más. Raymond parecía aceptar el desengaño profesional con la misma entereza que Edmundo.

Se casaron.

Y nunca fueron felices.

Después de licenciarse, Muriel encontró empleo como profesora de música en la Escuela Hanover y siguió tocando en la orquesta hasta muy avanzado su primer embarazo.

El 10 de julio de 1967, Raymond da Costa se convirtió en el orgulloso padre de un varón, de cuya coronilla asomaban ya mechones pelirrojos como los suyos. Se prometió que Peter tendría todas las facilidades de las que él careció de pequeño. Y entró a saco en la biblioteca en busca de libros para potenciar las facultades mentales del niño.

A Muriel le agradaba que pusiese tal empeño en el desarrollo intelectual de su hijo... hasta que se percató del lado oscuro de su actitud.

—¡Por el amor de Dios, Raymond! ¿Qué informe tan siniestro es éste? —exclamó al ver, casualmente, un diario de laboratorio que contenía una detallada relación diaria de los progresos intelectuales de su hijo.

O, como su padre lo veía, de sus deficiencias. No estaba Raymond de humor para dar explicaciones.

—Voy a llevar al niño a que le hagan una evaluación de coeficiente intelectual, Muriel. No me parece que rinda de acuerdo a su capacidad.

—Pero... ¡si aún no ha cumplido dos años! —lo reconvino ella—. ¿Qué demonios esperas que haga? ¿Física nuclear?

—No. Pero no tendría nada de insólito que pudiese hacer sencillas operaciones aritméticas con sus bloques educativos. La verdad, Muriel, me temo que Peter no sea un genio.

Lo dijo tan serio que la desconcertó.

—¿Y qué? —replicó ella—. ¿No ves que no es más que un

encanto de angelito. ¿Crees que yo te querría más si fueses catedrático de física en Princeton?

Raymond la miró fijamente a los ojos.

—Sí —le contestó.

Muriel tenía la sensación de que Raymond no se preocuparía tanto del desarrollo intelectual de Peter si tuviesen otro hijo.

Al insinuárselo, Ray se entusiasmó tanto que, al día siguiente, volvió a casa desde el laboratorio con un regalo artísticamente envuelto: un termómetro de ovulación. Volvieron a hacer el amor con el mismo ardor que al principio, cada vez más entusiasmados por su nuevo experimento.

Casi a las primeras de cambio, ella le anunció que había quedado embarazada.

Durante los meses siguientes, Raymond estuvo muy cariñoso y solícito. Se desvivía. Recorría de arriba abajo las tiendas de alimentos naturales, para que su dieta estuviese perfectamente equilibrada en vitaminas; la acompañaba siempre al médico; la ayudaba a realizar sus ejercicios de preparación para el parto; y la tranquilizaba cuando la notaba preocupada.

El 15 de marzo de 1972, Muriel empezó a tener dolores de parto y, a las pocas horas, dio a luz a una robusta niña.

Una niña.

Raymond no estaba preparado para esta posibilidad. De un modo tan característico (por su idiosincrasia) como poco científico, había dado por sentado que sólo tendría varones.

Muriel, en cambio, rebosaba alegría. Estaba segura de que Ray no tardaría en quedar prendado del encanto de la pequeña y de sus largos y oscuros bucles. Y que se abstendría de acariciar absurdas fantasías de enviarla a Yale aún en pañales.

Su intuición no la engañó al principio. Raymond se mostraba afectuoso y estaba muy pendiente de aquella hijita suya de despierta mirada, a la que llamaron Isabel —igual que la madre de Raymond—. Muriel, por su parte, pasaba muchas horas leyéndole a su encantadora y vivaz pequeña, que parecía fascinada al oírla, casi como si fuera una experta en las palabras.

Raymond tardó en percatarse de que, al jugar en el jardín con otros pequeños que aún iban a gatas, y cuyo vocabulario se reducía a monosílabos, Isabel se expresaba mediante frases completas.

Y tardarían bastante en descubrir lo más asombroso.

Mientras Muriel limpiaba las multicolores secuelas del tercer cumpleaños de Isabel, eliminando restos de helado de la alfombra y huellas de gelatina en la pared, oyó una voz cantarina.

—«Babar trata de leer, pero le resulta difícil concentrarse. Tiene la cabeza en otro sitio. Trata de escribir, pero su pensamiento vaga errante. Piensa en su esposa y en el hijo que pronto les ha de nacer. ¿Será guapo y fuerte? ¡Oh, qué dura es la espera de lo que el corazón anhela!»

Nunca le había leído esta historia a Isabel. Sin duda, su hija habría desenvuelto algún regalo y se habría puesto a hojearlo por su cuenta.

En un primer momento se quedó tan pasmada que no supo qué hacer. Y, aunque no le hacía ninguna gracia contarle a su esposo algo tan insólito, acabó por hacerlo para estar segura de que no eran figuraciones suyas.

Salió de la estancia y fue a llamar a Raymond, que estaba en su estudio.

Al volver, ambos se quedaron en la entrada, boquiabiertos, al oír a su pequeña (cuyas nociones del alfabeto se reducían a lo que hubiese aprendido mirando *Barrio Sésamo* en la televisión) recitar impecablemente fragmentos de un libro pensado para que los mayores entretuviesen a sus hijos.

—¿Cómo ha podido aprender todo esto sin que nos hayamos dado cuenta? —exclamó Muriel que (ahora sí) compartió el entusiasmo de su esposo.

Raymond no contestó. No sabía hasta qué punto era inteligente su hija.

Pero no iba a escatimar esfuerzos para averiguarlo.

3

SANDY

TIME

<small>CIENCIA</small>

<small>EN PORTADA:</small>

EL HOMBRE QUE DESCUBRIÓ LA INMORTALIDAD

*«El más importante avance de la década
en la lucha contra el cáncer»*

«De pequeño, en el Bronx, yo era el clásico ejemplo del crío que se lleva todos los palos de los demás.»
Nadie le da ya palos.
Está ahora a la cabeza de la valerosa y nueva ciencia de la ingeniería genética. El profesor Sandy Raven ya ha hecho historia, al obtener la primera autorización que concede el Estado para realizar pruebas clínicas de inversión del proceso de envejecimiento.
Con poco más de cuarenta años, y con muchos todavía por delante de labor productiva, Raven ha allanado el camino para una prolongación de la esperanza de vida humana, para la potencial solución de enfermedades incurables y para la regeneración de los tejidos en enfermedades como la distrofia muscular y la enfermedad de Alzheimer.
Raven ha recibido numerosos premios. Se le considera como un más que probable candidato a ganar el premio Nobel (salvo que la Academia sueca considere que ser multimillonario ya es suficiente compensación).
En muchos aspectos, su personalidad recuerda a la de Bill

Gates —otro atípico caso de genio y magnate (*Time*, 16 de abril de 1984)—, quien, pese a no haber podido acabar sus estudios universitarios, fundó la Microsoft Corporation, el gigante de programas de ordenador, y es ahora uno de los hombres más ricos del mundo.

El estilo de vida de Raven es bastante excéntrico. Aunque en el Instituto Tecnológico de California, donde es catedrático de Microbiología y director del Instituto de Gerontología, dispone de casi dos mil metros cuadrados de espacio de laboratorio, entre dos de las plantas del mayor edificio del *campus*, prefiere trabajar en el edificio especial que se hizo construir en su finca de ocho hectáreas de las afueras de Santa Bárbara.

Raven es muy celoso de su intimidad. El recinto de su palaciega mansión lo patrullan día y noche varios vigilantes de seguridad. Tales medidas pueden justificarse, en parte, por el enorme potencial comercial de sus investigaciones. Sin embargo, fuentes cercanas a Raven (que, sin embargo, señalan que nadie, salvo su padre, está realmente cercano a él) apuntan a que Raven tiene motivos personales para tal obsesión por la seguridad.

Sin embargo, en las escasas ocasiones en que aparece en público, se muestra afable y campechano. No le duelen prendas al referirse a sus pocos alentadores comienzos: «Como en una de las visiones científicas de la creación del mundo, mi carrera empezó con un Big Bang.» A la edad de once años, trató de obtener hidrógeno y oxígeno mediante la electrólisis del agua. «Lamentablemente —recuerda con una tímida sonrisa—, debí de fallar por una molécula, y por poco hago volar por los aires la cocina de casa de mis padres.»

Raven asocia esto a una explosión más traumática. Los psicólogos señalan que muchas de las mentes más creativas han surgido de infancias carentes de afecto (Isaac Newton, abandonado al nacer, es el clásico ejemplo): Raven parece encajar en este modelo. Dice que lo único que lo aliviaba del fatigoso estudio científico era la «ensoñación».

Es hijo único de Pauline y Sidney Raven, que se divorciaron justo al ingresar él en el instituto de Bachillerato (sección Ciencias) del Bronx. Poco después, su madre se casó con un rico joyero y renunció a la custodia de su hijo.

Sandy pudo haber ido a vivir con su padre, que se había trasladado a Los Ángeles, pero quiso a todo trance terminar el bachillerato en el instituto del Bronx, y pasó el resto de su adolescencia yendo de casa de un pariente a otro, que lo acogían de mala gana.

Raven padre (cuyo apellido acaso resulte familiar a los cinéfilos como productor de la película de culto *Godzilla contra Hércules*) empezó como director del Loew's Grand Theater.

Los más gratos recuerdos que Sandy conserva de su infancia son los de los sábados por la tarde con su padre, cuando iban juntos «a devorar interminables bolsas de palomitas» mientras veían a Burt Lancaster medirse con los villanos, y a Gene Kelly saltar por encima de bocas de incendios mientras cantaba bajo la lluvia.

El trabajo de fin de estudios secundarios que presentó Sandy, sobre la transmisión de genes en las moscas de la fruta, le permitió ganar una beca Westinghouse para estudiar en el Instituto Tecnológico de Massachusetts (MIT). Ya como doctorando, el mundo científico se disponía a realizar experimentos de genética en seres humanos.

La ingeniería genética no existía como disciplina propiamente dicha cuando Sandy era un adolescente, aunque algunas de sus técnicas, utilizadas para el cultivo del maíz y la cría de ganado, se utilizaban desde hacía milenios. Ahora, los «nuevos agricultores» llevaban bata blanca y trabajaban entre cuatro paredes.

A lo largo de los doce años que pasó en la Facultad del MIT, Raven pudo seguir de cerca pioneras investigaciones, como ayudante del profesor Gregory Morgenstern, a quien concederían el premio Nobel en 1983 por sus hallazgos sobre el cáncer de hígado.

Durante aquellos años, Raven se casó con la hija de Morgenstern, Judy. Tuvieron una hija y... se divorciaron. El doctor Raven ha mantenido siempre un impenetrable silencio acerca de su hija y de su divorcio.

A los treinta y dos años le ofrecieron la cátedra, que implicaba dedicación plena, en el Instituto Tecnológico de Pasadena, del distrito universitario de California, en donde reunió un equipo para investigar en un nuevo campo: la lucha contra el envejecimiento.

Raven no era el primer gladiador que se aventuraba a esta lucha. No hacía muchos años, genetistas de todo el mundo dieron pasos hasta entonces impensables, en lo que cabe considerar como el mayor —y el más arduo— reto a que pueda enfrentarse la humanidad.

A diferencia de ciertas enfermedades que pueden asociarse a constituyentes específicos de un determinado cromosoma, el proceso de envejecimiento se controla desde, por lo menos, un centenar de puntos del genoma humano (la suma total de genes del cuerpo de una persona).

Varios descubrimientos importantes sirvieron de punto de partida a los trabajos de Raven. En el Instituto Nacional de Ciencias de la Salubridad del Entorno, el doctor Carl Barrett localizó una zona del cromosoma uno que determina la longevidad. Y los doctores James Smith y Olivia Pereira-Smith, de Baylor, localizaron otra zona en el cromosoma cuatro.

La primera gran aportación de Raven consistió en identificar un grupo de genes que causaban la degeneración de células de la piel. Aunque sólo temporalmente, consiguió invertir el proceso en varias pruebas. Pero, cuando entró en un campo de concepción absolutamente propia fue al lograr «inmortalizar» algunos de los componentes genéticos del rejuvenecimiento de la piel.

Este descubrimiento «Ponce de León» (expresión acuñada por la prensa, en alusión al conquistador español que organizó una expedición en busca de la Fuente de la Juventud, y que hace que los científicos tuerzan el gesto) convirtió a Sandy Raven casi en un héroe popular. La prensa lo trata, a menudo, como el forjador del supremo sueño de Hollywood: la obtención de un fármaco que prometa la eterna juventud.

Aunque anunció su descubrimiento en un artículo muy técnico, en la académica revista *Experimental Gerontology*, sus mágicas artes bioquímicas pasaron rápidamente a todos los teletipos del mundo, a las publicaciones de divulgación científica y a los grandes titulares de la prensa en general.

La reacción fue fulminante. La centralita de la universidad se bloqueó. Le llegaban a su laboratorio, literalmente, sacos de correspondencia. Curiosamente, fue aquélla una descorazonadora experiencia para Raven.

«En lugar de sentirme orgulloso, tuve sentimiento de culpabilidad por no haber hecho bastante. Lo digo porque no se trataba sólo de mujeres que querían ver desaparecer sus arrugas. Casi todas las comunicaciones eran gritos desesperados de personas que, erróneamente, daban por supuesto que yo ya era capaz de invertir el proceso de todo tejido dañado. Me suplicaban para que salvase la vida de sus seres queridos. Me sentí terriblemente frustrado y, por qué no decirlo, fracasado», dijo muy de acuerdo a la sensibilidad y a la modestia que lo caracterizan.

No obstante, pese a su desconsuelo, Raven ha allanado el camino para el desarrollo de técnicas genéticas que puedan llegar a vencer a muchas patologías letales.

Raven sigue siendo un héroe, pese a sí mismo, quijotescamente resuelto a eludir las candilejas. Con su característica modestia y su buen humor, frunce el entrecejo cuando se le habla de su celebridad. «Reconozcámoslo. Tengo el carisma de un mendrugo. "Los lerdos empollones a la conquista del mundo", podría titular la portada de *Time*.»

Otras grandes figuras de la disciplina muestran una actitud más respetuosa.

«Los logros de Sandy constituyeron, probablemente, el más importante avance de la década en la lucha contra el cáncer —dice su admirador y ex suegro, Gregory Morgenstern, del MIT—. Deja en mantillas todo lo conseguido por mí. Merece todo el honor, la gloria y el dinero que estoy seguro va a conseguir.»

—Por Dios, papá. ¿Has visto cómo terminan el artículo? —exclamó Sandy furioso.

—Sí, hijo, sí —masculló su padre visiblemente incómodo—. Pero es lógico que, dedicándote el artículo de fondo, ahonden en tu carrera y hablen de quienes te han conocido. Al fin y al cabo, a Morgenstern le dieron el Nobel. ¿Cómo demonios van a saber todos los esqueletos que guarda en su armario? Podías haber aprovechado para decírselo.

—¿De qué hubiese servido? Además, supuse que lo desenterrarían ellos. Aunque imagino que, incluso la prensa, tiene sus limitaciones respecto de lo que puede averiguar.

—Pues mira, ha podido ser peor.

—¿Por qué?

—Míralo por ese lado, jovenzuelo. Han podido sacar a colación lo de Rochelle.

—Sí —admitió Sandy—. Demos gracias a Dios.

4

ADAM

De pronto, a comienzos de la tercera semana, los resultados de los análisis de sangre del segundo grupo de ratones de Stanford empezaron a mejorar espectacularmente.

Max y Adam no se lo comunicaron a los demás hasta que, a las cuarenta y ocho horas, no les cupo duda alguna: el organismo de los animales estaba sano.

El cáncer que consumía al hombre se había curado en el ratón que desempeñaba el papel de doble.

Estaban ya todo lo seguros que cabía estar, a nivel de laboratorio, de que su fármaco sería eficaz con el paciente. Aunque subsistía un margen de incertidumbre, ya que no habían completado el ciclo de pruebas prescritas por el FDA (el Instituto de Farmacología norteamericano).

Sin embargo, contaban con la aprobación de la Casa Blanca.

Con la generosidad que caracterizaba su relación con Adam, Max Rudolph dejó que fuese él quien llevase el suero personalmente a Washington. Aunque en materia de técnicas e investigación científica nunca delegase en nadie, pensó que enviar a su ayudante podía tener un efecto terapéutico.

Lo que distinguía a Adam de todos los discípulos de Rudolph era que aquel joven tenía una extraordinaria sensibilidad y un deseo casi religioso de curar a los demás. El solo hecho de verlo y de mirar aquellos ojos —de un gris ligeramente verdoso— rebosantes de solidaridad, infundía confianza al enfermo.

—Pero, Max —protestó Adam—, ¿no podríamos enviarlo a través del mismo mensajero que nos trajo la sangre?

—Sí —concedió su mentor—. Pero ni la mejor mensajería

puede detectar una incipiente reacción tóxica en un fármaco no experimentado en seres humanos.

—¿Por qué no va usted entonces?

—Me siento viejo y cansado, y no quiero dejar a Lisl —contestó el doctor Rudolph—. ¿No será que lo pone nervioso verse con quienes ejercen tanto poder?

—Pues, francamente, sí.

—Razón de más para que vaya. En seguida se dará cuenta de que son tan corrientes como cualquier ser humano —replicó Max—. Y algunos, incluso están por debajo —añadió con una maliciosa sonrisa.

El almirante se quedó perplejo al saludar a Adam tras desembarcar éste en el aeropuerto Nacional de Washington.

Además de su bolsa fin de semana, el larguirucho doctor de Harvard llevaba lo que parecía una pantalla de lámpara cuadrada y con un asa.

—¿Qué es eso?

—Una sorpresa para el paciente —repuso Adam esbozando una sonrisa—. Creo que a usted también le gustará.

—¿Lleva más equipaje?

—No, viajo con muy poco.

Penrose asintió con la cabeza y condujo a su colega bostoniano a una limusina que aguardaba en la pista.

Tras permanecer varios minutos en silencio, Adam miró por la ventanilla y se percató de lo mucho que se habían alejado de las luces de Washington. Estaban en pleno campo.

—Eh... ¿Qué ocurre? —exclamó confuso—. ¿Vamos a Camp David o qué?

—No —contestó el almirante—. El paciente está en Virginia. Y no se trata del Presidente —le confió.

—¿Cómo? ¿Quién más puede tener tanto enchufe como para poder disponer de tres fármacos que aún no poseen licencia?

—Cuando se lo diga, doctor Coopersmith, comprenderá que, en este país, quienes ponen y quitan rey son más poderosos que los reyes. Nuestro paciente es Thomas Deely Hartnell.

Adam se quedó boquiabierto.

—¿A quien llaman *el Jefe*? ¿Ex embajador en la corte de Londres? ¿Consejero de todos los presidentes, a derecha e izquierda?

—Y un hombre a quien nadie osa decir no. Confío perdone esta añagaza, pero presentía que el doctor Rudolph no querría llevar su patriotismo más allá del Despacho Oval.

«Ni yo tampoco», pensó Adam enojado, contrariado por aquella revelación. Y, a medida que la limusina avanzaba por carreteras cada vez más estrechas y oscuras creció su aprensión. ¿Y si tampoco era cierto lo que acababa de decirle aquel médico de la Armada? ¿Y si era un capo de la mafia?

En seguida comprendió que, en cierto modo, eso era precisamente. Que no en vano era Hartnell un traficante de influencias al viejo estilo. No debía de ser, ni mucho menos, la primera vez que se saltaba las reglas para conseguir sus fines.

Quizá el almirante le leyó el pensamiento.

—Permítame que le asegure, doctor Coopersmith —le dijo Penrose al cabo de unos minutos—, que Thomas Hartnell es una persona que merece la pena... muy valioso para este país. No debe tener escrúpulos por lo que está haciendo.

A los pocos instantes llegaron frente a la imponente verja de Clifton House, que en seguida se abrió para franquearles la entrada a aquellos dos hombres que iban a curar al dueño de la mansión.

—¡Uy!

Adam guardaba silencio en el elegante dormitorio mientras Penrose inyectaba suero en la nalga de Hartnell. Luego volvieron boca arriba al dignatario y cuando éste se encontró ya cómodo, Adam, con talante de mago, retiró el paño que cubría el objeto con el que entró en la habitación.

—*Voilà*, señor Hartnell, obsequio del laboratorio de Inmunología 808 y, especialmente, de su director, Max Rudolph.

—¿Un ratón...?

—Pues sí. Zoológicamente hablando, supongo que sí. Pero este pequeño amiguito es bastante singular. La composición química de su sangre es idéntica a la de usted. Pensamos que, si lo ve corretear tan campante por la jaula, podrá hacerse idea de cómo se encontrará usted dentro de un par de semanas.

—Pero, dígame a ver —le preguntó el Jefe en tono imperioso—. ¿Cuánto tardaré en estar mejor?

—No puedo contestarle a eso —replicó Adam—. Desgraciadamente no es usted un ratón.

Tras aguardar a que el sedante hiciese efecto, Penrose condujo al científico invitado a un majestuoso salón. Varios miembros del círculo íntimo del paciente aguardaban muy tensos frente a la chimenea. Todos estaban ansiosos por saber cuál era la evolución del enfermo.

El almirante hizo en seguida las presentaciones.

—Todo lo que podemos decir en estos momentos es que descansa tranquilo —dijo Penrose a modo de introducción—. Y, ahora, dejaré que mi docto colega les exponga qué tratamiento hemos empezado a aplicarle —añadió para cederle la palabra a Adam, que miró en derredor como para estudiar a los presentes.

—Es innecesario que les diga que lo que hacemos es como caminar sobre una fina capa de hielo a oscuras. Pero les informaré gustoso de lo que sabemos.

A pesar de lo avanzado de la hora, Adam sintió de pronto un acceso de renovada energía. Hasta aquel instante había estado muy nervioso, no sólo por el hecho de correr tan grave riesgo, en tanto que médico, sino por lo ajeno que le era aquel entorno. Era como si los presentes perteneciesen a otro mundo. Su rango lo intimidaba.

Pero ahora entraba en un terreno que dominaba y ellos pasaban a ser como boquiabiertos turistas, que lo miraban con asombro sin perderse una palabra. Además, cuando de hablar de ingeniería genética se trataba, su entusiasmo se desbordaba.

Por otra parte, tenía un innato sentido pedagógico y su talante cautivó a los presentes.

Les expuso todo lo relativo al cultivo de un retrovirus que podían inocular, directamente, en las células cancerígenas que se hallaban descontroladas. El retrovirus iba «disfrazado», lo que le permitía penetrar en el núcleo de la célula maligna, donde la alquimia del DNA convertía al enemigo en amigo.

—En otras palabras —les dijo sonriente—, convierte a una pandilla de «ángeles del infierno» en un coro de los niños cantores de Viena.

Adam se quedó perplejo al reparar en que, entre aquella selecta audiencia, había un mujer alta y rubia, muy atractiva. Sus gafas de montura de concha y su serio traje sastre le parecieron un deliberado intento de camuflar su belleza.

Antonia Nielson era, sin embargo, demasiado joven (luego sabría que acababa de licenciarse en la Facultad de Derecho de la Universidad de Georgetown) para desempeñar algún cargo público importante. Y demasiado joven también para ser una esposa, políticamente aceptable, de un sesentón.

31

Más bien parecía el reconstituyente idóneo para algún miembro del Ejecutivo.

Lo que estaba por saber era de cuál.

En cualquier caso, daba la impresión de que desempeñaba un papel relevante, que le permitía cuchichear en un aparte con Boyd Penrose, quien incluso le gastó una broma antes de volver a fijar su atención en los demas.

Sonrió varias veces cuando Adam se permitió alguna observación ingeniosa. El joven científico empezó a pensar que había visto antes a aquella mujer.

Entonces comprendió de súbito. Al colocar la jaula en la mesilla de noche del paciente, hizo ligeramente a un lado una fotografía con marco de piel en la que Hartnell estaba con una exuberante joven. Era ella, sin gafas. De manera que ya sabía de qué iba.

En otras circunstancias, Adam se hubiese hecho ilusiones con ella. En aquel ambiente, sin embargo, amedrentador de puro pomposo, se sentía intimidado. Además, coquetear con la chica del Jefe podía costar caro.

A medida que varios de los presentes se despidieron, ninguno olvidó besar a Antonia con la naturalidad propia de la amistad, salvo el fiscal general del Estado, que la retuvo de un modo que, de no saber Adam la implicación de la joven con el Jefe, le hubiese hecho pensar en una íntima relación con el más alto representante de la judicatura.

Inesperadamente, mientras salían de la mansión, bajo un cielo azul, jaspeado con los primeros trazos sonrosados de la mañana, Antonia Nielson tomó la iniciativa.

El chófer aguardaba a Adam pacientemente. Como si hubiese estado de guardia toda la noche, bajó del automóvil con gesto cansado y le abrió la puerta a su pasajero. Antes de que Adam llegase a subir, la joven se le acercó.

—Sé que se hospeda usted en el Watergate, doctor —le dijo en tono suave y desenvuelto—. ¿Me permite que lo lleve?

Adam sonrió ante aquel inesperado regalo.

—Sólo si accede a desayunar muy temprano conmigo —le contestó sonriente.

—Claro —contestó ella—. Se lo prepararé yo misma. Pero, a cambio, tendrá que dejarme que lo reconozca a fondo durante el trayecto.

—Encantado —repuso Adam—. Cojo mis cosas y despido al chófer.

Durante el trayecto hacia la capital, el joven científico comprendió que la actitud de la joven no estaba inspirada precisamente por el romanticismo. Era evidente su impaciencia por hablar con él, pero en calidad de médico.

—Es que nadie me dice nada —se lamentó ella—. Me refiero a que todos, incluso Boyd, me tratan como si aún fuese una niña. ¿Le importaría mucho explicarme la exacta naturaleza de lo que están haciendo?

Pues, aunque Antonia había escuchado atentamente la exposición del doctor Coopersmith, se la hizo repetir ahora punto por punto y con mayor detalle.

—Tiene que vivir, Adam —le dijo al concluir él, casi como una orden desesperada—. No debe dejar usted que muera. Dígamelo con franqueza: ¿qué probabilidades tiene?

Era como si tratase de convencerlo para que recurriese a quién sabe qué mágicos poderes. Pese a haberlo expresado ya antes con claridad, Adam contestó de nuevo a la pregunta para mostrarse solidario ante su perceptible preocupación.

—Señorita Nielson...

—Llámeme Toni, por favor.

—Pues bien, Toni, sólo puedo decirle que, lo que el doctor Rudolph ha hecho, le da al señor Hartnell más probabilidades que las que tenga nadie en este planeta de darle un manteo a ese asesino.

—Oh, Dios, no sabe cómo me alegro. Es maravilloso —exclamó ella, que, al detenerse ante un semáforo, le apretó la mano.

El gesto de Antonia Nielson no fue, sin embargo, una invitación sino una mera y sentida expresión de agradecimiento.

—Lo digo porque... ¡es tan bueno! —añadió Toni—. Nadie lo conoce tan bien como yo. Pese a su brusquedad, es una persona cariñosa y sensible.

Cuarenta minutos después estaban en su apartamento, pequeño pero lujosamente amueblado. Los libros ocupaban un importante espacio en el decorado y reflejaban la amplia variedad de temas que interesaban a Antonia Nielson.

En su ecléctica biblioteca no sólo había libros de historia y biografías, sino novelas de ambas Américas. Incluso la joven se permitió simpáticas interpretaciones literarias acerca de algunas. («El diario de mi vida social», dijo de *Cien años de soledad* de Gabriel García Márquez; «Una alegoría de la carrera política de Richard Nixon», comentó de *Moby Dick*, de Herman Melville.)

Mientras Antonia preparaba la masa para freír unas tortitas de avena, Adam se excusó para ir a lavarse las manos. Al volver, ella le servía ya las primeras tortitas.

—¿Mantequilla? ¿Confitura? —le preguntó.

—No, gracias. Ya me serviré yo. Tienen un aspecto estupendo. Me gustaría que el doctor Rudolph estuviese aquí. No hay nada que le guste más. Se merecería por lo menos las sobras.

—¿Ha hablado con él?

—Llamé antes de salir de Virginia, pero creo que tendría que volver a mi hotel cuanto antes. Cualquiera de mis pacientes puede tener una crisis en el momento menos pensado.

—Eso es insólito. Siempre he pensado que no hay manera de localizar a un médico cuando está de viaje.

—No ocurre así con un verdadero médico —replicó Adam.

—¿Y por qué no llama para ver si tiene mensajes? —le sugirió ella, inquieta ante la idea de que el consejero médico del Jefe se marchase.

—Gracias, Toni, pero me encuentro cansado y tendría que dormir un poco. Además, esa vigilante mirada del señor Hartnell empieza a ponerme nervioso —dijo Adam al señalar a una fotografía idéntica a la que vio en el dormitorio del enfermo. Toni la tenía en lugar preferente, junto al sofá.

—Pues es un sistema para que no le quite ojo a su paciente —bromeó ella—. ¿Me deja que lo entretenga un poco más con otra taza de café?

—Claro. Por supuesto.

Momentos después, mientras Toni estaba en la cocina, sonó el teléfono.

—¡Madre mía! —exclamó Adam—. Qué temprano empieza la jornada para usted.

—Qué va. Son mis noches las que son largas —dijo ella sonriente—. Cójalo usted, por favor. Tengo las manos ocupadas.

—Pero...

—Ande, cójalo. Que, si no, colgarán.

—Me parece que se equivoca de número —dijo Adam.

—¿Quién es? —preguntó ella casi inaudiblemente.

—Me parece que se equivocan —contestó Adam tapando el micrófono con la mano—. Una secretaria de no sé quién pregunta por *Capi*.

—Ah —exclamó ella desenfadadamente, arrebatándole el teléfono—. Ésa soy yo. Es mi viejo apodo de cuando era una intrépida adolescente. Buenos días, Cecily. Pásamelo en seguida, por favor.

Toni aguardó a que la secretaria le pasase la llamada.

—Hola, tesoro, ¿te encuentras mejor? Sí. Estoy aquí con el doctor Coopersmith. Hemos de asegurarnos de que no nos lo atropelle un autobús. Es demasiado valioso... Sí. Claro que he notado que es atractivo. Lo único que te debe preocupar es que sabe lo que hace, y la verdad es que creo que ese medicamento va a funcionar. No... ¡Escúchame tú! —espetó de pronto con aspereza—. No vas a invitar a nadie a cenar, y menos aún en tu dormitorio. Además, en cuanto llegue, te voy a confiscar el whisky. Ahora que vas a salvar la vida no quiero que la pierdas por una cirrosis.

Un minuto después se despedían con un intercambio de besos y Toni colgó de muy buen humor.

—Ya habrá adivinado quién era —dijo sonriente.

—Ya —asintió Adam tratando de ocultar su desilusión—. El Jefe de todos.

—Mío no —replicó Toni sonriente.

—¿Y a qué se debe tal privilegio? —preguntó Adam visiblemente celoso.

—Soy su hija.

Vaya, vaya... De manera que Hartnell era su padre. Eso cambiaba un poco las cosas. Mejor dicho, lo cambiaba todo.

Pero ¿de dónde procedía «Nielson»?

El misterio quedaría pronto desvelado, nueve horas después, durante el trayecto de regreso a la finca de Virginia.

—Lo del señor Jack Nielson fue una chiquillada —le explicó Toni—. Éramos compañeros en la facultad de Derecho y, con franqueza, creo que se enamoró más de la influencia de mi padre que de mí. Fue la única vez que el Jefe y yo no estuvimos de acuerdo.

—¿Quiere decir que no aprobó el matrimonio?

—No. En realidad, Jack le parecía estupendo y, prácticamente, me echó en sus brazos. Lo que pasó es que mi esposo resultó ser tan sinvergüenza que empezó a pegármela durante la luna de miel.

—Lo siento —dijo Adam en tono solidario—. Valiente estúpido.

—Bah —dijo ella risueña—. Fue de esas cosas que le enseñan a una. Y ahora estoy inmunizada.

35

—¿Contra qué?

—Contra toda implicación sentimental —musitó ella sin dejar de mirar al frente.

Pese a la oposición de Toni, se celebró la cena. La única concesión que hizo el Jefe a las órdenes del médico fue no estar presente.

Fue una velada de muy alto nivel, a la que asistió un selecto círculo de cortesanos, muy acorde con el empaque de la mansión: dos senadores, un destacado columnista del *New York Times*, el secretario de Estado y el fiscal general del Estado. Todos, salvo este último, iban acompañados. La conversación era animada, aunque provinciana (en opinión de Adam, por lo menos). Los temas eran los clásicos chismorreos del alto funcionariado sobre los grandes personajes.

Antes de que la velada concluyese, el almirante Penrose apareció a tiempo de realizar con Adam un reconocimiento a fondo del paciente. El almirante volvió a marcharse en seguida.

Toni se quedó un rato más, llamó a Adam a un rincón e hicieron un aparte en tono confidencial.

—Coja mi coche y déjelo en el garaje —le dijo ella poniéndole las llaves en la mano—. Tengo otro juego. ¿Sabrá encontrar el camino de regreso?

Adam asintió con la cabeza. Entendió perfectamente de qué iba y no pudo evitar sentirse herido.

—Sí —musitó él—. Espero que sí. ¿Cómo se las arreglará usted...? Aunque, claro, supongo que no me incumbe.

—Supone bien —le susurró ella.

Bueno, pensó él para consolarse, aquello no era más que un coqueteo sin importancia. O figuraciones suyas. El caso era que Toni no estaba libre. Se había largado, tan campante, cogida de la mano del fiscal general del Estado.

Y, sin embargo, la noche siguiente ella insistió en invitarlo a cenar en La Renaissance.

Adam se quedó perplejo ante el inesperado interés de Toni. Aunque, el modo en que la veía conducirse en su ambiente lo animó a no privarse de hacerle unas cuantas cínicas observaciones.

—¿Aprueba su padre que salga con un hombre casado?

—Él no es quién para aprobarlo o desaprobarlo —replicó Toni en tono despreocupado—. Dejó de intervenir en mi vida social cuando rompí con Jack. Además, él y... mi amigo fueron compañeros de facultad. ¿Cómo me lo iba a reprochar?

No la cohibía en absoluto entrar en aquellos detalles. Por otro lado, no parecía muy entusiasmada con aquella relación sino más bien daba la impresión de que la llevaba con cierta filosofía. Porque parecía claro que debía de estar siempre dependiendo de las obligaciones familiares de su «amigo». Adam se afirmó en esta idea al comprobar que, durante varias noches seguidas, Toni no tenía compromiso y aprovechaba para invitarlo a una u otra fiesta en Washington.

Todos los intentos de Adam encaminados a que la joven le contase detalles más personales de su vida anterior (salvo por lo que se refiere a lo que le contó de su matrimonio) no obtenían más que superficiales datos propios de un currículum vitae.

—Yo creía que esto era una conversación y no una entrevista laboral —terminó por decirle él con un deje de frustración.

Una noche, al regresar a pie a casa después de asistir a una representación de *El lago de los cisnes* en el Kennedy Center, Adam, de muy buen humor, dio unos pasos imitando al Príncipe. Le sorprendió que ella lo secundase.

No era un talante que fuese con ellos. Bajaron la guardia y se confesaron que, de pequeños, ambos estudiaron danza.

—¿Por qué lo dejó? —le preguntó él—. Lo digo porque tiene un cuerpo perfecto para ser bailarina.

—Gracias por el cumplido —dijo ella sonriente—. Le parecerá una estupidez, pero es que soy tan alta que ninguno de los chicos podía levantarme. ¿Y qué le impidió a usted convertirse en el Barishnikov norteamericano?

—A decir verdad —repuso él en tono misterioso—, tenía otros motivos para asistir a clases de danza.

—¿Cuáles?

—Se lo diré otro día —contestó sonriente—. ¿Verdad que sienta mal que se ande uno con misterios cuando se hacen preguntas inocentes? —la reconvino.

Boyd Penrose llamó por teléfono a las tres de aquella madrugada. Fue derecho al grano, sin ni siquiera excusarse por lo intempestivo de la hora.

—Acabo de ver el análisis del Jefe, Coopersmith, y esos linfocitos han decidido regresar definitivamente. Creo que lo más difícil está conseguido.

Eufórico, Adam llamó a Boston y le dio la buena noticia a Max. Nada más colgar recibió otra llamada.

—Hola —le dijo Toni radiante—, yo también acabo de saberlo. Usted comunicaba. ¿Ha hablado ya con Max?

—Sí, se lo acabo de decir.

—Lo he supuesto. ¿Por qué no viene e improvisamos una fiesta para dos?

—¡Vaya! ¿Por qué no?

Encontró a Toni desbordante de alegría.

—Oh, Adam —exclamó entre sollozos al abrirle la puerta de su apartamento—. Lo ha conseguido. ¡Le ha salvado la vida a mi padre! —añadió echándose en sus brazos.

De pronto lo besó en los labios.

No por inesperado le resultó menos grato. Era una mujer deseable y se sintió feliz ante aquel amoroso gesto, que añadía una nueva dimensión. A la que él dio la bienvenida con entusiasmo.

Por la mañana, Toni lo rodeó con sus brazos.

—¿Vas a decirme ahora por qué ibas a clase de danza? —le preguntó.

—Por dos razones. Para empezar, porque mi madre era la pianista de la clase y yo fui en un acto de lealtad. Además, era una manera de darle en la cara a mi padre por lo mal que la trataba. Era un modo de castigarlo. Imagínate a un fundidor de Indiana teniendo que decirle a sus compañeros que su hijo era un mariquita que andaba a saltitos en mallas.

—Bueno, puedo avalar tu masculinidad —le dijo ella radiante—. Incluso estaría dispuesta a firmar una declaración jurada. ¿Y qué es de tu madre?

—Murió cuando yo tenía doce años. Es decir, la mató él.

—¿Qué? ¿No hablarás en serio?

—Ella iba a darle otro hijo y, en las últimas fases del embarazo, cogió una intoxicación de la sangre —le explicó él, visiblemente alterado al recordarlo—. Fue una canallada desde el primer momento, desde que supo lo de la infección. Presionó al médico para que ella siguiese adelante con el embarazo y se asegurase de que el niño no naciese muerto. Al final los perdió a ambos.

—¿Y quién se hizo cargo de ti?

—Cuidé yo de mí mismo.

—Bah. Imposible.

—Pues no. Me las ingenié. Por inverosímil que parezca, me hice deportista: saltador de trampolín.

—¡Ja, ja! —exclamó ella con expresión admirativa—. A coquetear con el peligro, ¿eh?

—Más o menos. Lo que sí te aseguro es que, por lo menos durante un par de segundos, podía estar mentalmente a solas conmigo mismo, a más de diez metros por encima del resto del mundo.

—Ya sabía yo que eras un alma gemela —musitó ella—. Muy de puertas adentro somos los dos.

Durante el desayuno, Toni prosiguió con su interrogatorio.

—¿Llegó a enterarse tu padre que eras un temerario saltador de trampolín?

—Pues sí —contestó Adam con un dejo de reprimida tristeza—. En la única sección del periódico que leía. Vio que participaba en el campeonato estatal. Se presentó con dos de sus compinches de tasqueo. Pero, como nunca habían asistido a una competición de saltos, jaleaban cuando no correspondía. Me pusieron tan nervioso que me zambullía como una ballena y mi buena puntuación global se fue a hacer puñetas.

Toni vio en sus ojos que el recuerdo de su fracaso aún le escocía.

—A partir de aquel día no pensé más que en largarme de casa, en unos momentos en los que mi única posibilidad de salir adelante era conseguir una beca de estudios. Por suerte, mis notas eran mejores que mi puntuación en el trampolín. ¿Has oído hablar de la Escuela de Medicina Shimer?

—La verdad es que no.

—Ni nadie. Pero es una pequeña y muy progresista extensión de la Universidad de Chicago. Partían del convencimiento de que, si aprobabas su test, con independencia de los cursos que hubieses hecho, estabas en condiciones de ingresar en una facultad. Era una especie de incubadora para estudiantes de medicina empeñados en ahorrarse algunos años. Y yo deseaba tanto ser médico que, durante los veranos, trabajaba de enfermero en el hospital Michael Reese, lo que, de paso, me proporcionaba una buena excusa para no volver a casa. Sublimé mi ira con el estudio y, milagrosamente, conseguí que luego me aceptasen en la Facultad de Medicina de Harvard.

—Sin duda para evitarles la toxemia a las embarazadas —señaló Toni amablemente.

—Y para salvar a los niños —dijo Adam—. Yo era un sesudo anciano de diecinueve años. Puede que, académicamente, estuviese bien preparado, pero socialmente era un desastre. Sobre todo, entre los distinguidos licenciados de la Ivy League (1), que jamás habían oído hablar de la Escuela de Medicina Shimer. Supongo que por ese motivo sólo me sentía cómodo cuando me encontraba entre las otras ratas de laboratorio.

—¿Y así es como conociste al doctor Rudolph?

—En él hallé a un padre al que podía respetar. Durante el final de mi etapa de residente en prácticas, en ginecología-obstetricia, Max Rudolph me consiguió una beca para investigación. No sólo me enseñaba inmunología sino que me enseñaba a vivir. Me refiero a que, la primera vez que me invitó a cenar en su casa, comprendí que Max y Lisl tenían la clase de relación que prestigia a la institución matrimonial. Ella es una psicoanalista kleiniana; hace maravillas con los niños. Me tomaron bajo su protección. Lisl incluso me descubrió los cuartetos de la segunda época de Beethoven.

—Pues son bastante difíciles —señaló Toni.

—Sí —convino Adam, de nuevo impresionado por la amplitud de sus conocimientos—. Sobre todo, teniendo en cuenta que yo incluso desconocía los de la primera época.

—¿Tienen hijos? —preguntó Toni.

—Me temo que sólo a mí.

—En tal caso, también tú les diste algo importante.

—En ello confío. Y, si alguna vez apruebo el examen de humanidad, a su generosidad lo deberé.

—¿Y? —inquirió ella.

—Que ahora te toca a ti hablarme de cosas personales —repuso él, confiado en que su sinceridad la hubiese desinhibido.

Pero se le escabulló. Pretextó tener trabajo atrasado, que debía estar en el Departamento de Justicia dentro de quince minutos. Que volverían a hablar por la noche. Adam la dejó marchar a regañadientes, temeroso de que utilizase el resto del día para volver a levantar sus barricadas psíquicas.

No se equivocaba. Había sido como estar en un baile de disfraces con alguien que luego se marchaba a casa sin qui-

---

(1) En castellano, «Sociedad de la Hiedra»: grupo de ocho prestigiosas universidades privadas de Nueva Inglaterra. *(N. del t.)*

tarse la máscara. Irónicamente, aunque conociese detalles de la vida íntima de Toni, nada sabía de su fuero interno. Tanto es así que, antes de marchar a Boston, Adam no pudo resistir la tentación de expresarle su decepción al despedirse.

—Bueno, Toni, encantado de *no* conocerte.

Naturalmente, Adam no se marchó hasta que tuvieron los resultados de la tercera serie de análisis («irrebatibles», como lo expresó Penrose). Él y Adam convinieron en que ya se le podía decir al paciente que su recuperación era un hecho.

Hartnell estaba exultante. Después de pasar una hora con su adorada *Capi*, llamó a Adam para hablar en privado.

—Escuche, Coopersmith: escúcheme bien. Tengo mucha influencia y, gracias a su jefe, voy a poder utilizarla durante mucho tiempo. Estoy en deuda con él. Dígame: ¿qué es lo que el doctor Rudolph más desearía en este mundo?

Adam se acercó más a la cama.

—El ratón humanoide no es sino uno de los muchos logros científicos de Max —le susurró—. Creo que no hay nadie que merezca más que él el premio Nobel.

—Pues haré lo imposible para que se reconozcan sus méritos —le contestó el Jefe.

5

ISABEL

De nuevo los demonios se apoderaron de Raymond da Costa. En cuanto su hijo se marchaba al colegio, y su esposa al trabajo, quedaba libre para alimentar el genio de su hija.

Una de las ventajas del carácter no docente de su empleo en el departamento de Física era que no estaba obligado a fichar. Por lo tanto, salvo la obligación de estar presente durante las prácticas de laboratorio algunas tardes, podía disponer toda la parafernalia que utilizaban los profesores incluso a altas horas de la noche. Esta libertad horaria era fundamental para el programa que se impuso.

Sometía a Isabel a continuas pruebas, ansioso por ver hasta dónde llegaba su inteligencia.

Cierto día, mientras jugaban en el suelo con varios bloques, él alineó media docena de cubos de madera rojos frente a la que situó tres cubos blancos.

—¿Cuántos cubos rojos hay ahí, Isabel?

La niña canturreó hasta seis.

—¿Y cuántos cubos blancos?

—Tres.

—¿Cuántos hay en total?

—Nueve —dijo la niña tras reflexionar un momento.

Por la noche, Raymond se lo contó a Muriel.

—He leído, cariño, que la asociación de formas de distinto color como un solo grupo es algo que se está en condiciones de hacer a los siete años.

—¿No la habrás ayudado tú? —exclamó Muriel sonriente.

—No seas tonta. Lo verás por ti misma.

Isabel jugaba en el salón cuando la llamaron. Raymond puso una lámina de dibujo encima de la mesa y escribió: 6 + 5 =. La niña cogió la lámina e inmediatamente garabateó: 11.

—Bueno —dijo Raymond mirando a su esposa orgulloso—, tenemos a una Einstein en ciernes, ¿no te parece?

—No. Lo que me parece —lo corrigió— es que tenemos a una Isabel da Costa en flor.

Al principio, ambos estaban encantados con la precocidad de Isabel. Aunque, de vez en cuando, Muriel se sentía un poco culpable al pensar en su hijo Peter, cariñoso pero corriente, que mandaban a la escuela todas las mañanas como si fuese un paquete.

Ahora que Raymond tenía una hija con tan grandes facultades, se desvivía por animarla a aprender lo más posible. No le agradaba en absoluto tener que dejarla en una anodina guardería todas las mañanas durante tres horas. No obstante, como su madre insistió en que la niña necesitaba jugar con los demás niños para su desarrollo social, Ray accedió a regañadientes y se organizó de otra manera su trabajo vespertino en el laboratorio.

Releyó a Piaget, que despertó en él una viva curiosidad por ver cuándo su hija sería capaz de acceder al pensamiento abstracto. Le hizo una sencilla prueba.

—Voy a pensar un número, Isabel, pero no te voy a decir cuál. Lo llamaré x.

La niña asintió con visible entusiasmo.

Raymond cogió una hoja de papel y escribió:

$$x + 5 = 12$$
$$x = 12 - 5$$
$$x = 7$$

—¿Lo entiendes, cariño?

—Claro.

—Ahora voy a escribir una fórmula secreta: $x + 7 = 4 + 11$. ¿Qué número representa x?

—Ocho —repuso la niña alegremente después de reflexionar un momento.

Raymond se quedó atónito. Isabel no sólo había cruzado el umbral de la abstracción sino que incluso hacía piruetas como una bailarina.

Desde aquel señalado momento, la vida de la familia Da Costa cambió. Isabel pasó a ser como la princesa de un cuento de hadas, una criatura casi divina protegida por un feroz dragón. Fuego por la boca echaba Raymond ante cualquiera que se acercase a Isabel con la inocente esperanza de trabar amistad.

Muriel convenía en que Isabel era una niña prodigio, pero estaba resuelta a que no se convirtiese en un monstruo. Trataba de aislar el genio de Isabel con las mayores dosis de normalidad posible. Esto acentuó los enfrentamientos con Ray. Andaban a la greña sobre la conveniencia de enviar a la niña a la escuela primaria.

—La frenarán —adujo él—. ¿No crees que eso es causarle un perjuicio?

Su esposa tenía muy serias dudas.

—Mira, Raymond, estoy de acuerdo en que Isabel aprendería más contigo como profesor. ¿Pero y la amistad qué?

—¿Qué quieres decir? —inquirió él.

—Pues que necesita compañeros de juegos de su edad. Es decir, si quieres que se críe con normalidad.

Raymond no se enfureció, como Muriel se temía.

—Mira, cariño —le contestó en tono mesurado—. «Normalidad» es una palabra que no cuadra con Isabel. No hay precedentes de nadie con sus facultades. Créeme. Se divierte conmigo. Es más, tiene una insaciable avidez de conocimientos. Nunca se cansa.

Muriel tuvo que hacer de tripas corazón. Pese a todo, amaba a su esposo y quería salvar su matrimonio. Si seguía llevándole la contraria respecto de todas sus iniciativas, la tensión terminaría por hacérseles insoportable, a ellos y a los niños.

No fue ni mucho menos fácil, pero comprendió que era la única alternativa. Y, aunque ella no estuviese de acuerdo, guardó un estoico silencio al dar Raymond el paso que se veía venir: su esposo comunicó a la Concejalía de Enseñanza que iba a dejar de enviar a su hija a la escuela, y a asumir él la plena responsabilidad de su educación.

Muriel guardó silencio pero se mantuvo firme y, a pesar del enojo de Ray, inscribió a Isabel en la escuela de párvulos al llegar el momento.

Raymond accedió con la condición (porque con él siempre había una condición) de que, en cuanto Isabel llegase del parvulario todas las tardes, él, exclusivamente, se ocuparía de la educación de la pequeña. No toleraría interferencias.

Aunque Muriel estaba orgullosa de la inteligencia de su hija, se hacía cargo de que era una niña sociable, que necesitaba el contacto con niños y niñas de su edad; hacer volar la imaginación con los cuentos de hadas; sólo que, a diferencia de sus compañeros de clase, Isabel ya había leído unos cuantos.

Dos tardes por semana, Muriel les daba clase de música a unos niños que se iniciaban con el violín. A veces les prestaba el pequeño violín que Peter había abandonado hacía tiempo.

Un día, Muriel dejó el violín encima del carrito y, mientras Ray puntuaba tests de las clases de prácticas de laboratorio y Muriel preparaba la cena, Isabel lo cogió. Imitó lo que veía en las clases que les daba su madre a los otros niños, se colocó el instrumento bajo el mentón, cogió el arco y lo pasó por las cuerdas.

El resultado fue un ruido estridente que hizo que Muriel saliese de la cocina y asomase por la puerta del salón. Y allí se quedó a observar a su hija sin que la pequeña lo advirtiese.

Tras varios intentos, Isabel logró arrancarle un la a una cuerda, que sonaba mejor a cada pasada del arco. Luego, tanteó las cuerdas con el pulgar hasta que localizó un si. Ignoraba, claro está, el nombre de las notas, pero pareció complacida de cómo sonaban.

Poco tardaron sus experimentos en producir un do agudo (demasiado).

Su madre no pudo resistir más la tentación de dejarse ver.

—Eso suena muy bien, cariño —le dijo con naturalidad—. Ahora, puedes utilizar esas tres notas para tocar *Frère Jacques*. Verás: te enseño.

Muriel fue a sentarse al piano y dirigió y acompañó a Isabel en su debut como instrumentista.

Estaba tan rebosante de satisfacción que no pudo ocultárselo a Raymond. Él también se entusiasmó, aunque temió que Muriel tratase ahora de atraer a la niña al terreno musical.

—Es formidable, cariño —musitó Ray—. ¿Te das cuenta de que no es mucho mayor que Mozart cuando empezó a tocar el violín?

—Lo sé —repuso ella, contrariada por su alusión.

—Pero ¿sabías que era también un genio de las matemáticas? Su padre tomó la decisión que un niño, de la edad de su hijo, no podía tomar.

—Que es lo que tú vas a hacer ahora con Isabel, ¿no es eso? —inquirió ella.

—Exactamente.

—¿Y te parece bien? Mucha presunción creo yo que es ésa —replicó ella—. ¿Quién te dice que a Isabel no pueda darle por la música?

—¡No quiero oír hablar más del asunto! —le espetó él dando un puñetazo en la mesa—. La niña es una científica. Y puede... Ya lo creo que sí, ¡que otro Einstein!

—¿Sabías *tú* que Einstein era también un excelente violinista? —le dijo Muriel enfurecida.

—Pues sí —contestó él en tono burlón—. Pero era tan sólo una afición para permitirse un poco de distracción en su divina misión de explicar el Universo.

—¿No hablarás en serio? —dijo ella casi fuera de sí—. ¿Insinúas que Dios ha decidido que nuestra hija sea científica?

—No insinúo nada —replicó Raymond—. Lo único que digo es que no voy a dejar que nada se interponga en la formación de mi hija. Y ya basta, Muriel. No hay más que hablar.

10 de agosto

Dos personas invisibles acechan la casa. Mis padres hablan de ellas como si fuesen miembros de la familia.

Una es «Albert Einstein» que, por lo visto, significa lo mismo que genio (otra palabra que no paro de oír y que me pone muy nerviosa).

Lo he mirado en la Enciclopedia Británica *y he leído que sus ideas eran tan extraordinarias que, al principio, la gente no se las creía. Papá ha tratado de explicármelas, aunque se ha excusado porque dice que no las entiende demasiado bien.*

Pero me siento incómoda cuando profetiza que, algún día, yo haré esta clase de descubrimientos.

Francamente, aunque me da vergüenza reconocerlo, yo preferiría que me comparasen a Brooke Shields.

Mi mayor sueño sería parecerme a ella. Dicen que tengo sus mismos pómulos. De manera que sólo me falta el resto.

Además, cuando voy a la cocina a refugiarme con mamá, ella se pone a hablarme de música.

Y entonces aparece el otro fantasma: se llama Wolfgang Amadeus Mozart.

Vivió en el siglo dieciocho y era eso que me fastidia tanto que me llame a mí la gente: un «prodigio».

Mamá me ha contado que tocaba el violín en un trío de ma-

yores cuando tenía mi edad (así que, comparada con él, voy atrasada, gracias a Dios).

Papá se pone furioso cuando mamá menciona a Mozart. Y debía de estar escuchando porque, media hora después, mientras ensayábamos una sonata de Bach en sol, papá ha entrado muy excitado, con un libro viejo en el que dice que Mozart cubrió todos los muebles de la casa de hojas de papel con sus cálculos matemáticos.

Afortunadamente, papá y mamá han llegado a un acuerdo y podré hacer una hora de música cada día y —como especial concesión— dos en los fines de semana.

Peter no ha chistado mientras discutían. Luego ha venido a mi habitación y me ha dicho: «¡Jo, no sabes cómo me alegro de no ser tan listo!»

Al cumplir los nueve años, Isabel tenía tan buena base en matemáticas que Ray pudo introducirla en el sagrado templo en el que él era un humilde acólito. Le regaló el mismo ejemplar del libro *Física para estudiantes de ciencias e ingeniería,* de Resnick y Halliday, que utilizó él en la facultad.

Isabel empezó de inmediato a leer el primer capítulo.

—¡Es estupendo, papá! —exclamó la pequeña—. ¡Ojalá me lo hubieses dado antes!

Aunque la reacción de Isabel lo entusiasmase, y estuviese ansioso por sumergirse en la física con ella, Raymond tenía que prepararle varios aparatos al profesor Stevenson, que los necesitaba al día siguiente. Y, aunque no le hacía gracia haberlo dejado para el último momento, ahora tenía distintas prioridades. De manera que se tomó un café bien cargado y salió hacia la universidad después del informativo de las once de la noche.

Regresó casi al amanecer, muy cansado. Al abrir la puerta oyó música clásica que procedía del salón. Las luces estaban encendidas.

«¡Mecachis! ¿Se creen que soy millonario?», masculló por lo bajo.

Entró malhumorado y encontró a Isabel echada en el suelo con papeles de caramelos esparcidos por todas partes. Tenía apoyado el libro de texto en el sofá y escribía frenéticamente en un bloc.

—¡Hola, papá! —lo saludó alegremente—. ¿Qué tal en el laboratorio?

—El mismo latazo de siempre —le contestó él—. ¿No deberías dormir ya? Es casi la hora de que el lobo feroz te llame a la puerta para mandarte al colegio.

—Es igual —dijo ella sonriente—. Me lo he pasado maravillosamente. Los problemas de los finales de capítulo son realmente ingeniosos.

¿Capítulos? ¿Cuántos habría leído?, se preguntó Raymond al sentarse a su lado en un cojín.

—A ver, ¿qué has aprendido?

—Pues, como he leído el capítulo del movimiento lineal, sé que la aceleración es la primera derivada de la velocidad.

—¿Y qué es la derivada?

—Pues... —dijo ella entusiasmada—, por ejemplo, cuando lanzas una pelota al aire. Su velocidad inicial disminuye mucho al salir de tu mano debido a la gravedad, y se detiene en el punto más alto de su trayectoria. Luego la gravedad tira de ella hacia abajo cada vez más de prisa hasta que toca el suelo.

Desde luego, pensó Raymond, aprende rápido. Sabía que la pequeña tenía una memoria fotográfica. Pero ¿hasta qué punto *lo entendía*?

—¿De dónde salen todas esas velocidades? —la sondeó.

—Ah, pues, al principio, la pelota acelera al salir de tu mano y tarda un poco en que la gravedad determine completamente su velocidad. De manera que la aceleración es el ritmo de cambio de la velocidad. Y ésa, papá, es la primera derivada. Anda, pregúntame más.

—No, no —dijo él casi inaudiblemente—. Dejémoslo ya.

20 de abril

A veces, cuando papá se queda a trabajar hasta muy tarde en la universidad, Peter llama a mi puerta, bajamos los dos a la cocina y cogemos algo del frigorífico. Luego nos sentamos a charlar.

Me pregunta si echo de menos «el mundo exterior» y yo le tomo el pelo diciéndole que lo veo a través de un telescopio cuando estudiamos astronomía. Pero sé lo que quiere decir.

Me ha dicho que va a ir a unas colonias de verano en donde les dan cursillos de fútbol.

Está loco por entrar en el equipo del colegio. Creo que los papás hacen bien en darle la oportunidad de destacar en algo que yo no aprendería nunca.

Está tan entusiasmado que, en cuanto puede, utiliza la puerta del garaje como portería y... venga a chutar. Por desgracia, papá ha visto las marcas de los balonazos y le ha echado una bronca.

Anoche tuve una terrible pesadilla y, al despertarme, no he podido volver a dormir. He soñado que había olvidado la tabla de multiplicar. No sabía ni cuánto son dos por dos. Papá se ha enfadado tanto que me ha hecho coger la cartera y marchar pitando a la escuela.

Me pregunto qué significará.

6

ADAM

Al regresar de Washington, dudó en contarle a Max la última conversación que tuvo con Hartnell. Su mentor se disgustó mucho al saber que, el hombre por quien había comprometido sus principios, no era, en definitiva, el Presidente de la nación. Dados sus escrúpulos, que alguien como el Jefe se brindase a ayudarlo a obtener el premio Nobel, lo ensuciaba de antemano.

Además, siempre que el tema del Nobel surgía en la conversación y le comentaban que hacía tiempo que lo merecía, Max se mostraba desdeñoso.

—Bueno, pues si me lo han de dar, espero que sea lo más tarde posible. Tenía razón T. S. Eliot al decir que el Nobel era el pasaporte para el propio funeral. Nadie ha hecho nunca nada que merezca la pena después de obtenerlo.

—En tal caso —replicó Lisl—, si llaman mañana por teléfono de la Academia sueca, ¿estás o no estás?

—Bueno... —repuso él por seguirle la corriente—. ¿Sabes que en algunos de sus *smorgasbords* tienen más de veinte clases distintas de arenques? Eso sin contar con el filete de reno ahumado...

—En tal caso —terció Adam—, no tiene más remedio que aceptar, aunque sólo sea por razones gastronómicas.

Los tres sonrieron y guardaron silencio unos instantes. Ya bastaba de bromas.

—Además, nunca me lo darán. No voy a conferencias... No hago el juego.

Lisl le dirigió una tierna sonrisa. Cuando se ponía así, sólo ella lograba confortarlo.

—Mira, cariño, la verdad es que no eres muy diplomático. Pero, a veces, basta con ser un genio para obtener el premio Nobel.

La velada prosiguió con una charla intrascendente, aunque en casa del doctor Rudolph no había realmente conversaciones insustanciales.

Tras una acalorada discusión sobre los méritos artísticos de la reposición de Sarah Caldwell del *Orfeo* de Monteverdi, Lisl sirvió más té.

—Bueno, ahora que ya habéis curado a vuestro misterioso paciente, ¿qué otra proeza os lleváis entre manos?

—Mira, Lisl —le dijo Max—, el linfosarcoma no está dentro del campo de nuestras investigaciones. Lo único que hemos hecho es prestar nuestros ratones para la investigación de otros. En la puerta de mi despacho hay un letrerito que dice «Inmunología». Te aseguro que no nos faltan enfermedades autoinmunes sobre las que investigar. Además del proyecto sobre la anemia perniciosa.

—Lo sé —dijo ella—. Pero vuestro laboratorio es como un circo. Y... siempre actuáis en la pista central.

—No te preocupes —dijo Max con fingida exasperación—. En cuanto decidamos cuál va a ser nuestro «más difícil todavía», serás la primera en saberlo.

—¡No! ¡Me niego en redondo! —gritó Max—. ¡Es usted un sádico!

—Vamos, métase, que es bueno para usted. Recuerde que soy médico.

—¿Bueno? Es una insensatez obligar a una persona normal a zambullirse en agua helada al amanecer.

Adam, vadeando, no dejaba de hacerle señas al distinguido profesor para animarlo a seguir su ejemplo.

—Que usted estudió medicina en la Edad de Piedra. Entonces no sabían que el ejercicio fuese tan importante para su salud.

—Está bien —dijo el profesor—, pero bajaré por la escalera.

Mientras Max chapoteaba torpemente, su impuesto entrenador nadaba en la calle contigua sin dejar de animarlo.

—Así, así... Los primeros diez largos son los más difíciles. ¿Cómo se siente?

—Como un pez decrépito —repuso jadeante el profesor, sin dejar de chapotear.

—Formidable. No querrá verse como un pez obeso, ¿verdad?

Luego, mientras se secaban en el vestuario, Max reconoció que Adam hizo bien en insistir.

—Debo admitir que me encuentro de maravilla —le dijo—. Aunque espero que no me haya visto nadie del laboratorio. No me parece decoroso ir sin corbata.

—Pues, la próxima vez, se trae una a la piscina. ¿No ha visto a las dos ayudantes de laboratorio que nos han saludado?

—¿Cómo iba a saber yo que son del laboratorio si no llevan bata blanca?

—No, no lo eran —reconoció Adam sonriente—. Pero nos han sonreído muy amables.

—Le habrán sonreído a usted. No me hago ilusiones sobre mi aspecto. Y..., subamos ya, que quiero hablarle de un proyecto importante.

—¿Algo nuevo? ¿Cuánto tiempo lleva ocultándomelo?

—Bah. Unos diez años —contestó Max en un tono que dio la impresión de que no exageraba.

Media hora después, estaban entre los cuatro paneles de cristal del despacho de Max.

—Me resulta muy difícil hablar de esto —dijo el profesor Rudolph—. Dígamelo con franqueza: ¿no ha oído nunca rumores acerca de que Lisl y yo no podemos tener hijos?

—No es cosa que me incumba.

—No se puede evitar oír chismorreos, por más decente que se sea. ¿Va a hacerme creer que no ha oído comentar, más de una vez, que no he querido tener hijos para que no me distraigan de mis investigaciones?

—En primer lugar, nunca lo he oído —repuso Adam mirando a su mentor a los ojos— y, además, no me lo creo.

—Me alegro —dijo Max—. La verdad es que tanto Lisl como yo ansiábamos un hijo. Tanto es así que Lisl ha estado embarazada catorce veces.

—¿Catorce?

—Bueno, varios de esos embarazos fueron tan breves que sólo un médico podía diagnosticar que estaba encinta. Por lo visto, en nuestro ilustre departamento de Ginecología y Obstetricia no había nadie capaz de dar una mínima explicación. De manera que decidí investigar por mi cuenta. Y en seguida descubrí que, un elevado porcentaje de mujeres, pasan por el mismo calvario antes de renunciar. Es una catástrofe personal que las atormenta durante toda la vida. Es, también, un misterio hasta ahora insoluble.

El profesor había tenido que sobreponerse para explicárselo. Estaba visiblemente afectado.

—No lo entiendo, Max. Hemos pasado innumerables noches en el laboratorio, trabajando codo con codo, haciéndonos toda clase de confidencias. ¿Cómo es que no me ha hablado antes de ello?

—No quería abrumarlo con un problema respecto del que ni usted ni yo podíamos hacer nada. Pero llevo diez años recopilando datos.

—Y sin decirme ni media palabra, ¿eh?

—Pues sí. Me he dedicado al pluriempleo; en la clínica ginecológica Marblehead, especializada en pacientes con un historial de repetidos abortos —le explicó, dándole unas palmaditas a su ordenador—. Está todo aquí. Todo lo que me falta es contar con su precioso cerebro.

—Estupendo, jefe. Pero me huelo que, si Batman llama a Robin, es que ya está en el buen camino para solucionarlo.

—En realidad, sí es, Joven Maravilla. Naturalmente, le pasaré toda la documentación. Creo que convendrá conmigo en la hipótesis básica: que los abortos, aparentemente inexplicables, pueden deberse a que la mujer rechaza el feto como un cuerpo extraño, de manera similar al rechazo que afectó a los primeros pacientes a quienes se les practicó un trasplante de corazón y de riñón. Mis experimentos con ratones muestran que algunas hembras son portadoras de antígenos tóxicos para el feto —le explicó el profesor visiblemente entristecido—. Mucho me temo que Lisl sea una de esas ratitas.

—Ha debido de sufrir usted mucho —musitó Adam, incapaz de disimular su pesar.

—No. Ella sí ha sufrido. Yo... lo he sobrellevado. Pero, bueno —añadió en su brusco tono habitual—, pongámonos a trabajar. Su ordenador está ya conectado a mi base de datos. Sólo necesita la contraseña.

—¿Cuál es?

—No hay que ser un Sherlock Holmes para adivinarlo.

—¿Tartas?

—¿Lo ve? Tiene usted una gran intuición científica.

—Gracias.

—No sé por qué me da las gracias, jovenzuelo. Acabo de endilgarle un problema de enorme magnitud.

—Lo sé —admitió Adam—, pero ayuda mucho investigar sobre algo que afecta a quien vemos a diario. Además, aún no es demasiado tarde para Lisl.

Con los datos, los ayudantes y los ratones a sus disposición, a Adam le fue relativamente sencillo situar la investigación más allá de los confines de la obsesión de Max y trasladarla al laboratorio de Inmunología 808. Además, la información recabada hasta ese momento les dio pistas para poder empezar. Por otra parte, tal como Max le explicó, se había progresado bastante en aquel campo.

—Sé de fuente autorizada —le dijo— que los científicos de Sandoz están en el buen camino para utilizar un inmunosupresor que hará que los trasplantes de órganos sean algo rutinario.

—Formidable —dijo Adam—. Entonces, todo lo que tendremos que hacer nosotros es descubrir una analogía que suprima la reacción de autoinmunidad en las embarazadas.

—En efecto —asintió Max sonriente—. Y luego nos iremos a almorzar.

Adam trabajaba como un poseso. Cuando no reconocía pacientes o asistía a parturientas, estaba en el laboratorio.

Una noche, a última hora, sonó el teléfono del laboratorio. Su estridencia perturbó el callado trabajo de quienes aún seguían allí.

—Eh, Adam, es para usted —le avisó Cindy Po, una microbióloga hawaiana—. Voz femenina y... muy sexy.

Estaba tan enfrascado en su trabajo que, de momento, no reaccionó ante el hecho de que alguien «sexy» lo llamase a aquellas horas de la noche. Fue hacia el teléfono como sonámbulo.

—Sí, dígame.

—Hola, doctor Coopersmith —le dijo una voz cantarina.

—¡Hola, Toni! —exclamó él al reconocerla—. Me alegra oírte. ¿A qué debo el honor de que me llames a semejante hora?

—¿La verdad, la verdad? Pues que estaba en casa languideciendo, esperando que se te ocurriese llamarme. Y como no había indicios de que lo fueses a hacer, he llamado a tu apartamento. Y, como no contestabas, he decidido averiguar si vivías un apasionado romance o estabas recluido en tus investigaciones. ¿Aún no hay otra mujer en tu vida?

—Veamos: ahora que ya sabes dónde estoy, te habrás percatado de que las únicas criaturas con las que comparto la fiebre del sábado noche son peludas y colilargas. Que yo sepa, eras tú quien tenía... otros compromisos.

—De eso quería hablarte. ¿Por qué no vienes a Washington el próximo fin de semana?

—¿Y por qué no vienes tú a Boston? —replicó él.

—De acuerdo. Gracias por la invitación.

Adam sonrió de oreja a oreja al colgar.

—Mira, mira, mira —dijo Cindy desde tan cerca que no cabía duda de que había oído la conversación—. Al fin se quitó la máscara.

—¿Pues?

—Esa indiferencia hacia el sexo femenino..., por lo menos en el laboratorio.

—Mi vida privada no le incumbe a nadie, Cindy —le contestó en tono risueño.

—¡Que se cree usted eso, profesor! Nunca hemos tenido mejor tema de conversación. El voto popular lo señala como el médico más guapo del edificio, desde que estoy yo aquí.

—¡Ande ya, Cindy! Vuelva a sus aminoácidos.

—A la orden —contestó la joven doctora con bienhumorada deferencia—. Ahora falta ver si las urnas *la* consideran digna de usted —musitó antes de alejarse.

Max Rudolph seguía un peculiar ritmo de vida. En el momento más inesperado, aparecía en el laboratorio. Y, a última hora de la tarde siguiente, encontró a su discípulo predilecto enfrascado en el trabajo.

—¿Cuántas horas durmió anoche? —le preguntó con una mirada de desaprobación.

—Unas cuantas.

—«Unas cuantas» no es una respuesta científica —replicó Max—. ¿Vio la película tal como me prometió?

—La verdad es que estaba tan enfrascado que me la perdí.

—Detesto la indisciplina —lo reconvino—. Incluso su espacioso cerebro necesita expansionarse. De modo que deje lo que esté haciendo, que iremos al Newton a reponer fuerzas como Dios manda.

Adam aceptó encantado la invitación y, veinte minutos después, iban en el vetusto «escarabajo» de Max, traqueteando por Commonwealth Avenue mientras se acentuaba la oscuridad invernal.

—Tenga cuidado —lo regañó Adam al ver que el profesor se pasaba el segundo semáforo en rojo consecutivo—. Su mente está a una distancia sideral de aquí. Y... ni siquiera en tierra firme debería conducir.

—Por lo menos yo dormí anoche —replicó Max en tono de fingido reproche—. Así que, arrellánese bien y escuche este segundo movimiento de Schubert —añadió.

El profesor subió el volumen del radiocasete y empezó a tararear.

Adam se relajó y se desentendió del tráfico. Fue un descuido que se reprocharía durante el resto de su vida.

Al llegar a lo alto de la cuesta, en la confluencia de Heartbreak Hill y Commonwealth Avenue, y empezar a descender, se les cruzaron dos adolescentes que iban en bicicleta.

Max se desvió para no arrollarlos. Le patinaron las ruedas en un tramo de la calzada que estaba cubierto con hielo y perdió el control del coche, que se estrelló contra un árbol.

La endeble chapa se arrugó como un acordeón. Se oyó un ruido sordo al golpear la cabeza del conductor en el parabrisas. El breve silencio que siguió al accidente contrastaba con su gravedad.

Tras la sacudida, Adam permaneció inmóvil. No oía respirar a Max. Le buscó el pulso, aunque a sabiendas de que era un mero pretexto para tocar al profesor por última vez.

Poco a poco, se percató de la lacerante realidad. *Está muerto. Mi amigo, mi maestro —mi padre—, está muerto. Y todo por mi culpa.*

De su garganta salió un grito, como el aullido de un animal herido.

Aún sollozaba al llegar el coche-patrulla.

Los ciclistas, aunque horrorizados, pudieron dar una versión más o menos coherente de lo ocurrido.

El sargento de policía tenía prisa por diligenciar el parte.

—¿Sabe quién es su pariente más próximo? —le preguntó a Adam.

—Su esposa. Lisl. Vive a unas manzanas de aquí. Puedo ir a pie.

—¿Quiere que lo llevemos?

—No, gracias, sargento. Estoy aturdido. Necesito despejarme.

Lisl asimiló la noticia con gran entereza. Sólo murmuró unas palabras acerca de que era una locura que su esposo condujese.

—Pero... ¡era tan testarudo mi Max! Nunca debí dejarlo conducir.

En seguida advirtió lo afectado que estaba Adam y le tocó cariñosamente la mano.

—Deje de culparse. No hay más remedio que aceptar que estas desgracias ocurren.

¿Por qué Max?, se lamentaba Adam. ¿Por qué alguien tan bondadoso?

Lisl llamó a una de sus íntimas amigas, compañera de estudios en la Facultad de Psicología. Acudió con su mejor buena voluntad a confortarla y hacerle compañía, mientras Adam se encargaba de los penosos trámites para el entierro que, como en todos los casos de muerte por accidente, tendría que esperar hasta que se realizase la obligatoria autopsia.

A las seis de la tarde, Eli Cass, el jefe de prensa de Harvard, telefoneó para recabar detalles sobre el accidente. Quería incluirlos en un comunicado urgente para que saliese en el *Boston Globe* del día siguiente, y para enviarlo a las distintas agencias de noticias. Eli se alegró de poder hablar con alguien que estaba en condiciones de completar la lista de premios y reconocimientos obtenidos por Max.

—Según el decano Holmes, era sólo cuestión de tiempo que al profesor Max Rudolph le concediesen el Nobel —comentó Cass.

—Sí —convino Adam abstraído—. Probablemente, era el más destacado inmunólogo del mundo.

Lisl estaba en el salón con Maurice Oates, el abogado de Rudolph.

—Lamento tener que hablar tan pronto de la última voluntad de Max —se excusó el abogado—, pero subraya que no quería discursos en su entierro, ni ningún parlamento. Tampoco servicio religioso. Por lo demás, el testamento es claro y normal —añadió mirando al joven médico, que estaba en un rincón, con su rostro extremadamente pálido—. Le deja a usted su reloj de oro de bolsillo.

—Voy a buscarlo —dijo Lisl.

—No, no —dijo Adam—. Que ya habrá tiempo para eso.

—Por favor —porfió ella—. Si no se lo doy esta noche tendrá que marcharse a casa sin nada de Max.

Lisl se desmoronó entonces. Y, sin importarle la presencia de los demás, se echó en brazos de Adam. No pudieron contener las lágrimas por haber perdido al ser más noble que habían conocido jamás.

.Aunque al marchar Adam era casi medianoche, Lisl seguía rodeada de amigos y vecinos que acudieron a consolarla. Además, la casa estaba llena de palpables recuerdos de Max: su despacho, sus libros, su ropa. Las gafas que utilizaba para leer estaban encima de su mesa.

A Adam, en cambio, no le quedaba más que aquel silencioso reloj de oro, un recuerdo tanto más lacerante porque era un regalo que Max recibió de su padre al licenciarse en la facultad. Era el símbolo de que recibía la antorcha. Adam se apretó el reloj contra la mejilla.

Sonó el teléfono. Era Toni.

—Lo he oído en el informativo de las once —le dijo ella—; ¿estás bien?

—No mucho, la verdad —repuso él con amargura—. Tenía que haber conducido yo.

Toni no sabía qué decirle y guardó silencio unos instantes.

—¿Cuándo es el funeral? —le preguntó no obstante.

—El martes por la mañana. No habrá ninguna ceremonia. Nada de panegíricos. Así lo ha dejado dispuesto.

—No me parece bien —objetó Toni—. Por lo menos unas palabras; las naturales expresiones de afecto. Quizá Lisl no se dé cuenta de lo mucho que lo necesita ella también. No me parece bien eso de enterrarlo sin decir ni una palabra. ¿Crees que procede que asista yo?

—Es que... ni siquiera lo conocías.

—Los funerales son para los vivos, no para los muertos.

—Ya. Pero he de cuidar un poco de Lisl.

—Lo imagino —dijo ella en tono comprensivo—. Pero alguien deberá cuidar de ti también.

—Gracias, Toni —musitó él—. Te lo agradeceré.

Había poco más de una veintena de personas reunidas junto a la tumba abierta de Max Rudolph: el decano, varios colegas, sus esposas, los miembros de su equipo del laboratorio y algunos estudiantes. Y entre ellas, con toda discreción, se hallaba Antonia Nielson.

Los empleados de la funeraria, habituados a entierros «silenciosos», prepararon varias canastillas de flores frescas para que los miembros del cortejo fúnebre las echasen sobre el féretro, al acercarse a darle el último adiós al profesor.

Adam y Lisl fueron los últimos. La mano de Adam se resistía a dejar caer la flor. Unas palabras brotaron de su garganta, unos versos de *Hamlet* que, de pronto, le parecieron apropiados.

Fue un hombre de una pieza, cabal.
Jamás conoceré a otro igual.

Luego, sin percatarse, dejó caer la flor.
Y Lisl hizo lo mismo.

7

SANDY

Aunque parezca mentira, Sandy Raven no albergaba el menor resentimiento por cómo transcurrieron su infancia y su adolescencia. Sólo tenía una vaga idea de la mutua hostilidad de sus padres, y recordaba su infancia como la época del más puro amor. No el que nadie le profesase a él sino la secreta pasión que sentía por su compañera de curso, Rochelle Taubman. La llama de su amor era tan ardiente que hubiese podido evaporar los diamantes.

Aquello sucedió mucho antes de que Rochelle se convirtiese en la radiante diosa que adornaba las portadas de *Vogue*, *Harper's Bazaar* y *Silver Screen*. Por aquel entonces no era sino «la *beldad* de P.S. 161».

Por otra parte, ella era estilizada, bellísima, con marcados pómulos, resplandeciente pelo castaño y ojos delicuescentes. En cambio él, era rechoncho, llevaba gafas y tenía un cutis que hacía recordar la harina de avena.

Ella no le hacía ningún caso, salvo en vísperas de fin de curso. Entonces lo engatusaba para que la ayudase a preparar los exámenes de matemáticas y de ciencias.

Sin embargo, Sandy nunca se sintió utilizado. El mero hecho de que ella le endulzase las sesiones de tutoría con frases como «Eres maravilloso, Sandy» o «Te querré siempre», era suficiente recompensa. Luego, al acabar el curso, la amnesia se apoderaba del corazón de Rochelle, que lo ignoraba hasta que llegaban los exámenes del siguiente semestre.

Hasta entonces, Sandy no hacía sino languidecer.

Su padre intentaba animarlo.

—No te lo tomes muy a pecho, hijo mío —le decía—. Recuerda que aunque prefiera al capitán del equipo de rugby, algún día éste irá cuesta abajo. Y, de pronto, te encontrarás solo con ella en la alto de la tribuna del Yankee Stadium, mientras millones de gargantas os vitorean al ver que os acercáis hasta fundiros en un beso.

—¡Por Dios, papá! —exclamaba Sandy atónito—. ¿De dónde sacas esas imágenes?

—De las películas, naturalmente —le contestaba Sidney con una radiante sonrisa.

Sandy aún no había terminado sus estudios en el instituto y ya estaba en edad de presumir de la reciente notoriedad de su padre en Hollywood. Y no le faltó tiempo para decirle a Rochelle que su padre era ya todo un ejecutivo de la Twentieth Century-Fox.

De nuevo recordó ella que Sandy existía.

—No sé cómo voy a arreglármelas sin ti —se apresuró a decirle Rochelle—. Tú estarás en Ciencias y yo en Música y Artes Plásticas. ¿Cuándo nos vamos a ver?

—Podemos llamarnos por teléfono —contestó él con un dejo de sarcasmo—. Si por la noche necesitas que te ayude con los deberes, me llamas —añadió galantemente.

—Lo haré, lo haré —dijo ella en tono cantarín—. Supongo que es que nunca ha venido rodado, pero quería decirte que sentí mucho lo de la separación de tus padres.

—Gracias —dijo él—. Supongo que ha sido lo mejor para todos.

—Pero ¿podrás ver a tu padre?

—Me acaba de enviar un billete de autocar para que vaya a pasar el verano con él en Hollywood.

—¡Qué bien! ¡Cómo me gustaría ir!

A Sandy le dio un brinco el corazón ante la sola idea. «¡Ay, Rochelle! —pensó—. ¡No sabes cómo me gustaría poder llevarte!»

—No olvides enviarme una postal —le dijo ella sonriéndole insinuante—. Si es que no te olvidas allí de las amigas.

Lo que no olvidaría Sandy fue su primera visita a California.

Era casi la hora del almuerzo cuando el Chevrolet de Sidney llegó ante la entrada de los estudios de la Twentieth Century-Fox, en la esquina de Pico y Avenue of the Stars.

El vigilante de seguridad lo reconoció de inmediato, lo saludó amablemente y le sonrió.

—Buenos días, señor Raven. Qué tarde llega hoy.

—Sí, he tenido que ir a recoger a mi chico a la terminal.

—Ajá, jovencito, bien venido a la Ciudad del Oropel —dijo el vigilante al franquearles la entrada.

Sidney fue hacia su plaza de aparcamiento lentamente, para que su hijo se embebiese del aspecto de los estudios. Los primeros quinientos metros parecían un paraje de otra época.

Un nutrido grupo de empleados se afanaba en la instalación de un raíl sobreelevado; otros, remachaban tablas de un decorado que representaba vetustos edificios de ladrillo oscuro, para ambientar *Hello, Dolly*.

En Dirección (un sombrío comedor cuya fachada sirvió para uno de los edificios que aparecieron en *Vidas borrascosas*) había una plataforma reservada a los magnates del estudio, categoría a la que aún no había accedido su padre. Allí se reunían con las estrellas que estuviesen rodando. Aquel día era Charlton Heston, vestido de astronauta.

Sin embargo, lo más sorprendente era el comedor de los extras, que parecían acabar de ser atacados por una legión de gorilas. Allí, sentados en cualquier parte, despreocupadamente engullían bocadillos y bebían café.

Sidney le explicó a su hijo que eran los extras de un épico film titulado *El planeta de los simios*, en el que «una manada de monos gigantes persigue a Chuck Heston por todo el mapa. Pura dinamita».

Todo el mundo parecía querer y estimar a su padre. Mientras daban cuenta de un atún en adobo al whisky, saludaron a Sidney innumerables simios y otros animales de Hollywood. Sandy estaba estupefacto.

—Los musicales están de moda —le aseguró Sidney a su hijo por la tarde, ya más relajados.

Le explicó que *Sonrisas y lágrimas* hizo época y que los norteamericanos estaban impacientes por que surgiese algo parecido.

—Tengo una idea para un auténtico bombazo —dijo Sidney—. Ya verás cuando lo oigas, muchacho. Será todo un éxito.

—¿De qué va, papá?

—Se titula *Frankie*, una versión musical de *Frankenstein*, con danza y canciones.

—Formidable —dijo Sandy—. Pero ¿no han hecho ya muchas versiones?

—Mira, chaval, en Hollywood hay un lema: «Si merece la pena hacer una cosa una vez, merece la pena repetir.» Tengo a cinco guionistas trabajando.

—¿Cinco? ¿Ya caben en el mismo cuarto?

Sidney se echó a reír.

—Parece como lo de la escena del camarote en *Una noche en la Ópera*. Pero no. No se trabaja así. Cada uno hace una versión distinta. Luego tengo otro guionista que me ayuda a seleccionar lo mejor de cada una de ellas para escribir la definitiva. Y ¿sabes por qué tiene el éxito asegurado, hijo? Porque se trata de una de las historias más apasionantes de todos los tiempos. Durante siglos, el hombre ha soñado con crear vida en un laboratorio. De manera que todo lo que necesitamos es actualizarlo... Por eso tengo a cinco cabecitas de oro aplicados a la labor. ¿Se te ocurre algo original?

—Pues..., mira, sí —contestó su hijo, orgulloso de poder demostrar sus conocimientos—. ¿Por qué no conviertes al doctor Frankenstein en un científico que trata de crear su monstruo con el ADN?

—¿Qué es el ADN? —le preguntó su padre.

—Lo más moderno —repuso Sandy entusiasmado—. Aunque..., bueno, fue en el cincuenta y tres. Dos ingleses, llamados Watson y Crick, descifraron el código genético del material del que estamos hechos. ADN son las siglas de ácido desoxirribonucleico. Contiene las instrucciones para todas las cosas vivas, en un sencillo código basado en cuatro elementos químicos. O sea, papá, que has tenido una idea brillante, porque en eso anda precisamente la ciencia. Apuesto a que todos los chicos del instituto verán la película veinte veces.

—No sé, muchacho; en este gran país que llamamos los Estados Unidos, no todo el mundo va al instituto Científico del Bronx. Me temo que la idea no le seduzca mucho al señor Z., el productor.

Sandy se sintió contrariado. Por hacer tan estúpida sugerencia, acababa de perder puntos ante su padre. Se prometió que, en lo sucesivo, guardaría sus grandes ideas para sí.

Con todo, la estancia le proporcionó a Sandy muchas oportunidades de hablar de sus asuntos con su padre y, durante sus charlas, dejó traslucir la irrefrenable pasión que sentía por Rochelle. Su padre procuró mostrarse comprensivo, aunque el amor platónico era un sentimiento que no comprendía.

Para Sandy fue un alivio encontrar un tema en el que ambos sintonizaban: sus aspiraciones de cara al futuro. En varias ocasiones dieron largos paseos junto al mar en Santa Mónica, compartiendo las mismas fantasías.

Su padre soñaba con la pantalla grande, con hacer superproducciones, con rutilantes estrellas. Y con ganar mucho dinero. Y, sobre todo, con llegar a ver en la publicidad: «Una producción de Sidney Raven.»

Sandy quería triunfar en el campo de la bioquímica, sobre todo en genética.

—Pues mira, en cierto modo —le dijo su padre en tono amable— nos dedicaremos a lo mismo. Tú recrearás vida en un tubo de ensayo y yo haré lo mismo en la pantalla.

De manera que se iban a entender.

Como Sidney era muy dado a fantasear pensó que, un día no muy lejano —acaso en el mismo año—, él podría ganar un Oscar y su hijo el premio Nobel.

—Tienes mucha imaginación, papá —le dijo Sandy afectuosamente.

—Pues por eso trabajo en el cine, hijo mío.

Aquel verano estuvieron más unidos que cuando se veían todos los días del año.

Sandy regresó de su primera visita a la costa Oeste muy bronceado y más seguro de sí mismo, tanto, que llamó desde una cabina a la señorita Taubman «sólo para saludarla».

Ella no pareció exultante de alegría al oírlo, hasta que él le recordó, como de pasada, dónde había pasado las vacaciones. A ella le cambió en seguida el tono de voz y quedaron en reunirse para tomar café.

Sandy aguardó un buen rato en el lugar de la cita, sin verla aparecer. Casi dio un brinco al ver que estaba sentada a una mesa contigua a la máquina de discos. Le hacía señas.

—Perdona, Rochelle, lo siento —se excusó él muy azorado—. Pero... es que no te he reconocido. No me habías dicho que ahora fueses rubia. Ni que...

No se atrevió a acabárselo de decir, pero ella le tradujo el pensamiento.

—Me lo hice esta primavera, durante las vacaciones de Semana Santa. ¿A que me ha quedado bien? —le dijo mostrándole ambos perfiles—. Nadie diría que no es mi nariz.

Sandy se sintió realmente desilusionado. Rochelle le parecía mucho más bonita con su verdadera fisonomía.

Lo entristeció pensar que ya no volvería a ver su hermoso rostro. Habían convertido a su conmovedora *madonna* en una muñeca Barbie.

—No, desde luego. Está muy bien —dijo por cumplir.

—No creas, no, que, al principio, no quise —le explicó ella—. Pero mi agente insistió en que no tendría nada que hacer en el cine sin un perfil más clásico. Y, bueno, cuéntame de Hollywood.

Tras llamar él al camarero, ella le largó un discurso de autobombo que hubiese hecho sonrojar a Narciso.

—La temporada de verano ha sido increíble. Hemos hecho *Un tranvía llamado deseo*, *Nuestra ciudad* y hemos rematado con *Romeo y Julieta*. Incluso vino Joe Papp a saludarme al camerino.

—¡Maravilloso! —exclamó Sandy, aunque con el íntimo convencimiento de que se le alejaba aún más.

Comprendió que él ya no formaba parte del mundillo de Rochelle Taubman. Durante todo el verano él tan sólo había observado, mientras que ella había *sido* observada.

—Bueno, cuéntame tú —le espetó ella—. ¿En qué anda tu padre?

Sandy le habló de los estudios, de los simios y de *Frankie*.

—Creo que mi padre ya tiene la luz verde para el proyecto de *Frankie* —le dijo.

—Brillante idea —dijo ella entusiasmada—. ¿Quién es la estrella femenina?

—Pues, que yo sepa, no sale ninguna mujer.

—¿No? —exclamó ella—. En *Variety* dice que será un musical. Tiene que haber una primera estrella femenina. Aunque, ¿por qué me emociono tanto? Es inevitable que el papel sea para Julie Andrews.

—Hablaré con mi padre —se brindó él generosamente.

—No quiero aprovecharme de ti, ¿eh? —saltó ella como una amorosa pantera—. Sólo aceptaría que me consiguieses una prueba... El resto ya sería cosa suya. Aunque, no sé... —musitó con la cabeza gacha—, creo que esto sí que es aprovecharme de tu amistad.

—No, qué va —protestó él—. ¿Para qué están los amigos? Lo llamaré esta noche.

—¡Eres un verdadero encanto! —exclamó ella alegremente—. Telefonéame, a la hora que sea, cuando hayas hablado con él. No me separaré del teléfono.

Por primera vez, desde que se conocieron en el parvulario, Sandy Raven volvió a casa convencido de que, de todas las llamadas telefónicas que pudiera esperar Rochelle, la que esperaría con mayor ansiedad sería la *suya*.

La noticia que le comunicó su padre fue agridulce. No era buena para Sidney aunque sí para Rochelle.

Por lo visto, en los estudios recortaban gastos y el señor Z se mostraba reacio a invertir en otro gran musical, por mucho que le gustase la idea de *Frankie*.

Sin embargo, Sidney trabajaba en otros tres proyectos para el señor Z. Estaba seguro de que le conseguiría una audición para la escuela de interpretación de la Fox. Más que una escuela, aquello era un vivero de preciosidades, potenciales rompecorazones en películas para adolescentes, fogueados así en su camino al estrellato.

La próxima vez que se viesen en Nueva York procuraría conseguirle una audición al amorcito de su hijo.

—Oh, Sandy —exclamó ella por teléfono, rebosante de gratitud—. Ojalá estuvieses aquí. Me echaría en tus brazos y te daría un beso.

Bueno, pues podría acercarme, pensó Sandy, aunque se abstuvo de decirlo.

Sidney Raven cumplió su palabra. Aquel invierno, cuando los alevines de la Fox fueron a la costa Este, no sólo le concedieron una audición a Rochelle sino pruebas de fotogenia. Dictaminaron que «aunque floja de delantera» (era un informe confidencial) daba bien y tenía una personalidad atractiva, aunque como actriz no convenciese. Sin embargo, su aspecto bastaba para aceptarla en la escuela de arte dramático de los estudios para un período de prueba de tres años.

Con su ansiedad por marchar a California, Rochelle no encontró tiempo para hablar con Sandy. Pero, ya en el avión, con cinco horas por delante antes de llegar a la tierra de los mercaderes de espejismos, escribió una nota en papel de la TWA que concluía: «Por todas las cosas maravillosas que has hecho por mí, nunca te olvidaré.» Sólo que, tras aterrizar en Los Ángeles, olvidó echar la carta al correo.

8

ADAM

Acababan de llamar a los pasajeros del vuelo de Toni para que embarcasen.

—Si quieres, me quedo, Adam; me encantaría —le repitió ella por enésima vez.

—No, Toni, no —dijo él como para demostrarle su independencia emocional—. No te preocupes, que sé cuidarme.

Pero empezó a echarla de menos en cuanto volvió a su coche. Comprendió de pronto que no podía ir a encerrarse en casa. Su apartamento estaba demasiado lleno de Max y demasiado despojado de Toni.

De manera que fue al único lugar en donde encontraría solidaridad, donde podría hacer lo que más necesitaba en aquellos momentos: hablar de Max Rudolph.

Su intuición no lo engañó. Varios miembros del equipo del profesor optaron por ir al laboratorio con el pretexto de hablar de Max. Al llegar él, sin embargo, todos se esforzaron por parecer de buen humor, recordando los «buenos tiempos», la idiosincrasia de su jefe, incluida su brusquedad.

Algunos habían bebido algo más de la cuenta.

—Conociendo a Max, me temo que, esté donde esté, nos saldrá con alguna de sus visitas sorpresa de los domingos —farfulló Rob Weiner, un bioquímico.

Adam oyó sin querer una conversación que hubiese preferido que no llegase a sus oídos.

—Deberían nombrar a Coopersmith —dijo Cindy Po—. Es lo que el profesor hubiese querido.

—Parece que acabes de caerte del nido —replicó una veterana investigadora—. La influencia que pueda tener uno en Harvard no es póstuma. Nombrarán a quien les venga en gana para dirigir el laboratorio. Y, con franqueza, Adam no tiene ni la edad ni las suficientes publicaciones para que le concedan el puesto.

—Pues yo opino que lo merece —porfió Cindy Po.

—Mira, encanto, tú sabrás mucho de microbiología, pero de política académica tienes mucho que aprender. Lo que más juega en contra de Coopersmith es, precisamente, su excesiva proximidad a Max, al margen de las envidias que suscita en otros más antiguos.

Justo a medianoche sonó su teléfono del laboratorio.

—¿No estaré haciéndome pesada? —le dijo Toni en un tono que procuró que sonase desenfadado.

—No, qué va. Te debo una excusa. Por más «enfrascado» que esté porque así es como estoy: rodeado de frascos, incluido el del whisky, echo de menos a Max, y te añoro a ti también.

—Gracias. Ya sé que te cuesta reconocerlo. Por si te dice algo, te confesaré que estuve a punto de bajar del avión cuando iba a despegar.

—Por cierto, me comentó Lisl que eres muy simpática.

—Vaya —exclamó Toni sin poder ocultar su satisfacción—. Dale un cariñoso recuerdo.

Por las noches era cuando Adam añoraba más a su maestro. Sobre todo porque, tras un respetuoso período de duelo, sólo hacían el turno de noche los miembros más introvertidos del equipo científico.

El frío de los inviernos de Boston se hacía insoportable sin la calidez de la amistad y de la inteligencia de Max Rudolph. El trabajo era el único lenitivo. Adam se entregaba en cuerpo y alma al último, y más importante, proyecto de su mentor.

Albergaba un sueño que lo enardecía: culminar aquel proyecto para poder subir al estrado en Estocolmo y decirle al mundo: «Este premio pertenece a Max Rudolph.»

Y ni aun así cesaría su dolor.

Harvard optó por contratar a Ian Cavanagh, de Oxford, para que ocupase la cátedra de Max Rudolph y dirigiese el laboratorio.

Como es natural, los miembros del equipo científico se volcaron, del mejor grado, para prestarle toda su colaboración al nuevo director. Se mantuvieron unidos y prosiguieron con la labor de investigación como de costumbre.

Sin embargo, aunque Lisl urgiese a Adam a mostrarse conciliador con Cavanagh y le decía que «puede que no estuviese de más hacerle un poco la pelota», él se mostraba frío y distante. Le costaba Dios y ayuda encerrarse entre las cuatro paredes de cristal del despacho, desde el que aquel inglés señoreaba en los dominios que fueron de Max Rudolph.

Tan poca deferencia le parecía a Cavanagh impropia de alguien a quien consideraba aún como un científico inexperto. Para todos quedó claro en el laboratorio que discriminaba a Adam. A los demás los llamaba por su nombre de pila; a él, simplemente, Coopersmith.

Pese a las protestas de Lisl —que le dijo que, sin duda, tenía otras cosas mejores que hacer—, Adam insistió en que saliese a cenar con él por lo menos una vez por semana. Lisl se sintió conmovida y halagada e hizo cuanto pudo para suceder a su esposo como consejera del joven médico.

—Vaya a almorzar con él. Haga el juego. Cavanagh es un científico de primer orden y no tardará mucho en reconocer su capacidad. Pero ayude usted un poco.

—Me temo que sea demasiado tarde para eso —dijo Adam con visible abatimiento—. Esta mañana me ha lanzado una granada a mi madriguera. Debido, según él, a «dificultades financieras» ha tenido que recortar mi presupuesto para el año próximo, y mi sueldo, a la mitad.

—Pues me va a perdonar que reconsidere la opinión que me merecía —dijo Lisl furiosa—. Al cerrarle el grifo al proyecto más querido por mi esposo no hace sino revelarse como un mezquino. Lo de las dificultades financieras ni siquiera es una mentira verosímil. Una de las razones por las que le dieron el puesto es porque sabe maniobrar muy bien para que le concedan grandes presupuestos, aparte de que tiene muy buenos contactos en la industria bioquímica. Lo que ocurre, probablemente, es que le debe de tener a usted miedo. Pero no le dé el gusto de dimitir. Haga algún trabajo de clínica para compensar la merma económica —añadió Lisl apretándole el brazo con firmeza—. Prométame que no abandonará.

—Desde luego que no, Lisl —le aseguró él en tono convincente—. No dimitiré. Es lo menos que le debo a Max.

—No, no —dijo ella conmovida—. Debe hacerlo *por usted mismo.*

Adam estaba resuelto a defender la parcela que aún le quedaba en el laboratorio que dirigió el doctor Rudolph. Para compensar el drástico recorte de sueldo firmó un contrato como supervisor de obstetricia del pabellón de altas. En este pabellón los jefes no hacían prácticamente nada. Los subalternos atendían los partos sin complicaciones. Adam sólo tendría que intervenir en las emergencias.

Además, como las condiciones del contrato del nuevo empleo de Adam sólo lo obligaban a estar en el recinto de la escuela de Medicina, podía, en la práctica, trabajar en el laboratorio. En cinco minutos se plantaba en la sala de partos del pabellón de altas o en el Brigham & Women's Hospital. Por otra parte, cuando el trabajo de investigación lo abrumaba, aquel empleo a tiempo parcial le levantaba el ánimo. Se animaba al ver a aquellos recién nacidos de rostro enrojecido que lloriqueaban y pataleaban, destinados a cambiar la vida de sus padres. Y acaso el mundo.

Sin embargo, le resultaba difícil hablar de este aspecto de su trabajo con Lisl. Notaba que la muerte de Max había agudizado el dolor de Lisl por no haber tenido hijos. Pero, a medida que transcurrían los meses, Adam advirtió también que, a diferencia de él, Lisl empezaba a sobreponerse a la pérdida de su esposo.

—Créame, Adam. Max no hubiese querido que se encerrase entre cuatro paredes. Es usted un hombre joven. Debería pensar en tener hijos, y no sólo en los hijos de los demás.

—Déme un poco de tiempo —repuso Adam encogiéndose de hombros—. Cavanagh no deja de hacerme la vida imposible.

—Y dígame: ¿cómo andan las cosas entre usted y aquella bonita joven de Washington?

Adam volvió a encogerse de hombros.

—Pues no sé qué quiere que le diga. Yo aquí y ella allí. La distancia lo dice casi todo.

—¿Por qué no trata de acercársela?

Adam no quería entrar en detalles sobre las complejas relaciones sociales de Toni, aunque sí reconoció ante Lisl que se sentía atraído por ella.

Al llegar a casa por la noche, telefoneó a Washington y se invitó a pasar el fin de semana con Toni, que aceptó encantada.

70

Toni fue a esperarlo al aeropuerto. La notó distinta. ¿Eran figuraciones suyas o estaba de verdad más sosegada?, pensó Adam mientras cruzaban el Potomac a toda velocidad en su coche.

Aunque en el aeropuerto se besaron superficialmente, luego se produjo un breve pero embarazoso silencio que ella terminó por romper.

—Gracias —le dijo.

—¿Por qué, exactamente?

—Por lo que piensas pero no te atreves a decir...: que te alegras de verme.

—¿Por qué estás tan segura? —dijo él.

—Porque la mayoría de las personas no sonríe si no está a gusto.

Al llegar al apartamento de Toni, él se quitó la chaqueta, se puso un delantal y la ayudó a preparar la ensalada. Codo con codo, como si fuesen compañeros de laboratorio.

—¿Se puede saber por qué estás tan comunicativo? —se burló ella.

—Es que soy un científico —dijo él a la vez que escurría el agua de las hojas de lechuga—. Trato de analizar los datos.

—Y ¿cuál es su conclusión, doctor?

Adam se volvió hacia ella, dispuesto a exteriorizar la frustración que de nuevo se había apoderado de él al entrar en su apartamento.

—Me siento confuso, Toni —le confesó—. Tus actitudes me desconciertan. Por un lado, tienes la habilidad de hacer que me sienta como si fuese para ti el único hombre en el mundo. Y, sin embargo, ambos sabemos que tienes otro compromiso.

—Con mi empleo, Adam. Con el Departamento de Justicia. Tú deberías ser el primero en comprenderlo así.

—Con tu jefe me parece a mí.

Toni no pudo ocultar su irritación.

—Si no te importa, eso es cosa mía. Lo creas o no, tengo dos pasantes y dos secretarias. Lo que yo haga con mi tiempo libre es cosa que no te incumbe. Que yo no te he preguntado nunca con quién sales en Boston.

—Desde luego no con mujeres casadas —le espetó él.

—Ah, pues me alegro por ti —dijo ella con una risa sarcástica—. Y aprovecha aquí, aprovecha. Que en esta ciudad hay cinco veces más mujeres que hombres. No sé si lo habrás notado pero este villorrio no sólo es la capital de la nación sino un harén político. En fin... ¿No habrás venido desde Boston sólo para discutir? Se diría que te empeñas en acabar detestándome.

—Diste en el blanco —repuso él—. Es lo que llamamos una «reacción de autoinmunidad».

Ella le puso cariñosamente la mano en la nuca.

—He terminado con él, Adam —le susurró—. En realidad, terminé nada más verlo, después de estar contigo en Boston. Iba a decírtelo al morir Max, pero no me pareció el momento más oportuno. He descubierto la diferencia que hay entre un hombre que te desea y un hombre que te necesita. No quisiera parecer presuntuosa, pero creo sinceramente que he cambiado tu vida.

—Y es verdad. Lo es. Ojalá me lo hubieses dicho antes.

—Bueno, por una vez parece que coincidimos. ¿De verdad he cambiado algo en tu vida? —le preguntó ella con visible ansiedad.

—Sí, Toni —contestó él sonriente—. Es más: creo que esto lo cambia todo.

El resto del fin de semana fue una especie de prólogo del compromiso. Toni se sentía, al fin, lo bastante segura para abrirle su corazón y su mente.

Su infancia fue el polo opuesto de la de Adam en casi todos los aspectos. Mientras que él recurría a hacerse saltador de trampolín para salir adelante y dejar atrás el mundo de su padre, ella había visto el mundo desde el pedestal en el que Tom Hartnell la puso. Un padre que se divorció de su madre y que se casó luego otras dos veces. Hizo coincidir una de sus bodas con su incorporación a la Embajada en Gran Bretaña. Tenía dos hijos, pero a ambos les faltaba la energía de su hija Toni.

Perdido por alguna sección de una agencia del Bank of America de Levittown estaba Thomas Hartnell II, todo un borrón para tan activo apellido, al optar por una vida tan plácida. Y el joven Norton Hartnell llevaba una vida más retirada aún que Tom Junior: profesor de inglés, como segunda lengua, en una aldea de Texas.

Comprensiblemente, Thomas Hartnell consideraba a Toni su «hijo» predilecto (que no en vano la llamaba *Capi*, como si la rudeza del ex *marine* lo impulsara a desdeñar un nombre más femenino).

Adam se percataba de que la predilección que Toni sentía por los hombres maduros era una inevitable consecuencia de su profundo apego al Jefe.

Sabía a lo que se exponía, pero lo arredró confesarle sus reservas.

—Mira, Toni, nadie mejor que yo sabe lo unida que estás a tu padre. ¿Crees que tu relación con él te permite forjar otra?

—No lo sé —repuso ella encogiéndose de hombros—. ¿Por qué no nos limitamos a dar tiempo al tiempo?

—Bueno —dijo él sonriente—. Es que especulo con los parámetros «de momento» y «para siempre». ¿Te parece llevadero?

—Si quieres que te sea sincera —contestó ella—, no me considero afortunada en el amor.

—Bueno, como yo tampoco me considero afortunado en el amor, ya tenemos otra cosa en común —replicó él—. ¿Por qué no salimos en viaje de luna de miel este verano? Podríamos alquilar una casita en el cabo Cod. Luego, si nos ha gustado, nos casamos.

—Original idea —dijo ella radiante.

—Por algo soy un científico innovador. ¿No te parece?

9

ISABEL

16 de marzo

El otro día cogí un viejo libro de texto de latín, de papá. Y me ha enseñado muchas cosas.

He descubierto el origen de muchas palabras, como «agricultura», por ejemplo, que procede de agricola, que significa granjero; y «decimal», de decimus, que significa diez.

Temía que papá se enfadase cuando supiera que dedicaba mi valioso tiempo a un tema no científico. Y me ha sorprendido que me haya dicho que tengo una gran intuición. Que las llamadas lenguas muertas no sólo sirven como ejercicio para mantener la mente ágil sino que, si aprendo bien el latín, comprenderé en seguida cosas de química, y sabré lo que quieren decir palabras como «carbón» y «fermentación».

Así que, por una vez, se ha alegrado de que haga algo que no es de mi especialidad, seguramente porque al final ha resultado ser de mi especialidad.

Y otra buena noticia: a Peter lo han aceptado en el equipo de fútbol de la universidad. ¡Bien por él!

Poco después de cumplir los once años, Isabel aprobó los exámenes de equivalencia del bachillerato. Teóricamente, esto la ponía en condiciones de ingresar en la universidad, aunque, claro está, a condición de aprobar el COU.

Una lluviosa mañana —un sábado de octubre de 1983—, Raymond y Muriel, que se esforzaba por cumplir con su papel de madre, aunque fuese mínimamente, en el drama del desarrollo intelectual de su hija, acompañaron con el coche a Isabel al instituto local. Allí, junto a alumnos cinco o seis años mayores que ella, realizó el test para la evaluación de su nivel verbal y matemático. Después del descanso para el almuerzo, durante el cual Raymond no dejó de elogiarla para infundirle ánimos, realizó los ejercicios de física, matemáticas y latín.

En la primera hoja del cuestionario pedía que sus resultados los enviasen a la secretaría de Ingresos de las sedes de la Universidad de California en San Diego y Berkeley, en este último caso —explicaba Raymond— para ver cómo la calificaban en la universidad más prestigiosa del país. Porque, obviamente, no iban a mandarla tan lejos a tan temprana edad.

A última hora de la tarde, Isabel salió del aula tan fresca como entró por la mañana.

Salió contenta. Y no era para menos. Obtuvo la máxima calificación en los tests verbal y matemático, además de realizar con brillantez los ejercicios de física, matemáticas y latín. De manera que, pese a que no fuese lo más conveniente para ella, ambas sedes la consideraron preparada para ingresar.

Sin embargo, ninguna universidad responsable y que se respetase podía dejar de tener en cuenta la edad de la solicitante. Ambos directores escribieron a los Da Costa y les sugirieron que Isabel aguardase uno o dos años, en el transcurso de los cuales podría estudiar una lengua extranjera.

Muy lejos de rendirse, Raymond propuso coger el coche y llevar a la niña de San Diego a Berkeley para una entrevista en Tutoría.

—¿No te parece que eso es algo perfectamente inútil? —objetó Muriel—. No tiene sentido ir tan lejos a sabiendas de que no vamos a aceptar la plaza.

Al mirar a su marido a los ojos comprendió lo que se proponía. Estaba resuelta a no ceder.

—Mira, Ray, hasta aquí hemos llegado. De trasladarnos a vivir a Berkeley..., ni hablar.

—No he dicho que vayamos a trasladarnos nosotros —replicó él.

—¡Por Dios! —explotó Muriel—. ¡Tú no estás en tu sano juicio! ¿Crees que haya un solo tribunal en el Estado que vaya a concederte a ti la custodia de una niña de doce años?

—¿Quién habla de custodia? —replicó él sin perder la calma—. No vamos a divorciarnos, Muriel. Sólo vamos a hacer lo que es mejor para nuestra hija.

—¿Crees que apartarla de su madre, a una edad tan crucial para una niña, es lo mejor para ella?

—Intelectualmente sí.

—Eso es todo lo que te importa, ¿no? —le espetó Muriel furiosa—. Pues bien, no voy a permitir que sigas deformando su personalidad. Voy a pedir que te lo impidan judicialmente.

—No, qué va —replicó él con un inequívoco tono de crueldad—. Tú no vas a hacer eso. Porque, si de verdad dices que quieres su felicidad, sabes perfectamente que alejarla de mí tendría el efecto contrario. Piénsalo, Muriel. Piénsalo detenidamente. Y, por lo pronto —añadió—, voy a llevar a Isabel a San Francisco.

El profesor encargado de la tutoría en Berkeley tenía, en el expediente de Isabel, entusiastas cartas de recomendación pero, también, dos informes tan confidenciales como preocupantes. Uno de ellos era del examinador del instituto que le realizó la prueba oral. El segundo era de la madre de la niña. Ambos advertían, en similares términos, que existía «un lazo anormalmente fuerte entre la niña y su padre».

En cuanto se abrió la puerta y entró Isabel, el tutor Kendall se percató de que tales advertencias estaban plenamente justificadas. Y cortó en seco al ver que el padre no se separaba de la niña y se aprestaba a intervenir:

—Señor Da Costa —le dijo en tono glacial—, si no le importa, me gustaría hablar con su hija a solas.

—Pero...

Raymond se abstuvo de protestar al comprender lo impropio de su actitud.

—Lo siento —le dijo el tutor en tono algo más amable—. Si la niña tiene edad para ingresar en la universidad, ha de tenerla también para hablar por su cuenta.

—Ah, claro, por supuesto —farfulló Raymond visiblemente incómodo—. Tiene usted razón. Esperaré fuera, cariño —añadió dirigiéndose a la niña.

Ya a solas con Isabel, Kendall recurrió a toda su delicadeza. La niña poseía unas facultades excepcionales, pero estaba seguro de que también tenía un problema. No mencionó específicamente a su padre. Lo hizo de un modo indirecto.

—Si te admitiésemos, Isabel, ¿crees que podrías vivir en un dormitorio con otras chicas, mucho mayores que tú, que te doblan la edad en algunos casos?

—No —contestó ella alegremente—, viviría con mi padre.

—Claro, claro —musitó el tutor—. Parece lo lógico, por lo menos durante los primeros años. Pero no crees que eso...

¿cómo te lo diría yo?, que eso podría privarte de tu vida social.

—Oh, no —exclamó la niña con una serena sonrisa—. Además, aún no soy lo suficientemente mayor para tener vida social.

Cuando padre e hija se hubieron marchado, el tutor siguió dándole vueltas a la cuestión. Era demasiado joven. Era inmadura. Debería ir a una escuela preparatoria hasta que cumpliera la edad adecuada.

Por otra parte, ¡qué demonios!, si no la aceptamos la admitirán esos bastardos de Harvard.

El egoísmo pudo más que su sentimiento de culpabilidad. Y escribió una carta de aceptación de la señorita Isabel da Costa que, en aquel año de 1988, ingresaría en primer curso de Física.

Para darle a Muriel la impresión de que era tolerante, Raymond la dejó desahogarse. Estaba furiosa.

—¡No sabes cómo te odio por lo que le has hecho a la niña, y a mí. Pero no te equivocabas: la única razón por la que no voy a llevarte a los tribunales es porque no soy como tú. A mí sí me importa lo que sea de la niña como persona. Quiero que crezca feliz. No quiero que la destrocemos, tirando de ella cada uno por un lado.

Raymond la escuchó en silencio. Confiaba en que, después de dar rienda suelta a su ira, se calmaría. Y su táctica dio los resultados esperados, porque, al final, a Muriel no le quedó más alternativa que ceder.

—Si vas a hacerte cargo de ella, hazlo, pero, por lo menos, no me apartes de su vida.

Él aceptó en seguida los términos de la tregua, que no era sino una rendicion incondicional. No dejó, sin embargo, traslucir el júbilo por su victoria.

—Puedes estar segura, Muriel —le dijo quedamente—, que es lo que Isabel quiere. Pregúntale. En Berkeley tienen una de las mejores facultades de Física del mundo. Además, volveremos a casa siempre que haya vacaciones —añadió—. ¿Trato hecho, pues?

—Sí —repuso ella con acritud—. El trato hecho... y el matrimonio deshecho.

—¿No habrás olvidado mi violín, eh, papá? —preguntó Isabel en cuanto salieron de casa con el coche.

—Pues, mira, no lo he cogido —contestó él muy serio.

—¡Pues volvamos en seguida a buscarlo!

—Escucha, cariño, lo he hecho a propósito. Ahora eres una estudiante universitaria, y no vas a tener tiempo para otras actividades.

—Pero tú sabes cuánto me gusta...

Su padre guardó silencio.

—Mira, papá, ya sé que piensas que es algo que me ata a casa. Pero te juro que es sólo porque me gusta el violín.

—Claro, claro —dijo él como si le diera la razón—. Perdona, ya haré que nos lo envíen.

—O podría traérnoslo mamá cuando nos visite.

Raymond puso cara de circunstancias, como si quisiera justificarse ante la niña.

—Sí..., claro —dijo en un tono muy poco convincente.

24 de agosto

Al principio de nuestro viaje estuve muy contenta, como si fuese a explorar un lugar misterioso. Pero al acercarnos a Berkeley empecé a tener miedo. Porque, bueno, estudiar con papá es una cosa y, en cambio ahora, tal como me temía, tendré que estar en un aula con chicas que me doblan la edad, y puede que el doble de inteligentes.

Papá intentó animarme. Incluso pasamos un rato repasando el programa de estudios de Berkeley (él conducía y yo leía) para asegurarnos de que no nos habíamos equivocado de asignaturas.

Salvo «Introducción a la Literatura universal», que yo insistí en estudiar aunque papá no quería, el resto son todas asignaturas obligatorias de las difíciles, como Mecánica cuántica, Electromagnetismo, Óptica, Partículas elementales y Física de los cuerpos sólidos.

También pensamos seguir a fondo cursos de Matemáticas aplicadas, como cálculo superior y variables complejas.

Supongo que, al tratar sólo de temas académicos, eludimos hablar de nuestros sentimientos.

El caso es que, en cuanto me vi en Berkeley, casi sentí pánico. Y, al llegar al bonito apartamento que papá había alquilado en *Piedmont Avenue*, casi me da un ataque al pensar que tenía que subir montones de libros hasta la segunda planta.

Por suerte, en los bajos viven tres estudiantes de la universidad muy fuertotes, con unas camisetas sin mangas como si quisieran enseñar los bíceps, y nos ayudaron a subirlo todo.

Me parece que se molestaron un poco cuando papá quiso darles propina. ¡Todo lo que querían es que fuésemos con ellos a tomar una cerveza! Papá les prometió que iríamos en otra ocasión. Pero luego me susurró: «No son gente apropiada, y así no les damos pie.» Como, que yo sepa, no hay ningún otro alumno de doce años en primer curso, mis posibilidades de conocer «gente apropiada» son muy remotas.

Deshicimos el equipaje (primero los libros, naturalmente). Luego papá salió y volvió con una pizza enorme (nuestra última cena antes de lo que, de manera muy poco tranquilizadora para mí, llamó «el comienzo de un capítulo de tu vida totalmente distinto»).

Me acosté y no paré de dar vueltas. Por extraño que parezca, no estaba preocupada por las clases sino un poco asustada por estar entre desconocidos. Y eso que papá no me habló de la sorpresa que me reservaba para el día siguiente.

Luego comprendí por qué no podía dormir. No tenía nada que ver con lo del día siguiente. Salté de la cama y fui a sacar de mi bolsa de lona a mi mejor amigo. En cuanto volví a la cama con mi osito de felpa en brazos me quedé dormida como un tronco.

10

ADAM

La intimidad que Adam y Toni buscaban resultó superpoblada. Porque, en verano, acudía al cabo Cod una legión dividida, casi a partes iguales, entre el Quién es Quién de Boston y el Quién es Qué de Washington.

Estaban tan poco acostumbrados a tomarse siquiera una tarde libre, que habían acumulado más semanas de vacaciones de las que podían hacer. Pero, como solía decir Toni jocosamente: «Si algún Watergate no lo impide, Washington duerme en agosto.» De manera que podía cerrar su despacho con relativa tranquilidad. Además, acababa de descubrir que, en aquellos momentos, el trabajo no parecía ser lo más importante en su vida.

También fue agradable comprobar lo bien que encajaba cada uno en el mundo del otro.

—Yo lo veo de este modo —dijo Adam en tono alegre—. En mi mundo investigamos para obtener píldoras mágicas; en el tuyo, fabricáis teledirigidos pildorazos.

Pese a lo concurrido del lugar, encontraban tiempo para estar a solas. Tanto si salían temprano a hacer *jogging* como si se organizaban una parrillada por la noche, se sentían a gusto. Y en la cama cada vez lo pasaban mejor.

Toni cumplía treinta años aquel agosto. Su único capricho fue bien curioso: ir a almorzar al aire libre al Parque Acuático de Chatham.

A él le sorprendió su elección hasta que vio la mesa que había reservado: junto a la enorme piscina.

—Antes de empezar a comer quiero mi regalo de cumpleaños —le dijo afectuosamente, mirándolo a los ojos.

Adam en seguida se percató de qué iba, al ver que Toni miraba hacia el trampolín del otro lado de la piscina.

—¿Has traído tu traje de baño? —le preguntó ella.

—Sí —contestó él—. Lo llevo puesto debajo de los tejanos.

—¡Estupendo! —exclamó Toni sonriente—. Anda y déjame contemplar al viejo Adam Coopersmith, a aquel muchacho que hacía el «ángel».

—Vamos, Toni..., que de eso hace muchos años.

—Te puntuaré con generosidad —dijo ella alegremente—. Así que, anda, ve y salta en mi honor.

Adam fue a los vestuarios, se cambió rápidamente y, tras hacer unas flexiones y desentumecerse los dedos de los pies, fue hacia el trampolín, bastante nervioso.

Al subir por la escalerilla vio con alivio que el trampolín estaba a la mitad de la altura de competición. Al situarse en el borde del trampolín se hizo el silencio entre los comensales. Luego se oyeron quedos siseos, al adivinar lo que anunciaba la grácil pose del inesperado saltador.

Adam respiró hondo, saltó y se zambulló tras una aceptable pirueta.

—¿Satisfecha? —dijo al emerger y mirar a Toni.

—¡En aboluto! —protestó ella sonriente—. Por lo menos un salto mortal quiero verte.

—¿No querrás que me rompa la crisma? —se lamentó él.

—No. Sólo quiero que me demuestres que las historias que me has contado no son apócrifas.

Adam se echó a reír, nadó hacia el lado opuesto de la piscina, se asió al borde y se aupó de un solo impulso.

Al verlo de nuevo en el trampolín, incluso los camareros se pararon a mirar. Una descarga de adrenalina recorrió todo su cuerpo y aceleró los latidos de su corazón. Tomó carrerilla, saltó tan alto como pudo, flexionó las piernas y dio la voltereta antes de entrar en el agua.

Sonó una gran ovación.

Orgulloso de sí mismo, Adam miró a Toni en busca de su aprobación. La vio aplaudir entusiasmada.

—¡Otra! ¡Otra! —gritaba Toni, como una adolescente en un concierto de rock.

—Ni hablar —dijo él—. Ahora te toca a ti.

—Quita, quita —rehusó ella—. Ahora almorcemos.

Al volver en el coche por la tarde a la casita que habían alquilado, ella lo miró con expresión risueña.

—Eres otro en el trampolín. Me refiero a que, durante esos segundos en los que, literalmente, vuelas, eres lo más hermoso que he visto en mi vida —le dijo.

Una vez establecidos en su residencia veraniega, Lisl aceptó ir a pasar unos días con ellos en el bungalow de invitados de la parte trasera del jardín.

Lisl y Toni se veían por segunda vez, pero ahora en circunstancias muy distintas. En el entierro de Max, Toni se mostró discreta y solidaria con el dolor de todos. Ahora, en cambio, al advertir el fuerte apego que se tenían Adam y Lisl, instintivamente vio a la viuda del profesor como a una rival.

Aunque mostró un educado interés por la psicología kleiniana, Toni no se privó de jactarse de la importancia de su trabajo en el Departamento de Justicia. Comentó, con prepotencia, un caso en el que tuvo que «mandar a la policía judicial» para proteger al director de una clínica de Florida, que aconsejaba a las embarazadas respecto de sus derechos.

Esto provocó el único roce que tuvieron Adam y Toni durante todo el tiempo que pasaron juntos.

—Siento que ya no te guste Lisl —comentó él, sin la menor acritud, cuando se quedaron de nuevo a solas.

—¿Por qué lo dices?

—Me ha parecido —contestó él—. Alardear de tus éxitos... ¿Por qué tenías que presumir de defender el derecho al aborto, delante de una mujer que no puede tener hijos?

—Vamos, Adam —replicó ella—. Si eso es «alardear», pues perdona. Pero Lisl vive en este mundo, en un mundo en el que la mayoría de las mujeres pueden tener hijos, y los tienen. No puedes erigirte en guardaespaldas de su mente.

—Eh, ¡como si me obsesionara a mí mucho que las mujeres tengan o dejen de tener hijos! Se trata, simplemente, de un poco de delicadeza, ¿no crees?

Toni era de las que sabían quitarle hierro a una discusión.

—Por eso eres tan encantador: una extraordinaria combinación de sensibilidad y testosterona.

Su manera de expresarse lo cautivaba. Y, en aquellos momentos, le hizo pensar en otras cosas.

—¡Doctor Coopersmith! ¡Doctor Coopersmith!

Una rubia bronceada, con shorts blancos y una camiseta a rayas, que llevaba de la mano a un guapo chiquito de unos cuatro años, le hacía aparatosas señas a Adam.

—¡Janice! —exclamó él sonriente al darse la vuelta—. ¡Qué alegría verla de nuevo!

La mujer y el niño corrieron hacia él. Antes de que a Adam le diese tiempo a presentarlas, la rubia señaló al pequeño.

—Vea, doctor Coopersmith, éste es su niño. ¿Recibió las fotografías?

—Por supuesto —dijo Adam, que se agachó a darle la mano al pequeño—. ¿Qué tal, jovencito? Soy el médico que te trajo al mundo. ¡No sabes lo contentos que nos pusiste a todos!

La madre rebosaba satisfacción.

—Ah, señora Coopersmith, ¡tiene usted un marido maravilloso...!

Toni no la sacó del error para que no se llevase una desilusión si le decía que no era la esposa de Adam.

—Nos trató a Jeff y a mí, cuando todos nos daban por un caso perdido —prosiguió Janice— y, como puede ver por Larry, nos hizo el mejor regalo de Navidad de nuestra vida.

—Lo hicieron todo ustedes, Janice —le dijo Adam afectuosamente—. Yo me limité a enredar con unos cuantos tubos de ensayo. Fue usted quien tuvo el valor de arriesgarse a un nuevo embarazo.

—Es demasiado modesto, doctor —dijo Janice—. ¡Lástima que Jeff no esté aquí! La empresa sólo le da dos semanas de vacaciones. Ha insistido en que nosotros nos quedásemos. Nos hubiese encantado salir juntos una noche.

—Habría sido estupendo —dijo Adam—. Salúdelo de mi parte. Y tú —añadió—, cuida bien de tu madre, Larry. Que es una mamá estupenda.

Adam y Toni se alejaron y dieron un paseo hasta el muelle.

—Siento que te hayan cargado con este marido aquí presente —le comentó él.

—No importa, Adam. Me ha hecho gracia. Espero que la satisfacción de tus clientas no las induzca a un excesivo entusiasmo.

El resto del mes pasó volando, como un superacelerado ciclotrón alimentado por millones de electrovoltios de energía emocional. El último fin de semana llegaron a un momento crítico.

Por la mañana temprano, después de dar un paseo por la playa, empezaron a hacer las maletas, cada uno a un lado de la cama del precioso bungalow que albergó su felicidad durante las últimas semanas. Durante un buen rato sostuvieron un apasionado diálogo sin palabras.

—No quiero que esto termine —dijo Adam por lo bajo.

Ella lo miró con una expresión que delataba el dolor que sentía por la inminente separación.

—Yo tampoco —le dijo.

—Pues no tiene por qué terminar, Toni —dijo él sobreponiéndose a una emoción que, por un instante, lo dejó sin palabras.

—Estaremos a sólo una hora de avión —dijo ella, a sabiendas de que no era un consuelo para ninguno de los dos.

—No, eso no basta —insistió él—. Nos pertenecemos.

Ahí estaba el núcleo de la cuestión. Ella lo miró con fijeza.

—¿Crees que te adaptarías a vivir en Washington? —le preguntó Toni—. Las instalaciones del Centro Nacional de Investigación son tan buenas como las de Harvard.

—¿Y por qué no tú? En Boston hay delegaciones del Departamento de Justicia, ¿no?; importantes bufetes...

—Es que, para mí, Adam, Washington es un lugar muy especial. El mundo de la política es algo muy difícil de expresar en palabras. Acabo de empezar mi carrera, y no sólo como funcionaria. A partir de enero, daré un seminario semanal de Derecho contemporáneo en Georgetown. Y eso es algo muy halagador.

—Vamos, Toni —la instó él afectuosamente—. Que hay muy buenas facultades de Derecho por aquí. ¿Te parece poco prestigiosa la de Harvard?

Ella agachó la cabeza contristada.

—¡Mierda! —musitó—. Ya me temía que esto iba a acabar así, pero no creí que doliese tanto. Me destroza.

Adam la rodeó con sus brazos.

—Por favor, Toni —le imploró—. Te quiero y te necesito. ¿No vas a pensarlo, por lo menos?

—¿Y qué crees que me ha tenido obsesionada todo el mes, Adam?

—Está bien —concedió él—. Démonos un poco más de tiempo.

—No puedo —dijo ella.

—¿No irás a decirme que prefieres terminar con esto? —le preguntó él al ver que lo miraba con ojos vidriosos.

—Sí.

—Sí ¿qué?

—Pues que te quiero. Que quiero casarme contigo. Y que si para eso tengo que ir a Boston... iré.

Adam se sintió abrumado. Primero, de pura alegría y, al instante, por el remordimiento de haber provocado que fuese ella quien se sacrificase.

Se besaron e hicieron el amor con tan espontánea pasión que ella perdió su vuelo directo a Washington. Eso significaba que tendrían que ir con el coche hasta el aeropuerto Logan de Boston. A cambio, estarían juntos otras dos horas y media.

Y estalló la tormenta.

—¡Ni hablar, Coopersmith! ¡Ni en broma!

Thomas Hartnell estaba tan furioso que dio un puñetazo en la mesa.

—¡No va a llevarse a mi hija a esa ciudad provinciana, anémica y aborregada! —añadió.

—Cálmate, papá, cálmate, por el amor de Dios.

—Tú lárgate, *Capi*, que quiero arreglar esto solo.

—¡No, maldita sea! Se trata de mi futuro. Y no estoy dispuesta a que me lo destroce nadie.

Toni se mantuvo firme mientras los dos hombres de su vida discutían de un modo tan crispado que temía que terminasen a golpes.

—¿Quiere atender a razones, señor Hartnell? —dijo Adam.

—No me interesa nada de lo que pueda usted decir, doctor Coopersmith. Y, antes de que lo saque a colación, sí: le debo a usted la vida. Pero no le debo a mi hija, que para mí vale más que la vida.

—No voy a llevármela a las antípodas, señor Hartnell.

—Por lo que a mi respecta, cualquier lugar que se halle más allá del cinturón metropolitano es inaceptable. ¡Por el amor de Dios, Adam! No tengo más que coger el teléfono y, en diez segundos, consigo que lo contraten en el Centro Nacional de Investigación, y con doble sueldo. ¿Por qué ese empeño en seguir en Harvard?

—Resulta muy difícil para mí explicarlo —repuso Adam con calma—. Quizá pueda resumírselo en dos palabras: Max Rudolph.

—Él ya ha muerto. Podría trasladarse aquí con todo lo necesario para seguir con la investigación, incluso con su viuda y todos los bártulos, si quiere.

—Ya sé que le parecerá descabellado —le confesó Adam tras un momento de vacilación—, pero no sería lo mismo. Cuando entro en aquel laboratorio es como si él aún estuviese allí. Cuando miro a través de los paneles de cristal de su despacho, aún lo veo allí sentado. Y cuando le hago preguntas, a veces me contesta.

Toni se quedó perpleja de pura admiración por el valor que le echaba Adam a la implacable actitud de su padre. Nunca había oído a nadie hablarle así al Jefe.

—¡Chiflado es lo que está usted! —le espetó Hartnell.

Lo cierto era que, pese a todo su coraje, Adam no se atrevió a decir que, lo que más lo impulsaba a llevarse a Toni, era alejarla de la sofocante influencia de su padre.

Toni se decidió a zanjar la cuestión.

—Mira, papá, si Adam está en Boston yo quiero estar en Boston.

—¿Y tu carrera? ¿Lo vas a echar todo por la borda por este chiflado de bata blanca?

—Por favor, trata de ponerte en mi lugar —porfió ella—. Profesionalmente me he relacionado muy bien, pero en lo personal nunca he conocido a nadie como Adam. Y, para mí, eso es más importante.

—Hazme caso, *Capi*, que sé lo que me digo. Que eres débil. Ya te has encaprichado otras veces...

—Oiga... —protestó Adam.

Hartnell lo miró con expresión de ferocidad.

—Ya le he aguantado bastantes insolencias, *muchacho*. ¡Tiene treinta segundos para dar media vuelta y salir de mi casa!

—No, papá, necesitamos por lo menos una hora —lo corrigió ella en tono desafiante.

—¿Cómo? ¿Qué dices? —farfulló Hartnell furioso.

—He de hacer la maleta —le contestó Toni tranquilamente—. Porque, si él se va, me voy yo con él.

Dos meses después, Toni y Adam se casaron en la llamada «iglesia de los Presidentes», en St. John's Lafayette Square, que está justo frente al parque de la Casa Blanca. El ocupante del Despacho Oval estuvo entre los invitados, en una indudable muestra de respeto hacia el hombre que tanto hizo por sentarlo en el sillón presidencial.

Thomas Hartnell logró esbozar una sonrisa al desprenderse de su única hija.

Durante el banquete, el fiscal general del Estado pronunció el brindis.

11

ADAM

El doctor Adam Coopersmith y esposa alquilaron un ático en un edificio antiguo, de ladrillo oscuro, situado en Beacon Hill.

En cuanto estuvieron instalados, Toni tuvo que empezar a considerar el duro cometido a que se enfrentaría. Si, además de colegiarse en Massachusetts, quería poder actuar ante los más altos tribunales, debía aprobar el examen que la facultaba para ello.

Ambos vibraban con sus respectivas profesiones, tanto como con su amor. Luego recordarían aquella época como la más feliz de su matrimonio.

Solían trabajar hasta las once de la noche. Luego, iban a alternar con los *yuppies* que llenaban los pubs y los restaurantes de Charles Street y que convertían toda la zona en una fiesta.

Toni no tuvo dificultades para encontrar empleo. A todos los bufetes de Boston les interesaba incorporar a su personal a una ex adjunta del fiscal general del Estado (porque la ascendieron poco antes de que ella presentara su renuncia).

Osterreicher and DeVane, el bufete más prestigioso y el que le ofreció mejor sueldo, terminó por contratarla.

Mientras tanto, Adam progresaba en el trabajo que Max Rudolph iniciara tan brillantemente. Su nuevo jefe encontró, al fin, tiempo para analizar su expediente oficial acerca de su estudio de los abortos múltiples de carácter idiopático.

Cavanagh no era ningún necio, sobre todo cuando se trataba de entrever el interés de un proyecto de investigación científica. Y había terminado por percatarse de las enormes posibilidades de la investigación de Adam.

De ahí que, en un gesto de magnanimidad, readmitiese a dos de los médicos que apartó del equipo del laboratorio. De paso, ilustró a Adam sobre cómo debían consignarse los nombres de los miembros del equipo en todos los trabajos que se publicasen en adelante.

—A Max no le gustaba estar en primer plano —le dijo sonriente—. Pero a mí me encanta la buena visibilidad. Y, como soy el director, quiero que mi nombre figure en primer lugar.

Era una costumbre tan carente de equidad como frecuente. Sin embargo, Adam optó por ser práctico. Aunque a regañadientes, accedió a lo que, dadas las circunstancias, era una necesidad si quería seguir con su investigación. Estaba a punto de concluir un trabajo en el que exponía el proyecto global en el que colaboró con Max. ¿No iría aquel hijo de la Gran Bretaña a pretender apropiárselo, como si de una publicación propia se tratase? Por desgracia, el ego del director pudo más que su conciencia.

—Las normas son las normas, amigo mío. Y será mejor que empecemos con buen pie. Naturalmente, puede poner una cruz delante del nombre del doctor Rudolph para indicar que ha fallecido.

De manera que el trabajo llegó a la redacción del *International Journal of Fertility* con el nombre de Cavanagh, como si se tratase de una colaboración entre un inglés y un difunto a quien ni siquiera llegó a conocer. ¿Pensaba Cavanagh que la comunidad médica iba a aceptar su autoría como algo creíble o respetable?

Adam optó por fingir que no le daba importancia y prosiguió con sus investigaciones. Mientras tanto, Toni «hizo doblete», como lo llamó ella exultante de alegría: en la misma semana le dieron el feliz resultado de su examen de colegiatura y el de su embarazo.

Al saber que iba a ser padre, Adam se entusiasmó y trabajó aún con mayor ahínco, como movido por una subliminal rivalidad creativa. En los meses siguientes, Adam repitió los experimentos finales, tal como indicó Max en el libro de laboratorio: con corticoesteroides para contrarrestar la reacción embriotóxica de la cobayas embarazadas.

Tras una enconada lucha interior —al sopesar los posibles efectos secundarios de los esteroides—, empezó, aunque con gran aprensión, a tratar a varias mujeres que, a juzgar por todas las pruebas a que se las sometió, no podrían tener hijos a menos que se eliminaran sus toxinas.

Adam procuraba no llevarse a casa las preocupaciones de su trabajo científico. No quería perturbar su relación emocional con Toni, cuya tendencia a querer destacar en todo incluía también a su embarazo. Por mal que se encontrase al levantarse por la mañana, ella recurría a toda su fuerza de voluntad para seguir normalmente con sus actividades. Ni una sola vez llamó a Adam al laboratorio, temerosa de ir a dar a luz prematuramente. Había leído mucho sobre todo lo relativo a la gestación y al parto, lo bastante como para distinguir las contracciones de las falsas alarmas.

Tras treinta y nueve semanas de embarazo, Toni dio felizmente a luz a una niña que pesó casi tres kilos. La llamaron Heather Elizabeth.

Toni fue la primera abogada del bufete que renunció a la baja por maternidad, entre otras cosas porque pudo llevar a la niña a una excelente guardería y reincorporarse al trabajo de inmediato.

Lisl, que se tomó muy a pecho su papel de madrina, no se privó de expresar sus reservas.

—Ya sé que lo hace mucha gente. Pero nadie puede sustituir a la madre en los primeros meses —comentó diplomáticamente.

—¿Y cuando hay que trabajar, qué? —replicó Toni.

—Bueno, claro —admitió Lisl—. Si no hay más remedio.

—Pues yo no tengo más remedio —le contestó.

Luego Toni se quejó a Adam por lo que consideraba una excesiva interferencia de Lisl.

—En cuanto hables con ella a solas, le dices que estoy encantada de que sea la madrina, pero no la suegra —dijo Toni.

—Lo hace de buena fe, con la mejor intención —protestó Adam.

—No te lo niego —dijo Toni—. Pero no soporto que trate de compensarse, por no haber tenido hijos, a costa nuestra.

En el informal almuerzo semanal (a base de bocadillos) que celebraban los miembros del equipo del laboratorio, Adam estuvo radiante de alegría. Les leyó el informe que acababa de salir de la impresora del ordenador.

—Hemos pulverizado nuestro propio récord gracias a los esteroides. Un setenta por ciento, de nuestros casos más «rebeldes», han superado el primer trimestre de embarazo con total normalidad. O es un milagro o es que somos geniales...

—¿Quiere que lo sometamos a votación, jefe? —le dijo sonriente Len Kutnik, uno de los miembros más jóvenes del equipo.

—Este laboratorio no es una democracia, doctor —contestó Adam—. Me reservo la opinión definitiva hasta que vea los primeros bebés.

Y los vio. Se produjo una reacción en cadena: una tras otra, casi todas las mujeres tratadas dieron a luz felizmente.

¿A qué se debía el extraño fenómeno? ¿Por qué aquellas pacientes, aparentemente aquejadas de disfunciones, las habían superado ahora tan fácilmente? La respuesta podía aportar la solución a todo el misterio.

Sin embargo, el tratamiento no fue, ni con mucho, satisfactorio. Las embarazadas empezaron a acusar los efectos secundarios de los esteroides: exceso de peso, inflamación de los miembros y del rostro. Sin mencionar el riesgo —sólo en raros casos, desde luego— de glaucoma, diabetes y drogodependencia funcional. Max Rudolph no lo hubiese considerado satisfactorio en modo alguno.

Entretanto, Adam se encontró con su propio e inesperado problema de «fertilidad». Cuando Heather no había cumplido aún los tres años, empezó a darle vueltas a la posibilidad de tener otro hijo.

—Heather me da más trabajo que un batallón —protestó Toni—. En serio. No sé cómo iba a arreglármelas con otro y el bufete.

—Crecen rápido —dijo él.

—Ya, ya. Pero, hombre, ¡con la crisis de superpoblación que hay en el mundo!

—Esto no es China, Toni. Además, está demostrado que los hijos únicos son más problemáticos.

—Pues yo soy hija única —le recordó ella—. No he tenido hermanos, y no parece que eso me haya hecho ningún daño.

No estaría yo tan segura, pensó Adam.

—Es que no puedes imaginar, Toni, cómo se me encoge el corazón, a diario, al ver tantas mujeres dispuestas a soportar los tratamientos más dolorosos, sólo por el privilegio, porque eso es lo que es, de tener un hijo. Y ahí estás tú, rebosante de salud, desdeñando la oportunidad por la que muchas mujeres incluso matarían. Cuando llego a casa y Heather corre a abrazarme, me siento inmensamente dichoso.

—¿Estás seguro de que no andará tu ego por ahí? —aventuró ella—. ¿No será que crees que tus pacientes podrán presumir más de ti si saben que tienes un montón de críos?

91

—Vaya. ¿A una le llamas tú un montón? —le espetó él malhumorado.

—Ya. Eso lo dices ahora. Pero estoy segura de que, si tuviésemos otra niña, no pararíamos hasta que saliese niño.

—Pues la verdad es que a lo mejor sí. Me parece que es un deseo de lo más natural.

—Muy bien —replicó ella casi furiosa—. Puesto que has sacado el tema, hablemos claro. No iba a dejarte que lo llamases Max ni en broma. Porque eso es lo que quieres, ¿no?

—No necesariamente —mintió él—. Podríamos llamarlo Thomas —añadió tratando de engatusarla—. O «Jefecito».

A Toni no le hizo la menor gracia.

—¿Sabes qué te digo? —le espetó exasperada—, que por una vez mi padre y tú estáis de acuerdo en algo. Pero me niego a tener que cambiar un amo por otro. Además, lo llames como lo llames, de que no te deje dormir durante dos años no te libras. Y no estoy dispuesta a pasar por lo mismo otra vez.

Toni acababa de irrumpir en su sueño como un toro en una cacharrería. Adam guardó silencio un instante, muy dolido.

—Nunca hubiese esperado esto de ti —musitó casi sin querer.

—O sea, ¿que ahora me vas a salir con que te arrepientes de haberte casado conmigo? —exclamó ella con brusquedad.

—En absoluto —protestó él—. Es que ya me veo venir que tendré que archivar otro de mis sueños en la carpeta de «imposibles»... junto al de mi medalla de oro olímpica en trampolín.

Toni no quiso que la discusión se exacerbase y lo rodeó con sus brazos afectuosamente.

—Olvidas una cosa, cariño —le dijo para halagarlo—: que eres todavía un poquito como un niño y necesitas mimos maternales. Ya sabes: «Enganché mi carreta a una estrella...» Quiero cuidar a mi genio para que gane el premio Nobel. Te aseguro que es lo más sensato.

A medida que Heather crecía, su madre trabajaba cada vez hasta más tarde. Dejaba que Adam compensase a la niña por las muchas horas que pasaba con su legión de «canguros».

A veces, Adam no soportaba tener que salir de casa aunque Heather estuviese dormida. Temía que se despertara en medio de una pesadilla y fuese una extraña quien la confortase... o pasase de ella.

En tales ocasiones —con gran júbilo por parte de la pequeña— Adam la abrigaba bien, sin quitarle el pijama, y se la llevaba al laboratorio. La acurrucaba en un sofá con su ranita *Kermit*, tapada con una manta, y Heather dormía como un tronco hasta la hora en que su padre tenía que despertarla y llevarla a casa.

Adam lo tomó por costumbre. Trabajaba más tranquilo con su hija al lado que preocupado por cómo estaría. Aunque, claro está, a veces había emergencias y tenía que telefonear a Toni y apremiarla para que volviese pronto a casa a cuidar de ella.

Una noche, Toni estaba en una importante reunión con sus compañeros del bufete y no quería dejarla.

—¿Cuándo vas a entender, Adam, que no eres el único cirujano del mundo? Podrías delegar en cualquier otro.

—¿Y cuándo entenderás tú que una madre no puede delegar? —le replicó él furioso.

Adam se inscribió en el club deportivo más cercano, y todos los sábados por la mañana llevaba a Heather a clase de natación. El club disponía de una piscina, cubierta y climatizada, en la que padres e hijos pequeños aprendían la complejidad del chapoteo estilo perro.

Heather era una buena alumna. Ponía el mayor entusiasmo en que papá viese lo bien que nadaba.

Durante el trayecto de vuelta a casa, Heather le hablaba de sus planes profesionales para el futuro que, de momento, consistían en ser médico y saltadora de trampolín. Incluso sabía ya con quién se iba a casar, proyecto al que Adam respondió con lo que le pareció una astuta evasiva.

Entretanto, se produjo en el laboratorio un revuelo que atrajo la atención mundial. Los preliminares tuvieron lugar con tal secreto que Adam y Toni no se enteraron hasta la misma mañana en que estalló el escándalo.

Ian Cavanagh había labrado su reputación —y su fortuna— básicamente como miembro del equipo científico de Hematics, una empresa de biotecnología que lo contrató para dirigir las pruebas de un sustitutivo artificial de la sangre, concebido como una alternativa más segura para los hemofílicos.

La comunicación de Cavanagh, en la que demostraba la eficacia del fármaco, elevó su prestigio en el seno de la comunidad científica (así como el precio de todos los productos fabricados por Hematics).

Sin embargo, los posteriores intentos de otros laboratorios por repetir el experimento de Cavanagh no obtuvieron el mismo éxito. De manera que lo urgieron a que confirmase sus datos iniciales. La torpe excusa de Cavanagh (haber traspapelado el original de los primeros folletos) no convenció a nadie.

El director de la sección de Ciencia del *Boston Globe* tuvo acceso a datos que probaban de manera inequívoca que el profesor Cavanagh había facilitado a la comunidad científica datos falsos. Las más importantes agencias de noticias se hicieron eco del artículo del periodista.

En Harvard no le cupo duda a nadie de que Cavanagh era culpable. La reacción fue fulminante: apartaron al profesor de toda vinculación con la universidad de manera inmediata.

La mañana en que se hizo efectiva la medida, Adam, que no se había enterado aún de nada, se dirigía hacia su plaza de aparcamiento en el recinto de la facultad. Se encontró con que un agente de policía le indicaba que estaba prohibido el paso a los vehículos por aquel acceso.

—Es que yo trabajo en la facultad —porfió Adam.

—Mire, doctor, cumplo órdenes. Y, además, tengo entendido que han rodado muchas cabezas. Bien pudiera ser que su autorización para aparcar haya sido revocada.

Con una sensación de total impotencia, Adam bajó del coche en Kirkland Street y siguió a pie hasta el laboratorio de la facultad. Al llegar al edificio se encontró con un enjambre de periodistas, equipos de televisión y miembros de la policía judicial. Los agentes ordenaron retirarse al grupo de estudiantes que había sacado del edificio varias cajas de documentos, que trataban de cargar en el coche del profesor caído en desgracia.

Un empleado de Secretaría, acompañado de un miembro de los servicios de seguridad del campus, comunicó amablemente pero con firmeza a Cavanagh que ya no pertenecía a la universidad. Adam nunca lo había visto tan desaliñado (sin afeitar y desgreñado). El inglés no podría sacar del laboratorio más que sus efectos personales.

—Y tenga en cuenta, doctor Cavanagh, que sólo tiene tiempo hasta mediodía. Luego se cambiarán las cerraduras.

La lluvia de preguntas que lanzaron los reporteros no encontró respuestas.

En la entrada del edificio había otra barrera. Mel, el conserje de la planta baja, estaba con expresión de impotencia junto a uno de los jefes de los servicios de seguridad de la universidad.

Adam se exasperó al pensar que, por alguna extraña razón, podían haberlo incluido en la lista negra. Dio su nombre, visiblemente nervioso. El empleado comprobó su documentación y asintió con la cabeza cortésmente.

—Pase, doctor Coopersmith —le dijo.

Adam subió rápidamente a su cubículo de la oficina. Llamó a Toni por teléfono y le dijo que había llegado sin novedad, que todo aquel jaleo no parecía ir con él.

—¿Vas a decirme que no se te han echado encima? —exclamó ella sorprendida.

—¿Quiénes? ,

—Pues los periodistas.

—¿Y por qué tendrían que echárseme encima? —dijo él molesto—. Yo nada tengo que ver con esos turbios manejos.

—Naturalmente que no, amor —le dijo ella en tono cariñoso—. Pero sí tienes mucho que ver con el laboratorio.

—Como no te expliques mejor...

—El decano ha llamado nada más salir tú, y ya no ha habido medio de dar contigo. A ver si de una puñetera vez me haces caso y pones teléfono en el coche.

—Bueno, a ver, ¿y qué pasa? —la urgió él.

—Pues que tú, mi augusto esposo, eres oficialmente, desde las 12.01, el director del laboratorio. Y las primeras tres opciones para suceder a Cavanagh eran tú, tú y *tú*.

—¡Dios! —exclamó Adam con verdadero júbilo—. Bueno... Por lo menos, Toni, habrá merecido la pena todo lo que he tenido que tragar. ¿Por qué no vamos al club de la facultad? Podríamos tirar la casa por la ventana; pedirnos el famoso filete de caballo de Harvard para almorzar.

Adam colgó. El corazón le latía aún con fuerza al marcar otro número.

—Hola, Lisl. Tengo muy buenas noticias —le dijo con la voz quebrada—. Al final, resulta que me voy a sentar en el sillón de Max.

En cuanto el equipo del laboratorio se hubo reincorporado, Adam contrató a tres nuevos elementos, recién licenciados:

Derek Potter, del Tecnológico de California; Maria Suleiman, del MIT; y Carlo Pisani, de Venecia, Italia.

En su primer almuerzo de trabajo, en calidad de nuevo director del laboratorio, Adam escuchó a cada uno de los miembros, que le expusieron su opinión desde la perspectiva de su subespecialidad. Luego Adam los instó a intercambiar opiniones, a cuyo término les expuso su resumen.

—Tengo el presentimiento de que nos empecinamos en buscar una respuesta compleja y olvidamos algo obvio. ¿Por qué no limitarnos a hacer lo que haría cualquier estudiante de primer curso de Medicina?; ¿dedicarnos a analizar, punto por punto, los cambios fisiológicos en los embarazos normales? Quizá así podríamos detectar el momento en que las embarazadas con problemas ya no necesitan los esteroides para seguir adelante con la gestación.

Todos asintieron y tomaron notas mientras daban cuenta de sus bocadillos. Tras enumerar todos los cambios sistémicos que tienen lugar durante el primer trimestre de embarazo, llegaron al punto de inflexión. Tenían la respuesta delante de las narices.

—¿Por qué no se le habrá ocurrido esto a nadie antes? —preguntó Len Kutnik.

—Porque trabajábamos sin coordinación —aventuró con franqueza Pisani—. Y, ya ven, el profesor nos reúne a almorzar y nos exprimimos el cerebro para impresionarlo. ¿Verdad, *professore*? —añadió mirando a Adam.

—Cierto, Carlo —concedió Coopersmith, que pasó en seguida a exponerles su nuevo enfoque—. En el segundo trimestre, la placenta, que alimenta al feto con la sangre y el oxígeno maternos, empieza también a realizar un trabajo extra, como órgano endocrino productor de estrógenos y progesterona. Puede que las mujeres que abortan reiteradamente precisen, en la fase inicial del embarazo, más cantidad de esta hormona para combatir a la misteriosa toxina que impide la implantación del óvulo fecundado.

—Tiene lógica —dijo Maria Suleiman.

—¿Por qué demonios no hacemos algunas pruebas? —sugirió Adam— para ver si grandes dosis de progesterona protegen el embrión, hasta que la placenta se ajusta con sus ricos nutrientes? ¿Hay algún voluntario?

Todos levantaron la mano. Ninguno quería privarse de participar en lo que podía ser la fase decisiva de la investigación.

No escaseaban las embarazadas dispuestas a someterse a

las pruebas. Además, los efectos secundarios eran mínimos, mucho menores que los de los esteroides.

Tardaron varios meses en redactar el proyecto y en elegir a las embarazadas. Pero, a mediados del segundo año, Adam tenía ya resultados tangibles. La progesterona funcionaba. Lo que no sabían era *a qué* afectaba concretamente. Tenía la respuesta y, sin embargo, no acababa de entender la pregunta.

El ambiente que Adam respiraba en su hogar era cordial pero no muy afectuoso.

A pesar de su éxito profesional, lo que a Adam más le importaba era su familia. Toni, por el contrario, parecía encontrar sus mayores satisfacciones en su carrera. A diferencia de Adam, ser cada vez mejor como madre no formaba parte de sus ambiciones.

A Adam le resultaba difícil aceptar su actitud, aunque trataba de convencerse de que no era más que una crisis de la que pronto saldrían, acaso más unidos y con su amor renovado. Se negaba a ver lo que de verdad ocurría.

Sencillamente, apenas tenían ya nada que decirse.

12

ISABEL

Una niña de doce años ingresa en Berkeley

Niña prodigio en la facultad de física

Associated Press. *La Sproul Plaza, en el campus de la Universidad de California en Berkeley, siempre tiene un aire carnavalesco. Pero, durante unas horas, se revistió ayer de un aura de coronación.*

Era el día de inscripción para los de primer curso. El abigarrado grupo de estudiantes (desde los más desaliñados a los más atildados) se hacinó junto a la cuerda que ejerce de simbólica barrera para ver a la jovencita que acababa de hacer historia.

La niña de doce años Isabel da Costa, de Clairemont Mesa, parecía más tranquila que los incrédulos espectadores: aguardaba turno para inscribirse, y convertirse en la más joven estudiante de primer curso de la centenaria historia de la universidad.

Acompañada por su padre, Raymond da Costa, técnico de laboratorio de Física, de cuarenta y seis años, Isabel hizo gala de un insólito aplomo.

Un enjambre de reporteros trató de abrirse paso para fotografiarla de cerca, gritándole: «¡Mira hacia aquí, Isabel!» o «¡Anda, bonita, sonríe!». Ella seguía imperturbable en la cola para inscribirse como alumna de primero de Física en el curso académico de 1988.

Irónicamente, quien no pudo dormir la noche anterior fue Raymond da Costa. Mientras Isabel dormía beatíficamente en el dormitorio contiguo, él paseaba de uno a otro lado del salón de su atestado apartamento.

No comprendía por qué estaba tan nervioso.

«¿Por qué demonios estaré tan preocupado? —se preguntaba—. La niña va a marcar un hito histórico. Eso no tiene por qué cambiar nuestra relación», se decía.

Sin embargo, si era sincero consigo mismo tenía que reconocer lo inevitable: «Mañana todo será distinto. Esta noche aún me pertenece; por la mañana pertenecerá al mundo.»

Olvidaba que fue él quien propició la publicidad que ahora se daba a tan extravagante situación.

El tutor Kendall sabía que era inevitable que se produjese cierto revuelo. Optó por transigir con los reporteros, aunque les concedió sólo un cuarto de hora —«y ni un minuto más»— para entrevistar a la niña prodigio.

Pocos minutos antes de mediodía, Isabel apareció ante cámaras y micrófonos. Raymond, muy poco acorde con su talante, permanecía en un segundo plano.

—Tenemos entendido que piensas licenciarte en Física, Isabel. ¿Podrías decirnos por qué has elegido esta disciplina? —le preguntó Natalie Rose, de la United Press International.

—Es bastante difícil de explicar —repuso la pequeña entre los flashes de las cámaras—. Siempre me ha intrigado cómo funcionan las cosas. Supongo que por eso destrocé mi reloj de cuco cuando tenía tres años.

La respuesta de Isabel provocó admirativas risas. Luego, se le acercó una periodista del *New York Times*.

—¿También estudias música, verdad? —le preguntó—. ¿Piensas tocar en la orquesta de la universidad?

La pequeña miró un instante hacia su padre antes de responder.

—Sólo si me eligen como solista. Y a condición de que sólo tenga que interpretar «La primavera» y «El verano» de *Las cuatro estaciones*.

Esto provocó aún más risas. Los había cautivado a todos.

Los artículos que aparecieron al día siguiente (y a lo largo de la semana, porque también estuvieron presentes periodistas de *Time* y de *Newsweek*) fueron de un cariz muy distinto.

Los periódicos más serios destacaban su aplomo e inteligencia. Los más sensacionalistas, en cambio, especulaban con la idea de que Raymond da Costa pudiera ser para su hija lo que Svengali para Trilby.

Comprensiblemente, las historias más insinuantes, y que más explotaban los sentimientos, irritaron a Isabel.

—No es justo —le dijo a su padre llorosa—. Uno de esos payasos incluso te ha llamado «ventrílocuo diabólico».

—Ni caso, cariño —la tranquilizó él—. Nosotros sabemos que no es verdad. Ni siquiera debería leer esa basura. Lo que esa gentuza considera noticia es quién le tiñe el pelo a Ronald Reagan.

Isabel no se calmó tan fácilmente.

—Entiendo que me lo digas, papá, e intentaré que estas cosas no me afecten. Pero ¿no podías haberle pedido al tutor Kendall que me inscribiesen de incógnito, como si ayudase en su despacho o algo así? Porque es que me siento como una mona del Zoo de San Diego.

—De algo así hablamos —le dijo Raymond sin faltar a la verdad, a la que sí faltó a continuación—. Pero opinó que, si había que tratarte como a cualquier otra estudiante, amordazar a la prensa no haría sino estimular su apetito. Lo que haremos es que, de ahora en adelante, los vigilantes del campus se ocupen de que esos parásitos no infecten las clases.

—¿Estás seguro de que esas acusaciones no te preocupan? —le preguntó la niña con visible ansiedad.

—En absoluto —repuso él—. Porque los dos sabemos que no son ciertas —añadió en tono convincente.

Su papel de privilegiado espectador había terminado por gustarle. Al fin y al cabo, cuando jaleaban el talento de su hija, implícitamente, lo elogiaban también a él.

Raymond había conseguido la excedencia indefinida en su puesto del laboratorio de Física de San Diego, aunque el profesor Kinoshita, jefe del departamento, les confesó a sus colegas que, en su opinión, era muy improbable que Raymond regresase.

Esto lo dejaba sin aparentes recursos económicos. Tenía que pagar el alquiler del apartamento y la manutención para él y para Isabel, aparte de que, movido por su sentimiento de culpabilidad, le prometió a Muriel pagar la mitad de la hipoteca de la casa familiar.

No le hubiese resultado difícil presionar para que el departamento de Física de la Universidad de Berkeley lo contratase como experto en equipos de laboratorio. Porque, a diferencia del tutor Kendall, los miembros del equipo no hubiesen opuesto reparos a tener entre ellos al mentor de un prodigio de doce años. Que el talento es el talento. Pero Raymond prefirió sacarle partido a su capacidad como mentor por otro camino.

La publicidad que rodeaba a su hija lo había convertido también a él en una celebridad. Se anunció en los tablones del departamento para dar clases de física, y en seguida tuvo más alumnos de los que podía atender, pese a que cobraba treinta dólares por hora.

No fueron sólo los estudiantes con dificultades los que acudieron a Da Costa. En cuanto los más brillantes contaron en casa que el padre de Isabel daba clases particulares, los padres animaron a sus hijos a que aprovechasen aquella oportunidad única. ¿Quién te dice que el señor Da Costa no pueda obrar milagros también con ellos?, debieron de pensar.

Para Raymond fue como desentrañar un secreto psicológico: que muchos padres albergaban el íntimo convencimiento de que sus hijos eran genios, faltos solamente de que se diesen a su alrededor las circunstancias favorables.

Raymond programó prudentemente sus clases, de siete a diez de la noche entre semana y los sábados por la mañana; horas en las que sabía que Isabel estaría enfrascada en sus estudios en la habitación contigua.

Los domingos los reservaba exclusivamente para su hija. Si hacía buen tiempo iban de excursión, aunque sólo fuese a almorzar al Golden Gate Park, al otro lado de la bahía.

Isabel empezaba a evidenciar las transformaciones físicas que la convertirían en una mujer. Sentía ya la natural ansiedad por no poder hacer las mismas cosas que todas las chicas de su edad. Al salir de excursión con su padre, veía con envidia a las parejas que paseaban de la mano o hacían *jogging*, respirando aire fresco y charlando alegremente por los senderos flanqueados de árboles.

Todo esto le planteaba cuestiones que una jovencita podía hablar con toda naturalidad con su madre. Pero las dos veces por semana que Isabel llamaba a Muriel por teléfono no eran suficientes (aparte de que siempre hablaba cohibida y nerviosa). Aunque Raymond no estuviera junto al teléfono, Isabel creía traicionarlo si le confiaba intimidades a su madre. Todo lo que podía hacer Muriel era tratar de anticiparse a lo que preocupase a su hija y comentárselo por teléfono, casi como en un monólogo.

Por más que Isabel tuviese que madrugar, Raymond se levantaba antes a prepararle el desayuno: una nutritiva mezcla de proteínas para su crecimiento y de carbohidratos que le aportasen energía física y mental. Casi se había convertido en un experto en nutrición. Leía con avidez todos los boletines de la Facultad de Medicina de Harvard y del hospital Johns Hopkins, aparte de recurrir a toda la información sobre temas de salud de su base de datos.

Aunque él solía acostarse antes de medianoche, Isabel seguía estudiando. Era tal su dedicación que, muchas veces, eludía responder cuando su padre le preguntaba a qué hora se había acostado.

Los extraños suponían que, al llevar una vida tan enclaustrada, Isabel no estaría al corriente de lo que ocurría en el mundo exterior. Lo cierto era que procuraba estarlo, a través de una popular emisora de San Francisco. En cuanto oía roncar a su padre, abría el cajón de abajo, cogía su pequeño transistor y se ponía los auriculares para escuchar a los radiooyentes que opinaban sobre el tema del día.

Esto le proporcionó un relativo conocimiento de distintas idiosincrasias y de sus diferentes posturas sobre temas tan candentes como el sida, los derechos de la mujer o la guerra de las Galaxias de Reagan. También tuvo ocasión de oír apasionados (y a veces feroces) debates sobre cuestiones como el aborto, un problema que le interesó mucho. El embarazo y el parto era cuestiones en las que, de modo inevitable, pensaba una adolescente.

Cerca ya de cumplir los trece años, Isabel empezó a preocuparse cada vez más por los cambios que advertía en su cuerpo. Científicamente, los entendía. Hacía mucho tiempo que había leído libros sobre la reproducción. Pero lo que sabía era que «la disminución de secreciones de la glándula pineal, paralelamente al aumento de producción de hormonas adrenocorticales, acompañada de la aparición de vello en la zona genital, señalan el comienzo de la pubertad».

Afrontar lo que todo ello implicaba era otro cantar.

25 de febrero

Lo sabía. Soñaba con ello, me preocupaba, me asustaba y lo deseaba. Todo al mismo tiempo.

Y, sin embargo, al llegar el momento, me ha pillado total-
mente desprevenida.
A última hora de la tarde estaba haciendo un resumen sobre
un experimento que hicimos en el laboratorio. No paraba un
momento porque quería tenerlo acabado antes de cenar.
De pronto empezaron a dolerme los riñones y noté una ex-
traña humedad. Fui corriendo al cuarto de baño, me bajé la cre-
mallera de los tejanos y miré.
Había manchas.
Tenía mi primer período.
No sabía si reír o llorar.
Pero mi problema era más inmediato: necesitaba algo para
que absorbiese la sangre.
De momento tuve que arreglármelas con varios kleenex cui-
dadosamente superpuestos. Pero era sólo una solución provisio-
nal.
Aunque físicamente me sentí mejor (volví a mecanografiar
mi resumen), me resultaba casi imposible concentrarme.
No sólo estaba preocupada por «lo que aquello significaba»
(a juzgar por la importancia que le daban a «convertirse en una
mujer» las revistas para adolescentes, que había leído en la con-
sulta del dentista). Me preocupaba otra cosa completamente dis-
tinta y mucho más compleja que nada de lo que decían aquellas
revistas: yo estaba segura de saber afrontarlo, pero me pregun-
taba cómo reaccionaría papá.

Aunque Isabel no quería decírselo a su padre, en su fuero
interno quería que él *lo supiese*, a pesar de que albergaba el
irracional temor de que se enfadase.

No obstante, su problema inmediato era de orden mucho
más práctico. Como Raymond rara vez se despegaba de ella
(daba la impresión de que, para él, el único territorio seguro
fuesen librerías del estilo de Cody) tenía que encontrar el medio de hacerse con lo que necesitaba todos los meses.

Decidió actuar en cuanto volviesen a ir al supermercado de
Shattuck Avenue.

El momento de la revelación se produjo cuando padre e
hija colocaban la compra en la negra cinta transportadora de
una de las cajas.

Ray se quedó sin habla al ver el estuche azul de Kotex.

—Ah... ¿necesitas tú eso? —le susurró apenas.

Isabel asintió con la cabeza.

Raymond no dijo más y siguió con la tarea de vaciar el carrito.

Durante el trayecto de regreso a casa, Raymond permaneció en silencio un buen rato.

—¿Por qué no paramos en Cody? No sé... Algún libro —le dijo, al fin, con toda la naturalidad de que fue capaz.

—Deja, papá. No necesito ningún libro.

—Pues, no sé... —dijo él visiblemente incómodo—. Quizá hablar con alguien.

—Tampoco es necesario.

Isabel creyó que era el momento oportuno para tranquilizarlo sobre el particular.

—Si necesito preguntar algo, puedo llamar a mamá, ¿no crees?

—Sí —masculló él—. Creo que estaría bien que la llamases.

Comprensiblemente, Isabel era frecuente tema de conversación en el campus. No eran sólo su talento y su facilidad de palabra lo que despertaba interés. Lo que más daba que hablar era que su padre fuese con ella a todas las clases.

En una entrevista que le hicieron a principios de curso, Raymond explicó que lo hacía sólo para asegurarse de que Isabel entendía las explicaciones. En caso necesario, podía ayudarla.

Muchos comentaban burlonamente que Isabel era tan pequeña que tenía que acompañarla para cruzar la calle. Otros lo planteaban al revés: que era el maduro Da Costa quien necesitaba lazarillo.

Por lo menos de manera consciente, Raymond no pretendía sofocar el desarrollo emocional de su hija. Incluso se propuso hacer algo realmente imposible: proporcionarle una vida social sin aflojar las ligaduras del control paterno.

Berkeley podía considerarse, con justicia, pionera del estudio de la cinematografía en tanto que arte. No era de extrañar que alguien de la talla de Pauline Kael iniciase su carrera programando proyecciones en los teatros locales.

Por supuesto, Raymond quiso que Isabel viese una retrospectiva de Ingmar Bergman. Y un sábado por la tarde fueron los dos a ver *El séptimo sello* y *Fresas salvajes*.

—No me he enterado de nada —se lamentó su padre en tono jovial al salir, con los ojos castigados después de la doble sesión.

—Sí —dijo ella por seguirle la corriente—. Los subtítulos no eran muy buenos.

—Bueno, por lo menos... —Raymond se interrumpió, no muy seguro de haber oído bien—. ¿No irás a decirme que has entendido los diálogos, Isabel?

—Todos no —repuso ella candorosamente—. Me parece que te entusiasmaste tanto comprando libros sobre Bergman, que no te diste cuenta de que dos estaban en sueco.

Raymond se quedó estupefacto. ¿Hasta dónde llegaba la capacidad de aprender que tenía su hija? Bueno, en el caso de que hubiera algún límite.

A modo de premio, la llevó a comer una pizza en Nino's Brazilian. Pidió una Coca-Cola para ella y una jarra grande de cerveza para él.

Un grupo de jóvenes de aspecto poco tranquilizador se divertían junto a la máquina de discos. A juzgar por sus risas, iban bastante colocados, y no sólo de cerveza.

El que parecía ser el líder, con *chupa* a lo motorista y cuatro pelos en el mentón, se fijó en ellos y los señaló con el dedo.

—¡Eh, mirad! ¡Ahí tenéis a Humbert Humbert y Lolita!

Raymond enrojeció de ira. Por supuesto, había leído la famosa novela de Vladimir Nabokov acerca de un hombre mayor atraído por las adolescentes, y la insinuación lo sublevó. Perdió los estribos.

—¡Calla la boca, asqueroso! —le gritó, con lo que no hizo sino que el grupo se burlase aún más.

—¡Tranquilo, colega! Que a mí me da igual. Que cada uno se monta su rollo, ¿eh, colega?

Raymond no pudo contenerse. Isabel se asustó al ver que se levantaba e iba derecho hacia el joven.

—¡Mi hija no es mi rollo, rata asquerosa! —le espetó.

—Calma, colega, calma —dijo el joven protegiéndose la cara con las manos—. Ya imagino que joder, lo que se dice joder, no joderéis.

Raymond estalló. El joven quizá no fuese más fuerte pero sí mucho más ágil y esquivó el directo que Raymond le envió.

Isabel vio horrorizada cómo su padre trastabillaba hacia adelante y caía de bruces al suelo con un grito ahogado.

—¡Joder! —masculló el joven, aterrado al ver lo que había provocado su impertinencia—. Será mejor que alguien llame a una ambulancia. Me parece que éste se ha quedado seco.

13

SANDY

Un día, Rochelle Taubman desapareció para siempre.

Sandy Raven se enteró de su desaparición durante la conversación telefónica que semanalmente mantenía con su padre. Según él, en los estudios consideraban que su apellido carecía de gancho, de ese atractivo halo que emanan las estrellas. De manera que el departamento de Publicidad recurrió a la alquimia y Taubman se transformó en Tower, que rimaba con Power, ilustre apellido de Hollywood. Y como lo de Rochelle era aún peor, pues según un ejecutivo «sonaba a nombre de madre de alguien», completaron la operación creándole una nueva identidad destinada a las brillantes luces de neón.

Sandy tuvo que reprogramar sus emociones. Ya no estaba perdidamente enamorado de Rochelle Taubman sino que el objeto de su pasión se había metamorfoseado en Kim Tower.

Sandy también había escalado posiciones.

Quienes creen que la ciencia es una religión consideran el Instituto Tecnológico de Massachusetts como su Vaticano y, a los muchos premios Nobel que allí enseñan, como su Colegio Cardenalicio.

El MIT está situado en Cambridge, a orillas del río Charles, a un corto paseo de Harvard, universidad con la que comparte la firme creencia de que sus estudiantes son los mejores y más inteligentes del universo.

Ambas instituciones reconocen, sin embargo, que se orientan hacia alumnos totalmente distintos. Mientras que Harvard se enorgullece de seleccionar un alumnado «integral» (que además de buen rendimiento académico destaque en atletismo, en música, en pintura y sea carismático), en el Instituto

Tecnológico de Massachusetts se preocupan sólo del talento de los candidatos.

¿Qué mejor prueba del talante del MIT que el hecho de que ni siquiera tenga equipo de rugby? ¿Cómo iba a tenerlo si el coeficiente medio de inteligencia de su alumnado supera el 130?

En este centro académico, los aspectos festivos de la vida universitaria brillaban por su ausencia. En teoría, los estudiantes podían salir a ligar los fines de semana. Pero, en la práctica, tal permisividad era ilusoria. Ninguno de ellos se atrevía a zafarse, ni un minuto, de la esclavitud del tajo científico.

De manera que sus diversiones era puros —y breves— sucedáneos. Apenas nada más que confraternizar entre hamburguesas y cerveza en el Kresge Grill. Vivían en una especie de submarino académico, sin entrever el mundo exterior más que a través del periscopio de la televisión.

Así pudo seguir Sandy los progresos de Rochelle en su carrera. Aunque ya hacía mucho que no se veían, la seguía adorando en la pequeña pantalla. Gracias a la influencia de los estudios de la Fox, la contrataban muy a menudo como estrella invitada en series patrocinadas por la productora.

Sidney avisó a su hijo de que Rochelle iba a interpretar a su personaje más comprometido: interpretaría a una prostituta sorda en «La película de la semana».

Sandy pegó una nota en su tablón de anuncios particular (no fuese a olvidársele). Inconscientemente, confiaba en que alguno de sus compañeros viese «Kim, martes a las 21 horas» y creyese que tenía una cita de verdad.

A las ocho y media del martes en cuestión, ya estaba Sandy acomodado en una butaca del salón. De momento, pintaba bien, porque no hubo las habituales discusiones sobre qué canal iban a ver. *Mujeres de la noche* era un título demasiado prometedor para perdérselo.

Con lo que Sandy no contó fue con las hormonas de sus compañeros. Porque, mientras que él sólo quería verla para adorarla, ellos no dejaban de desnudar a su amada con los ojos. Aunque, desde luego, Sandy no dejó de maravillarse del espectacular desarrollo de sus pechos.

—¡Joder, qué tetas! —exclamó uno con expresión lasciva.

—¡Tío, no te gustaría ser su sostén! —dijo otro.

—¡Callaos la boca, gilipollas, que es una actriz seria!

La desafortunada salida de tono de Sandy lo sorprendió

hasta a él mismo. Todos se volvieron hacia el sonrojado rostro de Sandy, que estaba sentado al fondo, muy nervioso.

—¿Quién demonios te crees que eres, Raven, su hermano? —le afeó el destinatario de su exabrupto.

—No —contestó Sandy furioso—. Pero fue medio novia mía.

—¡Y una mierda! —le replicó su compañero—. ¿Cómo va a salir una marchosa como ésa con un empollón como tú?

—No lo entendéis —protestó Sandy.

—¡Joder que si lo entiendo! Que te estás quedando con nosotros.

Al volver Sandy a mirar a la pantalla apareció un anuncio del queso Kraft.

—¡Dios mío! —exclamó—. ¿Que ha pasado con Rochelle?

—Que no te enteras, tío. La de la peli, Raven, se llama Maisie y ha muerto.

—¿Muerto? Pero si acababa de empezar... A ver si me aclaro. ¿Quién la ha matado?

—Mira, si te callas y nos dejas ver la película, Telly Savalas nos lo dirá.

Sandy se quedó tan abatido que no pudo evitar echarse a llorar al hablar por teléfono con su padre aquella noche.

—Me dijiste que le habían dado un gran papel —le reprochó Sandy.

—Oye, muchacho, a ver si de una vez entiendes de qué va este negocio —replicó Sidney—. Que eso no era un serial de sobremesa, sino una hora de las de mayor audiencia. No tienes ni idea de a cuántas parejas habrá encamado. La verdad es que estaba... muy atractiva. Especialmente esa fantástica blusa que llevaba... Verás. Y por la tele.

—Bueno, eso claro —convino Sandy al recordar la prenda que motivó su pequeño incidente con los compañeros—. Y ¿adónde va a llevarla esto?

—Pues está clarísimo, hijo: a subir como la espuma.

—¿De verdad lo crees? —dijo Sandy con ansiedad.

—Como poder, también podría hundirse —contestó su padre—. Lo digo porque en este mundillo nunca se sabe. ¿Entiendes lo que quiero decir?

—Sí, papá. ¿La ves a menudo? —preguntó Sandy como si se compadeciese.

—Prácticamente, sólo desde lo alto de mi atestada cabina de dirección. No te preocupes, que siempre le doy cariñosos recuerdos tuyos.

—¿Crees que aún se acuerda de mí?

—¿Bromeas? Anda, anda. En ti tienes que pensar ahora. Ya hablaremos la semana que viene.

Hasta que no hubo colgado no reparó Sandy en que su padre no había contestado directamente a su pregunta.

Las universitarias, por más modesta que fuese la facultad a la que asistiesen, no se interesaban mucho por los alumnos de primer curso del Instituto Tecnológico de Massachusetts. Sólo quienes eran de Boston conseguían, muy de tarde en tarde, ligar con alguna ex compañera de instituto. Tan excepcionales eran estas ocasiones que Sandy creyó que se trataba poco menos que de un milagro cuando, un viernes por la noche, llamó a su puerta Barry Winnick, de Malden, Massachusetts, que se alojaba como él en Kresge Hall.

—Oye, Raven, tienes que hacerme un favor —le rogó Winnick.

—¿De qué se trata? —preguntó Sandy en tono receloso.

—Estoy en un apuro —le dijo su compañero de curso—. Tengo una cita con una ninfómana del instituto.

—¿Ninfómana?

—Sí, hombre, calentorra perdida.

—¿Dónde está el apuro entonces? —exclamó Sandy, que creyó entrever de qué iba el problema de su compañero.

—¡En su prima, mecachis!

—¿Tiene una prima?

—Sí, que ha llegado de Pensilvania o de alguna otra parte.

—¿Y también es ninfómana?

—¿Cómo demonios quieres que lo sepa? No es hereditario, ¿no? ¿O sí?

—No te preocupes, que esas cosas no nos las enseñan, tú. Bueno: ¿cuándo me presentas a la prima?

—O sea, ¿que vas a ayudarme? —dijo Barry tan perplejo como agradecido.

—¿A qué?

—A quitármela de en medio. A distraerla o, por lo menos, a llevártela a tu dormitorio a charlar, mientras yo, en fin, confraternizo con Ramona. ¿Lo harás? Anda, sé buen amigo.

—Sí, hombre, sí —accedió Sandy magnánimamente, aunque en su fuero interno temía que pudiera tratarse de una broma.

—No te garantizo nada, claro —se curó en salud Barry—.

Lo digo porque, que sea prima de Ramona no quiere decir que sea atractiva... ni que trague. Así que debes estar preparado para sacrificarte por una mejor causa.

—¿Qué mejor causa?

—Encamármela, colega.

Faltaban cuatro días, o noventa y seis horas, o 5 760 minutos, hasta el fin de semana de la cita. Sandy estaba nerviosísimo. Aunque tenía unos apuntes en los que no faltaban ni las comas, no lograba concentrarse. Como a la semana siguiente le preguntasen en clase, se iba a lucir.

El viernes —víspera del acontecimiento— pasó revista a su ropa y pensó que no andaba muy bien de camisas. De manera que, al día siguiente, se gastó diez dólares en una de esas que se llevan por fuera, abrochada hasta abajo, de un color rosa que pensó que podría impresionar. Dedicó casi todo el sábado a acicalarse y, antes de que anocheciese, ya estaba vestido y dispuesto a la acción.

Junto a la máquina de cambio de la estación del metro de Central Square, Sandy y Barry aguardaban, muy nerviosos, a que llegasen las primas.

De pronto, Barry las vio por el rabillo del ojo.

—Ya las veo, Raven. Tú, tranquilo, ¿eh?

—Se dice fácil...

—No vayas a fastidiarme el invento —le espetó Barry muy inquieto—. Que ésta es mi gran ocasión.

Sandy trató de conservar la calma. No dejaba de fantasear sobre los deleites sensuales que pudieran presentársele a su hasta entonces casta existencia.

Aunque Margie fuese aquella bajita y flacucha, no estaba tan mal. Por lo menos a diez metros.

No se equivocó. Al hacer su prima las presentaciones, Margie le dirigió a Sandy una mirada muy especial. Que se lo comía con los ojos, le pareció a él.

Sandy se sintió halagado y mucho más seguro de sí mismo. Al cabo de apenas un instante, Margie le susurró algo a su prima, quien, a su vez, llamó a Barry aparte y le habló al oído.

Barry se aclaró la garganta como si de un tic se tratase.

—Hummm, Raven, hemos de hablar —farfulló—. Hemos de hablar.

Los dos jóvenes se alejaron unos pasos.

—No sé cómo decírtelo, Sandy...

—No te preocupes, Winnick. Ya veo que no vale un pito, pero te dije que lo haría y lo haré. Al fin y al cabo...

—No —lo atajó su compañero—. Que no me captas.

—Pues, ¿qué pasa?

—Que no le vas.

—¿Hmmm?

—Ya le he dicho que eres un tío estupendo y todo eso. Pero Margie no nos va a dejar enrollar. A menos que le traiga a mi reserva.

—¿De qué hablas?

—De Roger Ingersoll... Mi reserva. Le he dicho que no se apartase del teléfono, por si acaso.

—¿Qué? ¿Ingersoll? —exclamó Sandy visiblemente herido.

—Raven, por favor —le imploró Barry—. Que ésta es mi gran oportunidad con Ramona. Sé generoso, Raven. Déjalo correr. Vete al cine o adonde quieras, que te lo pago yo.

Sandy fulminó con la mirada a Margie. ¡Mala puta! ¡Una mala puta sin corazón es lo que eres!, pensó. ¿Tan feo soy? Pues... por lo visto sí.

—De acuerdo, Winnick —farfulló Sandy casi a punto de llorar—. Me largo.

Dio media vuelta, salió de la estación y se adentró en la oscuridad, muy acomplejado.

A última hora de la noche oyó que llamaban insistentemente a su puerta. Era Barry con una cara de satisfacción que no podía con ella.

—Sólo he venido a decirte que no te preocupes, colega. Que ha salido todo sensacional. Ha venido Ingersoll y le he echado un polvo a Ramona que no veas. Roger dice que le ha echado tres a Margie, pero creo que exagera. Sólo quería que no estuvieses preocupado.

—Nada, hombre, nada. Me alegro por vosotros, Barry.

Al cerrar la puerta, musitó lo que imaginó que pensaría Barry: «Así me gusta, Raven: que seas comprensivo.»

«No, Barry, no. La verdad es que no lo comprendo», pensó Sandy muy dolido.

14

ADAM

Durante los cuatro años que llevaba como director del laboratorio, Adam Coopersmith fue, por así decirlo, padre de casi doscientas criaturas. Mediante la administración de grandes dosis de progesterona natural a mujeres que habían tenido repetidos abortos, consiguió que ciento setenta y cuatro tuviesen embarazos normales felizmente culminados.

Algunas de las parejas estaban tan impresionadas por su milagroso cambio de suerte, que llegaron a pensar que Adam tenía poderes mágicos. Muchas pacientes sentían tal apego emocional hacia el doctor Coopersmith que, en posteriores embarazos, se negaron a que las tratase otro médico.

Dave y Celia Anthony se desplazaron en coche, desde Detroit a Boston, dos semanas antes de la fecha prevista para el alumbramiento, con el objeto de que fuese Adam el tocólogo que la atendiese. Tenían la intuición de que aquel médico que obraba maravillas no encontraba su verdadera recompensa en lo poco que cobraba sino en su enorme satisfacción al compartir la alegría de un éxito tan deseado.

Al dar a luz Celia Anthony a un niño de más de tres kilos y medio, casi se les saltaron las lágrimas a todos en la habitación. Incluso a Adam le costó dominar su emoción.

—¿A que es precioso? —exclamó Celia.

Su esposo, incapaz de articular palabra, se limitó a asentir con la cabeza.

—¿Qué nombre le van a poner? —preguntó Adam.

—Pues, verá, doctor —contestó Dave, aún no repuesto de la emoción—. Si a usted le parece bien, Celia y yo habíamos pensado llamarlo Adam. Es lo único que se nos ha ocurrido para mostrarle nuestro agradecimiento.

Los colegas del doctor Coopersmith solían enviarle sus casos «desesperados». Adam les prescribía una serie de pruebas de laboratorio, sobre todo las concebidas especialmente por él para determinar si las mujeres producían embriotoxinas.

Por supuesto, no todas las mujeres estaban en condiciones de seguir su terapia a base de hormonas, pero la intuición científica de Adam bastaba, a menudo, para detectar otros trastornos menores que obstaculizaban el embarazo. El tratamiento casi siempre terminaba en partos felices.

Lamentablemente, había casos en los que, pese a todos sus conocimientos y a todos sus esfuerzos, nada podía hacer. Cuando esto sucedía su frustración era casi tan grande como la del matrimonio. Tanto es así que olvidaba con facilidad a sus pacientes más afortunadas, pero no podía quitarse de la cabeza los abatidos rostros de aquellas con las que fracasaba.

Uno de sus fracasos lo tuvo con el profesor Dimitri Avílov y su esposa, que acababan de llegar de la Unión Soviética.

Avílov era un relevante genetista y miembro de la Academia soviética. Tenía tanto prestigio en su especialidad que muchos países occidentales llevaban años insistiéndole para que emigrase. No se trataba de política sino, simplemente, de brindarle medios e instalaciones incomparables, y generosos sueldos capitalistas.

Durante un congreso internacional que se celebró en Londres, el matrimonio se decidió al fin y pidió asilo en la Embajada de los Estados Unidos.

Avílov eligió Harvard por la generosidad de la oferta que le hicieron (con laboratorio propio), y por la reputación de la facultad de Medicina en el tratamiento de la esterilidad. Tras más de cinco años de matrimonio, los Avílov seguían sin hijos.

Adam los tenía ahora sentados enfrente. Él era alto y ancho de espaldas y ella menudita y con mucho pecho.

Aunque no se ajustase a ningún canon de belleza, Anya Avílov resultaba atractiva. Tenía los ojos de color castaño oscuro, grandes y profundos, y un rostro angelical. Lo que resultaba evidente era su desaliño. Llevaba un enmarañado flequillo y se lo echaba hacia atrás como si de un tic nervioso se tratara.

Las pacientes de Adam no solían irradiar optimismo. Todas acusaban el abatimiento de infructuosos tratamientos con otros especialistas. Eran como veteranas sobrevivientes de innumerables fracasos. El equipo médico del doctor Coopersmith era como un último puerto antes de volver a la deriva de la desesperación.

Anya, sin embargo, no daba esa impresión. Pese a la similitud de su historial con el de los centenares de mujeres que había tratado, no se la veía abatida. La entereza y el buen ánimo de Anya le llegaron al corazón.

Su esposo era un hombre serio y algo envarado. Anya se esforzaba por contrarrestar la mala impresión que pudiera causar él. Bromeaba y se reía de sí misma con un desenfado muy poco del agrado de su esposo.

—¡Deja de comportarte como una cría! —la reconvino—. Estás delante de una eminencia.

—No se si seré una eminencia —replicó Adam—, pero no soy alérgico al buen humor —añadió con la clara intención de afearle a Avílov su actitud hacia su esposa.

—Tiene usted una hija muy bonita, doctor Coopersmith —dijo Anya Avílov al ver la fotografía que Adam tenía en un marco de plata, detrás de su mesa.

Fue un elogio tan sincero como revelador de su amargura.

—Gracias —dijo Adam en tono amable, aunque algo incómodo.

Más de una vez dudaba que fuese conveniente tener la foto de Heather a la vista. A muchas pacientes les podía recordar aquello que faltaba en sus vidas.

—Mira —dijo Anya, que señaló a la foto en la que Heather estaba con Toni.

Avílov la miró un momento y luego se dirigió a su esposa de mal talante.

—Bueno. Vayamos a lo que importa, si te parece —le espetó—. ¿Qué probabilidades cree que tenemos, profesor?

Adam hojeó el abultado historial clínico de la pareja, visiblemente incómodo. Se armó de todo su tacto.

—A juzgar por lo que veo aquí, señora Avílov...

—Verá... —lo interrumpió su esposo en tono pedante—, mi esposa es también doctora.

—¿Ah sí? ¿Cuál es su especialidad?

—Es un cruel sarcasmo de la naturaleza. En Rusia estudié ginecología —contestó Anya un poco violenta.

—¡Ah, vaya! ¡No sabía yo que tuviese una colega tan encantadora! ¿Ejerce aquí?

—Todavía no. Como Dimitri no pasa consulta, vuelve a comer a casa. Además, primero tendré que aprobar el examen de convalidación para extranjeros, y mi inglés parece checo.

—En absoluto, doctora Avílov —dijo gentilmente Adam—. Por cierto, veo por su historial que es usted siberiana. Pero, dígame a ver: ¿cuándo tuvo su último período?

—Pues, lamentablemente, hace seis meses —contestó ella, casi como si se culpase—. No hay que ser ginecóloga para saber que no es muy buen síntoma.

—Desde luego, no le negaré que no es lo ideal para alguien que quiere tener hijos. Pero, como sabe, la amenorrea pueden causarla diversos factores, algunos reversibles. Le sugiero que vaya a ver a mi colega, el doctor Rosenthal. Le hará pruebas que espero nos ayuden a detectar el problema.

—¿Más pruebas? —exclamó Avílov irritado—. Ni hablar. ¡Dudo que haya en la Unión Soviética un matrimonio al que hayan mirado, remirado y pinchado más que a nosotros! ¡Ya está bien!

—Vamos, Mitia —se atrevió a reprocharle Anya—, que ya sabemos que los médicos no confiáis más que en vuestros laboratorios. Pero estoy segura de que en Harvard están más adelantados.

Avílov suspiró con expresión melodramática.

—Está bien —concedió no obstante—. Confiaré en su reputación, doctor Coopersmith.

—Su esposa demuestra una gran presencia de ánimo, profesor. Es usted un hombre afortunado —le dijo, sinceramente admirado de la actitud de Anya.

—Gracias —dijo ella sonriente—. Espero, Mitia, que recuerdes lo que dice el profesor y respetes un poco más mis opiniones.

Su esposo no lo encajó bien, pero se notó que se reservaba la réplica para cuando hubiesen salido del consultorio del doctor Coopersmith.

—Procuraré que el doctor Rosenthal les dé hora lo antes posible. Ah: ¡y suerte en sus exámenes, Anya!

—Cada cosa a su tiempo —replicó Dimitri, que agitó el índice a modo de reconvención—. Que no tenga tanta prisa por ejercer de médico. Primero ha de ejercer de madre.

A las ocho de la misma tarde en que recibió los datos, Adam llamó a los Avílov a su apartamento de Watertown.

—¿Profesor Avílov? Soy Adam Coopersmith. ¿Puede decirle a Anya que se ponga por el otro teléfono?

—No es necesario, profesor. Además —dijo Dimitri en tono crispado—, aquí no tenemos supletorios como en nuestro apartamento de Rusia. Me ofrecieron un regio sueldo y ahora me alojan en un arrabal proletario. Ya me he quejado. Pero, bueno, dígame lo que haya.

—Pues verá: el doctor Rosenthal lo llamará mañana al laboratorio, pero como sé lo impacientes que están, les adelanto que pueden empezar con los antibióticos de inmediato. He llamado a la farmacia Charles para que les vendan doxyciclina. Está de turno toda la noche.

—No lo entiendo —dijo el ruso—. ¿Qué infección tenemos?

—El frotis que le hicimos a Anya ha dado positivo; micoplasma —explicó Adam—. Lógicamente, lo mismo hemos encontrado en su esperma.

—¡Oh! —exclamó el soviético en un tono que revelaba su sorpresa al verse implicado—. O sea que tenemos una infección urogenital. ¿Lo solucionará todo el tratamiento entonces?

—Eso es prematuro asegurarlo —dijo Adam—. Es probable que se trate de una infección antigua.

—Por lo que sé de su especialidad —dijo Dimitri desencantado—, podría tener un mal pronóstico.

—Bueno. Tiene usted al lado a una experta en la materia —replicó Adam—. ¿Por qué no habla con Anya respecto de las consecuencias que suelen tener estas infecciones?

Adam oyó que Anya decía algo en tono ansioso. Y, aunque no entendía el ruso, intuyó lo que debía de preguntar: «¿Qué ocurre, Mitia? ¿Qué dice el doctor Coopersmith?» Tampoco necesitó especial talento lingüístico para entender la única palabra que Dimitri utilizó a modo de respuesta: «*Nichevo.*»

Nada.

Dos semanas después, el matrimonio Avílov volvió al consultorio de Adam. Terminado el tratamiento con antibióticos, les hicieron nuevos análisis en el laboratorio del doctor Rosenthal.

—Bueno, me alegra poder decirles que su infección por micoplasma ya no existe —les comunicó Adam.

El profesor Avílov sonrió aliviado. Su esposa, sin embargo, no parecía del todo tranquila.

—Maravilloso, maravilloso —dijo el ruso—. ¿Significa eso que, como dicen ustedes, «estamos como una rosa»?

—Las radiografías muestran que las trompas de Anya están abiertas y que el útero es normal...

—Entonces —lo interrumpió Avílov—, ¿cómo explica que no se quede embarazada?

Lo dijo como si creyese que Adam hacía menos de lo que

podía. Lo cierto era que Coopersmith iba a tener que armarse de valor, eludir una palabra que podía sentarle a Anya como una puñalada. Recurrió a todo su tacto.

—Como ya sabíamos —explicó Adam—, sus períodos son muy irregulares. Las pruebas de hormonas que se le han practicado apuntan a que no ovula. Me temo que estemos ante un caso de fin prematuro de la ovulación.

—Pero ¡si es muy joven! —protestó Dimitri.

Adam tuvo la impresión de que la cólera de Avílov era, por lo menos en parte, un reproche a su esposa; como si se considerase traicionado por su desgraciado problema físico.

Anya se llevó las manos al rostro y rompió a llorar. Le costó sobreponerse para ver la cuestión con cierta distancia profesional.

—Ocurre, Dimitri —dijo entre sollozos—. Es raro, pero ocurre. Por razones que aún se desconocen, algunos folículos no responden a la estimulación de la glándula pituitaria. Y, por lo tanto, no se producen óvulos.

Anya miró a su esposo como si le suplicase un gesto confortador. Él permaneció imperturbable. Tardó varios segundos en notar que Adam lo fulminaba con la mirada, que parecía transmitirle una advertencia: «O la rodeas con tus brazos o lo haré yo.»

Por no quedar mal delante de un colega, Dimitri ladeó el cuerpo y posó las manos en los hombros de Anya.

—No te preocupes, cariño. Podríamos adoptar un hijo. Lo importante es que estamos unidos —le dijo en inglés.

A Adam no le pareció sincero. Y estaba claro que a Anya tampoco.

Al ver que su fornido esposo se levantaba de la silla, Anya se levantó también, lentamente.

—Lamento no poder ser una buena clienta para usted, doctor Coopersmith —dijo ella con una amarga sonrisa.

—¿Por qué? —dijo Adam.

—De ginecólogo a ginecólogo: no va a poder usted asistirme en ningún parto.

—De manera, profesor Coopersmith, que no nos queda sino felicitarlo por su diagnóstico —dijo Avílov, que apremió a su esposa a salir.

—Eh, espere —protestó Adam—. Necesitan consejo médico. Me gustaría...

—Con todos mis respetos, profesor —lo interrumpió Dimitri—, no creo que sea lo adecuado. Estamos entre científicos. Tratamos con hechos, y los aceptamos como son. Hemos de marcharnos ya —concluyó sin dejar de mirar a su esposa.

Cuando hubieron salido del consultorio, Adam se dejó caer en el sillón y empezó a darle vueltas a todo lo que había quedado por decir.

«¡Arrogante de mierda! No te mereces una mujer así», musitó furioso.

15

ISABEL

Raymond da Costa estaba aún tendido en el suelo del restaurante al llegar la ambulancia. Visiblemente arrepentido, el muchacho cuya provocación fue la causa de la furiosa reacción y del percance de Raymond, le puso su chaqueta de cuero a modo de almohada. El dueño del restaurante lo cubrió con dos manteles para que no cogiese frío.

También había llegado un coche-patrulla. Uno de los agentes se ofreció a llevar a Isabel al hospital. Desistió al ver que la niña quería, a toda costa, ir en la ambulancia con su padre.

Isabel, que temblaba de puro pánico, vio que colocaban a su padre en una camilla y lo sacaban del local. De pronto notó que le ponían una chaqueta en los hombros: era la que había servido de almohada a su padre.

—Escucha —le suplicó el aterrado joven—. Sólo bromeaba. Te lo juro. ¿Me crees, verdad?

—¿Y qué cambia eso? —le gritó Isabel.

—Perdona, pequeña, tenemos que llevar a tu papá al hospital en seguida —le dijo uno de los enfermeros.

Isabel asintió con la cabeza y lo siguió hacia el exterior. Estaba asustada. ¿Quién iba a cuidar de ella ahora?

Mientras la ambulancia se anunciaba con la sirena, esquivaba el tráfico y doblaba las esquinas a toda velocidad, Raymond hacía denodados esfuerzos para hablarle a su hija, pero los enfermeros lo instaban a que se calmase y respirase profundamente el oxígeno que le administraban.

Isabel intentaba contener sus sollozos. Ver a su padre inmóvil y desfigurado por la máscara de oxígeno, la aterraba.

La ambulancia se detuvo ante la desvencijada puerta del pabellón de urgencias del hospital Alta Bates, de Ashley. El personal de guardia se apresuró a cambiar al herido a una camilla de ruedas.

El jefe médico, que acababa de ordenar que condujesen al herido a la UCI, reparó en la presencia de Isabel, paralizada y muda de puro pánico.

—¿Quién es esta niña? —preguntó un joven médico con brusquedad.

—Es hija del herido —contestó el enfermero, que salía ya de estampida a atender otra urgencia.

—¿No va con nadie que pueda cuidar de ella?

—Llevadla a Pediatría y que se quede en la sala de espera —ordenó el jefe médico.

—No, no —protestó Isabel—. Quiero estar con mi padre.

El joven médico, que estaba con los nervios de punta a causa del alud de urgencias, procuró dominarse.

—Escucha, pequeña —le dijo en tono amable—; estamos desbordados de trabajo y quiero poder concentrarme en atender a tu papá. Así que sé buena, deja que te lleven a Pediatría y ya telefonearé yo cuando puedas bajar. Así que ve con la enfermera...

—Ya puedo encontrar el camino sola —replicó Isabel.

Aunque entonces no fuese consciente de ello, era la primera vez en su vida que expresaba esa convicción.

Durante casi tres horas Isabel estuvo sentada y quietecita entre un enjambre de críos que tosían, chillaban y lloraban.

Al fin apareció el jefe médico.

En cuanto lo vio, Isabel se quedó sin aliento. Se temió lo peor.

—Tú papá ya está bien —le dijo el médico en tono cariñoso—. Ha tenido una crisis cardíaca...

—¿Crisis? —exclamó Isabel desconcertada—. No sé lo que quiere decir, doctor. ¿Qué es?

—Mira... eres muy pequeña —contestó el médico—. No puedo explicarte un electrocardiograma. Te explicaré lo fundamental.

—Bueno, pues lo fundamental. Aunque creo que podría entender el electrocardiograma si se dignase enseñármelo. Pero vayamos a lo importante. ¿Vivirá?

—¡Por supuesto! —exclamó el médico casi exasperado—. Ha sido un leve infarto. A primera vista no parece que tenga una lesión grave. Perdona por mi mal genio, bonita, pero llevo cuarenta y ocho horas de servicio, tengo la cabeza como un bombo, la lengua de trapo y estoy hecho papilla. El cardiólogo, que es un señor que duerme a pierna suelta toda la noche, te explicará lo que tengas que saber.

Bajaron en el ascensor en silencio. Él, porque no podía con su alma; ella, de pura preocupación.

—No crea que no me hago cargo —dijo Isabel para mostrarse amable—. ¿Cómo puede trabajar tanto?

El médico la miró y esbozó una sonrisa.

—¿Sabes qué? Siempre refunfuño, pero me gusta. No hay nada mejor en el mundo que salvar la vida de una persona. A lo mejor tú también serás médico de mayor, ¿eh?

Isabel se sintió tan conmovida por la amabilidad del joven médico que se abstuvo de replicarle que ya se consideraba mayor.

Aunque, bien mirado, tras lo ocurrido aquel día, ya no lo tenía tan claro.

Pese a que los médicos le aseguraron que su padre estaba muy sedado y que dormiría durante varias horas, Isabel permaneció junto a la cama y trató de confortarlo con palabras que él no podía oír.

—¿Isabel? ¿Dónde está Isabel? —dijo su padre, medio adormilado aún al cabo de cuatro horas.

—Estoy aquí, papá —musitó ella cogiéndole la mano.

—Ay, cariño, ¡no sabes cómo siento haberte hecho esto!

—Pero, papá, lo hiciste por protegerme.

—Menuda protección. ¡Ya ves la que he montado! ¿Qué va a ser de ti ahora? —se lamentó Raymond.

—No va a pasar nada, papá.

—Es que dicen que han de tenerme en observación. ¿Quién va a cuidarte? ¿Quién te hará la comida?

—Pues, si no me gusta lo que encuentre en el congelador, ¡aprovecharé para comer pizza!

—Ni hablar —exclamó Raymond, aterrado al pensar lo que pudiera ocurrir en su ausencia.

No quería ni imaginar que fuese a una pizzería y le diese conversación a alguien. O se la diesen a ella. Era demasiado pequeña; demasiado inexperta. Los peligros acechaban por todas partes.

—Escucha, cariño —prosiguió Raymond—, es vital que no descuides tus clases. Seguro que si llamo al tutor Kendall, nos encontrará a alguien que te lleve y te traiga. O incluso a lo mejor podrían dejarte dormir en la facultad.

—No será necesario, Raymond —terció una voz femenina.

Ambos se volvieron a mirar hacia la puerta. Raymond frunció el ceño. Isabel se puso de pie de un salto y corrió a abrazar a su madre.

—¡Qué alegría verte, mamá!

Muriel estaba visiblemente emocionada.

—¿Cómo estás, Raymond? —le preguntó.

—Sobreviviré —repuso él con tristeza.

—He enviado a Peter con la tía Edna. Me he organizado el trabajo para poder quedarme aquí todo el tiempo que sea necesario —le explicó—. ¡Qué ganas tenía de verte, Isabel!

Raymond estaba demasiado débil para protestar. En realidad, su lado menos egoísta, el que sentía un amor desinteresado por su hija, se alegraba de que pudiese estar en buenas manos.

—La he llamado yo, papá —dijo Isabel, que trató de justificarse por temor a la reacción de su padre—. Porque, aunque estéis enfadados, conmigo no, ¿verdad?

A la mañana siguiente, el cardiólogo que reconoció a Raymond se mostró optimista.

—Me alegra poder comunicarle que su lesión es muy leve. Pero es un toque de atención. A juzgar por nuestra conversación, el señor Da Costa es una persona muy inquieta. En adelante, deberá evitar el estrés, cuidar su nivel de colesterol y hacer tres sesiones de aeróbic de cuarenta minutos por semana.

—¿Cuánto tiempo tendrá que seguir aquí? —preguntó Isabel.

—Pues, aunque tenga que atarlo a la pata de la cama, quiero que se quede dos o tres días más para que se relaje.

La enfermedad de Raymond sirvió, por lo menos, para que madre e hija pudiesen estar juntas hasta que lo diesen de alta.

Después de tan larga separación tenían mucho que decirse, mucho que hablar.

—¿Te gusta lo que estudias, cariño?

—Sí, es apasionante. En la facultad tienen unos aparatos muy interesantes.

—Me alegro —dijo Muriel, que procuró ocultar su disgusto al ver confirmados sus temores—. Te debe de resultar difícil hacer amigos con alumnos tan mayores.

—Ay, eso de ser tan pequeña sí que es una lata —se lamentó Isabel—. Tengo trece años y en el seminario de astrofísica me doblan todos la edad. Además, en el campus todos conducen, y yo aún tendré que esperar tres años.

—No te preocupes, cariño, que la Naturaleza es sabia —le dijo sonriente— y te dará un empujoncito.

No había más que ver los incipientes pechos de su hija. Sobraban explicaciones.

—Sí, mamá —dijo Isabel con cierto alivio—. ¿Sabes que ya tengo el período?

—¿Te asustaste el primer día? —le preguntó Muriel abrazándola—. Porque recuerdo que yo me asusté mucho.

—Sí —contestó Isabel, que sintió un enorme alivio al tener la oportunidad de hablar de sus secretos sentimientos y de sus dudas.

—Tenías que habérmelo dicho, aunque fuese por teléfono.

—Y quería decírtelo. Pero como papá estaba en el dormitorio, me daba vergüenza.

—O sea que, cuando hablas conmigo, siempre está delante, ¿no? —dijo su madre muy seria.

—Es que el apartamento es muy pequeño, mamá.

—¿Y por qué tiene que ir también a todas las clases contigo?

—¿Cómo lo sabes?

—En el periódico local siempre publican algún comentario sobre ti. Y, si no lo veo yo, me lo cuentan los otros profesores del colegio —dijo Muriel, que vaciló un instante antes de proseguir—. Lo hacen con buena intención, pero sólo ven un lado. Creen que he de sentirme orgullosa.

—¿Y no lo estás? —exclamó Isabel visiblemente decepcionada.

—Mira, cariño, si quieres que te diga la verdad, preferiría otra cosa. Poder acompañarte todos los días al instituto, en lugar de venir a visitarte a la universidad. Además, tu padre y yo acordamos pasar todas las vacaciones juntos. Pero, por lo visto, siempre encontráis algún pretexto para que tú...

—No es por mi culpa, mamá.

—¿Es que no me echas de menos? —preguntó Muriel sin poder ocultar más lo dolida que estaba—. Porque yo... ¡no sabes cuánto te añoro!

—Y yo a ti. Podríamos decírselo a papá las dos.

—No creo que sirviese de nada —dijo Muriel mirando a su hija con el corazón encogido.

Muriel se sentó, se llevó las manos al rostro y empezó a sollozar quedamente.

—Por favor, mamá, no llores —le susurró Isabel abrazándola.

—Lo siento. Es que te echo tanto de menos...

Permanecieron abrazadas unos instantes. Luego Muriel comprendió que tenía que sobreponerse.

—Todo se arreglará —dijo en su tono más convincente.

Luego se levantó y fue al cuarto de baño a mojarse la cara con agua fría. Al volver empezaron a hablar de otras cosas.

—¿Y Peter? —preguntó Isabel ya más alegre—. Porque, cuando hablo con él, no hace más que gruñirme.

—Está en la edad del pavo. Juega en el equipo de fútbol, no hace los deberes, se cuelga del teléfono sin parar de hablar con sus amigos sobre conquistas sexuales, reales o imaginarias. Y lleva condones en la cartera.

—¿Se la registras?

—Por supuesto que no. Me lo ha dicho él.

Isabel no pudo evitar sentir un poco de envidia. Peter allí como un rey en casa, con mamá de su parte en todo; y, además, con amigos y divirtiéndose. Pero no quiso dar la impresión de no pasarlo tan bien como Peter, aunque de otro modo.

—Berkeley es un hermoso lugar, mamá. Si quieres, mañana te lo enseño.

—Me encantaría, cariño.

—Tengo clases hasta las doce y luego una de prácticas de laboratorio a las dos y media. Podemos comer algo rápido y te lo enseñaré todo.

—Supongo que te resultará raro —comentó su madre—. Me refiero a ir a clase sola, sin que esté papá para explicarte las cosas.

—No es que tenga que explicármelas... —replicó Isabel que, de pronto, se puso un poco tensa—. Aunque sí es verdad que lo echaré de menos.

Muriel notó una profunda ambivalencia en la expresión de su hija. Comprendió que no debía abrumarla con una cuestión tan delicada y optó por cambiar de tema.

—¡Tengo una sorpresa para ti! —exclamó alegremente saltando de la silla.

Muriel corrió hacia el dormitorio de Raymond, del cual se

había apropiado temporalmente, y volvió con algo que hizo saltar a su hija de júbilo.

—¡Mi violín! —exclamó Isabel entusiasmada—. Gracias, mamá. ¡No sabes cuánto lo he echado de menos!

—Y te he traído muchas partituras —le dijo sonriendo su madre—. Además, si tocas bien un instrumento, te pasará como a mí, que descubrirás que se hacen muchos amigos.

—¿Por qué?

—Es que, además de tocar en la orquesta, ahora Edmundo me da clases particulares. Y como el cuarteto de la Facultad de Física necesitaba un segundo violín, me pidieron que tocase con ellos. Ha sido maravilloso. Viajas, conoces gente. Lo paso bien incluso cuando discutimos acerca del *tempo*. ¿Por qué no tocas tú en la orquesta de Berkeley?

—¿De dónde quieres que saque el tiempo? —exclamó Isabel con una maliciosa sonrisa—. Sólo tengo trece años.

—Pues eso significa que te va a gustar mucho mi otra sorpresa —dijo Muriel que metió la mano en el bolso y sacó un casete—. Es una serie estupenda que llaman «Música Menos Uno». Es la grabación de un concierto con sólo el acompañamiento orquestal, de manera que el solista puede ensayar con toda una filarmónica.

—¡Qué ingenioso! —exclamó Isabel.

—Me ha parecido que te gustaría empezar con el *Concierto en mi menor* de Mendelssohn —dijo Muriel verdaderamente complacida por la reacción de su hija—. Si quieres, lo tocamos juntas y yo intentaré ayudarte en las partes más difíciles.

—¡Estupendo, mamá! Aunque hay un problema...

—¿No irás a decirme que no tienes radiocasete?

Isabel meneó la cabeza.

—Pero ¡con lo que te ha gustado siempre la música! —exclamó Muriel con una mueca de contrariedad.

—Sí, pero papá cree que me desconcentra.

—¿Y has de hacer *todo* lo que él dice? —inquirió Muriel en un tono despreocupado, aunque por dentro pensara que la cosa era grave—. A tu edad, lo normal sería que te rebelases como un demonio.

—De acuerdo, mamá —bromeó Isabel—, en adelante participaré en todas las manifestaciones. ¿Puedo hacerte yo ahora una pregunta? ¿Qué va a pasar contigo y papá?

—No puedo contestar a eso —dijo Muriel con voz queda.

—¿Por qué no?

—Porque ya no sé lo que siento.

—¿Acerca de qué?

—Acerca de él —contestó Muriel, que, antes de que su hija pudiese reaccionar, desvió la cuestión—. ¿Quieres que haga la comida?

—¡Estupendo! —exclamó Isabel con una radiante sonrisa—. Papá cocina fatal.

«Gracias a Dios», pensó Muriel.

Salir a comprar las liberó de la tensa atmósfera del apartamento y le dio a Muriel la oportunidad de abordar otra cuestión, poco adecuada para su esposo. Trató de hacerlo con la mayor delicadeza posible.

—Ya sé que en Berkeley está de moda que las chicas vayan por ahí con todo colgando, por así decirlo. Pero ¿no crees que ya deberías empezar a llevar sujetador?

—Creo que sí, mamá. Gracias por decírmelo.

Después de ayudar a Isabel a elegir la prenda adecuada, Muriel la dejó probándose unas alegres blusas, de moda aquella primavera, y salió a comprar un radiocasete a una tienda de enfrente. Al regresar, comprobó complacida el notable cambio de humor de su hija, que no parecía tener la menor prisa por salir de los grandes almacenes, y permanecieron todavía un rato allí bromeando.

Por desgracia, al regresar a casa, el espíritu de Ray acechaba aún por todos los rincones. Sin embargo, hablar con su hija había pertrechado a Muriel con un radar interno que la hizo abstenerse de tocar temas comprometidos.

Después de cenar, volvieron al hospital. Raymond ya había salido de la UCI y madre e hija pasaron con él una hora en una conversación intrascendente, que tuvo que competir, para captar la atención de Ray, con el partido de baloncesto que emitían por televisión. Cuando ambas llegaron a la conclusión de que a Raymond no le iba a importar, en absoluto, que lo dejasen solo para ver al equipo de la universidad machacar la canasta del adversario, se despidieron de él con un beso y volvieron al apartamento.

Para Isabel fue un momento de extraño equilibrio, como si se hallase en el mismo centro del campo magnético, con su padre y su madre en los polos opuestos. Muriel pensó que aquél era un momento propicio para sacar el radiocasete. Isabel se entusiasmó al verlo.

—Oh, mamá, deberías venir más a menudo.

—No te librarás de mí, no. Y, bueno, ¿qué tal si atacamos con Mendelssohn?

—¿Por qué no? —contestó su hija.

Muriel fue a por el violín y el diapasón que trajo con su equipaje y se entregaron ambas a la maravillosa experiencia de interpretar un solo de violín a dúo.

Al día siguiente, Muriel acompañó a Isabel a la facultad y estuvo de oyente con su hija en las clases. Le encantó la que dio el profesor Rosenmeyer sobre la tragedia griega, aunque se perdió en la de Introducción a la Fisicoquímica.

Además, no pudo dejar de advertir que la presencia de Isabel no sólo era insólita por su edad sino porque ella y otra compañera eran las únicas que daban aquella asignatura. El resto eran todo chicos.

—¡Eh, Da Costa! —le gritó a Isabel un compañero de curso desde lejos—. Tu nueva guardaespaldas mola más que el otro.

Después de almorzar al aire libre, y de una nueva incursión por las tiendas, volvieron al apartamento y encontraron a Raymond hojeando un ejemplar de la revista *Science*.

—Caray, ya empezaba a preocuparme por si os había pasado algo —les reprochó.

Se hizo un embarazoso silencio y Muriel comprendió que lo de andar las dos por ahí, libres como un pájaro, se había terminado.

—Me alegro de que estés mejor, Ray —dijo Muriel en un tono que procuró que sonase convincente.

—Ya —dijo él—. Me he dado el alta. Porque la verdad es que estoy tan afinado como un violín.

—¿Va de indirecta? —exclamó Muriel con gesto hastiado.

Raymond reparó en la página de pentagrama que habían puesto encima de un montón de libros sobre la mesa del comedor.

—No —contestó él con expresión ceñuda—. Ha sido más bien un *lapsus linguae*.

—Creo que será mejor que llame y pregunte qué vuelos hay esta noche —dijo Muriel al verlo en aquel plan.

—¿No te puedes quedar, mamá? —preguntó Isabel sinceramente desilusionada—. Podríamos cenar juntos —añadió con perceptible añoranza—. Como en los viejos tiempos.

—Por supuesto que sí —añadió Raymond—. A Isabel le encantará.

—Pero entonces tendré que pasar la noche aquí —dijo Muriel tan delicadamente como pudo—. Y me parece que no tienes habitación de invitados.

—Pero está el sofá —dijo Raymond.

¿De verdad no se daba cuenta —se preguntó ella— de lo cruel que sonaba?

—No, me temo que no he sido nunca una buena campista —dijo ella al declinar el ofrecimiento con una sonrisa—. Hacer las maletas es sólo un minuto. Seguro que habrá plaza para el vuelo a San Diego.

Ya en el taxi por la autovía 101, que conducía al aeropuerto, Muriel temblaba de pura rabia.

¿No era Ray consciente del pernicioso ejemplo que le daban a su hija? Con un precedente así, difícilmente iba Isabel a plantearse unas relaciones normales cuando fuera mayor.

Aunque, claro está, quizá fuese eso justamente lo que Ray pretendía.

27 de marzo

¿Por qué se empeñarán en hacerme elegir entre ambos?

16

SANDY

—¿Todavía eres virgen, muchacho?

La pregunta de Sidney Raven pilló a su hijo desprevenido. No sabía cómo contestar. Aunque no quería perder puntos en la estimación que su padre le tenía, lo cierto era que empezaba a desesperar de poder abandonar el celibato.

—¡Jo, papá! Peliaguda pregunta —repuso vacilante.

—Qué va a ser peliaguda, hijo. Es bien fácil. Y ya me la has contestado. Por eso he reservado una mesa para ti y para Gloria en el Scandia.

—¿Quién es Gloria? —preguntó Sandy con visible turbación.

—Tu ligue —repuso Sidney, que le guiñó el ojo con expresión maliciosa—. Es maja. Se muere por trabajar en el cine, además de que es muy simpática... y generosa con su cuerpo.

—Ah —exclamó Sandy cada vez más nervioso—. ¿Y quién se supone que soy yo?

—Pues quien eres —contestó su padre con un dejo de orgullo—. El hijo de Sidney Raven. Creo que te gustará. Es licenciada en no sé qué. Cuando os traigan la cuenta, todo lo que tienes que hacer es dejar el quince por ciento de propina y firmar con mi nombre. Tengo cuenta en el Scandia.

—¿Y lo de Gloria?

—¿Lo de Gloria?

—¿Cómo le... pago?

—¿Bromeas? —exclamó Sidney con fingida indignación—. ¿No irás a creer que es una puta? Es una chica tan decente como tú.

—Pero, papá, es que yo no tengo ni idea —confesó Sandy ya totalmente confuso.

—No te preocupes, hijo. Tú déjala hacer a ella.

Sandy estuvo todo el resto de la tarde preso de una gran ansiedad. ¿Y si a Gloria no le gustaba, como le ocurrió con la exigente Margie? Porque la herida de aquel terrible rechazo aún no se le había curado.

Y aunque la chica se viese obligada a sonreírle y soportarlo por dinero, temblaba sólo con pensar si sería capaz de pasar a la acción, o comoquiera que lo expresen allí en Los Ángeles.

Para tener el mejor aspecto posible se pasó cuatro horas al sol, a ver si se bronceaba un poco y desaparecía su palidez. Luego se cortó tres veces al afeitarse. Estaba tan nervioso que tuvo que darse otra ducha y se pasó una eternidad rebuscando en el armario ropero de su padre, sin acabar de decidir qué corbata le sentaba mejor.

Sidney estaba sentado junto a la piscina tomando un Martini. El sol del atardecer se filtraba entre los enormes abetos, que proyectaban lo que a Sandy se le antojaron entonces largas sombras fálicas.

—Que lo pases bien, muchacho —le dijo su padre al despedirlo—. No dejéis de pedir un *gravlaks*, que está buenísimo.

Sandy asintió con la cabeza, salió a la medialuna del patio y subió al Jaguar XJ 12 de su padre. Fue por Stone Canyon y giró hacia el este al llegar a Sunset Boulevard.

Conducía muy por debajo del límite de velocidad permitido, porque la policía de tráfico era muy severa con los transgresores. En realidad, durante todo el día no había dejado de recomendarse actuar con tranquilidad y desenvoltura en todo lo que hiciese.

Sunset Boulevard era exactamente como lo presentaban en las películas. Los inmensos céspedes de las mansiones frente a las que pasaba parecían perfilados con minúsculas tijeras por una legión de enanitos de Disney.

Además de pánico, Sandy tenía la sensación de vértigo de lo *déjà vu*. Era como si hubiese estado allí millones de veces. Y, sin embargo, en aquellos momentos se sentía como un extraterrestre.

En menos de cinco minutos llegó al Scandia, donde un empleado del aparcamiento, rubio, bronceado y con chaqueta roja, se apresuró a liberarlo de la engorrosa maniobra.

Sandy se sintió desnudo fuera del lujoso automóvil, que lo había aislado de la ensoñada realidad de Hollywood.

Al entrar en el restaurante se maravilló de la elegancia de la decoración y del extraño y melifluo talante de sus reposados clientes.

Al dar Sandy su nombre, el *maître* lo saludó con obsequiosa deferencia.

—Ah, sí, señor Raven. Ya he acompañado a su invitada a la mesa.

Cruzaron el bar, lujosamente alfombrado, y pasaron a un luminoso y alegre comedor.

Pese a lo preocupado que estaba, no pudo evitar fijarse en una joven pelirroja, que llevaba un traje sastre, color tostado claro y una blusa blanca con fruncidos. Estaba sola y, al acercarse más, tuvo la extraña sensación de que le sonreía.

Aquel rostro angelical, aquella diosa de la Aurora, no podía ser Gloria, se dijo.

—¿Qué tal, Sandy? —dijo ella, que le tendió la mano educadamente y le sonrió—. Encantada de conocerte —añadió con un inconfundible y distinguido acento de Nueva Inglaterra.

—Yo también estoy encantado de conocerte —se limitó él a corresponder al sentarse en la acolchada silla.

El *maître* les pasó las cartas y le preguntó a Sandy si querían un aperitivo.

—Me he tomado la libertad de pedir un Kir Royale —dijo Gloria en un tono que sonó a respetuosa deferencia.

¿Por qué se mostraría tan cohibida ante él?

—Tomaré lo mismo —dijo Sandy.

El *maître* asintió con la cabeza y se esfumó.

Bueno..., menos mal que esto me da pie a entrar en conversación, pensó Sandy, que miró a Gloria y procuró que no advirtiese la turbación que su belleza le producía.

—¿Se puede saber qué es lo que acabo de pedir? —dijo Sandy.

—Champaña con un toquecito de grosella —repuso Gloria sonriente.

—Ah, pues de champaña sé un rato —dijo él, encantado de que saliese a colación un tema que conocía un poco—. Aunque más bien desde el punto de vista científico. Pero supongo que te aburriría.

—Al contrario —le aseguró ella, que alargó el brazo y le tocó la mano—. Me fascina la ciencia, aunque sólo tuve que dar una asignatura obligatoria en Radcliffe.

¡Madre mía!, exclamó para sí Sandy. Una... profesional que ha estudiado nada menos que en Harvard.

—¿En qué te licenciaste? —le preguntó.

—En historia del Arte —repuso ella—. Pronto presentaré

mi tesis doctoral en la Universidad de Los Ángeles, sobre los grabados de Alberto Durero.

Sandy suspiró interiormente aliviado: o sea que hace esto para pagarse los estudios. Y, por lo tanto, la ayudo.

El hecho de que fuese tan culta también lo tranquilizó. Porque había estado preocupadísimo al pensar de qué iban a poder hablar antes de llegar al momento crítico.

Cuando les tocó pedir la cena, Gloria demostró que había merecido la pena ir a aquel restaurante escandinavo. Al llegar el *sommelier* con la carta de vinos, ella no le usurpó la iniciativa.

—Probemos el 112, pero pídelo muy frío —le susurró.

Sandy pidió lo que ella le sugería y, tras confirmarles que era una excelente elección, el *sommelier* se retiró.

De pronto, Sandy se quedó boquiabierto y puso unos ojos como platos. Por pura intuición, Gloria dedujo que quizá hubiese visto a alguien que prefería eludir.

—¿Tu esposa? —le preguntó como si fuese la conclusión más lógica.

Sandy se limitó a negar con la cabeza.

Gloria ladeó discretamente la cabeza y siguió la dirección de su mirada. Por lo visto, se había fijado en la mesa de un rincón del fondo, ocupada por tres hombres y una mujer, gente irrelevante, en su opinión.

—Tienes hollywooditis —le susurró ella en tono indulgente.

—¿Qué quieres decir?

—Es una especie de espejismo que se padece durante los primeros días que se está aquí. A mí me ocurrió. Casi alucinaciones se tienen...: el carnicero, el panadero; a todos les ves un parecido con Robert Redford o Jane Fonda. La verdad es que la principal ocupación del ciudadano de a pie, por estos pagos, es intentar ver a los auténticos.

—No —replicó Sandy, todavía casi en trance—. Estoy seguro de que conozco a esa persona. Fuimos juntos al colegio de pequeños.

Gloria dirigió otra discreta mirada hacia la mesa.

—¿No te referirás a Kim Tower? —dijo ella en tono despectivo.

—Sí —persistió Sandy—. La conozco. De verdad que la conozco.

—No tiene nada de particular —dijo ella desdeñosamente—. Me refiero a que en esta ciudad todo el mundo la conoce.

—¿Crees que sería incorrecto que me acercase a saludarla? —preguntó Sandy, que ignoró el comentario de Gloria, en un tono que más parecía que se dirigiese a su madre.

—Si eso te hace feliz... —repuso Gloria—. Pero, como dicen por aquí, tiene un cerebro de mosquito.

—Pues mira, resulta que realmente es muy lista —le replicó Sandy con acritud.

—Bueno —concedió Gloria con dulzura—. Quizá sea porque toda mujer inteligente se ve obligada a disimular su inteligencia. Y, desde luego, a ella se le da bien.

Sandy hizo caso omiso de la ridiculización de Gloria, se levantó, no repuesto aún de la impresión al ver allí a su diosa personal. Se acercó un poco vacilante a la mesa de Rochelle.

Cuanto más se acercaba, más radiante le parecía su diosa; su piel inmaculada, su perfecta dentadura. Toda ella resplandecía.

—Hola, Rochelle —la saludó Sandy todavía a unos pasos—, me alegra verte por aquí.

Ella lo miró perpleja y sus tres acompañantes fueron a encararse con quien tomaron por algún provinciano cazador de autógrafos. Pero se abstuvieron al ver que ella le sonreía.

—¿No serás Sandy?

—Por un momento he pensado que no me ibas a reconocer —confesó él.

—¿Que no te iba a reconocer? —exclamó ella con un elocuente aspaviento—. Ven que te dé un abrazo.

Él se acercó y, antes de quedar paralizado por la emoción, ella le plantó dos besos en las mejillas, que no fueron sino la introducción de un recibimiento de lo más efusivo, con una florida presentación a su trío de acompañantes.

—Os presento a mi más querido amigo de la infancia, probablemente uno de las mayores talentos científicos de los Estados Unidos. Y, casualmente, hijo de Sidney Raven. Éste es Harvey Madison, Sandy, mi agente; Ned Gordon, mi director comercial; y Matt Humphries, mi jefe de publicidad.

Se levantaron los tres y le estrecharon vigorosamente la mano a Sandy.

—Siento muchísimo no poder invitarte a que te quedes con nosotros —se apresuró a decir Rochelle—, porque es una cena de trabajo. Hay que renovar mi contrato y tenemos que preparar la estrategia.

—No te preocupes —dijo Sandy, un poco más seguro de sí mismo—. Estoy con una amiga.

—¿Ah sí? —exclamó Kim con un dejo de curiosidad.

—Sí —contestó muy ufano Sandy—. Está allí.

El cuarteto que ocupaba la mesa examinó a Gloria desde lejos.

—Una atractiva joven —sentenció Harvey Madison—. ¿Es de la profesión?

Por un instante Sandy pensó que el comentario del agente pretendía subestimar su ligue.

—No —repuso él en un tono algo gazmoño—, es historiadora del arte. Y, bueno, perdonad, pero he de dejaros ya. Encantado de saludaros.

—No dejes de llamarme antes de marcharte —le dijo ella alegremente—. Iremos a picar algo y a recordar los viejos tiempos.

—Hecho —farfulló Sandy, que se abrió paso entre las mesas hasta llegar a la suya—. Perdona —le dijo entonces a Gloria—, pero es que es una vieja amiga de Nueva Inglaterra.

—Te ha manchado las mejillas de carmín —se limitó a decir Gloria.

Justo entonces les sirvieron el primer plato. El trajín del camarero le permitió a Sandy estudiar detenidamente el rostro de Gloria. Salvo un toque de sombra de ojos, Gloria, a diferencia de Rochelle, no iba pintada. Su inesperado encuentro con un grupo que supuso muy vinculado a las camarillas de la ciudad le dio a Sandy mayor desenvoltura.

—Bueno, tengo entendido que quieres trabajar en el cine —comentó.

—Pues la verdad es que sí. Me parece que ya es hora de que las mujeres ocupen en esta ciudad el lugar que les corresponde.

—A Barbra Streisand no le va mal, ¿no te parece?

—¿Y por qué demonios habría de interesarme ser actriz? —le espetó Gloria—. No tengo el menor deseo de que se queden conmigo. Además, ya trabajo en el laboratorio de montaje de la Paramount. Y lo hago bastante bien. Algún día verás mi nombre en las marquesinas de los cines como directora.

—Brindo por ello —dijo Sandy, que alzó la copa del Chablis que ella había elegido.

—Pues ahí va mi brindis —correspondió Gloria—: por que te desenamores de Kim Tower lo antes posible.

—¿Y a qué viene semejante ocurrencia? —exclamó él estupefacto.

—Pues porque ella es puro plástico, y tú eres de verdad.

Luego, ya en el apartamento de Gloria, después de que hubiesen hecho el amor hasta bien entrada la noche, Sandy, en un momento de embriaguez sensual, la miró con fijeza.

—¿Sabes que me parece que estoy empezando a enamorarme de ti, Gloria? —le dijo.

—Pues trataré de quitártelo de la cabeza, cariño; yo tampoco te merezco.

Al aparcar el Jaguar de su padre frente a su casa eran ya casi las cuatro de la mañana. Entró con tanto sigilo como pudo, pero advirtió, sorprendido, que un haz de luz procedente del estudio se proyectaba en la alfombra.

Se asomó al despacho de su padre y vio al viejo Raven, con su albornoz de seda y los pies sobre una silla. Hojeaba un guión de los montones que tenía a ambos lados.

—Papá —dijo Sandy quedamente.

—Hola, hijo. Me has sobresaltado. No esperaba que llegases tan temprano.

—¿Trabajas siempre hasta tan tarde? —preguntó Sandy.

—No hay más remedio si quiere uno abrirse camino en el mundo del cine, muchacho. Dentro de unos minutos empezarán las llamadas de España. Están rodando allí una de mis películas, un *spaghetti western*. Le echo un vistazo a algunas propuestas para hacer tiempo.

—¿Y cuándo duermes?

—Oye, ¿qué es esto?, ¿un interrogatorio? —exclamó su padre de buen humor—. Yo tendría que preguntarte a ti. Tienes una extraña mirada, Sandy. ¿Ha ido todo bien?

—Según se mire, papá.

—Bueno, pero a lo que importa: ¿Te lo has pasado bien con Gloria?

—Es formidable. De verdad una persona fantástica e inteligente...

—Mira, muchacho, que no me refiero al carácter. Sin tapujos: ¿os lo habéis pasado bien en la cama?

—¿Bromeas? No sabes cómo te agradezco el reconstituyente. Espero tomarme otra dosis antes de volver al Este.

—Cuenta con ello —dijo su padre entusiasmado—. Lo que no entiendo es que no se te vea más alegre.

Sandy se dejó caer en el sillón y se inclinó hacia adelante con los codos apoyados en las rodillas.

—Oye, papá, ¿te sincerarías conmigo si te preguntase una cosa muy íntima? —dijo Sandy.

—Claro. Pregunta lo que quieras —repuso Raven, aunque perplejo.

—¿Es Rochelle Taubman como Gloria? —le preguntó Sandy armándose de valor.

—No entiendo la pregunta. No sé qué tienen que ver la una con la otra.

—Ya lo creo que sí. Ambas son jóvenes ambiciosas, locas por triunfar en el cine.

—Bueno... Ya sé por dónde vas. Visto así, no son muy distintas.

—De manera que Rochelle tiene que acostarse con cualquiera que su productor le diga, ¿no?

—No soy su jefe —repuso Sidney en un tono que osciló enigmáticamente entre la sinceridad y la evasiva.

—Vamos, papá, que tú trabajas para los estudios. Apuesto a que ahí todos sabéis quién se acuesta con quién, y si lo hace por amor o por... interés.

—No son términos excluyentes, hijo. Lo que no entiendo es que después de haberte preparado lo que me sospecho ha sido la noche más memorable de tu vida, te comportes como si esto fuese el consejo de guerra de *El motín del Caine*.

—¿Sabías que iba a estar ella en el Scandia esta noche?

—Por supuesto que no. Que no les pedimos a nuestras estrellas que nos informen de dónde van a cenar. Te habrá saludado cariñosamente, supongo yo. Porque te debe mucho por su carrera.

—Y, en tu opinión, ¿me debe tanto como para pagarlo con un revolcón? —le preguntó Sandy, cada vez más nervioso y crispado.

—Eso como mínimo —contestó su padre como si fuese lo más natural del mundo.

—¡Dios santo! —exclamó Sandy levantándose—. ¿Es que existe algo en tu negocio que pueda llevarse a cabo sin joder?

—Óyeme, Sandy, que no son horas para ponerse a filosofar. Sólo te diré que una buena polvera ayuda a pulir la maquinaria.

—Es una inmoralidad —le reprochó su hijo.

—¿De qué vas? —le espetó Sidney—, ¿de Burt Lancaster en *El fuego y la palabra*?

Sandy dio media vuelta sin decir palabra, salió airadamente del despacho y se fue arriba a su dormitorio. Se desnudó furioso y se acostó.

Con su velada en la tierra de los sueños imposibles había visto sus propias fantasías destrozadas. Lo que más le enfurecía era que, con aquella arrogante hipocresía, tratasen de hacer creer que todo el mundo se regía por aquella corrupta moralidad.

Mientras estaba allí acostado, con el calor de las caricias de Gloria todavía en su piel, se dio a los demonios por no haber tenido valor para llevar la conversación hasta sus últimas consecuencias.

Había dejado escapar una oportunidad que acaso no volviese a presentarse: preguntarle a su padre si se había acostado con Rochelle Tauþman.

17

ISABEL

Por más que se hiciera el fuerte, Raymond da Costa quedó muy afectado por su ataque cardíaco. No le servían de consuelo las piadosas palabras del doctor Gorman, ni leer el optimista diagnóstico del cardiólogo, que aseguraba que, si llevaba una vida más saludable, «podía llegar a centenario».

Una tarde, al salir de clase y regresar a casa, padre e hija se detuvieron en el economato de la universidad a comprar chándales y zapatillas de deporte para los dos. Él se compró uno de los menos ostentosos y a Isabel la dejó en libertad para escoger, cosa que ella hizo de mil amores. Eligió uno más llamativo que el de su padre, con la inscripción U.C. Berkeley.

Raymond se proponía poner el despertador a las cinco y media de la mañana, despertar a Isabel y salir los dos a hacer *jogging*, sin llamar la atención, por el sendero del cercano Edwards Field. No estaba dispuesto a morir antes de ver a su adorada hija subir al estrado en Estocolmo.

Mientras rebuscaba por la Biblioteca Médica de Consulta de la base de datos de su ordenador, encontró un artículo que aseguraba que el ejercicio físico regular podía elevar el coeficiente de inteligencia de un niño o una niña entre un cinco y un diez por ciento. Lo que significaba llevar el coeficiente de Isabel a una altísima cota. De manera que Raymond hizo lo posible para que Isabel no dejase de practicar *jogging* ni un solo día.

Isabel tenía los músculos tan agarrotados y estaba en tan baja forma que, durante la primera semana, se veía obligada a ir al paso en cuanto recorría un breve trecho, y quedaba sin resuello. Pero poco a poco fue habituándose hasta alcanzar el vigor que proporciona correr. Al poco tiempo podía correr, sin parar, más de tres kilómetros, límite que, sin embargo, no trató de sobrepasar, porque reparó en que era a lo máximo que llegaba su padre.

Una mañana, varias semanas después de haber empezado con la atlética rutina, Raymond apareció en chándal y se encontró a Isabel sentada a la mesa, vestida aún con los tejanos y el jersey que llevaba la noche anterior.

—¡Eh! ¿Cómo es que aún no estás vestida para nuestro entrenamiento preolímpico? —le dijo con fingida severidad.

—¡Madre mía! ¿Tan tarde es ya? —exclamó ella perpleja al mirar el reloj.

—¿No irás a decirme que no te has acostado?

—No... Me he enganchado a estos diabólicos problemas. Son como las saladitas, que empiezas a picar y ya no puedes parar. Me he enfrascado tanto que no me he dado cuenta de la hora.

—¿En serio? —exclamó Raymond con satisfacción—. ¿De qué asignatura?

—De ninguna —repuso ella, que le mostró la cubierta de *Electrodinámica*, de J. D. Jackson.

—Pero en este curso no tienes Electricidad y magnetismo —le objetó él—. ¿A qué tanta prisa?

—Por gusto —repuso ella—. Me ha dicho Karl que la mayoría de los que están a punto de licenciarse no han podido contestar ni la mitad de las preguntas. Me ha intrigado tanto que le he pedido que me preste su libro.

—¿Y quién es Karl? —le preguntó su padre en tono receloso.

—El profesor Pracht, mi nuevo tutor.

—¿Desde cuándo? —preguntó Raymond visiblemente alarmado—. ¿Qué sucedió con Tanner?

—Bueno, es que Elliott tendrá el próximo año su último curso sabático —repuso Isabel con la mayor naturalidad—. Y me ha dicho que, antes de marchar, quería dejarme con un buen canguro.

—¿Por qué no me lo dijiste ayer? —le preguntó Raymond, nada tranquilizado por el léxico del tutor, aunque tratase de disimular su inquietud.

—Es que, al llegar anoche, hablabas por teléfono con ese periodista de Sacramento, y en seguida llegó tu primer alumno. Además, no me pareció importante.

—¿Cómo que no? —objetó Raymond—. Es demasiado joven. Me refiero a que...

—Pero, papá, si tengo apenas catorce años y Karl es casi

de tu edad —dijo ella riendo—. Además, tiene mucho interés. Es un especialista en partículas elementales.

—Bueno —dijo Raymond, que se esforzó por sonreír y cambió prudentemente de tema—. ¿Vamos a entrenar?

—No podría dar ni un paso —dijo ella bostezando—. Tendré preparado el desayuno cuando vuelvas.

—¿Estás segura de que no vas a seguir ahí con esos problemas?

—Pues..., si tardas más de la cuenta, a lo mejor —contestó ella sonriente.

Raymond accedió y salió a correr. En seguida notó que el *jogging* se le hacía más difícil que otros días. Quizá, pensó, porque aún no estaba del todo repuesto del susto. Ver a Isabel con aquel libro de texto lo había dejado de una pieza, porque aunque nunca se lo hubiese confesado a nadie, ni siquiera a Muriel, la teoría electromagnética era una de las asignaturas que él había suspendido durante sus años en la universidad.

El libro de Jackson lo había dejado a un lado, consciente de que los problemas del final de cada capítulo quedaban muy lejos de sus posibilidades.

El momento que Raymond temía que llegase desde hacía años, había llegado. Su hija lo superaba ya en capacidad intelectual. ¿Cómo iba a justificar ahora su papel de mentor?

Temblaba ante la idea de que su hija trabase una vínculo con una mente superior a la suya. En cierto modo, no era muy distinto a lo que sentía una madre al tener que dejar a su hija en la puerta de la guardería. Aunque Raymond da Costa estaba resuelto a posponer su separación lo más posible.

—Me opongo, profesor Tanner. Me opongo tajantemente.

—¿Por qué razón? —preguntó el paternal director del departamento de Física.

—Porque, con todo respeto, comparado a otros profesores de prestigio mundial de su facultad, Pracht es demasiado joven e inexperto.

—Creo innecesario recordarle, señor Da Costa —repuso el director, perplejo—, que los grandes talentos de las matemáticas y de la física suelen ser muy precoces.

—Bueno, quizá. Pero, por decirlo comedidamente, mi hija es una estudiante excepcional. ¿No cree usted?

—Señor Da Costa, todos nosotros sentimos idéntico respeto por la capacidad intelectual de Isabel —repuso Tanner, que se inclinó hacia adelante para dar mayor énfasis a sus palabras—, y por eso, precisamente, pensé que Pracht era la persona idónea. Su reputación es tal que estuvimos a punto de perderlo dos veces el año anterior, y sólo logré retenerlo concediéndole un aumento de sueldo hasta el límite de nuestras posibilidades. Y, lo que es más importante: Pracht e Isabel se llevan de maravilla.

La explicación le resultó a Ray convincente, aunque no le hizo nada feliz.

Hacia finales del segundo trimestre de Isabel en Berkeley, Raymond recibió una carta del decanato en la que se le comunicaba que accedían a su petición de que, en atención a las altísimas calificaciones de su hija, pudiese, siempre y cuando permaneciese en Berkeley durante los cursos de verano, obtener la licenciatura en dos años y medio.

Sin embargo, el decano añadía una nota personal, en la que le encarecía a Raymond que disuadiese a su hija de ir tan de prisa. Porque, en su opinión, eso no haría sino volver a llamar la atención por su precocidad, y que volviesen a centrar la atención de los periodistas.

Cansado de tanto sermón, Raymond hizo caso omiso del consejo. Al ir a esperar a Isabel aquella tarde al Le Conte Hall, le dio la buena noticia, pero se calló la recomendación de prudencia del decano.

Isabel se alegró, más que nada al verlo a él tan contento.

A mediados de junio de 1986, padre e hija fueron en el coche a San Diego para asistir a la entrega de diplomas de bachillerato al finalizar Peter sus estudios en el instituto. Pero le advirtió seriamente a su hija que no contase los planes que tenían para el verano.

—Porque tu madre trataría de quitártelo de la cabeza —le dijo en un tono lo más anodino posible.

Lo que más preocupaba a Isabel era la reacción de Peter cuando comprobase que, académicamente, estaba mucho más adelantada que él. Sin embargo, toda su ansiedad se disipó al aparcar frente a la casa y ver que su hermano salía corriendo a abrazarla, con un globo en el que se leía «¡Bien venida a casa!».

Isabel estaba encantada de estar de nuevo en su hogar, de

poder dormir en su habitación rodeada de las muñecas y animalitos de peluche que se vio obligada a dejar allí. Ocupar de nuevo su dormitorio fue para ella algo especialmente gozoso.

Por la noche permaneció un buen rato despierta, tratando de imaginar cómo hubiera sido su vida si no se hubiera marchado y hubiese ido al instituto como las demás niñas de su edad. Pero era inútil soñar. Se había adentrado muy lejos por un camino muy distinto. Y no había vuelta atrás.

La ceremonia de entrega de diplomas tuvo lugar por la mañana siguiente en el auditórium del instituto. Pero, aunque sonaron cálidos aplausos al subir Peter al estrado, su momento de gloria se vio opacado al reparar los espectadores en que, si él estaba en el estrado, su célebre hermana no podía andar lejos.

Decenas de ojos recorrieron la platea hasta descubrir a la famosa niña prodigio. Fue tal el entusiasmo al verla allí, en carne y hueso, que ni siquiera aguardaron a que terminase la ceremonia.

Varias de las personas que estaban sentadas más cerca de ella fueron a pedirle que les firmase un autógrafo en el programa. La pillaron tan desprevenida que no supo cómo reaccionar para no quitar protagonismo a su hermano mayor en un día que le correspondía, por pleno derecho, a él.

Durante el almuerzo que se celebró en los jardines acto seguido, Peter no pareció haberse tomado a mal lo sucedido. Se limitó a acercarse a besarlos a todos y luego corrió a reunirse con sus compañeros, que, como ya se sabía por allí, se habrían agenciado una caja de botellas de cerveza.

Por la noche, elegantemente vestido y acicalado, oliendo como si se hubiese duchado con colonia de esas para hombres que dejan huella, Peter salió de casa en el coche de Muriel, que se lo prestó para que pudiera llevar a la joven a quien se refería como «mi chica», a todo plan, al baile de graduación que se celebraba en el instituto.

Al regresar Peter de madrugada, fue a la cocina y se sorprendió al ver a su joven hermana aún levantada, hojeando un ejemplar de *Cosmopolitan*, nada menos.

—¡Madre mía, Isabel! —exclamó en tono burlón—. Jamás hubiese dicho que te diese por leer esas cosas. ¿Estás segura de que no lo haces para ocultar alguna revista científica?

Peter fue entonces al frigorífico a coger una cerveza.

—Vamos, Peter, ¿no irás a creer que soy una repelente empollona? —replicó ella de buen talante—. ¿O crees que no lo pasamos bien en Berkeley?

Su hermano se sentó, apoyó los pies displicentemente en la mesa y destapó la cerveza.

—Pues no. Por lo que dicen en los periódicos, consagras todos los minutos de tu vida al saber.

—Bah, ¡como si hubiera que creer siempre lo que se lee!

—Dime a ver entonces cuáles son tus diversiones.

—Voy al cine un par de veces por semana.

—¿Y no sales con chicos? —la tanteó su hermano discretamente.

—Claro que no. Sólo tengo catorce años.

—¿Y qué? Podrías tener perfectamente un novio de dieciséis.

—Bobadas. Parece que sólo ves el mundo como un coto para ligar.

—Es que, a tu edad, eso debería suceder, por lo menos en parte.

Isabel se sintió confusa. No sabía si se burlaba de ella o si, como anhelaba vivamente, le ofrecía la oportunidad de sincerársele y confesarle sus sentimientos.

—Mira, Peter —replicó, no sólo para convencerlo a él sino a sí misma—, tengo seminarios de licenciatura. Y, aunque me encanta estudiar, tengo demasiado trabajo.

—¿Y papá tampoco sale? —le preguntó él sin andarse con rodeos, tras tomar otro sorbo de cerveza.

—Claro que no —repuso Isabel, tan perpleja como azorada por la pregunta—. Está casado con mamá, ¿no?

—¿De veras? Pues a mí más bien me parece un alto el fuego indefinido. Y la verdad es que me alegro de que ella no se encierre en casa a comerse el coco.

—¿Quieres decir que mamá sale con otros hombres? —preguntó Isabel, inquieta al pensar que así pudiera ser.

—Pues sí. Lo que no sé es si son relaciones más o menos platónicas. De lo que no me cabe duda es de que no está dispuesta a pudrirse en casa.

—Humm. ¿Sale con alguien concreto?

—Bueno, va muy a menudo a las veladas musicales con Edmundo.

—¿No está casado? —preguntó Isabel.

—¡Madre mía! Pero ¿en qué mundo vives, Isabel? Esto es California. El divorcio es aquí más popular que el béisbol. Lo que ocurre es que, aunque llevan años sin verse, su esposa es muy católica y se ha negado siempre a concederle el divorcio a Edmundo. A mamá le gusta, y tienen mucho en común.

—¿Sabes qué te digo? Que prefiero que dejemos correr el asunto —dijo Isabel, muy incómoda con el realista enfoque de su hermano acerca de la vida privada de su madre—. ¿Crees que papá y mamá van a romper? —añadió preocupada.

—Verás... Ahora apenas se ven, ¿no?

Isabel guardó silencio unos instantes. Peter retiró los pies de la mesa, se levantó y la rodeó con el brazo.

—Escucha, Isabel, no te digo todo esto para asustarte. Pero ¿para qué están los hermanos? Además, tú eres la única persona en el mundo a quien le puedo hablar de esto.

Las palabras de Peter conmovieron a Isabel, que lo miró afectuosamente.

—Hasta esta noche no me he dado cuenta de cuánto te he echado de menos —le susurró ella.

—Me alegro —dijo él abrazándola cariñosamente—. Me hace mucha ilusión que pasemos juntos este verano. Mamá ha alquilado una cabaña en Yellowstone y...

Peter se interrumpió al reparar en que Isabel había dejado de sonreír.

—... Suéltalo —prosiguió Peter—. ¿No iréis a dejarnos plantados?

Ella asintió con la cabeza, aunque sin atreverse a mirarlo a la cara.

—Ah, no —dijo él entre dientes—. No puede hacerte eso. Me hacía muchísima ilusión...

—Y a mí, Peter —dijo ella sinceramente compungida—, pero el departamento ha accedido a mi solicitud de hacer dos cursos en uno hasta licenciarme.

—Querrás decir *su* petición, ¿no?

—¿Qué más da quién escribiese la carta solicitándolo? Estuvimos los dos de acuerdo en que era lo conveniente.

El rostro de su hermano enrojeció de ira y contrariedad.

—Si me perdonas la comparación, te diré que te va a ocurrir como al oso que trepó a la montaña más alta. Que cuando termines la carrera, que a este paso será cosa de cuatro o cinco semanas, ya no habrá más montañas que escalar.

—Ya lo creo que habrá, Peter. Cuanto antes termine la carrera, antes podré dedicarme a la investigación.

—Ay, hermanita, está claro que no te quiere por ti misma. Sólo te utiliza para compensarse por su...

—No quiero oír una palabra más sobre este asunto —dijo Isabel levantándose.

—Ya, porque temes que tenga yo razón, ¿verdad? —dijo Peter que, al ver que ella se alejaba, insistió en tono amable—: Déjame que te diga otra cosa, Isabel.

—¿Qué? —preguntó ella al darse la vuelta hacia él.

—Algún día abrirás los ojos y comprenderás qué poco feliz eres así. Sólo quiero que sepas que cuando lo comprendas, a cualquier hora del día o de la noche, yo estaré al otro lado del teléfono para escucharte.

Peter sabía que su hermana no podía contestarle con palabras, porque hacerlo así equivaldría a reconocer que tenía razón. Pero vio en sus ojos que sus palabras le hacían mella.

Isabel pasó los días siguientes en una creciente ansiedad, consciente de que sus padres iban a tenérselas en serio. Pero al llegar el terrible momento todo se produjo de un modo extrañamente silencioso, como una ahogada e interna explosión emocional, porque su madre no estaba dispuesta a que nada pusiese en peligro su ya tenue relación con Isabel.

Dos días después, mientras su hija hacía el equipaje para marcharse, Muriel se le acercó y trató de abordar la cuestión de manera despreocupada.

—¿Quieres que te ayude? —le preguntó.

—No, gracias, mamá. No he traído muchas cosas.

—Escucha, cariño, tu padre me ha hablado de vuestros supersónicos planes académicos —empezó por decirle su madre en tono amable—. Yo ya he renunciado a razonar con él. Abusa de su autoridad. Sabe que, aunque estoy tajantemente en contra, nunca haría nada por apartarte de tus estudios.

Al ver la angustiada expresión de su madre, Isabel se quedó sin saber cómo reaccionar.

—Gracias, mamá —acertó a decir tan sólo.

—Por otro lado —prosiguió Muriel, decidida a planteárselo todo—, tu padre y yo tenemos que solucionar lo nuestro. Hemos llegado a la conclusión de que lo mejor es dar por terminado un matrimonio que ya no lo es. Vamos a divorciarnos.

Isabel acusó el golpe. Aunque racionalmente no se le ocultaba la ruptura de los vínculos externos del matrimonio de sus padres, ella, no obstante, se había refugiado en la ilusionada ficción que ellos habían mantenido hasta entonces para bien de su hija.

Al ver desvanecerse el espejismo tan bruscamente, se sintió impulsada a sincerarse.

—Ay, Dios mío, qué pena, mamá. Y todo por mi culpa.

—Pero ¿qué tonterías dices, cariño? —exclamó Muriel.

—No hago más que crear problemas en todas partes.

—No sé por qué, Isabel, pero ya me sospechaba yo que te echarías la culpa. Es lo más absurdo del divorcio: incluso la parte más agraviada se siente culpable. Pero, por extraño que pueda parecer, una de las razones que me han inducido a acabar con la callada tensión es que, por lo menos ahora, tú eres lo único que impide que tu padre se derrumbe.

18

ADAM

Adam todavía confiaba en reavivar el instinto maternal de Toni y la convenció de que, para tener un verdadero hogar, había que tener una casa de verdad.

Por aquel entonces Heather había crecido lo suficiente para necesitar un jardín más amplio, de modo que el matrimonio decidió mudarse a un caserón de tres plantas, de blancas paredes y tradicionales postigos verdes, que se alzaba en la parcela de uno de los ángulos de una urbanización de Wellesley Hills.

Toni habilitó uno de los dormitorios pequeños como despacho para ella y conectó el ordenador no sólo al de la empresa y a *Lexis*, la base de datos que utilizaban los profesionales del Derecho, sino también al de su padre.

Adam se volcó en hacer del jardín un paraíso para la niña. En la parte de atrás había un viejo roble de ramas tan robustas y extendidas que podía soportar perfectamente un columpio; y, en un insólito alarde de maña artesanal, Adam logró construir también una de esas estructuras para trepar que instalan en los jardines públicos.

No se equivocó Adam al pensar que tales instalaciones contribuirían mucho a que su hija se relacionase. A los chicos del vecindario les atrajo en seguida aquel espacio pensado para sus juegos.

Desde que naciera Heather, Adam se juró no descuidar sus deberes de padre. Y para asegurarse de que en ningún momento le faltase su amor, se propuso no ausentarse nunca a la hora de la cena, y luego leerle un cuento al acostarla, o más, si fuera preciso.

Cuando al fin Heather se quedaba plácidamente dormida, él regresaba al laboratorio, donde, ya tranquilo, sin nada que lo distrajese, podía rendir al máximo en su trabajo científico.

Sus investigaciones no tardaron en reportarle un amplio reconocimiento profesional, además de codiciados premios que, normalmente, recaían en colegas que peinaban canas. De manera que, muy a menudo, *sí* era oro todo lo que relucía. Incluso los premios relativamente modestos estaban dotados con cantidades que oscilaban entre los veinticinco y los cincuenta mil dólares. Cada vez que le concedían uno, su carrera experimentaba un nuevo impulso.

Una noche, durante la cena, Lisl vaticinó que Adam progresaba tan de prisa que, antes de tres años, le concederían el premio Lasker.

—Algo así como la piedra de toque que legitima para el Nobel, ¿no? —preguntó Toni con desusado interés.

—Sí —contestó Lisl—. Después de ese premio sólo queda el apretón de manos del rey de Suecia.

—Y un hermoso millón de dólares —añadió Toni.

—Uy, no tan de prisa, cariño —la atajó Adam en son de broma—. Eso será si no he de compartir el premio con otro colega.

—Da igual. No me importaría —dijo Toni—. Nos alcanzaría para comprar la casa que alquilamos este verano en la costa.

—A juzgar por las fotografías es preciosa —señaló Lisl—. ¿Le gustó a Heather?

—Le entusiasmó —repuso Adam—. Nos levantábamos ella. y yo todas las mañanas, cogíamos bocadillos, dábamos un largo paseo hasta la playa y desayunábamos allí sin más compañía que las gaviotas.

—Qué idílico —exclamó Lisl.

—Lo malo es que a Heather le va a costar un rato largo encontrar un marido a la altura de su padre —dijo Toni—. La verdad es que, a veces, tengo celos. Es como si todas las mujeres del mundo lo quisiesen para algo. En cuanto volvían de la playa, Adam se pasaba horas colgado del teléfono con pacientes de todo el país más o menos preñadas.

—Pues eso está muy mal —lo reprendió Lisl—. ¿No irá a convertirse en un adicto al trabajo?

—Tiene gracia que eso lo diga la esposa de Max Rudolph —protestó Adam, que nunca se atrevía a utilizar la palabra «viuda»—. ¿Fue Max alguna vez a alguna parte que no estuviese a tiro de coche?

—Bueno, Adam, que si de adictos al trabajo se trata, aquí no puede nadie lanzar la primera piedra —dijo Toni—. Como que tengo ya que subirme a empollar para esa condenada deposición de mañana. Así que, ¿me perdona, Lisl?

—Claro, cariño.

Aunque no era la primera vez que Toni tenía que subir a encerrarse en su estudio, Adam se sintió incómodo, sobre todo teniendo en cuenta quién era la invitada. Miró a Lisl con cara de circunstancias.

—No importa —repuso ella dándole una palmadita en la mano—. Ya sé que suelo ser un incordio.

—Vamos, que ya sabe usted que eso no es verdad —protestó Adam—. Me parece que soy yo quien la saca de quicio últimamente —añadió *sotto voce*.

—Supongo que Boston no le puede ofrecer a Toni nada de lo que tenía en Washington —comentó Lisl—. Probablemente, siente nostalgia profesional.

—Más que nostalgia creo que se trata de resentimiento —dijo Adam, que en seguida lamentó sincerarse, aunque fuese con una íntima amiga.

—¿Aún habla tan a menudo de su padre?

—No, en realidad —repuso Adam con sequedad—. Quiero decir, raramente más de dos o tres veces al día.

—Pues no es buena cosa. Por lo menos, lo que no debe ella permitir es que... su apego... afecte a su deber de madre —persistió Lisl.

—Sí, pues a ver quién se lo dice —admitió Adam con expresión de impotencia—. Y lo peor es que Heather es más despierta de lo que le convendría a su edad. Estoy seguro de que nota que su madre se limita a cumplir.

—Pues, si le sirve de consuelo, le diré con franqueza que no creo que Toni tuviese una actitud distinta aunque viviesen en Washington.

—¡Maldita sea! —exclamó Adam hundiendo la cabeza entre las manos—. ¿Cómo no me di cuenta a tiempo de que le tiene verdadera alergia a la maternidad? —añadió, dolido por el solo hecho de verbalizarlo.

—Pues porque estaban muy enamorados. ¿Le hubiese hecho desistir algo? —dijo Lisl en tono cariñoso para tranquilizarle la conciencia.

—Con franqueza, sí —repuso Adam tras pensarlo un momento—. Lo que hago es tratar de trabajar menos horas en el laboratorio para compensar a Heather de las carencias maternas.

—Eso es muy bueno para Heather —le elogió Lisl—, pero injusto para usted. Que yo sé muy bien que la investigación científica no puede ser un trabajo de nueve a cinco.

—Eso es exactamente lo que dice Toni de su trabajo como jurista.

—De manera que no es sólo la niña quien sufre las consecuencias —aventuró Lisl algo vacilante—. Perdone que me entrometa, pero ¿puedo hacerle una pregunta?

—No tengo secretos para usted.

—¿No le ha propuesto ella nunca mandar a la niña a un internado?

—De eso ni hablar, Lisl. No puede uno traer hijos al mundo para luego arrendarlos, por así decirlo, y esperar que aparezcan un día en la puerta de casa convertidos en personitas perfectamente equilibradas... listas para marcharse de nuevo, a la universidad. Ya ve cómo le ha afectado a Toni crecer en un internado.

—¿Hasta qué punto nota todo esto Heather?

—Pues me parece que tiene muy claro qué lugar ocupa en las prioridades de su madre —reconoció Adam.

—Si es así, me voy a permitir darle un consejo radical —dijo Lisl, que se levantó a ponerse la chaqueta—. En su caso, el internado podría ser la salvación para Heather.

—No —protestó Adam—. Yo no lo podría soportar.

Eran casi las nueve de la noche. El calor del veranillo de san Martín había sido muy intenso. El asfalto parecía regaliz derretido y se pegaba a los zapatos de los viandantes que cruzaban Longwood Avenue.

Adam había salido del laboratorio y se dirigía hacia su coche. Por el rabillo del ojo le pareció ver a una persona que conocía. Era una joven que estaba de pie junto al bordillo, temblando.

Al acercarse vio que se trataba de Anya Avílov, la desdichada rusa a quien tan malas noticias tuvo que dar meses atrás.

—¿Le ocurre algo, Anya? —le preguntó.

Ella alzó los ojos sobresaltada y con el rostro bañado en lágrimas.

—Nada, doctor Coopersmith, nada —repuso en un tono poco convincente.

—Vamos, dígame qué le ocurre. La invito a tomar algo y charlamos. Por favor.

—No, que estoy bien —insistió ella—. Además, tendrá usted cosas más importantes que hacer.

Pero antes de que pudiera seguir porfiando, él la cogió del brazo y la condujo hacia la cafetería del motel contiguo al hospital Infantil.

Adam pidió una cerveza y consiguió que Anya aceptase una taza de café. No hubo manera de encauzar una conversación intrascendente. Contestaba con monosílabos a sus banales preguntas sobre qué tal se integraba en Boston, o sobre sus progresos en sus clases de inglés. A lo sumo, le arrancaba algún cortés lugar común.

—¿Y Dimitri?

—Supongo que bien —repuso ella encogiéndose de hombros.

—¿Supone?

—Me ha dejado —contestó ella abruptamente, pero tratando de demostrar indiferencia.

Adam estuvo tentado de decirle que adiós muy buenas, que era indigno de ella. Pero se lo calló y la dejó desahogarse.

—Ha encontrado algo que le ha convenido más, por así decirlo —continuó.

—¿Ah, sí?

—Sí. Se ha enamorado y se ha ido a vivir con otra.

«Lo sabía», pensó Adam. Aquel día en su despacho presintió que Dimitri no iba a tardar en dejarla.

—¿Y se ha quedado sola?

Ella no pudo sino asentir con la cabeza.

—¿Y cómo se las arregla para vivir? Me refiero a pagar facturas y todo eso.

—Me pasa dinero. Y, además, sigo con mi trabajo en el laboratorio.

—Y... ¿cuánto hace?

—Fue al poco tiempo de verlo a usted.

—Ojalá hubiese seguido en contacto conmigo, quizá...

—No había ninguna razón profesional —dijo ella tímidamente—. Además, me las arreglaba. Como no conocía a la otra mujer, me resultaba más fácil conformarme. Pero acabo de verlos pasar por la otra acera cogidos del brazo y, con franqueza, no creo que pueda decirse que hacen muy buena pareja.

—Tan atractiva como usted seguro que no es —le dijo Adam gentilmente para no desanimarla.

—No, no. Si ella es bastante atractiva —dijo en tono malicioso—. Es él quien lo estropea. No sabe cómo lamento no haber llevado las gafas cuando me pidió que me casase con él.

—Bueno, por lo que veo, su sentido del humor sigue intacto —dijo Adam riendo.

—Es que no hay para menos —dijo ella en tono mordaz—. Ella está encinta.

—¿Está usted segura? —exclamó Adam perplejo.

—Sí, es prácticamente lo primero que me dijo. Creo que por ensañarse conmigo.

—¡Qué bastardo! Y, encima, tener que verlo todos los días.

—Creo que sólo por eso me lo dijo. Estoy segura de que estaría encantado si yo encontrase otro empleo.

—Seguro.

—Pero aún no tengo el título, ¿adónde iba a ir? —dijo ella, que lo miró con expresión de impotencia.

—Tengo un laboratorio —dijo él sin pensarlo—. Yo no le pediría el título.

—Es usted una persona muy amable y bondadosa, doctor Coopersmith. De modo que no voy a ocultarle lo rencorosa que soy yo. Quiero hacerle daño por lo que me ha hecho. Y se lo voy a hacer. Todas las mañanas, al llegar, no tendrá más remedio que mirarme a la cara y empezar el día con el estómago encogido.

—Pues a mí, verla a primera hora de la mañana me arreglaría el día.

—Me adula usted, doctor —dijo ella ruborizada.

—Bueno, por lo pronto, llámeme Adam. Y, además, no la adulo. Quiero que considere en serio mi oferta. Tómese todo el tiempo que quiera, pero prométame que, por lo menos, lo pensará.

—Se lo prometo —repuso ella sonriente.

—Bueno. Mañana por la mañana tengo un vuelo a San Francisco para ir a dar una conferencia, pero intentaré llamarla para asegurarme de que se encuentra bien.

19

ISABEL

El aparente aplomo de Muriel ocultaba su agitación interior. Su serenidad se debía, en buena medida, a los fuertes tranquilizantes que le recetó el psicólogo que la visitaba. Para no perjudicar sus futuras relaciones con Isabel lo mejor era, a corto plazo, fingir estar de acuerdo con el nuevo enfoque de sus planes académicos. Y, aunque estaba muy resentida por el pérfido comportamiento de Ray, un abierto enfrentamiento no hubiese hecho sino empeorar las cosas. Tenía perfectamente claro que cuanto más tirase ella de Isabel más tiraría a su vez Raymond. Y quien lo pagaría sería la niña, que acabaría destrozada.

Se despidió de Ray y le deseó buen viaje sin la menor efusión. Al abrazar a su hija, sin embargo, no pudo reprimir las lágrimas. Peter se mordisqueó el labio al abrazar a su hermana. Al estrecharle ligeramente la mano a Ray, trató de ocultar el profundo desdén que sentía por el hombre que se negó a ser su padre.

Durante el trayecto, Isabel dormitó mientras Ray conducía a endiablada velocidad en plena noche. Quería intentar levantarle el ánimo a su hija llegando a San Francisco a esa hora mágica del encuentro entre la aurora y las tinieblas. Incluso se desvió más al norte de lo necesario para poder coger la autovía 80, que bordeaba el lado este de la bahía, y contemplar el sol de la mañana, que iluminaba Berkeley Hills y el Golden Gate. Las luces laterales del majestuoso puente estaban aún encendidas. Los primeros rayos del sol se proyectaban en los cables que sostenían las arcadas, que relucían como filamentos de una gigantesca bombilla.

—Ah —exclamó él—. ¡Hogar, dulce hogar!

Isabel fingió dormir. En el fondo de su corazón, su hogar era todavía la casa que habían dejado atrás.

Al llegar a su apartamento de Piedmont Avenue, Raymond tuvo que empujar con fuerza la puerta, frenada por los montones de correspondencia que había en el suelo.

—¿Hay algo para mí? —preguntó ella ansiosa.

Normalmente, Isabel nunca recibía cartas en el apartamento. Su padre pidió que la universidad no divulgase ninguna información personal acerca de ellos, incluyendo las señas y el número de teléfono. Toda la correspondencia a nombre de Isabel llegaba al departamento de Física. Y casi siempre se limitaba a solicitudes de autógrafos.

A Isabel esto le molestaba mucho, porque no quería que la tratasen como una estrella del pop. Tampoco le seducía la idea de que la pusiesen como un deslumbrante ejemplo para las otras niñas.

—¡Cualquiera diría que tenemos aquí instalado Cabo Cañaveral! —refunfuñó Raymond al ver la factura de la electricidad.

Y entonces lo advirtió:

—Es tu día de suerte, Isabel. En realidad hay algo para ti.

Raymond le entregó tranquilamente la carta porque vio que la remitía el departamento de Física. Isabel abrió el sobre, miró un momento la tarjeta que había en el interior y sonrió.

—¡Qué bien! Karl me invita..., nos invita a una fiesta.

—¿Y quién va a asistir? —preguntó su padre receloso.

—Ah, sólo los de Física —contestó Isabel—. Son todos muy solitarios. Debe de ser porque andan siempre dándole vueltas a la cabeza en lugar de salir a dársela ellos. Así que, una vez al año, Karl organiza algo para que respiren aire fresco.

—Muy considerado —reconoció Raymond, que, por propia experiencia, sabía que su hija tenía razón.

No era, en realidad, por Isabel por lo que la fiesta le preocupaba sino por sí mismo, siempre a disgusto cuando no estaba seguro de poder tener la última palabra en una conversación.

Sin embargo, se dijo que aquello le permitiría ver cómo era el tal Pracht.

La casa del profesor estaba en una calle de Berkeley Hills que llevaba el apropiado nombre de Panoramic Way. Quedaba en la perpendicular de la universidad, en una zona que se encontraba al este del Ciclotrón y del Bevetrón, que formaban el acelerador de protones, de varios miles de millones de voltios.

Era una zona residencial muy cara. Las lujosas mansiones daban un arquitectónico testimonio de que los propietarios eran miembros de las facultades de Ciencias de Berkeley, que figuraban entre los más galardonados y, por lo tanto, más cotizados.

Raymond miró en derredor con satisfacción. Era del dominio público que el Instituto Tecnológico de Massachusetts le había hecho a Pracht una sustanciosa oferta, muy superior a las posibilidades de Berkeley, que era una universidad estatal.

A juzgar por su casa, al profesor le gustaba vivir bien. De manera que era muy probable que acabara decidiéndose por Boston.

Salió a abrir el propio Pracht. Era un hombre alto, algo cargado de espaldas y con prematuras entradas. Tenía un innegable atractivo, sobre todo cuando sonreía. A Raymond le cayó mal desde el primer momento.

Pracht le dio una calurosa bienvenida a Isabel y se presentó a su padre.

—Encantado de que haya venido, señor Da Costa.

Como Raymond estaba a la defensiva, quiso ver en estas palabras un dejo de ironía, como una crítica por que no dejase a Isabel ni a sol ni a sombra.

—Pasemos al jardín de atrás —dijo Pracht—. Creo que Isabel le podrá presentar a casi todo el mundo. Aunque le advierto que no son tan alegres como su hija. Necesitan dos o tres copas para empezar a animarse.

Mientras cruzaban por la parte de atrás de la casa, Raymond se fijó en las caras de los invitados. Era una ocasión idónea para ver con qué clase de personas trabajaba Isabel en los distintos laboratorios, donde no tenía ninguna plausible excusa para entrar.

Era una de las típicas noches de verano de Berkeley, lo suficientemente fresca para que la mayoría de los invitados llevase jersey, por lo menos encima de los hombros.

No le sorprendió a Ray que la mayoría fuesen hombres. Las pocas mujeres que había —esposas de doctorandos— estaban entusiasmadas con la presencia de Isabel, la celebridad del departamento.

Tal como Raymond le susurró a su hija, los jóvenes científicos «estaba todos cortados por el mismo patrón». Que eran unos plomos, convino ella. No era de extrañar que, en aquel ambiente, Isabel resplandeciese como un relámpago en la niebla.

Todos saludaron a Raymond con un respeto que no esperaba y que le devolvió la confianza hasta que, de pronto, lo asaltó una idea.

—¿No me dijiste que Pracht estaba casado?

—Sí, pero están a punto de separarse.

—Vaya —se limitó a decir Raymond, que, pese a estar también él en vías de divorciarse, consideró la anómala situación conyugal de Pracht como un punto en su contra.

Raymond se sentía más cómodo con los catedráticos que con los doctorandos. Los jóvenes físicos estaban tan enfrascados en sus tesis doctorales que no sabían hablar de otra cosa. Los catedráticos, en cambio, estaban encantados de poder pasar una velada sin hablar de lo suyo. Preferían chismorrear sobre..., por ejemplo, a quién le iban a dar el Nobel aquel año.

Dos muchachos, de trece y dieciséis años respectivamente, asaban salchichas y hamburguesas vegetarianas al llegar padre e hija junto a ellos con sus platos vacíos. El mayor, vigoroso y bronceado, saludó a Isabel con desparpajo.

—Eh, tú debes de ser la Einstein.

—Vamos, Isabel —dijo Raymond, que frunció el ceño y apremió a su hija de mal talante—. Que entorpecemos la cola.

—Al contrario —replicó el muchacho—. Soy yo quien la detiene para conocer a este regalo que Dios le ha hecho a la Física y, edad e inteligencia aparte, lo más bonito que se ha visto en el mundo de la ciencia desde la manzana que le cayó a Newton en la cabeza.

—Pero ¡con quién cree que habla usted! —le espetó Raymond.

—¿He dicho algo que le haya molestado, señor Da Costa? O... ¿debería decir *doctor*? Tengo entendido que usted también anda en esto.

Raymond lo interpretó como un descarado insulto. Estaba claro que en el departamento todo el mundo sabía que no se había doctorado. Y aquel jovenzuelo quería humillarlo.

—¿Me permite que me presente? —prosiguió el muchacho.

—No es estrictamente necesario —le espetó Ray con acritud.

—Sí, me parece que tiene razón —admitió—. Soy el siniestro de la diestra, conocido también como diestro con la siniestra.

—¿Qué? —exclamó Isabel.

—¿Me captas? —dijo el muchacho con una radiante mirada—. Lo he estado ensayando con mi hermano pequeño toda la tarde, ¿no, Dink?

El pinche, sobrecargado ahora de trabajo, asintió dócilmente.

—Sí, este hermano mío es un palizas.

—Allí arriba en el montículo hay una mesa libre, Isabel —la apremió su padre—. Podríamos...

Por primera vez en su vida, Isabel ignoró a su padre y se negó a moverse de allí, cautivada por el descarado iconoclasta.

—¿De verdad se llama Dink tu hermano? —preguntó ella, sólo para darle conversación.

—En realidad, no. Le pusieron George, pero yo le puse un nombre más colorista y onomatopéyico. Lo que me recuerda, a mí, que cargo con el endiablado nombre de Jerry, el castigo de Karl por pasarnos de listos. ¿Cómo iba a asistir yo, si no, a una fiesta con semejantes lumbreras?

—Tú, Dinko, sigue sirviendo mientras acompaño a estos *vips* a la mesa —le ordenó a su fraterno pinche.

—No es necesario —objetó Ray inútilmente, porque aquella especie de vendaval adolescente ya se le había adelantado.

El joven había cogido sus platos de papel y enfilaba por el césped, dirigiéndose sin el menor respeto a los profesores que encontraba en el camino para que «le abriesen paso a la princesa».

Llegaron a la mesa del montículo, que Isabel advirtió en seguida tenía encima un tarjetón escrito a mano con la palabra «Reservada».

—Sí —explicó Jerry sin que le preguntasen—. La he reservado personalmente para vosotros, colegas. Pero no es necesario que me deis propina.

Luego, sosteniendo los dos platos en perfecto equilibrio en un solo brazo cogió su servilleta, limpió la mesa y posó los platos con elegancia.

—Gracias —dijo Raymond, que esperaba que los dejase, al fin, tranquilos y atajar toda ulterior conversación entre su hija y aquel delincuente juvenil.

—¿Les importa que me siente? —dijo Jerry, con lo que no era sino una pregunta retórica, puesto que se sentó antes de que pudieran contestarle.

Y, aunque dándose a los demonios por dentro, Raymond no tuvo más remedio que dominarse. Al fin y al cabo, se dijo, aquel muchacho era el hijo del tutor de Isabel.

—He visto tu foto en el despacho de Karl —comentó Isabel.

—Como blanco para jugar a los dardos, supongo yo —dijo Jerry—. Te habrá dicho que no soy precisamente un microchip del tarro del viejo.

—Lo que me ha dicho es que, últimamente, estás muy rebelde —dijo ella—. Pero que sí eres muy inteligente.

—No. Eso era antes. Lo dejé correr al salir del instituto para dedicarme por completo al tenis.

—¿Por qué te complaces en que te tomen por tonto? —preguntó ella con auténtica curiosidad.

—¿La verdad? —dijo él con una seriedad que contrastaba con su alocado talante anterior—. Déjame que te ponga en guardia: puede que algún día me decida a influir en tu elección de esposo.

¿Hasta dónde lo iba a tolerar?, se preguntó Raymond.

—Hasta que tú llegaste, Karl Pracht era la persona más joven admitida jamás en el departamento de Física de Berkeley... —siguió perorando Jerry.

—No lo sabía —reconoció Isabel.

—Pues sí. Le arrebataste la corona. Y, por si fuera poco, se casó a edad precoz con una superdotada matemática no menos precoz. El fruto de tal desmesura genética es éste, tu afectísimo seguro servidor, condenado a un coeficiente de inteligencia igual al punto en que Fahrenheit ponía a hervir el agua: doscientos doce.

Esto hizo que a Raymond le picase la curiosidad hacia aquel joven, de padres tan brillantes y asombroso potencial intelectual. Isabel, por su parte, comprendió que acababa de conocer a alguien que debía de entender muy bien por qué, a veces, se sentía ella como un monstruito. Y lo que era más: tenía al valor suficiente para escapar de la caseta de feria donde exhibían a semejantes prodigios.

—Sí, pero piensa en lo mucho que podrías aprender de este mundo —dijo Raymond que, por primera vez, se dirigía a Jerry Pracht en tono amable.

—La verdad es que este mundo no me entusiasma, señor Da Costa. Este mundo no es más que un arrabal del Universo, contaminado y superpoblado. Me atraen espacios más profundos.

«Eso no lo dudo», refunfuñó Raymond para sus adentros.

—Como mi padre se encarga de recordarme, la primera pregunta que hice en este planeta fue: «¿Por qué brillan las estrellas?»

—¿De veras? —exclamó Isabel muy identificada con él, al recordar la gran curiosidad que sentía ella de pequeña.

Pero no era sólo eso: el sol hacía que su pelo rubio pareciese casi blanco y sus ojos más intensamente azules.

—¿Qué edad tenías? —le preguntó Raymond como si se aprestase a hacerlo rivalizar con Isabel.

—Pues no sé —contestó Jerry en son de broma—. Pero me parece que ya miraba las estrellas y hacía preguntas mientras me cambiaban los pañales.

—Claro, con unos padres así ya podías preguntar, ya —dijo Isabel.

—Igual que tú —correspondió el joven Pracht.

Jerry le devolvió el cumplido porque intuyó que la adulación en aquel terreno le haría ganar muchos puntos.

—¿Se encargaron personalmente tus padres de tu educación? —preguntó Raymond.

—Ya lo creo —exclamó Jerry—. Como para hacer oposiciones a ingresar en la nómina de niños maltratados. Tuve que suplicarles que me mandasen al colegio para huir de su presión académica —añadió sonriente—. Y, claro, me tocó una escuela para niños «especiales». Me da apuro utilizar la palabra «superdotado» referida a mí mismo, pero no desentoné. Estaba muy motivado porque tenían pistas de tenis. Además, allí fue donde conocí a quien se convertiría en mi íntimo amigo, loco por las estrellas igual que yo. Construimos un telescopio y un espejo F6.0 de 25 cm. Yo hice casi todo el trabajo de óptica. Darius se dedicó a calcular cómo utilizar un láser para controlar la curvatura. Prácticamente construyó él solo el interferómetro. Tardamos casi dos meses en conseguir un espejo perfecto. Como ya habrán adivinado, papá quería que explicásemos nuestro trabajo en un artículo para *Sky and Telescope*, pero ni Darius ni yo quisimos. Nuestro triunfo tecnológico está instalado al otro lado del jardín, en un cobertizo de contrachapado de madera con un cúpula giratoria. Se lo mostraré encantado, si les interesa.

—A mí sí —se apresuró a decir Isabel.

—Por la noche no —se opuso Raymond con tal énfasis que sólo instantes después se percató de lo absurdo de su objeción—. Me refiero a que mejor cualquier otro día —se corrigió.

—¡Estupendo! —exclamó Jerry entusiasmado—. Le tomo la palabra. Y, ahora, después de haber dejado en usted huella indeleble de mi persona, ¿por qué no me habla Isa de ella?

Raymond sintió un repeluzno ante lo que se le antojó una vulgar mutilación del nombre de su hija.

—Me temo que, comparada a la tuya, mi vida ha sido mucho más aburrida.

—Eso sobraba —la reprendió su padre.

—Es la verdad, papá. Me parece muy bien que te rebeles..., aunque sólo sea para jugar al tenis.

—¿No me dirás que no sabes jugar? —exclamó Jerry en tono exagerado.

—Es que no le interesa —se adelantó a contestar Raymond.

—La verdad es que no lo sé, papá, porque nunca he jugado.

—Bah. No es más que un juego —dijo Raymond enfáticamente—. Y la vida no es un juego.

—De eso nada —replicó Jerry Pracht en tono apasionado—. Es precisamente lo que hace de mí una persona más feliz que todas las ratas de biblioteca de esta fiesta. Mi horizonte está en la línea de fondo, y no hay nada en el mundo que me haga más feliz que acertar con un *drive* ganador en el mismo ángulo. ¿A que hay aquí muy pocos que se conformen con menos que con una nueva teoría de la relatividad? ¿Quieres que te dé clases, Isa? No soy gran cosa en física, pero como profesor de tenis soy buenísimo.

—¡Me encantaría! Si... —dijo Isabel que, instintivamente, miró a su padre.

—Es que no te puedes hacer idea de lo sobrecargado que tiene Isabel el programa, Jerry. No sé de dónde iba a sacar tiempo.

—Nadie mejor que yo lo sabe, señor Da Costa, pero le sorprendería comprobar lo que soy capaz de conseguir con sólo los sábados por la mañana, mientras usted da las clases.

Raymond se vio de nuevo cogido a contrapié, extrañado de que una actividad tan poco relevante como la suya fuese del dominio público. Pero en seguida recordó los carteles que pegara en los tablones de anuncios del campus, en los que se ofrecía para dar clases particulares e indicaba los días que tenía libres.

—¿Quieres que vaya este sábado a las diez? —le preguntó Jerry a Isabel—. Llevaré dos raquetas y rebuscaré en mi desván a ver si encuentro unas zapatillas de tu medida.

Isabel no albergaba dudas sobre la respuesta. Lo que no sabía era lo que su padre quería que contestase. Pero, antes de que pudiese hacerlo, Jerry ladeó la cabeza y se excusó.

—Ay, madre, que el patosillo de mi hermano ha provocado un atasco en la parrilla. Será mejor que vaya a relevarlo. Nos vemos el sábado por la mañana, Isa.

—¡Dios mío! —exclamó Ray en cuanto Jerry se hubo alejado—. Compadezco a su padre.

—¿Por qué, papá?

—Porque ese muchacho está muy desequilibrado.

—Pues a mí me ha parecido perfectamente normal —replicó Isabel con toda inocencia.

—Ni hablar de dejarte jugar al tenis con un chico así —dijo Raymond, casi escandalizado por la ingenuidad de su hija.

—¿Por qué no? —porfió Isabel—. Me gustaría aprender.

—Ya te buscaré un profesor adecuado —persistió su padre.

—¡Pues ya está! —protestó ella—. A mí me parece adecuado.

—Bueno, lo hablaremos después —dijo su padre, que se sentía incómodo discutiendo aquello en casa de Pracht.

—No hay nada que hablar, papá. Me dejarás.

—¿Y qué te lo hace suponer así? —preguntó él sorprendido.

—Porque te conozco, y nunca me has negado nada que de verdad quisiera.

Raymond apretó los dientes ante aquel primer síntoma de rebelión por parte de su hija.

¿Rebelión? No. Era una palabra demasiado tibia. Una revolución en toda regla parecía anunciarle.

20

ADAM

Los congresos a los que asisten los médicos tienen un contradictorio cariz. Por un lado son reposados encuentros de sesudas mentes. Por otro, desenfadadas reuniones como las de ex alumnos de instituto. Lo que no impide que haya también lugar al chismorreo, a la puñalada trapera y al mutuo descrédito.

Aquella noche del primero de septiembre en San Francisco, después de terminar con sus obligaciones profesionales, Adam tomaba plácidamente una copa en el Top of the Mark con varios colegas de la costa Oeste. Uno de ellos, Al Redding, de la Universidad del Sur de California, miró hacia el fondo del local y vio que se acercaba un notorio *palizas*.

—Ya puedes ir preparando el blindaje, Coopersmith —susurró Al tapándose la boca con la mano—. Red Robinson enfila hacia acá como un cohete.

—Demasiado tarde —dijo Adam con un melodramático suspiro—. Pero no me dejéis solo: no vaya a ser que me atice con una coctelera.

El profesor Whitney *Red* Robinson, de la escuela estatal de Medicina de Louisiana, era un sureño de pies a cabeza. Se las arreglaba siempre para agredir al otro con una mortificante cortesía.

—¡Ah, profesor Coopersmith, cómo me alegra encontrármelo por aquí!

—Lo mismo digo —correspondió Adam.

—¿Les importa que me una a ustedes?

—Por supuesto que no, profesor Robinson. Estoy seguro de que los aquí presentes, que lo conocen por sus publicaciones, estarán encantados de verlo en persona —dijo

Adam—. Siempre y cuando invite a una ronda —añadió maliciosamente.

El corrillo de Adam apenas pudo contener la risa. Robinson era un notorio rácano que, después de las presentaciones, se apalancaría para gorrear toda la noche.

—¿Sabe que estoy un poco molesto con usted, profesor Coopersmith —farfulló Robinson—. ¿No cree que en su último artículo, en el *Journal* del mes pasado, se pasó un poco de la raya al descalificar mis teorías acerca de las embriotoxinas? Porque me consta que ha visto usted mis estadísticas.

—Ciertamente. Y no he creído una palabra. Se diría que es usted el único científico de la Historia que pretende haber conseguido un ciento por ciento de éxito. A este paso, pronto curará usted a más pacientes de los que trata.

Robinson no iba a enfurecerse por el comentario. La política de los círculos médicos no era quemar puentes sino ganar aliados.

—Coopersmith —replicó el profesor en tono desenfadado—, aunque nuestros criterios difieran, ¿no puede admitir que quepa la posibilidad de que mis técnicas, aunque distintas, puedan ser también eficaces?

Adam no estaba muy seguro de salir airoso con la respuesta. Era demasiado tarde para andarse con paños calientes, después de su artículo. Pero ante aquel trepa no pudo resistir la tentación.

—Mire, *Red*, esto no es como las teorías de la luz, en las que la de las ondas y la de las partículas pueden coexistir. Aquí no hay más camino que el mío: combatir una reacción alogénica mediante inmunosupresión; o el suyo, que es, perdone por la crudeza de la metáfora, como utilizar una granada de mano como supositorio.

Al ver Robinson que allí pintaba mal, se levantó y se despidió de sus distinguidos colegas.

—¿Por qué no le ha dado más duro? —le dijo Al Redding a Adam cuando *Red* se hubo alejado.

—Porque no —repuso Adam—. Es un ilustre memo, pero increíblemente sincero —añadió sin ganas de ahondar en el tema—. ¿Por qué no bebemos un último trago? Podríamos firmar con el nombre de Robinson para que se lo carguen a su habitación.

—Mejor no —se apresuró a decir uno de los presentes—. Que me convenció para que la compartiésemos.

Nada más meter la llave en la cerradura, Adam oyó sonar el teléfono. Era Toni.

—Ay, Dios —farfulló en un tono algo achispado—. Debe de ser casi de madrugada en Boston.

—Pues en San Francisco tampoco es muy temprano. ¿Dónde demonios has estado? Llevo tres horas tratando de localizarte.

—¿Ocurre algo?

—Que tu hija se ha buscado una buena en el colegio —dijo ella.

—¿Algo serio?

—Para que te formes una idea, la señorita Maynard, la directora, ha llamado a casa esta noche. Parece ser que a Heather y a otras dos las han pillado en el dormitorio fumando.

—¡Dios! —exclamó Adam furioso—. ¿Qué clase de estudiantes tienen en ese colegio?

—Ahí está lo malo —repuso Toni tras un momento de vacilación—. Cabría la disculpa de que ella era la más joven, pero la señorita Maynard asegura que fue precisamente ella quien les ofreció los cigarrillos.

—Oye, cariño —dijo él mirando el reloj—, este condenado congreso durará aún todo el día de mañana. ¿Podrás controlar el asunto hasta entonces?

—Sí... Lo que no sé es si podré controlarme yo.

—Bueno, pues tranquilízate. Y duerme. Me llamas por la mañana y lo hablamos de nuevo.

Adam se sentó desmayadamente en la cama, tratando de descifrar el enigma del comportamiento de Heather. No le parecía pura coincidencia que hubiese elegido un día que él estaba fuera para llamar la atención. Sintió el impulso de llamarla en seguida y decirle que la quería. Se contuvo al pensar, sensatamente, que despertarla a semejante hora podía hacerle más mal que bien.

Luego, al cabo de unos minutos, se percató del aspecto positivo del incidente. La travesura de su hija sería el pretexto ideal para proponer ir a ver a un psicólogo, un consejero de familia.

Lisl llevaba tiempo proponiéndolo, en la creencia de que eso obligaría a Toni a afrontar sus carencias como madre. Aunque, bien pensado, se dijo Adam, era dudoso que nadie lograra obligarla a hacer algo.

Mientras se cepillaba los dientes, recordó su promesa de llamar a Anya. Sabía que se levantaba temprano y al empezar a marcar el número miró el reloj. Eran las seis y media en Boston y no contestaba al teléfono.

Toni puso el grito en el cielo.

—¡Apuesto a que ha sido esa vieja bruja quien te lo ha metido en la cabeza! ¡Como no tiene hijos! No quiero que ningún psiquiatra meta las narices en nuestras vidas. Nos bastamos y nos sobramos para educar a Heather. O, por lo menos, yo sí.

Adam se quedó de piedra ante la vehemente reacción de Toni, que lo convenció —por si no lo estuviera ya— de que su relación necesitaba, por decirlo con suavidad, un reajuste.

Aguardó prudentemente un día y la llamó a su despacho. Pese a todo lo que tuvo que oír por teléfono, la convenció de que lo menos que le debían a su hija era consultar con un psicólogo. Quizá porque Toni había tenido más tiempo para reflexionar y ver la idea de otra manera. Sin embargo, ella impuso la condición de que seguiría el consejo de un verdadero especialista en psicología familiar y no el de «esa mujer».

Adam aceptó encantado.

—Diga —contestó una voz anodina.

—¿Anya? Soy yo..., Coopersmith.

—Hola, doctor —exclamó ella en un tono mucho más animado—. Me alegra que me llame.

—¿No creerá que la había olvidado, eh? La he llamado esta mañana pero no estaba usted en casa.

—Sí, es que he cambiado de horario para no encontrarme con Dimitri. Salgo al amanecer.

Adam se sintió aliviado al oír que era por razones profesionales y no personales.

—Pues perdone que la llame tan tarde.

—No importa. Para los amigos nunca es tarde.

—¿Proverbio siberiano?

—No, proverbio casero —repuso ella alegremente.

Se hizo un embarazoso silencio que Adam se decidió a romper.

—Me gustaría que volviésemos a charlar un rato, lo antes posible. No sé cómo lo tengo de tiempo, exactamente, pero ¿puedo llamarla al laboratorio?

—Por supuesto.

—¿Pregunto por «la doctora Avílov»?

—No, porque Dimitri insiste en que como, de momento, sólo soy «un técnico», deben llamarme simplemente Anya. —Permaneció callada durante unos segundos, y agregó luego en tono informal—: Casi es mejor: así no hay peligro de que lo pasen con él por error.

—Tiene usted razón —dijo Adam riendo con ganas—. Es mejor. Y creo que también será más prudente que yo diga que soy «un amigo»; no vaya a dar lugar a equívocos.

—Sí —convino ella—, me parece lo más conveniente.

Sólo por el bien de Heather se impuso Adam sentarse al otro lado de la mesa y encajar lo que consideraba críticas por parte del doctor Malcolm Schonberg.

Tras la entrevista inicial, el psiquiatra les dijo que era imprescindible una sesión semanal.

—Para restablecer las líneas de comunicación entre las partes —les dijo.

Quién sabe si por deformación profesional, Toni acudió a cada una de las sesiones pertrechada con una defensa de su comportamiento.

—No lo puedo evitar, doctor —se justificó—. No puedo hacer nada contra ese complejo de Edipo. Mi hija insiste siempre en que sea Adam quien la lleve en el coche al colegio.

—Porque él habla conmigo —le gritó Heather a Schonberg—. Y me pide mi opinión sobre las cosas.

—Pero, cariño —le dijo Toni—. Yo también me intereso por tus cosas.

—¡Qué va, mamá. Hablar sí hablas: mueves los labios, pero lo que haces es interrogarme, como si fuera un testigo. A veces creo que te entrenas para un juicio.

—¿Lo ve, doctor? —se lamentó Toni—. ¿Cómo puedo competir con esto? Me las he de ver con un padre perfecto.

—No es perfecto —reconoció Heather—. Pero, por lo menos, lo intenta. Quiero decir que me escucha de verdad. Detesto que me preguntes cosas como qué opinan «mis amiguitas» sobre las posibilidades electorales de los republicanos. La política me importa dos pitos. Creo que todo iría mejor si aceptases la oferta de Georgetown.

—¿Qué es eso de la oferta de Georgetown? —interrumpió Adam fulminando a su esposa con la mirada.

—Me la acaban de hacer —repuso Toni a la defensiva, sorprendida por la pregunta—. Heather entró en la habitación justo al llegar la llamada.

—Bueno, oídme los dos —les espetó Heather—. ¿Por qué no lo discutís después? Aquí se supone, que debéis concentraros en mí.

Adam y Toni se miraron avergonzados, visiblemente cohibidos por la presencia del doctor Schonberg.

Heather rompió a llorar.

Como vio que su hija no dejaba de sollozar convulsivamente, Adam la abrazó y le dirigió a Toni una mirada de reproche.

Regresaron a casa en el coche en un silencio glacial. Adam estaba furioso, no sólo por la humillación sino por haber tenido que enterarse, indirectamente, de planes importantes que Toni preparaba a sus espaldas. Pero ya se ocuparía de eso después. De momento, tenía que pensar en su hija.

—¿Sabéis qué? —dijo alegremente—. Se me acaba de ocurrir una idea fantástica. Ya sé que aún falta mucho, pero ¿qué tal si fuésemos a esquiar durante las vacaciones de Navidad?

—Estupendo —dijo Toni de mejor talante.

—Y, además —prosiguió Adam, muy aliviado al ver que su gesto de conciliación contaba, por lo menos, con un voto—, me han hablado de un sitio fantástico en Canadá, junto al lago Hurón, con muchas cabañas y una enorme piscina cubierta. Hay muchos kilómetros, pero no me importa. ¿Qué te parece, Heather? Así podría enseñarte a tirarte de cabeza, como te prometí.

Desde el asiento trasero llegó un sonido que indicaba que Heather volvía a ser el amorcito de papá.

—Oh —exclamó la pequeña con espontánea satisfacción—. Me encantaría.

Adam no se hacía ilusiones respecto de que su otro problema encontrase tan fácil solución.

Emocionalmente agotada, Heather apenas probó bocado y en seguida fue a su dormitorio a acostarse. Adam fue entonces a la cocina a hablar con Toni.

—¿Qué es eso de Georgetown? —le preguntó.

—Hombre, es lógico que me sienta orgullosa —repuso ella, que trató así de desviar su atención del hecho de habérselo ocultado—. Un profesor de Derecho contemporáneo los ha dejado plantados. Es sólo hasta el fin del semestre. Te lo iba a consultar esta noche.

—¿Que me lo ibas a consultar? Me parece que ya lo has decidido por tu cuenta.

—La verdad es que sí. Pero porque puedo ir y volver en el mismo día. Creo que merezco la oportunidad de progresar un poco, ¿no? Además, así podré reactivar mis contactos en Washington, que los tengo muy abandonados.

—¿Y Heather qué? —exclamó él furioso.

—Me han dado las señas de una canguro que dicen que es fabulosa y que se quedaría con ella en su día libre —repuso Toni.

—¿Una canguro? ¿Ejercer de padres por poderes? No creo que sea eso lo que acordamos.

—Bueno —replicó ella con firmeza—, pues entonces te quedas tú en casa los miércoles.

—Vamos, Toni, que sabes que eso es imposible —protestó Adam—. Soy responsable de un laboratorio y debo atender urgencias de pacientes.

—Muy bien. Es *nuestra* hija. Sugiere tú otra solución.

Adam reflexionó unos instantes y se decidió a ceder.

—Está bien, quizá podríamos probar con la canguro.

La señora Edwina Mallory resultó ser una persona tan agradable y responsable que, a veces, daba la sensación de que Heather esperase los miércoles con impaciencia.

Al regresar Toni a las diez y media de la noche, la señora Mallory, que era ya una mujer de mediana edad, le había servido la cena a la niña y había dejado la cocina inmaculada. Heather dormía como un tronco y —cosa rara— había hecho todos los deberes.

La ausencia de Toni, todos los miércoles, le daba a Adam oportunidad de hablar tranquilamente por teléfono con Anya, a quien siempre conseguía animar cuando la notaba deprimida. Más de una vez se sintió tentado a proponerle salir, pero lo frenaba no estar seguro acerca de sus propios sentimientos. O, más exactamente, no quería dejarse llevar por ellos.

A mediados de octubre, un miércoles por la noche, mientras la señora Mallory limpiaba la cocina, telefoneó Toni para decir que acababa de perder el último vuelo a Boston.

—¿No irás a decir que la clase ha durado seis horas? —exclamó Adam, que miró el reloj irritado.

—No, claro que no —repuso ella de buen humor—. He ido a una fiesta en honor de otro profesor invitado, y se me ha pasado la hora. Me alojaré en el hotel Marriott y tomaré el primer vuelo de la mañana. Con suerte, llegaré a tiempo de ver a Heather antes de que salga para ir al colegio. Y perdona por el despiste —añadió con naturalidad.

—No te preocupes. Puede ocurrirle a cualquiera —dijo él sin demasiada convicción.

Nada más colgar lo asaltó una idea. ¿No sería el antiguo protector de Toni, y ex fiscal general del Estado, que ejercía como profesor en la Facultad de Derecho de Georgetown?

En un primer momento se reprochó desconfiar de ese modo. ¿Acaso la engañaba él cuando viajaba solo? ¿Por qué pensar que ella sí? Pero, al cabo de media hora, no pudo reprimir el impulso y llamó al hotel Marriott del aeropuerto Nacional de Boston.

—Diga —contestó Toni sorprendida por que la llamasen.

—Sólo te llamo para decirte que te echo de menos —dijo él aliviado, en un tono que procuró que sonase convincente.

—Gracias, Adam —replicó ella—. Me alegra que lo hicieras.

—Espero que no lo vayas a tomar por costumbre —le advirtió él—. ¿Has cenado bien?

—Bah, ¡que pareces mi madre! —exclamó ella riendo—. Sí he cenado bien, sí: una sopa y un bocadillo en mi habitación.

Hablaron amigablemente durante unos minutos, se intercambiaron unas frases cariñosas y se dieron las buenas noches.

Después de colgar, sin embargo, Adam no pudo evitar pensar que cabía la posibilidad de que Toni no estuviese sola en la habitación. Y, en cierto modo, se complació en la idea... para llamar a Anya sin remordimiento de conciencia y hacerle una proposición.

—No sabe cómo me alegro de que sea miércoles —dijo Anya al oír que era él.

—Y yo. Pensaba que si la señora Mallory quiere quedarse, podría ir a visitarla. ¿Qué le parece?

—Pues claro. Eso ni se pregunta —repuso Anya.

21

SANDY

Durante sus tres primeros años en el Instituto Tecnológico de Massachusetts, Sandy Raven apenas supo lo que era salir a divertirse. Sólo durante las vacaciones de verano trataba de compensar este desequilibrio y se marchaba a la costa Oeste a tratar de ligar como un desesperado. Pero, a partir del cuarto curso, decidió dejar de ser un monje en invierno y un sátiro en verano.

¿Qué impedía que se relacionase más en Cambridge? La respuesta era tan dolorosa como clara. Ser hijo de un productor de Hollywood no le servía allí de nada. No era alto, ni moreno ni guapo. De manera que se decidió a ponerle remedio a todo esto... dentro de lo posible.

Para mejorar su físico se compró unas pesas, aunque tuvo que pasar por el sofoco de pedir a dos compañeros de curso que lo ayudasen a subirlas a su habitación, pues se las dejaron abajo, en el vestíbulo. Con su meticulosa mentalidad de científico, estudió los ejercicios que recomendaba el folleto y se embarcó en un programa intensivo, que complementó con la ingestión de un preparado de proteínas para acelerar el desarrollo muscular.

Entre los estudiantes del MIT existía una curiosa camaradería. Por un lado, se enzarzaban en una feroz competencia y, por otro, eran muy tolerantes con la idiosincrasia de cada cual. Barry Winnick no sólo soportaba los resoplidos que oía de madrugada, procedentes del cubículo de Sandy, sino que se prestaba a velar por su integridad física cuando, boca arriba, Sandy se liaba a levantar pesas.

—¿Sabes qué, Raven? —le dijo un día Barry mientras observaba sus ejercicios—. Que si te funciona a ti probaré yo también. No se me ha dado muy bien con las chicas a mí tampoco. Y diría que te veo más macizo. Lo que no sé es cómo te las vas a arreglar para lograr el triple objetivo que me confiaste. Sobre todo, en lo de crecer. ¿No irás a colgarte de la puerta durante horas?

—¿No creerás que soy tan estúpido, eh, Winnick? —protestó Sandy—. Pero, aunque mi plan es materia reservadísima, eres tan buen amigo que te lo voy a contar. La parte bronceado-guaperas me la soluciona una UVA que me voy a comprar en Lechmere. Con las pesas tendré que ponerme camisas un par de tallas mayores, que eso impresiona. Pero el verdadero quid de la cuestión está en que el doctor Li me haga caso.

—¿Te refieres al profesor Cho Hao Li, de San Francisco?

—Sí, el que utiliza técnicas de recombinación de ADN para sintetizar la hormona del crecimiento humano...

—Ya, la hormona GH, conocida también como somatotrofina. Es un polipéptido simple con ciento noventa y uno aminoácidos. Pero eso es para curar el enanismo en los niños. ¿De qué te va a servir a ti?

—Le he escrito al profesor Li —dijo Sandy tras secarse el sudor del rostro con una toalla— para pedirle que, por humanidad, me inyecte su preparado.

—¿Por humanidad? Pero si eres de estatura media. Pasas del metro setenta y cinco.

—Ya —reconoció Sandy—. Si me pongo muy erguido. Pero con eso no se va a ninguna parte. Le he pedido al profesor que me estire por lo menos hasta el metro ochenta.

—¡Qué dices! Tendrías que tomar una dosis tan exagerada que te podría matar. ¿Para qué demonios quieres ser tan alto?

Sandy miró a Barry y meneó la cabeza como diciéndole: «¿No está claro, pedazo de burro?» No necesitó contestarle con palabras. Se limitó a señalar a las muchas fotografías de Rochelle que tenía pegadas en las paredes de su habitación, tantas que casi parecía que la hubiese empapelado.

—¿No me dirás que aún sigues colado? Creí que ya pasabas mucho de ella.

—No quiero pasar de ella —replicó Sandy—. Lo que quiero es no verla pasar de largo. Y me ha dicho un pajarito que le molan los tíos que tienen mano en Hollywood.

—¡Jo, Raven! —exclamó su compañero—. ¡Y yo que creía que eras un tipo normal! Por lo menos en comparación a tanto chiflado como hay por aquí. Pero ahora veo que estás como una chota.

—Tomo nota —dijo Sandy—. Te quedarás sin invitación para la boda.

—No la esperaba —replicó Barry—. No soy lo bastante alto.

Sandy aguardaba impaciente a que llegase la respuesta del profesor Li. Como ya habían transcurrido dos semanas desde su petición y no había recibido respuesta, se armó de valor y llamó a San Francisco. Le pusieron con el insigne profesor.

—Sí, he recibido su carta —le dijo el profesor en tono amable—. Pero me es del todo imposible contestar a todas las peticiones, incluso las de los casos más serios. Además, que sepamos, el fármaco sólo resulta eficaz si se administra antes de la pubertad. Y tengo entendido que es usted un estudiante del MIT.

—Sí, doctor. Lo comprendo. Gracias por haberme atendido.

Por la noche Sandy le comunicó a Barry la mala noticia.

—Bueno, por lo menos así dejarás de darle vueltas —le dijo su compañero para consolarlo—. Podrás concentrarte en cosas más importantes.

—Ya —replicó Sandy—. En aprender lo bastante de ingeniería genética para lograr una superhormona GH.

Lamentablemente, Sandy no iba a poder ser el tipo macizo que confiaba ser para Rochelle, por lo menos de momento. Y, a la semana siguiente, mientras hacía cola en el economato, vio en uno de los tablones de anuncios el de la próxima boda de Rochelle. Se casaba con Lex Fredericks, compañero de clase de Rochelle en la academia de la Fox, que ya interpretaba papeles importantes y se había convertido casi en un ídolo de las adolescentes.

Como era previsible, la boda fue todo un acontecimiento para la gente guapa de Malibú. Y, ante una sofisticada multitud, la pareja se hizo las promesas de rigor, se besó y corrió a zambullirse en el agua.

La noticia llegó el mismo día que Sandy recibió una carta importante: quedaba aceptado en el programa de doctorado en bioquímica del Instituto Tecnológico de Massachusetts. Fue una feliz coincidencia, que impidió que se deprimiese más de lo que ya estaba y que no le entrasen tentaciones de tirarse de cabeza al Charles.

Durante sus veranos en Hollywood tuvo ocasión de comprobar que Lex no sólo era un memo integral sino un tipo con muy mal carácter, tan violento que ni siquiera respetaba a las mujeres.

Sidney hacía lo imposible por levantarle el ánimo a su hijo durante su conversación telefónica semanal.

—Ya sé cuánto te gustaba, muchacho. Pero créeme: casarse con una actriz es como saltar de un avión sin paracaídas. Podrá ser emocionante durante los primeros segundos, pero te la pegas seguro.

—Comprendo que te parezca una estupidez —se le sinceró por vez primera Sandy—. Y tengo claro que me ha utilizado como si fuera un felpudo desde que éramos críos, pero la quiero. Es... No sé cómo expresarlo, papá. Como una enfermedad.

—Pues aprieta los dientes y encaja un poco más —lo animó su padre—. Te prometo que llegará tu oportunidad. Que una *starlet* es como el Imperio romano. Tarde o temprano se derrumba. Se les caen las tetas. El culo. Y se les cae el *cachet*. A la larga, las fulanas que ahora te dejan sin respiración pierden toda su pasta en los quirófanos de cirugía plástica.

Aunque en el mundillo de Hollywood Sandy estuviese en el pelotón de los torpes, académicamente supo estar en primera línea, por lo que a elección de especialidad se refiere. Porque, sin duda, cabía considerar que el logro más importante del siglo XX, sobre el organismo humano, había sido el descubrimiento y clasificación de los genes que lo componen. Como afirmó James Watson, el pionero del DNA: «Si uno es joven, no hay más remedio que hacerse biólogo genetista.»

Ya habían conseguido realizar pruebas genéticas que revelaban la ausencia de anormalidades en un feto. Y en un horizonte lejano, aunque visible, se insinuaba la posibilidad de descubrir qué cromosomas eran los portadores de determinadas enfermedades (los diferentes tipos de cáncer, los tumores cerebrales e incluso la enfermedad de Alzheimer).

Una vez localizados los genes específicos, podían estudiarse sus defectos y, con el tiempo, los científicos construirían una especie de ratonera (un nuevo gen, mejorado, que, como una nave espacial dirigida por control remoto, realizaría sus propias reparaciones).

Lo que provocaba las más encendidas polémicas era hasta dónde cabía llegar en tales manipulaciones. Muchos opinaban que la ingeniería genética era poco menos que cienciaficción. Pero, en los laboratorios de todo el mundo, los científicos se encargaban, día a día, de hacerla realidad.

Como de costumbre, Hollywood explotaba y trivializaba los logros de la medicina. *El hombre de los seis millones de dólares* podría ser un bodrio pero su tesis básica (que varias piezas de repuesto del organismo humano podían ser fabricadas a medida) era, por lo menos en estudios de laboratorio, más factible de lo que sus postulantes pudieran imaginar.

Y en el drama de la vida real, Sandy Raven estaba decidido a ser un héroe.

El día de la celebración de los actos de fin de carrera en el Instituto Tecnológico de Massachusetts fue doblemente feliz para Sidney Raven. Su hijo iba a recibir el diploma de licenciado en Ciencias, con sobresaliente, y *Godzilla contra David y Goliat* (su última producción, que no tardaría en ser legendaria) llevaba ya seis semanas, en todo el mundo, entre las veinte películas más taquilleras.

Dejó que Sandy reservase el restaurante que prefiriese para celebrar su éxito académico con un almuerzo. Y su hijo no dudó en elegir el Jack and Marian's, de Brookline, en donde servían pantagruélicos sandwiches para el pantagruélico apetito de los jóvenes. Nada más empezar a dar cuenta de ellos surgió la conversación sobre Rochelle.

—Va a triunfar, ¿verdad, papá?

—Hummmm...

Aunque Sidney fingió tener la boca llena y no poder contestar de otro modo, Sandy lo apremió con la mirada.

—Oye, muchacho, no estropeemos el día...

—¿Qué quieres decir? ¿Ocurre algo con Rochelle?

—No. Ella está bien. Pero su carrera se acabó. Los estudios no le renuevan el contrato.

—Pero ¿por qué? No lo entiendo —dijo Sandy visiblemente dolido—. Tenía un gran futuro.

—Quizá —reconoció su padre—. Pero le faltaba un pequeño detalle: talento.

—¿Y no puedes hacer nada para ayudarla?

—Óyeme: ya la he sacado de apuros más de una vez. Tienes que darte cuenta de una cosa: Hollywood no es una institución benéfica. Pero, si eso te hace feliz, veré si puedo conseguirle un empleo en los estudios.

—Oh, gracias, papá —dijo Sandy afectuosamente.

—No te preocupes —musitó Sidney—. Pero ¿que hay, exactamente, entre tú y Rochelle? —añadió, no obstante, en tono receloso—. Conoces Hollywood. Hay tías que están tan buenas como ella que tienen que servir hamburguesas con patines. Lo entendería si fueses todavía un crío, pero ya eres todo un mocetón, tienes tu atractivo, y sobran mujeres que se pirrarían por conocerte. ¿Qué le has visto a esa chica?

—No sé, papá.

—¿No se deberá, en parte, a que nunca te ha dado una oportunidad? —le preguntó su padre tras reflexionarlo unos instantes.

—Puede que sí.

Una semana después, Sidney llamó a su hijo a Boston.

—Bueno, muchacho —le dijo—, he removido cielo y tierra, he recurrido a toda mi influencia, e incluso he prometido cosas que no debía, pero tu amor secreto no se va a quedar sin trabajo. El lunes empieza como ayudante de edición de guiones.

—¡Eres formidable, papá! ¿Qué le ha parecido a Rochelle?

—Uy. Ha aceptado en seguida. Es muy decidida esa chica. Al salir de la entrevista me ha jurado que dentro de un año llevará ella el departamento.

—¡Estupendo! —exclamó Sandy—. Y... ¿te ha dicho algo de mí?

—Claro, hombre, claro —dijo Sidney en su tono más convincente—. Te envía un saludo... muy cariñoso.

22

ADAM

A partir de Watertown Square, Adam tuvo dificultades para encontrar la casa de Anya, que le había dado unas indicaciones bastante imprecisas. Cuando al fin la encontró, no tuvo más remedio que estar de acuerdo, por una vez, con el conspicuo Avílov: a juzgar por los desconchones de la pintura del porche la casa merecía el nombre de covacha.

Entonces cayó Adam en la cuenta de que el astuto científico ruso pudo, perfectamente, tener planeado dejar a Anya; no haber hecho nada por mudarse, puesto que era ella quien se la iba a quedar.

De lo que no cabía duda era de que Dimitri compró un confortable apartamento en Charles River Park bastante antes de marcharse. Y allí se había instalado con la futura madre de su hijo.

Ya en el porche, Adam llamó al timbre de la planta de arriba. Anya pulsó el portero automático y él subió por una fría y estrecha escalera. Se quedó de una pieza al ver que la mujer salía a abrirle abrigada con una *parka*.

—¿De paseo a esta hora?

—Todo lo contrario —repuso ella—. Mi intención es permanecer aquí dentro, pero, como usted pronto comprobará, hace más frío aquí que afuera. No debería quitarse el abrigo, en mi opinión.

El apartamento era muy austero. Sólo una estufa eléctrica y Anya lo hacían más acogedor. Los pocos muebles que había eran viejos y destartalados. Lo único nuevo era una librería metálica sin apenas libros.

—¿Eran todos de su marido? —preguntó Adam.

—Sí —admitió ella con serena resignación—. Íbamos a asistir a un congreso de genética en Londres. Dimitri pensó que las autoridades podían recelar si veían demasiados libros sobre obstetricia.

Al sentarse Adam en el sillón, los muelles de la tapicería sonaron como un banjo. Ambos se echaron a reír.

—Debo reconocer que este apartamento está más desvencijado de lo que me dijo usted —comentó Adam—. ¿No la deprime?

—No es mucho peor que los dormitorios de las facultades de medicina en Rusia. Pero, bueno, dígame a qué debo el honor de su visita.

—Sólo quería mirarla a los ojos. Es de la única manera que puedo ver si es usted feliz.

—Soy feliz —contestó ella, tan radiante que resultaba obvio que se debía a su visita.

Durante unos minutos mantuvieron una charla intrascendente acerca del trabajo científico de ambos. Luego Adam aprovechó la oportunidad para conocer un poco mejor a su amiga rusa.

—Ya sé que es una pregunta estúpida —dijo él—, pero ¿cómo fue a enredarse una chica tan atractiva como usted con un cabeza cuadrada como Avílov?

—¿En toda su truculencia?

—Me encanta la truculencia.

—Pues entonces será mejor que descorche una o dos botellas de vino. Porque es una larga historia. —Mientras Adam llenaba las copas que ella había colocado en el carrito, contó Anya—: Todo comenzó en Siberia...

—¿Lo conoció usted allí?

—Si quiere que se lo cuente todo, tendré que empezar por el principio —dijo ella alegremente—. O sea, en Siberia, donde nací. Mi padre era médico y tuvo el dudoso honor de ser uno de los últimos que Stalin deportó a la tierra de los osos polares y de las cárceles.

—¿Qué delito le imputaron?

—Ser judío. En los últimos años de su vida, Stalin empezó con la paranoide manía de que un contubernio de médicos judíos se proponía envenenarlo. De manera que hizo encarcelar a muchos. Por suerte, a mi padre le concedieron la medalla al valor durante la segunda guerra mundial, y gracias a ello sólo lo desterraron. En realidad, nos mandaron a lo que no era sino un campo de trabajo del *gulag*. Se llamaba Río Segundo. ¿No ha oído hablar de él?

—Pues no. Suena a película de John Wayne.

—En realidad era una institución que sólo existe en Rusia, llamada *sharashka*, mitad cárcel, mitad instituto de investigación científica; un híbrido de Alcatraz y Princeton. *Zeks* se les llamaba en el argot ruso a los internos. Eran científicos e ingenieros demasiado peligrosos para dejar que circulasen libremente, y demasiado valiosos para matarlos. Sobre todo aquellos que trabajaban en proyectos de interés militar. De manera que había barracones con celdas y otros con los laboratorios más modernos que pueda imaginar. Durante una temporada, tuvimos por vecino a Serguéi Korólev quien, en un visto y no visto, pasó de interno a jefe del programa espacial soviético. Como a mi padre lo nombraron médico de la cárcel, vivíamos en un pequeño apartamento propio.

—¿Y no tuvo compañeros de juegos?

—Al principio tuve que contentarme con mi imaginación. Pero, en cuanto empecé a hablar, andaba siempre por los laboratorios y se puede decir que los *zeks* me «adoptaron». Al ser rehabilitado, uno de mis «tíos» favoritos consiguió permiso de las autoridades para que yo pudiese ir al colegio fuera del campo. Al fin y al cabo, allí en Siberia no era muy probable que me diese por huir. Además, la escuela primaria Número seis no era realmente un centro libre sino más bien una especie de cárcel. Como yo me apellido Litvínov, incluso los hijos de los trabajadores de los astilleros de Vladivostok sabían que yo era una *zhidhovka*, una judía. Lo irónico del caso era que yo no sabía realmente qué significaba «judía». Le pedí a mi padre que me lo explicase y me contestó: «mamporros en el recreo, insultos en el Ejército e invitaciones para ir a Siberia».

—¿Y así fue para usted? —preguntó Adam, que se condolía aún más por el tono humorístico con que ella explicaba los hechos más dolorosos.

—No —repuso Anya, cuya apenada expresión la desmentía—. A mí me tocó el inacabable jueguecito de las plazas. Yo estaba segura de haber hecho bien el examen de ingreso, para cursar el bachillerato en la sección de ciencias, pero me incluyeron en la lista de espera. Luego, ya en pleno verano, mi padre recibió una nota del director del colegio con la buena nueva de que a los padres de uno de sus alumnos judíos les habían permitido regresar del destierro, lo que significaba que había plaza para mi humilde y estigmatizada persona.

—¿Y no le dolió? —preguntó Adam.

—Al contrario. Me entusiasmé. Que, en estas cosas, es mejor estar dentro que fuera. Así tendría un arma con la que luchar: mi cerebro.

Anya hizo una pausa y sonrió.

—Cuanto más desagradables se mostraban conmigo, más me esforzaba yo por rendir. No había nada que me alegrase más que recibir las notas. Mis compañeros de curso nunca me felicitaban pero yo disfrutaba al verlos rabiar.

—De manera que le pudo usted al sistema —dijo Adam, que alzó la copa a modo de brindis por su éxito.

—Seguramente inspirada por mis *gulagniks* empecé a interesarme por la ciencia pura. Entonces era para mí como un juego, claro está. Aunque mis sueños no se detenían en la Universidad de Vladivostok. Quería llegar nada menos que a la de Moscú.

—*Brava raggazza!* —exclamó él con expresión risueña.

—Pues no es para ponerse a dar saltos de alegría —dijo ella en tono burlón—. Sacar tan buenas notas no me favoreció en nada. Me aceptaron, por los pelos, en la universidad local y, además, semipostergada. No me dieron plaza en ciencias puras sino en el instituto de Medicina.

—Tampoco estuvo tan mal.

—¡Uy, amigo mío! —exclamó ella sonriente—, en la Unión Soviética la profesión médica está tan poco considerada que la mayoría de los médicos son mujeres. Pocos hombres podían mantener una familia con el sueldo de médico, inferior al de un obrero de fábrica. El caso es que, obviamente, acepté la plaza y me apliqué a memorizar bioquímica y otras torturas por el estilo. Pero al empezar con las prácticas de clínica todo cambió. Me encantaba tratar con los pacientes, aunque sólo fuese para tomarles el pulso o la presión arterial. Seguir los procesos de curación me motivaba mucho.

El relato de Anya acrecentó la admiración que Adam sentía por ella. Aunque lo cierto era que, desde el primer momento que la vio, le impresionó su buen carácter. Era, literalmente, la persona con más acentuado instinto maternal que había conocido. Aunque, claro está, esto era algo que nunca podría decirle.

—Lo malo es que me asignaron a urgencias —prosiguió ella—. Y, como usted sabe, Vladivostok es el salvaje y lejano Este ruso y, con tantos marineros en el puerto, sus borracheras eran causa de muchos accidentes. Era desesperante tener que darles puntos, a menudo a las mismas personas, cada sábado por la noche. Pero incluso esto tenía una ventaja.

—Siempre le encuentra usted un lado bueno a todo —comentó Adam con sincera admiración.

—Sí, porque cuando mis colegas daban puntos a mí me mandaban a la sala de partos. Y allí empecé a pensar en especializarme en obstetricia. De manera que volví a solicitar plaza en la Universidad de Moscú.

—¿Le va la marcha, eh? —bromeó él.

—Sí, pero esta vez me la jugaron bien. Me aceptaron. Y en la clínica universitaria, nada menos. ¿Cómo lo dicen ustedes? Que el que la sigue, la consigue, ¿no?

Adam reflexionó unos momentos sobre sus palabras, pasmado al pensar que aquella mujer era perfectamente capaz de albergar aún la esperanza de tener hijos.

—Bueno —continuó ella—, la noche antes de partir, el jefe del campo Río Segundo nos permitió utilizar el salón de actos para celebrar una fiesta de despedida. En mi vida había reído ni llorado tanto.

—¿Y a qué venía tal profusión de ambas cosas?

—Porque soy rusa, y somos así. Me sentía feliz por abandonar aquel horrible lugar. Pero me entristecía dejar a mis padres. Con lo que más la gocé fue al ver las caras de los profesores, al mirar a eminentes prisioneros diez veces más cualificados que ellos.

Anya hizo nuevamente una pausa y su rostro se ensombreció.

—A mi padre le permitieron acompañarme al aeropuerto —continuó con voz queda y los ojos llenos de lágrimas—. También él estaba triste y feliz a la vez. Nunca olvidaré sus palabras al despedirme. Me abrazó y me susurró: «Anushka, haz todo lo posible para no volver aquí jamás.»

Anya rompió entonces a llorar. Ya no era la legendaria mezcla rusa de tristeza y felicidad. La atormentaban dolorosos recuerdos. Adam sintió el impulso de estrecharla entre sus brazos y consolarla.

Y al final lo hizo.

Notó el amoroso tacto de sus manos, la calidez de sus labios. Anya era una mujer que tenía mucho que dar y no se reprimió. Adam jamás había sentido una pasión tan desbordante. Fue como cuando vio por vez primera el arco iris: ya antes sabía cuáles eran sus colores, pero nunca lo había visto con sus propios ojos.

Anya había sido hasta aquel momento algo hermoso *in abstracto*. Ahora era algo tangible y real y, por primera vez, notó que su caudal de emociones fluía sin obstáculos. A los demás quizá les parecería que era ella quien lo necesitaba a él, que, sin embargo, se percató, con tanta satisfacción como pánico, de que no sólo la necesitaba sino que no podría vivir sin ella.

23

ISABEL

Jerry Pracht fue el causante de las primeras discusiones serias entre Isabel y su padre, que no estaba dispuesto a que su hija se viese con aquel «inútil desequilibrado», ni siquiera del modo más inocente.

—Me pasma que puedas ver nada positivo en semejante individuo —le espetó Raymond.

—Es muy simpático —replicó ella enfáticamente—. Y muy independiente. Además, mamá me dijo anoche que aprender a jugar al tenis es estupendo. Que es un deporte que ayuda a relacionarse. Y es la primera persona que he conocido con un coeficiente intelectual superior al mío.

—¿Y qué sabes tú? —exclamó Raymond con expresión de incredulidad.

—Se lo pregunté a Karl —confesó Isabel algo azorada.

Sonó el timbre de la puerta y Ray miró su reloj. Era las diez en punto. Desde luego puntual lo era un rato el muchacho. Lo oyeron enfilar escaleras arriba y, al instante, aquel genio supuestamente incomprendido estaba allí frente a ellos, con chándal azul y un par de zapatillas en la mano que no eran precisamente nuevas.

—Creo que te vendrán —dijo Jerry alegremente—. Además, traen suerte: son las que llevó mi hermano cuando, bajo mi experta dirección, ganó el campeonato de Bay Area para alevines de hasta doce años. Pruébatelas a ver. Si te vienen un poco grandes ponte otro par de calcetines.

Jerry había reconsiderado su actitud hacia Ray y había decidido mostrarse más diplomático.

—¿Qué opina de los estudiantes de Berkeley, señor Da Costa? —le preguntó amablemente mientras Isabel se sentaba en un cojín y se probaba las zapatillas.

182

—Sólo he conocido a los más torpes —contestó Ray—. De manera que no puedo opinar.

—Bueno, por lo menos le queda el consuelo de no haber tenido que darme clase a mí —replicó Jerry, que se volvió entonces hacia su alumna—. Vamos, Isa, démonos prisa, que sólo he alquilado la pista para hora y media.

—¿Tanto? —objetó Raymond—. Quedará agotada. Y tiene muchísimo trabajo que hacer esta tarde.

—En cuanto a pedagogía tenística se refiere, señor Da Costa, su hija está en manos de todo un maestro. Si veo que se cansa demasiado, descansaremos y daremos un paseo en coche.

—¿Cómo dices? ¿Que piensas llevarla a dar un paseo en coche? —dijo Raymond exasperado.

—No tema, señor Da Costa, que es una de las cosas en las que destaqué en el instituto. Extremaré la prudencia. Que yo sé lo mucho que quiere usted a su hija, y lo mucho que mi padre quiere al coche.

Raymond cayó entonces en la cuenta de que, de haber pensado antes en el transporte, pudo haber tenido una buena excusa para cancelar la cita. Y, aunque muy contrariado, transigió y confió en que todo fuese bien.

—Os quiero aquí a las doce en punto —dijo—. Que ya te he dicho que Isabel tiene toda la tarde muy ocupada.

—Qué lástima. ¿Y no puede cambiar de planes? —dijo el joven mirando a Isabel—. Porque pensaba que almorzásemos en el club. Me hacen descuento y tienen unas hamburguesas que quitan el sentido.

—Pues lo siento —replicó tajante Raymond—. Tendrás que aparcar lo de quitar el sentido.

Llamó entonces al timbre el primero de los alumnos de Raymond. Jerry aprovechó la oportunidad para hacerle una seña a Isabel con la cabeza y se dirigieron ambos hacia la puerta. Antes de salir se dio la vuelta para tranquilizar a su padre.

—No se preocupe, señor Da Costa, que se la devolveré sana y salva.

A Isabel no se le daba precisamente muy bien el tenis.

Empezó a sentirse incómoda al ver que, pese a las explicaciones de Jerry, no acertaba una. Al cabo de media hora quedó hecha polvo.

—Vamos a dejarlo ya, Isa. Que es tu primer día y estás un poco en baja forma.

—No lo entiendo —dijo ella jadeante—. Hago *jogging* casi todas las mañanas.

—No te preocupes. Quizá no corras lo bastante de prisa. Dentro de unas semanas, cuando te enseñe mi servicio atómico, a lo mejor me das una paliza.

A las doce menos cinco, Jerry miró su reloj.

—¿Qué? ¿Aprovechamos nuestros últimos preciosos instantes para tomarnos un té helado? —le propuso.

—Estaba esperando que me lo ofrecieses —repuso Isabel sonriente.

—He notado que disfrutas quedándote con los demás haciéndote el tonto —comentó ella al sentarse a una mesa de la terraza—. Pero, en serio, ¿qué piensas hacer de mayor?

—Ahí está lo malo, Isa —contestó él—, en que ya soy mayor. Paco Rodríguez, mi entrenador, cree que, si me esfuerzo, en un par de meses estaré preparado para entrar en el circuito profesional. Supongo que nunca habrás leído el *California Tennis*, pero me dedicaron un artículo el pasado verano tras ganar el campeonato absoluto *junior*. Aunque no llegue a hacer gran cosa y las fieras de las pistas me destrocen, será toda una experiencia.

—¿Y la astronomía? —preguntó Isabel—. ¿No te gustaría reanudar los estudios?

—Nunca los he dejado. Que no vaya a clase no quiere decir que no devore todos los números de *Sky and Telescope*. Ni que no vaya al Exploratorium, y al Morrison Planetarium. Incluso a veces me paso toda la noche con mi telescopio, contemplando los fuegos artificiales del universo.

—¿Con tu amigo Darius? —preguntó ella para demostrarle que recordaba todo lo que dijo en su primer encuentro.

Jerry la miró con una extraña expresión, como si sus retinas se hubiesen desenfocado.

—No, con Darius no —balbuceó.

—Pues yo creía...

—Es una larga historia que no creo que te gustase mucho.

—Tú inténtalo.

En cuanto Jerry abrió la boca se notó que estaba ansioso por contársela.

—Darius Miller iba un curso por delante de mí en la Manchester School, para los llamados niños superdotados. Era un genio de las matemáticas. Le aceptaron un primer artículo en *Random Structures and Algorithms* con apenas doce años. Y cuando el artículo estaba aún en la imprenta, dio un recital de piano en el Arts Center de Walnut Creek. ¿Te imaginas? ¿Que toda una promesa del Hollywood Bowl lo invitase a tocar en uno de sus conciertos de verano? Pero a sus padres, que eran también profesores universitarios, no les gustó la idea de que perdiese el tiempo en ensayos.

Jerry se excitaba cada vez más a medida que se lo contaba.

—*Perder el tiempo*, Isa. ¡Que te digan eso con apenas doce años! —prosiguió—. Yo era su único amigo, aunque no me hacía ilusiones respecto de cuál era la razón por la que sus padres me aceptaban. Por lo pronto, porque mi padre es quien es, y porque yo siento verdadera pasión por la astronomía. Sabían que, conmigo, pasaría el tiempo hablando de enanas azules y gigantes rojas, en lugar de... uy, líbrenos Dios de hablar de chicas y de béisbol. Pero da la casualidad de que también soy muy marchoso y de que me encanta practicar deportes. Al tenis no podía jugar con Darius, claro está. Pero, un día que vino a casa, le presté unos patines y, aunque no puede decirse que a Darius le entusiasmase el ejercicio físico, le encantó. Pero se cayó y se rompió un brazo. Para qué te cuento cómo reaccionaron sus padres. Se cabrearon tanto que le prohibieron volver a jugar conmigo; ni siquiera en su casa.

Jerry tomó aliento antes de llegar a lo más penoso.

—La verdad es que no creo que fuese culpa mía, aunque bien sabe Dios que me remuerde la conciencia. El caso es que seis semanas antes de cumplir los dieciséis años, Darius se suicidó —dijo Jerry sin perder la sonrisa—. Creo que no pudo soportar hacerse mayor.

Isabel se estremeció. No sólo por lo que acababa de oír sino por la tristeza que reflejaban los ojos de Jerry.

—Debiste de quedar destrozado —musitó.

—Y furioso. Muy furioso —asintió él—. Se celebró un funeral en su memoria en el colegio. Todos los profesores elogiaron su inteligencia, venga a perorar sobre la gran pérdida que representaba para la ciencia, y toda esa basura. Y, encima, tuvieron la infausta idea de pedirme que dijese yo unas palabras —añadió con visible irritación al evocarlo—. Reconozco que yo estaba fuera de mí, pero no dije sino la verdad: que dondequiera que estuviese entonces, Darius estaría, por fin, como nunca estuvo en vida, *despreocupado*. Iba a decir «feliz», pero Karl, que habló antes que yo, creyó que era ir demasiado lejos. Al fin y al cabo, tanto el doctor Miller como su esposa estaban destrozados por el dolor.

Jerry se interrumpió de nuevo, muy afectado al evocar aquella pesadilla. Por un momento dio la sensación de ir a romper a llorar.

—Perdona, Isa —musitó al proseguir—. Quizá no debería haberte contado...

—No... Ya sé por qué lo has hecho. Me encaja bastante —admitió—, aunque no del todo.

—Pero también lo he hecho para contarte mis cosas. Me gustaría que fuésemos amigos, y no podríamos serlo si me tomas por un irresponsable. Sólo que, al suceder lo de Darius, lo planté todo.

—¿Cómo reaccionaron tus padres?

—Verás. No se pusieron a dar saltos de alegría. Pero supongo que pensaron que era mejor que dejase el colegio que dejarlos a ellos. De manera que me metí en la noria del tenis. Me hacía olvidarme de todo. Me pasaba el día pegándole a la pelota y la noche mirando a las estrellas. Cualquier cosa menos claudicar con el sistema que destrozó a Darius.

Jerry tuvo que sobreponerse para continuar.

—Me dejó el telescopio. Lo tengo en el patio de atrás de casa de mi padre.

Isabel tenía el corazón en un puño, entristecida por lo ocurrido con Darius, y por Jerry.

—¿Sabes qué hora es, Isabel? —los interrumpieron de pronto.

Ambos se sobresaltaron. Habían perdido la noción del tiempo y, como evidenciaba la presencia de Raymond, rebasado con creces el toque de queda.

Desconcertada por la inesperada aparición de su padre, Isabel se quedó admirada por el aplomo de Jerry.

—Lo siento muchísimo, señor Da Costa —dijo en tono compungido al levantarse—. Ha sido culpa mía. ¿Puedo repararlo invitándolos a los dos a un almuerzo rápido?

Isabel le dirigió una implorante mirada a su padre, que era obvio que tenía otros planes.

—Lo siento —contestó Raymond con acritud—. Ya nos hemos permitido demasiadas frivolidades para un fin de semana. Isabel tiene que hacer muchos deberes y ha de preparar una importante intervención para un seminario.

—Si se refiere al trabajo que le mandó hacer mi padre

—dijo Jerry, que no se rendía así como así—, ya se lo entregó la semana pasada.

—¡Vaya! —exclamó Raymond en tono glacial—. ¿Le comenta su padre las clases?

—No —reconoció el joven—, sobre todo porque a mí me aburre mortalmente todo ese asunto teórico que enseña. Pero le impresionó tanto el trabajo de Isabel que me comentó la posibilidad de hacer que se publique —añadió volviéndose hacia su alumna—. Fenomenal, por cierto, Isa.

—¿Que se publique? —musitó Raymond casi para sí—. ¿Cómo es que no me has contado nada, Isabel?

—Pues porque es la primera noticia. ¿Estupendo, no?

—Estoy seguro de que habrá muchas otras noticias como ésta —terció Jerry—. Pero, bueno —añadió al ver la dura mirada que le dirigía Raymond—, no quiero interferir en los progresos de la ciencia.

Jerry Pracht fue a dar media vuelta para marcharse. Antes de hacerlo miró a Isabel.

—Quizá la semana que viene sí puedas quedarte a almorzar, ¿eh? —le dijo balbuciente.

—Gracias, Jerry —repuso ella sin comprometerse—. Me lo he pasado muy bien.

—Me alegro. Espero que nuestra conversación no te haya deprimido.

Raymond enfiló entonces hacia el aparcamiento seguido de su hija.

—¿A qué conversación se ha referido? —le preguntó a Isabel ya en el coche, de regreso a casa.

—Ahora entiendo mejor a Jerry. Me refiero a que comprendo por qué dejó el colegio.

—¿Qué quieres decir?

—Su mejor amigo se suicidó.

—¿Por alguna razón especial?

Isabel vaciló un instante antes de contestar.

—Por ser un genio —repuso quedamente.

28 de junio

Hoy he tenido mi primera cita con un chico. No ha sido apasionada como las de Romeo y Julieta. Han sido unas horas en compañía de un chico que, a pesar de no haber terminado los estudios en el instituto, está a años luz de mí en inteligencia.

Y, además, sin carabina. Hasta última hora, cuando ha llegado mi padre. Pasamos tanto tiempo juntos que casi puedo leerle el pensamiento. Y ha estado muy taciturno de regreso a casa. No sé por qué, pero me parece que ha pensado que Jerry me ha contado lo de Darius como un modo indirecto de criticarlo a él. Confío en haberlo convencido de que Jerry sólo pretendía explicarme sus cosas.

Y entonces me ha soltado de sopetón que si «se había comportado».

O sea, su indirecta manera de preguntarme si Jerry había intentado meterme mano o algo parecido. Casi me entran ganas de gritar. «¡Qué pregunta más tonta, papá! Por supuesto que se ha comportado», le he dicho, a ver si así dejaba de preguntarme.

Aunque, mientras me duchaba, he recordado perfectamente que Jerry sí que me había «tocado». En cierto modo, claro. Al mostrarme la postura para golpear de revés, se ha colocado detrás de mí y me ha acompañado los brazos para enseñarme el movimiento. Y, aunque estoy completamente segura de que se ha tomado en serio su papel de profesor, mi espalda ha rozado ligeramente su pecho varias veces.

Eso ha sido todo. Y estoy segura de que para él ha sido como cualquier otra clase de tenis que haya dado.

De todas maneras, dudo que vuelva a suceder en este siglo. Porque tal como he visto a papá, creo que sería inútil preguntarle siquiera si me dejará volver a jugar al tenis con Jerry. Sobre todo porque tengo una semana muy difícil en la facultad.

7 de julio

Jerry aún no ha llamado.

12 de julio

Jerry sigue sin llamar.

19 de julio

Jerry no va a volver a llamarme.

26 de julio

He tenido una buena noticia, y otra mala. A papá se le ha escapado que sí me ha llamado Jerry (dos días después de nuestra cita). Pero le hizo prometer que no me propondría volver a salir hasta que terminase los exámenes.

Pase que me lo ahuyente pero, por lo menos, podría habérmelo dicho.

24

SANDY

Sandy Raven había elegido la especialidad científica adecuada. En el momento adecuado. Y en el lugar adecuado.

En el laboratorio del Instituto Tecnológico de Massachusetts, en el que se afanaba para licenciarse, podía codearse con científicos que ya habían obtenido el Nobel en Medicina o Psicología o que eran firmes candidatos a obtenerlo. Habían llegado, por los caminos más impensados, desde todos los lugares del planeta. Entre ellos estaba Salvador Luria, natural de Turín, Italia, y Har Gobind Khorana, de Raipur, India. Además de varios talentos nacionales.

A mediados de los años setenta, la información científica se aceleró de tal modo que llegó a alcanzar los dos millones y medio de artículos al año. Y, obviamente, ni la mente más prodigiosa podía absorber tanto. Se imponía el trabajo en equipo, y los grupos que se formaban en los laboratorios se reunían semanalmente para, entre bocadillo y bocadillo, oír completos informes de sus colegas sobre sus trabajos en sus respectivas especialidades.

Eran grupos muy heterogéneos, un auténtico mosaico de idiosincrasias, integrados, casi en igual proporción, por mujeres y hombres, algo que todavía chocaba al personal docente masculino de mayor edad. Y, por si fuera poco, la ensalada de nacionalidades era de lo más variopinto. La pasión por la ciencia era el único denominador común.

Para todos ellos la Naturaleza era un gran espacio dedicado al juego de la caza del tesoro, con pistas y secretos en todas partes. La investigación requiere, a menudo, el concurso de potentes ordenadores y una paciencia infinita.

—¿Se imagina? —le dijo Sandy a Kanya Wansiri, una tailandesa especializada en biología de la célula—. ¡Que te pue-

190

dan enviar a domicilio los ladrillos de la existencia! Incluso hay números de llamada gratuita —añadió a la vez que cogía el teléfono y fingía hacer un pedido—. Oiga, tome nota: trescientos cincuenta microgramos de DNA genómico, diez super-kits de sangre y proteinasa K, como de costumbre. Y, ya puestos, una selección de DNA de oveja, gallina, ratón y personita. Ah, y de paso, dos *pastramis* con whisky de malta.

Sandy colgó muy sonriente y miró a su colega.

—¿Quién hubiese creído que, algún día, tendríamos tiendas de «vida para llevar». Pues ya ve, la convido.

—De verdad que sí —asintió ella—. Pero... ¿qué es eso del *pastrami?*

Sandy estaba tan volcado en los estudios que no le importó ponerse en manos de alguien a quien la comunidad científica consideraba un «buen perdedor», aunque lo respetase. Había que decir en su honor que Gregory Morgenstern no sentía la alergia a los estudiantes que solía caracterizar a los gigantes de la ciencia. Todo el mundo quería que dirigiese sus tesis.

Morgenstern había consagrado su vida a hallar un medio genético para curar el cáncer de hígado, una enfermedad más extendida en el Sudeste asiático que en el mundo industrial. Era, además, el tipo de cáncer más común entre los hombres en extensas zonas de África tropical. Y, claro está, éstos no eran mercados que despertasen mucho entusiasmo entre las grandes empresas farmacéuticas.

De ahí que Morgenstern se viese obligado a pasarse la vida con idas y venidas de Boston a Washington para hacer antesala y recabar fondos estatales para su proyecto, en el que trabajaban casi todos los grupos de su laboratorio.

Durante las reuniones semanales para intercambiar información científica, Morgenstern se fijó en Sandy, al advertir en él lo que no acertaba a describir más que como «altruismo patológico». En el joven Raven se veía a sí mismo a su misma edad, indiferente a todo reconocimiento o promoción, sólo interesado en dar con las respuestas a los problemas. Era un joven con una insaciable ansia de saber.

Los horizontes de Sandy se ampliaban tanto en lo intelectual como en lo social. Renunció a alojarse en los dormitorios de la facultad y aceptó la invitación de su compañero de laboratorio Vic Newman para, entre cuatro, compartir un apartamento que estaba al lado de Central Square. Lo que sorprendió a Sandy —tanto como lo inquietó— es que los otros dos no eran otros sino *otras*.

—Dos chicas de Pennsylvania, estudiantes —le dijo Vic como si tal cosa.

¿Chicas? ¿Mujeres? ¿Miembros... del sexo opuesto, por más lustrosas que fuesen sus credenciales? La idea de convivir con dos jovencitas de su edad hacía que a Sandy le temblasen las piernas.

—¿Y cómo se las arregla uno, Vic? —preguntó Sandy, tan asustado como entusiasmado—. Supón que empiezan a pasearse por la casa en ropa interior.

—Bah, te falta mundo, Raven —contestó Newman riendo—. No hay nada como convivir las veinticuatro horas del día con chicas para que se te duerman las hormonas. Me refiero a que, pasada la primera impresión, son como los tíos. Sólo que Stella y Louise son increíblemente inteligentes. Lo único que te excitará de ellas es su cerebro. Además, el trato es llevarnos como hermanos.

—Vale. ¡Adelante! —dijo Sandy no sin cierto recelo.

—Por cierto, ¿sabes cocinar? —le preguntó Vic.

—Qué va. Huevos, como máximo. Pero, ¿a qué viene?

—Es que me he comprometido a que nosotros nos hagamos cargo de la cocina, para repartir las tareas. Así que ya estás yendo a la cooperativa, compras unos cuantos libros de cocina y empollas. Ah, pero ten en cuenta que son vegetarianas; se me olvidaba.

Lo que resultó también es que la ingeniería eléctrica se les daba de maravilla. Porque comoquiera que los cielos de la noche ya no estaban sólo poblados de estrellas sino de satélites artificiales, las opciones de entretenimiento televisado habían aumentado enormemente. Y aunque hubiese que pagar una cuota de conexión a ciertos canales, ningún estudiante del Tecnológico que se respetase habría pagado un centavo por lo que sus habilidades podían conseguir gratis.

El mismo día en que Sandy se trasladó, las dos jóvenes se subieron al tejado a darle los últimos toques a la antena que habían montado (con piezas de segunda mano que les salieron baratísimas). No había canal que se les resistiese. De manera que su dieta televisiva se enriqueció enormemente, sin más problemas que cuando Stella y Louise querían ver la lucha libre y ellos una película.

Al principio les resultó difícil a Sandy y a Vic cumplir con su parte del trato. Aunque más difícil fue para ellas, que se lo tenían que comer.

Cuando llevaban alrededor de un mes, las comidas empezaron a ser aceptables, en opinión de Stella.

Vic Newman era lo más parecido a un amigo que Sandy había tenido nunca. Era inteligente, tenaz y muy trabajador. Y si bien, en principio, estas características pudieran hacerlo menos sociable, lo compensaba con creces gracias a su contagioso sentido del humor.

Como es natural, se impusieron una normas de convivencia. Si, por cualquier razón, la puerta de alguno de los dormitorios estaba cerrada, había que respetarlo, salvo en caso de incendio.

Pero como los cuatro se tomaban muy en serio los estudios, no necesitaban echar la llave cuando estudiaban. Tanto es así que uno de los aspectos más positivos de aquel «tanque de cerebros», como lo llamaba Vic muy ufano, era que podían consultarse sobre temas científicos.

Lo que Vic le comentó a Sandy acerca de cuál sería el cariz de su relación con ellas fue bastante acertado: una estrecha convivencia entre hombres y mujeres con intereses comunes no incitaba el deseo sexual.

Aunque, claro está, si eres un fogoso joven norteamericano, vas a la ducha y, al ir a coger la toalla, te encuentras con un sujetador, aunque sea vacío, se te altera la testosterona.

Además, faltaba poco para el verano. Y como los doctorandos no se permitían el lujo de hacer vacaciones, por primera vez en cinco años Sandy no iría a la costa Este, donde las chicas como Gloria se renovaban cada año. (Adónde iban las jóvenes reemplazadas, él nunca lo supo.)

Sin embargo, ya el aumento de la temperatura ambiente provocaba el correspondiente aumento pavloviano en la libido de Sandy.

Tendría que arreglárselas solo aquel verano.

Y estaba resuelto a hacerlo.

La primera mujer desnuda que Sandy vio aquel verano era la que menos esperaba ver.

Al pasar junto a una hilera de revistas en la cooperativa, su mirada se detuvo de manera fortuita en un ejemplar de *Playboy*, en cuya portada se atraía a los lectores con la promesa de «Fotos exclusivas del más sensacional descubrimiento de

Hollywood». El resto quedaba oculto bajo otras revistas. Sandy se decidió a coger un ejemplar y vio confirmados sus peores temores: unas letras plateadas anunciaban que la chica del póster del mes era... Kim Tower. Fue a pagar semiaturdido y salió en seguida a respirar aire fresco.

Se recostó en una columna y empezó a hojear la revista. Allí estaba el desplegable: era ella. Sus rubios bucles dispuestos con estudiada naturalidad, sus maravillosos ojos azul turquesa, su radiante sonrisa y su inmaculada dentadura.

Y sus pechos, claro. Perfectamente moldeados, preciosos... y desnudos.

Regresó al apartamento a todo correr con su erótica revista en la bolsa. Al llegar, Vic Newman estaba echado en el sofá estudiando astrofísica.

—¿Que hay, Raven? —dijo al alzar la vista.

Demasiado alterado para hablar, Sandy le pasó la bolsa a Vic, que sacó la revista y la hojeó.

—Buenísima, tú —exclamó—. Siempre he sentido curiosidad por ver cómo era.

—No lo entiendo —dijo Sandy, que le arrebató la revista malhumorado—. ¿Por qué demonios hace algo tan vulgar una chica decente de buena familia?

—¿No lo dirás en serio, Raven? Esto es, prácticamente, la mejor publicidad que le puedan hacer a una aspirante a actriz.

—Pero ¡si lo ha dejado!

—Vamos, Sandy —lo reconvino Vic—. Ellas nunca dejan el mundo del espectáculo: sólo es al revés. Nunca dejan de soñar. A lo mejor esto le sirve de relanzamiento. Apuesto a que no hay un solo tío normal en este país que no se la esté comiendo con los ojos ahora mismo.

Eso era precisamente lo que más desmoralizaba a Sandy: verla convertida en propiedad pública.

Desconsolado, Sandy se retiró a su dormitorio, se sentó en la cama y miró las fotografías.

¿Es ésta la mujer a quien he adorado toda mi vida?, se preguntó.

Poco a poco, notó que su emoción dominante no era la sorpresa ni el enojo sino el desconcierto.

Y una profunda tristeza.

25

ADAM

Con la proximidad de las Navidades se animó el ambiente familiar de los Coopersmith. Adam llevó a Heather a clase preparatoria de esquí al polideportivo local. Y Toni se levantaba quince minutos más temprano todas las mañanas para ponerse en forma, con ejercicios que recomendaba un manual de la Fuerza Aérea canadiense.

Como el viaje en coche sería largo, Adam propuso invitar a Charlie Rosenthal, su colega de la clínica en la que trataban los casos de esterilidad. A Toni le caía bien su esposa Joyce, y la edad de Heather promediaba la de los dos hijos del matrimonio Rosenthal, con lo cual la niña podría contar con dos compañeros de juegos bastante adecuados.

Ya en la carretera, los dos maridos decidieron turnarse al volante de la furgoneta de los Rosenthal. Pisaban a fondo, probablemente apremiados por la insoportable música *rap* que sus vástagos insistían en hacer atronar a través de los altavoces del vehículo.

Al atardecer del día de Nochebuena, cansados pero exultantes, llegaron a uno de los hoteles del complejo de Georgian Bay, situado en primera línea de mar, en uno de los extremos de la bocana.

Las familias fueron a ocupar cada una sus respectivos bungalows del hotel. Quedaron en cenar juntos en el restaurante a las siete. Impacientes por entregarse a las actividades invernales, los jóvenes Rosenthal y Heather se quedaron afuera para hacer un muñeco de nieve. Cuando la jovencita decidió volver al bungalow, estaba empapada y temblando. Se metió de buena gana en la bañera *jacuzzi* y luego se puso su falda nueva, a cuadros escoceses, y el *blazer* azul marino que Toni le había comprado para las vacaciones. Luego se calzaron todos botas y se dirigieron al comedor principal, muy animados y con mucho apetito.

Los Rosenthal les aguardaban junto a la gigantesca chimenea de piedra, Charlie y Joyce con sendas copas de ponche de huevo y ron, emulados por sus hijos que lo tomaban sin alcohol.

—Esto es maravilloso —dijo Joyce entusiasmada—. Nos hemos apuntado al trineo de balancín para mañana por la mañana. Si os apetece, vamos todos.

—¿Por qué no? —bromeó Charlie—. Somos médicos. Podremos repararnos las piernas mutuamente. Pero, vamos ya, antes de que nos dejen sin pavo.

Los bulliciosos comensales atacaban los platos con un ánimo redoblado por el alcohol.

Un cuarteto de cuerda de la Universidad de Toronto interpretaba versiones seudoclásicas de populares melodías navideñas, al estilo de Bach, que fueron muy del gusto de grandes y pequeños y contribuyeron a dar un toque mágico al ambiente.

Heather estaba sentada entre los dos jóvenes Rosenthal. A su padre le impresionó vivamente advertir los destellos de su prometedora belleza.

Siempre se podía contar con Charlie para que contase algún chiste nuevo y en aquella ocasión tampoco los decepcionó, aunque sus hijos, que ya se los sabían, no paraban de lamentarse: «Ése otra vez no, papá.»

Después del banquete, mientras aguardaban la típica *torta Alaska*, se acercó el conserje y le susurró algo al oído a Adam, que asintió con la cabeza.

—Guardadme un trozo, eh —dijo al levantarse—, que tengo una llamada.

—Tiene gracia la cosa, Joyce —exclamó Charlie en son de broma—. A mí, que no hago otra cosa que la consulta, no me llama nadie. Y la media docena de pacientes que debe de tener Coopersmith no puede pasarse sin él. Hasta el otro lado de la frontera lo persiguen. No sé si debo considerarme afortunado o sentir celos.

—Tú espera a ver quién es, que nunca se sabe —dijo Adam en plan simpático al enfilar hacia las cabinas, preguntándose qué demonios debía de ocurrir.

—Diga.

—Soy Marvin Bergman, doctor Coopersmith. Soy el jefe médico residente del Psiquiátrico de Massachusetts. Siento molestarlo, pero se trata de la señora Avílov.

—¿Qué le ha ocurrido? —preguntó Adam estremecido.

—Ha intentado suicidarse. Se ha tomado treinta tabletas de Diazepan-5. Pero luego se lo ha pensado mejor y ha llamado a su consulta, que se ha puesto en contacto con nosotros.

—¡Dios mío! —exclamó Adam consternado—. ¿Y cómo está?

—Fuera de peligro —repuso Bergman—. Llegamos con tiempo sobrado para hacer un lavado de estómago. Va a dormir como un tronco, eso sí. Pero se despertará viva. Bueno, ya que es usted su ginecólogo, conocerá a su psiquiatra.

—No tiene. ¿Ha... preguntado por mí?

—Lo ha llamado un par de veces por su nombre de pila —contestó Bergman sin dejar traslucir que le diese la menor importancia—. Pero está totalmente fuera de peligro. No hay ninguna necesidad de que interrumpa usted sus vacaciones.

—No importa. Llamaré a Tóronto a ver si aún puedo coger un avión. Si se despertase antes, sobre todo dígale que voy de camino. ¿De acuerdo, doctor Bergman?

—Por supuesto. Aunque, según a qué hora llegue usted, es posible que no esté de servicio.

—Pues, sobre todo, doctor, que quien lo sustituya no olvide decírselo a ella —casi le gritó Adam, que se percató en seguida de que sus sentimientos podían traicionarlo—. Ya sé que tener guardia en Nochebuena es una mala pasada, doctor —añadió más calmado—, y por ese motivo le agradezco aún más su interés.

Nada más colgar, Adam se dirigió sin demora a recepción para averiguar si había algún vuelo a Boston aquella noche. La única posibilidad era salir inmediatamente en un taxi y pedirle al taxista que pisase a fondo. Reservó el billete, pidió el taxi y volvió al comedor lentamente, pensando en cómo podría justificar marcharse de aquella manera.

Todos lo saludaron jubilosamente al llegar a la mesa, pese a su lúgubre expresión.

—¿Podríamos salir afuera a hablar un momento? —le susurró a Toni.

Su esposa lo siguió al vestíbulo con cara de preocupación.

—Ay, no me tengas así, Adam. ¿Qué pasa? —lo apremió con ansiedad—. ¿No será mi padre?

—No, no. No se trata de él. Pero hay un problema y he de volver.

—¿Cómo dices? —casi le espetó ella—. Las urgencias más

graves que has tenido tú nunca han sido abortos, y sobra gente en Boston para hacerse cargo.

—Esto es mucho más grave —persistió Adam—. ¿Recuerdas a la señora Avílov?

—¿La rusa?

—Sí. Ha intentado suicidarse.

—¡Dios mío, qué horror! —exclamó espontáneamente Toni, que, sin embargo, intuyó de inmediato que allí había gato encerrado—. ¿Y no queda eso muy al margen de tu especialidad? Porque tú no eres psiquiatra, que yo sepa.

—Ya lo sé, ya lo sé. Es complicado de explicar. Soy su único amigo. Se ha creado, ¿cómo te lo diría?, una ilógica dependencia respecto de mí.

—Bueno, cariño, pero da la casualidad de que estás de vacaciones con quienes sienten una *lógica* dependencia de ti. ¿Por qué no dejas que se hagan cargo en Psiquiatría y vuelves a la fiesta?

Toni lo tomó de la mano pero él no se movió.

—No tengo tiempo para explicártelo, Toni. ¿Puedo pedirte que, simplemente, aceptes que no tengo más remedio que marcharme?

—Mira, Adam, esto no es lo que prometiste —le reprochó ella—. Me he sacrificado, renunciando a ir a Clifton con papá para poder hacer estas vacaciones. Siento de verdad lo de la señora Avílov. Pero casi todas tus pacientes están siempre al borde de la tragedia. ¿Qué cambia en su caso? ¿Hay algo entre vosotros?

—¡Por el amor de Dios! —exclamó Adam exasperado—. Sólo quiero asegurarme de que cuiden de ella adecuadamente. No te puedes imaginar la pandilla de novatos que hace sustituciones en Navidad.

Se miraron, conscientes ambos de lo frágiles que eran ya sus relaciones.

—Está bien —dijo Toni esforzándose por no exteriorizar su enojo—. ¿Cuándo volverás?

—Estaré sólo un día; dos, a lo sumo.

—¿Y nuestra hija qué? —le recriminó—. Se suponía que esto iba a servir para acercarnos.

—¿Y qué quieres que haga? Le decimos que se trata de una urgencia y ya está.

—No le *vamos* a decir nada. *Tú eres* quien habrá de enfrentarse a Heather y a los otros miembros del jurado. Ah, y Adam —le dijo de mal talante—, procura ser más convincente con ellos de lo que lo has sido conmigo.

Adam habló con su hija a solas.

—Ya sé que es muy mala suerte, cariño. Pero tienes que entender que soy médico y que esta paciente me necesita mucho.

—Yo también te necesito —musitó Heather—. ¿Puedo ir contigo? —añadió en tono implorante—. No quiero quedarme aquí sola.

—Pero amorcito, si va a ser sólo visto y no visto —repuso Adam visiblemente azorado—. Sólo iré al hospital y regresaré en el primer vuelo. Sé buena y cuida de mamá mientras tanto.

Heather lo miró perpleja y decepcionada.

—Parece cosa de broma, papá —musitó.

26

ISABEL

Raymond poco podía enseñarle ya. Su reserva de conocimientos estaba casi agotada. Lo más que podía ofrecerle era su apoyo y aliento constantes, y protección para que nada ajeno a los estudios la distrajese. En otras palabras, casi insensiblemente había pasado de entrenador a animador.

Sin embargo, Raymond nunca olvidó su responsabilidad para procurar que Isabel mantuviese su equilibrio interior.

Después de asegurarse de que Isabel estaba perfectamente preparada por su examen de Literatura universal del día siguiente, le sugirió tomarse un respiro e ir a la bolera Holiday Bowl a hacer un poco de ejercicio.

La cúpula que cubría las pistas retumbaba con el estruendo de los bolos y los gritos de los espectadores. Padre e hija se sentaron en un banco a ponerse las raídas botas que habían alquilado. Raymond cambió de pronto de cara al mirar a lo lejos.

—¿Qué demonios hace aquí?

—¿Quién, papá?

—Tu «pretendiente», el señor Pracht, inaccesible al desaliento.

—¿Está Jerry? —exclamó ella risueña.

Irónicamente, Isabel había pasado un solitario verano, tratando de aceptar el hecho de que no volvería a ver a Jerry. Y, sin embargo, allí lo tenía ahora, a menos de cien metros, tan alegre y exultante como siempre, con un grupo de amigos y talante de líder. Ardía de impaciencia, pero, antes de que pudiera tomar alguna iniciativa, Raymond estaba de nuevo a su lado con dos vasos de plástico.

Como estaban los segundos en la cola, no tendrían que esperar más allá de cinco minutos.

200

Jerry estaba en la pista 9, y los de la 6 y la 12 parecían a punto de terminar sus partidas. Quedase libre una u otra, pensó Isabel, estarían lo bastante cerca para que él la viese. Y su padre no podría mostrarse grosero en público con el tutor de su hija.

Jerry estaba a punto de lanzar, con la bola a la altura de la mejilla. Miraba fijamente el bolo delantero del fondo de la pista. Entonces soltó la bola con un hábil movimiento para no perder el equilibrio. Le dio al bolo delantero tan de pleno que cayeron todos los demás. Un *strike*. Sus amigos lo vitorearon. «¡Formidable, Jerry!»; «¡Fenomenal!».

Isabel, cautivada por su habilidad, no pudo contenerse.

—¡Bravo por el ciento noventa y cuatro del mundo! —gritó.

El héroe del momento alzó la vista y la vio.

—¡Eh, cuánto tiempo! —exclamó entusiasmado—. ¿Quién te lo ha dicho?

—Oye, ¡que me costó un dólar la revista de tenis! Sancho debe de estar muy orgulloso, porque ya estás entre la elite. ¡Has subido cien puestos!

—¿Se puede saber de qué bobadas habláis?

Isabel notó por el tono de la pregunta que su padre estaba más aplacado.

—Es que Jerry ha dado un salto gigantesco en la clasificación de la Asociación de Tenistas Profesionales —contestó ella al acercárseles su amigo.

—Hola, señor Da Costa —dijo Jerry alegremente al darle la mano.

Raymond era demasiado sensato para hacerle un desaire, sobre todo en público.

—Hola, Jerry —correspondió amablemente al estrecharle la mano—. ¡Menudo *strike* acabas de hacer!

—Gracias —dijo el joven—. No sabía que les gustasen los bolos.

«¡Pues también es mala suerte!», pensó Raymond ante lo que le parecía un sarcasmo. Porque, salvo a subir en globo, era a lo único que no había invitado a Isabel.

Justo en aquel momento, una jovencita norteamericano-japonesa de lozano rostro, que llevaba una blusa a franjas rojas y blancas, les avisó.

—Pista doce para Da Costa —dijo.

—Encantado de verte —dijo Raymond, que le dio un golpecito con el codo a su hija y enfiló hacia la pista.

—Lo mismo digo —correspondió Jerry—. A nosotros se nos

ha acabado ya el tiempo. Si quiere, nos quedamos a verlos jugar.

—¡Estupendo! —exclamó Isabel antes de que su padre se adelantase con alguna educada excusa—. Me podéis enseñar un poco.

—Hecho —dijo Jerry sonriente, mirando a sus amigos—. Tranquilos que allá vamos.

Raymond se puso tan nervioso que su primera bola fue a parar al canal derecho y cayó al foso.

—Mala suerte, señor Da Costa —concedió Jerry—. Quizá ha soltado la bola demasiado pronto.

—Sí, supongo que sí —reconoció educadamente Raymond, que tuvo que hacer un esfuerzo para controlarse—. Me falta práctica.

—Creo que le vendría mejor una bola menos pesada —sugirió Jerry.

Raymond ignoró el consejo y lanzó la segunda bola con tal descontrol que fue a parar al canal izquierdo.

Ahora le tocaba a Isabel. Aunque sin exteriorizar que aceptaba el consejo de Jerry, eligió la bola más ligera que encontró. Se situó tras la línea de lanzamiento y soltó la bola que, a diferencia de la de su padre, no se desvió tanto y derribó tres bolos.

—No está mal —dijo Jerry al mirarlo ella—. Es el típico error del principiante: frenar el cuerpo en seco antes de soltar la bola. Como científica, deberías reparar en que eso anula el efecto del impulso que te das, que sirve precisamente para darle mayor potencia al lanzamiento.

—¡Madre mía! —exclamó Isabel—. ¡Como si fueras un físico!

—Dios me libre —protestó Jerry—, aunque supongo que algo de lavado de cerebro me han hecho.

Se vieron de pronto interrumpidos por la aparición de una atractiva rubia de la edad de Jerry.

—Vamos, Pracht, que no podemos esperar hasta el Día del Juicio —dijo en tono insinuante—. Que casi todos tenemos que estar en casa a las once, ¿sabes?

Jerry asintió y se dirigió a los Da Costa.

—Perdonen, pero soy el único que lleva coche. No puedo estropearles la noche a mis amigos. Quizá otro día.

—Claro —dijo Isabel sin dejar traslucir su decepción.

Padre e hija quedaron abandonados a su suerte de novatos, aunque, por lo menos, al cabo de un rato aprendieron a tomárselo con buen humor.

De vuelta a casa, Raymond creyó llegado el momento de hacerle a su hija un comentario a modo de advertencia.

—Mira, Isabel, espero que ahora hayas comprendido por qué no quiero que andes por ahí con gente así.

—No sé a qué te refieres, papá —dijo ella perpleja.

—Simples matemáticas —repuso él—. Si esa jovenzuela tiene permiso hasta las once de la noche, y no son más que las nueve y veinte, es de imaginar lo que habrán ido a hacer.

Isabel entendió perfectamente bien que el comentario de su padre no tenía otro objeto que desacreditar a Jerry Pracht. Pero su única reacción fue pensar que le hubiese encantado ser la otra chica.

27

ANYA

Semiinconsciente en su cama del hospital, Anya se retrotrajo al pasado. A un pasado lejanísimo, en el tiempo y en la distancia.

Para la joven Anya Litvinova, ir a Moscú era un sueño. Durante toda su infancia había oído hablar a sus padres de la capital como si fuese el Paraíso terrenal. Durante el trayecto, primero en autobús y luego en metro, desde el aeropuerto de Shremetievo, el agotamiento le impidió reparar en la gris uniformidad de los bloques de apartamentos, construidos en la posguerra, que se alineaban a uno y otro lado de la autovía.

Tuvo la buena suerte —mala en opinión de algunos— de conseguir plaza en la atestada residencia de la clínica universitaria.

En seguida comprendió por qué había plaza. Correspondía a la litera de arriba de un cubículo, ocupado por una futura especialista en cirugía oftálmica que tenía un carácter endemoniado.

Olga Petrovna Dashkévich era tan sumamente desagradable que, en su primer año en la residencia, había ahuyentado a no menos de media docena de compañeras. Pese a las advertencias, la primera andanada de su nueva compañera la pilló desprevenida.

—¿Qué te ha pasado en la nariz, Litvinova?

Anya se llevó la mano al grifo de los constipados, por si se lo había arañado al rascarse. Pero Olga en seguida se lo aclaró.

—Lo digo porque parece casi normal. Y tenía entendido que todos los semitas la tenían muy prominente.

—Olga Petrovna, ¿puedes explicarme por qué has elegido al profesor Schwartz para que dirija tus prácticas de cirugía si tanto detestas a los judíos? —replicó Anya sonriente, dispuesta a no darse por ofendida.

—Mira, monada, nunca he dicho que no seáis inteligentes —repuso Olga correspondiendo a su sonrisa.

Si algo había aprendido Anya en la carrera de obstáculos en que se había convertido su vida, era que su única salvación radicaba en la perseverancia. Y el buen humor desarmaba, a menudo, a los más desabridos. Además, era innato en ella ver siempre algo bueno en todo el mundo y, desde el primer momento, decidió ayudar a Olga a dulcificar su carácter, agriado sin duda por su propia infelicidad.

Olga no era una chica atractiva. Y, en comparación a otras compañeras de facultad, tampoco era demasiado inteligente. Hasta llegar Anya, no había tenido amistad con nadie, ni con las chicas ni con los chicos. Para acabar de complicarlo todo, fumaba como una chimenea.

—¿Le has visto alguna vez los pulmones a alguien que haya muerto de cáncer? —le preguntó Anya, tras un acceso de tos causado por la empedernida fumadora.

—No me des la paliza, Anya. Ya sé que, médicamente, no es bueno —admitió—, pero no pienso dejarlo hasta que me doctore.

—Vaya, pues gracias —dijo Anya en tono sarcástico.

—¿Qué más te da a ti? El próximo curso te cambiarás a otro pabellón.

—¿Y por qué estás tan segura?

—Porque todas me huyen.

—Pues descuida, que me he empeñado en que termines por caerme bien —replicó Anya sonriente.

Al cabo de un mes de empezado el curso, Olga cogió una gripe terrible y tuvo que guardar cama. Y Anya no sólo le traía la sopa del comedor sino que fue a una de sus clases a tomarle apuntes.

—No te entiendo, Litvinova —le dijo Olga con franqueza—. Empiezo a pensar que de verdad quieres ser mi amiga.

—Pues claro.

—¿Y por qué?

—Francamente —repuso Anya riendo—, porque ya tengo bastantes enemigos.

Si bien la Revolución Soviética suprimió con éxito la festividad de Navidad, lo cierto es que ni siquiera los regímenes más represivos han podido jamás ahogar su espíritu.

La ancestral tradición, tan arraigada en todo el mundo, se canalizó hacia el *Novi God* (Nochevieja), fiesta «laica» en la que los abetos asomaban en todos los vestíbulos y recibidores de los hogares soviéticos, adornados y cuajados de regalos para intercambiar.

Naturalmente, los buenos socialistas no creían en Papá Noël pero, curiosamente, en Nochevieja, aguardaban la llegada del Abuelo Rocío, que llegaba cargado de regalos para los niños.

Aquel año, por primera vez en su vida, Olga se presentó en casa con una amiga para celebrar la fiesta.

Mientras el metro cruzaba por la estaciones de relucientes mármoles, Olga le comentó a Anya que confiaba en que le gustase conocer a su tío Dimitri.

—Es un genetista —le dijo—. Es miembro de la Academia.

—¿Emparentada con un miembro de la Academia de Ciencias soviética, y me lo dices ahora? —exclamó Anya perpleja.

—¿Cómo crees que he aprobado el acceso a cirugía? —contestó Olga riéndose de sí misma—. No soy tan inteligente como tú. Necesito *protektsiya*. Dimitri es un verdadero genio. Ingresó en la Academia con treinta años.

Aunque le hablase con legítimo orgullo de su ilustre tío, Olga nada dijo de que era, si no lo que se entiende por un hombre guapo, sí una persona muy enérgica y viril, además de soltero.

—Es un gran honor conocerlo, profesor Avílov —balbuceó respetuosamente Anya al estrecharle la mano.

—Por favor, por favor —exclamó el fornido profesor, alto y de anchos hombros—. Llámame Dimitri Petróvich. Además, no creo que sea tan gran honor —añadió sonriente—. Lo que sí me gustaría es que lo considerases un placer.

Toda la casa desprendía un aroma a nueces y mandarinas. Con la mesa ya dispuesta, todos se sentaron en derredor. Olga, su hermana menor, sus padres, su abuela materna, Anya y Dimitri.

La cena fue un verdadero banquete y, para lo que era habitual en Rusia, algo de ensueño. Sirvieron no menos de doce entremeses fríos diferentes, sin que faltase algo tan insólito en aquellas tierras como los tomates frescos y los pepinos, sazonados y aliñados. Y vodka a discreción.

—Este suculento salmón se lo debemos a Dimitri Petróvich —dijo la madre de Olga al atacar el primer plato.

—*Na zdorovie!* —exclamaron los agradecidos comensales para brindar por su benefactor.

El profesor empezó luego a darse importancia, hablando de otras ciudades, sobre todo de París, en donde acababa de dar una conferencia, y de Estocolmo, que visitaba todos los veranos, invitado por la Academia de Medicina de Suecia.

De haber tenido un poco más de mundo, Anya hubiese reparado en la arrogancia del profesor. Aunque Anya aún no se hubiese adaptado allí en cuerpo y alma, hacía muy poco que había vuelto del destierro y se sintió cautivada por el profesor.

Entrada la noche, después de brindar con champaña por el nuevo año, Anya ayudó a Olga y a su madre a quitar la mesa. Se encontró de pronto que el fornido Avílov le cerraba el paso.

—¿Y tú, palomita, por qué no nos has contado nada de ti? —le dijo con una maliciosa mirada.

—¿Que puedo contar yo que le interese a una personalidad como usted? —balbuceó cohibida.

—No soy una personalidad —replicó él—, sólo una persona que te encuentra encantadoramente atractiva. Además —añadió—, no eres moscovita...

—¿Tanto se nota? —exclamó ella.

—Ni siquiera me has preguntado qué coche tengo. Lo que hace que te encuentre aún más irresistible —le dijo sonriente.

¿Irresistible? A lo largo de su infancia y de su adolescencia, los padres de Anya y sus compañeros de Río Segundo le decían que era «mona», «amable», «simpática», pero jamás se le había ocurrido pensar que pudiera resultar atractiva.

—¿Me concedes el honor de acompañarte a casa, Anya Alexandrovna?

—Oh, a Olga y a mí nos gustaría mucho —contestó ella aliviada.

—Ella se queda a dormir aquí —repuso el tío de su amiga—. Además, mi coche es sólo de dos plazas.

—En tal caso, deberé, respetuosamente, declinar el ofrecimiento —dijo Anya sin amilanarse.

Avílov la miró perplejo e impresionado.

De manera que Anya tuvo que aguardar tiritando, en le gélida noche de diciembre, a que llegase un taxi que la llevara al seguro refugio de la residencia.

Avílov optó por hacerle el juego y aguardó a la ocasión de invitar a Anya y a Olga (su *carabina*, como la llamó, en son de broma, en una carta que le dirigió, por lo demás muy seria). Las invitó a asistir a una conferencia que daría en la Academia, sobre los aspectos genéticos de la enfermedad de Huntington.

Anya no se negó, por la sencilla razón de que quería asistir.

Dimitri era hombre de brillante retórica, con el raro don de hacer comprensible lo que decía para los no iniciados en la materia, aunque, a fin de cuentas, Anya era una cualificada doctora en medicina.

Después de la conferencia se celebró un pequeña recepción en el elegante salón contiguo a la sala de actos.

Anya y Olga se quedaron discretamente a un lado mientras ilustres científicos agasajaban al invitado de honor. Incluso desde lejos se notaba cómo le gustaba a Avílov que le bailasen el agua.

—Me siento incómoda —confesó Olga—. Nadie nos hace ni caso. ¿Por qué no mandamos esto a hacer puñetas y salimos a comer algo? Igual ligamos.

—Espera un poco —objetó Anya, que pensaba en cualquier cosa menos en ligar—. Es que es interesante.

—Pues, entonces, voy a atizarme otro vodka —dijo Olga, que fue a por la copa.

Anya era inexperta pero no tonta. Sabía que, al aceptar la invitación de Dimitri Petróvich, no volvería a casa sola. Aunque dudaba de que él pudiese deshacerse de su sobrina. Pero subestimaba los recursos de su admirador.

A las nueve y media, Iván, un atractivo estudiante con el pelo cortado a cepillo, se presentó como ayudante del doctor Avílov. Soltó el rollo que obviamente llevaba preparado: que como sabía que Anya tendría que regresar al hospital a estudiar, esperaba que Olga fuese con su grupo a una sesión de jazz, a un estupendo local llamado Novi Arbat.

A Olga le hizo tanta ilusión que no cayó en que era una artimaña. A menos que fuese una actriz consumada, pensó Anya.

Por un momento, Anya tuvo la sensación de que la dejaba en la estacada. Estaba a punto de ir a por su abrigo cuando Avílov se le acercó.

—Nos veremos en el Séptimo Cielo.

—¿Qué? —exclamó Anya desconcertada.

—El restaurante de la torre de la televisión. He reservado una mesa para las diez.

Anya estuvo casi una hora merodeando por la plaza Roja, para no pasar por el trago de llegar antes y tener que esperar allí sola, inadecuadamente vestida para un lugar tan refinado.

Con más de seiscientos metros de altura, la torre de la televisión Ostankino era la suprema expresión de la obsesión soviética por los monumentos fálicos. El Séptimo Cielo era un restaurante giratorio que daba a la distinguida clientela la oportunidad de ver toda la ciudad desde el cóctel al postre.

Como el servicio no era muy distinto al de todos los restaurantes rusos —lento, negligente y desabrido—, a la mayoría de los comensales le daba tiempo a dar dos vueltas.

Anya no había visto nunca nada semejante. La clientela vestía elegantemente y la cubertería parecía de plata de verdad.

Al llegar, Avílov estaba ya sentado y la saludó sonriente.

—Podías haberte ahorrado dar vueltas por ahí, que a las diez en punto estaba yo aquí como un clavo.

¿Me habré ruborizado? ¿Me habrá visto hacer tiempo? ¿O es que me lee el pensamiento? No pudo ocultar su nerviosismo al pedir él la cena.

—¿Qué ocurre, pequeña? ¿No te gustan las costillitas a la Kiev?

—No es eso —farfulló ella—. Es que...

—Lo entiendo, Anushka —dijo él—. Ya imagino que no formaba parte de la dieta en un lugar como Río Segundo.

—¿Sabe lo de mi familia? —preguntó ella, más nerviosa aún.

—Por entonces yo estaba todavía en primaria —contestó él amablemente—, pero recuerdo los últimos estertores de la paranoia de Stalin. Nadie fue capaz de salir en defensa de aquellos médicos. Incluso en el colegio nos advirtió el director que tuviésemos cuidado, porque había ciertos médicos que envenenaban a los pacientes.

—¿Y lo creyó usted? —preguntó Anya.

—Si he de serte franco, hubiese deseado ser ya médico para envenenar al director.

Anya se echó a reír.

—Lo que no entiendo —prosiguió él, con voz más queda y seria— es por qué nunca han permitido regresar del destierro a tu padre. Tengo por lo menos media docena de amigos en la Academia que se formaron en el Gulag.

—Tal vez sea porque no tiene amigos en la Academia —repuso ella, agradecida por lo que le pareció verdadero interés por su padre.

—Pues ahora sí los tiene —dijo él, a la vez que posaba una poderosa mano en las suyas—. No te preocupes, que tengo mucha vitamina P: *proteksiya* —añadió Avílov que, al mirarla a los ojos, comprendió que estaba demasiado emocionada para hablar.

—¿Por qué? —se limitó a decir al fin Anya.

—¿Ha de haber un porqué?

—Es que no me parece que sea usted de los que se busca problemas con el sistema. ¿Por qué habría de ayudarlo?

—No te falta razón —admitió él—. Soy de lo más egoísta. Pero quizá si lo ayudo consiga caerte bien.

—Ya me cae usted bien —musitó ella.

—¿Tanto como para casarte conmigo?

Por un instante Anya no dio crédito a lo que acababa de oír.

—¿Por qué? —preguntó con una cara que era la viva imagen de la perplejidad.

—¿Es necesario preguntarlo? —la reconvino Dimitri—. Ni siquiera Lenin logró abolir el amor a primera vista.

—No lo entiendo —dijo ella meneando la cabeza desmayadamente—. Con la de chicas que puede tener para elegir...

—Pero, Anya, es que tú no eres una chica corriente. Eres extraordinaria. Tienes un don casi mágico que transmite felicidad.

Anya se armó de todo su valor para controlar sus emociones.

—¿Cuántas veces le ha dicho lo mismo a otras, Dimitri Petróvich?

—Nunca —le aseguró él—. Es la primera vez en mi vida.

A la una menos veinte le abrió la puerta del coche. Al pasar junto a él para sentarse, tuvo la fugaz impresión de que iba a abrazarla. Pero no lo hizo.

Al arrancar el motor y poner un casete de Charles Aznavour, intuyó que querría llevarla a su apartamento.

Y también en eso se equivocó.

Dimitri se limitó a llevarla a la residencia y ni siquiera intentó darle un superficial beso al despedirse. Anya se quedó con la impresión de haberse portado como una mentecata.

Pero al recibir por la mañana un ramo de rosas con una nota en la que le proponía formalmente matrimonio, comprendió que se había equivocado de principio a fin.

Por lo visto, se había enamorado de ella de verdad.

El 21 de octubre de 1982 fue para Anya el día más feliz de su vida. No sólo se había doctorado en obstetricia sino que, en el Registro Civil del Ayuntamiento, acababa de convertirse en la esposa del académico Dimitri Avílov.

Su flamante esposo había organizado una fiesta por todo lo alto en el que sería su apartamento, en un ático de un gigantesco bloque a orillas del Moscova.

Anya se sentía como la princesa de un cuento de hadas. Porque, entre los muchos invitados, se encontraban las dos personas que más quería en este mundo.

Sus padres.

Pero era aquél un pasado lejanísimo, tanto en el tiempo como en la distancia.

28

ISABEL

Gracias a la extraordinaruia creatividad de sus aportaciones en los seminarios de preparación para la licenciatura, Isabel da Costa logró su objetivo (o, más exactamente, el de su padre) y, a finales del verano de 1986, se convirtió en la más joven licenciada en la historia de Berkeley, *summa cum laude* en Física y Medalla de Oro.

La prensa volvió a la carga, y allí estuvieron de nuevo Muriel y Peter a prodigarle a Isabel su cariño y su admiración. Aunque algunos periodistas se empeñaban en fotografiar al padre y a la hija, a quienes bautizaron «el dúo termodinámico», Raymond se las ingenió para que sólo sacasen fotografías de la familia al completo.

Aunque las cámaras de televisión se concentraron casi exclusivamente en primeros planos de Isabel, al agradecer ella el apoyo de sus familiares, intercalaron primeros planos de Raymond, a quien Isabel insistió en señalar «como el mejor profesor que había tenido».

Desde junio, tras su breve estancia en casa para asistir a la entrega de diplomas, al terminar Peter el bachillerato, ella y su hermano congeniaron más que nunca. Seguían sintiéndose muy unidos, pese a que a Peter —que ingresaría en la universidad en otoño— lo tuviesen casi como un cero a la izquierda.

Iban a cenar al Heidelberg y hablaban de su futuro como si, académicamente, estuviesen al mismo nivel.

Peter, por su parte, era generoso por naturaleza y admiraba a su hermana sin asomo de envidia.

—A mí me gustaría diplomarme en educación física. ¿Qué harás tú ahora, hermanita? —le preguntó, pese a saber la respuesta.

212

—¿Qué me aconsejarías tú? —dijo ella en son de broma.

—¡Que qué te aconsejaría yo? Pues, muy sencillo: que fueses a dar la vuelta al mundo.

—¿Y para qué?

—¡Qué pregunta! Te sabrás todas las leyes que rigen el universo pero no sabes nada de tu propio planeta. Un par de colegas y yo nos vamos a gastar todo el dinero que hemos ahorrado lavando coches los fines de semana para recorrernos Francia en plan mochila. Te invitaría a ir con nosotros, pero ya me sé lo que diría papá.

—Me encantaría ir. Pero tengo que empezar a trabajar en mi tesis doctoral con Pracht en seguida.

—¿No crees que es un poco prematuro, incluso para ti? —objetó Peter—. Ni siquiera has terminado aún la tesina —añadió sonriente—. A no ser que la hayas hecho anoche mientras yo dormía.

—Ya sé que no es muy normal —reconoció ella—. Pero que quede entre nosotros: ¿sabes algo acerca de la teoría de las fuerzas?

—Sólo lo que recuerdo de *La guerra de las galaxias* —bromeó Peter—. Como no te expliques para que te entienda un cabeza dura como yo...

—Verás. Es, poco más o menos así: la física convencional reconoce cuatro fuerzas diferentes en la naturaleza. Con las que más familiarizado está todo el mundo es con la de la gravedad y con la electrodinámica, que ejercen su efecto en largas distancias. Pero hay también una fuerza «fuerte», con un corto radio de acción, que mantiene unidos los núcleos atómicos; y una fuerza «débil», asociada a la desintegración de los neutrones fuera del núcleo. ¿Me sigues?

—Dejémoslo en que... te creo. Aunque por nada del mundo querría que me examinasen. Prosigue: movilizaré todas mis neuronas para seguirte.

—Bueno, pues, desde Newton, los físicos han realizado innumerables tentativas para desarrollar las llamadas *teorías totalizadoras*, o sea, modelos que abarquen las cuatro fuerzas. Einstein lo intentó también, pero ni siquiera él pudo hallar una respuesta. Hace veinte años, un tal Stephen Weinberg realizó el más sólido intento totalizador, mediante una técnica matemática conocida como *modelo simétrico*. No te aburriré con detalles.

—Gracias —dijo su hermano riendo.

—En los últimos tiempos, la física teórica trabaja en teorías totalizadoras basadas en principios de simetría, pero aún no se ha llegado a un modelo definitivo.

—Que es a lo que vas tú, ¿no?

—Calma, calma —repuso ella sonriente—. No te impacientes tanto por verme en el candelero.

—Es superior a mí. Me encanta verte en primer plano.

—Sí, pues tengo a dos que me llevan bastante delantera; Karl, por ejemplo. Colabora con un equipo de Cambridge y con otro de Alemania. Han recopilado datos sobre la física de las altas energías, sólo explicables por la existencia de una *quinta fuerza*. Y ahí puede estar la clave de todo el invento. He leído el borrador del artículo que ha redactado el equipo, y, obviamente, lo mismo habrán hecho jefes de muchos departamentos de Física. Si está en lo cierto, significará dar un paso de gigante, además de una lluvia de ofertas, no sólo del Tecnológico sino de otras universidades de primera línea, que rivalizan para contratar a potenciales premios Nobel.

—¿Y qué representa eso para ti? —preguntó Peter sonriente.

—Bueno... Tu paciencia merece recompensa: lo que quiero es volcarme de lleno en el tema. Y como no hay nadie que tenga más y mejor acceso a todos esos datos, entenderás que quiera empezar ahora que aún lo tengo a él a mano.

—Pues mira, por una vez estoy de acuerdo contigo, Isabel —dijo Peter afectuosamente—. Adelante. Y que la *quinta fuerza* sea contigo.

Muriel había interpretado bien su papel. Pero aquélla iba a ser su última representación como perfecta esposa y madre.

Su definitiva conversación con Raymond fue extrañamente dolorosa. Allí sentados, en la redonda y oscura mesa de madera de la cervecería de un sótano, con la superficie llena de iniciales grabadas por los enamorados y los gamberros.

—Se acabó entonces, ¿no? —dijo Raymond, sorprendido al ver que no podía evitar el doloroso recuerdo de los primeros tiempos de su matrimonio.

Lo entristecía recordar el nacimiento de sus hijos, la ilusión con que los bautizaron, su esperanza en un futuro feliz. Tanto era así que, en aquellos momentos, no le satisfacía su victoria. Quizá fuese la cerveza. Quizá un atisbo de honestidad que le hacía reconocer la generosidad de Muriel.

—Siento que haya tenido que ser así —le susurró mirándola.

—Y yo —dijo ella quedamente.

—Me refiero a que hemos vivido tanto tiempo en esta farsa que no entiendo por qué no podríamos alargarlo un poco más, hasta que los niños fuesen mayores.

—Lo son lo bastante para abrirse camino en este mundo. Además, a mi edad no se presenta muy a menudo una segunda oportunidad para ser feliz.

—¿Qué quieres decir? —preguntó Raymond, que intuyó que la respuesta iba a destrozar la amable empatía del momento.

—Quiero volver a casarme —musitó ella casi excusándose.

Él se desconcertó. Quizá su exacerbado egoísmo lo hubiese inclinado a suponer que ella debía esperarlo, como la encarnación de la paciencia.

—¿Lo conozco?

—Creí que, a estas alturas, ya debías de tenerlo claro —contestó ella—. Edmundo y yo congeniamos mucho. Quizá porque, en cierto modo, ambos estamos tullidos, él físicamente y yo emocionalmente. Pero, por lo menos, podemos escuchar música y comunicarnos sin necesidad de hablar.

—Bueno —dijo Raymond, sobreponiéndose a los celos que sintió de pronto—. Supongo que debe de hacer años que estás enamorada de él.

—Supongo que sí —admitió Muriel bajando la cabeza—. Aunque nunca tanto como lo estuve de ti.

Al saber que su madre iba a volver a casarse, Isabel rompió a llorar. Peter trató de razonar con ella.

—No eres justa, Isabel —le dijo—. Mamá lleva sola mucho tiempo, y todo el mundo necesita una compañía en esta vida —añadió, cohibido de pronto al reparar en la presencia de su padre.

Porque Raymond no tenía pareja y podía darse por ofendido.

—¿Qué pasa, que ya se ha divorciado? —se limitó a decir Raymond flemáticamente.

—Hace sólo unos meses —repuso Muriel—. Porque la señora Zimmer se enamoró de súbito del organista de la iglesia nada menos. Y le concedió el divorcio a Edmundo en seguida. Naturalmente, quiero que Isabel asista a la boda.

—Perdona —objetó Raymond sin acritud—, pero ¿no crees que es demasiado joven para ir sola en autocar, o incluso en avión?

—Qué ironía —exclamó Muriel con amargura—. Puede que tengas razón, pero Peter ya tiene carné de conducir. Y, si no te importa, la llevará él en el coche.

—Eso me lo hago yo en un día —terció Peter con un dejo de orgullo—. Y sin pasar del límite de velocidad.

Todos miraron a Raymond, que pensó, acertadamente, que debía acomodarse al deseo de la mayoría. Incluso él tenía claro que Isabel quería asistir.

—Y ¿a qué hora es la ceremonia?

—Bueno —contestó Muriel—, iremos al Registro Civil y luego invitaremos a unos cuantos amigos a una copa. Si te es más cómodo puede ser a media mañana. Y así Isabel podrá regresar en el mismo día...

—Sí, claro. Está bien —concedió Raymond—. Sale un vuelo de Oakland a las ocho de la mañana. La llevaré al aeropuerto, y puede estar de vuelta para cenar.

Isabel estuvo a punto de decirle que prefería pernoctar allí y quedarse con la familia, pero pensó que ya trataría de convencer luego a su padre.

Al regresar a San Diego, Muriel empezó en seguida con los preparativos para la boda. Y, dos semanas después, Isabel, con un vistoso vestido rosa que compraron con su madre en Berkeley, asistió junto a su hermano Peter a la ceremonia que convirtió a su madre en la esposa de Edmundo Zimmer.

Otros dos hermanos asistieron también a la boda: Dorotea, ya treintaañera, y, Francisco, algo mayor, llegados de Argentina para estar junto a su padre y actuar como testigos.

Tras la breve ceremonia fueron los seis a un salón privado, del Club de Profesores, para tomar un aperitivo seguido del banquete de bodas, modesto pero de muy buen gusto.

Muriel y Edmundo estaban radiantes y parecían especialmente emocionados por la presencia de Isabel. Tras los brindis por la pareja, Edmundo propuso a su vez brindar por «la famosa e inteligente jovencita que ha hecho tan largo viaje para estar con nosotros».

Isabel pensó que era un halago excesivo, puesto que los hijos de Edmundo habían llegado desde mucho más lejos. Pero en seguida se dejó ganar por la gentileza y la afectuosidad de aquel director de orquesta convertido en esposo de su madre.

Tenían preparada una fiesta para esa noche, con muchos más invitados, en la que varios miembros de la orquesta de Edmundo interpretarían solos y tríos. Incluso habría un quinteto de instrumentos de viento.

—Me encantaría que pudieses quedarte —le dijo Edmundo a Isabel—. No sabes cuántas ganas tengo de oírte tocar el violín —añadió sinceramente.

—Pues no te perderás gran cosa. Apenas he tenido tiempo para practicar últimamente.

—No seas tan modesta —protestó él con gentileza—. Me ha dicho Muriel que tocas como los ángeles. Tienes que prometerme que en Navidad sí tocarás.

A Isabel le cayó tan bien Edmundo, que decidió rebelarse si su padre no le permitía volver a visitarlos en Navidad.

Su avión aterrizó en Oakland poco después de las nueve de la noche y, al ir hacia su padre, que la esperaba con los brazos abiertos, Isabel sintió una inexplicable tristeza.

Él lo era todo para ella. O casi todo.

Pero la música no contaba en la vida de Raymond da Costa.

29

ADAM

A las doce menos veinte de la noche de Nochebuena, Adam abrió la puerta de la habitación 608 del hospital Psiquiátrico de Massachusetts.

Un enfermera de origen hispano, con aspecto de matrona, intentaba suavemente convencer a su paciente para que se durmiese.

En un primer momento, Adam no supo qué hacer. Aunque sabía que Anya necesitaba que el sueño disipase su angustia, estaba impaciente por asegurarse de que se encontraba bien.

Pero, aunque no hizo ruido al entrar, ella notó su presencia.

—¿Eres tú, Adam? —balbuceó.

—Cálmate, Anya. No te conviene excitarte.

—Suena a broma después de la barbaridad que he hecho —farfulló ella, que ladeó la cabeza para mirarlo—. No tenías que haber venido.

—Pues he venido —replicó él—. Y tú querías que viniese.

Ella guardó silencio, sin negar ni asentir.

—Puede dejarnos solos, soy uno de sus médicos —le dijo Adam, impaciente, a la enfermera.

—Está bien, doctor —accedió ella, que se alejó discretamente.

Adam se sentó entonces en la silla de la enfermera, junto a la cama.

—Lo siento tanto... —dijo Anya con voz ronca—. Tengo tal talento para el fracaso, que ni siquiera he sabido suicidarme.

—Pero ¿cómo se te ha ocurrido semejante tontería? —dijo él consternado—. Creí que nos sentíamos muy felices juntos.

—Pues por eso precisamente, Adam. Era Navidad... Y me sentía muy sola. Te echaba mucho de menos. Y he comprendido que nunca podríamos estar juntos.

—¿Por qué no? —preguntó él quedamente.

—Pues porque estás casado —dijo ella con lentitud—. Tienes una hija —añadió con mayor énfasis—. Creo que serías mucho más feliz si no nos hubiésemos conocido.

—No —la contradijo él—. Tú eres lo más maravilloso que me ha ocurrido en mi vida, Anya. Estar contigo es lo que más deseo en este mundo.

—Pues haces mal —persistió ella.

—No creo que sobre el amor haya nada escrito. ¿Por qué eres tan dura contigo misma?

—No puedes amarme —musitó ella.

—¿Qué demonios significa eso? —exclamó él.

—Es que en toda mi vida me ha salido nada a derechas —repuso ella con una amarga sonrisa.

Sintió el impulso de estrecharla entre sus brazos y consolarla, pero estaba agotada y enferma. Y aquello era un hospital. Y él era médico.

—¿Sabes qué? Pondremos la televisión —dijo él—. A lo mejor aún podemos seguir la Misa del Gallo. La retransmiten desde la catedral de San Patricio.

—Si quieres... —dijo ella quedamente.

Adam encendió el televisor y siguieron la retransmisión. De vez en cuando la miraba satisfecho, al comprobar que la solemnidad del rito la sosegaba.

Al terminar la misa, apagó el televisor y trató de adormecerla con cariñosas palabras. Pero no había manera de que se durmiese. Estaba claro que su ansia por hablar con él se imponía a la necesidad fisiológica de dormir.

Faltaba poco para la madrugada. El vuelo de las nueve a Toronto era uno de los pocos que había el día de Navidad. Y Adam era consciente de que no tenía más remedio que cogerlo.

—Óyeme, cariño —le dijo apretándole la mano—. He de marcharme. Pero te prometo llamarte todas las mañanas si tú me prometes que tendrás confianza en mí y en que voy a solucionar las cosas.

—Lo intentaré —asintió ella con una sonrisa apenas esbozada pero suficiente para indicar que se aferraba a aquella esperanza.

—Así me gusta —dijo él, y la besó en la frente.

—Gracias, Adam —musitó ella sonriéndole más abiertamente—. Gracias por haber venido.

—Anya, amor mío —le susurró él—, la próxima vez que necesites verme, llámame por teléfono, que es más barato.

Se miraron sonrientes y Adam salió en seguida, para asegurarse de no perder el avión.

Heather jugaba con los hermanos Rosenthal en la nieve, frente al bungalow.

—¡Papá! —exclamó al verlo llegar.

—¿Ves que pronto? —dijo él al abrazarla amorosamente—. Pero ya te echaba de menos. ¿Os he hecho polvo las Navidades, verdad?

—No del todo —contestó ella con un enfurruñado mohín—. Porque los regalos los tengo.

—¿Dónde está mamá? —preguntó él tratando de mostrar aplomo.

—Con Charlie y Joyce en clase de esquí.

—Bueno, pues voy a cambiarme de ropa y les daré una sorpresa a pie de pista.

—No corras, papá —le gritó Heather al ver que iba a entrar.

—¿Por qué no? —preguntó él dándose la vuelta.

—¿Sabes qué? A *ella* sí le has hecho polvo las Navidades.

Para acabarlo de arreglar, Heather le lanzó de mal talante un bola de nieve que se le estrelló en plena espalda.

«¡Dios! —exclamó Adam para sí—; ¿qué demonios he hecho yo?»

Toni se deslizó por la pista como si fuese a embestirlo. Se detuvo en seco, a apenas tres metros, entre un remolino de nieve.

Ambos permanecieron en silencio unos instantes.

—Bueno, ya estoy aquí —se decidió a decir Adam.

—Ya lo veo —dijo ella con sequedad.

—Y también ves qué poco he tardado, ¿no?

—Eso no anula el hecho de que te hayas marchado —replicó ella en un tono enigmático como para inducirlo a que sacase él mismo conclusiones.

—Bueno, pero ya se solucionó el problema —contemporizó él visiblemente inquieto.

—¿Ah sí? —dijo ella, que lo miró con el ceño fruncido.

—Toni, por el amor de Dios, lo he hecho por pura humanidad.

—¿Toda la noche? He llamado a casa cada media hora. A no ser que te hayas alojado en el Hilton, supongo que habrás estado tomándole la mano.

—¿Estás tan loca como para insinuar lo que pienso que estás insinuando? —exclamó él exasperado.

Ella se le acercó y lo miró con fijeza.

—Oye, Adam, no es necesario acostarse con una mujer para ser infiel —le espetó.

Adam tenía el corazón en un puño.

—Digamos que vas a estar en libertad bajo palabra —sentenció ella señalándolo con un palo de esquí.

En días sucesivos mantuvieron las apariencias, por Heather y por los Rosenthal, pero todos palpaban la tensión que había entre ellos.

Por más que lo intentaba, Adam no podía dejar de pensar en Anya ni un solo momento.

La mañana del día de su partida, Adam se levantó temprano y fue a recepción a pagar. Porque si pagaba Toni vería el dineral que se había gastado en conferencias a larga distancia a un solo número de Boston.

A mediodía subieron a la furgoneta de Charlie. Los Rosenthal rebosaban buen humor con un aspecto de lo más saludable. Los Coopersmith, en cambio, cada uno a su modo, sabían que sus vidas ya nunca volverían a ser igual.

30

SANDY

El acontecimiento social más importante del año para los zánganos —como se complacían en llamarse a sí mismos— que trabajaban en el laboratorio de Gregory Morgenstern era la barbacoa que organizaba el jefe el 4 de julio para celebrar el Día de la Independencia. Era un evento doblemente patriótico, ya que el profesor y su familia vivían en la ciudad inmortalizada por Emerson, donde los valientes granjeros norteamericanos «hicieron el disparo que atronó en todo el mundo».

Primero vieron una recreación de la célebre batalla de Lexington, en la que los jóvenes de la población siempre preferían hacer el papel de los derrotados británicos, para poder llevar sus vistosos uniformes rojos. Luego iban todos a casa del profesor en donde, sólo aquel día, los científicos se olvidaban de su denostado colesterol para dar cuenta de entreverados filetes a la cancerígena brasa.

Aunque sus compañeras de apartamento prefirieron conmemorar la original revolución afirmando su propia independencia y se quedaron a trabajar en el laboratorio, Stella les prestó generosamente a Vic y a Sandy su destartalado cuatro puertas.

En el enorme jardín de Morgenstern lo único que se atizaban para conmemorar la liberadora batalla era un lingotazo tras otro. Bien entrada la tarde, encendieron un castillo de fuegos artificiales y, luego, Morgenstern se soltó el poco pelo que le quedaba haciéndose acompañar por sus invitados para interpretar canciones de moderno folk norteamericano.

Su número estrella fue el *Blowin' in the wind* de Bob Dylan. Tan achispado estaba el profesor que dijo que Dylan era un «físico cuántico» camuflado, y que la frase «*the answer, my friend»* —«la respuesta, mi amigo»— se refería a partículas subatómicas.

Tras hacerle prometer a Sandy que conduciría él de vuelta a casa, Vic, que ya había bebido lo suyo, se puso en plan seductor.

—La zona más propicia para detectar chicas complacientes se encuentra en el anillo de satélites que rodean a Judy Morgenstern.

—¿La hija del Viejo?

—Bingo —contestó Vic—. Además, es de los últimos cursos, en Bennington, y ya sabes...

La verdad era que el pobre e introvertido Sandy no tenía ni idea de lo que su mundano amigo quería decirle. Aunque algo intuía.

El caso es que, al momento, se vio en un grupo de jóvenes sentados a la sombra de un roble, escuchando a una preciosa y pecosa guitarrista pelirroja con cola de caballo. Llevaba unos vaqueros cortos y una camiseta con «Beethoven» estampado.

«¡Madre mía! —pensó Sandy—. Jamás imaginé que una hija de Greg Morgenstern pudiese ser tan atractiva. Casi me hace dudar de la genética. Porque, vaya, si Rochelle es una diosa esta criatura es por lo menos una ninfa. Lástima que no me atreva a hablarle.»

Justo en aquel momento la animosa vocalista fingió un acceso de tos.

—¿Es que no va a apiadarse nadie de esta pobre chica que necesita una cerveza? —dijo.

Pese a lo retraído que era siempre, Sandy no desaprovechó la oportunidad.

—Voy por ella —le dijo.

—Gracias. Pero que sea de las del fondo, eh, que son las más frescas.

Sandy echó a correr hacia donde estaban las bebidas, metió la mano en el metálico cubo de la basura, que ejercía de gigantesca fresquera, cogió una botella de Miller Lite y volvió junto a la sedienta artista.

—Gracias —musitó ella sonriente—. Me has salvado la vida. ¿Y la tuya?

—¡Ay, es verdad! —exclamó él azorado.

La joven le ofreció un trago de la suya.

—Acábatela si quieres. Y vas luego a por otra para los dos.

Estaba visto que Vic sabía lo que decía. Había varias chicas atractivas alrededor de la trovadora, y por lo menos la mitad sin pareja. Pero Sandy estaba hipnotizado por la cantante, no por la canción.

Después de su tercer viaje al refrescante cubo había ingerido suficiente valor líquido para sentarse a su lado y presentarse. Incluso emuló el estilo de su padre.

—Bueno... Al caballero Raven, aquí presente, le gustaría tener el honor de saber vuestro nombre.

—Soy la princesa Judy —repuso ella alegremente—. Por lo menos en estas tres hectáreas. Greg es mi padre y aunque no me mola la ciencia, soy su mejor amiga.

—Suerte que tiene —comentó Sandy y, recurriendo a su prodigiosa memoria para recordar frases de antiguas películas, agregó—: Como le dijera Bogart a Claude Rains: «Creo que éste es el comienzo de una hermosa amistad.»

—¡Vaya! ¿También tú eres un mitómano de *Casablanca*?

—Peor aún. Loco por el cine. Mi padre trabaja en la industria cinematográfica.

—¿Qué hace?

—Es productor.

—¿Y qué ha producido?

—A mí, para empezar —repuso Sandy sonriente—. Lo demás es todo celuloide. No he querido impresionarte, pero debo confesar que su mayor éxito ha sido *Godzilla contra Hércules*.

Judy se quedó boquiabierta.

—¿Bromeas? Es mi bodrio favorito —dijo—. Bueno... Espero no haberte ofendido —añadió para tratar de arreglarlo.

—Qué va —dijo Sandy—. Como dice mi padre: «Da igual que te pongan verde que te feliciten. El caso es que compren la entrada.»

—La de chicas que debes de conocer así —dijo ella.

—¿Qué?

—Que supongo que muchas te deben de hacer la pelota para que les presentes a tu padre.

—No me importaría si tú lo hicieras —respondió Sandy.

—No hay cuidado —replicó ella con un dejo de acritud—. El cine me interesa aún menos que la ciencia. Para ser actriz, me refiero.

Sandy estaba cautivado. Pero, como de pronto empezó a sentirse inseguro, le propuso ir juntos a por otra cerveza.

—Anda, sí —dijo ella sonriente al levantarse—, que no me toca conducir.

—Ni a mí —mintió él.

«Si le gusto a esta chica, soy capaz de *volar* a casa sin coche», pensó Sandy.

Las barbacoas de los Morgenstern tenían fama de ser tan divertidas como inacabables. Sandy y Judy empezaron a hablar a media tarde, y aún seguían con el tema del cine al desfilar los invitados.

Era casi medianoche cuando Sandy fue a despedirse del profesor Morgenstern y de su esposa.

—¿Me llamarás, o ha sido representación única? —le susurró Judy cogiéndole la mano.

—¿Representación? —replicó él—. Como le dijera Elizabeth Taylor a Montgomery Clift en *Un lugar en el sol*: «Cuando te separas de mí, es como si dijeras adiós.»

—¡Qué memoria, Sandy! Y, por cierto, ¿quién te lleva a casa?

—Bueno... la verdad es que sí me toca conducir. Si encuentro el coche. Habíamos quedado con Vic Newman en que lo llevaría yo a casa.

—Ni hablar. Que no estás para conducir —lo reconvino Greg Morgenstern, que estaba a dos pasos.

—Creo que tiene razón, profesor —farfulló Sandy—. Tendrá que conducir Vic.

—¿Pero tú lo has visto? —exclamó Morgenstern—. ¡Si está ahí tirado bajo un árbol!

—Puedo llevarlos yo, papá —se ofreció Judy—. Ya hace dos horas que me he pasado al café.

—Pero, cariño, si conduces fatal... —terció su madre.

—Mirad, soy la única que está lo bastante sobria para conducir.

—¿Me prometes tener cuidado? —dijo su madre.

—Tranquila, mamá. Que en Boston la gente conduce igual, sobria o borracha. Ya estoy acostumbrada.

Al llegar a la casa de Central Square, Vic estaba a punto de devolver, pero tuvo el buen gusto de entrar en seguida en la casa.

—¿Sabes que eres muy atractivo? —le susurró Judy a Sandy ladeando el cuerpo hacia su asiento.

—Qué va —replicó él—. No me como un rosco.

—Pues a mí me pareces un rosco muy apetitoso —dijo ella alegremente—. En serio: no seas tan tímido y dime si vamos a vernos otra vez.

—Bueno, mi dama, ésta no es más que la primera toma

—dijo él—. Ahora nos besaremos dulcemente y esperaremos el abrazo final.

Y eso fue exactamente lo que hicieron.

Por la mañana, Stella se enfadó por lo que llamó «usufructo sexista» del vehículo.

—Tranquila, Stella, que ya lo pondré todo en orden.

—¿Desde cuándo ordenas tú algo? —le espetó ella.

Sandy se hizo el desentendido, cogió el teléfono y marcó el número de los Morgenstern.

Como el nervioso colegial que aún era, en cierto modo, ensayó la conversación e incluso garabateó en una ficha unas frases que tenía preparadas.

Por desgracia, fue la esposa del profesor quien cogió el teléfono. ¡Mira que no haberlo previsto! Pero reaccionó en seguida y le agradeció a la señora Morgenstern su hospitalidad.

—¿No estará Judy por ahí? —le preguntó luego como de pasada.

—Sí. Está durmiendo.

—Ah, pues entonces nada.

—No, no —lo atajó la señora Morgenstern al notarlo tan cohibido—. Que ha dicho que la despertásemos si llamabas.

¡Dios santo! Así que no eran figuraciones mías. A lo mejor es que le gusto de verdad.

Judy se puso al teléfono al cabo de un instante.

—Hola —dijo con voz adormilada.

—Hola. Sólo llamaba para saber si habías llegado bien.

—Pues ya ves que sí —dijo ella.

Quizá porque aún no tenía la cabeza del todo despejada, Sandy se mostró más desinhibido que de costumbre.

—He tenido un sueño de lo más disparatado, Judy...

—Cuenta, cuenta —lo apremió ella—, que estudio psicología y a lo mejor te lo interpreto.

—He tenido el ridículo sueño de que te besaba —bromeó Sandy—. ¿Disparatado, no?

—Vea-mos, San-dy —repuso ella fingiendo un sincopado acento teutón—. Me interesa saber si ha sido una experiencia agradable.

—Maravillosa, Judy. He sentido mucho despertar.

—Me alegro —dijo ella—. Por pura coincidencia, yo también he pensado mucho en ti. Sólo que estoy segura de que no ha sido un sueño, porque no he podido quedarme dormida hasta las cuatro.

Sandy se quedó sin aliento. A sus veintidós años, jamás había saboreado el sublime gozo de saberse sentimentalmente correspondido. Pero procuró que no se notase que su corazón latía desaforadamente.

—Mira, te explico —dijo él en tono de hombre práctico—. Tengo que devolverle el coche a mi compañera de apartamento antes de que se suba por las paredes. He pensado que quizá podría llegarme a tu casa en bici.

—No, deja. Voy yo con el coche a recogerte y vamos a almorzar.

—Estupendo —aceptó Sandy entusiasmado—. ¿A qué hora?

—Salvo que quieras que salga desnuda, el tiempo justo de ponerme algo y tomarme un café —repuso ella—. ¿Qué tal dentro de una hora?

—Fenomenal. Ah, y, por mí, no es necesario que te vistas —dijo él, sorprendido de sí mismo.

Sandy la encontró más atractiva aún que el día anterior. En lugar de los rasgados tejanos y la camiseta, llevaba un vestido veraniego, sin mangas y sin hombros, muy ceñido.

Compraron unos enormes bocadillos de varios pisos y fueron a sentarse a la orilla del Charles.

—¿Cuándo has de volver a la facultad? —preguntó él al cabo de unos minutos.

—¿Ya quieres deshacerte de mí? —dijo ella.

—Al contrario. Lo digo para saber de cuánto tiempo dispongo para ligarte.

—¿Qué te hace pensar que no me has ligado todavía?

—Verás... No soy precisamente Robert Redford.

—¿Por qué te obsesiona tanto la belleza externa? —lo reconvino ella.

—¿Es que hay otra?

—Puede que en Hollywood no, pero en mi tierra sí. Aunque no le hubiese oído a mi padre hablar de ti, por lo menos dos docenas de veces este verano, sólo con estar contigo anoche unas horas vi que eras muy inteligente. Y ¿sabes qué? —le susurró acercándosele—, para mí lo más sexy de un hombre es su cerebro.

¡Madre mía!, pensó Sandy con incredulidad. ¡A ver si va a resultar que tengo algo que hacer con esta chica!

La aerodinámica, blanca y amplia limusina Lincoln Continental enfiló la rampa de acceso al hotel Beverly-Wilshire. Sentada en el asiento de atrás, con chaquetón de armiño y joyas resplandecientes, iba Kim Tower. El chófer bajó a abrirle la puerta, con la misma deferencia con que la saludó el portero al verla acercarse a la entrada.

De pronto aparecieron dos individuos de expresión amenazadora que empuñaban sendas Magnum 38.

—Bien, jovencita —le espetó el más fornido—. ¡Así aprenderás a no intrigar!

Kim apenas tuvo tiempo de reaccionar.

—¡No, no! —gritó.

Al instante ambos apretaron el gatillo. Los disparos alcanzaron en el cuello y en el pecho a Kim, que cayó de espaldas sobre la acera. La sangre manchaba ya su armiño.

—¡Dios mío, Sandy! —exclamó Gregory Morgenstern asombrado—. ¡Acaban de matar a tu antigua amiga!

Sandy salió disparado hacia la mesa del laboratorio en la que tenían el televisor. Aunque, normalmente, lo tenían conectado a un canal exclusivamente deportivo, alguien había puesto «La película de la semana». Sandy derramó todo el café de su vaso de plástico en su carrera.

—¡Es imposible! —exclamó—. ¡Si acaba de empezar!

—Sí, no parece que le hayan dado un papel muy largo —dijo Greg en tono conmiserativo.

—¿Por lo menos alcanzó a decir algo? —preguntó Sandy decepcionado.

—Bah, dos palabras —repuso Morgenstern—. Y un suspirito antes de palmar.

—¿Sólo eso? ¡Pues sí que le han dado un papel extraordinario!

—Y tan extraordinario. De extra —bromeó su profesor—. Aunque, eso sí, con una millonada encima.

—¡Mecachis! —exclamó Sandy malhumorado—. Eso es que la han encasillado. Lo digo porque, siempre que hay un papel en el que alguien palma, se lo dan a ella. Ya le aseguro yo que por eso le han hecho polvo la carrera. Porque no le han dado una oportunidad para demostrar lo que vale.

—Bueno, yo de cine poco entiendo —dijo el científico—. ¿Por qué no dejamos la electroforesis preparada y llamamos luego a tu padre a cargo del departamento?

228

Sandy asintió, cogieron las pipetas y pusieron unas gotitas de gel plateado en los portaobjetos, en un extremo de lo que parecía una pista de bolos en miniatura. Luego colocaron la cubierta bandeja en una cubeta y encendieron los electrodos, que activarían la migración de las partículas.

—¿Te importa que vaya contigo, Sandy? —preguntó Morgenstern—. Quiero descansar cinco minutos en el sofá. Te prometo no escuchar.

—De acuerdo, Greg —accedió Sandy sonriente—. Es su despacho.

Morgenstern se quitó los zapatos y se echó en el sofá, abrió el último número de la revista *Cell* y se tapó la cara con ella mientras Sandy llamaba a Hollywood.

—Qué alegría oírte, hijo —lo saludó Sidney Raven—. ¿Qué tal en la facultad?

—Estupendamente, papá. Yo...

—Oye —lo interrumpió su padre—. Es tardísimo ahí en Massachusetts. ¿Cómo es que no estás ya acostado... solo o acompañado?

Sandy se ruborizó interiormente y rezó por que Gregory Morgenstern se hubiese quedado de verdad dormido. Contagiado desde hacía tiempo del histriónico talante de Hollywood, Sidney se creía en la necesidad de gritar para dar mayor énfasis a sus palabras, siempre que hablaba por teléfono.

—Es que acabo de ver «La película de la semana» de la CBS, papá...

—Ya. Lo de ese narcotraficante sudamericano. La hemos colocado.

—¿Sabías que Rochelle era una de las estrellas invitadas?

—Claro. Leo *Variety* todos los días. Fue lo último que rodó antes de que expirase su contrato.

—¿Y por qué darle un papel tan corto?

—¡Vaya! ¡Hablas como si fueras su agente! Pero, si quieres que te lo diga con claridad, porque, como actriz, su carrera está como el mar Muerto.

—¡Qué horror, papá!

—Al contrario, muchacho. Se ha retirado antes del *rigor mortis* —lo consoló Sidney—. Además, yo no me preocuparía por ella. No sólo se está haciendo con el departamento de edición de guiones, tal como auguró, sino que sale con Elliot Victor, el director de la Paragon. Da la impresión de que el próximo paso en su carrera será un rápido divorcio de Lex en México, y otro viajecito al altar. Pero cuéntame tú. ¿Ya tienes novia?

Sandy dirigió una subrepticia mirada hacia el sofá en el que Morgenstern parecía dormir como un tronco.

—No puedo hablar ahora —dijo tan quedamente como pudo—. Pero creo que me he enamorado.

—¡Formidable! —lo animó su padre—. A ver si así se te quita de la cabeza la Tower y tienes unas relaciones normales. ¿Cómo es ella?

—Es encantadora, papá —contestó Sandy—. No entiendo que se conforme con alguien como yo.

—¡Eh! ¿Dónde está tu autoestima? —lo reconvino su padre—. Como le dijera Clark Gable a Vivien Leigh en *Lo que el viento se llevó*: «Si uno tiene valor suficiente, es posible prescindir de la reputación.» ¿Hasta dónde quieres llegar con ella?

—No sé lo que quieres decir —repuso Sandy, confiando en que no fuese lo que se temía.

—¿Te lo has tomado en serio?

—Podría ser. Es más que posible.

—Pues cásate con ella antes de que se te escape.

—¿No crees que soy aún demasiado joven?

—Nunca se es demasiado joven si se encuentra la mujer adecuada —le aconsejó Sidney—. Así que tú ve al grano y no pierdas el tiempo. De lo contrario, te ocurrirá como a mí —añadió con amargura.

31

ADAM

Los médicos estaban impacientes por darle el alta a Anya Avílov, en gran parte porque ya se agotaba lo que cubría su seguro.

Desde el dos de enero, Adam la iba a visitar cada día a la hora del almuerzo. Y, aunque comprendía que ya estaba lo bastante fuerte para enfrentarse al mundo, recelaba de que volviese a encerrarse sola en el sórdido y minúsculo apartamento de Watertown.

Sin embargo, los psiquiatras prescribieron lo contrario. Aunque, por lo menos, los convenció para que no le diesen el alta hasta el sábado, para poder llevarla él a casa.

Los Coopersmith habían quedado con los Rosenthal para el tradicional desayuno-almuerzo de los domingos. Después del *brunch*, mientras Joyce y Toni le echaban un vistazo a las nuevas tendencias de la moda en el *New York Times* y en el *Boston Globe*, y sus hijos veían *El signo del Zorro* por televisión en la leonera, Charlie convenció a Adam para salir a dar un paseo.

—¿Se puede saber qué te ocurre? —preguntó Rosenthal en cuanto se alejaron.

—Nada, nada —repuso Adam.

Sin embargo, la pasión que sentía por Anya lo tenía tan atormentado que necesitaba desahogarse para no volverse loco.

—Mira, Charlie, estoy seguro de que me crees si te digo que, en todos los años que llevo casado con Toni, jamás he mirado a otra mujer.

—Lo sé, lo sé —lo atajó su amigo—. Pero, a lo mejor, en el caso de Anya Avílov has hecho algo más que mirar.

—¿Quién te lo ha contado?

—¡Leche! —exclamó su amigo—. ¿Has olvidado que me la enviaste a mí? Dos días después de regresar de Canadá me encontré con que tenía una paciente con dolores de parto. Y, como tenía, por lo menos, para un par de horas, y el apartamento de Anya se encuentra muy cerca, me acerqué a verla. La encontré de sorprendente buen humor, y de inmediato comprendí que no se debía, precisamente, al efecto de la medicación sino a que tú la habías visitado a la hora del almuerzo.

Adam se sintió atrapado, pero le interesaba sondearlo.

—¿Qué te dijo exactamente? —le preguntó

—Ah, nada comprometedor —contestó su colega con una divertida sonrisa—. Pero no hacía más que hablar de ti. Te tiene por un híbrido de doctor Schweitzer y Warren Beatty.

—Menos cachondeo —dijo Adam de mal humor—. Que soy una persona seria.

—Pues a mí no me lo pareces —replicó Charlie en tono admonitorio—. Me refiero a que ya no eres un crío. Eres mayorcito, y tienes responsabilidades.

—Lo sé, lo sé —reconoció Adam contristado—. Te juro por Dios, Charlie, que adoro a Heather..., y que aún quiero a Toni. Sólo que...

—Quieres más a Anya —concluyó su amigo en tono sarcástico.

Adam lo miró con expresión de impotencia. Se preguntaba qué le aconsejaría su amigo. Y así debió de intuirlo Charlie.

—Mira, Coopersmith, vete a Arabia Saudí y hazte musulmán. Así tendrás derecho incluso a otras dos, con débito conyugal incluido. O sigue el único camino decoroso.

La moralina de Charlie empezaba a irritar a Adam.

—Chico, pues sí que solucionas tú fácilmente los problemas —le espetó enojado.

—Quizá porque no soy yo quien los tiene —contemporizó Charlie en tono amigable—. Puedo verlo con objetividad. Porque lo que tengo claro es que no tienes alternativa.

—¿Cómo puedes decir eso? Maldita sea, Rosenthal, ¿acaso no ves que tengo que elegir entre dos mujeres?

—Entre dos mujeres, sí —dijo su amigo, que dejó de caminar y lo cogió por los hombros—. Pero hija sólo tienes una. Has de pensar en Heather.

—¿No creerás en serio que no pienso en ella? La sola idea de dejarla me destroza el corazón.

—Pues olvídate de la rusa.

—No es tan fácil. ¿Qué pasará con Anya?

—Pues lo mismo que si tú no hubieses aparecido —contestó Charlie—. No es la primera mujer decente que se mete en un mal rollo con un casado. Aunque, por lo que la conozco como paciente, tiene mucha fortaleza interior. Habrá pulido su inglés y superará el examen —añadió en tono más enérgico, como si rivalizase con el frío y cortante viento que les azotaba el rostro—. Lo superará, Coopersmith.

—¿Es que no lo entiendes? —exclamó Adam exasperado—. Estoy enamorado de ella.

—¡Qué puñeta! —le espetó Charlie—. Es compasión. Que no es lo mismo.

—Supón, por un instante, que te sucediese a ti... —dijo Adam furioso.

—A mí no me sucedería —lo atajó Charlie—. No me podría suceder nunca. Por la sencilla razón de que, por más maravillosa que fuese la mujer, y por más terribles que fuesen las circunstancias, tengo mis prioridades. Mi trabajo consiste en ayudar a traer hijos al mundo. Sé lo indefensos que son. Si de mí dependiera, este tipo de conductas las tipificaría como delictivas.

Permanecieron unos instantes en silencio, inmóviles, entre gélidas ráfagas de viento.

—¿Y si no puedo quitármela de la cabeza? —preguntó al fin Adam desmayadamente.

—Te ayudaré.

—¿Y si no sirve de nada?

Charlie reflexionó un momento y lo miró con fijeza.

—En tal caso, no te ayudaré.

Adam tenía tal necesidad de verla, que fue a Watertown a una velocidad temeraria, sólo para estar con ella unos minutos.

Aunque hacía sólo veinticuatro horas que no la había visto, Anya parecía empezar a recobrar el control de sí misma. Charlie estaba en lo cierto. Su joven amiga rusa tenía una gran fortaleza interior.

Con tejanos y un jersey de cuello vuelto, Anya adecentaba el apartamento cuando él llegó. Vio con perplejidad que había media docena de libros en la librería que antes estaba totalmente vacía. Un libro de texto de bioquímica, un manual de inglés para extranjeros y un par de novelas rosa de ambiente universitario.

—¿De dónde has sacado todo esto? —preguntó Adam.

—Me he levantado al amanecer, como de costumbre —repuso ella sonriente—. La ventaja de no tener cortinas. Así me despierta el sol. He tomado un té y he salido a caminar hasta Harvard Square. Me encanta que esté siempre todo abierto. Encontrarme con los músicos callejeros, y con todas las librerías llenas de gente.

—Me alegra verte animada —dijo Adam sin poder ocultar su admiración.

—De vuelta a casa he comprado croissants en Star Market, por si venías. ¿Quieres uno, con una taza de café?

—Sí, estupendo —aceptó Adam que, al sentarse en el sillón, reparó en que, en la desvencijada mesa contigua al sofá, había un periódico ruso.

—¿Qué periódico es? —le preguntó.

—*Pravda* —repuso ella desde la cocina—. Me ha sorprendido que sea un número tan reciente.

—Y te ha entrado añoranza.

—No —contestó Anya al reaparecer con la bandeja—. En realidad, me ha levantado el ánimo. Aquí en Estados Unidos tampoco dicen la verdad los periódicos, pero, por lo menos, puedes elegir entre distintos mentirosos —añadió al sentarse en un extremo del sofá, a la vez que dejaba la bandeja en la mesa.

Al estirar la mano para coger un croissant, Adam reparó en el buen color de sus mejillas.

—No sabes cómo me alegra verte con tan buen ánimo —reiteró él, que reparó en que abusaba de los lugares comunes y optó por ser más directo—. ¿Piensas volver al trabajo? Cuando estés repuesta, me refiero.

—Bueno, aún me siento algo cansada. Aunque psicológicamente estoy bien. El único problema es...

No necesitó terminar la frase.

—Que sigues sin querer encontrarte con Dimitri en el laboratorio, ¿no? —aventuró él.

—Pues mira, no —repuso ella con un dejo de crispación—. Quiero que vea que no es tan omnipotente como para hacerme desaparecer.

—¿Y de qué va a servirte? —dijo Adam—. El odio es un sentimiento totalmente estéril.

—Supongo que tienes razón —admitió ella—. Pero ¿qué

puedo hacer si no? Me dieron el empleo sólo gracias a la influencia de Dimitri.

—Bueno, también yo tengo cierta influencia. Y me gustaría que trabajases en nuestro laboratorio.

—Pero yo no sé nada de inmunología —protestó ella disimulando su entusiasmo.

—Eres médico. Conoces lo básico. Es sólo cuestión de lanzarse a la piscina de cabeza. Hay que ser un poco valiente. Y los dos sabemos que lo eres. —A Anya le brillaban los ojos. Le dirigió una radiante sonrisa mientras él proseguía—. Naturalmente, si tienes algún problema, allí estaré yo siempre para echarte una mano y sacarte a flote. ¿Qué te parece?

—Me parece maravilloso —dijo ella con una sonrisa que rebosaba ternura.

—Bueno, pues ¿cuándo crees que estarás en forma para empezar?

—Ya sé que querrías que te dijese que mañana, y eso quisiera yo de todo corazón. Pero no quiero quedar como una imbécil ante tus colegas. De manera que, si me das una semana... y algunos libros de texto...

—De acuerdo —accedió Adam, que tuvo que contenerse para no abrazarla.

No hubiese sido prudente excitarla, estando aún tan débil.

—Es tarde —balbuceó él—. He de ir a casa con la familia.

—Sí —dijo ella—, no debemos olvidarlo.

32

ISABEL

Isabel hacía tan formidables progresos en su tesis doctoral que Raymond le prometió pasar unos días en San Diego por Navidad. Y llegaron a tiempo de ver a Edmundo dirigir *El Mesías* de Haendel con la orquesta y coros de la universidad, ante el entusiasmo de Isabel.

Quizá se debiera al espejismo que creaban los grises días de diciembre, en que todo parecía más mortecino, pero Isabel tuvo la impresión de que su padrastro estaba más pálido que de costumbre.

—Es sólo cansancio —le dijo Muriel a su hija por la mañana, mientras desayunaban—. Edmundo ha tenido unos problemas terribles con esta obra. Hace dos semanas, el barítono solista lo plantó para ir a cantar *Las bodas de Fígaro* a Chicago. Si Edmundo no llega a convencer a José Mauro, ya retirado, para que cogiese un avión desde Argentina, probablemente hubiese tenido que suspender el concierto.

Como Muriel le había reiterado que no olvidase su promesa, Isabel fue con su violín y, en Nochebuena, los Zimmer tuvieron una auténtica velada musical. Aunque Francisco Zimmer no fuese profesional, era un consumado pianista. Y Dorotea, que durante una temporada estuvo con la Sinfónica de Buenos Aires, tocaba muy bien el violonchelo.

A pesar de su problema físico, Edmundo lograba —como decía él— «arrancarles un ruido soportable» a todos los instrumentos de cuerda. Y ahora que Isabel estaba con ellos, la feliz familia se reunió en torno a la mesa de Navidad como un quinteto de piano con un solo espectador.

—Como mamá vio que, ya desde pequeño, yo apuntaba maneras de verdadera calamidad con cualquier instrumento —bromeó Peter— me inculcó que alguien tenía que hacer de público. Y me convertí en un virtuoso del aplauso y los bravos.

Fue una velada tan feliz que entristeció un poco a Isabel, al pensar que su padre habría tenido que pasar la Navidad solo.

28 de diciembre

Naturalmente, nunca le contaré a papá que éstas han sido las Navidades más felices de mi vida. Aunque, a ratos, tenía mala conciencia porque él las pasase solo, me decía que no lo habría pasado mal con los Pracht, que lo invitaron a celebrarlas con ellos.

Pero, de regreso a casa desde el aeropuerto, le he preguntado qué tal había ido y me ha confesado que, casi a última hora, llamó a Karl para decirle que no iría, porque se levantó indispuesto.

Creo que lo que no ha querido es enfrentarse a Jerry, por si acaso le soltaba alguna indirecta —o no tan indirecta— sobre «su enjaulada palomita», como dijo una vez por teléfono.

Claro que la indisposición de papá también ha podido ser psicosomática. Ha estado un poco remiso con el jogging *últimamente, y ha subido de peso. Casi todas las mañanas no hace sino acompañarme al sendero y esperarme mientras yo sudo la gota gorda.*

No puedo evitar sentir remordimiento por haberme ido. Aunque me parece que, por lo menos en parte, es justo lo que él buscaba.

Los remordimientos de Isabel por haber dejado a su padre durante las vacaciones se recrudecieron cuando supo que las había pasado clasificándole, en el ordenador, los resultados provisionales de sus experimentos sobre la quinta fuerza.

—Es mi trabajo —le dijo Raymond risueño para tratar de quitarle importancia a su sacrificio.

Lo cierto era que daba la impresión de no haber parado un momento. Y no andaba desencaminada, porque había pasado horas en la biblioteca, para fotocopiarle todo lo que pudo encontrar sobre las publicaciones de Lóránt Eötvös.

—¡Dios mío, papá! —exclamó ella agradecida—. En compensación, lavaré yo sola los platos durante todo el año.

—Vamos, Isabel, no he hecho más que traértelo. Todos esos físicos teóricos basan sus trabajos en los experimentos de ese húngaro de impronunciable apellido. De lo que no cabe duda es de que fue una de las principales figuras de principios de siglo. Sus trabajos sobre la gravedad le proporcionaron a Einstein uno de los principios básicos para su teoría general de la relatividad.

—La estrella del mes sí que es. Por lo menos en nuestro laboratorio —dijo Isabel—. Todos parecen arrimarse al sol que más calienta, aunque creo que el proyecto de Karl apunta muy bien. Está de acuerdo con Eötvös en que la fuerza de la gravedad depende del número cuántico del barión de la sustancia de que se trate. De ser esto cierto, y Karl parece muy seguro de que, por lo menos, en cortas distancias lo es, pondría en entredicho el principio de equivalencia de Einstein.

Raymond sonreía con alegría al ver a su extraordinaria hija adentrarse con tanta seguridad por el laberinto del pensamiento complejo.

—Ya no sé si es Karl quien me ayuda, o viceversa —dijo Isabel—. Lo digo porque me ha encargado repetir por mi cuenta esos experimentos. Y, claro, si mis datos concuerdan con los suyos, se apuntará un gran tanto.

—A eso se le llama pagar el diezmo —comentó Raymond sin faltar a la verdad—. Tú le haces el trabajo más pesado, él se apunta el éxito y, o poco lo conozco, luego verá la forma de compensarte.

—Trabajar con él ya es para mí suficiente recompensa —replicó ella en tono ecuánime—. Además, no soy la única integrante del equipo. La clave de toda la teoría es demostrar que la fuerza de la gravedad no es constante. ¿Sabes que Karl ha enviado a dos de sus ayudantes a realizar un experimento en una mina de Montana? ¿Y a otros dos, que realizarán las mismas mediciones, a lo alto de la Pirámide Transamericana de San Francisco? Los resultados deben de estar al llegar. Karl está impacientísimo.

—Ya —dijo su padre—. Dudo que esos mineros interrumpan el trabajo en Navidad.

—¿Sabes una cosa? —dijo Isabel para acallar su mala conciencia—. Me gustaría ir ahora mismo al laboratorio a trabajar.

—¿Por qué no? —dijo Raymond, encantado de que lo propusiera—. Te llevo en el coche. Si la ciencia nunca descansa, ¿por qué habrían de descansar los científicos?

238

29 de diciembre

Sólo unas horas después de estar de nuevo con papá, lo que tan alegre me pareció en casa de mamá se ha convertido en un gris recuerdo.
No hay nada más alegre que la fiesta del intelecto. He pasado toda la noche en el laboratorio, y llevo todo el día realizando los experimentos que programé para probar la hipótesis de la quinta fuerza.

Como los Pracht no eran muy aficionados a dar fiestas, al organizar una por todo lo alto para Año Nuevo empezaron los rumores. El más insistente era el que daba por hecho que el Instituto Tecnológico de Massachusetts había convencido a Karl para que firmase el contrato. Como dijo un guasón, más que *une fête accomplie*, era *un fait accompli*. Y la conjetura no parecía muy aventurada, a juzgar por el buen humor del profesor.

Raymond recelaba de asistir a la fiesta. Porque le sería difícil, si no imposible, evitar que el joven Jerry confraternizase mínimamente con su hija.

Jerry, por su parte, ardía de impaciencia. Se desentendió de las varias decenas de invitados que ya habían llegado, con la mirada fija en la puerta de entrada, aguardando a que llegase Isabel. En cuanto la vio, salió disparado, esquivando invitados como en una carrera campo a través.

Karl quiso empezar el nuevo año con un gesto de paternal complicidad. No dejó de darle conversación a Raymond, que se vio prisionero de la buena educación mientras el tenista acababa de colarse por la joven prodigio.

—Hola, Isa, ¡no imaginas las ganas que tenía de verte! ¿A que no sabes qué lugar ocupo ahora en la Asociación de Tenistas Profesionales?

—Pues sí que lo sé —repuso ella sonriente—. En menos de medio año te has colocado entre los primeros cincuenta.

—Y si mañana paso a los cuartos de final, que es por la única razón que me ves sobrio, avanzaré treinta puestos. Y, si vas a verme jugar, igual me inspiras y gano el torneo.

—Pero, Jerry, ¿sabes cómo estoy de trabajo?

—¡Por Dios, Isa! ¿Es que quieres hacer polvo mi carrera tenística? —dijo él en tono decepcionado.

239

—¿Qué quieres decir?

—Quiero decir que, a este paso, tendré que esperar a que tengas dieciocho años para que vayas a verme jugar a Wimbledon. Antes de que tu padre interrumpa esta conversación, dime si irás, si te espero.

«Año Nuevo, ideas nuevas», se dijo Isabel. Nunca se había parado a pensar que un día se haría mayor y sería libre para guiarse por sus sentimientos en lugar de sólo por su currículum.

—Bueno, ¿crees que tu padre se subirá por las paredes si salimos al jardín a contemplar la vista? Es absolutamente sobrecogedora.

—¿Y por qué no vamos antes de que nos lo impida? —repuso Isabel sorprendida de sí misma.

Isabel vio a su derecha el contorno de un pabellón de madera rematado por un cúpula cónica.

—¿Es ése tu observatorio? —preguntó.

—Sí —contestó Jerry—. Se llama Darius Miller Memorial Planetarium. Me gustaría que, alguna vez, pasaras la noche allí conmigo..., con tu padre, claro. Pero antes de que nos encuentre...

Isabel ladeó la cabeza y vio que su padre seguía enfrascado en la conversación con Karl Pracht. Sintió un cosquilleo en la nuca al entrelazar Jerry sus dedos con los suyos. Avivaron el paso hacia uno de los lados del jardín y se quedaron allí a contemplar las luces de San Francisco.

—¿A que es maravilloso? —exclamó Jerry—. Incluso se ve el puerto. Allá, a lo lejos.

Pese a su rico vocabulario, Isabel no pudo sino articular una exclamación de asombro.

—Creo que Karl se equivoca, si cambia todo esto por el MIT, ¿no te parece? —le susurró Jerry.

—¿O sea que es definitivo? —preguntó Isabel, sin poder ocultar su desilusión ante la posible partida de la familia Pracht.

—No puedo esperar más —le susurró Jerry sin responder a su pregunta—. Voy a besarte.

Ella permaneció en silencio e inmóvil.

—Gracias —dijo él con dulzura.

—¿Por qué?

—Por confiar en mí lo bastante para no echar a correr.

Y así, veinticinco minutos antes de la medianoche del último día del año, Isabel da Costa dejó que Jerry Pracht la estrechase entre sus brazos y la besase.

Le resultó tan agradable que perdió la noción del tiempo. Hubiese jurado que duró varios minutos. Se estremeció.

—¿Qué te ocurre? —musitó Jerry.

Isabel hubiese preferido ocultarlo. Pero temió no poder contener su emoción.

—Dejémoslo así, Jerry. Que puede vernos mi padre.

—¿Y qué? —dijo él en tono desafiante—. No hacemos nada malo. No hacerlo sería anormal.

Isabel sabía que tenía razón, por puro instinto. Pero se asustó. No estaba segura de si lo que temía era que la descubriese su padre o poner en entredicho la enclaustrada vida que llevaba.

Trató de desasirse de él, que la soltó en seguida.

—¿Puedo llamarte? —le preguntó Jerry al verla alejarse hacia la casa.

—No —repuso ella sin darse la vuelta.

—¿Me llamarás tú entonces?

Ella guardó silencio unos instantes. Luego se detuvo y ladeó ligeramente la cabeza hacia atrás.

—Sí —le contestó al fin.

33

SANDY

En la historia del champaña, las botellas más singulares eran las de cristal auténtico, suministradas al zar Alejandro II por su proveedor francés Louis Roederer. Lo fueron hasta el otoño de 1975, cuando un río de excelente champaña conoció los rigores de grandes jarras de laboratorio. La nutrida concurrencia se reunió en el laboratorio de David Baltimore, en el MIT, para celebrar el premio Nobel. Se lo habían concedido por sus descubrimientos relativos a la interacción entre virus tumorales y el material genético de la célula.

Naturalmente, todos los equipos de los laboratorios cercanos fueron invitados a la fiesta.

Como era de esperar, en cuanto anunciaron por radio la concesión del premio, Greg Morgenstern se movilizó. Telefoneó a Sandy para que se reuniese con él en la bodega Martignetti y lo ayudase a acarrear burbujas, por así decirlo (un botellón de dos litros y medio que pagó de su propio bolsillo).

También se adelantó a los más famosos profesores del Tecnológico, entre quienes había muchos premios Nobel, y fue el primero en acudir a felicitar a aquel prodigio de treinta y siete años premiado por la Academia sueca.

Después de la fiesta, de regreso a sus dominios, aflojó el paso un momento.

—Estoy seguro de que no tardaremos en celebrarlo también por usted, profesor —le dijo Sandy.

—No —dijo Morgenstern—. No hay cuidado.

—Pero, profesor, está a punto de sintetizar esa proteína. No lo dude: también usted pasará a la Historia.

—Mira, Sandy —replicó su mentor—. Preferiría que dejases de referirte a mí como si fuese un hombre-orquesta. De no haber tenido la suerte de contar con un grupo de *jó-*

venes turcos, sobre todo contigo, no habría progresado ni la mitad.

Aunque no lo exteriorizase, a Sandy le afectaba mucho que su padre no hubiese rehecho su vida sentimental. Desde luego, se decía a veces, sus padres no hubiesen sido una de las parejas elegidas para el Arca de Noé. Su padre tendría mucho éxito profesionalmente, pero en lo personal era un desastre. Y no era que no le gustase tener a una mujer siempre al lado. Lo que ocurría era que, lamentablemente, nunca era la misma. Sandy estaba convencido de que su padre se equivocaba en sus prioridades.

Greg Morgenstern no era, ciertamente, un coloso en su profesión, pero tenía una familia que lo adoraba como a un héroe. ¿No era eso lo más importante en la vida?

Sandy no sólo se había enamorado de Judy sino de los valores de la familia Morgenstern. De su sentido de la unión familiar.

De ahí que fuese para él una fascinante experiencia estar con una familia tan unida en ocasiones como el Día de Acción de Gracias, Navidad y Nochevieja. Todos ellos (Greg y su esposa Ruth, además de Judy) le abrieron la puerta y el corazón de par en par.

Lo que Sandy tardó algo más en comprender fue que los sentimientos de Judy estaban influidos, en una enorme medida, por la admiración que su padre le tenía. Greg Morgenstern no había sentido nunca tal admiración por una mente científica, ni le había prodigado tantos elogios (ni siquiera a colegas que tenían ya un prestigio consolidado). Aunque nunca se hablara de ello explícitamente, estaba clarísimo que el mejor regalo que Judy podía hacerle a su padre era darle a Sandy Raven por yerno.

El 4 de julio era doblemente festivo en su calendario: no sólo celebraban el Día de la Independencia sino el primer aniversario del encuentro entre Sandy y Judy, que ya vivían juntos en Cambridge sin pasar por la vicaría.

Al tomar la decisión de organizarse, Sandy expresó su preocupación de que pudiera afectar a sus relaciones profesionales con Greg. Pero ella lo tranquilizó.

—Me dijo el otro día que te quiere tanto que, de no habernos unido tú y yo, te hubiese adoptado.

Si de algo pecaba Gregory Morgenstern era de una honestidad casi mística. Al ser contratado su ayudante por una empresa del sector biotecnológico que le pagaba más, se empeñó en llevar a cabo un complicado proceso de selección para sustituirlo (solicitando incluso el consejo de otros miembros del claustro) para elegir con la cabeza y no sólo con el corazón.

Al saberse elegido, Sandy se sintió tan honrado como exasperado. Morgenstern tenía tan exagerado sentido de la equidad que, en todos los trabajos que le publicaban al laboratorio, no figuraban los autores por orden de acuerdo a su rango, sino por orden alfabético. Era como si Morgenstern le tuviese aversión a destacar.

Sandy barruntaba que acaso ésa fuese la razón de que Morgenstern se hubiese dedicado a algo tan apremiante —y científicamente tan impopular— como el azote del cáncer de hígado. Porque lo dejarían solo.

El hígado es el órgano de mayor tamaño, y el que más trabajo tiene. No sólo metaboliza carbohidratos, grasas y proteínas sino que desintoxica la sangre, filtra sus impurezas, produce útiles sustancias que favorecen la coagulación y destruye los glóbulos rojos agotados. Lógicamente, todo deterioro de un órgano tan polivalente pone en grave riesgo el organismo.

Había muchas «curas» teóricas para el cáncer de hígado (la más obvia los trasplantes), pero los trasplantes en gran escala eran imposibles, sobre todo en zonas en las que la enfermedad alcanzaba proporciones de epidemia.

Gregory Morgenstern llevaba a cabo una investigación bioquímica por territorio inexplorado. Comoquiera que el cáncer se produce cuando lo que controla y equilibra el crecimiento de las células deja de funcionar, tenía puestas sus esperanzas en la producción de una proteína sintética que reparase el averiado gen para que volviese a funcionar normalmente.

Sus «pacientes» eran ratones. Y, más concretamente, roedores «humanoides» criados en el laboratorio de Max Rudolph, de Harvard.

—Lo que papá nunca me ha explicado es por qué siempre utilizáis a la familia de Mickey Mouse en lugar de especies más creciditas —comentó Judy durante la cena.

—Ya sé que no parece lógico —contestó Sandy—, pero un extraño capricho de la Naturaleza ha hecho que esas criaturas sean más semejantes a nosotros que algunos primates. Los conejillos de Indias, en cambio, son completamente distintos. ¿Sabes que si se hubiese experimentado con ellos, para las primeras pruebas de la penicilina, quizá nunca hubiésemos llegado a tener antibióticos? Porque, por razones desconocidas, en determinadas épocas del año, incluso una pequeña dosis *los mata*.

—¡Caray! —exclamó Judy—. Pues, por los pelos. Pero, bueno, ¿y lo vuestro? ¿Es secreto de estado o estáis ya cerca del filón?

—Es extraño pero veo el tema desde tan cerca que no sabría cómo contestarte. El caso es que, mañana, un equipo de filmación de «Nova» visitará el laboratorio. Será porque barruntan algo.

—¡Formidable! No olvides ponerte las gafas, que te da más empaque. ¿Puedo ir a curiosear? Me encanta oír a papá contestar a todas esas preguntas tan difíciles de una manera que todo el mundo lo entiende. Además, así me aseguraré de que estés bien peinado.

—¡Fenomenal! —exclamó Sandy—. ¿Sabes qué? Que podrías hacer tú la entrevista en mi lugar, que eres mucho más guapa.

Al llegar Judy por la mañana, una furgoneta grande de la WGBH estaba aparcada frente al laboratorio, con dos ruedas sobre la acera y varios cables que cruzaban la entrada como electrónicos tentáculos.

Dentro, varios equipos de filmación se aplicaban a la labor. Una de las cámaras estaba instalada en el despacho de Morgenstern. Entrevistaban al profesor, que explicaba la altruista motivación que lo impulsó a dedicarse a investigar sobre el cáncer de hígado. Mientras tanto, Sandy iba al frente de otro equipo para que filmasen el resto de la planta y dar algunas explicaciones técnicas a los cámaras.

Mientras él hablaba, se veía a varios técnicos al fondo, realizando distintas tareas, como cargar el PCR —un aparato que «fotocopiaba» individualizados segmentos de ADN en un tubo de ensayo calentado—, o yendo de acá para allá a observar al microscopio el contenido de diversas placas de Petri.

Aunque Sandy tenía despacho propio, prefirió sentarse allá donde había más actividad.

—Me gusta estar lo más cerca posible de mis ordenadores —dijo sonriéndole a la cámara.

La directora de producción, una joven de pelo rizado y tejanos, situada fuera del alcance de la cámara, le hacía las preguntas.

Primero le pidieron a Sandy que explicase a la profana audiencia cómo transmite el ADN el código genético. Luego, cómo trabajaban en el laboratorio con él.

—Hay también una específica proteína que actúa como un agente de tráfico. Supervisa la división de la célula y, si algo va mal, puede detenerla inmediatamente. Ahora bien, continuamente tienen lugar pequeñas mutaciones, pero no son peligrosas. Lo preocupante es cuando la división celular se descontrola y empiezan a crecer células cancerígenas.

—¿Y qué hacen, exactamente, usted y el doctor Morgenstern? —preguntó ella.

—Analizamos tejidos de diferentes casos de carcinoma de hígado y descubrimos que, en todos los ejemplos, una zona concreta de esta proteína resultaba dañada. Obviamente, si pudiéramos reparar el daño podríamos curar la enfermedad.

—Dicho así parece algo sencillo, doctor.

—Es que la teoría en sí no es nada difícil. Lo arduo es la aplicación. Tendríamos que obtener un fármaco que hiciese que las partes «desplegadas» volviesen a «plegarse», de manera que la célula recuperase su forma y función normales.

Mientras lo explicaba llegaron frente al monitor de un enorme ordenador. La cámara sacó un primer plano de la pantalla al proseguir Sandy.

—Nuestra unidad de cristalografía por rayos X nos ayuda a determinar la formación de la proteína. Disponemos de un programa de conversión, que archiva los datos sobre la formación de la estructura en el disco duro. De manera que, algún día, podremos televisar literalmente nuestros resultados.

—¿Es usted optimista, doctor Raven? —le preguntó la directora de producción.

—Digámoslo de otro modo: si uno se aplica a buscar una molécula en una montaña hay que ser muy optimista... o muy loco. Creo que a mí me cuadran ambas cosas.

Cuando las cámaras se hubieron retirado, Sandy y Judy fueron del brazo a almorzar.

—Habéis estado muy bien —dijo ella—. Estoy contentísima de que, al fin, se le reconozca un poco a papá su callada labor.

—Claro —convino Sandy—. Si todo resulta bien, me temo

que tu padre tendrá que soportar los parabienes, e incluso no me extrañaría que le concediesen el Nobel. ¿Crees que le gustaría?

—No tanto como el otro proyecto al que has contribuido —contestó ella con una radiante sonrisa.

—¿A qué te refieres?

—Pues a que estoy encinta. ¿Contento?

—Sí y no —repuso Sandy casi ruborizado—. Me refiero a que me encantan los niños... pero no soy partidario de las madres solteras. ¿Qué piensas hacer?

—Pues..., claudicar con los convencionalismos —contestó ella alegremente—. ¿Qué tal mañana a mediodía en el Registro Civil? Incluso nos da tiempo a hacernos los análisis de sangre.

—Te advierto que tu padre detesta interrumpir el trabajo a mediodía —dijo Sandy.

—Ya —convino Judy—. Pero sospecho que en este caso hará una excepción.

34

ADAM

Hasta no hacía mucho, Adam había logrado cumplir con sus obligaciones de padre saliendo del laboratorio con tiempo para llegar a casa a la hora de cenar. Ayudaba a su hija a hacer los deberes, hasta que ella decidía plantarse frente a la consola —y al teléfono— antes de volver al laboratorio a reanudar su trabajo.

Como sabía que Toni no saldría de su despacho de la planta de arriba hasta, por lo menos, el boletín informativo de las once, Adam se había acostumbrado a llamar sobre las diez y media, para decirle si él se sentía con ánimo de seguir toda la noche o si lo iba a dejar correr.

Últimamente parecía estar muy inspirado. No sólo se quedaba hasta la madrugada sino que, a veces, olvidaba llamar a su esposa por teléfono para avisarla.

Charlie Rosenthal, el inocente y preocupado espectador, pensaba que Adam había optado por «la táctica del avestruz».

—Quizá —admitió Adam—. Necesito tiempo para solucionar las cosas.

—Vamos, Adam, que me parece que te has tomado el suficiente. ¿De verdad crees que Toni no sospecha? Supón que se presenta de pronto en el laboratorio y ve a Anya trabajar contigo.

—No la conoce —lo atajó Adam.

—Sí, pero como se te pega siempre como una lapa, Toni tardaría menos de quince segundos en darse cuenta de qué va —dijo Charlie—. Además, Adam, tú nunca has andado por ahí con otras. El adulterio no es lo tuyo. Creo que hay algo en tu interior que te impulsaría a no ocultarlo —añadió en un tono casi conspirativo—. ¿Conoces a alguien en Hawai?

—¿Qué?

—En serio. Le echaremos un vistazo a un ejemplar del *Medical Directory*, a ver si encontramos alguien que pueda darle trabajo a Anya Avílov.

—Pero ¿por qué? —protestó Adam, tanteando otra estrategia para atraerse la solidaridad de su amigo—. ¿No te has detenido a pensar en *sus* sentimientos?

—Claro que sí —aseguró Rosenthal—. Pero si tenemos en cuenta que una de tus opciones supondría una calamidad, por lo menos para las vidas de tres personas, y como sé cuánto quieres a tu hija, me temo que has de optar por lo que tiene menos efectos secundarios.

—Hablas como un frío científico —le reprochó Adam.

—Y tú, mi querido profesor, hablas como un retrasado mental. Se trata, precisamente, del momento de tu vida en que deberías mostrarte más analítico y objetivo. *Deja a la Avílov.* Déjala que vaya adonde pueda rehacer su vida de verdad.

Rosenthal hizo una pausa y le dirigió a Adam una recelosa mirada.

—A no ser que seas tan posesivo que consideres su talento como de tu propiedad —añadió Charlie.

—No seas ridículo.

—No tanto. Que tú mismo me has dicho que es una aventajada alumna en el estudio de la inmunología. Que incluso tiene ya ideas originales. Pero vamos... Si no le quitases tanto tiempo para que trabaje contigo en el laboratorio, tendría más para estudiar y conseguir la convalidación como médico, que es lo que es.

—O sea, ¡que me acusas de ser un asqueroso egoísta?

—Es lo que eres —repuso Charlie con acritud—. Y estás al borde de un precipicio.

Las destempladas reconvenciones de Charlie Rosenthal afectaron tanto a Adam que, durante las semanas siguientes, hizo un esfuerzo sobrehumano para dominar sus impulsos. Aunque reanudaron sus conversaciones telefónicas de los miércoles por la noche, no fue a ver a Anya. Ni siquiera se unía al grupo con el que ella iba a almorzar a la cafetería. Pero, cada vez que la miraba, comprendía que su resistencia se debilitaba.

Anya también sentía remordimientos y estaba convencida de que éstos eran justificados. Aceptaba que, pese a que los momentos de intimidad con Adam habían sido los más felices de su vida, ya no iban a volver.

Hacía casi dos meses que Anya Avílov trabajaba en el laboratorio de Inmunología de Adam Coopersmith. Como es natural, empezó con tareas tan nimias como lavar los tubos de ensayo, preparar animales y cosas así. Pero demostró ser una aventajada alumna, y asimilaba los conocimientos científicos a una velocidad asombrosa. En menos de un mes la pasaron a la sección de datos para que compilase los de distintos experimentos y los archivara en un ordenador que, más adelante, sería de su uso exclusivo.

Eran casi las siete de la tarde de un oscuro miércoles de pleno invierno. Adam vio que ella se disponía a recogerlo todo para marcharse, y que llenaba una carpeta de papeles para seguir el trabajo por la noche. Él, que se disponía también a salir, llevaba el abrigo colgado del brazo y se le acercó.

—¿Qué coges para ir a casa, Anya? —le preguntó él con la mayor naturalidad.

—Pues lo de siempre —contestó ella—. El sesenta y seis hasta Harvard Square y luego el setenta y dos, que me deja casi en la puerta de casa.

—Menuda paliza —exclamó él—. ¿Por qué no dejas que te acompañe con el coche? Casi me pilla de camino. Además, está oscuro como boca de lobo. Hace un frío que pela. Y hay hielo en las calles.

—Pues, mira, sí, te lo agradezco mucho —contestó ella sonriente tras pensarlo un momento.

Adam apenas habló durante buena parte del trayecto. De vez en cuando le dirigía una subrepticia mirada. Aunque medrosa y retraída, estaba más bonita y deseable que nunca, y Adam sabía que no podría limitarse a dejarla en la puerta.

—¿Tienes tiempo para que cenemos algo? —le preguntó él ya cerca de Watertown Square.

—¿Y tú? —dijo ella con segundas, aunque algo vacilante.

—Bueno... Sí. Mi esposa está en Washington.

—Alguien tendrá que darle de cenar a tu hija entonces —dijo ella en un tímido intento de desalentarlo.

Adam trató de no pensar en Heather, para quien la cena de los miércoles era algo especial, porque tenía a su padre para ella sola.

—Llamo a la portera y ya está —dijo él, sobreponiéndose a su mala conciencia—. Ya sabe que muchos días llego tarde del laboratorio.

—En ese caso, ¿por qué no pasamos por el mercado? —dijo Anya sonriente—. Compraré unas pocas cosas y haré una cena rápida.

El apartamento estaba desconocido, recién empapelado y con cortinas nuevas que hacían juego. Había colgado un gran póster de Miró, muy alegre. Su vivo colorido reflejaba sin duda el buen estado de ánimo de Anya.

Y la librería estaba casi llena.

Como aún tenía pocos muebles, tuvieron que sentarse en el suelo, estilo indio, y poner los platos en el carrito.

En un primer momento, ambos se mostraron retraídos en la conversación.

—¿Qué tal el trabajo?

—Me encanta —contestó ella sonriente—. Tu proyecto principal es apasionante. ¿Quién hubiese dicho nunca que la progesterona, por sí sola, pudiese tener tal efecto inmunosupresor?

—La verdad es que el fármaco llevaba tanto tiempo en primer plano que no ha sorprendido en absoluto a la comunidad médica —comentó Adam—. En mil novecientos setenta y tres, un médico paraguayo, llamado Csapo, llevó a cabo un experimento muy cruel. Les extirpó los ovarios a mujeres que se encontraban en diferentes fases de embarazo. Demostró que aquéllas a quienes se les extirparon antes de las nueve semanas podían dar a luz sin problemas, aunque, lamentablemente, por última vez.

—¡Qué horror! —exclamó Anya estremecida—. Aunque eso demuestra por qué tu tratamiento con progesterona sólo es necesario durante los tres primeros meses.

—Quizá —reconoció él—. Pero existe la remota posibilidad de que tenga efectos secundarios. De manera que no habré logrado plenamente mi objetivo hasta que no la sintetice y, si es preciso, trate de redistribuir las moléculas. Espero que el trabajo que te han dado no te aburra.

—Al contrario —contestó ella entusiasmada—. Es enriquecedor trabajar, codo con codo, con personas tan creativas. La corta temporada que pasé con los colegas de Dimitri de la Academia me enseñó a distinguir el simple talento de la gran inteligencia. Y tú eres la persona más inteligente que he conocido.

—Bueno, pues, cumplido por cumplido —dijo él sonriente—. Aunque sólo llevamos trabajando juntos unas semanas, noto que tienes una asombrosa intuición científica.

—Adulador —dijo ella sonrojada.

—Es la verdad —insistió él—. Y, otra cosa —añadió mirándola a los ojos—, te amo, Anya.

—Y yo a ti —correspondió ella—. Pero ¿qué podemos hacer?

—Guiarnos por nuestros sentimientos. Llevamos tanto tiempo sin apenas contacto que ya no puedo soportarlo más.

Ella no trató de desasirse al estrecharla él entre sus brazos, aunque necesitó un instante casi imperceptible para abatir su resistencia interior.

Las horas que pasaron juntos en el minúsculo apartamento de Watertown fueron las más dichosas que Adam había pasado nunca. No sólo porque llenaban un vacío, que ya desesperaba de ver colmado, sino por la fascinación que le producía la indescriptible ternura maternal de Anya, que venía a satisfacer una necesidad que nunca creyó tener.

Había cruzado su Rubicón.

Luego, un domingo a última hora de la tarde, se exasperó al tener que dejar a Anya como tantos otros días.

—No puedo seguir así —musitó mientras se vestía.

—De verdad que me hago cargo, Adam —dijo ella—. Si me dijeses que ésta es la última vez que nos vemos, sufriría. Pero lo aceptaría.

—No, Anya. Se trata de lo contrario —le aclaró él en tono apasionado—. Lo que más deseo en esta vida es compartirla contigo.

Al bajar lentamente los escalones del porche, la gélida temperatura lo despertó por fuera y por dentro. Le hizo comprender que, moralmente, era un cobarde. Frente a su firme resolución, que tan valerosamente había mostrado ante Anya, estaba su temor a hacerle daño a su familia. Y a decir lo que ya no cabía demorar.

Al meter la llave en la cerradura de la puerta de su coche oyó sonar insistentemente el teléfono celular. Lo cogió nada más sentarse al volante.

—Diga —balbuceó aterido de frío.

—¿Dónde demonios estás?

Era Toni, hecha una furia.

—Calma, mujer, que voy de camino —dijo él para ganar tiempo.

—Heather ha tenido que quedarse esperándote a la intemperie —le espetó ella indignada.

—¿Heather?

—Sí, Adam. ¿No habías quedado en llevarla a patinar esta tarde? —le reprochó—. Quedaste en esperarla frente al Watson Rink a las cuatro. No sé qué hora tendrás tú, pero yo tengo casi las seis. Le has dicho que ibas al laboratorio mientras ella patinaba. He llamado, y por allí no te han visto el pelo. Así que he tenido que coger el coche e ir a recogerla yo —añadió—. Y no te inventes una excusa. Me dices la verdad, que peor de lo que imagino no puede ser. ¿Qué demonios has estado haciendo?

—Mira, Toni, tenemos que hablar —saltó él exasperado.

—Pues muy bien. Habla.

—No, así no. Cara a cara.

—¿Me tomas por imbécil? —tronó ella—. Ya sé que hay otra persona. Y, puesto que te tiene tan cogido, que no te importa que tu hija coja una pulmonía, mejor te quedas donde estés.

Toni se interrumpió de un modo que lo desconcertó. En seguida notó que se había echado a llorar.

—Sólo tienes que decirme adónde te la he de enviar —dijo entonces ella.

—¿Enviarme qué? —balbuceó él.

—¡La citación judicial, maldita sea! —le espetó ella llorosa—. Le voy a pedir al mejor abogado de familia de nuestro bufete que te crucifique.

—¿Sin ni siquiera oír lo que tenga yo que decir en mi defensa?

—No te preocupes que te oirán, Adam —replicó ella con acritud—. En cuanto el juez fije una fecha.

Adam colgó abrumado por la justificada ira de Toni. Sin embargo, también sintió un extraño alivio, porque así ya no tendría que armarse de valor para decírselo a su mujer.

Pero había algo que se imponía a cualquier otra consideración: «¡Dios mío! ¿Cómo he podido hacerte esto, Heather?»

35

ISABEL

1 de enero

Jerry me ha besado.

Confieso que es algo con lo que he soñado a menudo, aunque nunca creí que fuese a sucederme de verdad. Por un instante, me he asustado tanto que me he quedado como atontada. Casi no notaba el contacto de su labios —el suave roce, más bien—.

Tenía tal pánico de que papá nos viese que no he podido reaccionar. Jerry me ha debido de tomar por una perfecta novata.

Que es lo que soy, claro. Nadie me ha enseñado a besar. Pero, al cabo de un momento, me he dado cuenta de que, si sientes algo muy grande por una persona, el resto sucede con toda naturalidad. Y, aunque, no habrá durado más allá de un nanosegundo (y hasta puede que menos), al final ya no era novata.

De pronto he dejado de preocuparme por mi padre y le he devuelto el beso a Jerry. Ha sido el momento más maravilloso de mi vida. Lo que no sé es cuándo tendré ocasión de que se repita.

Hemos vuelto en seguida hacia la casa. He visto que papá estaba en la puerta de atrás y le he saludado con la mano como si tal cosa.

Sin embargo, pese a todo mi empeño por ocultar mis sentimientos, dudo que no se me haya notado en la cara lo que ha pasado. ¿Se habrá dado cuenta papá de que me temblaban las piernas?

Pero no parecía enfadado ni nada. Sólo ha musitado tranquilamente: «Este Pracht suelta unos rollos mortales. Larguémonos de aquí.»

Y nos hemos marchado...

Por primera vez, Isabel dejó de poder concentrarse en sus estudios como un láser. No hacía más que darle vueltas a la cabeza y soñar con Jerry, incluso despierta. Aunque su padre se hubiese percatado de ello, lo más probable es que lo interpretase de otro modo. Porque también los científicos le dan muchas vueltas a la cabeza, ¿no?

Pese a toda su paranoia, Raymond jamás daría crédito a que Jerry Pracht pudiese ser para ella más importante que la investigación científica.

Como Isabel asistía ahora sólo a seminarios de doctorado, Raymond no tenía excusa para estar presente. Se limitaba a acompañarla al aula Le Conte, y allí estaría esperando afuera al salir ella, como un admirador a la puerta de un camerino.

Poco tardó Isabel en localizar el más discreto teléfono público del edificio y, en cuanto estaba segura de que su padre iba ya de vuelta a casa, llamaba a Jerry. Pero, como tenía siempre tan poco dinero, él la volvía a llamar en seguida a la cabina (ventajas del sistema norteamericano) y hablaban hasta que él tenía que ir al club de tenis.

Lo que más evidenciaba la profundidad de su relación era que podían hablar horas sobre cualquier cosa... o sobre nada. Ella le hablaba de su investigación, pese a las protestas de Jerry, que aseguraba que su cabeza no daba para tanto. Pero, aunque se lo explicase a grandes rasgos, Isabel siempre se quedaba con el convencimiento de que lo había entendido perfectamente.

El estudio de la física teórica no tiene horario. Es una actividad que puede prolongarse mientras el cerebro resista.

Aunque, en principio, Isabel sólo dedicaba las tardes a tantear las posibilidades teóricas para su tesis doctoral, poco a poco las sesiones fueron alargándose hasta bien entrada la noche. Como pensaba que si salía a cenar algo fuera podía perder el hilo, siempre llevaba bocadillos para poder quedarse en su guarida y no perder la concentración.

—La cuestión más importante en la física de las altas energías trata de ciertas propiedades de una partícula llamada caón —le explicó a Jerry—. De acuerdo a la opinión de los teóricos más avanzados, esto pone en entredicho el principio de equivalencia de Einstein.

—¡Ay, Dios, pobre Albert! —exclamó Jerry—. Se lo pasan como una pelota de fútbol. ¿Qué quieren hacerle ahora al pobre?

—Es el clásico ejemplo del hombre que va en el interior de un ascensor, montado en la ojiva de un cohete que acelera suavemente hacia el espacio exterior. A pesar de la velocidad del cohete, el hombre que está en el interior...

—Llamémoslo mejor el ascensornauta —bromeó él.

—Eso, sí. El caso es que, al subir el ascensor, el «gilinauta» de marras seguiría pegado al suelo. Y según Einstein, eso se debe a que la fuerza de la gravedad y la aceleración son indiferenciables.

—En otras palabras: que si mi brillante padre y su brillante alumna están en lo cierto —la interrumpió Jerry—, le dais un palmetazo a Einstein, ¿no?

—Exacto. Aunque, en realidad, es un concepto que se encontraba ya en Newton —dijo mirando el reloj—. ¡Ay, Dios! Tengo una reunión con tu padre dentro de cuatro minutos. Y querrá saber a qué conclusiones he llegado.

—Pues te sugiero una —le dijo Jerry—. Dile que quieres tomarte un curso sabático para ir conmigo en mi gira de torneos en pista cubierta.

—Ya. ¿Y qué más? —protestó ella—. Si no dejas de achucharme con eso, le insinuaré que te obligue a terminar el bachillerato.

—¡Qué horror! —exclamó él en tono burlón—. ¿Ahora que estoy a punto de conocerte más íntimamente?

—No sé, no sé —repuso ella con un enfurruñado mohín—. A lo mejor te doy largas.

—¡Ni se te ocurra! —exclamó él—. ¿Te has fijado en las entradas que tiene mi padre? Todos los hombres de nuestra familia se quedan calvos jóvenes. ¿No querrás intimar con una bola de billar, verdad?

A mediados de febrero, Isabel pasaba tantas horas en la biblioteca después de cenar que estaba demacrada de puro agotamiento. Incluso Raymond (cosa rara) le rogó que se lo tomase con más calma.

—No puedo, papá —contestó ella—. Estoy en algo muy importante y he de terminarlo lo antes posible.

—¿Y no le vas a adelantar ninguna primicia a tu pobre padre ya mayor? —dijo él con fingido tono melodramático.

—Lo lamento, señor Da Costa —repuso ella con una maliciosa sonrisa—. Es estrictamente confidencial.

Raymond se quedó con las ganas de satisfacer su curiosidad pero no insistió, pese a que era la primera vez que ella se negaba a contarle algo acerca de sus estudios. Nunca la había visto tan volcada en su trabajo.

Se consoló pensando que Isabel estaba a punto de dar un paso que dejaría atrás la periodística cantinela de «niña prodigio». En adelante tendrían que pregonar: «Isabel da Costa, la prestigiosa científica, ha dado hoy a conocer...»

Poco después de las nueve de la noche, cuando Raymond estaba a punto de terminar una de sus clases particulares, sonó el teléfono. Supuso que sería cualquier otro alumno, dispuesto a darle la paliza con alguna bobada.

No podía estar más equivocado.

—Papá, ven a la puerta trasera del aula Le Conte en seguida, que tengo que hablar contigo.

El tono de Isabel era apremiante. Incluso parecía que estuviese asustada.

—¿Qué ocurre? —le preguntó él alarmado—. ¿Estás bien?

—No puedo hablar por teléfono. ¡Ven en seguida, por favor!

Angustiado, Raymond despidió a su alumno y corrió a coger el coche.

Durante el breve trayecto hasta el campus no paró de darle vueltas a la cabeza. ¿Qué podía haber pasado? Lo único que se le ocurrió fue que Isabel se hubiese sentido indispuesta de pronto. Y empezó a reprocharse no haberle dado más importancia a los evidentes síntomas de agotamiento de su hija.

En cuanto la joven vio el coche, corrió hacia él cargada con un montón de libretas del laboratorio. No estaba ni mucho menos pálida sino acalorada.

—De prisa, papá, abre el maletero y mete todo esto dentro —lo apremió visiblemente inquieta.

Él obedeció sin decir palabra y subió al coche.

—Salgamos de aquí —lo urgió como si de una fuga se tratase.

—Pero cálmate, Isabel —le encareció él cariñosamente—. Que en un minuto estamos en casa...

—No. Vamos a cualquier sitio donde podamos hablar tranquilamente.

—¿Y por qué no en casa?

—Es que no lo entiendes, papá. Esto es de verdad un asunto de alto secreto.

—Pero, por el amor de Dios, ¿no irás a decirme que nos

colocan micrófonos ocultos o algo así? —exclamó él que, al ver lo asustada que parecía su hija, dulcificó el tono—. Está bien. Déjame pensar a ver adónde vamos.

Raymond optó por ir a Oscar's Den, en Oakland, una taberna que no frecuentaban los estudiantes ni los profesores.

Se sentaron a una mesa separada de las contiguas por altas mamparas de madera.

—Bueno, Isabel, pero no dejes de pedir algo de comer, ¿entendido? —le ordenó, porque la inapetencia de que daba muestras últimamente empezaba a ser preocupante.

—No, que no tengo hambre.

—Oye, yo te he hecho caso a ti, ¿no? Pues házmelo tú también y pídete por lo menos una hamburguesa.

—Está bien, papá —dijo ella exasperada—. Y un café solo. Lo único que quería era hablar contigo.

Raymond pidió dos cafés y la hamburguesa y, en cuanto la camarera se hubo alejado, se inclinó hacia Isabel.

—¿Me dices ya qué demonios ocurre?

—Se trata de Karl —repuso ella en tono enigmático.

—Como no te expliques mejor... —dijo él—. ¿Ha hecho algo... impropio?

—No, no. Nada de eso.

—Bueno, pues, por el amor de Dios, ¿qué pasa?

Isabel lo miró con una expresión que reflejaba el dolor que le producía tener que contarlo.

—Se ha equivocado —dijo ella quedamente.

—¿Qué?

—Karl se ha equivocado de modo garrafal. Su teoría no funciona. He repasado sus cálculos una y otra vez y no concuerdan con sus conclusiones.

—Pero es una figura mundial en la materia —dijo Raymond con incredulidad.

—¡No niego su gran talento! —le espetó Isabel dando una palmada en la mesa—. Y ha hecho importantes trabajos que justifican su reputación. Pero en esta ocasión se ha equivocado... totalmente.

Raymond meneó la cabeza preocupado y confuso. Por primera vez dudaba de la capacidad de su hija. Temía que fuese ella quien hubiese errado en los cálculos. Sin embargo, trató de conservar la calma y mostrarse objetivo.

—¿Y por qué es eso tan importante para ti? Será problema de Pracht, digo yo —le dijo, pese a que notaba que Isabel se callaba algo.

—Papá —musitó ella—, he llegado a algunas conclusiones propias y creo que mis datos rebaten taxativamente la existencia de cualquier quinta fuerza.

Raymond guardó silencio unos momentos, consciente —como acaso no lo fuese su hija— del peligro que entrañaban sus palabras.

—¿Te das cuenta de lo que haces? —le preguntó al fin—. En lugar de seguir la exploración de un terreno desconocido, haces saltar por los aires el trabajo de uno de los más importantes científicos del mundo.

—Ya lo sé, papá, ya lo sé —admitió ella—. Pero estoy completamente segura. Y no es una refutación complicada de demostrar. Es de lo más sencillo.

Raymond se contagió de la firme convicción de su hija. Al fin y al cabo, nunca se había equivocado hasta entonces.

—¿Quién más lo sabe?

—Nadie, naturalmente. Por eso quería hablar contigo con tanta urgencia.

—¿Y dónde están tus pruebas?

—En las libretas del maletero. Si quieres verlo resumido en la fórmula básica, mira esto.

Isabel echó mano al bolsillo de su camisa de franela, sacó un papel doblado con varios pliegues y se la dio. A medida que repasaba los datos, la inicial ansiedad de Raymond se transformó en irrefrenable euforia.

—¡Dios! —musitó casi para sí—. ¡Esto es increíble!

—Pues créeme, papá, créeme. Mi teoría resiste los más exhaustivos análisis.

—Ya lo veo, Isabel. Me has dejado de piedra. ¡Imagina qué bombazo! Mejor comienzo, imposible.

Isabel agachó la cabeza.

—¿Qué ocurre? —preguntó él.

—No lo entiendes. ¿Imaginas lo que ocurriría si yo refutase la tesis de mi propio mentor?

«Pues sí —pensó Raymond—; encabezaría los titulares de la prensa.»

—¡Es que me duele tanto, papá! —exclamó Isabel meneando la cabeza—. No creo que pueda hacerle esto.

No podía ponérselo mejor a su padre, que se apresuró a soltarle un sermón.

—Mira, Isabel, la verdad científica no sabe de rangos ni de prestigios. Su único criterio es la honestidad. Debes publicar tus descubrimientos.

—Ya lo sé. Pero no tiene por qué ser inmediatamente.

—¿Por qué?

—Porque, si dejo que acabe el curso, no perjudicaré a Karl respecto de su incorporación al Instituto Tecnológico de Massachusetts. ¿Qué prisa hay?

—No le debes nada.

—Eso no es verdad. Es un gran profesor. Ha sido muy generoso conmigo.

—Vamos —la reconvino él—, si Pracht estuviese en tu lugar, ¿pospondría la publicación de algo que fuese, de verdad, importante para él?

—Creo que sí. Honradamente, creo que sí —repuso ella tras reflexionarlo un instante.

—Bueno, mira, se hace tarde —dijo Ray, decidido a dejarlo correr de momento—. Estás demasiado nerviosa. ¿Por qué no lo hablamos de nuevo, cuando hayas descansado, con la cabeza fría?

—Está bien, papá —concedió ella, encantada de posponer la decisión final.

Regresaron a casa en completo silencio.

Conociendo a su hija como la conocía, Raymond se hacía cargo de lo triste y desilusionada que estaba. Aunque, en definitiva, para eso seguía él a su lado, se dijo para autoconvencerse.

De nuevo recobraba el protagonismo en la vida de su hija.

36

ADAM

Para Adam Coopersmith los trámites del divorcio fueron mucho más dolorosos de lo que imaginaba.

Tres días después de su conversación telefónica, Toni había logrado tranquilizarse lo bastante para invitarlo a que fuese a casa por la noche, y explicárselo juntos a Heather.

Fue un trago tanto más difícil por cuanto ambas partes creían haberse equivocado u obrado mal, o ambas cosas.

Toni fue quien empezó a experimentar fugaces pero dolorosas sensaciones de mala conciencia por lo que consideraba carencias como esposa y madre al dedicarle demasiado tiempo a su trabajo. Luego se autoconvenció de que los problemas no tuvieron su origen en su negligencia sino en el hecho de que Adam había dejado de profesarle el amor que le prometió al casarse, sentimiento que había transferido ahora a otra mujer.

La reacción de Heather los sorprendió a ambos por igual. Al saber que su padre se marchaba de casa, rompió a llorar, convencida de que la abandonaba por una familia mejor. Y, curiosamente, volcó toda su rabia en Toni.

—Ha sido por tu culpa, mamá. ¡Siempre tan obsesionada con tu carrera! Mucho alardear de tu trabajo pero, a él, ni caso.

Heather miró a su padre. Su talante de fiscal se tornó en el de hija dolida.

—Me dejarás vivir contigo, ¿verdad, papá? —le imploró.

A Adam le remordía la conciencia. Durante toda la conversación fue incapaz de mirar a Toni a los ojos. Y, sin embargo, ella no le dirigió un solo reproche. Es decir, delante de su hija.

Luego Heather subió a su habitación a llamar por teléfono a su mejor amiga, que había pasado por el mismo calvario que le esperaba a ella.

Aunque al quedarse a solas con Adam no alzase la voz, Toni le habló con dureza.

—Supongo que no te harás ilusiones por lo que te ha dicho ella, ¿verdad?

—¿Qué quieres decir?

—Que tiene tantas posibilidades de vivir contigo y esa Mata Hari como una mariposa en el infierno.

—¡Un momento...! —protestó Adam.

Ella hizo caso omiso y prosiguió con una voz desapasionada y monótona que parecía proceder de un ordenador.

—Los jueces siempre fallan en interés de los hijos. Y, opines lo que opines de mí, soy la madre de Heather. Esa mujer no se va a acercar a mi hija.

—¿Por qué no eres más honesta conmigo y contigo misma, Toni? —le dijo él perplejo—. Heather jamás ha sido lo más importante para ti. ¿A qué viene ahora ese interés por su custodia?

—Pues a que soy su madre, ¡maldita sea! ¿Hace falta agregar algo más?

—Sí. Podrías decir que la quieres.

—Eso ni se pregunta.

—En tu caso, sí, Toni. La consideras como un objeto de tu propiedad, y te aferras a ella sólo por despecho hacia mí.

Toni vaciló un instante.

—Puede que en parte —admitió—, pero sé sincero, ¿crees que es mejor para Heather vivir con una *babushka* rusa a quien ni siquiera conoce?

—Anya es una persona muy cariñosa —protestó Adam—. Se portará intachablemente con Heather.

—¿Tiene experiencia con niños? —preguntó Toni con un dejo de crueldad.

—¡Como si la tuvieras tú! —replicó él furioso.

La súbita hostilidad de Adam no hizo sino facilitarle las cosas a Toni, que endureció su actitud.

—No me busques demasiado las cosquillas, Adam. Que no te vas a salir con la tuya.

—Exigiré que se testifique sobre tu carácter.

—Ah, pues descuida, que si de eso se trata mi jefe puede recurrir desde el Despacho Oval al mismísimo Vaticano. Lo único que conseguirás es hacerle más daño a Heather. Y estoy segura de que no es eso lo que quieres.

Adam reflexionó sobre lo que Toni acababa de decir. Segura de su triunfo dialéctico, ella decidió reforzar su argumentación, aunque con suaves maneras.

—Créeme, Adam, el solo hecho de que empiece a desfilar gente a testificar sobre nuestras respectivas carencias, porque ahí está precisamente el quid, le causaría más daño a nuestra hija que si llegamos a un acuerdo amistoso. Porque, aunque no se le dé publicidad, el juez tendrá que hacer que Heather elija entre nosotros dos en nuestra presencia.

—No sé por qué eres tan vengativa.

—¿Ah, no, Adam? ¿Es que no te das cuenta de que soy yo la perjudicada? Al final ha tenido razón mi padre: nunca debí dejar Washington. Y, sin embargo, ¿sabes qué? Que no lo he lamentado ni por un momento... hasta ahora.

—Supongo que tienes razones para odiarme —dijo Adam encogiéndose de hombros.

—Uy, eso es poco. Lo único que me detiene para no matarte es que Heather aún necesita que sigas en tu papel de padre, aunque sea a media jornada. Pero tenlo en cuenta, macho de mierda: como te pases de la raya, arrasaré contigo.

Todo el valor que le faltó para excusarse lo encontró para replicar enfurecido.

—¡Un momento! —le gritó—. Las visitas de los padres divorciados se regulan. Y nos atendremos a ello al pie de la letra.

—Ni lo sueñes —replicó ella sin poder reprimir su odio—. Ya sé que no te merezco muy buena opinión como abogada, pero cuando veas cómo quedas después del juicio vas a lamentar haberme conocido.

Adam subió lentamente las escaleras con dos viejas maletas que había recuperado del desván. Se estremeció al llegar frente a la cerrada puerta de la habitación de Heather, de la que salían ahogados sollozos. Y se odió por lo que le hacía.

Llamó con los nudillos. Pero no hubo respuesta.

—¿Alguien en casa? —insistió.

—Nadie importante —contestó Heather con voz histérica.

—Anda, cariño... —persistió Adam afectuosamente.

—A nadie le importo.

—A mí sí. ¿Puedo entrar?

—No. Al demonio te puedes ir.

—Escúchame, Heather —le dijo él con calma pero con firmeza—. Que he de irme dentro de un rato y antes quiero hablar contigo. Volveré dentro de quince minutos, y espero que entonces me abras la puerta.

Heather aprovechó el cuarto de hora para lavarse la cara,

peinarse y sobreponerse heroicamente. Al volver a llamar su padre, le abrió.

—Escucha, pequeña —le dijo Adam, que se había sentado en la cama junto a ella—. Ya sé que puede sonar terrible y egoísta, pero será para bien. Porque tu madre y yo nos estábamos amargando la vida.

—¡Como si no se notara! —musitó su hija—. Y no es que a mí me alegrase, precisamente.

—Pues por eso es por lo que creo que debemos reorientar nuestras vidas.

—¿Estás con otra persona? —preguntó Heather, pese a que era evidente que le aterraba la respuesta.

—Es una persona excelente —dijo él quedamente—. Creo que te gustará.

—¿Es la rusa por la que discutíais tú y mamá?

Adam asintió con la cabeza.

—¿Tan importante es para ti que tienes que abandonarnos?

—No desaparezco de tu vida, cariño. Al contrario. Lucharé lo indecible por conseguir tu custodia, porque Anya quiere de verdad que vayas a vivir con nosotros.

—¿De verdad? —preguntó Heather—. ¿Por qué?

—Supongo que porque le he hablado tanto de ti que es como si ya te conociera. Créeme, Heather. Es una persona encantadora, amable y cariñosa.

Permanecieron en silencio hasta que Heather se armó de valor para preguntárselo.

—Dime, papá, ¿por qué te casaste con mamá entonces?

—Para tenerte a ti —repuso él tras un instante de vacilación.

Se abrazaron llorosos, aunque sólo las lágrimas de Heather aflorasen.

—Por favor, papá, no me dejes —le rogó—. Seré buena. Te lo juro. No le crearé problemas a nadie.

A Adam se le hizo un nudo en el estómago. Por un momento, incluso pensó en claudicar y quedarse. Hacer cualquier cosa que no le hiciese más daño a su hija. Pero entonces pensó en Anya, y en que Toni y él se habían dicho cosas que no podrían perdonarse.

Al abrazar de nuevo a su hija, cerró los ojos y oyó el latido de su corazón.

Media hora después, bajaba las escaleras más seguro de sí mismo. Toni estaba en el salón, leyendo. Alzó la mirada al verlo entrar.

—¿Y bien? —le dijo ya más tranquila.

—Nos veremos en el juzgado —contestó él.

Toni se atuvo a sus palabras. Durante las negociaciones, los abogados, azuzados por su jefe, despellejaron vivo a Adam, que cometió la ingenuidad de elegir a su viejo amigo Peter Chandler para que lo representase. No reparó en que la compasión y el sentimentalismo no influían positivamente en los abogados de familia. Adam había testificado como experto en dos casos de negligencia profesional que había defendido Peter. Tenía que haber caído en la cuenta de que la especialidad de Peter Chandler era defender a pacientes que resultaron tullidos, lisiados o incluso muertos, o sea las víctimas.

Las únicas instrucciones que le dio Adam fueron que garantizase sus derechos de visita. Por muchas razones quería que Toni se quedase con todo.

—Que se quede con la casa y con los coches. Me da igual. Dudo que el juez le conceda pensión alimenticia, porque gana más que yo. Pagaré los estudios de Heather y alguna cantidad para la niña... hasta donde pueda, claro.

—Ni hablar, Adam —objetó Chandler—. No voy a presentarte como un ogro, pero soy yo quien ha de negociar con ellos. Si lo concedes todo de buenas a primeras, lo interpretarán como una posición de partida y machacarán para conseguir aún más.

—No lo creo, Peter. Me refiero a que Toni es una persona razonable. Así verá que me porto decentemente.

—¿Decentemente? ¿Desde cuándo tienen las leyes algo que ver con la decencia? Es como si te abrieses de piernas para que te violen y despojen de todo.

—Escucha —replicó Adam enérgicamente—. La culpa es del todo mía. Si quieres que te diga la verdad, casi me alegro de que Toni me lleve a que me dejen bien limpio.

—Ya, ya —dijo Peter—. Pero los inviernos de Boston son terriblemente fríos y, tal como lo planteas, te pueden dejar sin camisa que ponerte.

Su abogado demostró conocer muy bien con qué implacable furia reaccionaba la parte que se consideraba inocente. Toni no sólo pidió la custodia exclusiva de su hija, la propiedad de la casa y la pensión alimenticia completa, sino que lo demandó por daños y perjuicios.

Dos prestigiosos abogados, pertenecientes al bufete de Washington que representaba su jefe, testificaron que Toni, de haberse quedado en la capital, hubiese ganado más del doble de lo que ganaba en Boston.

Peter se opuso. Protestó. Dijo no poder dar crédito a las pretensiones de la otra parte. Pero el tribunal consideró pertinente el testimonio y terminó por darle validez.

La más palmaria injusticia, sin embargo, fue el fallo del juez sobre la custodia. Al preguntarle el magistrado directamente a Heather con quién prefería vivir, ella respondió: «Con papá y con Anya.» Pese a ello, el juez le concedió la custodia a Toni, basándose en el arcaico argumento de que una adolescente estaba mucho mejor con su madre.

Adam salió malparado en todos los aspectos. Sólo le concedieron un fin de semana de visita al mes con Heather, y sólo cuatro semanas durante las vacaciones de verano. Ni Navidades, ni Día de Acción de Gracias ni Semana Santa.

—¡Dios mío! Hasta con un asesino hubiesen sido más benévolos —musitó Adam audiblemente al conocer el veredicto.

—Podemos apelar —le propuso Peter.

—No —dijo Adam con una mueca de impotencia—. Me han dejado en cueros. Pero serían capaces de ensañarse aún más si apelamos.

—No lo entiendo, papá —dijo Heather desconsolada y llorosa—. Tú te has portado siempre mucho mejor conmigo.

—Ya —dijo Adam sin acritud—. Pero tu madre es mucho mejor abogado.

Los sufrimientos de Adam estaba muy lejos de haber terminado.

El mismo día en que le comunicaron formalmente la sentencia de divorcio, recibió por la noche una llamada telefónica de Thomas Hartnell.

Adam se lo temía desde hacía tiempo. Ya había sospechado que su ex suegro esperaría hasta el último momento para rematarlo, después de que los demás ya lo hubiesen molido a puntapiés.

—Ha resultado usted ser peor de lo que temí, doctor Coopersmith —le dijo el Jefe en tono glacial—. Les ha causado un daño irreparable a las dos personas que más quiero en este mundo: mi hija y mi nieta. Le aseguro que se va a arrepentir.

No sé cómo, pero no descansaré hasta hallar el medio de vengarme. ¿Le queda claro, no?

—Sí, muy claro.

—Y recuerde, desalmado bastardo. Aunque tarde en saber de mí, nunca crea que he dado el asunto por zanjado. Por lo pronto, vaya, vaya usted con esa rusa, que espero le dé su merecido.

37

SANDY

Ha habido muchos genios polifacéticos. Leonardo da Vinci dejó profunda huella en pintura, anatomía y aerodinámica. Isaac Newton en óptica, astronomía, física y matemáticas. Y Albert Einstein en física, cosmología y música.

En la segunda mitad del siglo XX, Walter Gilbert, de la Universidad de Harvard (biólogo molecular que, en una espectacular demostración de versatilidad, se licenció en Física y terminó por ganar el premio Nobel de Química), respondía más a la norma que a la excepción.

Gilbert también emuló a Newton en otro aspecto. Mientras que Isaac Newton terminó su polifacética carrera en el lucrativo cargo de director de la Casa de la Moneda, el catedrático de Harvard hizo una fortuna como importante accionista y director ejecutivo de la Biogen Incorporated.

Menos frecuente ha sido a la largo de la Historia que el científico fuese, también, persona tan entregada a su familia como a su trabajo.

Quienes tienen un empleo suelen lamentarse de tener que trabajar cuarenta horas a la semana, y los líderes sindicales claman por la reducción de la jornada. Sin embargo, los científicos serios consideran algo natural trabajar noche y día, incluso durante el fin de semana. Esto es algo maravilloso para el progreso de la humanidad pero nada saludable para el matrimonio ni para criar hijos.

Incluso Sandy Raven, que pronunció los votos matrimoniales rebosante de pasión y con las mejores intenciones, se vio progresivamente lanzado a una carrera contra reloj (y contra otros laboratorios) para hallar el medio de combatir el carcinoma hepático.

Ciertamente, carecía de modelos por lo que al rol de la paternidad se refiere. Además, estaba tan entregado a su trabajo que tampoco tenía tiempo para, por lo menos, informarse con lecturas especializadas.

Sin embargo, Judy, al ser hija de científico se adaptó con facilidad al papel de esposa de científico. Por su experiencia desde niña era consciente de que, si quería que su hija Olivia pudiese ver a Sandy, tendría que llevársela al laboratorio. Y así lo hacía, a cualquier hora del día o de la noche. Incluso le daba el pecho a la niña en el despacho de su padre.

Gregory estaba tan encantado de que fuese con su nieta que propuso que pusiesen un parque en el saloncito donde tomaban café. Esto le dio a Judy otra idea.

Semanas después, al regresar Sandy a casa a la hora de la cena, encontró el salón con la decoración completamente renovada.

—¡Dios mío! —exclamó—. ¡Esto parece una guardería en toda regla!

—Porque es exactamente lo que es, amiguito —le dijo Judy risueña—. Dos viudas del laboratorio y yo hemos organizado un grupo de jardín de infancia. Yo les enseñaré música.

—Es una idea estupenda —dijo Sandy maravillado—. A eso se le llama matar dos pájaros de un tiro.

—¿Y qué pájaros son ésos, a ver?

—Pues, tú y Olivia —repuso él abrazándolas—. Ya veo que te haces cargo de que tenemos que vivir así hasta que culminemos el proyecto. Por lo menos, no tendré remordimientos por dejaros tanto tiempo solas.

Todos los domingos por la noche la familia salía a tomar el fresco. Elegían algún restaurante exótico, muy a menudo el Joyce Chen, en la Fresh Pond Parkway, y procuraban hablar de cualquier cosa menos de temas científicos.

Un fin de semana fueron con Sidney Raven, que había ido a la costa Este para asistir al estreno en varias ciudades de su última superproducción, una enésima secuela basada en el personaje de Godzilla. «¿Para qué calentarse la cabeza, si eso funciona?», se decía.

De haber sabido hablar, Olivia les hubiese dicho a sus amiguitos que el abuelo Sidney era el único que sabía comunicarse con los niños. Porque se la sentaba en las rodillas y le contaba un cuento tras otro.

—Es una preciosidad —dijo—. Una superestrella.

Sandy notó por la expresión de Judy que, por alguna insondable razón, no le hacía gracia el comentario.

—¿Qué hay de nuevo por Hollywood, papá? —preguntó Sandy para cederle el protagonismo a su adorado padre.

—Podrías ahorrarte los rodeos y preguntarle directamente por Kim Tower —dijo Judy para que Sidney supiera que estaba al corriente de la obsesión de su esposo.

—Bueno, pues la última noticia sobre Rochelle es que Elliot Victor va a saltar de la Paragon —contestó de buen grado Sidney—. Y se lo ha ganado a pulso, permitidme que os diga. Durante su breve reinado ha producido tal cantidad de huesos duros de roer que, en el mundillo, lo llaman *101 dálmatas*. A bodrio por película sale.

—Pues es una pena —comentó Sandy.

—Sí, la cosa va casi de *thriller*, muchacho. De esos que te tienen en vilo hasta el último instante. ¿Sabes quién va a sustituirlo?

Sandy miró a su padre boquiabierto.

—¿No lo dirás en serio, papá? —exclamó—. ¿Va a ser Rochelle la directora de los estudios?

—Ajá. Y lo merece. Las tres películas que ella ha producido personalmente han recaudado más dinero que los noventa y nueve bodrios supervisados por Victor.

—¡Es fantástico! Pero ¿no se interpondrá eso en su matrimonio?

—En absoluto —repuso Sidney—. Porque está claro que se divorciarán. Es mucho más fácil encontrar un marido que unos estudios.

Por la mañana siguiente, Sandy estaba solo en el laboratorio y decidió tomarse una libertad sin precedentes: se encerró en el despacho de Greg Morgenstern y, hecho un manojo de nervios, marcó el número de los estudios de la Paragon.

Tras pasarlo a tres subalternos, por orden creciente de importancia, tuvo el honor de que lo pusieran con ella en línea de espera, amenizada por las bandas musicales de las películas producidas por la Paragon que últimamente habían tenido mayor éxito.

—¿Sigue ahí, señor Raven? —le preguntó una secretaria.

«En realidad soy el *profesor* Raven —pensó—. Pero, qué diablos, lo importante es hablar con Rochelle.»

—Sí —contestó—, aquí sigo.

Instantes después, la siempre meliflua, y ahora más vigorosa voz de Rochelle, le dispensó un destemplado saludo.

—¡Vaya! ¡Mi viejo amigo Raven! ¿Qué tal, gilipollas? Creí que habías palmado con los dinosaurios. ¿A qué debo el honor de esta llamada?

Sandy se quedó de piedra.

—Rochelle, soy yo, Sandy —logró decir no obstante.

—¡Dios mío, Sandy! —exclamó ella echándose a reír a carcajadas—. ¡Pero si eres *tú*! Mis descerebradas secretarias han creído que era tu padre. ¿Cómo demonios estás?

Por un instante, Sandy pensó que Rochelle bromeaba. ¿Se habría dirigido así, de verdad, a un hombre de la edad y del prestigio de su padre?, ¿con esos aires de superioridad, por no decir de crueldad?

—Estupendamente —contestó Sandy cohibido—. Soy profesor en el Instituto Tecnológico de Massachusetts.

—Qué bien —dijo ella—. Ah... Si yo tuviera tu inteligencia sería...

Se quedó a mitad de frase. Estaba tan pagada de sí misma que no acababa de ver cómo ni la inteligencia de Sandy, ni la de nadie, podría hacerla superior a lo que se consideraba.

Sandy trató de concentrarse en lo que quería decirle.

—Me he enterado de tu nombramiento, Rochelle. Me he alegrado mucho y sólo llamaba para felicitarte.

—Eres un encanto, Sandy —le dijo ella con espontaneidad—. ¿Me creerás si te digo que te echo de menos más que nunca? Que por aquí no hay personas como tú.

Aunque lo pasase por el filtro de la rimbombante jerga de Hollywood, pensó Sandy, no cabía duda de que, cuando menos, sus palabras reflejaban amistosos sentimientos hacia él.

—¿Qué tal se está en la cumbre?

—Inefablemente, Sandy. No entiendo por qué se me metería a mí en la cabeza ser actriz, si producir películas supone tener en tus manos el destino de todos los actores del mundillo. Pero, bueno, dime, ¿te has casado?

«¡Ay, Dios! —pensó Sandy—. No es posible. Esta mujer está a punto de ser libre otra vez y me pregunta a quemarropa si estoy disponible. ¿Por qué habrá esperado tanto?»

—Sí —le contestó—. Y tengo una hija maravillosa.

—¡Cómo te envidio! —dijo ella en tono melodramático—. Daría las llaves del Reino, incluso las de los estudios, por tener una hija tan maravillosa como seguramente es la tuya.

—Bueno, no es cosa fácil, pero estoy seguro de que encontrarás alguien digno de ti —correspondió él, encantado por la atención que le prestaba—. Aunque supongo que, de momento, debes de estar muy estresada con el trabajo.

—Siempre tan comprensivo y considerado, Sandy. No te equivocas. Ahora mismo estoy muy abrumada. Es maravilloso poder hablar con alguien, de verdad a fondo. Me refiero a que no se tienen verdaderos amigos en Hollywood. Sólo aliados de conveniencia.

No podría expresarlo mejor, pensó Sandy, sin percatarse de que las palabras de Rochelle cuadraban perfectamente con el comportamiento de ella misma.

Se hizo un brusco silencio. Sandy oyó que le decían algo a Rochelle que, al cabo de un momento, se excusó por la interrupción.

—Oye, Sandy, que acaba de llamar Redford. Quiere verme acerca de unos cambios en un guión. Voy a tener que dejar esta agradable conversación. ¿Nos volvemos a llamar?

—Claro, por supuesto, cuando quieras —repuso Sandy que, pese a ser todo un profesor de física, en una de las más importantes universidades, se sintió como un perrillo faldero.

—Te pasaré con mi ayudante, Michael, que anotará tus números. Gracias de nuevo por llamar. Y cariñosos saludos para tu esposa y tu hija.

Sandy pensó que era mejor no darle a Michael su número particular. Le dijo que, como se pasaba la vida en el laboratorio, lo podían localizar muy fácilmente allí.

—Muy bien, señor Raven —dijo Michael en tono deferente—. ¿Qué tal se siente uno salvando a la humanidad?

Nunca le habían hecho semejante pregunta, pero le pareció que la respetuosa curiosidad merecía confirmarle su compromiso con la ciencia.

—Es duro, Michael, es duro. Pero hay que seguir adelante.

—Amén, señor Raven. Ah, y por cierto, lamento muchísimo haberlo confundido con ese payaso de productor.

Sandy podía permitírselo a Rochelle, pero no vio razón para no replicarle a su subalterno con ironía.

—No se preocupe. No es más que mi padre.

Sandy quedó tan afectado que, desafiando las normas de Cambridge, además de las de la prudencia más elemental, salió a pasear en plena noche hasta orillas del río Charles.

Lo que empezó como un espontáneo gesto para recordar los viejos tiempos había conducido a un terrible trastorno emocional.

Aunque creía haber puesto a Michael en su sitio, se sentía profundamente herido por el modo en que aquel necio arrogante se había referido a su padre.

Y aunque Rochelle se hubiese mostrado sumamente afectuosa durante la conversación, no se hacía ilusiones respecto de que su relación pudiera pasar de ser puramente platónica. Sin embargo, no era un tema para comentarlo con Judy. Porque hubiese tenido que reconocer que el solo hecho de oír la voz de Rochelle lo sumía en la nostalgia.

38

ISABEL

—Perdone, profesor.

Karl Pracht cogió un ejemplar de *Science*, retiró los pies de encima de la mesa y saludó a su inesperado visitante.

—Ah, mi buen amigo señor Da Costa. Encantado de verlo. ¿Dónde está Isabel?

—En la biblioteca —contestó Raymond en tono receloso—. ¿Por qué me lo pregunta?

—Ah, por nada. Como son inseparables...

«Ya veo. Trata de humillarme —pensó Raymond con amargura—. Es uno de esos imbéciles que creen que no soy más que un parásito intelectual.»

—Entre, hombre, entre —lo apremió Pracht afablemente—. Siéntese.

—Prefiero estar de pie, si no le importa.

La velada hostilidad de Raymond dejó un poco perplejo a Karl.

—¿A qué debo el honor de su visita? —le preguntó.

—¿No irá a decirme que no lo imagina? —dijo Raymond en tono sarcástico tras cerrar la puerta.

—Pues francamente, no —contestó Pracht—. A menos que, al fin, se haya decidido a aceptar mi oferta para hacerse cargo del puesto de técnico de mantenimiento de nuestro departamento.

Raymond vio confirmadas sus sospechas. Aquel arrogante bastardo quería quedarse con él.

—Siempre he pensado que es usted demasiado modesto —prosiguió Karl en tono amable—. Pero tengo entendido que, en San Diego, era usted el alma del departamento.

—Gracias —dijo Raymond, que no lo tomó en modo alguno como un elogio—. No es por eso por lo que estoy aquí. ¿Podemos hablar de hombre a hombre?

—Bueno... —repuso Pracht sonriente—, en el departamento de Estudios de la Mujer preferirían que dijese de tú a tú. Pero podemos hablar en confianza. ¿Se trata de Isabel? La veo un poco paliducha y cansada últimamente.

—Dígame sólo una cosa, Karl —dijo Raymond, que lo miró con fijeza, recreándose en el irrespetuoso tratamiento—. ¿Lo tiene Isabel puntualmente informado de su trabajo de investigación?

—Naturalmente. Soy su tutor. ¿Por qué...?

—Pues entonces ya sabe a qué me refiero —lo interrumpió Raymond.

Karl Pracht se inclinó sobre la mesa y lo miró divertido.

—Por el amor de Dios, Da Costa, ¿por qué no se deja de medias palabras y me dice a qué se refiere?

—Podríamos empezar por las cuatro fuerzas y la teoría de la equivalencia de Einstein.

Raymond esperaba que Pracht saltase en seguida y le hablase de la llamada quinta fuerza, y de su contribución en aquel terreno. Pero era obvio que el físico jugaba al gato y al ratón. Quizá para averiguar hasta qué punto estaba al corriente Raymond.

—Bueno, pues empecemos por ahí —dijo Pracht.

—Es notorio que pertenece usted a la escuela de quienes creen en la existencia de una quinta fuerza —dijo Raymond.

—He publicado varios trabajos sobre el tema, sí —admitió Pracht.

—Pero nunca una exposición completa; nunca un enfoque global de toda la cuestión...

No fueron las palabras de Raymond sino la absurda crispación con que las decía lo que hizo que Pracht, que era normalmente una persona tranquila, perdiese los estribos.

—¿Sabe qué, Ray? —le espetó decidido a no andarse por las ramas—. Que he puesto mi mejor voluntad para que me cayese usted bien. Y no ha sido fácil. Porque, con franqueza, me parece usted una persona envarada, desagradable y poco de fiar.

«Muy bien —pensó Raymond—; así hablaremos más claro.»

—Está usted en su derecho de opinar lo que quiera —le dijo en un tono arrogante que nunca hasta entonces había empleado con el científico—. Y, puestos a decirnos las verdades, le confesaré que tampoco usted me ha caído nunca bien a mí. Pero aún me cae peor el sinvergüenza de su hijo.

—¡A Jerry no lo meta en esto! —le espetó Pracht furioso, aunque en seguida lo asaltó el temor de que pudiera tratarse precisamente de él.

—Verá usted: no es que rebose alegría por el interés que muestra Jerry hacia mi hija.

—Siento que así sea —dijo Pracht—. Creí que se complementaban muy bien.

—No estoy de acuerdo. Supongo que sabrá que le prohibí a Isabel que lo viera.

—Lo he deducido —admitió Pracht—. Y bien, ya que no ha venido precisamente a hablarme de la dote de su hija, ¿por qué no vamos al grano y me dice qué es lo que quiere de mí, señor Da Costa?

—Quiero que publique el trabajo de mi hija —le exigió Raymond.

—No dirijo ninguna revista —repuso Pracht con una candorosa sonrisa.

—No se haga el inocente —persistió Raymond—. Si usted recomienda un ensayo de Isabel, se lo publicarían en cualquier parte. Lo sabe usted tan bien como yo, Karl. Lo que ocurre es que ambos sabemos que hará usted lo imposible para silenciar el magistral trabajo de refutación que ha hecho ella con su absurda teoría.

—¿Está usted seguro? —dijo Pracht con una esbozada sonrisa.

—No me parece que sea usted de los que se hacen el haraquiri. ¿Qué universidad va a quererlo contratar después de que el ensayo de Isabel lo ponga en evidencia?

—Sobreviviré, Ray —repuso tranquilamente Pracht con una desdeñosa mirada.

—¿Confía en que el MIT aún quiera contratarlo? —inquirió Ray con aspereza.

Harto de que le buscase las vueltas, el profesor perdió la paciencia, se levantó bruscamente, metió la mano en el cajón del centro, sacó una carta y la estampó en la mesa.

—¡Lea esto, imbécil! Éste es mi nombramiento para el MIT, con fecha uno de julio de mil novecientos ochenta y ocho, sin condiciones. Eso significa que desempeñaré la cátedra de Física del Tecnológico, como dos y dos son cuatro.

—A papel mojado va a sonar eso cuando aparezca el ensayo de Isabel.

Pracht no replicó. Ray estaba seguro de tenerlo acorralado y decidió jugar triunfos.

—Escuche, Karl, estoy dispuesto a hacer un trato.

—¿Un trato? —exclamó Pracht más curioso que ofendido—. Como no se explique mejor...

—Usted obtendría seis meses de tregua —dijo Ray.

—¿Y usted?

—Nosotros nos quitaríamos de encima a su hijo. Se lo lleva usted a Boston.

—Ni hablar —replicó Pracht—. Además, ¿quién soy yo para interferir en su vida? Jerry es muy independiente, sabe lo que quiere y se está abriendo camino aquí. Se ha encarrilado muy bien en su profesión y tiene en Sancho a un gran entrenador. Lo único que lamento es haberlo abrumado en la infancia, haberlo agobiado con los estudios. No pienso volver a cometer el mismo error ahora. Con independencia de todo ello —añadió en tono desdeñoso—, nunca haría algo así por usted.

—Pero, a lo peor, tiene que hacerlo por sí mismo —replicó Ray sarcásticamente—. Mi ofrecimiento sigue en pie. El chico va a Boston con usted y usted permanece otros seis meses en la cresta de la ola científica. ¿Qué me dice?

Pracht estudió la expresión de Ray como un ornitólogo que examinase una *rara avis*

—Lo que le digo, señor mío, es que debería estar usted en el manicomio. Sólo confío en que algún día Isabel se dé cuenta de lo desgraciado que es usted.

—No eluda la cuestión —dijo Raymond en tono agresivo—. ¿Hay trato o no?

Pracht fulminó a Raymond con la mirada.

—Pues, no, señor, no. No hay trato —le dijo.

—¿Le he oído bien? —persistió Ray atónito.

—Me temo que sí. Y puesto que no tenemos más que decirnos, le agradecería que haga el puñetero favor de salir de mi despacho.

Raymond volvió a la carga y reiteró su amenaza.

—Muy bien. Es usted un verdadero fracaso. Voy a enviar, personalmente, por fax los datos de Isabel a toda revista científica prestigiosa del mundo. Dudo que usted tenga quien le eche una mano en todas. Algún redactor jefe habrá que se percate de que lo que tiene en las manos es oro puro y lo publicará de inmediato.

Pracht estaba ya más que harto de tanta porfía.

—No malgaste su dinero, Da Costa. Lo único que conseguirá es doctorarse como hazmerreír, porque licenciado ya lo acabo de licenciar yo. Le diré para su información que, en cuanto vi los cálculos de Isabel, llamé a Dudley Evans, redactor jefe de *The Physical Review*, que aceptó publicar el ensayo de Isabel sin ni siquiera verlo. Le bastó mi palabra.

Raymond se quedó sin habla.

—Mire usted —prosiguió el profesor—, la primera preocupación de un verdadero físico es saber más acerca del universo. Es formidable poder ser un pionero en el descubrimiento de un nuevo conocimiento, pero es secundario. Lo importante es que, gracias a Isabel, hemos dado todos un paso adelante. Todos... —añadió irritado—, incluso usted, que no es más que un egoísta y un desvergonzado marrullero.

39

ADAM

Afortunadamente, Adam se encontró con un recurso económico con el que no contaba. El modesto salario de Anya como empleada de laboratorio adquirió súbita importancia. Además, gracias a la perversa «generosidad» de Dimitri, tenían un techo bajo el que cobijarse; con goteras, pero techo al fin.

Sin embargo, Adam se sentía más que compensado de su quebranto económico por lo que emocionalmente había ganado. Ahora podía estar con Anya abiertamente, acercarse a su mesa del laboratorio a cualquier hora y abrazarla.

Nunca dudó de la inteligencia de Anya pero ahora podía apreciar su talento científico plenamente. Y lo que ella no aprendía con sus omnívoras lecturas se lo enseñaba él.

Heather pasaría con ellos el siguiente fin de semana. Por alguna inexplicable razón, a la niña le encantaba su desvencijado apartamento y dormir en el sofá-cama que acababan de comprar para sustituir a la destartalada cama turca.

Anya le había caído bien desde el primer momento. Entre otras cosas, Anya tenía una infalible intuición que la ayudaba a comunicarse muy bien con los más jóvenes. Lejos de hacer que se sintiese tratada como una cría, le inculcó la sensación de ser como una amiga, como una igual.

—Tu padre es un profesor estupendo —le dijo Anya en tono admirativo.

—No —le aseguró él a su hija—. Es Anya quien es una estupenda alumna.

—Bueno, por lo menos estáis de acuerdo en que el estupendo es el otro —dijo Heather riendo.

Verlos tan unidos no sólo constituía para Heather una satisfacción sino que le infundía seguridad.

—¿Sabéis qué? —dijo Heather—. Que me gustaría mucho

quedarme a vivir aquí con vosotros. ¡Menudo chollo con los deberes de ciencias!

—Bueno, cariño, ya sabes que por Anya no iba a quedar. Y, yo, por intentarlo no ha sido —repuso Adam cariñosamente.

—Ya —reconoció Heather sin poder ocultar su contrariedad por no estar siempre con ellos—. ¿Creéis que el Tribunal podría reconsiderar las cosas si os casaseis?

—¿No habrás sido tú quien le ha dicho que nos lo proponga? —exclamó Anya, que le dirigió a Adam una radiante mirada.

—En absoluto, cariño. Conoces de sobra a Heather. Es incapaz de hablar por boca de nadie.

—No faltaría más —confirmó Heather—. Y, cual bostoniana de pro, os expreso mi oficial desaprobación por vuestro oficioso arrejunte. Os iba a pedir un compacto para mi cumpleaños, pero me conformaré con una sencilla boda.

—Amor mío —dijo Adam con fingido tono melodramático—, en bien del equilibrio psíquico de mi hija, ¿querrías considerar la posibilidad de casarte conmigo?

—Por supuesto, cariño. Lo pensaré —contestó Anya alegremente.

—¿Cuándo le darás la respuesta? —preguntó Heather exultante.

—Pues ahora mismo. Ya lo he reflexionado. Y le digo que sí.

Pero la luna de miel tendría que esperar. Porque, en aquellos momentos, no podían abandonar lo profesional. Estaban muy volcados en el trabajo y hacían enormes progresos. Otros centros médicos de distintos países venían ayudándolos, realizando idénticas pruebas con mujeres aquejadas del mismo problema. Y empezaban a llegar los resultados de amplios estudios realizados en Minnesota, Bonn y en la Universidad de Niza. Los datos estadísticos eran asombrosamente parecidos. Ni en sueños imaginó Adam nada tan alentador.

«¡Dios mío, Max! ¡No sabes cómo me hubiese gustado que vieses estos datos!», se decía Adam.

Para las referidas pruebas seleccionaron mujeres que hubiesen tenido cinco o más abortos, sin que hubiese una causa explicable, durante el primer trimestre de embarazo, y las dividieron en grupos. En subsiguientes embarazos, a un tercio las trataron con cortisona. A otro tercio le prescribieron supositorios de progesterona natural por vía vaginal. Al resto no se le prescribió nada, para que sirviese de término de comparación.

Con el entusiasmo que es de suponer por parte de Adam y de su equipo, más del setenta y cinco por ciento de los grupos A y B dieron a luz felizmente. Esto significaba que, si podía convencer a la clase médica, sus colegas podrían sustituir el tratamiento con esteroides por el de progesterona natural y reducir así el riesgo de efectos secundarios.

Y, como no podía ser menos, los sabuesos de las empresas farmacéuticas olieron el enorme potencial económico del trabajo de Adam y les faltó tiempo para abordarlo. Clarke-Albertson, la empresa más entusiasmada con su investigación, se apresuró a hacerle una oferta.

Tras ganarse a los Coopersmith e invitarlos a cenar en la Colonnade, el subdirector de relaciones públicas, Prescott Mason, un trajeado y solemne patricio de Boston de aristocrático acento, se quedó perplejo al ver que Anya no estaba por la labor.

—Con el debido respeto, señor Mason —le objetó ella—. Personalmente, no veo por qué habríamos de comprometernos con ningún laboratorio en estos momentos. Adam tiene todo lo necesario para seguir con su trabajo. No sólo nos financia Harvard sino que el Centro Nacional de Investigación ha aceptado generosamente nuestras propuestas.

—Con mayor razón para dejarnos participar. Por su propia seguridad, me refiero —adujo Prescott—. Está claro que apuestan por un caballo ganador. Y mi empresa siempre vela para que los *jockeys* tengan su justa compensación. Que un poco de dinero extra nunca le viene mal a nadie, ¿no cree, doctor Coopersmith?

Adam se preguntó si era aquélla una simple táctica de vendedor o si Mason habría hecho averiguaciones y aludía veladamente a lo castigado que tenía su bolsillo a causa de los onerosos gastos mensuales ocasionados por su divorcio.

El representante de la Clarke-Albertson era un hombre con formación científica, y estaba en condiciones de entender toda la potencial utilización que pudiera derivarse del trabajo de Adam.

—Nuestros laboratorios no sólo están interesados en la cura acerca de la que usted investiga, sino en el agente que causa la disfunción. Imagine el provecho que podría derivarse si llegamos a reproducir el anticuerpo que usted trata de domesticar. Me refiero a que, en la actualidad, las mujeres que ustedes tratan ponen reparos por los negativos efectos que pueda tener en sus embarazos. Pero, si le damos la vuelta al problema, podría ser un perfecto sistema de control de natalidad. Ya sabe la que se ha armado con la RU-486 francesa que, técnicamente hablando, es una píldora abortiva. Sin embargo, comoquiera que el producto de ustedes es una hormona natural, el hecho de que sirva, también, como anticonceptivo no plantearía dilema moral alguno.

—Ése es un buen enfoque, señor Mason —admitió Anya—. Las posibilidades serían enormes en países superpoblados y en vías de desarrollo como la India, por ejemplo.

—Cierto —convino Mason, aunque sin excesivo entusiasmo por los potenciales beneficios que pudiera producir un país del Tercer Mundo—. Eso sin contar con otro saludable efecto secundario —añadió en tono risueño—. Si sus investigaciones tienen éxito, atraerán inevitablemente la atención de la Academia sueca.

—¿Qué te decía yo, cariño? —exclamó Anya, mirando a su esposo con expresión radiante.

—¡Bah! ¡Pues no hay codazos ni nada!

—Cierto —admitió el ejecutivo—. Pero la Clarke-Albertson no sólo puede financiar y comercializar su trabajo sino que tiene mucha influencia en los medios del Nobel. Tanto es así que ya hemos logrado que lo consigan dos. Y un tercero no llegó a obtenerlo porque falleció antes.

—Me sorprende —dijo Anya—. Siempre creí que ése era el único campo moralmente intachable que nos quedaba.

—No se equivoque —replicó Mason—. No le conceden el premio a alguien que no lo merezca. Tarde o temprano se lo darían a ustedes. Pero ¿acaso no sería magnífico que el reconocimiento llegase lo antes posible?

—Quiero que comprenda una cosa, señor Mason —dijo Adam—. Soy, literalmente, el heredero del cúmulo de datos y conocimientos que le hubiesen reportado el Nobel al doctor Max Rudolph. Y, con franqueza, si el reconocimiento se produjese «lo antes posible», más probabilidades habría de que su esposa llegase a verlo.

—Confío entonces en que eso le haga nuestra oferta más atractiva —dijo Mason.

—Permítame que le sea aún más franco, señor Mason. Lo único que de verdad me atrae de todo esto es el tiempo. Es uno de esos casos en los que el dinero puede comprar tiempo, que es lo único que yo no puedo darles a mis pacientes, que necesitan soluciones lo más inmediatas posible. De manera que si lo que usted propone se las proporciona aunque sólo sea un día antes, estoy moralmente obligado a aceptar la mejor oferta.

—Así lo entiendo, doctor Coopersmith —dijo Mason con sincera admiración—. Sólo prométame una cosa: que, si alguno de nuestros competidores le hace otra oferta, nos dará la oportunidad de mejorarla.

Anya y Adam pasaron el resto de la noche hablando de la cuestión. Y no tardaron en comprender que no podían desaprovechar aquella oportunidad.

—Déjame que te diga, Adam, simplemente como mujer —dijo Anya con visible emoción— que, aunque este tratamiento no me sirva a mí, servirá a muchas otras, que se sienten frustradas, que no ven más que negros nubarrones en su vida.

—Sí —reconoció él—, muchas de mis pacientes ya han cumplido los cuarenta años, lo que acrecienta su dolor. Aunque sólo sea por su bien, creo que no deberíamos hacer esperar mucho al señor Mason para contestarle. Obraríamos muy mal si no aceptásemos en seguida.

Adam se abstuvo de decirle cuánto lo conmovía su altruismo. Le dolía no poder hacer nada para remediar su frustración. Aunque, quizá, le sirviese de consuelo poder ayudar a otras mujeres.

A la mañana siguiente telefonearon a Prescott Mason que, a su vez, telefoneó a su departamento jurídico y éste al de Harvard. Y tras negociaciones tan tenaces como educadas, ambas partes creyeron haberse impuesto a la otra.

A partir de la firma del contrato, Adam y Anya ingresaban literalmente en el mundo de los negocios.

40

ADAM

Adam y Anya Coopersmith se habían convertido en implacables cazadores en la oscura selva del sistema inmunológico. Se acercaban a su presa con paso lento y seguro. Dondequiera que fuese, entre las benignas y benévolas células que poblaban el organismo, merodeaba un desconocido predador, cuyo único y criminal objetivo era destruir el feto humano que pacíficamente se desarrollaba en la matriz.

Estaban cerca del desenlace y, al más puro estilo de Agatha Christie, el asesino quedaría desenmascarado. Aunque había dejado algunas pistas, eran sólo evidencias circunstanciales que no bastaban para una identificación concluyente.

Además, para complicar aún más la trama, los interferones (tres grupos de proteínas bautizados —de un modo ciertamente poco imaginativo— alfa, beta y gamma) constituían el ejército defensivo contra los virus. El escuadrón alfa lo producían los glóbulos blancos; el beta precedía de células de tejido conjuntivo y de otro tipo, y el escuadrón gamma provenía de los linfocitos T, que son los glóbulos exterminadores cuando se produce la respuesta inmunológica normal contra los virus causantes de las enfermedades.

Aquí entraban entonces en juego las técnicas del químico Giancarlo Pisani. Y, juntos, tras innumerables pruebas, que a veces obligaban a una laboriosa modificación de parámetros, del orden de sólo 0,01 %, trataban de dar con la pista del predador invisible. Una forma entrevista. Cualquier dato que pudiera incluirse en los «bandos» de los laboratorios bajo el preceptivo SE BUSCA.

Tras varios experimentos en poros de distintos tamaños determinaron que el peso molecular del desconocido asesino se hallaba entre los diez y los treinta mil kilodaltons.

Este peso molecular coincidía con el del interferón gamma. Sometieron la misteriosa sustancia a pruebas más complejas, incluyendo un tubo con microscópicas cuentas de plástico mezcladas con anticuerpos de la toxina sospechosa. Tras pasar por el tubo, la actividad tóxica cesaba en la solución y se cebaba en las cuentas de plástico, lo que acrecentaba las sospechas acerca de la culpabilidad del interferón gamma.

Una última serie de pruebas, realizada con los más modernos instrumentos, no dejó lugar a dudas: el interferón gamma era, en realidad, un agente doble, extraordinariamente útil contra muchas enfermedades pero letal para un embarazo normal.

El problema radicaba ahora en cómo destruir al enemigo potencial sin dañar a la víctima con la que con tal saña se cebaba.

No cabía para ellos mejor regalo de aniversario que hallar la respuesta.

Estaban volcados en su trabajo en el laboratorio, realizando un experimento para probar la hipótesis de Anya de que, acaso, se produjese una ligerísima redisposición estructural de los átomos específicos que formaban la molécula gamma en la zona reproductiva.

Con la ayuda del cristalógrafo Simon Hillman visualizaron la molécula convencional en tres dimensiones en una pantalla de vídeo, superpuesta a un tejido fetal.

Anya pulsó desmayadamente la tecla Retorno de su ordenador y miró a la pantalla distraídamente, pues no esperaba que le mostrase a sus fatigados ojos más que otra insuficiente aproximación.

Pero lo que vio la hizo fijarse mejor, acercarse más a la pantalla y gritar como una posesa.

Adam, que, justo en aquellos momentos desenvolvía su enésimo menú para llevar, del «chino» de la esquina, dejó la caja y corrió hacia Anya, temiendo que se hubiese hecho daño con algo.

—¡Mira, Adam, mira!

Adam se quedó boquiabierto al mirar a la pantalla.

—Dios santo —musitó—. Tenías razón. Nunca creí que viviría para ver este momento. Las moléculas receptoras son diferentes, ligerísimamente diferentes, pero lo bastante para causar todo el daño que tratamos de evitar.

Ella asintió en silencio.

—Después de tanto tiempo, la verdad es que ahora no sé qué hacer —dijo él visiblemente agitado.

—Pues esperar a la reacción de la comunidad científica —dijo ella radiante— y al telegrama de Estocolmo.

El último paso no era muy apasionante. Se reduciría a comprobaciones farmacológicas y a la fabricación de un receptor, específicamente diseñado para proteger el preciado tesoro de la naturaleza.

Pusieron a trabajar a todo su equipo del laboratorio, y ordenaron posponer cualquier otra investigación para concluir aquélla lo antes posible.

A finales de otoño habían logrado producir un fármaco, al que llamaron MR-Alpha para honrar el recuerdo del hombre que, tanto tiempo atrás, inició a Adam en aquella línea de investigación.

La Clarke-Albertson se volcó para que el fármaco pasase lo más rápidamente posible los trámites para su aprobación por el Instituto de Farmacología y para su consiguiente comercialización, mientras Adam y Anya se sentían tan entusiasmados como frustrados.

—¿Cuánto se tarda en conseguir la autorización gubernamental? —preguntó Anya.

—Depende —contestó Adam.

Por un momento lo asaltó el recuerdo de cuando contribuyó a administrar un fármaco, aún no autorizado, para salvar la vida de un hombre que era ahora su enemigo declarado, y cuya amenaza de vengarse pendía sobre él como una espada de Damocles.

—La aprobación puede tardar dos meses o dos años —comentó Prescott Mason.

—Pues, bueno —dijo Adam con enfurruñada expresión—, si no espabilan, haré lo de John Rock.

—¿Quién es ese Rock? —preguntó Anya.

—Uy, toda una leyenda. Pero su historia es absolutamente cierta —contestó Adam—. Fue uno de los científicos que contribuyeron decisivamente a la producción del primer anticonceptivo oral, que, naturalmente, sometió a la aprobación del Instituto de Farmacología. Pero no tardó en impacientarse a causa del papeleo burocrático. De manera que, una mañana, se presentó en la sede del Instituto y le dijo a la recepcionista que había ido a recoger la aprobación para su píldora. Después de hacer nerviosamente numerosas llamadas, la recepcionista le dijo educadamente a Rock que el Instituto le comunicaría su decisión de un momento a otro. Y el bueno de Rock lo interpretó literalmente, se sentó en una silla, sacó un sandwich y dijo: «En tal caso, esperaré.» Me parece que fue la primera *sentada* en la historia del Instituto de Farmacología.

—Lo más asombroso —terció Mason— es que se salió con la suya. Su presencia movilizó a los burócratas, que le aprobaron la píldora aquella misma tarde.

—Pues yo estoy dispuesta a ir a Washington, que conste —dijo Anya alegremente.

—No se preocupe —la tranquilizó Mason—, que ya no ponen tantas trabas. Y, además, tenemos a dos ejecutivos, a jornada completa, sin otra misión que una sutil imitación de John Rock. Por otra parte, no creo que este fármaco se preste a muchas polémicas...

—Y lo que es más importante —lo interrumpió Adam—, así podrá Anya sentarse a estudiar para su examen de convalidación. Que siempre quise casarme con una doctora.

Mason tardó seis meses en conseguir las bendiciones de Washington. Para entonces, Anya ya había aprobado su examen de convalidación.

De manera que, al telefonearles uno de los miembros de la «avanzadilla» que la Clarke-Albertson tenía en Washington para darles la buena noticia, pudieron brindar a la salud «del doctor y la doctora Coopersmith».

Sin esperar a recibir el primer anticipo de la Clarke-Albertson, Adam y Anya decidieron gastarlo en comprar una casa, una de las majestuosas mansiones de Brattle Street, a un tiro de piedra de la casa en la que vivió el poeta Henry W. Longfellow. La Clarke-Albertson les facilitó el dinero para la entrada y les avaló la hipoteca.

Por desgracia, las instalaciones del agua y de la electricidad eran tan vetustas como la mansión y como, por mejores que sean su añada y su solera, los grifos y los cables no mejoran con los años, tuvieron que contratar a un arquitecto que realizase lo que Adam llamó «un trasplante de circuitos».

Anya —incurable optimista— insistió en que habilitasen

una habitación para Heather, y le propuso a Adam que la invitase para que eligiese ella misma la decoración.

Y Heather fue. Pasaban muchas horas en la cocina. En principio, el pretexto era que Anya podía enseñarle a la jovencita la gastronomía rusa. Pero las recetas servían para que, entre plato y plato, intimasen cada vez más. Se hacían confidencias acerca de lo que pensaban de la vida, del amor, del matrimonio, de Adam e, inevitablemente, de Toni.

—Mira, no pretendo ocupar el lugar de tu madre —le comentó afectuosamente Anya—, pero quiero que también aquí te sientas como en tu casa. Y no tienes por qué esperar a que llegue la fecha asignada para venir. Adam y yo hemos pensado que te gustaría tener esto —añadió sacando del bolsillo del delantal una llave de la puerta de la entrada—. Ni hace falta que llames para decir que vienes.

—Me gustaría darte un fuerte abrazo —dijo Heather tan tímidamente como emocionada.

—Pues lo mismo siento yo, cariño —correspondió Anya con ternura.

Pero, poco después de que los Coopersmith hubiesen comprado su casa, Adam sorprendió a su esposa (y a sí mismo) proponiéndole tomarse un curso sabático.

—¿Y qué vamos a hacer si tu vida es el laboratorio? —exclamó Anya.

—Ahí está el problema, sí —admitió él—. Pero podríamos tomarnos las largas vacaciones que nos prometimos hace tanto tiempo.

—¿Adónde te gustaría ir? —preguntó ella, radiante al ver el entusiasmo de Adam.

—A una lejana estrella sería perfecto —repuso él sonriente—. Pero como no somos cualificados astronautas, ¿te conformarías con una vuelta al mundo?

—Sería maravilloso. ¿Empezamos por el este o por el oeste?

—Quizá por el oeste —repuso Adam—. Podríamos pasar unos días en California y ver a algunos de nuestros colegas. Luego a Hawai. Después improvisaremos. Tengo pendientes muchas invitaciones para dar conferencias por allí, y los gastos de viaje desgravan. Nos ahorraremos un buen pico con Hacienda. Y, por supuesto, no dejaremos de pasar a visitar a tus padres, aprovechando la circunvalación.

Anya estaba entusiasmada. Se abrazaron.

—¿A que somos la pareja más feliz del mundo? —dijo él.

—Me parece que sí —musitó ella—. Pero podemos hacer la prueba del nueve durante el viaje.

Heather los animó, sin asomo de egoísmo.

—Os merecéis una temporada para vosotros solos —les dijo—. Porque también los viejos van de luna de miel, ¿no?

Adam y Anya se echaron a reír, confiando en que estuviera bromeando.

—Pero, si nos vamos, ¿qué vas a hacer tú durante los fines de semana? —preguntó Adam muy serio.

—Me temo que mamá no tendrá inconveniente en que me compenséis al regreso del tiempo que no hayáis pasado conmigo. Y, entretanto, si tiene la cara de marcharse a Washington, siempre puedo quedarme con la tía Lisl.

—Tenía entendido que a Toni no le cae muy bien Lisl —señaló Anya.

—Y no vas muy equivocada —admitió Heather—, pero, con tal de deshacerse de mí, estoy segura de que no le importará.

41

SANDY

La dotación del equipo del laboratorio del doctor Greg Morgenstern ascendía ya a treinta personas, distribuidas en grupos que trabajaban en diferentes aspectos del problema. Pero, como es natural, en quien Morgenstern depositaba sus mayores esperanzas era en su yerno. Nunca había conocido a nadie más dotado para descifrar los misterios del comportamiento celular.

A medida que se acercaban a la escurridiza proteína que aportaría la solución definitiva, la concentración de Sandy en el trabajo rayaba en la obsesión. Greg ni siquiera se percataba de que, muchas veces, el joven estaba en el laboratorio a unas horas en las que debía estar con Judy y Olivia.

Desde luego, no podía decirse que ninguno de los dos fuese muy casero.

Sin embargo, lo que Sandy Raven perdía en el terreno familiar tuvo su compensación en el campo profesional.

Una de las noches en las que se hallaba solo en el laboratorio descubrió el vellocino de oro, la estructura molecular del virus anticancerígeno que él, Greg y sus equipos de biólogos y cristalógrafos llevaban años tratando de reproducir. Y allí lo tenía en la pantalla de su monitor, en un espléndido tecnicolor.

Sandy estaba exultante, entusiasmado y exhausto. Y, sin embargo, sin saber por qué, antes de comunicar la noticia al mundo quiso saborear la deliciosa sensación de ser el único ser humano conocedor del divino secreto.

Fue a la desierta cafetería, abrió el frigorífico y sacó una botella de Perrier, la destapó y vació el agua en un vaso.

Casi aturdido por la excitación, reforzada por su soledad, brindó por sí mismo en voz alta: «¡Por Sandy Raven, el primer alumno del instituto Científico del Bronx que gana el premio Nobel!»

—Amén —dijo una voz.

Sandy se sobresaltó y, al darse la vuelta, vio que era su suegro.

—Dios mío, Greg, creí que estaría dormido a estas horas.

—No —repuso su mentor—; tenía el extraño presentimiento de que nos hallábamos muy cerca. Me he despertado y he enfilado hacia aquí como atraído por un imán.

—¡Lo hemos conseguido! —exclamó Sandy—. ¡Tenemos la solución!

Morgenstern se quedó sin habla, incapaz de reaccionar.

—Muéstramelo —musitó al cabo de unos instantes.

Fueron al compartimiento del laboratorio en el que trabajaba Sandy. El ordenador seguía mostrando en pantalla la victoriosa forma. Su libreta de notas estaba abierta por la página en la que Sandy había escrito el definitivo, inesperado y triunfal desenlace.

Morgenstern permaneció alrededor de un minuto estupefacto, desplazando una y otra vez su mirada de la pantalla a la libreta.

Se fundieron en un abrazo.

—Es increíble. Increíble —musitó Greg—. Ve a casa y despierta a Judy. Repasaré las anotaciones de los últimos días y llamaré a Ruth —añadió con los ojos llenos de lágrimas—. ¡Oh, Sandy! ¡No sabes cuánto he soñado con este momento!

—Lo sé, Greg, lo sé. Es como haber llegado a la cumbre del Everest.

El resto del día transcurrió como en una nube. Después de despertar a Judy e, inevitablemente, a Olivia, Sandy no pudo dormir, tal era su excitación. Su esposa estaba tan entusiasmada que le abrió su corazón y le dijo todo lo que aquel triunfo significaba para ella.

—¡Oh, Dios mío! ¡Me alegro tanto por papá! Durante toda mi vida sólo he oído que es la persona más inteligente del mundo, pero que tiene el defecto de ser demasiado noble para luchar por el reconocimiento que merece. Y, ahora, le guste o no, será famoso.

—¡Eh! ¿Y yo qué? —protestó Sandy—. Que no soy precisamente el botones del laboratorio.

—Pues claro que no. Tú eres mi premio especial —dijo

Judy afectuosamente—. Ahora te tendremos otra vez con nosotros. Es como el fin de una larga y dura guerra. Las tropas, incluso los generales como tú y papá, regresan a casa con sus familias.

—Cierto —reconoció Sandy—. Me he portado muy mal últimamente. Pero, en cuanto atemos unos cabos sueltos, nos iremos de vacaciones una temporada.

La larga velada para celebrar el acontecimiento empezó a las cinco de la tarde. En el laboratorio de Greg Morgenstern descorchaban una botella de champaña tras otra. En esta ocasión varios dignatarios de departamentos afines acudieron a brindar por él. Y allí estuvieron los profesores Baltimore, Har Gobind Khorama y Salvador Luria, emérito desde hacía años.

Aunque Greg no tuvo más remedio que hablar, su proverbial modestia lo indujo a minimizar su papel.

—Ha sido un trabajo de equipo —dijo—. Y el triunfo es del equipo. Si esto significase el principio del fin de una de las más crueles enfermedades que ha afligido a la humanidad, todos ustedes deben sentirse tan satisfechos como yo.

Luego, con Judy y Ruth, fueron a coger el taxi que los aguardaba para llevarlos al Ritz-Carlton, donde proseguiría la fiesta *en famille*.

La aristocrática clientela habitual se preguntaba a qué se deberían tantas risas y tanto júbilo. Y llegaron a la más obvia conclusión: que eran unos paletos provincianos.

—Y ahora, achispados compañeros —anunció Greg con una notoria ronquera—, compartiré la guinda con ustedes —añadió llevándose teatralmente el índice a los labios—. ¡Tshisst!

Todos se inclinaron hacia él.

—¿A que no saben cuándo se hará pública la noticia? —les dijo en tono confidencial.

—Bien pronto —farfulló Sandy—. La redactamos en dos horas...

—¿En dos horas? —exclamó Judy asombrada—. ¿Tan rápido?

—Sí, cariño —contestó Sandy sonriente—. Es pan comido. En realidad, el ordenador puede hacerlo prácticamente solo. Lo difícil han sido todos los años necesarios para llegar a esto. En cuanto tengamos el borrador, llamaremos a los redactores jefes de *Cell, Science* y *Nature*, a ver quién da más. Calculo que lo publicarán antes de tres semanas.

—Excelente hipótesis, doctor Raven —pontificó Greg algo hiposo—. Así hubiese sido en circunstancias normales. Pero mi sorpresa especial es... —añadió haciendo una larga pausa retórica— que el trabajo está ya en la imprenta.

Como es natural, nadie interpretó sus palabras literalmente. Pero hubo algo en el tono de Greg que inquietó a Sandy.

—¿Qué quiere decir? —le preguntó.

—Pues..., convendrán todos en que *Nature* es la revista más prestigiosa en nuestra profesión —explicó en tono grandilocuente—. En sus páginas anunciaron Watson y Crick la clave del código genético. Y, como saben, es un semanario londinense. Y, lo que es más, Marcus Williams, el actual redactor jefe, fue compañero mío en trabajos de investigación. Al llamarlo esta mañana estaba en su despacho repasando unas compaginadas. Se ha alegrado tanto por mí, y por todos nosotros, que lo ha dejado todo mientras yo le pasaba por fax un resumen de unas cuantas páginas. No sólo lo va a publicar sino que lo va a incluir en el número de *esta semana*. Estará en todos los laboratorios de Estados Unidos el miércoles.

—¿De Estados Unidos? —exclamó Sandy—. ¡Del mundo entero, profesor!

Sandy pasó los días siguientes como si flotase en una nube. Pero el miércoles por la mañana aterrizó bruscamente.

Llegó al laboratorio bastante más temprano de lo que solía llegar desde el gran hallazgo, pero no le sorprendió que varios miembros del equipo estuviesen allí, arracimados junto a lo que supuso sería un ejemplar de *Nature*. Sus compañeros estaban tan hacinados que no le dejaban ver nada.

Rudi Reinhardt, una lumbrera muniquesa especializada en bioquímica, lo vio y lo llamó.

—Eh, Sandy, ¿a que es increíble?

—¿A qué se refiere?

La expresión de la alemana reflejaba verdadera preocupación.

—¿No irá a decirme que no ha recibido su ejemplar de *Nature*?

—Supongo que sí —contestó Sandy—. Ahora mismo iba a mi buzón a ver qué novedades me trae del mundo científico.

—Pues agárrese —le dijo Rudi en tono condolido al darle la revista—. Nuestro humilde profesor ha resultado ser un ególatra camuflado.

Sandy sintió escalofríos. Cogió la revista, que Rudi había abierto por la página en la que un titular anunciaba: ANTICUERPO PARA ALGUNOS ONCÓGENES HEPÁTICOS.

Como autor del descubrimiento consignaban a Gregory Morgenstern, del departamento de Microbiología del Instituto Tecnológico de Massachusetts.

Figuraba como el único autor.

La habitual relación de colaboradores quedaba relegada a la primera nota a pie de página, que empezaba con la protocolaria fórmula: «Expreso mi más profundo agradecimiento a...»

La primera reacción de Sandy fue que debía de tratarse de una pesadilla. Era como descubrir que un santo varón como Albert Schweitzer era, en realidad, un hombre-lobo.

En un acto sin precedentes, el noble Gregory, el altruista Gregory, el abnegado Gregory, se arrogaba a título exclusivo la autoría de lo que, de hecho, ni siquiera podía considerarse una labor de equipo sino fruto del esfuerzo y del talento de Sandy.

Del aturdimiento pasó a la náusea. Casi no le dio tiempo a llegar al lavabo.

Quince minutos después, algo más rehecho, se plantó ante la secretaria de Greg, blanco como la tiza.

—¿Dónde está? —farfulló.

—No lo sé —contestó ella en un vano intento de hacerse la desentendida.

—Marie-Louise, no tiene usted experiencia en mentiras —dijo Sandy dando una palmada en su mesa—. Dígame dónde está —le espetó.

—Él y Ruth van a pasar unos días en Florida —contestó Marie-Louise muy asustada—. Eso es todo lo que me ha dicho.

—¿Cuándo? ¿Con qué compañía? —le inquirió Sandy fuera de sí—. Seguro que usted ha hecho las reservas. Siempre lo hace.

Marie-Louise bajó la vista, en parte para eludir su mirada y en parte para observar el reloj.

—Con Delta, a las doce. Probablemente estén en camino hacia el aeropuerto —contestó sin atreverse a mirarlo.

Sandy miró su reloj, corrió hacia la puerta y bajó por las escaleras hasta el aparcamiento.

Eran poco más de las once y el tráfico era muy fluido por el túnel Callahan. Fue a una velocidad endemoniada.

Al llegar a la terminal de la Delta, bajó del coche y fue directamente hacia las puertas de embarque.

Al llegar Greg Morgenstern y su esposa junto a los otros pasajeros que iban a embarcar en primera clase, vio a alguien que corría hacia ellos por el pasillo y apremió a Ruth a acelerar el paso. De pronto, una mano lo asió del hombro y le dio la vuelta.

—Es usted un vulgar ladrón, Greg —le gritó Sandy.

—¿Qué hace usted aquí? —dijo Morgenstern visiblemente asustado.

Sandy jamás había perdido los estribos. Pero estaba demasiado furioso para contenerse y zarandeó a Morgenstern.

—¡Me lo ha robado! ¡Me ha robado mi trabajo! —le gritó.

Varios empleados de la compañía y un agente de policía corrieron hacia ellos. Sandy no dejaba de zarandear al profesor.

—¿Por qué, Gregory? ¿Por qué?

—Trate de hacerse cargo —le imploró Morgenstern—. Ha sido como un arrebato de locura. He pasado toda mi vida en segundo plano. Y, Sandy, créalo o no, este proyecto era de verdad mi vida. No pensaba más que en la oportunidad de conseguir honores y respeto, en lugar de esos condescendientes y dudosos cumplidos que he tenido que escuchar durante treinta años. Es usted joven, Sandy. Ya llegará su momento...

Tan cómodo consuelo acabó de exasperar a Sandy.

—Mi momento es *ahora*. ¡Cómo se ha atrevido a silenciar mi coautoría!

—¡Calle la boca! —le espetó Greg, no menos exasperado.

Pese a lo insólito que era en él, Sandy largó un puñetazo dirigido a la mandíbula de Greg. Por suerte, un fornido policía paró el golpe. Al instante se vieron rodeados de uniformes.

—¿Se puede saber qué pasa aquí? —preguntó un agente con acento de bostoniano de origen irlandés.

Sandy y Greg se fulminaron con la mirada. Al final, fue Ruth quien los sacó del apuro.

—No ha sido más que una discusión familiar, agente —dijo ella con voz tensa—. Mi esposo y yo vamos a Florida. Este señor es nuestro yerno y...

Ruth no supo añadir más. Cogió a su esposo del brazo y lo condujo a través de la puerta de embarque hacia el aparato.

Sandy se quedó donde estaba como petrificado. Luego se percató de que lo custodiaban varios agentes. Respiró hondo, los recorrió con la mirada y se resignó.

—Como ha dicho la señora, no ha sido más que una disputa familiar.

Sandy estaba lejos de imaginar que lo peor de aquel infausto día estaba aún por llegar.

La reacción de Judy fue como el tiro de gracia.

Lo más doloroso fue descubrir que, más que su esposa, Judy era ante todo la hija de Greg.

Judy lo recibió hecha una furia.

—¡Pegarle a mi padre! —le gritó histérica—. ¿Cómo te has atrevido siquiera a tocarlo?

Sandy no sabía cómo justificar haber perdido los estribos. En el fondo, se sentía avergonzado por su comportamiento. Lo que más le dolía era el golpe bajo que Greg le había propinado.

—Me ha robado lo que me corresponde legítimamente —dijo Sandy.

—No eres más que un presuntuoso de mierda —le gritó Judy—. Lo que tú hayas hecho no es nada, comparado con los años de dedicación de mi padre.

—¡Por Dios santo! El tiempo nada tiene que ver. Lo importante son las ideas. Y las mejores las he aportado yo; las que han conducido a la solución del problema. Y, sin embargo, a mí nunca se me hubiese ocurrido no compartir la coautoría con él. Se ha comportado como el vulgar descuidero que le roba el bolso a una vieja.

—¡Basta! ¡Basta ya! —le gritó ella—. ¡No te tolero que hables de él en esos términos!

Sandy estaba tan furioso como indignado. No podía dar crédito a la reacción de Judy.

—Es inconcebible. Que lo defiendas a sabiendas de que ha cometido un fraude; de que me ha robado mi trabajo.

—¡Por el amor de Dios, Sandy! —le gritó ella—. ¡Lo merecía! Merece el reconocimiento.

—¿Y yo no? ¿Acaso no había espacio para consignar otro nombre junto al suyo, Judy? Lo que tu padre ha hecho es como patentar un invento que no es sólo suyo. Los tribunales reconocen una cosa que se llama propiedad intelectual. Y tu padre me ha robado la mía...

Ambos, igualmente exasperados, guardaron silencio unos instantes.

Sandy cayó entonces en la cuenta de algo muy doloroso: no reconocía a la mujer con la que se casó.

—Te diré algo más —dijo Sandy sin alterarse—. No vas a poder seguir jugando a dos paños. No vas a poder seguir siendo su hija y mi esposa.

—Pues, muy bien. De acuerdo —replicó ella.

—¿Se puede saber qué demonios quieres decir con eso? —dijo él.

—Está claro, ¿no? —repuso ella con suavidad pero con dureza—. Después de lo que has hecho hoy, no quiero seguir casada contigo, Sandy.

42

ISABEL

Isabel da Costa despertó una mañana a la realidad.

Durante los dieciséis años de su vida, Raymond había logrado aislarla de intrusiones y distracciones. Y era de lo que más orgulloso estaba.

Que él supiese, su hija no sabía lo que eran el dolor, la humillación ni la hostilidad, de ningún tipo. Pero, aunque el secreto talismán había sido, en gran medida, la precocidad de Isabel, eso no la ponía intelectualmente a salvo de ataques.

Tal como Raymond esperaba acertadamente, la publicación de su trabajo sobre la quinta fuerza desencadenó una tormenta. Sin embargo, pese a su magistral exposición, no convenció a los científicos que habían dedicado toda una vida a probar lo que ella echaba por tierra.

Aunque Pracht guardase un respetuoso silencio, sus colegas de universidades de todo el mundo no se mostraron inclinados a tan noble actitud. Si la jovencita era lo bastante mayor para atacar, también lo era para ser atacada.

Para la joven Isabel, los artículos publicados en la *International Journal of Physics*, y en otras prestigiosas revistas, eran poco menos que cartas amenazadoras. No se trataba sólo de que sus detractores tratasen de refutar sus conclusiones. Lo peor eran los términos con los que se referían a ella.

Varios de estos artículos rezumaban bilis. En uno se llegaba a decir desdeñosamente: «¿Qué cabía esperar de una mente tan joven? Ni siquiera ha tenido tiempo de aprender *su* física como es debido.»

Naturalmente, en todas las publicaciones se le concedería el derecho de réplica. Pero ¿quién iba a apoyarla?

Su padre no podía servirle de ninguna ayuda. En realidad, fue tan torpe que no hizo sino aumentar su presión, a fuerza de airear lo preocupada que estaba su hija. Y a Karl Pracht, que tan magnánimamente le había permitido cavar su tumba científica, no se le podía pedir que se echase más tierra encima. Además, los Pracht estaban abrumados con el trajín de su traslado a Nueva Inglaterra.

De manera que Isabel se sentía aislada, sin más recurso que el apoyo moral de Jerry que, aunque estaba fuera, compitiendo en un torneo, la llamaba a menudo por teléfono.

Los periódicos volvieron de nuevo a la carga con sus antiguas cantinelas sobre la niña prodigio de Berkeley, sólo que actualizadas. Pero ahora no todo eran elogios para «la pequeña». Sus detractores tenían sus propios contactos en los medios informativos, que no se privaban de reproducir los envenenados dardos que le lanzaban.

Isabel estaba tan agobiada por el trabajo que representaba la formulación de sus réplicas, que optó por no asistir a la ceremonia de licenciatura, para no tener que enfrentarse a la prensa.

La polvareda levantada disolvió el aura de infalibilidad de Isabel y la sustituyó por la polémica. De la noche a la mañana pasaron a considerarla un *enfant terrible*, hasta el punto de que varios miembros del departamento de Física dijeron que de ninguna manera supervisarían su tesis doctoral.

Sin embargo, no todo fueron reacciones negativas. Muchos científicos le escribieron felicitándola por su logro, y las revistas publicaron numerosas réplicas de prestigiosos científicos a quienes sí convencieron los argumentos de Isabel.

Poco antes de su marcha a Boston, Karl Pracht invitó a Isabel a almorzar en el club de la facultad reservado a los profesores. Y no pudo ocultar su asombro ni su desagrado al ver que la acompañaba Raymond.

—Con el debido respeto, señor Da Costa —dijo con irónica cortesía—, esto se suponía que iba a ser un almuerzo para dos: la estudiante y su tutor.

Pracht cayó en seguida en la cuenta de lo que le ocurría a Raymond: sentía la angustiosa necesidad de asegurarse de que no le hubiese contado a Isabel el desagradable incidente ocurrido entre ellos. Y, al comprender que no iba a poder desprenderse de aquel omnipresente padre, Karl se lo tomó con calma e hizo extensiva la invitación a su antagonista.

La conversación fue amistosa, porque tuvieron el tacto de no sacar a colación nada relativo a la quinta fuerza.

Al llegar el café, Karl les reveló cuál había sido el principal motivo de su invitación.

—Tengo el presentimiento, Isabel, de que, de ahora en adelante, no vas a encontrar un ambiente tan amistoso en Berkeley. Como es lógico, estoy ya seleccionando a mi nuevo equipo y la verdad es que creo que deberías dejarme que te proponga como profesora ayudante en el MIT. Te prometo que allí encontrarás a algún profesor de primer orden que dirija tu tesis y, en última instancia, podrías contar con mi humilde persona para hacerlo.

Raymond escuchaba en expectante silencio. Por la cara que ponía su hija, notó que el ofrecimiento no la seducía. Y cuando Isabel dijo «Lo pensaremos», ya no le cupo duda alguna de que no quería ir.

Raymond vio confirmada su intuición al salir. Mientras caminaban hacia el coche aquel radiante día de verano, su hija no abrió la boca. Esto le hizo sospechar que pese a que ahora ella y Jerry no se vieran, se sentía ligada a Berkeley por la sola *idea* de la presencia del joven Pracht.

—Me parece que lo que te ha propuesto Karl es bastante sensato, Isabel —le comentó.

Además de que el Instituto Tecnológico de Massachusetts era el Olimpo de la ciencia, pensaba Raymond, aquello significaba ganarle por la mano a Karl, por así decirlo. No hacía falta instarlo a que enviase a su hijo a Cambridge sino que serían ellos quienes fuesen, mientras Jerry permanecía en California.

—Creo que si Pracht concreta una oferta sustanciosa, deberíamos aceptar y trasladarnos a tierras más fértiles.

28 de junio

Un nuevo libro. Y un nuevo soporte: Acabo de abrir un archivo en mi ordenador personal, e intransferible, al que le voy a tener que inyectar ochenta megabytes de mi propia memoria. De ahora en adelante, mi íntimo diario será más fácil de mantener en secreto. Sin la contraseña «Sésamo» (muy poco original, la verdad) nadie puede acceder a mis notas.

Estaba muy impaciente por hablar con Jerry acerca de la invitación de Karl, sobre todo porque mi padre me presionaba de una manera increíble. De momento, me he llevado una desilusión. Porque lo que Jerry ha venido a decirme ha sido como darte una palmadita en la espalda para infundirte ánimo: que haga lo que sea mejor para mí. Quizá lo que yo esperaba era que me rogase en tono apasionado que me quedara.

Luego he pensado que ha reaccionado así porque no es egoísta. Siempre he sabido que sólo quiere, de verdad, lo mejor para mí y que nunca me plantearía exigencias egoístas, aunque una parte de mí lo preferiría.

«Míralo de este modo, Isa —me ha dicho—. A partir de esta primavera, Berkeley no va a ser para mí más que una dirección postal. De manera que, por lo que se refiere a nuestra actual dificultad de contacto, la única diferencia será la factura del teléfono. ¿No crees? Y es innegable que tiene muchas ventajas que vayas a Nueva Inglaterra. En primer lugar (me parece que nunca te has detenido a pensarlo), el MIT es prácticamente un club, llámalo equipo si quieres, de auténticos prodigios. Ciertamente tú estarás allí ya como licenciada pero, por lo menos, encontrarás estudiantes de tu edad, y eso le puede venir muy bien a tu vida de relación.»

He sentido el impulso de gritarle que no, que él era lo único que me importaba.

Pero, al colgar, he reflexionado sobre lo que me ha dicho y he comprendido que, como él va a pasar tanto tiempo de viaje, no habrá impedimento para que obtenga mi doctorado en una institución a la que mi padre llama «la Cumbre de la montaña».

43

ISABEL

11 de septiembre

Jerry tenía razón. Trasladarme al MIT ha resultado ser una buena idea en muchos más aspectos de los que papá y yo podíamos imaginar. En primer lugar, como ahora ya soy mayor (metro sesenta y cinco con zapatillas de deporte), nadie en el campus murmura ni enarca las cejas, ni me señala al pasar. Hay muchos chicos de mi edad, e incluso un par son más jóvenes.

Hay un portento matemático, procedente del instituto de Bachillerato del Bronx (sección Ciencias) que sólo tiene quince años y (el muy afortunado) tiene por lo menos media docena de chicos de su edad con quienes hablar. Quizá lo más asombroso es que se aloja en el dormitorio con otros estudiantes.

Yo, también aquí estoy de incógnito. Gracias a Karl, que le pidió a la oficina de prensa del MIT que hiciesen caso omiso de mi llegada.

Con lo caro que cuesta estudiar aquí en Cambridge, no hay tantos estudiantes dispuestos a pagar treinta dólares la hora para que les dé clase el padre de Isabel da Costa. Pero, afortunadamente, una de las condiciones que Karl me consiguió del «Tec» (que es como llaman aquí al MIT) es que, pese a las objeciones de mi padre, estoy obligada a trabajar dos tardes a la semana como profesora ayudante de los chicos que se inician en prácticas de laboratorio. Pero no me plantea ningún problema para preparar mis cursos de doctorado. Lo arduo será cuando tenga que leer la tesis. Con la tesina ya tuvieron dificultades para seguirme. Y, ahora, claro está, habré de hacerlo mejor, además de evitar la polémica. Aunque parezca increíble, aún publican cartas atacándome en las revistas.

Medio en serio, medio en broma, dice papá que ahora ya sé cómo se sintió Galileo.

En cierto modo, Isabel da Costa llevaba una doble vida. Por un lado, su asalto a la teoría de la quinta fuerza le había labrado una reputación mundial. Con independencia de que unos científicos estuviesen a su favor y otros en contra, había alcanzado tanto prestigio como notoriedad.

Sin embargo, en el campus del Instituto Tecnológico de Massachusetts no era más que una posgraduada que tenía que sudar para conseguir el doctorado.

Quizá su espaldarazo más relevante fuese un artículo que Karl Pracht publicó en *The Physical Review*, en el que decía que, tras repetir diversos experimentos, había comprobado que la refutación de Isabel da Costa era correcta.

Aunque no le faltasen invitaciones de estudiantes para salir a cenar o al cine, se veía obligada a limitar su vida social a la cafetería de la facultad, donde estaba la máquina de café teórico. Apenas le quedaba tiempo más que para supervisar y ser supervisada.

En el MIT tenía oportunidad de conocer a otros talentos que, si no más brillantes que los de Berkeley, estaban siempre con la cabeza más fresca, porque la universidad tenía una cincuentena de profesores de física en dedicación exclusiva.

Todos los profesores del departamento querían dirigir su tesis. Sabían que, allá donde Isabel excavaba, terminaba por salir oro de cuyo brillo inevitablemente participarían.

Como a lo largo de todos sus estudios, realizaba los trabajos de doctorado con suma facilidad y hacía que los profesores que dirigían los seminarios se andasen siempre con pies de plomo con ella. Pero, en el fondo, disfrutaban tanto como Isabel ante el reto que significaba tener una alumna tan aventajada. Isabel no recordaba haber sido nunca más feliz.

Por lo menos intelectualmente.

Aunque sólo fuese una profesora ayudante, tenía derecho a un cubículo al que pomposamente llamaban despacho. Pero como tenía teléfono y su ordenador personal, e intransferible, conectado a la red del Tecnológico, el cuartito en cuestión podía arrogarse cierto carácter oficial.

A diferencia de la rutinaria vida de Isabel, la de Jerry no

podía ser más nómada: distintas ciudades, horas distintas, siempre de hotel en hotel. Pero nunca dejaba de llamarla a horas en que sabía que podría hablar libremente.

Aunque llevaban sin verse desde mediados del verano, se sentían increíblemente unidos; cada vez más.

Lo cierto era que Jerry era demasiado joven para el circuito, sobre todo teniendo en cuenta que iba solo, sin entrenador.

Perdía casi siempre, y ya empezaba a considerar una victoria que los jugadores mayores que él no lo barrieran de la pista.

Pero, aunque se hubiese estancado en la clasificación de la Asociación de Tenistas Profesionales, Jerry tenía sus seguidores, sobre todo en el laboratorio de Pracht. Porque su carrera deportiva hacía que los científicos que lo conocían se sintiesen un poco «olímpicos». Aunque no fuese consciente de ello, se estaba convirtiendo en un héroe para docenas de sedentarios físicos, que veían en él a una especie de Lancelot por delegación.

Además, incluso en sus breves apariciones en el Canal Deportivo, interpretando el papel de *sparring* ante fenómenos como André Agassi y compañía, Jerry era el protagonista en otro terreno.

Muchas jovencitas aficionadas al deporte se interesaban más por el atractivo de los jugadores que por la calidad de su juego. Y, en este sentido, Jerry Pracht ganaba más puntos que el exuberante Agassi.

Qué no sentiría Isabel sentada frente al televisor del salón, ansiosa por verlo jugar, y oír los suspiros que provocaba entre las estudiantes el atractivo rubio.

Pues lo que sentía era, a veces, alegría, otras orgullo y otras soledad... y un cierto embarazo.

En una ronda de clasificación, en la que a Michael Chang le bastaron cuarenta y cinco minutos para mandar a Jerry a la ducha, una posgraduada se dirigió a las demás en voz alta.

—Y pensar que un tipo maravilloso como ése andará por Houston sin nada que hacer. Me dan ganas de llamarlo y ofrecerle mi compañía.

—¿No querrás decir tus servicios? —dijo una estudiante zumbona.

—¿Y por qué no? —contestó la otra—. Que está muy en su punto, y yo también.

—Pues no te hagas ilusiones, monada. Que un ejemplar

como ése, seguro que tiene por lo menos media docena de premios de consolación esperándolo a la salida de los vestuarios.

Por más que bromeasen, estos comentarios afectaron mucho a Isabel, que estuvo a punto de echarse a llorar antes de ir a encerrarse en su despacho.

Pero tuvo su compensación. Porque, a los diez minutos, sonó el teléfono.

—¡Dios, cómo me alegro de que estés! —exclamó Jerry tan aliviado como ella compungida—. Tengo una depresión terrible. Me han dado un palizón que no veas. Mi hermano Dink lo hubiese hecho mejor incluso sin raqueta.

Su intuición le dijo a Isabel que era más prudente no comentarle que acababa de ver el partido.

—¿Cómo ha sido? —se limitó a preguntarle.

—Prefiero olvidarlo —contestó él con franqueza—. Aunque la verdad es que si no me desahogo, estallo.

Y le largó una perorata, que duró casi tanto como el partido, fustigándose por lo mal que había jugado.

—Bueno, Isa, perdona —dijo al fin—. Menuda manera de aburrirte.

—Que no, Jerry. Es natural —le dijo ella en tono confortador.

—En parte, he estado tan descentrado —prosiguió Jerry— porque sabía que Paco me estaba viendo. En cuanto cuelgue me va a poner de vuelta y media. Si sigo jugando así, es posible que ni siquiera me reserven mi empleo en el club.

—Vale ya, Jerry —lo reprendió ella—. Yo no entiendo nada de deporte, pero lo que sí sé es que todo el mundo tiene un mal día. Y hoy te ha tocado a ti.

—¿Por qué será, Isa, que aunque eso está más sobado que el pan de pueblo, me sienta tan bien viniendo de ti?

El cumplido la llenó de satisfacción.

—¿Crees que será por lo que siento por ti? —añadió él.

«Espero que sí», se dijo Isabel.

—En fin —prosiguió Jerry—. Ya me veo venir que Paco me va a sacar del circuito para que me machaque en los entrenamientos durante una semana. Ya te llamaré cuando sepa adónde me manda. Ah, y por cierto: si en algún momento te sientes tan deprimida como yo hoy, y quieres que te haga de paño de lágrimas, aunque sea por teléfono, papá siempre sabe dónde localizarme.

Jerry no se acababa de decidir a terminar la conversación,

305

porque la había llamado también por otra razón. Al final se lo confesó con voz queda.

—Te echo mucho de menos, Isabel. A veces me pongo fuera de mí, rompería todas las raquetas y volaría a tu lado.

Isabel trató de ocultar su alegría bromeando.

—Y a empollar otra vez.

—No —dijo él riendo—. Todavía no estoy tan loco. Buenas noches. Eres maravillosa.

Como de costumbre, Isabel llamó a su padre poco antes de salir del laboratorio, para que fuese a recogerla y acompañarla a casa (una prudente práctica urbana a cualquier edad).

—¿Has trabajado mucho? —le preguntó él mientras caminaban por las calles desiertas.

—Un poco —musitó ella, absteniéndose de cualquier comentario acerca de la conversación con Jerry, que la tenía como en una nube.

—¿Sabes? —comentó él ingenuamente—. He visto a tu viejo amigo por televisión.

—¿A quién? —preguntó ella haciéndose la desentendida.

—¿A quién va a ser? Al joven Pracht. Lo han barrido de la pista. La verdad es que como tenista no promete mucho.

«Pues muy bien, papá —pensó Isabel—. Pero como persona es extraordinario.»

A diferencia de su hija, Raymond tenía mucho tiempo libre, prácticamente todo, desde que la dejaba a la puerta del laboratorio hasta que iba a recogerla a la hora que acordasen.

Bien es verdad que hacía todas las tareas domésticas (limpiar, comprar y cocinar). Luego se sentaba a leer el montón de publicaciones a las que Isabel estaba suscrita, para marcarle o recortarle todo aquello que creyese importante.

No era, desde luego, un tipo de vida muy satisfactorio, y tenía conciencia de ello. Lo más doloroso era percatarse de que también Isabel lo veía así.

Una mañana, al llegar al laboratorio a las ocho, Isabel encontró colgando del pomo de la puerta una nota de Karl Pracht, en la que le pedía que fuese a verlo lo antes posible.

Aunque un poco extrañada, fue en seguida a su despacho que, de acuerdo al rango de Pracht, era muy espacioso y tenía una espléndida vista al río Charles y a los resplandecientes rascacielos de la ciudad que se extendía a lo lejos.

Karl le ofreció una taza del excelente café de su cafetera de filtro.

—¿De qué se trata? —preguntó ella tras tomar un sorbo.

—De tu tesis, Isabel... o, más exactamente, de la falta de ella. Desde que nos conocemos, has estado en constante ebullición con teorías, ideas, conceptos, material suficiente para tener a todos los físicos de los Estados Unidos ocupados durante un siglo. ¿No te parece extraño que no acabes de redondear ni uno solo de los temas de la tesis?

Isabel se encogió de hombros.

—¿Quieres que aventure mi propia hipótesis?

Ella asintió con la cabeza.

—Es por tu padre, ¿verdad? —le preguntó él mirándola, aunque sin obtener respuesta—. Mira, Isabel; tarde o temprano, acabarás tu tesis y te van a llover ofertas para plazas de profesora titular. Y, llegado ese momento, ya no se podrá eludir la realidad de que el papel de tu padre habrá terminado definitivamente. Habrá hecho una brillante labor y podrá dormirse tranquilamente en los laureles. Pero ¿qué demonios vas a hacer tú con él entonces?

Isabel permaneció en un silencio que se hizo interminable.

—Es que me necesita —dijo al fin quedamente—. Me necesita de verdad.

—Lo sé tan bien como tú —convino Pracht en tono solidario—. El problema reside en que tú ya no lo necesitas.

—Mire, Karl, déjeme que le sea totalmente sincera con respeto a mi padre... —dijo Isabel vacilante y casi sin aliento—. Es que me da pánico.

El fax llegó a última hora de una noche de otoño, a principios de su segundo curso en el MIT. Lo habían enviado en principio al departamento de Física de Berkeley, que era al que pertenecía Isabel cuando publicó su polémico artículo, tal como figuraba en el mismo.

El decano llamó a casa de los Da Costa en Cambridge. Isabel se sorprendió gratamente al oír la voz de su antiguo profesor. Tras intercambiarse efusivos saludos, el decano le dijo algo que la hizo gritar de júbilo.

—Sí. ¡Es fabuloso! Pase el fax al departamento. Voy a correr tanto que llegaré antes de que haya acabado de pasar.

Gracias. ¡Un millón de gracias! —dijo Isabel, que colgó y se volvió entonces hacia su padre—. No te lo vas a creer: la Academia de Ciencias italiana me ha concedido el premio Enrico Fermi.

—¿El Fermi? —exclamó Raymond atónito—. Ése es el premio más cercano al Nobel de Física que le pueden dar a uno. ¿Cuándo es la ceremonia?

—La verdad —dijo Isabel meneando la cabeza con incredulidad— es que la noticia me ha dejado tan atónita que apenas recuerdo nada más de lo que ha dicho. De todos modos, no importa, porque lo dirá el fax. ¡Oh, papá! —añadió abrazándolo llorosa, de pura alegría.

«Me muero de ganas de llamar a Jerry esta noche para decírselo», pensó Isabel.

—¡No sabes lo orgulloso que estoy de ti! —dijo Ray.

—Sola jamás lo hubiese conseguido, papá.

Y, mientras seguían abrazados, se percataron de algo que ninguno de los dos comentó: Isabel ya era más alta que su padre.

El premio Enrico Fermi lo instituyó la Accademia Nazionale dei Lincei para honrar la memoria de quien fuera profesor de Física Teórica en la Universidad de Roma. Era uno de esos raros científicos tan dotado para la experimentación como para la especulación teórica.

Tras obtener el premio Nobel en 1938, Fermi escapó de la Italia fascista de Mussolini y emigró a los Estados Unidos, donde se convirtió en uno de los más destacados miembros del equipo que, en Chicago, logró la primera reacción nuclear sostenida, un experimento que culminó con la producción de la primera bomba atómica.

Al igual que tantos otros premios científicos (incluso los más modestos), el galardón no llevaba aparejado sólo una placa, o una estatuilla, sino que incluía una dotación económica. En el caso de Isabel, su arduo trabajo en el campo de la física de las altas energías se veía ahora compensado con setenta y cinco mil dólares.

Su Boeing-747 aterrizó en el aeropuerto romano Leonardo da Vinci al amanecer. Tres caballeros de distinguido aspecto, con impecables ternos negros, aguardaban a los Da Costa al desembarcar. Eran el presidente de la Academia, Raffaele de Rosa, y dos miembros del comité ejecutivo.

Mientras uno de ellos le entregaba un ramo de flores a aquella radiante jovencita de ojos castaños, se dispararon innumerables cámaras desde el otro lado del cordón de seguridad.

El respetuoso talante de los miembros de la comitiva de recepción, que la llamaban *signorina* Da Costa, contrastaba con el de los fotógrafos.

—¡Anda, sonríenos, Isabella! —le gritaban decenas de reporteros gráficos.

—¡Acércate!

—¡Saluda a toda Italia!

Mientras les recogían el equipaje, Isabel y su padre pasaron el control de aduana. Luego los tres académicos los condujeron hasta donde les aguardaba una limusina Mercedes.

Raymond, que no estaba acostumbrado a beber más que cerveza ligera, no pudo resistir a la tentación que le ofrecían las azafatas de Alitalia, que le sirvieron una copa tras otra de Asti Spumante.

De manera que franqueó la acristalada puerta de salida con paso inseguro, en compañía de dos profesores de física, justo detrás de su galardonada hija.

Durante el largo trayecto hacia la todavía dormida ciudad, uno de los científicos les leyó, en un inglés de libro y con fuerte acento, el programa de actos que los organizadores habían preparado con gran esmero. Incluía conferencias de prensa, almuerzos, más conferencias de prensa, entrevistas en televisión, dos cenas en su honor (una de ellas la víspera del gran acontecimiento en la que el estómago de Isabel estaría ya lleno de pasta de todas las formas y colores).

La apoteosis tendría lugar en el aula magna de la universidad, donde se le haría oficialmente entrega del premio.

Se esperaba que Isabel pronunciase un discurso de aceptación, después del cual irían al hotel Excelsior, donde se celebraría el banquete con el que se daría por concluido el programa de actos.

Mientras su padre se dedicaba a disfrutar de las delicias de la primera clase durante el vuelo, ella había repasado su discurso, que sería retransmitido en directo por la RAI.

El comité organizador no había escatimado gastos para mostrar su aprecio por los logros de la joven física. En la lujosa suite que les reservaron a los Da Costa en el Excelsior había no menos de una docena de ramos de flores.

Por pura intuición, Isabel se detuvo ante el más exuberante de los ramos, que, como en seguida imaginó, era de Jerry: «¡Suerte! Te quiero. J.»

Isabel guardó inmediatamente la tarjeta en su bolso.

Raymond estaba tan mareado que se excusó y fue a dormirla a su habitación.

Su hija, en cambio, pidió para ella el frugal desayuno europeo con café bien cargado, para estar despejada durante las doce horas de respiro que tenían, hasta el alud de la solemne ceremonia en el aula magna.

Después de trabajar alrededor de una hora, se levantó de su elegante escritorio (toda una antigüedad) y fue de puntillas hasta la puerta de la habitación de su padre. Como lo oyó roncar aparatosamente corrió al teléfono, sacó su pequeña agenda de la funda en la que llevaba también el pasaporte y marcó el número.

—Hola —musitó, temerosa de que su padre se despertase y la oyese—. Soy Isabel da Costa. Supongo que estaría esperando mi llamada...

Isabel permaneció unos instantes en silencio mientras escuchaba lo que le decían desde el otro lado del hilo.

—No —dijo luego—. No tendré el dinero hasta que concluya la ceremonia. Pero ya me he ocupado de que le libren un cheque conformado por el banco. Es como dinero en metálico. Espero que lo que me venda sea tan extraordinario como asegura o, de lo contrario, no hay trato. De acuerdo. Hasta entonces, pues. *Grazie.*

44

SANDY

El día más radiante en la vida de Gregory Morgenstern fue el más negro para Sandy.

Apenas tres años después de la publicación de su descubrimiento de los anticuerpos del cáncer de hígado, le concedieron a Morgenstern el premio Nobel de Medicina, como si considerasen que el galardonado era, desde hacía tanto tiempo, un silenciado héroe de la comunidad científica que debían apresurarse a reivindicar.

El anuncio de la concesión del premio le dolió bastante a Sandy. Pero la ceremonia fue como una puñalada. Porque Greg, el ejemplar padre de familia, no sólo fue a Estocolmo acompañado de su esposa sino también de su hija y de su nieta.

Por un cruel capricho del destino, los fotógrafos de toda Norteamérica se centraron en el galardonado y sus tres damas de honor.

Irónicamente, la generosidad de Sandy no había hecho sino acrecentar su disgusto. Porque, de acuerdo a los términos de su divorcio, Judy necesitaba su autorización para llevar a Olivia al extranjero.

Sintió el impulso de negársela, porque era tanto como aprovechar la oportunidad de negarle algo a Morgenstern, que a él lo había despojado de todo.

Y, sin embargo, no era tan duro de corazón como para convertir a su hija en rehén de su amargura y de su rabia. Además, pensó que si insistía en su derecho a impedir el desplazamiento de su hija, Judy lo utilizaría como arma arrojadiza contra él mientras Olivia fuese menor de edad.

—La verdad es que no me hace ninguna gracia —reconoció Sandy al pedirle Judy la autorización.

—Y me hago cargo —dijo ella en tono comprensivo—. Pero sé que te comportarás con honestidad, al margen de tus sentimientos. Porque no querrás hacerle daño a Olivia.

—Te lo autorizaré con una condición —dijo Sandy.

—Tú dirás, Sandy.

—Que no vuelvas a utilizar la palabra honestidad conmigo.

Al regresar su hija de la ceremonia, llamó por teléfono a su padre con el mayor candor.

—¡Ha sido estupendo, papá! —le dijo—. Tendrías que haber estado allí.

Nada más perpetrar Greg Morgenstern su robo intelectual, Sandy había consultado a Milton Klebanow, el más reputado experto en propiedad intelectual de la Facultad de Harvard para ver si, aunque fuese mínimamente, cabía esperar que se le hiciese justicia.

En su primera entrevista, Klebanow no se mostró del todo pesimista. Al fin y al cabo, el doctor Raven podría presentar pruebas en sus propios diarios de laboratorio, y recurrir al testimonio de expertos que evaluasen y testificasen la importancia de su contribución al proyecto.

Durante la conversación, le asaltó a Sandy el súbito temor de que Morgenstern, o cualquiera de sus acólitos, se hubiese apoderado de sus pruebas. De manera que, nada más despedirse de Klebanow, fue de inmediato al laboratorio a recoger toda la documentación, incluido su contrato con la universidad. Contagiado de las fantasías del espionaje y los espías, se abstuvo de utilizar las fotocopiadoras de la facultad y lo fotocopió todo en unos almacenes de Massachusetts Avenue.

Al día siguiente, Klebanow lo llamó por teléfono al club de profesores, donde Sandy se refugiaba últimamente.

—No soy hombre de ciencia —le dijo Klebanow— y las fórmulas exceden mi capacidad de comprensión. Pero hay dos cosas que puedo afirmar. En primer lugar, que ha trabajado usted mucho; y, en segundo, que es demasiado tarde para poder hacer nada.

—Pero ayer me dijo... —le recordó Sandy descorazonado.

—Ayer no había leído el contrato —le comentó el abogado—. Y me temo que usted tampoco lo ha leído. De lo contrario, habría tenido en cuenta la cláusula que, automáticamente, concede todos los derechos sobre lo que usted cree al director del laboratorio, en este caso el profesor Morgenstern.

A Sandy se le cayó el alma a los pies. Tenía claro que, aunque hubiese leído aquella cláusula, habría confiado en Greg lo bastante como para firmar el contrato igualmente.

Tal fue su decepción que renunció a su puesto en el MIT, confiando en que no le resultaría difícil encontrar otro empleo. Y no se equivocó, porque las universidades de Columbia y de Johns Hopkins, que eran las que mejor informadas estaban de la importancia de su labor en la investigación de Morgenstern, se le adelantaron y se pusieron en contacto con él. Esto, unido a las cartas que escribió a otras instituciones, hizo que se viese inundado de ofertas.

Con todo, la terrible injusticia amargó tanto a Sandy que adoptó, conscientemente, un cínico talante. Se dijo que, en adelante, todo su trabajo de investigación lo orientaría a medrar y enriquecerse.

Y en seguida comprendió que lo más rentable era todo aquello que estuviese orientado a combatir el envejecimiento. Todo el mundo temía morir. La muerte era, en definitiva, el enemigo universal. El científico que ralentizase el proceso (y no digamos si lograba parar el reloj) tendría el mundo a sus pies y millones en el banco.

En los laboratorios de todo el mundo se quemaban las cejas analizando los mecanismos que imponían límites a la longevidad. Legiones de científicos iban a la caza de genes que debilitaban distintos órganos del organismo, y que contenían el invisible reloj vital.

De ahí que, muy al estilo de su padre, Sandy sondease a todas las instituciones que trabajaban en proyectos convergentes con la idea de crear un instituto consagrado al estudio de la degeneración celular.

Sin embargo, al final terminó por aceptar una cátedra de microbiología, con laboratorio propio, en el Tecnológico de California.

Lo aceptó por varias razones. En primer lugar, por prestigio, por su elevada remuneración y porque contaría con modernísimas instalaciones. Pero, en la misma medida, porque le prometieron que, en un futuro no lejano, le financiarían un instituto de Gerontología. Además, también contribuyó a decidirlo el hecho de que su padre viviese en Beverly Hills.

Por otra parte, trasladarse a California significaba alejarse al máximo de Gregory Morgenstern.

Ya se habían dado importantes pasos en aquel campo. Un equipo de científicos de la Universidad de Texas descubrió un par de fatales actividades genéticas: la M-Uno que, al activarse, desencadena un lento proceso de desgaste. Y la M-Dos, que remata la faena expeditivamente.

Sin embargo, al desactivar estos procesos pudieron detener el proceso de envejecimiento.

Sandy se había concentrado no sólo en detener el proceso sino en reeducar estos genes para, en última instancia, invertir el proceso de su destructiva actividad.

A diferencia de enfermedades como la fibrosis cística, que se atribuía a un específico cromosoma, el envejecimiento se controla desde, por lo menos, un centenar de segmentos del genoma.

Algunos aspectos del envejecimiento son visibles. Sandy podía hacer consigo mismo una banal pero dolorosa comprobación con sólo peinarse por la mañana. A veces, no resistía la tentación de contar los cabellos que se le quedaban en la mano.

Éste no es sino un benigno indicador de que determinadas partes del organismo empiezan a fallar. Los telómeros —fragmentos de genes— pierden unos cuantos pares al reduplicarse.

Estas pérdidas se acumulan hasta que terminan por causar desperfectos. Sandy y sus colegas descubrieron que una enzima llamada telomerasa puede utilizarse para la que en otro tiempo fuera inevitable erosión del ADN. En otras palabras, decía Sandy en son de broma, «habían descubierto un crecepelo para los genes».

A pesar de todas sus solemnes declaraciones de misantropía, Sandy se consagraba a la investigación por un inconsciente impulso humanitario.

Porque, en mayor o menor medida, siempre subyace algo psicológico en la atracción que los científicos sienten hacia determinadas disciplinas. Y, quizá, los distintos proyectos de Sandy estuviesen, por lo menos en parte, motivados por la preocupación que sentía al ver envejecer a su padre.

Como consecuencia de muchos años de exposición al sol de California, le salieron a Sidney Raven tres manchas negras en la cara. Un dermatólogo le diagnosticó que eran malignas y se las eliminó quirúrgicamente. En su opinión, no corría gran riesgo inmediato de que el carcinoma le produjese una metástasis.

Pero el solo hecho de que su padre estuviese cada vez más

cerca de su límite vital lo espoleaba para dedicar cada vez más tiempo a su investigación. En su fuero interno acariciaba la irracional idea de regalarle la inmortalidad a su amado padre.

Y hubo otro aspecto que contribuyó también a que Sandy se decidiese por aquella universidad (y que no comentó con su padre). Ir a California significaba estar cerca de la ex Rochelle Taubman, de quien, en realidad, no tenía apenas más noticias que lo que leía en los periódicos.

Aunque su ruptura con Elliot Victor no ocupase grandes titulares —en una ciudad en la que el matrimonio no pasa de ser un deporte estacional—, los acontecimientos que siguieron proyectaron de nuevo a Kim Tower hacia el firmamento de Hollywood, y con visos de continuidad.

—¿Te has enterado de la noticia, muchacho? —le preguntó Sidney a su hijo por teléfono.

—Me he pasado todo el día encerrado en el laboratorio, papá.

—Pues... ¡si tiene a la ciudad revolucionada! ¡Regresa en plan triunfadora!

—¿Quién? ¿De quién me hablas?

—¿No irás a decirme que has olvidado a Rochelle, eh? —bromeó Sidney—. No sabes lo orgulloso que estoy. Acaban de anunciar que la señorita Kim Tower, antes Rochelle Taubman, va a suceder a Sherry Lansing como directora de la Fox. Es el cargo ejecutivo más importante que haya ocupado jamás una mujer en Hollywood. En realidad, según mis fuentes, ya ocupa el puesto.

—¡Dios mío! —exclamó Sandy—. ¡Es fabuloso! Quizá debería enviarle un telegrama de felicitación o unas flores... o algo.

—¿Y por qué no la llamas, muchacho? Seguramente se alegrará de saber de ti. Recuerda que la conociste cuando no era más que un pececito. Pero, bueno, tú verás. Voy a ver unas pruebas. ¿Por qué no te acercas luego con el coche a Chasen's? Te invito a la mejor carne con chile que hayas comido. Y brindaremos por Rochelle.

—Estupenda idea. Puestos, te recojo, si quieres.

—No hace falta, hombre. Que iré primero a casa a cambiarme. Nos vemos allí a las ocho.

Aunque no perteneciese al mundillo de Hollywood, Sandy se sintió algo apocado al detener su modesto Chevrolet a sólo unos metros de la marquesina a franjas verdiblancas de Chasen's, mientras aguardaba a que los porteros aparcasen dos impresionantes Silver Cloud.

Al dar Sandy su nombre, el *maître* lo saludó con una leve inclinación de cabeza. En seguida lo condujo hasta un compartimiento del lujoso restaurante con los asientos tapizados de terciopelo rojo.

Declinó la sugerencia de tomar un cóctel y pidió agua mineral. Cuando sus ojos se hubieron acostumbrado a la semipenumbra del restaurante, miró en derredor tratando de ver algún rostro famoso.

Tan ocupado estaba Sandy en otear el estelar firmamento que perdió la noción del tiempo. Después de creer haber entrevisto a Paul Newman y Joanne Woodward, cayó en la cuenta de que eran casi las nueve. Su padre no aparecía. Llamó al camarero y le pidió un teléfono.

—En seguida se lo traigo, señor.

Al cabo de unos momentos, Sandy marcaba el número de la Twentieth Century-Fox.

Sonó el teléfono varias veces. Pero nada. Quizá los estudios estuviesen cerrados por la noche. No. Era absurdo. Siempre había alguien, aunque sólo fuese un humilde guionista.

Al fin contestó una voz de hombre. Comprendió que, a aquella hora, las llamadas pasaban a Seguridad.

—¿Podría decirme si todavía queda alguien trabajando en las salas de proyección? —preguntó Sandy.

Notó que el empleado llamaba a varios números interiores.

—Me temo que no hay nadie —le dijo al cabo de unos momentos.

—¿Podría ponerme entonces con Sidney Raven, por favor?

—Lo siento, señor. Aquí no hay nadie con ese nombre.

—¿Bromea? Sidney Raven. R-A-V-E-N. ¡Hace veinte años que trabaja en la Fox!

El empleado volvió a repetirle lo mismo como un autómata, sin la menor vacilación.

—Lo siento. No hay nadie con ese nombre que tenga extensión. Así que buenas noches, señor.

Al colgar el empleado, Sandy se quedó estupefacto. Dejó pasar otro cuarto de hora, hecho un manojo de nervios y, ya iba a llamar de nuevo, cuando al fin apareció su padre.

En contra de su costumbre —siempre iba hecho un figurín, impecable en su presentación—, Sidney apareció desaliñado, desgreñado, con la camisa desabrochada y el nudo de la corbata colgando debajo de su pecho.

—¡Dios mío, papá! ¿Qué te ha pasado?

—Estoy muerto, muchacho. Soy un cadáver andante.

Sandy se levantó, rodeó con sus brazos a su padre y lo ayudó a sentarse.

—Te pediré una copa —le ofreció Sandy solícito.

—Me parece que ya me he tomado demasiadas.

Entonces reparó Sandy en que a su padre le olía el aliento a whisky.

—No me tengas en vilo. ¿Qué ha ocurrido?

—¿Bromeas? ¿Qué crees que puede haber ocurrido para que esté así?

—Calma, papá —dijo Sandy, que le ofreció agua mineral y trató de calmarse él también—. Cálmate porque, si no me lo cuentas, ¿cómo lo voy a saber?

Sidney bebió el vaso de agua de un trago y le contó los últimos instantes de su vida profesional.

—He ido a ver las primeras pruebas de la película, y allí estaba ella esperando. De momento, me he sentido halagado. Porque me he dicho: «Casi nada: la jefa de los estudios acaba de incorporarse y, lo primero que hace, es venir a ver lo mío.»

—¿Y?

—Pues que hemos pasado la película. Y no es extraordinaria pero tampoco espantosa. Al encenderse las luces se vuelve hacia mí y me suelta: «Es una porquería, Sidney, una porquería. Y, lo que es peor: una porquería de los años sesenta.» Y me lo ha repetido qué sé yo cuántas veces —le explicó Sidney muy dolido—. Me ha dicho que no he estado a la altura, que no estoy en la onda. Y luego me ha dicho algo peor.

Sandy tenía el corazón tan encogido que hubiese preferido no oírlo, pero comprendía que su padre necesitaba desahogarse.

—¿Qué te ha dicho, papá? —le preguntó.

—Me ha llamado dinosaurio. Que soy una especie extinta, y que ni siquiera me había enterado.

—No es más que una zorra. Como mínimo, debería mostrar mayor respeto por tu carrera.

Sidney meneó la cabeza.

—¡Después de lo que has hecho por ella, que fuiste el primero en apoyarla! —exclamó Sandy furioso.

—Vamos, muchacho... Que esta ciudad tiene el récord de amnésicos.

Sandy se sintió tan ultrajado como impotente. Ni entre las tribus más salvajes de la selva podía imaginar un comportamiento semejante. Y, aunque se temía lo peor, no tenía más remedio que preguntárselo.

—¿Y ahora qué hará? ¿Te va a postergar a cualquiera de esas producciones que llaman «de adolescentes»?

—¿Bromeas? Que ya hace tiempo que cumplí los veinticinco y lo poco que me peino son canas. A la gente como yo ya no se le confían estos encargos.

—Me parece que exageras, papá.

—Ojalá —repuso Sidney—. Créeme, muchacho, incluso tú eres demasiado viejo en este mundillo. Como las cosas sigan así, dentro de un par de años los estudios los dirigirán escolares con voz de pito y un sueldo de veinticinco millones al año.

—Escucha, papá —dijo Sandy tratando de consolarlo—, es natural que estés afectado. Pero no te dejes abatir a causa de ella. Te invitaré yo a cenar esa carne con chile y luego podemos ir a dar un paseo en coche junto al mar.

Sidney asintió y Sandy llamó al camarero, que no pudo ocultar su incomodidad por el lastimoso aspecto de Sidney Raven.

Al ver comer a su padre como un autómata, Sandy comprendió que estaba destrozado. Y, aunque por muy distintas razones a las que pudieran impulsarlo en principio, ahora iba a tener que hablar con Rochelle Taubman sin dilación.

Sandy no quiso dejar a su padre solo. Optó por quedarse a dormir en la habitación de invitados, que compartían con Judy antes de aquel rosario de reveses que había sufrido.

Paradójicamente, Sandy estaba más nervioso que su padre. No paró de dar vueltas en toda la noche, pensando en lo que le diría a Rochelle cuando la tuviese delante..., si es que se dignaba hablar con él.

Estaba en la cocina tomando café al entrar su padre en albornoz.

—Eh, ¿qué haces aquí, muchacho? ¿No vas al laboratorio?

—Tranquilo, papá, que estaba demasiado preocupado anoche para conducir. Si me prestas una camisa y la maquinilla de afeitar, saldré ahora, si me aseguras que puedo quedarme tranquilo.

—Muchacho... Que me las he arreglado solo casi desde la

cuna. No temas. Lo pasado, pasado. Y ahora a pensar en el futuro. Como le dijera Claude Rains a Bette Davis en *Deception*: «Siempre he tenido un gran sentido del mañana.» De manera que me sentaré frente al teléfono y empezaré a hacer llamadas.

Aunque el optimismo de su padre no le resultaba nada convincente, Sandy confiaba en que, por lo menos, se sobrepondría para seguir con su vida cotidiana.

Sandy se afeitó rápidamente, se peinó su rebelde cabello y acabó de dominarlo con laca. Antes de salir volvió a darle ánimo a su padre y le prometió pasar más tarde a verlo.

Durante las angustiosas horas de la noche anterior, Sandy le dio vueltas a la idea de si sería conveniente llamar a Rochelle y pedirle inmediatamente una cita. Y concluyó que esto le permitiría a ella echarle un vistazo a su agenda, lamentarse por lo llena que la tenía y rogarle amablemente que llamase otro día.

De manera que decidió ir a los estudios sin más. Quizá así tampoco quisiera verlo, pero el hecho de estar allí se lo pondría más difícil.

Si lo recibía le iba a decir unas cuantas cosas.

45

ISABEL

Todo estaba dispuesto para la solemne ceremonia.

Raymond da Costa llevaba un esmoquin que había comprado en Filene. Isabel no supo acabar de decidirse entre un vestido de tafetán azul claro y otro de seda color melocotón. Al final, su padre le dijo que no le diese más vueltas y que se quedase con los dos.

Por la noche, cuando ya no cabían más dudas, Isabel recurrió a un método eminentemente científico: lo echó a cara o cruz y ganó el azul claro.

El aula magna estaba atestada de personalidades, elegantísimas, condecoradísimas y enjoyadísimas. Isabel se sentó en el centro de una medialuna de sillas dispuestas en el estrado, reservadas para distinguidos miembros de la Academia. Su padre estaba entre el público, en primera fila, con expresión radiante.

Muchos de los distinguidos invitados no pudieron evitar comentar que la galardonada parecía una preciosa colegiala italiana. Los fascinó a todos incluso antes de abrir la boca.

La presentó el profesor De Rosa. Su tono y su gesticulación fueron de lo más obsequioso. Puso a Isabel por las nubes por sus logros y recordó a los «mayores» que se hallaban presentes que, del mismo modo que la ciencia no conocía fronteras, con igual objetividad había que tratar a los científicos.

—Para la investigación científica no deben tenerse en cuenta la edad ni el sexo. Lo único que importa es el resultado —aseveró.

Luego entró en detalles acerca de la extraordinaria labor realizada por Isabel, que había obligado a los físicos más eminentes a replantearse sus conclusiones acerca de la quinta fuerza.

Después, con florido estilo, proclamó a la ganadora del premio Enrico Fermi de aquel año, *circondata d'honore.*

Entre entusiastas aplausos, Isabel se dirigió al podio. Los flashes de las cámaras iluminaron el aula como una cascada de fuegos artificiales al estrecharle la mano el profesor De Rosa, quien la besó en ambas mejillas y le entregó una placa y un sobre, antes de volver a su sitio y dejarla sola ante los focos.

Isabel dejó la placa y el sobre en el atril y se dispuso a pronunciar su discurso de aceptación. Sorprendió a todos que no lo llevase escrito. Ni siquiera notas llevaba preparadas.

Sonrió al público con pasmoso aplomo y saludó con leves inclinaciones de cabeza a uno y otro lado del aula para agradecer su presencia.

Se hizo un absoluto silencio al oírla empezar.

—*Carissimi colleghi, gentili ospiti, desidero ringraziarvi per l'alto onore che mi fate assegnandomi questo premio, di cui mi sento indegna.*

En un primer momento, la concurrencia supuso que se había tomado la molestia de memorizar, fonéticamente, aquellas palabras en italiano para halagar al país que la premiaba. Pero en seguida se percataron de que Isabel se proponía pronunciar el discurso enteramente en su lengua.

Quizá quien más estupefacto se quedó fue su padre. Isabel le había leído el borrador en inglés, sin comentarle que pensaba pronunciarlo en italiano.

Isabel empezó con unas palabras de elogio hacia los investigadores italianos, del pasado y del presente, y, sobre todo, hacia Rita Levi-Montalcini que, dos años antes, había obtenido el premio Nobel por sus trabajos sobre el crecimiento de las células nerviosas. Luego se deslizó hábilmente hacia la historia del premio Fermi.

Concluyó diciendo que todo científico moderno tenía la obligación moral «no sólo de ahondar en el saber sino de compartirlo».

La distinguida concurrencia comprendió que aquello era una velada alusión al egoísmo que presidía muchos círculos de la comunidad científica. Eran conscientes de que, en su desenfrenada carrera, muchos científicos ocultaban sus descubrimientos hasta el momento que considerasen más provechoso para sus intereses personales, en lugar de darlos a conocer de inmediato para bien de la humanidad.

Le dedicaron una cerrada ovación. Y, de haberle podido

conceder otro premio, se lo hubiesen otorgado de inmediato. La ovación no sólo fue cerrada sino prolongada. Duró más de cinco minutos.

En cuanto hubo cumplido con el protocolario compromiso, Isabel bajó a toda prisa del estrado y estuvo a punto de tropezar con el profesor De Rosa, quien, con lágrimas en los ojos, la volvió a besar en ambas mejillas.

—Es usted la octava maravilla del mundo. Usted... —le dijo.

—Le ruego me disculpe —lo interrumpió ella—, pero tengo que ausentarme durante unos quince minutos. ¿Querrá decirle a mi padre que no se preocupe? Llegaré a tiempo para la cena.

Tenía tanta prisa que no reparó en que su padre estaba a pocos pasos.

De Rosa felicitó a Raymond y le dio el recado de su hija. Raymond se sobresaltó al oírlo y casi dejó al profesor con la palabra en la boca. Salió del edificio y enfiló por la empedrada Via della Lungara, justo a tiempo de llevarse la sorpresa de su vida. Porque entrevió a Isabel montar en el asiento de atrás de una Lambretta que conducía un estilizado joven, cuyas facciones quedaban ocultas por el casco.

Ray llamó al chófer que los aguardaba junto a la limusina estacionada frente a la entrada.

—¡Gino! —gritó Raymond, que señaló hacia el fondo de una calleja por la que acababa de desaparecer la Lambretta.

—¿Sí? —dijo el chófer.

—*Andiamo!* —dijo Ray recurriendo a una de las pocas palabras que sabía en italiano.

Subieron rápidamente al coche y siguieron por la calleja por la que desapareció la moto.

Hay zonas de Roma que nunca duermen y otras que nunca despiertan. Y, en su persecución de Isabel y su motorista, pasaron por calles brillantemente iluminadas y terrazas llenas de clientes que reían y cantaban mientras cenaban y bebían. Torcieron por una oscura calle que daba a una paralela a la de las terrazas. Casi todas las tiendas estaban cerradas por la noche. Sólo se veía alguna que otra luz en las ventanas de los pisos superiores.

«¿Adónde demonios irá? —se preguntaba Raymond realmente alarmado—. ¿Irá por propia voluntad? Porque en Italia los secuestros están a la orden del día.»

—¿Qué zona es ésta?

—El Trastévere. Hay muchas tiendas de artesanía.

—Pero ¿qué hará a estas horas de la noche por aquí? —dijo Raymond—. ¡Que la cena es en su honor!

—Si quiere que le dé mi opinión —dijo Gino con marcado acento napolitano—, a lo mejor el joven se la ha ligado.

Raymond estuvo a punto de gritarle que podía guardarse sus comentarios. Y, justo en aquel momento, la Lambretta se introdujo en un callejón. Gino aceleró y luego detuvo la limusina casi sin hacer ruido.

—Creo que es mejor que sigamos a pie por aquí, *signore*. Conozco esto. Es un callejón sin salida.

Doblaron la esquina a tiempo de ver a Isabel y a su acompañante, iluminados por un haz de luz que salía de una puerta abierta.

El motorista se quitó el casco y echó la cabeza hacia atrás porque su larga melena se le venía sobre el rostro.

Raymond y el chófer avivaron el paso al ver que Isabel y el misterioso joven entraban en la tienda que, extrañamente, estaba abierta. La tenue luz del interior permitía leer las doradas letras del escaparate que identificaban el establecimiento:

GIULIANO
STRUMENTI A CORDA

Oían hablar a varias personas.

—Tengo muchísima prisa, señor Carbone. Espero que lo que le dijo a Edmundo sea cierto.

—Lo es, *signorina*, se lo prometo —repuso una voz que inequívocamente pertenecía a un anciano.

Raymond y Gino se arriesgaron a acercarse un poco más para atisbar el interior. Era una tienda pequeña, con lo que parecía un taller al fondo. De todas partes colgaban innumerables instrumentos de cuerda, desde la delicada viola *d'amore* hasta varios majestuosos contrabajos que había en el suelo, junto a una de las paredes.

Vieron que el anciano iba hacia una vitrina en la que había varios violines antiguos y que cogía uno. Era de un color ambarino oscuro y, aunque tenía algunas grietas, visibles pese al barniz, parecía en perfecto estado.

El anciano le entregó el violín a Isabel, que lo acunó entre sus brazos como si de un bebé se tratara mientras el *luthier* la ilustraba.

—Es un «Giovanni Grancino», de hacia mil setecientos

diez. Ha sido propiedad de un coleccionista durante los últimos treinta años pero, al morir, su albacea lo ha puesto a la venta. Si no logro vendérselo a un particular, lo subastará Sotheby's en Londres la semana que viene.

Al colocarse Isabel el violín bajo el mentón, el anciano le dio un arco que tenía todo el aspecto de ser de la misma época.

Isabel suspiró hondo y pasó el arco por las cuerdas, que produjeron un armonioso sonido. Y en seguida se arrancó con la *Tercera fuga* de J. S. Bach. Se arrebató de tal manera con la voz del instrumento que tocó todo el preludio. Al terminar, Carbone y el joven aplaudieron entusiasmados.

—¡Ha sido magnífico, *signorina*! —canturreó Carbone—. Ha tocado este instrumento como si hiciese el amor con él.

—Bueno —dijo Isabel sonriente—, usted ha cumplido su palabra y yo cumplo la mía. Aquí está el cheque de treinta y cinco mil dólares, conformado por el banco.

—¿Qué? —exclamó el anciano decepcionado.

—¿Qué ocurre? —preguntó Isabel.

—Creí que íbamos a regatear —se lamentó Carbone—. Le dije treinta y cinco como cifra de partida. Pero supuse que acabaríamos por ponernos de acuerdo en veintitantos mil.

—Lo siento —dijo la perpleja jovencita—. Pero ya le anticipé que no tengo la menor experiencia en estas cosas. ¿Qué puedo hacer ahora? Porque el cheque ya está extendido.

—Verá lo que vamos hacer, ingenua jovencita —dijo el anciano en tono paternal—. Por ese precio puedo incluirle el espléndido arco con el que ha tocado. Así se lleva una verdadera ganga. Si quiere, se lo puedo enviar a su hotel mañana por la mañana.

—Pues, no sé —dijo Isabel vacilante—. Es que vamos a marcharnos muy temprano. ¿Podría pedirme un taxi? Así me lo llevaré ahora... ¡Dios mío, el banquete! —añadió al recordarlo de pronto—. Voy a llegar tarde...

—No te preocupes, Isabel —dijo su padre irrumpiendo en la tienda.

—¿Cómo me has encontrado, papá?

—Tenías que habérmelo consultado, cariño —le dijo su padre sin contestarle—. Me duele, la verdad. Pero ya lo hablaremos mañana. Por lo pronto, el chófer nos espera en la esquina. Tenemos el tiempo justo para llegar al banquete.

Mientras se adentraban a toda velocidad por la laberíntica retícula que limitan Campo dei Fiori y Piazza Colonna, en dirección al hotel Excelsior, Raymond siguió regañando a su hija con suavidad.

—Además, treinta y cinco mil dólares es casi la mitad del premio. Tenías que haberme consultado, por lo menos, para darme la oportunidad de decirte que sí. Me hubiese sentado mucho mejor.

—Me parece que no —replicó Isabel tranquilamente.

—¿Por qué lo supones? —preguntó él.

—Pues porque lo he comprado para regalárselo a mamá.

46

ADAM

El viaje alrededor del mundo de los Coopersmith empezó de manera prometedora. Cumplimentaron a distinguidos colegas, muchos de ellos seguros candidatos al Nobel, desde San Francisco a San Diego.

Durante la semana que pasaron en La Jolla almorzaron o cenaron casi con todo el claustro del instituto Salk de Estudios Biológicos. Y con su legendario director, Jonas Salk (descubridor de la vacuna que venció a la poliomielitis), y su esposa Françoise.

Aunque ya nonagenario, Salk tenía la frescura de ideas de un colegial y le fascinó conocer de primera mano los descubrimientos de Adam.

Pronto quedó claro que Salk no se había dormido en los laureles. Trabajaba tenazmente para dar con algún arma contra el último azote del sistema inmunológico: el sida.

Aquella cena puso a Anya muy nerviosa.

—No me podía quitar de la cabeza que Françoise estuvo casada con Picasso. Y me avergüenza decir que llegué a preguntarle qué tal era vivir con él.

—¿Y qué te dijo?

—«Interesante.»

—Supongo que fue una respuesta sincera —dijo Adam.

—Lo que no entiendo —dijo Anya— es que pese a que Jonas Salk es una de las mentes científicas más insignes de este siglo, que ha vencido a una enfermedad que ha matado o dejado inválidos a millones de seres humanos, no se le haya concedido el premio Nobel.

Adam cogió una botella de Chardonnay bien frío y dos copas y salieron a la terraza, que tenía una impresionante vista al Pacífico.

—Pues no tengo más que una teoría de estar por casa, Annoushka.

—¿O sea? —dijo ella sonriente al llevarse la copa a los labios.

—Me temo que la Academia sueca debió de enviar sus agentes secretos para indagar sobre Jonas. Verían su instituto y su paradisíaco marco y pensarían que ya tenía bastante premio.

Anya lo miró fijamente con sus grandes ojos castaños.

—Y si te diesen a elegir, ¿qué premio preferirías tú?

—A ti —contestó él sin vacilar.

En Hawai pensaban hacer vacaciones de verdad, pero los colegas de Adam se empeñaron en que diese varias conferencias o, por lo menos, que asistiese a algunos actos. De manera que terminó por trabajar más que nunca.

Dos días antes de partir hacia las islas de los mares del Sur, los teletipos empezaron a echar humo con la polémica y, para muchos, grotesca historia de que una italiana de sesenta y dos años acababa de dar a luz a un hijo.

Como es natural, la sexagenaria madre en cuestión había dejado ya muy atrás la menopausia. Los médicos fecundaron un óvulo de una donante más joven, con el esperma *in vitro* de su nada joven esposo, y lo implantaron en la matriz de la *signora* X. Luego, con una masivo apoyo hormonal, la sexagenaria logró llevar su embarazo hasta el feliz alumbramiento.

A Adam no le sorprendió, y así se lo dijo a Anya.

—No creas que es una gran proeza. Como el óvulo era de una joven, la mujer en cuestión no ha hecho más que de incubadora. Lo que de verdad habría sido una proeza es que la mujer hubiese podido producir sus propios óvulos.

—Completamente de acuerdo —convino Anya—. Y, si de verdad crees que cabe la posibilidad, ahí tenemos otro apasionante proyecto en el que trabajar.

—Ya lo creo que cabe la posibilidad. Y a ello nos aplicaremos. No he hecho más que darle vueltas toda la mañana.

Adam abrió un cajón del escritorio, sacó papel del hotel e hizo unas anotaciones.

—Poco antes de los cincuenta años la menstruación se reduce hasta desaparecer. Existen ya fármacos que, administrados a mujeres mayores de cincuenta años, producen un moderado estímulo que logra que, por lo menos ocasionalmente, ovulen. Pero el tratamiento no es eficaz indefinidamente, y tiene sus riesgos. ¿Cómo le ves tú, doctora?

—Puesto que podemos permitirnos el lujo de hablar sólo en teoría, ¿por qué no recurrir a la más simple de las soluciones científicas? O sea, retrasar la menopausia.

—Bien. Es una solución que complacería a las mujeres también por otras razones. Y ya no es cienciaficción. Naturalmente, tendríamos que colaborar con un genetista. ¿A quién elegirías tú?

—A Avílov —bromeó ella.

—Me parece que no tiene tanto talento —replicó Adam, encantado de descalificar al rival—. Me inclino por gerontólogos como Raven, el joven científico a quien *Time* dedicó la portada por invertir el reloj genético.

—Estoy segura de que consideraría un honor trabajar contigo, cariño —dijo Anya.

—Pues me temo que Raven sea la última persona de este mundo dispuesta a colaborar con nadie después de que le hubieran prácticamente birlado el premio Nobel. Aunque, quizá, si ve esa candorosa carita tuya...

—¡Vamos, Adam! Acepta el reto. ¿Por qué no te lo conquistas tú?

Adam se echó a reír. Anya podía leer en él como en un libro abierto. Últimamente, a pesar de sus conferencias, a las que desdeñosamente llamaba «refritos para salir del paso», se sentía casi como un farsante. Desde que conociera a Max Rudolph, tantos años atrás, no había hecho más que abordar problemas aparentemente insolubles. Y ahora habían dejado de entusiasmarlo.

A la mañana siguiente, Adam utilizó los servicios de la secretaria del hotel y le dictó una larga carta para el doctor Sandy Raven, en la que lo sondeaba respecto de su posible interés en participar en un proyecto que «cae de lleno en nuestros respectivos campos». Quizá, pensó Adam, a pesar de la justificada reputación de misántropo que tenía Raven, el biogenetista hiciera una excepción y se mostrase menos arisco.

En su travesía hacia Australia se detuvieron en las Fiji, un archipiélago de trescientas islas de las que sólo una tercera parte están habitadas. En Suva, Adam recurrió a la moderna tecnología y llamó a Heather a su base norteamericana. Aunque Anya se había propuesto escribir por lo menos una postal diaria, aquél fue su primer contacto personal. Desde allí embarcaron en un pequeño bimotor que los condujo a un islote en el que había más cocoteros que habitantes.

Llegaron exhaustos y dedicaron su primer día de estancia a pasear por la playa y dormir.

Anya atribuyó su primer percance a su batalla contra la fatiga.

El crepúsculo producía un rosado resplandor en la arena mientras ellos regresaban a su *bure*, de techumbre de hojas de palmera, y dejaban que las olas lamiesen suavemente sus pies.

—¡Dios mío! ¿A qué hora tengo la conferencia? —exclamó Adam de pronto al mirar el reloj.

—Pediremos uno de esos deliciosos cócteles y me sueltas una conferencia sobre lo que se te ocurra —dijo Anya riendo.

Pero no consiguió hacerlo sonreír.

—Lo digo en serio. He olvidado a qué hora tengo que hablar. Me dijiste que a las cinco y media, ¿no? Pues habré de darme prisa e ir a por mis diapositivas.

Lo dijo en un tono que desconcertó a Anya, que se percató de que Adam no bromeaba. Estaba de verdad desorientado.

—Cariño, ya has aceptado demasiados compromisos. Por suerte, la última conferencia la diste hace dos días en Maui.

La reacción de Adam le produjo un escalofrío. Porque le dirigió una mirada de niño perdido y le preguntó si no estaban en Maui.

—Estás tan cansado, cariño, que te has despistado. Esto es Mana, en las Fiji. Y el único compromiso que tienes esta noche es descansar y pasarlo bien.

Adam miró en derredor con expresión de incredulidad. No se veía más que la interminable playa y las cimbreantes palmeras que le habían hecho creer que estaban en Hawai. Pero en seguida recuperó el control de su mente.

—Sólo quería ver cómo lo haces como diario de a bordo, Annoushka —bromeó él—. Un aprobado.

Anya se quedó tranquila al ver que ni siquiera de un inocuo lapsus se había tratado. Disfrutaron del ron con zumo de coco con un entusiasmo que hizo que, al cabo de un rato, ninguno de los dos supiese dónde estaba.

Cinco días después, bronceados y relajados, embarcaron en un reactor de la Qantas para empezar lo que sería una triunfal gira por Australia.

329

Sería difícil decir quién disfrutó más sus conferencias, si Adam o los profesores a quienes se dirigió en Perth, Adelaida, Melbourne, Sydney y Brisbane. Además de ver en persona a alguien con tanto carisma, todos se sintieron cautivados por su habilidad para atraer su atención. No dejaba de mirar al público mientras hablaba. Sólo muy raramente bajaba la vista para consultar sus notas.

Luego regresaron a Sydney para pasar unos días de pleno ocio y asistir a la ópera. Sin embargo, para entonces empezaban a percatarse del precio de la fama.

Pese a que Australia tiene casi la misma extensión que los Estados Unidos continentales y cuenta con grandes ciudades, predomina una mentalidad provinciana. Las conferencias de Adam las reproducían todos los periódicos locales, allá donde las pronunciaba. Y, como la naturaleza de sus investigaciones tocaba la fibra sensible (pues todo el mundo comprende el dolor de la mujer estéril), en sólo dos semanas se convirtió en una celebridad.

Lo invitaban a programas de televisión de los que nunca había oído hablar y a fiestas con personas a las que de nada conocía.

—¿Sabes, Anya? —le confesó a su esposa al regresar en taxi de una fiesta que se prolongara hasta altas horas de la noche—, me consideraba el tipo más ambicioso del mundo. Y ahora que la Clarke-Albertson vela por nuestro futuro económico, me doy cuenta de que no preciso adulación alguna. Más aún, he descubierto que detesto la popularidad, eso de que vayas a la tienda y te digan «¡hola, doctor!» y todo ese servilismo que antes imaginaba que sería tan gratificante.

—Pues mejor será que te acostumbres, cariño. Piensa en cuán famoso serás cuando te concedan el Nobel.

Al detenerse el taxi frente al hotel Regent, el portero se apresuró a saludarlos. Adam sacó la cartera para pagar al taxista, pero éste no quiso cobrarle.

—De ninguna manera, doctor —le dijo—. Ha sido un honor tenerlo por pasajero. Sólo quiero su autógrafo para mis hijos.

Mientras cruzaban del brazo por el lujoso vestíbulo del hotel, Anya se le arrimó amorosamente.

—Vamos, cariño, confiesa, ¿a que te ha gustado el detalle?

—¡Como si no se me notara! —reconoció él sonriente.

Y así concluyó el último día feliz de sus vidas.

La mañana siguiente la dedicaron a ir de compras y luego almorzaron una réplica australiana de la langosta de Nueva Inglaterra, en un restaurante con vista al este de Darling Harbor.

Como había dormido bien, Adam estaba bastante relajado, y contento al ver lo entusiasmada que estaba Anya ante la representación de *Eugenio Oneguin*, en ruso, a la que asistirían en la Opera House por la noche.

—A veces olvido lo difícil que debe de ser para ti tener que desenvolverte constantemente en una lengua extranjera.

—¿Te refieres al australiano? —bromeó ella.

A media tarde, Adam se enfundó el chándal (que llevaba estampada la inscripción «US Drinking Team»), regalo de despedida del personal de su laboratorio, y salió a hacer *jogging* mientras ella iba a la peluquería del hotel.

Al regresar a la habitación dos horas después, Anya se sorprendió al ver que Adam no estaba y que no había dejado ninguna nota. No era posible que estuviese todavía practicando *jogging*.

Como aún tenían tiempo de sobra para llegar a la ópera, Anya no se preocupó. Aunque sí cuando ya estuvo vestida y Adam seguía sin aparecer.

A las seis, su preocupación era tal que iba a llamar a la policía. Y, justo entonces, la llamaron a ella.

—Señora Coopersmith —le dijo un comisario—, hemos retenido a su esposo, que merodeaba un poco achispado por el vestíbulo de la Opera House, en chándal.

Anya suspiró aliviada.

—Como tenía la mirada vidriosa, los de Seguridad han pensado que quizá estuviese drogado. No ha opuesto resistencia ni ha dicho nada cuando le hemos pedido que nos acompañase, y uno de los agentes lo ha reconocido por haberlo visto en televisión. La verdad es que estaba muy mal. Pero, al calmarse, nos ha pedido que la llamásemos lo antes posible. Nos ha costado, porque..., bueno, no recordaba dónde estaban ustedes...

Encontró a Adam hablándole a un pequeño y respetuoso grupo de agentes del orden acerca de las maravillas de la investigación científica.

Reaccionó exultante de alegría al verla.

—¡Cómo me alegro de verte, Annoushka! Precisamente les decía a estos amables señores que estaba preocupadísimo al no verte en la ópera.

—Perdona por el malentendido —dijo ella para tratar de ocultar lo incómoda que se sentía—. Creí que habíamos acordado encontrarnos en el hotel. Pero me han dicho que no recordabas el nombre.

—Bah —replicó Adam—. Hemos estado en tantos hoteles las últimas semanas que, por un instante, se me ha ido de la cabeza. Pero sé perfectamente dónde estamos: en el hotel Regent, habitación 1014. Apuesto a que tú no recuerdas el número de teléfono. Yo sí: el 663 22 48.

Anya meneó la cabeza. Comprendió que Adam trataba desesperadamente de demostrarle a la policía que su memoria funcionaba.

—Tienes razón. La verdad es que no lo recordaba —dijo ella con todo el aplomo que pudo—. Desde que te conozco —añadió dominándose— has tenido siempre una memoria fotográfica.

47

ISABEL

25 de octubre

*Papá se ha pasado todo el vuelo de regreso a casa con cara de
juez. Y nada comunicativo. He tenido la clara impresión de que,
de no ser por lo gozoso de las circunstancias, se habría puesto
como una fiera por el regalo que le he comprado a mamá.*

*Sé que le ha dolido, pero ¿tengo yo la culpa de que sea in-
capaz de comprender que una persona tiene padre y madre, y que
es posible, e incluso normal, quererlos a los dos por igual?*

*En fin, lo que es yo, he bebido un poquito de Chianti como
una especie de brindis de despedida para mí sola.*

*Porque tengo claro que, me reserve lo que me reserve el fu-
turo, mi vida no volverá a ser igual.*

Exultante tras su coronación italiana, Isabel regresó a Boston e inmediatamente fue a ver a Karl Pracht.

—¡Bien venida a casa, campeona! ¿Qué tal Italia?

—Muy italiana, Karl. Con lo que aún no me he gastado del
premio lo voy a invitar a la mejor cena de su vida.

—El *New York Times* ha reproducido algunas frases estu-
pendas de tu discurso. Ya sabía yo que tenías futuro.

—Pues si del futuro hablamos... A lo mejor no se lo va a
creer, Karl.

—Bueno, mientras no te propongas que me quiten el título
por negligencia profesional, estoy preparado para cualquier
cosa que me digas. ¿De qué se trata?

—Le vengo dando vueltas a la Teoría del Campo Unificado
—musitó ella.

—¿A qué versión? Porque hay un montón.

—Pues... a la mía. Me gustaría ver si soy capaz de formular una completa hipótesis que interrelacione las distintas fuerzas energéticas.

—No te equivocabas: no me lo creo —dijo Pracht—. Me parece que en tu anterior reencarnación debiste de ser funámbula. Nadie respeta tanto tu talento como yo, pero, como sabes, Einstein trabajaba en ello al morir. ¿Hay en ti un perverso instinto que se empeña en desentrañar el misterio que Einstein dejó sin resolver?

—Sólo he dicho que me gustaría intentarlo, Karl —replicó ella—. Cualquiera de los innumerables temas en los que puedo ahondar en la tesis me llevará, por lo menos, año o año y medio desarrollarlo. Abordar la Gran Teoría Unificadora es un verdadero desafío. Además, los fracasos fortalecen el carácter, ¿no, profesor?

—Mira, Isabel —contestó él—, en mi opinión, todas las «grandes teorías unificadoras» no son más que especulaciones. Se habla mucho de ellas, pero nadie cree que sean de verdad posibles.

—Supongamos que malgasto uno o dos años —porfió ella—. Todavía estaré lejos de que me concedan la tarjeta de autobús de la tercera edad.

—Te sugiero que vayas a hacerte una tortilla de aspirinas —le dijo Pracht tras reflexionar un momento.

—¿Por qué motivo?

—Pues porque lo que haces es como darse de cabeza contra la pared.

Lamentablemente, Raymond no compartió el entusiasmo de su hija.

—No puedes hablar en serio, Isabel. Es como un castillo de naipes. Me parece inconcebible una teoría que aúne la fuerza de la gravedad, la electromagnética, así como las interacciones nucleares débil y fuerte. Son demasiado distintas.

—Vamos, papá, que, si yo no lo intento, otros lo intentarán. No olvides que Weinberg, Salam y Glashow obtuvieron el Nobel en mil novecientos setenta y nueve por la más valiosa tentativa realizada hasta la fecha. Trabajaban con energías de masa inerte entre cincuenta y cien veces superiores a la masa de un protón. Pero su teoría no podrá ser probada concluyentemente hasta que se construya una nueva generación de aceleradores de altas energías. Supón que formulo una teoría incontestable. Hasta la fecha nunca me he equivocado, ¿verdad?

—Bueno, tu extravagancia romana no la consideraría yo una decisión muy inteligente —le dijo su padre en tono sarcástico.

—¡Por el amor de Dios! ¿Cuándo vas a dejar de atizarme en la cabeza con el violín de mamá? Era *mi* premio, y tenía derecho a gastarlo como quisiera. La próxima vez me lo gastaré todo en ti encantada. Aunque no necesitas nada... Quiero decir...

Isabel se percató de inmediato de que su retórica la había traicionado.

—... que —prosiguió él—, por lo que a ti respecta, he dejado de ser útil. Lástima que sea demasiado joven para ir a una residencia de ancianos.

Nadie mejor que Raymond da Costa sabía lo fácil que era hacer sentirse culpable a quien, en el fondo, era casi una niña.

—Ni se te ocurra decir eso otra vez —se dolió Isabel—. Nunca olvidaré lo mucho que te has sacrificado por mí. Si tan tajantemente te opones a que aborde el tema, ya investigaré otras cosas.

Era ahora Raymond quien se sentía culpable. Por puro instinto de conservación comprendió que su única alternativa era la magnanimidad. Se acercó a su hija y la tomó de las manos.

—Isabel, mi geniecillo. ¡Adelante con las estrellas! —le dijo en su tono más afectuoso—. Si alguien puede conseguirlo, ésa eres tú, sin duda.

Muriel se había quedado sin habla. Pasado un instante, exclamó:

—No tenías que haberlo hecho, cariño. Me siento abrumada. Casi no me atrevo a tomar con mis manos algo tan valioso y, no digamos, tocar con él.

Mientras Isabel miraba extasiada, su madre cogió el antiquísimo violín y el arco y se limitó a unos acordes, de puro temor a profanar el maravilloso instrumento.

—¡Dios mío! ¿No ves que esto está hecho para tocar..., pues eso, como los propios ángeles? —dijo Muriel, que atrajo a su hija hacia sí y la estrechó entre sus brazos—. Pero ¡qué demonio de chica! ¡Gastarte semejante fortuna!

—¡Bah! —exclamó Isabel alegremente—. El premio Fermi no ha sido más que una fortunita.

—Es maravilloso el regalo que le has hecho a mamá, Isabel —le dijo Peter, una noche que fueron a cenar a un restaurante chino con su novia Terri—. Está como loca de contenta, y se pasa tocando día y noche.

—¡Cómo debe de «flipar» Edmundo al oírla! —aventuró Terri.

La novia de Peter era un rubia estudiante, muy bonita, que parecía enamoradísima de él. Isabel se alegraba de corazón. Porque, pese al poco caso que su padre le había hecho, su hermano había sabido encauzarse. Tuvo el presentimiento de que no tardarían mucho en casarse.

—¿Y no se hace un poco cuesta arriba que le den a una semejante premio y tener que trabajar para profesores que, probablemente, ya no saben ni dónde tienen la mano derecha? —preguntó Terri.

Isabel estaba tan cansada de hablar de sus logros que ignoró el comentario y contestó con otra pregunta.

—¿Cómo es que Edmundo ha vuelto a Argentina? ¿Lo han invitado a dirigir alguna orquesta?

—No lo sé —contestó Peter—. Un familiar suyo está enfermo. Pero no sé de quién se trata. Últimamente ha ido a Argentina una vez al mes.

—Imagino lo que pensaréis —dijo Terri sonriente—. Pero no va por ahí. No hay otra mujer. Muriel y Edmundo están enamoradísimos. Es más: al enterarse de que venías, ha intentado posponer su viaje, pero no nos has avisado con bastante tiempo.

—Pues ahora sí os aviso con antelación: me voy a hibernar, y no pienso reaparecer hasta que termine la tesis. Porque, como os he dicho antes, he elegido el hueso más duro de roer.

—Hermanita —le susurró Peter, que le apretó el hombro cariñosamente—, no esperaba menos de ti. Ah, por cierto, ¿todavía es tu tutor el tal Pracht?

—Claro.

—¡Formidable!; ¿has oído eso, Terri? ¡Es el padre de Jerry Pracht!

—¡Anda! —exclamó su novia—. Es guapísimo. ¿Lo conoces?

—Nos hemos visto un par de veces —contestó Isabel, temerosa de haberse ruborizado.

—¿Y en persona también es tan guapo? —preguntó Terri,

que, pese a que la hermana de su novio fuese una celebridad, nunca había mostrado tanto interés por su vida académica.

—Es absolutamente maravilloso —repuso Isabel con secreto orgullo—. Y, además, es listo como un demonio.

—Eso me pareció a mí la otra noche, en la entrevista que le hicieron por televisión —dijo Peter.

—¿Qué entrevista? ¿Qué noche? —preguntó Isabel ansiosa—. Últimamente no me entero de lo que pasa en el mundo.

—Ya. Si no te lo ha contado papá, no te habrás enterado —dijo Peter—. Me parece que el deporte no es precisamente lo tuyo. El caso es que, anteanoche, jugó como si le hubiesen metido un cohete en... —añadió Peter, que se abstuvo de terminar la frase.

—Sí, hombre, en el culo, en el culo —dijo Isabel radiante—. ¿Y cómo lo hizo?

—¡Casi nada! Eliminó a Boris Becker en tres sets en el Open de Australia.

—¡Dios santo! ¿Desde dónde puedo llamarlo? —farfulló Isabel eufórica.

Peter y Terri se echaron a reír.

—¿A tu edad en el club de fans? —bromeó su hermano.

—No. Bueno, sí... Es que somos un poco amigos. ¿Y en qué lugar del ranking estará ahora?

—¿Ranking? —exclamó Peter enarcando las cejas—. ¿Te has convertido también en una experta en tenis, hermanita?

—¡Bah, hombre! ¡Que no he hecho más que una simple pregunta! —protestó Isabel visiblemente azorada.

—Pues si quieres que te sea sincero, fue un partido tan apasionante, que no me fijé en el dato del ranking. Pero no importa. El caso es que ahora irá a Roland Garros y a Wimbledon.

—¡Sí que importa! —insistió Isabel.

—Mira, oye, no lo sé —contestó su hermano, muerto de risa—. Pero muy arriba, seguro.

48

ADAM

Anya estaba al borde del pánico, sin saber qué hacer. Pensó llamar a Charlie Rosenthal, pero no estaba segura de qué hora era en Boston. Aparte de que temía que Adam se enfadase.

Adam salió de la ducha de muy buen humor e insistió en bajar a cenar. Aunque se esforzó por ocultar su preocupación, Anya estaba tan afectada por lo ocurrido aquella tarde, que no pudo probar bocado. Él, en cambio, comió con inmejorable apetito.

—¿Qué te pasa, cariño? —le preguntó alegremente, aunque abstraído—. ¿Te has disgustado por que nos hayamos perdido la ópera?

—No —contestó ella, que en seguida se corrigió—. Sí.

—Pues lo siento de veras —dijo él—. No sé qué quieres que te diga. Es algo que le puede pasar a cualquiera.

Aunque ella asintió con la cabeza pensó que no, que a cualquiera no. Y menos lo que le había sucedido a su marido.

Por la noche, Adam hizo el amor con ella apasionadamente y Anya trató de corresponder a su ardor, aunque no podía dejar de pensar si el entusiasmo que mostraba él no sería una manera de enmascarar lo que hubiese ocurrido.

Luego Anya no pudo dormir. Estaba demasiado inquieta para seguir en la cama y se levantó y se sentó a mirar por la ventana abstraídamente. A los cinco minutos, su esposo debió de notar que no estaba en la cama y se despertó.

—¿Qué ocurre, Annoushka?

—Nada, nada. Que he tenido una pesadilla.

Aunque Adam no intuyó el trasfondo de lo que le ocurría, se percató de que necesitaba que la tranquilizase. Se levantó, se puso el batín, se sentó a su lado y la estrechó entre sus brazos.

—Anda, Anya, no me tengas en vilo —le rogó—. ¿He hecho algo que te haya molestado?

—No sé cómo decírtelo —contestó Anya llorosa—, ni si lo entenderás. Pero me parece que tienes problemas de memoria.

—No —repuso él sin vacilar.

Pero lo dijo casi como un acto reflejo porque, inconscientemente, notaba que, en efecto, su capacidad para recordar se debilitaba.

—Que estás hablando con el que llaman «ordenador andante» —añadió Adam.

—Lo sé, Adam, lo sé —admitió ella, que, no obstante, vio que el comentario de su esposo le daba cierto pie a planteárselo—. Con mayor razón para que recuerdes cómo se producen estos casos.

—Pregúntame lo que quieras —dijo él como si de un juego se tratase.

Tan delicadamente como pudo, Anya le describió los síntomas de un hipotético paciente con un comportamiento similar al suyo.

—Ya sé que no es tu especialidad —dijo Anya—, pero ¿con qué especialista crees que debería consultar el paciente en cuestión?

—Bueno, tal como lo has descrito, suena a secuelas de un leve infarto —contestó Adam—; un pequeño fallo cardíaco que produce una amnesia de breve duración. Tu paciente tendría que acudir, probablemente, a un neurólogo. Pero explícate mejor —añadió con una mirada de ansiedad que delataba lo que su tono trataba de ocultar.

Vacilante, como un soldadito que medrosamente avanzase por un campo minado, Anya le contó los varios lapsus que había tenido, desde aquel primer despiste en la playa cuando estaban en las Fiji. Que en días sucesivos tuvo otros lapsus, sin mayor trascendencia, pero que confirmaban el síntoma. Hasta hoy, en que lo ocurrido mostraba que algo serio le pasaba.

Adam escuchó en silencio y luego se quedó muy pensativo.

—Recuerdo... —dijo al fin en un tono quedo y monocorde—. Tengo la vaga sensación de no haber podido recordar. La verdad es que estoy asustado, Anya —terminó por confesarle—. Muy asustado. Terriblemente asustado.

Anya lo atrajo hacia sí y lo estrechó entre sus brazos.

—No te preocupes, cariño. Cogeremos el primer vuelo que salga y volveremos a casa. Y, sea lo que sea, seguro que habrá alguien en Harvard que le ponga remedio.

Adam, que en aquellos momentos estaba completamente lúcido, se dijo que no estuviese tan segura, que, por ejemplo con ella, nada habían podido los tan ponderados poderes de la mágica Harvard.

Anya sintió un extraño alivio. Quizá porque, al decírselo, podían compartirlo todo de nuevo, incluso su enfermedad, fuese lo que fuese.

—Claro que, puestos a diagnosticar —dijo él en un vano intento de hablar con frialdad de su propio caso—, no podemos descartar la posibilidad de un tumor...

—Oh, no —exclamó ella estremecida.

—No creas que me preocuparía mucho —dijo él—. Esos fontaneros del cerebro manejan el láser de manera increíble. En un minuto solucionan el problema.

Anya seguía demasiado asustada para percatarse de que el análisis de su esposo dejaba fuera muchas otras posibilidades que no se podían descartar.

—¿Sabes qué? —añadió Adam—. Bien pensado, no veo por qué habríamos de regresar a casa por esto. Para empezar, con juramento hipocrático o sin él, nuestros doctos colegas siempre van a sacar tajada, y, por poco importante que sea lo mío, no dejarán pasar la ocasión. Aquí en Australia hay médicos extraordinarios. ¿Por qué no vamos al hospital Universitario y consultamos el directorio?

Anya asintió y, milagrosamente, ambos lograron dormir unas horas. Al despertar por la mañana, desayunaron en la habitación y luego empezaron a indagar en busca de un buen médico.

La bibliotecaria del hospital Universitario había asistido a la conferencia de Adam la semana anterior. Se mostró encantada de que los Coopersmith buceasen en la base de datos de su ordenador.

—Déjame a mí —dijo Anya, que se sentó ante el teclado. Sentía la imperiosa necesidad de hacer algo por él, aunque sólo fuese teclear.

En sólo unos instantes la pantalla del monitor los llevó por todo el continente médico australiano. En Sydney no sólo había varios especialistas sino que uno tenía el consultorio a pocas manzanas del hospital.

—¿Quieres que me acerque a pedir hora? —se ofreció Anya.

—No, no —objetó Adam—. Aquí me sentiría como desnudo. Me refiero a que todos me conocen. Ya has visto el rollo que nos ha soltado la bibliotecaria.

—Oye, Adam, dudo que te encuentre un experto pingüino en la Antártida —le reconvino Anya cariñosamente—. ¿No crees que Australia ya está bastante lejos de Boston?

—Sí, pero en Nueva Zelanda me conocen menos, o nada —replicó él tras reflexionar un momento—. A ver qué encuentras por ahí.

Anya se encogió de hombros y siguió tecleando. En seguida dio con algo que pensó que a Adam le satisfaría: Escuela de Medicina de la Universidad de Otago, Dunedin, en South Island, Nueva Zelanda. Más remoto imposible. Y, sin embargo, podía presumir de una de las facultades de Medicina mejores del mundo.

James Moody, el catedrático de Neurología, tenía un prestigio internacional. Además, según la base de datos, tenía allí un modernísimo scanner que permitía una inmediata exploración de distintas zonas cerebrales.

Y no se equivocó Anya. Porque Adam anotó los números de teléfono y de fax de Moody en cuanto vio la información en pantalla.

Al llamarlo, el neozelandés se mostró un poco reacio, quizá porque Anya quiso ser tan discreta al explicarle de qué se trataba, que Moody no lo consideró tan grave. Además, le extrañaba que el doctor Coopersmith no recurriese a cualquiera de sus distinguidos colegas australianos.

Sin embargo, ante la insistencia de Anya, Moody les dio hora para dos días después.

Los Coopersmith pasaron aquel par de días con el corazón encogido. Por lo pronto, los síntomas de Adam ya les habían hecho cambiar de costumbres. De mutuo acuerdo, decidieron que Adam ya no saldría a hacer *jogging* y se conformaría con la ciclostatic del gimnasio del hotel.

Aunque trataron de infundirse ánimo recíprocamente, temblaban por dentro al pensar en el diagnóstico que pudiera darles Moody.

Cogieron un vuelo de Sydney a Auckland, desde donde conectaron con otro vuelo a Dunedin. Pasaron allí prácticamente toda la noche en vela, viendo una película tras otra en el televisor de la habitación del hotel.

Por la mañana temprano, después de pasar por el laboratorio de la primera planta para los análisis de sangre, llegaron al consultorio del doctor Moody a las nueve en punto.

Moody era un hombre de unos cincuenta y cinco años. Tenía la piel curtida, el pelo totalmente blanco y (cosa rara en un neurólogo) una gran simpatía.

—Imagino lo preocupados que deben de estar —dijo en cuanto hubo oído lo esencial—. De manera que, antes de aventurar nada, ¿por qué no consultamos con los aparatos?

Moody se había mostrado muy comprensivo al rogarle ellos la mayor discreción. Sólo estaba presente un radiólogo. Como máximo —si era absolutamente necesario— llamaría a dos asistentes. Además, invitó a Anya a ir a la sala de control para que viese con él las imágenes en pantalla.

Previamente le inyectaron a Adam un preparado especial de glucosa (la principal fuente energética de la actividad cerebral). Minutos después, Adam estaba tendido en una camilla, conectado a los futuristas ojos del scanner, que transmitían a la pantalla imágenes de distintas zonas de su cerebro.

Moody prestó especial atención a los lóbulos occipitales frontales. Casi de inmediato, Anya miró al médico tratando de detectar algo en su expresión.

El médico pareció fijarse especialmente en un punto. ¿Había fruncido el ceño o eran figuraciones suyas?

—Bueno, ¿qué ha visto, doctor? —preguntó Adam con ansiedad, al volver el médico y Anya de la sala de control para desconectarlo de la mesa.

—Llámeme Jamie, por favor —dijo el médico—. De todas formas, abajo estaremos más cómodos. Me adelantaré a pedir café y charlaremos.

Adam, con una extraña expresión en la cara, tomó a Anya de la mano.

—Ahora ya sé lo que más crispa a los pacientes —musitó—. Que se te salgan por la tangente cuando preguntas algo.

—Bueno...

Moody dejó flotar la frase en el aire de un modo inquietante.

—Un tumor, ¿no, Jamie? —se adelantó a aventurar Adam, impaciente por que le diese el diagnóstico.

—No, no es un tumor, Adam —contestó el médico—. Por lo menos, que yo vea.

Adam analizó mentalmente las palabras de Moody como el más aprensivo de los hipocondríacos. *Por lo menos, que él vea.*

«Es decir, que acaso un diagnóstico más preciso detecte que sí tengo un tumor», pensó.

—¿Ha encontrado algo anormal? —lo apremió Adam, muy angustiado.

—He detectado leves rastros de nudos neurofibrilares y unas feas placas que rodean un núcleo de proteína amiloidea.

—¿Lo que significa? —lo urgió Adam.

Moody casi no se atrevía a decírselo. Pero no tenía más remedio.

—Me temo que se trata de la enfermedad de Alzheimer.

—¡Ah, no! —estalló Adam—. ¡El Alzheimer, no! Que aún no me toca, Moody. Sólo tengo cuarenta y cuatro años. ¿No podría un tumor producir el mismo comportamiento errático?

El médico no contestó de inmediato. Anya, que se había quedado helada, se adelantó con otra pregunta.

—¿Cabe la posibilidad de que se haya equivocado, doctor?

—¡Por supuesto que se equivoca! —gritó Adam sin querer aceptar la realidad—. Los lapsus que haya podido tener sólo son consecuencia del cansancio. Mi memoria está perfectamente. Tanto es así que puedo detallarle, literalmente y de memoria, toda la sintomatología de la enfermedad de Alzheimer para que vea lo equivocado que está.

Anya y el doctor Moody se miraron. Con una leve inclinación de cabeza, el médico le vino a decir que era mejor que su esposo se desahogase con sus pedantes protestas.

—Entre las anormalidades bioquímicas asociadas a fallos neuronales —soltó Adam de carrerilla como si lo leyese en una enciclopedia— figuran la acumulación de aluminio, alteración de la membrana neurocelular, de la metabolización de fosfolípidos, así como disminución de sustancias neutransmisoras como...

—Por favor, cariño —le rogó ella—, tu memoria es fenomenal. Pero el scanner no miente.

—Sí, pero ¿quién nos dice que no se ha equivocado el doctor al interpretar los datos?

Moody no se sintió ofendido. Se limitó a darse la vuelta, coger un libro de texto del estante y dejarlo sobre la mesa. El libro pareció abrirse solo por la página adecuada. Moody se lo pasó a Adam.

—Con todo mi respeto, doctor Coopersmith. Le ruego le eche un vistazo a estas fotografías y saque sus propias conclusiones.

La páginas mostraban dos ilustraciones en color. Eran imágenes obtenidas por un scanner idéntico al que Moody tenía.

—La de la izquierda —explicó el neurólogo— es la imagen del cerebro de un adulto sano. Parece una pizza de queso y tomate, ¿verdad?

Adam no contestó, porque veía la fotografía de la derecha, que mostraba el cerebro de un paciente con la enfermedad de Alzheimer. Por decirlo en términos coloquiales, parecía un plato azul con unas pocas sobras. Luego Moody le pasó cuatro fotografías en color Polaroid.

—Éstas son las que le hemos sacado a usted —dijo Moody.

Adam las cogió y las examinó. Anya tuvo que sobreponerse para no expresar su horror. Porque el color dominante era el turquesa, con lo que parecían manchitas de tinta azul.

—Es natural que quiera contrastar mi opinión y consultar a otro especialista —le dijo amablemente Moody—. Pero le recordaré dos cosas. Rara vez se padece la enfermedad de Alzheimer de los veinte a los treinta. A partir de ahí, ya no es tan raro, y hacia los cuarenta y cinco... Créame, doctor Coopersmith, no me aventuraría con alguien de su talla de no estar muy seguro.

—Y ¿qué sugiere que pueda hacer yo? —le preguntó Adam descorazonado.

—¿Qué puedo decirle que no sepa usted ya? —contestó el neurólogo tan suavemente como pudo—. Sabe que no es un proceso estático. Avanza en una sola dirección, y tanto más rápido cuanto más joven.

Adam se quedó sin habla. Asía los brazos del sillón con tal crispación que tenía los nudillos blancos. Se armó de valor.

—¿Qué puede durar el proceso, doctor Moody? —le preguntó balbuciente.

—No puedo aventurar nada en este sentido —le contestó el neozelandés—. Lo único que puedo aconsejarle es que vuelva a casa y se ponga en manos de un médico de Boston.

—Creo que es lo más sensato —terció Anya.

—¿Tienen hijos? —preguntó Moody.

—Adam tiene una hija de un matrimonio anterior —le contestó ella—. Se llama Heather y tiene catorce años.

—Me hago cargo de lo duro que va a ser para ustedes, doctor Coopersmith —dijo el médico sinceramente condolido—. Para los dos. No sabe cuánto lo siento.

Durante el largo viaje de regreso a casa, Anya perdió la cuenta de la cantidad de veces que Adam trató de consolarla.

—No mereces esto, cariño. ¡Por qué tendrá que sucederte algo así a ti!

Y, cada vez que se lo decía, recordaba el extendido convencimiento de que nada hay más penoso que un médico afectado de una enfermedad incurable.

49

SANDY

Sandy Raven dejó la autopista por la salida de Pico. Luego enfiló el acceso que llevaba hasta la entrada principal de la Twentieth Century-Fox. El conserje llevaba unas gafas de sol que parecían de aviador. Era un personaje familiar que trabajaba en la Fox desde que Raven tenía memoria y que, a su vez, tenía una memoria fotográfica de todo aquel que alguna vez hubiese traspuesto la entrada. Incluso recordaba las primeras visitas de Sandy cuando no era más que un adolescente de despierta mirada. Además, su listado del personal estaba siempre al día.

—Buenos días, profesor Raven. Me alegra verlo.

—Buenos días, Mitch.

Pero, en esta ocasión, el conserje no levantó automáticamente la barrera sino que salió de la garita, tablilla en mano.

—¿A quién va a ver hoy? —le preguntó.

Aunque a Sandy la pregunta lo sobresaltó, trató de que no se le notase.

—¿Le importaría llamar al despacho de la señorita Tower y preguntarle si puede concederme unos minutos? —dijo de la forma más despreocupada que le fue posible.

—¿Está citado, señor? —preguntó amablemente el conserje, que no dejó traslucir su sorpresa al ver que la cita no estaba concertada.

—No exactamente. Ha surgido a última hora. Pero no me importa esperar lo que haga falta.

—De acuerdo, profesor, llamaré al despacho.

Mitch volvió a su garita y cerró la ventana para que éste no pudiera oír la conversación, aunque no pudo evitar que Sandy intentase descifrarla por su lenguaje gestual. Sólo detectó un embarazo al principio y luego un suspiro de alivio.

—De acuerdo, profesor —dijo Mitch al salir—. Esta mañana tiene que ver el material filmado de las producciones que se están rodando en Europa, me ha dicho. Pero que lo atenderá antes. ¿Sabe cómo se va a su despacho?

Sandy estuvo a punto de estallar ante el obsequioso y absurdo talante de Mitch. ¡Por el amor de Dios, que mi padre ha pasado aquí media vida! Pero se contuvo, limitándose a asentir con la cabeza.

—Bien. Y el aparcamiento de visitantes está... —añadió el conserje.

—Ya lo sé —le espetó Sandy, que subió la ventanilla y rodeó el edificio principal.

Había plazas de aparcamiento con el nombre de los *vips* de la Fox pintado en el asfalto. Y, aunque hacía muchos años que su padre aparcaba allí, los encargados de mantenimiento nunca dejaban que la pintura se borrase. Aquella mañana, sin embargo, tal como Sandy temía, el nombre de su padre había desaparecido. La plaza pertenecía ahora a un tal F. F. Coppola.

Hecho una furia, Sandy se dirigió al aparcamiento de visitantes y cerró de un portazo al bajar del coche.

Fue hacia el edificio principal a través de familiares decorados que eran ahora como espectrales poblaciones. Reliquias de una época en la que todo un abismo lo separaba de Rochelle Taubman y podía adorarla en secreto.

Subió a la primera planta, se detuvo a retocarse el pelo y recomponer su chaqueta y fue hacia la puerta, en la que una placa indicaba:

KIM TOWER
JEFE DE PRODUCCIÓN

Al hacer girar el pomo de la puerta notó con embarazo que le sudaba la palma. Ojalá no se digne ni darme la mano, pensó.

Un secretario y una secretaria montaban guardia ante el «santuario» (un joven bronceado y rubio y una elegante mujer de unos treinta y cinco años).

—Hola, profesor Raven —lo saludó ella con una sonrisa profesional—. Soy Eleanor, la secretaria de la señorita Tower. Es increíble cómo se parece usted a su padre. La señorita Tower está ahora al teléfono. En cuanto cuelgue lo recibirá. ¿Quiere un café?

—No, gracias —contestó Sandy con sequedad.

—¿Té? ¿Un refresco?

Sandy estaba tan furioso que se sintió impulsado a rechazar el más mínimo gesto de hospitalidad por parte de todo aquel que asociase con Rochelle. Sin embargo, estaba tan cansado (sin causa aparente) que aceptó la sugerencia y pidió una Coca-Cola.

—¿Con o sin cafeína? —preguntó Eleanor.

Sandy optó por el estimulante, a ver si le levantaba el ánimo para aquella entrevista que dudaba se alargase más allá de un par de minutos.

Instantes después sonó el intercomunicador y oyó la voz de Rochelle, que preguntaba si había llegado.

—Sí, señorita Tower. ¿Quiere que lo haga pasar?

—No, no. Que es un viejo amigo. Saldré yo personalmente a recibirlo.

Un instante después se abrió la puerta del despacho y apareció la rutilante triunfadora Rochelle Taubman.

Sandy nunca había prestado mucha atención a la moda femenina. Su relación con la indumentaria del sexo opuesto se había limitado a comentarle a Judy lo que creía que le sentaba bien o, sólo si ella insistía mucho, a decirle con toda franqueza que no le gustaba lo que llevaba. Sin embargo, recordaba haberle oído a Rochelle que se compraba la ropa en Milestones, una boutique especializada en mejorar un buen tipo y hacer de un tipazo algo explosivo.

—¡Qué maravillosa sorpresa, Sandy! —exclamó ella sonriente—. Estoy contentísima de verte. Anda, pasa.

Por suerte, no le tendió la mano ni (como temió Sandy al pensarlo por la noche) le ofreció la mejilla para que la besase.

—Siéntate —le dijo Rochelle, que señaló una de las sillas «Tonet» que formaban una medialuna frente a su enorme mesa de mármol—. ¡Qué alegría! —añadió al sentarse en su trono de piel—. ¿Quieres beber algo?

—No, gracias —contestó Sandy escuetamente—. Eleanor ya ha hecho de anfitriona estupendamente.

Se hizo un silencio durante el que Sandy la miró y se preguntó si notaría ella lo que sentía, sobre todo su ansiedad.

—¿Qué te trae por la Ciudad del Oropel?

«Es increíble —pensó él—: *Los Angeles Times* ha publicado

mi nombramiento como profesor de la universidad. Probablemente no lea más que *Variety*.

—Trabajo aquí ahora —contestó él—. Estoy en el Tecnológico de California, con el equipo encargado del nuevo programa de ingeniería genética.

—¿Ingeniería genética? Debe de ser apasionante. Ojalá tuviese tiempo para leer más, porque todo eso del ADN me fascina.

—¿Sabes algo del ADN? —le preguntó él sorprendido, en tono condescendiente.

—Sólo un poquito. Rodamos *Double Helix* de Jim Watson. Los guionistas no tenían idea del tema.

Se hizo entonces un nuevo y más largo silencio. Rochelle se percataba de que la magia de su belleza, el lujoso despacho y los estantes llenos de estatuillas de Oscars ya no impresionaban a Sandy.

—Siento lo de tu padre... —se decidió prudentemente a decir Rochelle.

«¡Increíble! —gritó Sandy para sus adentros—. Me lo dice como si mi padre hubiese tenido un accidente, cuando ha sido ella quien lo ha atropellado.»

—También lo siento yo —dijo Sandy con el ceño fruncido—. Pero ni tú ni yo podemos sentirnos tan mal como él, que les ha consagrado veinte años de su vida a estos estudios.

—Y que les ha hecho perder otros tantos millones —replicó ella sin acritud pero con firmeza.

—No me lo creo, Rochelle —replicó él—. Las películas que produjo durante los primeros años fueron auténticos bombazos, y con presupuestos muy pequeños.

—Lo admito —dijo ella—. Sidney *fue* un gran fichaje para los estudios... en su época. Mira, Sandy, tú trabajas en el campo científico. Y sabes bien lo mucho que ha cambiado todo desde que éramos críos.

La amabilidad de Rochelle lo desarmaba. Porque no tenía la menor intención de ser él quien alzase la voz.

—Perdóneme, señorita Taubman, pero, que yo sepa, el cine no es una ciencia y, mucho menos, exacta.

—Has dado en el clavo —reconoció Rochelle, que se inclinó hacia adelante para dar mayor énfasis a sus palabras—. En este negocio lo más importante es la intuición. De acuerdo a nuestras encuestas, la inmensa mayoría de nuestro público la forman adolescentes. ¿Cómo va a entender la cultura de los jóvenes de hoy un hombre de sesenta años?

A Sandy lo sacaba de quicio la fría argumentación de ella, aunque también admiraba su firmeza y destreza para la polémica.

—Con este razonamiento, Rochelle —dijo él—, los pediatras deberían ser adolescentes.

La réplica desconcertó a Sandy que, sin embargo, optó por salir del paso con buen humor.

—Muy agudo, Sandy. Muy agudo —le dijo a la vez que miraba su Rolex y se levantaba—. ¡Ay, Dios! He de ver un material recién rodado y no quiero llegar tarde. Sergio detesta esperar. Llámame otro día y almorzamos juntos.

—¡Rochelle! —estalló Sandy entonces.

Al fin había logrado exasperarlo. Su mirada reflejaba un tenue destello triunfal. Afrontar la hostilidad no sólo era uno de sus puntos fuertes sino uno de los secretos de su éxito en Hollywood.

—¿Sí? —se limitó a decir ella sin alterarse.

—Si has olvidado su lealtad a unos estudios, por los que se ha dejado la piel, recuerda por lo menos lo que ha hecho por ti, por tu carrera.

Rochelle permaneció impasible y lo dejó que se desahogase.

—Porque, de no ser por mi padre, no estarías en este despacho.

Quizá no estuviese acostumbrada a que le dijesen la verdad. El caso es que entonces fue ella quien estalló.

—Ésa es tu opinión —replicó con una sonrisa de franca hostilidad—. Personalmente, me parece una exageración fuera de lugar. En fin, me he alegrado mucho de verte, Sandy.

Y, sin más, Rochelle salió del despacho sin la menor consideración por su justa ira.

¿Cómo podía haber estado enamorado de semejante monstruo?

50

ISABEL

Se ha llegado a muchos descubrimientos por pura casualidad. Colón buscaba una nueva ruta para las Indias y descubrió América. Fleming reparó en que un cultivo de estafilococos contaminado por un hongo, que dejó en su laboratorio durante el fin de semana, había contaminado las bacterias de otro cultivo contiguo y había detenido su crecimiento, con lo que aportó al mundo la penicilina y... ganó el premio Nobel.

Muchos investigadores han dado del modo más inesperado con la respuesta a problemas que los han abrumado durante años: en el transcurso de un partido de golf, en la ducha y en lugares aún más insólitos.

Isabel tendría que agradecerle que se le hubiese encendido la lucecita a una especie de hada madrina de la ciencia.

En su tercer verano en el MIT, se levantó una mañana, se echó agua a la cara y se cepilló los dientes. Luego se preparó el café y se sentó a pensar frente a su mesa, bolígrafo en mano.

Con la cabeza todavía un poco embotada, Isabel empezó a garabatear sin más objeto que concentrarse. Y, de pronto, empezó a escribir números que, gradualmente, se transformaron en ecuaciones.

Siguió trabajando frenéticamente hasta que sintió un feroz apetito. Fue descalza a la cocina a por dos tortas congeladas, las tostó, les echó jarabe de arce y volvió a la mesa con su calórico desayuno.

Dio cuenta de las tortas sin quitarle ojo a sus ecuaciones. Y, de pronto, le pareció como si aquello fuese el trabajo de otra persona. Casi le parecía increíble que la formulación hubiese salido exclusivamente de ella, en un momento de inspiración, como una grandiosa melodía que acude a la imaginación de un compositor. Perfecta, inmaculada, como un copo de nieve.

«Pues ésta podría ser la solución», se dijo.

Pero ¿cómo podía ser tan sencillo? No son más que unos simples cálculos que encajan perfectamente. ¿Será posible que a nadie se le haya ocurrido algo tan obvio?

Tres cuartos de hora después asomaba la cabeza en el despacho de Pracht.

—¿Me puede conceder unos minutos, Karl?

—Por supuesto —dijo él sonriente—. ¿Qué te trae por aquí, tan radiante y tan temprano?

—Una idea que se me acaba de ocurrir. ¿Puedo mostrársela?

—Adelante.

Isabel fue derecho a la pizarra, cogió tiza y escribió los principios básicos en los que basaba su teoría. Luego le explicó sus argumentos y le precisó a partir de qué punto se había desviado ella hacia un nuevo enfoque.

—¿Qué le parece, Karl? —le preguntó al concluir.

—Sinceramente, casi me cuesta trabajo creerlo. En física, todas las teorías tienden a la mayor simplificación, y tu hipótesis es todo un ejemplo. Además, es muy ingeniosa, consistente y coherente con tu trabajo anterior. En otras palabras: es magnífica.

—Gracias —dijo Isabel exultante.

Pero la expresión de Pracht no era precisamente de satisfacción. Estaba muy serio.

—¿Qué ocurre, Karl? —dijo ella.

—Pues que no puedo evitar pensar más allá. Me refiero a que esto causará sensación. Pero siempre habrá detractores. No olvides que se plantearon muchas objeciones a la teoría de la relatividad de Einstein, sólo acalladas porque se pudo demostrar gracias al eclipse solar de mil novecientos diecinueve. En tu formulación no incluyes predicciones directamente observables. Tendríamos que dar con un medio para demostrarlo.

—Bueno —dijo ella sin arredrarse—, ninguno de los dos nos dedicamos a la física experimental. Pero, si cree que puede dedicarle algún tiempo, a lo mejor se nos ocurre algo.

—Para ti, Isabel, siempre tengo tiempo.

—¿Qué hay, Alma? —preguntó Pracht al oír el intercomunicador.

—Papá, Isa no está en su despacho.

Isabel dio un salto en la silla al oír la voz de Jerry en lugar de la de la secretaria.

—¡Dios mío, Karl! ¡Es Jerry! Pero... ¿no se suponía que iba rumbo a Inglaterra?

—¿Estás ahí afuera? —le gritó el profesor al intercomunicador.

—No, me encuentro aquí —contestó Jerry, que irrumpía sonriente en el despacho.

Isabel no pudo contenerse, se colgó de su cuello y se besaron.

—Hola, papá. ¿Os interrumpo? —dijo Jerry maliciosamente, sin soltarse de Isabel.

—Al contrario. Me parece que soy yo quien interrumpe —bromeó su padre—. ¿No ibas a Wimbledon?

—He dado un rodeo para pasar a ver a mis amigos de Boston. Puedo quedarme hasta pasado mañana.

—Estupendo. Ah, y, por cierto: estuviste formidable ante Becker.

—Gracias, pero no cuentes con que se repita. Tuve una suerte loca. Pero, en serio, ¿estáis trabajando, verdad?

—Hombre, claro —dijo Karl—. Has llegado en un momento histórico. Isabel acaba de formular una nueva Teoría del Campo Unificado.

—No te quedes conmigo —balbuceó Jerry.

—¿Te he exagerado alguna vez acerca de Isabel?

—Pues no —admitió Jerry—. ¡Es fantástico, Isa! Felicidades. ¿Puedo invitarte a cenar?

—Tendré que consultar con mi secretaria de relaciones públicas —bromeó ella—. Pero, entretanto, ¿por qué no das un paseo mientras tu padre y yo ordenamos el universo?

—Ah, no —replicó él sonriente—. Quiero enterarme de primera mano. A lo mejor no entiendo nada, pero pondré los cinco sentidos.

—De acuerdo —dijo Karl—. Quizá sea un poco abstruso, pero luego te lo aclararé.

—Seguro que ya se encargará Isa de explicármelo —dijo Jerry. Isabel volvió a la pizarra y repitió su exposición, con nuevos matices que se le ocurrieron sobre la marcha. Cuando hubo terminado, Jerry aplaudió.

—¡Bravo, bravo! —exclamó—. ¡Tienes el Nobel en el bolsillo!

—Pues a tu padre no le parece suficiente —dijo ella con un enfurruñado mohín.

—Pero ¿qué más quieres, por el amor de Dios? —exclamó Jerry.

—No estaría de más una demostración, ¿no te parece? —le contestó su padre sonriente.

—Vamos, papá —replicó Jerry—. ¿No les dieron el Nobel a Weinberg, Salam y Glashow en mil novecientos setenta y nueve, por su versión de la Teoría del Campo Unificado? Y nunca te he oído comentar que aportasen pruebas experimentales, ni las han aportado después.

—Por eso, precisamente, sería formidable ir un paso más allá de lo que fueron ellos —dijo Karl agitando el índice con talante profesoral.

—Bueno —le dijo Jerry a Isabel—, ¿qué necesitarías para poder demostrarlo?

—Una gigantesca fuente de energía. Ni con el enorme acelerador de partículas elementales del CERN de Ginebra me bastaría.

Jerry reflexionó un momento e inmediatamente se le iluminó el rostro.

—¿Qué tal una supernova? —preguntó entusiasmado—. Al producirse la implosión de una estrella se genera un campo gravitatorio potentísimo y una enorme cantidad de energía.

El joven Pracht fue entonces a la pizarra y anotó algunas de las condiciones que se dan en el núcleo de una estrella tras su implosión.

—Me viene fenomenal que casi siempre me eliminen en las primeras rondas —bromeó Jerry—. Así tengo mucho tiempo para leer.

—Me parece que has dado en el blanco, mi amigo astrónomo —dijo Isabel, que cogió un bloc e hizo unos cálculos.

—Un momento —dijo Karl gesticulando como un árbitro de baloncesto—. No creo que funcione. De acuerdo en que la temperatura del ion de una supernova es alta, pero es sólo de unos cientos de grados Kelvin. Y necesitas una temperatura *un millón de veces superior*. Lo peor es que hay tanta materia caliente alrededor que ni la luz ni ninguna otra radiación del núcleo puede atravesarla, salvo los neutrinos, claro está.

—Espera, papá, espera —dijo Jerry—. ¿Y la onda de choque, qué?

—¡Eres increíble, Jerry! —exclamó Isabel tras reflexionar un instante—. Escuchadme bien los dos.

Isabel volvió a la pizarra entusiasmada con la idea.

—La implosión de la estrella se produce a una velocidad

increíble, hasta rebotar en su propio núcleo y proyectar una onda de choque de altísima velocidad. De manera que, en teoría, tenemos todos los elementos necesarios... Aportamos la energía, así como enormes campos gravitatorios y magnéticos. Calculo que la «señal» del campo unificado puede adoptar la forma de liberación de microondas, de longitudes de onda del orden de los cuatro centímetros.

Aunque Karl estaba realmente entusiasmado con aquel par de jovencitos, se creyó en la obligación de hacer de abogado del diablo.

—Todo eso está muy bien. Pero dudo que viva lo bastante para ver otra supernova.

—No es imprescindible —replicó Jerry—. Se detectó una en febrero de mil novecientos ochenta y siete...

—... al producirse la implosión de la estrella azul Sanduleak —precisó Isabel.

—¡Bingo! —exclamó Karl entusiasmado al ver la lucidez de su hijo.

—En Chile, los astrónomos la detectaron muy tempranamente —explicó Jerry— y la estudiaron con toda clase de instrumentos. Pero los datos más precisos los obtuvieron en el CISRO de Australia. Desde su hemisferio se veía mejor. Da la casualidad de que uno de mis compañeros del Club de Astronomía trabaja allí. Puedo llamarlo y pedirle que nos envíe cintas.

—¿Qué tal un envío urgente por la Federal Express? Lo pago yo —dijo emocionada Isabel.

—Ni hablar —dijo Jerry, que cogió el teléfono y le sonrió a su padre—. Corre de mi cuenta. Pero la llamada la paga este señor aquí presente.

Como en el observatorio siempre había alguien de guardia, en seguida informaron a Jerry que el equipo del CISRO tenía varios carretes de cinta de doce pulgadas sobre la historia de la Sanduleak en su viejo ordenador VAX780, y que estarían encantados de enviarle copias.

—¡Genial! —exclamó Isabel radiante—. ¿Me ayudas a poner todo esto por escrito, Jerry?

—Ni hablar —contestó él—. Así es divertido. Pero ponerlo por escrito... Eso ya sería trabajar. Sabes que le tengo alergia a todo lo académico.

—Oye, Jerry, si no dejas de hacerte el excéntrico le contaré a Isabel tu secreto mejor guardado —lo reconvino su padre de buen talante.

—¡Ni se te ocurra, papá! *¡Por favor!*

—A ver, a ver. ¿De qué va eso? —preguntó Isabel muerta de curiosidad.

Como ya no tenía mucho objeto callarlo, Karl se permitió revelar la información reservada.

—En realidad, Jerry no abandonó los estudios por fracaso escolar.

—Aunque también lo sea —dijo maliciosamente Jerry.

Su padre hizo caso omiso del comentario y se dirigió a Isabel.

—Lo que ocurrió es que lo echaron por mala conducta...

—¿Lo ves? —lo interrumpió Jerry.

—Pero, con sus cursos en el Planetarium, ha hecho los suficientes méritos académicos para graduarse. De manera que le han dado el título como regalo de despedida.

—¿De verdad? —dijo Isabel.

—Bueno, más o menos —admitió Jerry, que se encogió de hombros algo incómodo.

—Escucha —dijo Karl—, ¿por qué no te sientas y se lo cuentas todo a Isabel mientras yo hago una llamada para ofrecer la publicación de su teoría?

—¿Lo cree conveniente, Karl? —preguntó Isabel, que se dejó caer en una silla como para recuperar el resuello después de su *tour de force*—. Va a escocer tanto a tantos, que a lo mejor no se atreven a publicarlo.

—Tienes razón. Y, aunque se atrevan, hay una legión de científicos dispuesta a arremeter contra todo lo que hagas. Por eso hemos de seguir una cierta estrategia. En *Physical Review* lo examinan todo con lupa y sus hábiles redactores pueden presentar de un modo negativo cualquier artículo que se quieran cargar.

Karl conocía los entresijos y sabía muy bien lo que se hacía.

—Redacta una exposición breve y concisa —prosiguió Karl— para que podamos enviarla como *carta*. Así ningún redactor podrá meterle mano. Lo harás público sin que te lo deformen, ni para exagerar su importancia ni para minimizarla. Es casi un axioma: los más grandes descubrimientos de la ciencia moderna son los menos reseñados en los medios de comunicación.

—¿Cree que, con algo así, se puede esperar un solo día? —le preguntó Isabel algo entristecida.

—¿Qué son veinticuatro horas? —contestó Pracht—. Es

algo que llevaba pendiente de solución desde Newton. Pero me extraña, Isabel, verte casi asustada.

—No —dijo ella—. Es que, en cuanto lo hagamos público, empezará otra vez todo el carnaval. Porque, la verdad, esto es lo único de mi carrera científica que detesto. Sólo me interesa el trabajo.

—Pero, Isa —terció Jerry—. Date cuenta de la enorme importancia de tu descubrimiento.

—Claro —secundó su padre—. Se habla mucho en la actualidad acerca de lo que ocurrió tras el Big Bang. La idea más extendida es que todo tenía una temperatura muy elevada y era, por lo tanto, muy energético. Y que, en aquel primigenio instante, todas las fuerzas de la naturaleza se hallaban mezcladas e íntimamente unidas. Tu trabajo puede demostrarlo concluyentemente. Es algo asombroso; un verdadero regalo de Dios. Ya puedes ir preparándote para la mayor lluvia de flashes que hayamos visto jamás.

51

ADAM

Charlie Rosenthal no pudo contener el llanto.

En veinte años de profesión médica, sólo en otra ocasión no supo dominarse (al ver a su hijo yacer inconsciente en el hospital a causa de una caída en bicicleta).

—Lo siento, Adam. Lo siento muchísimo —le dijo entre sollozos—. Eres mi mejor amigo. Lo que más me subleva es que sea un campo en el que en nada puedo ayudarte yo.

—Cálmate, hombre —dijo Adam posando la mano en su hombro—. Aún falta para lo peor. Reserva tus lágrimas para entonces. Entretanto, dime qué especialista va a tener el placer de ocuparse de mi caso.

—Me he informado y parece que no hay duda: Walter Hewlett, de la Mass General, es el más indicado.

—¿Por qué? —preguntó Adam con frialdad.

—Pues porque no te aplicará un tratamiento de libro, Coopersmith. Su padre murió de la enfermedad de Alzheimer.

—¡Qué clase de médico eres tú, Rosenthal! —le gritó Adam furioso—. Sabes perfectamente que lo peor del Alzheimer no es que sea mortal.

—Lo sé, Adam, lo sé —admitió Charlie visiblemente nervioso—. Es, claro... la etapa de deterioro...

—¡Peor que la muerte! —clamó Adam.

—Escucha, después del sida es la enfermedad sobre la que más se vuelca la investigación —se apresuró Charlie a recordarle—. Y no te lo digo por animarte. Es que es así.

—Lo sé, Charlie. Ya han descubierto que se debe a una proteína defectuosa de un gen del cromosoma 21. Pero la futura solución no va a llegar a tiempo de que me sirva a mí para nada.

—Bueno, amigo mío, ¿por qué no lo hablas con Walter?

Investiga sobre células neurotróficas. Porque supongo que convendrás conmigo en que alguien tuvo que ser el primero en no morir a causa de una infección gracias a una inyección de penicilina. Además, Hewlett va a hacer historia, y bien merece una visita.

Charlie rodeó con el brazo a su doliente amigo y salieron de aquel despacho suyo, tan atestado de libros que hacía que el austero salón lo pareciese aún más.

Joyce y Anya charlaban frente a la chimenea de gas, cuyo fuego agrandaba sus sombras en la desnuda pared.

Al levantarse ellas e ir hacia Adam, él se puso hecho una fiera.

—¿Qué os habéis propuesto? —les gritó—. Invadir mi casa de esta manera, violar mi intimidad, preocupar a Anya...

—Cálmate, por favor, Adam —le dijo Charlie—. Conoces a Joyce hace muchos años. Fuiste el padrino de nuestra boda.

—¿Quién os habéis creído que sois? —le espetó Adam a Charlie, que estaba estupefacto—. No me extrañaría que hubieseis venido a envenenarme.

—Cariño, que los Rosenthal son viejos amigos —dijo Anya para tratar de que volviese a la realidad.

—¡No me mientas! —le gritó él—. ¡Échalos de aquí antes de que llame a la policía!

Charlie miró a Anya tan desconcertado como apenado.

—Nos vamos ya —dijo Charlie—. Sobre todo, que se tome las pastillas. Hewlett llegará antes de las nueve. Llámame si necesitas algo.

—¡Deja de hablar con mi esposa! —le gritó Adam.

Charlie y Joyce miraron a Anya, que salió del salón para acompañarlos a la puerta.

Al volver junto a Adam lo encontró con el rostro hundido entre las manos.

—¿Qué te ocurre?

—Tengo la cabeza como si me fuese a estallar —contestó Adam.

—No te preocupes, que dentro de un rato llegará el médico.

—¿Qué médico? —preguntó él, sumido aún en la confusión—. No necesito más que una aspirina.

—Bueno. Quédate aquí tranquilo y te la traigo —dijo ella, que no podía evitar cierta aprensión a quedarse sola con él.

Anya volvió al cabo de unos momentos con un vaso de agua, dos aspirinas y una píldora que, con suerte, lo tranquilizaría hasta que llegase el médico.

Lo que más sorprendió a Anya de Walter Hewlett es que fuese tan joven, y ya tan famoso.

—Gracias por venir, doctor.

—Es lo mínimo que podía hacer, señora Coopersmith. Quizá su esposo no lo recuerde, pero fui alumno suyo, cuando tuvo que hacerse cargo de las clases de Max Rudolph a mitad de curso. Era un profesor extraordinario.

«*Era* —pensó Anya—. Me parece que voy a tener que acostumbrarme a que se refieran a él en pretérito.»

Al entrar en el salón, Adam miraba con fijeza el fuego de la chimenea. Pareció perplejo al verlos.

—Es Walter Hewlett, Adam —le dijo Anya—. Es neurólogo de la Mass General. Y fíjate qué coincidencia: fue alumno tuyo.

—¿Ah, sí? —exclamó Adam en un tono completamente normal—. Pues, como en realidad sólo di un curso, para sustituir a Max, tuvo que ser en el de mil novecientos setenta y nueve. ¿Estoy en lo cierto?

—Ésa es exactamente la fecha —le confirmó Hewlett sonriente—. Buena memoria, doctor Coopersmith.

—¿Quiere usted café? ¿Y tú, Adam? —preguntó Anya, que confió en tranquilizar a Adam, al dar la impresión de que se trataba de una visita de cumplido.

—Sí, me apetece —dijo el joven especialista, que se volvió hacia quien era, a la vez, su anfitrión y su paciente—. ¿Y usted, Adam?

—Hay que tener cuidado con la cafeína —contestó Adam en tono admonitorio—, pues aumenta el nivel de colesterol. —Se interrumpió y luego miró a Anya sonriente—. Aunque me temo que no he de preocuparme mucho por eso, ¿verdad, cariño? Así que tomaré yo también.

Hewlett abrió su maletín y sacó un sobre grande de papel Manila.

—Con el permiso de su esposo, he examinado los informes y las fotografías que trajeron ustedes de Nueva Zelanda.

—¿Nueva Zelanda? —preguntó Adam perplejo—. ¿Y a qué iba yo a ir a Nueva Zelanda?

—Ya sé que está usted cansado y que puede habérsele ido de la cabeza —contestó Hewlett—. Pero, como supongo sabe, soy neurólogo y me parece que tiene usted un problema.

—¿Ah, sí? —preguntó Adam con la mirada vidriosa.

—Por supuesto que haremos nuestra propia exploración.

Aunque, en mi opinión, las fotografías que han traído confirman el diagnóstico de Moody. Creo que, en efecto, padece usted la enfermedad de Alzheimer.

La reacción de Adam fue en cierto modo sorprendente.

—Y yo también —dijo en tono monocorde sin dejar de mirar el fuego.

En los días subsiguientes Adam se mostró muy comunicativo. Pasaba la noche en vela sin dejar de hablar con Anya. Tenía toda una vida que contarle... y un período de tiempo cruelmente corto para hacerlo.

Hacían el amor con una especie de angustiosa urgencia, en una callada comunicación en la que, con su intensidad, Adam trataba de tranquilizar a Anya al mostrarle que sabía exactamente lo que hacía. Y lo que pretendía decirle con ello.

El gestual lenguaje de sus manos se expresaba con mayor elocuencia que las palabras.

Besarla era besarla para toda la eternidad.

Había que informar a algunas personas. Y, muy especialmente, a Heather. Como el estado de Adam se agravaba rápidamente, se corría el riesgo de que su hija lo perdiese antes de producirse el fatal desenlace.

Y decírselo a Heather significaba decírselo también a Toni.

Por lo pronto, Anya llamó a Lisl, que se presentó inmediatamente «a ayudar a ordenar la casa».

La verdad es que constituyó para Anya una impagable fuente de valor, pues, hasta entonces, no había tenido en quién apoyarse.

Lisl insistió en ser ella quien se lo dijese a Heather y a Toni. Y, cuando lo hubo hecho, le dijo a Anya cuánto le había sorprendido su reacción. No esperaba que Toni se echase a llorar con tal desconsuelo.

Heather quedó tan aturdida que ni lágrimas pudo verter.

—¿Podría verlo? —le había rogado Toni.

—No sé —repuso Lisl ingenuamente—. Eso habrá de decidirlo Anya. De lo que no me cabe duda es de que él tiene enormes deseos de ver a Heather.

—¿Quieres que pase a recogerte mañana a la salida del colegio? —le había dicho cariñosamente Lisl a su ahijada, que asintió en silencio.

Anya, que era quien cargaba con lo más duro, sabía que lo que le quedase de vida a Adam no iba a ser más que una serie de crueles ironías, para las que tenía que estar preparada. Un ejemplo fue la carta que recibió la secretaria de Adam en el laboratorio:

Distinguido profesor Coopersmith:
Me sentí halagado al recibir su carta y leí su proposición con enorme interés. Tiene usted razón en que estamos, mentalmente, en una onda similar.

Tengo especial empeño en detener el proceso de degeneración celular, no con la ambición de posponer la muerte sino de alargar la vida.

Su proyecto no plantea problemas éticos, Adam, porque, si la investigación tiene éxito, no sólo se habrá conseguido prolongar la vida sino retrasar el proceso de envejecimiento. Una madre de ochenta años no será una persona senil ni decrépita. Gozará de la misma buena salud de que pueda gozar ahora una mujer de cincuenta años.

A los medios informativos esto podrá sonarles a despropósito, simplemente, porque parecen haber olvidado que, en 1850, la esperanza de vida del norteamericano era de cuarenta y cinco años. A finales de este siglo se habrá, prácticamente, doblado esa edad.

En este contexto, la idea de ampliar el tiempo de fertilidad de una mujer sería perfectamente armónico con la nueva edad biológica.

En definitiva, que estaré encantado de ahondar en la cuestión con usted.

Cordialmente,

SANDY RAVEN
Profesor de Ingeniería Genética

Impulsada por su deseo de prolongar la vida mental de Adam lo más posible, Anya le leyó la carta e incluso cayó en la inocente farsa de comentar la cuestión con él.

—Está realmente interesado —le dijo con fingido optimismo—. Se nota, por lo extenso de su carta y por su tono.

—¿Y qué harás tú al respecto? —preguntó Adam amargamente—. ¿Decirle que he optado por la jubilación anticipada?

—Ya se me ocurrirá algo —contestó ella esforzándose por sonreír.

Adam permaneció en silencio unos momentos.

—Escríbele, Annoushka. Empieza tú el proyecto con él. Así podrás trabajar...

Adam no pudo seguir. Se le quebró la voz de pura tristeza.

52

ISABEL

Raymond da Costa estaba muy ofendido.

—¿Cómo has podido hacer una cosa así? ¿No crees que merecía que me lo hubieses dicho a mí antes que a nadie?

Nunca se había enfadado tanto con ella. Jamás la había recriminado tan dolido.

—Perdona, papá —se excusó ella con suavidad—, pero no tenía objeto mostrártelo hasta estar segura de que mi formulación era correcta.

—Lo que quieres decir es que crees que excede mi capacidad de comprensión.

Isabel se dio cuenta de la escasa entidad de su excusa. La verdad era que podía habérselo explicado a su padre en términos comprensibles para él, pero no se decidió a hacerlo. Aunque no sabía exactamente por qué le había negado el placer de la primicia.

Y allí tenía ahora a su padre, sentado frente a la mesa de la cocina. Se tapaba el rostro con las manos, lloroso.

Isabel sintió un escalofrío y se alarmó. Inconscientemente, quizá hubiera llevado demasiado lejos la reserva para evitar prematuras filtraciones de su descubrimiento. Se reprochaba haber sido tan dura con su padre; además temía que se desmoronase.

—Perdona, papá. Es verdad. Tenía que habértelo dicho a ti primero.

Se sintió como paralizada, con la dolorosa certidumbre de haberle infligido una herida que nunca cicatrizaría.

Oyó sonar el teléfono y lo cogió de inmediato.

—¿Sí? Ya se lo he dicho —contestó a lo que le preguntaban desde el otro lado del hilo—. Claro que se ha alegrado. A las ocho entonces.

—¿Jerry Pracht, no? —le espetó su padre cuando ella hubo colgado.

—Está de paso. Va a Wimbledon y me ha invitado a cenar.

—¡Pero si es un crío! No tiene ninguna posibilidad.

—Pues a Becker lo ganó.

—Porque estaba con gripe. Jugó con casi cuarenta de fiebre. Lo eliminarán en la primera ronda.

—¡Aunque no lograse hacer pasar una sola pelota al otro lado de la red no me decepcionaría en absoluto! —le gritó Isabel ya exasperada—. Por favor —añadió inmediatamente, en un esfuerzo por dominarse—. No quiero dañarte.

—Pues si llegas a querer...

—Anda, salgamos a correr un rato y nos tranquilizaremos —le rogó ella—. Y te contaré mi idea para la tesis.

Al escuchar las palabras de su hija, los sentimientos de Raymond se aplacaron casi instantáneamente.

—Te lo agradezco —le replicó en tono afectuoso—, pero, últimamente, prefiero hablar de los temas científicos confortablemente sentado. ¿Me lo cuentas al volver mientras nos tomamos un té helado?

—De acuerdo, papá. Estupendo —repuso ella.

Isabel fue a ponerse el chándal y, al volver al cabo de un momento, lo besó en la frente.

—Y no hagas tonterías mientras yo estoy fuera —le advirtió ella.

—¿Qué tonterías quieres que haga? —exclamó él de buen talante.

—Pues volver a limpiar la casa, por ejemplo —bromeó ella.

Mientras corría, Isabel no dejaba de reprocharse haber sido tan dura con su padre. Él le había consagrado muchos años de su vida. ¿No podía haber esperado unos días y ser un poco más indulgente con él?

Al volver al apartamento sintió verdadero alivio al ver que, por lo menos aparentemente, su padre estaba de mucho mejor humor. Había preparado una jarra grande de té con unas hojas de menta.

Isabel fue a ducharse, se puso unos vaqueros y una camisa, cogió sus blocs de notas y se dispuso a hacer su segunda disertación del día.

Raymond estaba extasiado por el talento de su hija. Su teoría no sólo resultaba coherente sino que, como ocurría con muchos grandes descubrimientos, parecía haber estado siempre a flor de tierra y aguardar a que alguien la recogiese.

—Esto hay que celebrarlo —dijo Raymond cuando Isabel hubo terminado.

—Gracias, papá. Mañana podemos...

—Ya sabía yo que algo extraordinario habías descubierto —la interrumpió él—. Así que, mientras tú corrías, he ido a comprar todo lo que más te gusta. Estoy preparando la cena más fantástica de tu vida.

—Pero, papá —protestó ella amablemente—. Que Jerry va a pasar a recogerme.

—Ésta es una ocasión muy especial para ti —farfulló crispado, como si hablase solo.

A Isabel no le pasó inadvertido que su padre no hubiera dicho *para nosotros* (algo insólito en él).

Estaba claro que no tenía la menor intención de despegársele. Paradójicamente, Isabel tuvo que asumir el papel de madre que trata de calmar a un hijo que se ha puesto histérico.

—Mira, papá. Ahora voy a cambiarme y cuando venga Jerry nos iremos.

Él hizo caso omiso de su comentario y siguió poniendo la mesa.

Veinte minutos después, Isabel reapareció con una preciosa blusa de seda y una falda azul. Vio con desazón que su padre seguía con el trajín de la cena. Aunque con una significativa novedad: preparaba la mesa para tres.

—Papa... Te he dicho...

—Podéis cenar aquí, ¿no? —farfulló él fuera de sí—. ¿No es Jerry un buen chico?; ¿un chico estupendo? Pues hay cena para él también...

Isabel miró con fijeza a su padre. La persona a quien, durante tanto tiempo, consideró omnisciente e infalible no era ahora más que un manojo de nervios. Sintió tanta pena por él que se le encogió el corazón. Y, por contradictorio que pueda parecer, también sintió ira, como si, de pronto, le reprochase el enclaustramiento en que la había tenido casi siempre.

Se oyó entonces el zumbido del portero automático e Isabel cogió el auricular del pasillo.

—Saldré en un momento —dijo.

Luego se volvió hacia su padre, que jadeaba aparatosamente.

—Por... favor —musitó él, que se oprimió el pecho con ambas manos y cayó de rodillas.

—¿Qué te pasa, papá? —exclamó ella aterrada.

—No me dejes ahora —dijo él con el rostro enrojecido y sudoroso.

Isabel logró conservar la calma, pulsó el botón del portero automático y le rogó a Jerry que entrase de inmediato.

El joven Pracht se percató en seguida de lo que le ocurría a Raymond.

—Yo me ocupo de él. Tú llama en seguida al novecientos once y pide una ambulancia.

—No. Me pondré bien —musitó apenas Ray—. Sólo quédate...

No pudo acabar la frase. Perdió el conocimiento y quedó boca arriba, tendido en el suelo.

Para Isabel fue una reedición de algo horrible.

Recordaba cómo la afectó el ataque que su padre tuvo en Berkeley, y el pánico que sintió mientras aguardaba a que los médicos diesen su diagnóstico. Aunque ahora había una diferencia importante: Jerry estaba a su lado. Y, además, el diagnóstico no fue tan alarmante como entonces.

—No ha tenido ninguna crisis cardíaca —le dijo el director del hospital Municipal de Cambridge—. No sé si habrá tomado su medicación con regularidad, pero lo que sí ha tenido ha sido un fuerte shock que le ha elevado enormemente la presión sanguínea. Lo hemos sedado y, debido a su historial clínico, lo tendremos en observación durante dos o tres días.

Como su padre no se iba a despertar hasta por la mañana, Isabel accedió a ir a cenar algo con Jerry. Pero era tal su sentimiento de culpabilidad que dudaba que pudiese probar bocado.

Jerry estuvo encantador, como un firme y sólido refugio que rebosaba comprensión. Ella sintió en su interior que lo amaba aun más de lo que creía poder amarlo.

Isabel terminó por animarse, y ya iban por su tercera ración de buñuelos.

—¿Recuerdas que íbamos a salir a cenar algo más suculento? —le dijo él cariñosamente.

—Sí. ¿Por qué?

—Porque quería darle cierta solemnidad a algo importante que tengo que decirte; o, por lo menos, a mí me parece importante.

—Pues dímelo ahora.

—Hay cosas a las que ya no concedo tanta importancia —dijo él—. He llegado a la conclusión de que nuestra relación no tiene futuro si va a depender sólo del teléfono.

Por un instante, Isabel lo interpretó mal y temió que fuese a dejarla.

—¿Algo más?

—Sí. Que deberíamos vivir en la misma ciudad.

—Me encantaría —musitó ella emocionada—. Me gustaría muchísimo.

—No sé cómo demonios te las has arreglado para cambiarme. Voy a dejarme de excentricidades. ¿Qué aburrido, verdad? Y dejaré de ser «un fracaso escolar».

—Nadie te considera un fracaso en nada —dijo ella—. Y, dentro de una semana, puedes ser campeón de Wimbledon.

—¿No lo dirás en serio? —exclamó él sorprendido.

—¿A qué te refieres?

—¿No irás a creer, ni por un momento, que voy a coger el avión esta noche y te voy a dejar aquí, con tu padre en la UCI?

—No seas bobo, Jerry, tengo muchos amigos aquí. Tu padre, por ejemplo.

—No, Isa, no —dijo él meneando la cabeza—. Vamos a hacer las cosas como Dios manda. Voy a ser tu compañero y voy a estar a tu lado cuando me necesites.

—Pero, ¿y lo de...?

—¿Lo de hacer pasar una pelota al otro lado de una red? —la interrumpió él—. ¿Comer las típicas fresas de Wimbledon? No creo que compense por dejarte sola. Además, gané a Becker por pura suerte. Lo de Cenicienta sólo ocurre una vez.

Al acompañarla a su apartamento vio en su cara una mirada de indefensión.

—Isa, por favor, no me interpretes mal. Pero creo que nos sentiríamos los dos mejor si no te dejase sola esta noche.

Por un momento, Isabel no supo cómo reaccionar. Luego susurró:

—Gracias.

Y sintió un inmenso alivio por haber tenido valor para decírselo.

53

SANDY

—Dígame la verdad, doctor Raven, ¿tiene usted un problema sexual?

—No comprendo —dijo Sandy, totalmente desconcertado.

—Entonces debo de ser yo. Siempre había creído que atraía a los hombres.

—Es usted preciosa, Denise, pero... somos colegas.

—Qué protocolario es usted —dijo ella con risa gutural—. No parece que eso haya frenado nunca a nadie. Incluso he pensado que lo halagaría que lo encontrase tan atractivo.

—Por favor... —dijo Sandy, que alzó la mano casi como el boxeador que quiere protegerse de un golpe—. Esto..., no sé, me incomoda. Me siento halagado, claro, pero...

—Tranquilo, tranquilo —dijo ella en retirada—. No pasa nada, Sandy. Siento haber tomado la iniciativa. No he pretendido... Quiero decir que ya supongo que no tiene un problema sexual de esa índole.

—¿Pues?

—Creo que sólo tiene un problema *acerca* del sexo.

Lo cierto era que, pese a que el intento de seducción de la joven investigadora fue poco sutil, no era la primera vez que le ocurría.

Desde que en el ámbito universitario empezaron a considerarlo un buen partido, las mujeres habían puesto sus ojos en él. Y el hecho de que él no aprovechase ninguna oportunidad, se enclaustrase y llevase una vida de monacal abstinencia preocupaba a su padre.

Sidney se hacía cargo de que su hijo había sufrido un temprano desengaño, de que estaba aún demasiado herido para arriesgarse a una implicación emocional con el sexo opuesto.

Pero, mundano y sensual como él era, creía a pies juntillas en la conveniencia de «un regular y saludable revolcón en el pajar».

Hacía años que frecuentaba a una mujer de Santa Mónica a la que llamaba «veterana concubina», quien, por puro afecto a su cliente y preocupada por su hijo, le «recetó» a su doliente hijo una amiga suya.

—Sé que no te lo vas a creer, papá —dijo Sandy firmemente decidido a eludir la cuestión—. Pero todo el placer que necesito me lo proporciona mi profesión.

—No te equivocas: no me lo creo. Ya sabes lo que dicen, ¿no? Que el que trabaja mucho por arriba y poco por abajo... se va al carajo.

Sandy sonrió ante aquella sal gorda a la que tan aficionado era su padre.

Casi a punto de cumplir los cuarenta años, Sandy llevaba una doble vida.

De puertas para afuera era un distinguido científico del Tecnológico de California que sentaba cátedra en su departamento, organizaba seminarios y dirigía tesis.

Y a este personaje era a quien solían invitar a reuniones de colegas de su especialidad, interesados en conocer los últimos hallazgos de su apasionante labor investigadora.

A él no le hacía mucha gracia asistir a tales reuniones, básicamente porque tenía la sensación (a menudo acertada) de que muchos de sus colegas aún murmuraban acerca del desafortunado «escándalo del Instituto Tecnológico de Massachusetts», que él trataba en vano de olvidar.

Aunque a aquellas reuniones asistían siempre muchas mujeres, Sandy se las arreglaba para no caer en tentaciones que, irónicamente, parecían crecer en progresión geométrica a cada una de sus negativas. Al fin y al cabo, Sandy Raven era una estrella del firmamento científico. Y, por múltiples razones, muchas de las jóvenes colegas que empezaban su escalada ardían en deseos de conocerlo a un nivel más personal. Sin embargo, Sandy estaba tan insensible que ni siquiera era consciente de su propia soledad.

En una ocasión, casi desesperado por no desesperarse, se impuso lanzarse a una aventura, a ver si resucitaba su interés por la relación amorosa.

Pasó un fin de semana con una exuberante rubia de Solvang, que era como un pueblo danés trasplantado en las afueras de Santa Bárbara.

Desde el punto de vista estrictamente sexual disfrutaron sin inhibiciones. Lamentablemente, no pudieron decir lo mismo de su conversación.

Fue un alivio para él que Sigrid Jensen, licenciada en Ciencias Químicas, tuviese ya un interesante trabajo en la USC y no lo necesitase más que por sí mismo. Además, ella conocía su historia y confiaba ingenuamente en exorcizar sus demonios.

—¡Por el amor de Dios, Sandy! —le dijo—. ¿Es que eres incapaz de creer que no quiero entrometerme sino, simplemente, conocerte a fondo?

—Lo sé, Sigrid. Eres maravillosa. Y puedes estar segura de que te lo agradezco.

Ella lo cogió entonces por los hombros afectuosamente.

—Óyeme, Sandy, eres una persona maravillosa. No pretendo ser tu psiquiatra, pero espero que me llames siempre que necesites un poco de calor humano. En lo que más importa, me gustas mucho.

—Y sé apreciarlo, Sigrid —le dijo él, que le sonrió y le acarició la mano—. Gracias.

Con todo, nunca logró sobreponerse y volver a llamarla. Quizá porque temía que, si la dejaba acercarse demasiado, acabaría por ver sus más íntimas cicatrices.

Sin embargo, los fines de semana el ermitaño se convertía en cazador. El ya cuarentón Sandy pasaba todas las horas del día al acecho de las exploraciones de los demás.

Al igual que algunos tienen por afición buscar gangas en las tiendas de antigüedades de los pueblos, Sandy se dedicaba a recorrer el ingente número de sofisticados talleres que salpicaban la zona de Bay Area. La tecnosfera que envolvía todo el norte de California (especialmente Silicon Valley) había hecho aflorar innumerables cobertizos de experimentación tecnológica. Decenas de jóvenes de talento trabajaban en los garajes de sus padres, todos ellos con la ambición de crear nuevas maravillas biotecnológicas.

Sandy se enteraba de su trabajo por los comentarios de los alumnos y luego iba a verlos. Aquellas jóvenes dinamos rebosaban un optimismo rayano en la temeridad. No se arredraban ante nada, por más espinoso que pareciese. Además, era tal su entusiasmo por recorrer el camino que conducía al final del arco iris que se olvidaban por completo del cofre de oro que se encontraría allí.

Aquellos jóvenes tenían ilustres antecesores, como el legendario Herb Boyer, que hizo historia con una pequeña empresa llamada Genentech.

Una pequeña empresa, por lo menos en sus comienzos.

Porque, hace unos cuantos lustros, en 1978 para ser exactos, Boyer y su equipo trabajaban en un modesto laboratorio de la zona portuaria de San Francisco. Acertaron con la síntesis de la insulina, una proteína esencial para la metabolización del azúcar de la sangre y vital para los diabéticos, cuyo organismo no lo produce.

Hacía tanto tiempo que la sintetización de la insulina era como un sueño que el éxito, aunque espectacular, no fue sorprendente. Y, ni que decir tiene, que se vendió como rosquillas.

Dos años después, la Genentech cotizaba en bolsa. Y, en la primera sesión bursátil, el importe de las acciones de la empresa que poseía Boyer ascendió a ochenta y dos millones de dólares. Proeza nada fácil que muchos trataron de emular.

Hay que tener presente que el organismo humano tiene por lo menos cien mil genes. De manera que había toda una constelación de nuevos mundos que aquellos jóvenes exploradores podían descubrir.

Sandy estaba entusiasmado. Se sentía en su elemento al visitar los tecnificados cobertizos, maravillado ante el enorme potencial científico de la nueva generación. A veces les dedicaba horas a aquellos jóvenes que se sentían exultantes y honrados con su presencia. Escuchaba sus exposiciones, examinaba sus datos y les hacía sugerencias.

Los halagaba que alguien tan eminente se interesase en sus proyectos. A veces, recurría a hacer que ese interés fuese más material. Que buscaba futuros Herb Boyer, venía a decir. Aunque, en el fondo, trataba de afirmarse antes de que empezase su declive. Porque su curiosidad intelectual se mantenía tan viva como la de los jóvenes.

A finales de los años ochenta percibía un sueldo de cien mil dólares al año, más una participación en los *royalties* de toda patente en la que él hubiese intervenido. De manera que dedicar unos cuantos miles de dólares a comprar la mitad de las acciones del sueño científico de algún novicio era una fantástica operación para ambas partes.

Sandy se mostraba escrupulosamente honesto en sus tratos con ellos. No iba a trasladar la corrupción de la anterior generación a la siguiente. Entre otras cosas porque, pese a todo, en lo más profundo de su ser, Sandy creía en la honestidad profesional. Aunque hubiese podido pedirles también figurar como uno de los creadores, no tenía la menor intención de usurpar su gloria·ni de acrecentar su reputación a expensas de su talento. Estaba resuelto a no hacerle jamás a nadie lo que le habían hecho a él. Lo que, en cierto modo, explicaba que sintiese por aquellos jóvenes científicos verdadera pasión de padre.

Aunque se hallaba muy enfrascado en sus propios proyectos, seguía de cerca los progresos del grupo que cariñosamente llamaba «sus muchachos», que eran de los pocos que gozaban del privilegio de tener su número de teléfono particular que, como hacían cada vez más abonados, no figuraba en la guía.

La relación con aquellos jóvenes era lo único parecido a un compromiso emocional que había en su vida.

A Sandy siempre le había entusiasmado la neobiótica. Uno de los tándem con los que colaboraba lo formaban Francis, de diecinueve años, y su socio James, de veintiuno. Habían ideado una prueba para el sida, tan sencilla y rápida que se podía realizar en el consultorio de cualquier médico y obtener el resultado en menos de cinco minutos.

Al informarse y tener la certeza de que iban a ser los primeros en conseguir la aprobación del Instituto de Farmacología, Sandy los puso en manos de un buen abogado, que se encargó de negociar la primera oferta pública de la empresa. Sus acciones salieron al mercado a cinco dólares y, en cuanto les comunicaron oficialmente la aprobación desde Washington, las acciones subieron a cincuenta dólares.

Los jóvenes socios le enviaron a Sandy un jubiloso fax: «¡Un millón de gracias!» Cosa de una hora después, Francis, que era normalmente tímido, lo llamó algo achispado por el champaña para «enmendar su error».

—Creo que no teníamos que haberle dicho «un millón de gracias» sino gracias por los millones, ¿no?

—Bah, no es más que dinero —dijo Sandy, para quien los millones se habían convertido en algo rutinario.

—Ya. Pero le sienta a uno fenomenal —repuso eufórico el joven.

—Desde luego —admitió Sandy.

Aunque nunca había creído que el dinero fuese tan importante como se pretendía, se alegraba de corazón por ellos.

Sandy Raven tuvo otras satisfacciones del mismo tenor.

Vectorex era una empresa fundada por un matrimonio. Era al principio tan minúscula que sus fundadores no sólo trabajaban en un garaje sino que vivían en él. Pero Jennie y Doug Wilson, que así se llamaban, tenían grandes ideas. Y acabaron por perfeccionar una técnica para dirigir toda la «fontanería retrovírica» al lugar exacto en donde se hallaba la avería genética.

Al empezar a comercializar su técnica, dieciocho meses después, sus «vectores» (término, de origen latino que significa «transportar») se convirtieron de inmediato en la técnica favorita de los genetistas. Fue un auténtico bombazo que permitió a los Wilson que su garaje ejerciese sus primigenias funciones: compraron un coche; y la casa contigua.

El siguiente logro del matrimonio supuso una alegría aún mayor para Sandy: le pusieron su nombre a su primer hijo.

—Hola, muchacho. ¡Menudo ojo tienes para apostar a ganador! —le dijo Sidney entusiasmado—. Me parece que tendría que llevarte a Las Vegas un fin de semana.

—Bah. Esas esculturales coristas no son mi tipo.

—Tranquilo, que es broma —dijo Sidney—. Lo que no es ninguna broma es que consigues cosas que son como un sueño. Deberías regalarte algo, ¿no crees?

—Sí —contestó su hijo con amargura—. Como habría dicho Groucho Marx, me gustaría regalarme el regalo que le hice a Greg Morgenstern.

Sandy se esforzó por complacer a su padre y, aunque sin decírselo, se permitió celebrar a su manera su éxito científico-empresarial: aumentó voluntariamente la pensión alimenticia que le pasaba a Judy, y suscribió un importante fondo de inversiones a nombre de su hija.

Y, cuando Olivia iba a visitarlo en verano, le pagaba billete de primera clase.

Poco hacía por sí mismo.

Por pura inercia, seguía en el mismo apartamento que alquiló al trasladarse a la costa Oeste. Y la verdad era que ahora necesitaba más espacio, aunque sólo fuese para exponer los muchos premios que le concedían.

Al entrar un día en una boyante empresa inmobiliaria, la directora de la agencia, una elegante morena de unos treinta y cinco años, se quedó sin habla por la emoción. Porque Elaine, como insistió en seguida que la llamase, no podía creer en la buena suerte que acercaba a su vida a Sandy, como insistió en seguida en llamarlo. Y no fue por simple interés, porque conocía a diario a clientes de elevada posición.

Pero Sandy le pareció perfecto: divorciado sin problemas, independiente, simpático y amable. Y todo un catedrático.

Tal empeño puso en que no se le escapase, que le dijo que lo invitaba a cenar aquella misma noche en su casa, «para hablar más a fondo de lo que necesita».

Normalmente, Elaine llevaba a todo cliente potencialmente rentable a algún restaurante de moda, pero no quiso arriesgarse a encontrar a alguna amiga —y posible rival— que la obligase a presentárselo.

Entre sus muchas habilidades culinarias, Elaine hacía un formidable entrecot *cordon bleu*, y preparó una cena casi perfecta.

Sandy estaba encantado.

—Creía que sólo en París se podía comer tan bien.

—Allí pasé mi primera luna de miel —dijo ella—. ¿Va usted a menudo?

—Asistí una vez a un congreso.

—Ya. A un congreso... Menudo cuento —dijo Elaine casi ruborizada ante su propio comentario—. Me parece, Sandy, que es usted un pícaro redomado.

Sandy se consideró obligado a reírle la gracia. Elaine correspondió con una sonrisa de satisfacción, por lo que interpretó como buena sintonía. Estaba convencida de haberse anotado un primer tanto. Además, su profesión justificaba hacer muchas preguntas personales.

Había logrado que Sandy se sintiese tan cómodo que no sólo consiguió que éste le hablara, largo y tendido, de su situación familiar, sino que estuviera a punto de contarle su gran desengaño con Gregory Morgenstern.

—¿Y qué me dice de usted, Elaine? —preguntó él.

—El guión habitual en Hollywood —contestó ella con una displicente sonrisa—. Un marido productor de cine, doce años de matrimonio. Nos plantó a mí y a su Jaguar por otra protagonista que se divorció de él. Se arruinó y terminé por ganar más que él. Tuve suerte. Ahora le envío un cheque de vez en cuando.

—Muy generosa —dijo Sandy galantemente—. ¿Tiene hijos?

—Dos adolescentes encantadoras, vivaces y agotadoras, que se han quedado a dormir en casa de una amiga.

En cuanto lo hubo dicho, Elaine se percató de que acababa de cometer un error. Pero ¿cómo iba a imaginar que Sandy era uno de esos raros hombres que hubiesen realmente preferido cenar en familia? Lo cierto fue que Sandy empezó de inmediato a sentir claustrofobia y, tras una breve sobremesa, café de por medio, se excusó y dijo que tenía que volver a su laboratorio.

Elaine se consoló al pensar que tendría muchas otras oportunidades de encontrarse con él. Hizo un elogioso comentario sobre la dedicación de Sandy a su trabajo y le prometió que, al día siguiente, lo llamaría para darle una lista de casas que podían interesarle.

Parecía ser el destino de Elaine: ganar un cliente pero perder al hombre.

Le encontró a Sandy una auténtica joya: una finca de ocho hectáreas al sur de Santa Bárbara, con una enorme mansión estilo español con veinte habitaciones. Aunque no estaba muy bien comunicada, tenía la ventaja de ofrecer mayor intimidad y un ambiente europeo.

Parte del atractivo de aquella mansión radicaba en el hecho de que, en un lejano pasado, cuando California era española, fue un monasterio. Desde luego necesitaba no sólo reformas sino una restauración a fondo (lo que explicaba que el precio fuese una verdadera ganga de «sólo» dos millones y medio de dólares). A Sandy le encantó. Y Sidney, a quien por supuesto consultó, lo urgió a que la comprase, porque confiaba en que aquello ampliase los horizontes de la vida sentimental de su hijo, aunque sólo fuese para llenar las habitaciones.

Sidney sólo opuso una simbólica resistencia cuando Sandy insistió en que se trasladase a lo que, grandilocuentemente, su padre llamaba «complejo residencial Raven».

—¿Cómo va a ser una mansión familiar sin ti? —le dijo Sandy.

¿Y cómo iba Sidney Raven a despreciar disponer de toda un ala de la mansión para él solo, con piscina y jardín independientes, para invitar a sus amistades? Eso sin contar con una sala de proyección con capacidad para veinte personas.

—¡Casi nada! —exclamó Sidney—. Ahora sólo me falta algo que proyectar. ¿Y tú, muchacho?

—Tengo otra piscina —contestó Sandy.

—No. Que ya sabes a lo que me refiero. ¿Cuándo te vas a decidir a *derrochar* para tu satisfacción personal?

—¿Te parece poco todo esto?

—Lo esencial, muchacho, lo esencial. Es como el vestido negro de una mujer: hay que comprarle diamantes, que es lo que le sienta.

—¿Qué tal una pista de tenis? —dijo Sandy.

—Sí, ¿por qué no?

—Aunque..., ni tú ni yo sabemos jugar.

—Hay profesores. Y a Olivia le encantaría.

—Es verdad —convino Sandy—. Llamaré para que vengan a hacernos presupuesto.

—Perfecto. Con eso ya tenemos a tu hija encantada de la vida. Pero volvamos a ti —persistió, Sidney—. ¿Cuál es tu sueño dorado?

—El premio Nobel —repuso Sandy medio en serio medio en broma.

—No, que eso no se puede comprar, o, por lo menos, eso creo. Me refiero a un sueño disparatado. Una verdadera locura.

Por complacer a su padre, Sandy dejó volar su imaginación.

—¿Qué tal si construyo mi propio laboratorio? —contestó al fin casi a la fuerza.

—¿Aquí en la finca?

—Sí. Una especie de pequeño instituto de investigación. Podría hacer parte de mi trabajo aquí, e incluso contratar personal que me ayudase. ¿Qué te parece?

—Bueno... —dijo su padre sonriente—. Yo hubiese preferido un harén. Pero no es mala idea.

Tardaron más en conseguir el permiso de obras que lo que necesitó el contratista, y su diligente brigada de obreros norteamericano-mexicanos, para levantar una imponente nave-laboratorio, que recordaba vagamente el estilo español, en un apacible rincón de la finca. Antes de empezar a trabajar allí, Sandy, que aún seguía obsesionado con lo que le ocurrió, adoptó toda clase de medidas para proteger lo que pudiese inventar y, entre otras cosas, contrató los servicios de una empresa de seguridad para que patrullasen por el recinto a todas horas.

Se hizo instalar una línea telefónica directa con el Tecnológico de California, para reducir al mínimo sus horas de presencia en el campus.

Las visitas de su hija eran para Sandy los acontecimientos más felices del año. Y, sin embargo, en cierto modo, también lo entristecían. Porque Olivia había crecido tan de prisa que le hacía desear detener el tiempo para que nunca dejase de ser «su pequeña».

Procuraba aprovechar el tiempo que pasaba con ella para ganársela al máximo. Y, entre los dos, idearon un juego que consistía en escribir letras de canciones con los más crípticos términos científicos. Así por ejemplo, para que memorizase ciertos temas de su asignatura de física, Sandy le escribía letras como «Si hubieses conocido a SUSI», que no aludía al nombre de una chica sino a la teoría de la SUPersimetría.

Y le escribió otra que decía: «Hay partículas que tienen un tipo que es un encanto», lo cual no sólo era una romántica letra científica sino que cada uno de sus términos eran rigurosamente científicos. En su «quarkico» paisaje no sólo había «encantos» sino «cimas», «valles» y «extraños», un altamente tecnificado *Alicia en el país de las maravillas*.

Olivia reía como una loca ante las ocurrencias de su padre, que rizaba el rizo con «genes diestros y siniestros», con los «vivos de la gripe» y el «grifo de los constipados».

—¿Sabes que el olor de las naranjas y de los limones se debe a una forma «diestra» y otra «siniestra» de una molécula por lo demás idéntica?

—Sí lo sé.

—¿Y cómo es eso?

—Me lo enseñaste el verano pasado.

Bueno, por lo menos sus enseñanzas no caían en saco roto.

—¿Sabes qué, papá? —dijo Olivia nada más desembarcar en su siguiente visita—. Mi profesor de ciencias dice que tengo muchas aptitudes para la química.

—Estoy muy orgulloso de ti, cariño —dijo él, felicitándose interiormente, aunque no pudo evitar hacerle un comentario—. Además —añadió— eres nieta de un premio Nobel.

—Ya lo sé —dijo ella—. Y ¿sabes lo que dice de ti?

«Pues no sé si será mejor que te lo calles», pensó Sandy.

—Dice que eres el científico más inteligente que ha conocido en su vida.

«Vaya, este cabronazo nunca deja de sorprenderme», se dijo Sandy.

En un rincón del laboratorio de la finca, Sandy instaló un pupitre para su hija, que, bien por el ambiente familiar o por sus dotes naturales, daba muestras de una notable capacidad para el pensamiento abstracto. Pero también se interesaba por la vida privada de su padre, aunque era un tema en el que sabía que tenía que andar de puntillas.

Un día entró en el laboratorio con un viejo guión de cine bajo el brazo.

—Tendrías que leer esto, papá. Pero leerlo de verdad.

—¿Qué es?

—Uno de los viejos guiones del abuelo. Me ha pedido mi opinión, porque dice que lo quiere ofrecer otra vez. ¿Te acuerdas de *Frankie*?

—Ah, sí —dijo Sandy—. Cromosomas musicales. Fue un proyecto demasiado avanzado para su tiempo.

—Es verdad —convino su hija—. Pero es la historia de amor lo interesante.

—¿Hay historia de amor?

—Dice el abuelo que si no hay historia de amor nada funciona —dijo Olivia con una maliciosa sonrisa—. Ni siquiera tú.

«Vaya. Así que ¿por ahí van los tiros, eh?», pensó Sandy risueño.

—Seguro que el sistema de Frankie para encontrar esposa te interesará —dijo Olivia.

—¿Ah sí?

—Pues sí. Se la fabrica en un tubo de ensayo. ¿Curioso, no?

—Más bien —dijo Sandy—. O sea, que ya me ves haciendo el experimento, ¿no?

—Como, por lo visto, no te decides de otra manera...

Naturalmente, Sandy lo tomó a buenas, pero también lo conmovió. Estaba claro que su hija se daba cuenta de que seguía demasiado afectado por la traición y por un divorcio nada amistoso y de que, pese a los años transcurridos, no se fiaba más que de lo que salía de su laboratorio.

Por entonces la divulgación científica formaba ya parte de la vida cotidiana de cualquier escolar. La generación de Olivia había crecido informadísima sobre lo que era el ADN y, concretamente ella, sabía lo que era el Proyecto Genoma y se sentía orgullosa de que su padre contribuyese a la ambiciosa tarea en Washington.

—Dime, papá, cuando terminéis de incluir en vuestro mapa todos los genes del organismo humano, los cien mil, ¿significará que podréis curar todas las enfermedades?

—Uy, estaremos aún muy lejos de eso, cariño. Disponer del mapa de un lugar no quiere decir poder llegar a él. Pero, en el siglo que viene, cuando seas toda una catedrática, acaso no haya que curar ya más enfermedades, porque se detectarán y evitarán a tiempo.

De manera que Olivia se dijo que a eso se aplicaría ella.

Incluso relegado al trastero de Hollywood, Sidney no perdía la esperanza. Aún seguía fascinado por el mito de que una sola película (una sola) podía reencauzar su carrera.

Como es natural, Sandy se ofreció para financiarle cualquier proyecto, pero Sidney era un padre orgulloso al viejo estilo.

—No, muchacho, no. Yo, como Sinatra: a mi manera.

Padre e hijo compartían ahora una misma y persistente obsesión: darle en la cara a Rochelle; demostrarle que los había subestimado.

Al despedirlo la Fox, Sidney no encontró ninguna productora que lo emplease con sueldo fijo. Lo más que le ofrecían era un porcentaje en los hipotéticos beneficios.

Y, sin embargo, Sidney era un veterano con un gran currículum, aunque se limitase a producir lo que en el medio cinematográfico denominaban «material de relleno», pero que era justamente lo que los canales de televisión querían. Y, con el paso del tiempo, el estigma de haber sido despedido por Kim Tower empezó a desvanecerse.

Un alto ejecutivo de una importante cadena, cuyo primer empleo fue de meritorio en la oficina de Sidney, intuyó que el viejo productor tenía aún mucho que ofrecer.

Las producciones para televisión tenían que rodarse en quince días, y ni una hora más. Y Sidney tenía fama de ser un productor muy puntual, que filmaba páginas y páginas de guión a velocidad de vértigo. De manera que su antiguo empleado lo contrató.

Sidney se emocionó tanto al estrecharle la mano al joven para sellar su acuerdo, que estuvo a punto de tropezar y caer.

Le costó Dios y ayuda conducir atento al tráfico al volver a casa.

Al abrirse la verja electrónica, fue derecho a aparcar frente al laboratorio de Sandy y entró sin llamar.

—¡Hola, muchacho! ¡Noticia bomba! ¡Me han vuelto a contratar!

—¡Oh, papá, es maravilloso!

Se abrazaron llorosos, de pura emoción.

Sidney se sintió renacer. Se volcó en el trabajo con el mayor entusiasmo.

Aunque tenía su propia cocina, casi todas las noches cenaba con su hijo. Y, cada vez con mayor frecuencia, Sidney hacía que la conversación se deslizase hacia los más modernos tratamientos médicos.

—Lo que yo te diga, muchacho: al público le encantan las enfermedades. Las encaja que da gusto, siempre y cuando en el minuto final se les encuentre remedio. ¿Por qué crees que tenemos en reserva tantos guiones sobre el sida? En cuanto la medicina lo cure, un simple retoque final y en una semana ya los tenemos en antena.

Sidney se quedó de una pieza al contarle Sandy un día un caso real, ocurrido en Sudáfrica: una mujer había dado a luz a su propia nieta. Lo había leído en una revista.

—Increíble, ¿no, papá? ¡Que una mujer dé a luz a su propia nieta!

—A ver, a ver: ¿cómo es eso? —dijo su padre perplejo.

—Sí, hombre, en Sudáfrica. Por lo visto, su hija no podía tener hijos y los médicos le extrajeron óvulos, los fecundaron *in vitro* y luego se los implantaron a su madre. Nueves meses después...

—Ya entiendo —dijo Sidney—. O sea que la niña no es sólo una hija doble sino además su nieta, ¡y tía de sí misma!

Se desternillaron de risa ante la sola idea.

—¡Tremendo! —exclamó Sandy.

—Un bombazo —dijo Sidney—. ¿Se lo has contado a alguien más, muchacho? —añadió en tono conspirativo.

—A nadie, papá. Pero ya te he dicho que se publicó en...

—Ya me lo dirás después. Por lo pronto, toma algo mientras yo hago unas llamadas.

Sidney reapareció al cabo de un cuarto de hora con una sonrisa de oreja a oreja.

—¡Conseguido, muchacho! He llamado a Gordon Alper a su casa y me ha apalabrado un acuerdo con la CBS para rodar *Mi madre tuvo mi hijo*. ¿Te gusta el título?

—Sí. Muy atractivo.

—Pues ha sido gracias a ti. Te debo una.

—Vamos, papá. Ya me has pagado con creces.

—¿Sí? No te entiendo.

—Pues porque esa película y yo tenemos algo en común: somos una producción de Sidney Raven.

Y, como es natural, su padre sonrió, radiante de satisfacción.

54

ISABEL

Apenas ocupó una columna en los periódicos, pero escribió los titulares de sus vidas.

Tras alegar una tendinitis, Jerry Pracht se retiró del torneo de Wimbledon de 1991. Hubo tibias expresiones de desilusión, de decepcionada curiosidad y de esperanzas frustradas. Pero no era lo bastante conocido para provocar revuelo ni excesivas lamentaciones.

Al fin y al cabo, eran 128 los inscritos y nada garantizaba que hubiese podido llegar siquiera a los cuartos de final. Por otro lado, Michael Stich, que era con quien hubiese debido enfrentarse, se proclamó campeón al vencer en la final a Boris Becker.

—¿Lo ve usted, Pracht? —le dijo Isabel risueña—. Lo mismo podías haber hecho tú, que ya le ganaste una vez.

—¿Creerás que me siento mucho más feliz aquí, a tu lado?

—Pues ¡sí que me lo creo! —exclamó ella rebosante de felicidad.

Habían cambiado muchas cosas en una noche.

Mientras Isabel dormía en su apartamento, confortada por el cariño y la ternura de Jerry, su padre seguía postrado en el frío e impersonal ambiente del hospital Municipal de Cambridge.

Sin embargo, a diferencia de la vez anterior, Raymond no estaba impaciente por volver a casa. Comprendía que se había comportado de una manera irracional y estúpida. Aunque lo aterraba la idea de haber perdido a Isabel para siempre, también se hacía cargo de que, en adelante, el papel que pudiera tener en su vida sería forzosamente secundario, de simple apoyo.

Mientras vagaba insomne por el pasillo del hospital, sintió

la tentación de llamar a su hija y rogarle que lo perdonase. Pero no tuvo valor. Solamente ansiaba poder conciliar el sueño y que, al despertar, cesase la mortificación de la incertidumbre.

A la edad de Isabel, muchas jóvenes dejaban la casa familiar e iban a vivir solas. Esto significaba, como es natural, todo un trauma para los padres, el «síndrome del nido vacío».

En el caso de Raymond da Costa, sin embargo, ni siquiera había propiamente un nido.

A finales de junio, su hija se convirtió oficialmente en la doctora Da Costa. Recibió una notificación en la que se le comunicaba la fecha de la ceremonia académica, en la que se le haría entrega del diploma, aunque podía ya utilizar el título y acceder a los privilegios de su rango.

También recibió una oferta para enseñar en el Instituto Tecnológico de Massachusetts, con posibilidad de incorporarse de inmediato, y acceder a una adjuntía. Le ofrecían un sueldo de cuarenta y cinco mil dólares anuales.

Isabel era consciente de que el estrafalario tándem padre-hija, al que se había prestado durante tantos años, tenía inevitablemente que terminar.

Lo que no sabía era cómo hacerlo.

Su padre regresó del hospital suave como un guante. Pero regresó.

Aún dedicaba su tiempo a las tareas domésticas, además de seguir con sus lecturas de periódicos y revistas para recortarle a Isabel lo que juzgase interesante. Pero Isabel era demasiado joven y enérgica para necesitar una doncella y, académicamente, demasiado joven también para necesitar un ayudante, puesto para el que, en todo caso, tampoco estaba facultado su padre. Con todo, a juzgar por su comportamiento, su padre parecía agradecido de poder seguir junto a ella como fuese.

Dos días después de que Jerry llamase, un mensajero le trajo a Isabel un paquete con media docena de diskettes. El joven Pracht se había agenciado la ayuda de un asesor informático del departamento de Física para transferir datos al ordenador de Isabel.

—¿Has visto qué fácil es, cariño? —le dijo Jerry a Isabel

mientras archivaba los diskettes en el ordenador del despacho de ella—. La electrónica trabajará por ti. A no ser que te moleste que acampe en la falda de tu cumbre.

—No —repuso ella sonriente—. Me encanta tenerte tan cerca.

—¿Qué te parecería si, para no volvernos los dos locos, te hiciese el turno de noche y te dejase sola en tu despacho durante el día?

—Muy generoso por tu parte.

—La generosidad es lo mío, Isa.

—¡Loco es lo que estás! —exclamó ella radiante.

Ella y Jerry se reunían cada mañana a las siete y media para trabajar. Jerry le informaba de cómo iba su delicado estudio de las cintas de la supernova Sanduleak. Sin embargo, siempre terminaban por hablar de Raymond.

—Me ha dicho papá que, en distintas ocasiones, le ofreció a Ray trabajos que le iban como anillo al dedo, como técnico de laboratorio o para dar clases particulares de ciencias. Y que nunca quiso aceptarle nada.

—Eso era antes —dijo Isabel—. La verdad es que creo que ahora se agarraría a un clavo ardiendo con tal de encontrar una retirada airosa. De todos modos, siento una necesidad imperiosa de tener mi propio apartamento con vista al río. Porque comprenderás que no puedo decirle que se vaya sin más. Y, sin embargo, no me quedaría tranquila si viviese solo.

Durante el almuerzo siguieron con el mismo tema.

—En mi opinión, no creo que debieras preocuparte tanto por tu padre —le aconsejó Jerry.

—Ya lo sé —admitió ella—. Sólo te digo con sinceridad cómo me siento.

—Lo comprendo, Isa —dijo él—. En definitiva, todo se reduce a que eres humana.

—Además está la cuestión del dinero —dijo ella—. No sé cuánto tiene en el banco, pero voy a ganar un buen sueldo. Aparte de lo que aún no me he gastado del premio Fermi, unos treinta y ocho mil dólares. Podría ingresárselos en su cuenta, ¿no crees?

—Me parecería más que suficiente para recuperar tu libertad.

—¿De verdad lo crees? —preguntó ella visiblemente angustiada.

—Mira, Isa, lo importante es que lo creas tú.

A primeros de julio, Karl Pracht perfiló un resumen de tres folios de la tesis de Isabel, en el límite de lo que cabía considerar una carta. Inmediatamente la envió por fax al redactor jefe de *The Physical Review* que, muy a tono con la celeridad de la ciencia moderna, lo llamó al cabo de una hora y aceptó publicarla.

Al aparecer, un mes después, la carta causó una conmoción que resonó en todos los laboratorios del mundo. La audaz y joven trapecista lo había logrado nuevamente. Esta vez, a una altura jamás alcanzada y sin red.

Aunque Isabel da Costa, la ex niña prodigio y ahora joven profesora adjunta del departamento de Física, podía haber cambiado en muchos aspectos, no había perdido su audacia intelectual.

Su formulación de la Teoría del Campo Unificado equivalía a la más certera aproximación de la mente humana para resolver uno de los mayores enigmas.

Era consciente de que sus desvelos los compartirían los astrónomos de todo el mundo, atentos a la menor señal que apoyase su teoría.

En las semanas siguientes a la publicación de su carta, Isabel iba con el «piloto automático» de la mañana a la noche. Salía a hacer *jogging* al amanecer y pasaba por el departamento de regreso a casa, a aguardar a que llegase el primer reparto de correo y ver si alguna revista científica se hacía eco de su carta.

Luego se reunía con Jerry en el laboratorio para proseguir con su descorazonador examen de cada centímetro de las cintas de la supernova. Tal era la impaciencia de ambos que Isabel no podía concentrarse en la búsqueda de pruebas que pudieran acallar cualquier crítica de una manera incontestable.

Muchas tardes estaba tan nerviosa que lo hacía ir a interminables sesiones de películas clásicas, en la filmoteca del campus, sólo para tranquilizarse.

Como Jerry sabía que estaba preocupada por la recuperación de su padre, siempre insistía en que fuesen a cenar con él. Se encomendaba a los dioses para que diesen por televisión algún partido que les permitiese, a él y Ray, mantener una conversación intrascendente.

Luego, al salir del apartamento, en lugar de ir a encerrarse en casa, Jerry volvía a su análisis de las mediciones radiométricas de las microondas.

Los parabienes que al fin llegaron tuvieron que ceñirse, forzosamente, al plano teórico. En meses subsiguientes, científicos de todo el mundo publicaron (unos a regañadientes y otros de verdad admirados) elogiosos comentarios sobre el *tour de force* de Isabel. No obstante, ninguno de ellos pudo sugerir un medio empírico para demostrar la validez del modelo de Isabel da Costa.

Jerry se mostraba de lo más diligente. Mientras sus raquetas de tenis acumulaban polvo en el armario, seguía con su obsesivo examen de las cintas, aunque sin éxito. Tanto llegó a obsesionarse que, más de una vez, Isabel le había llegado a decir que desistiese.

—Anda, hombre, deja que sólo sea genial *in abstracto* —bromeaba.

—Ni hablar. Piensa en Einstein.

—¡Otra vez con lo mismo! —exclamó ella con fingida exasperación—. En caso de duda, desempolvar a Einstein.

—Escucha, Isa, hubieron de pasar casi cuarenta años antes de que su teoría general de la relatividad dejase de ser un puro modelo matemático y se convirtiese en principio de la física empíricamente demostrable. De ahí que, cuando se dio con los quasars, los pulsars y con todos los agujeros negros habidos y por haber, todo encajase.

—Está bien, Jerry, quizá tengas razón. Si quieres seguir dándote de cabeza contra la pared, tú mismo. Al fin y al cabo es *nuestra* pared. Pero me niego a hipotecar el resto de nuestras vidas por esa idea, aunque sea la mejor que haya tenido nunca.

—¿Aunque significase obtener el premio Nobel?

—Hay una o dos cosas más importantes en este mundo —replicó ella.

—¿De veras? —exclamó él con una irónica sonrisa—. ¿Como cuáles?

—Pues tener uno o dos hijos no teóricos contigo.

—Vaya —dijo Jerry sonriente—. Buena idea. Pero, ya que estoy inmerso en dos proyectos, me gustaría verte a ti también en misa y repicando.

Eran casi las cuatro de la madrugada cuando sonó el teléfono. Isabel lo cogió adormilada.

—¡Isa! —dijo Jerry en un estado de desbordante euforia—. Tengo una buena noticia y otra mala.

—¿Qué dices? —preguntó ella adormilada—. ¿Dónde estás?

—Pues donde estoy todas las noches en el último medio siglo: en «nuestro» despacho... Y ésa es la mala noticia. Anoche, mientras tú dabas una cabezada, agoté todas las posibilidades de las cintas de los australianos. Y ya estoy en condiciones de asegurarte que lo que nos han dado no sirve para nada.

—Vaya. Pues menudo fiasco. ¿Y cuál es la buena noticia?

—La buena noticia es que, de pronto, he caído en la cuenta de que captaron la implosión demasiado tarde. Nuestra única posibilidad era obtener datos de la primera fase. De manera que he hecho lo que tenía que haber hecho hace tiempo. He llamado al observatorio chileno de Las Campanas. He dejado que cayesen en el equívoco diciendo que era «Pracht del Instituto Tecnológico de Massachusetts». Ellos fueron los primeros en detectar la implosión. Tienen cintas que registraron el fenómeno sólo una hora después de que empezase. Y bien: les he hecho enviármelas por Internet (los datos desde que captaron la implosión) Los he examinado y, ¿sabes qué?

—¡Dímelo ya, que me desmayo!

—Hay una pequeña banda de, algo increíble, 4,0175 centímetros, que se diluye en los ruidos de fondo al cabo de unas horas. Pero *está*. Ellos han calculado que, a tenor de la desintegración progresiva, debió de ser una banda de gran amplitud al principio. Y, lo que es más importante: ningún teórico ha sido capaz de explicar ni siquiera por qué está ahí la banda. Tu teoría, en cambio, lo explica todo.

—¡Oh, Jerry, estoy tan emocionada que no sé qué decir! Lo que has hecho por mí es impagable. Gracias, amor mío.

—Pues a lo mejor no te lo crees, Isa —bromeó él—, pero, en realidad, yo estoy más contento que tú, porque así me libraré de ir a ver esas disparatadas películas expresionistas.

Isabel se echó a reír. Pero, aunque parecía difícil, Jerry fue aún más allá para demostrarle su cariño.

—Déjame hablar con tu padre —le dijo—, que también él merece una felicitación.

Isabel miró hacia la puerta del dormitorio de su padre y sintió el impulso de darle la noticia. Pero pensó que, con la fuerte medicación que tomaba, podía ser peligroso despertarlo.

—Está como un tronco —dijo ella—. Saboreará mejor la

noticia si se la doy cuando esté bien despierto. A mi madre sí voy a llamarla ahora.

—Sí, creo que es mejor. Si quieres que te diga la verdad, yo también estoy que no me aguanto. Pasaré mañana a las ocho en punto con un buen surtido de pasteles. Así que, bueno, como dicen en California: «Que tengas un buen día.»

Nada más colgar, Isabel llamó a su madre.

El teléfono sonaba una y otra vez pero no lo cogían. Isabel supuso que su madre estaría profundamente dormida, pero fue Peter quien al fin contestó con voz adormilada.

—¡Hola! —dijo Isabel alegremente—. ¿Qué haces tú en casa?

—Terri y yo hemos venido a cuidarle la casa a mamá —contestó en un tono extrañamente deprimido.

Ni siquiera al darle Isabel la noticia prodigó sus habituales floreos verbales, aunque la felicitó.

Isabel empezó a temer que algo pasaba.

—¿Dónde está mamá? —preguntó con ansiedad.

—No tendría que decírtelo, pero ha cogido el «golfo» a Boston.

—¿Por qué coger ese horrible vuelo? —exclamó Isabel—. ¿Le ha dado la noticia alguien de Berkeley?

—No, no —repuso él—. No tiene nada que ver contigo. Hay un problema. Seguro que quiere contártelo en persona.

—No me asustes. ¿Qué es lo que pasa? —insistió Isabel.

—Ya te he dicho más de la cuenta. Será mejor que el resto te lo explique ella —contestó Peter que, aunque no sin reparos, le dio a su hermana los datos del vuelo de Muriel, que llegaría dentro de una hora.

—¿Se trata de algo grave, Peter?

—Más bien sí —contestó su hermano vacilante.

—Pero no algo de vida o muerte, ¿verdad?

—Me temo que sí, Isabel. Pero debes permanecer tranquila hasta que la veas.

El júbilo que la embargaba desde hacía una hora se desvaneció al colgar. Le temblaban las piernas.

Su madre iba a llegar a Boston con una noticia sin duda muy mala. Estaba segura de que la vida de alguien corría peligro.

55

SANDY

Sandy ponía tanto empeño en fomentar las relaciones profesionales como en evitar las sentimentales. Y, al vivir en la costa Oeste, sus contactos tendían, de manera natural, a abrirse hacia la comunidad científica del Pacífico.

Gran parte de la investigación científica sobre el envejecimiento y la longevidad se realizaba en Japón (en la Universidad Keio, de Tokio, y en el instituto de Biociencias de Osaka, por citar sólo dos de los laboratorios en los que encontraba colaboración acerca de sus trabajos sobre los «genes de la inmortalidad»).

Sin embargo, el más importante descubrimiento que Sandy haría en su vida fue Kimiko Watanabe. Aunque, más exactamente, fue ella quien lo descubrió a él.

Además de su pasión por la ciencia tenían en común sendos desastres en su vida sentimental. El esposo de Kimiko, un genetista, había muerto de cáncer a una edad cruelmente temprana. Aunque le quedó una holgada pensión para criar a sus dos hijos gemelos, espiritualmente careció de todo apoyo. Sin embargo, él había compartido tan intensamente con ella sus ideas científicas que Kimiko casi se sentía capaz de continuar su labor... de no ser por el pequeño detalle de que sólo tenía el bachillerato.

Animada por sus colegas, se volcó en estudiar genética pero, aunque intentó ingresar en seis distintas universidades japonesas, la rechazaron en todas.

Un día, mientras repasaba los archivos de su difunto esposo, encontró en *Experimental Gerontology* una separata de un artículo titulado «Sintetización de la telomerasa». Estaba cariñosamente dedicado a Akira Watanabe por el autor, Sandy Raven, catedrático del Instituto Tecnológico de California, Estados Unidos.

Entonces recordó que su esposo le comentó, en varias ocasiones, las estimulantes conversaciones que había mantenido con su colega del otro lado del Pacífico. Sin saber por qué, esto la impulsó a tomar una temeraria iniciativa.

Quizá se debiera a que sus compatriotas tendían a ver a los norteamericanos —y especialmente a los californianos— como espíritus más libres, menos encorsetados por los convencionalismos. El caso fue que Kimiko se decidió a escribirle a Sandy Raven en petición de ayuda.

Su intuición no la engañó. Sandy leyó su carta e inmediatamente reconoció en ella a otra víctima como él; de modo que removió cielo y tierra para que Kimiko pudiera asistir como oyente durante un curso en el Tecnológico de California. Aunque nada se le garantizó sobre una posible admisión futura, ella no desaprovechó la oportunidad, cogió a sus hijos y emprendió el largo viaje a través del Pacífico hasta Pasadena.

Consciente de que aquélla era una de esas oportunidades que sólo se presentan una vez en la vida, trabajó poniendo lo mejor de sí y, al terminar el curso, le ofrecieron poder estudiar allí como alumna oficial.

En los meses previos a su llegada, ella y Sandy intercambiaron decenas de faxes. En varias ocasiones él le había telefoneado para confirmarle detalles de su traslado y de su alojamiento. Incluso la ayudó en sus iniciales contactos con la colonia japonesa.

Y, sin embargo, curiosamente, desde el momento de su llegada, cesó entre ellos todo contacto personal. Toda comunicación entre el despacho de Sandy Raven y la señora Watanabe se realizaba ahora a través de Maureen, la temible secretaria de Sandy.

Al principio, Kimiko estaba demasiado volcada en el trabajo para percatarse de ello. Pero, poco a poco, el silencio se hizo tan ostensible que empezó a temer haber ofendido involuntariamente a su benefactor.

No obstante, se dijo que, aunque así fuese, la buena noticia de que iba a poder quedarse en la universidad le daba el perfecto pretexto para enmendar cualquier torpeza que hubiera cometido con Sandy.

A pesar de su difícil carácter, y a que sólo había hablado con ella por teléfono, a Maureen le caía muy bien Kimiko, que tenía una voz dulce y era muy amable. Muchas veces, la historia de las personas depende de pequeños detalles como éstos.

—¿Cree que podría hablar un momento con el profesor, personalmente? —le preguntó a Maureen—. Ya sé que está muy ocupado y no le robaré mucho tiempo.

Maureen se atenía a las órdenes de Raven y, obviamente, sabía con exactitud qué día de la semana y a qué hora estaría en el campus.

Sin embargo, para eludir a molestos visitantes, Sandy cambiaba de planes a menudo. Y sus breves apariciones se reducían a asistir a reuniones del equipo del laboratorio, a entrevistas con posgraduados cuyas tesis dirigía y a despachar el trabajo administrativo.

Las instrucciones que tenía su secretaria eran muy claras: «No me alteren mi ritmo de vida.» Pero, en aquel caso, Maureen intuyó que desobedecer sería, por una vez, una sabia medida.

—Oiga, Kimiko. Mi jefe es un poco excéntrico, y no puedo garantizarle que la reciba. Si quiere arriesgarse, venga el martes, sobre las cuatro.

—¿De la mañana? —bromeó Kimiko.

—No. Tan excéntrico no es. Usted venga y haré lo que pueda.

Maureen se sorprendió al verla.

Kimiko era tan vivaracha y menudita que parecía una estudiante de primer curso. Llevaba un sencillo pero elegante conjunto verde de falda y jersey y un collar de perlas. Sus oscuros ojos marrones brillaban llenos de vida.

Al llamar Maureen a Sandy a través del intercomunicador para decirle que la señora Watanabe estaba allí, Sandy se crispó.

—Ni hablar. Tengo una reunión con el decano —se excusó.

Kimiko, que pudo oírlo perfectamente, se apresuró a decir que se marchaba. Pero Maureen hizo ostensibles ademanes para indicarle que esperase.

—Oiga, Sandy, no sea así. Que tiene tiempo hasta las cuatro y media. ¿Por qué no sale un momento a saludarla?

Sandy accedió a regañadientes y sin bajar la guardia: saldría a estrecharle la mano a la agradecida japonesa, y punto.

Había imaginado a la señora Watanabe como una mujer amargada, deprimida, abatida por los duros golpes que le había propinado la vida. No la imaginaba bonita. Y, menos aún, joven y vivaz, con un inmaculado cutis de porcelana.

Kimiko le sonrió al darle la mano.

—Es que no podía dejar de agradecerle, en persona, todo lo que ha hecho por mí, doctor Raven —le dijo en tono respetuoso.

El enclaustrado Sandy se quedó sin habla. La personalidad que irradiaba aquella mujer perforó su coraza.

—¿Tiene tiempo para que tomemos un café? —le dijo Sandy tras rehacerse de la impresión.

—Tiene usted una reunión con el decano —lo reconvino Maureen maliciosamente.

Sandy hizo caso omiso e invitó a la grácil visitante a pasar a su despacho mientras Maureen sonreía satisfecha.

Kimiko monopolizó la conversación deshaciéndose en expresiones de gratitud. Dedujo, acertadamente, que el mejor modo de hacerlo era mostrarle lo mucho que había aprendido en el Tecnológico de California... y demostrarle que conocía a fondo su labor científica.

Mientras ella hablaba, Sandy trataba de encontrar un pretexto para verla otra vez.

Le costaba trabajo mirarla sin excesiva fijeza. Estaba nerviosísimo. No acertaba a explicar por qué, después de pasar tantos años indiferente a los encantos femeninos, aquel rostro y aquel cuerpo le producían tal impresión. En parte, deseaba que se marchase para volver a su refugio interior. Aunque, por otro lado, deseaba que se quedase.

Transcurridos unos minutos, Kimiko se levantó con timidez, le agradeció que la hubiese recibido y se dispuso a marcharse.

—No, espere —la atajó él a la vez que oprimía el botón del intercomunicador—. No ha tomado nada... Maureen, ¿podría, por favor, traernos dos cafés? Ah, y llame al decano y dígale que llegaré un poco más tarde.

«Café para dos», tarareó Maureen mientras los preparaba.

Entretanto, también Kimiko oía en su interior una mágica melodía que la hacía vibrar. Bastaron aquellos minutos para que empezase a ver a Sandy como algo más que una celebridad con bata blanca. Porque la mirada de Sandy era tan intensa que a punto estuvo de ruborizarse.

Lo que más cautivó a Sandy fue la fuerte personalidad de Kimiko. La conversación derivó rápidamente desde los consabidos comentarios, acerca de las clases, hacia lo que para

Kimiko era lo más importante en su vida: sus dos hijos gemelos.

Bastó que ella le hablase de Hiroshi y de Koji para que, acto seguido, Sandy le hablase de Olivia y le comentase cuánto la echaba de menos. Kimiko se sintió conmovida al ver lo orgulloso que estaba de su hija el doctor Raven que, a su vez, se percató de que a ella le encantaba hablar de sus hijos.

—La verdad es que son muy aplicados. Al salir del colegio por las tardes van a la escuela japonesa.

—Sí, ya sé que su sistema académico es durísimo. Y, la verdad, me parece excesivo.

—Lo impone nuestro sistema de vida —replicó ella—. En nuestra sociedad no hay más remedio, o te hundes. Me gustaría que nos visitase alguna vez y los conociese. Aunque supongo que probablemente esté demasiado ocupado.

—No —se apresuró a decir él—. Lo cierto es que, en estos momentos, estoy bastante desahogado. No tiene más que decir cuándo.

Si Kimiko le hubiese dicho que aquella misma tarde, Sandy habría aceptado sin vacilar. Pero a ella le pareció más correcto proponerle ir a cenar a su casa la semana siguiente.

Sandy pasó aquellos días empapándose de los libros más recientes sobre la cultura y la sociedad japonesas. Quería causarle buena impresión, porque se sentía demasiado inseguro para creer que ya se la había causado.

Lo que más le gustó a Sandy fue que Kimiko no tratase de disimular su gran dedicación a sus hijos, que compartieron la mesa con ellos en su modesto apartamento del campus. Se notaba que estaban muy bien educados y sólo hablaban, con suma cortesía, si se les daba pie.

A las ocho en punto los hijos de Kimiko se excusaron y se retiraron a estudiar a su dormitorio.

—¿A qué hora se acuestan? —preguntó Sandy.

—Nunca antes de las doce. Piense que tienen deberes dobles.

—Casi nada. Supongo que, por lo menos, descansarán el fin de semana, ¿no? —dijo Sandy, que no pudo evitar fijarse en su preciosa boca al echarse ella a reír.

—El sábado tienen clase todo el día.

—¡Dios santo! ¿Y no se le sublevan?

—No. Lo asumen. En Japón es normal.

—Pues, por lo que veo, no me extrañaría que no se acueste usted hasta las tres.

—No se equivoca, Sandy. He tenido mi gran oportunidad gracias a usted, y no quiero decepcionarlo.

—No me ha decepcionado. Aunque los norteamericanos tenemos un dicho: quien trabaja mucho por arriba... Pero, bah. Qué cosas se me ocurren. Es un dicho muy poco delicado. Es usted muy atractiva. Ojalá tuviese yo diez años menos.

—¿Por qué? —exclamó ella, que lo miró sin ocultar el afecto que ya le inspiraba—. No es usted precisamente un anciano. Y, además, es muy atractivo.

«No puede decirlo en serio —pensó él—. Soy demasiado "plomo" para ella.»

No pararon de hablar hasta la medianoche. Al excusarse Kimiko un momento para ir a darles las buenas noches a Hiroshi y a Koji, él comprendió que debía marcharse ya. Sin embargo, al regresar ella al salón, prolongaron la conversación hasta pasada la una. Entonces le pareció a Sandy que no debía alargarse más y decidió marcharse, no sin antes concertar otra cita.

—¿Nos vemos el domingo? —le preguntó—. Les vendrá bien a sus hijos un respiro. ¿Quiere que vayamos los cuatro a visitar los estudios de la Universal?

—Oh, ¡les encantaría! —repuso ella.

—Es una bobada, pero he pensado que a lo mejor también a usted le gustaría —dijo Sandy.

—Seguro que me gustará.

Con sus incendios, sus inundaciones, sus tiburones devoradores de hombres y toda la parafernalia de catástrofes, los estudios brindaban continuas oportunidades para estremecerse e invitar al acogedor abrazo.

Cuando ya hacía un buen rato que los había dejado en su apartamento, Sandy aún sentía el roce de los muchachitos en su cuello, y especialmente el tacto de Kimiko, que se cogió espontáneamente de su mano al volver al coche.

—¿Y qué hace usted, normalmente, los fines de semana? —preguntó Kimiko.

—Pues, como quizá ya haya adivinado, llevo una vida un tanto peculiar. Los fines de semanas voy de compras.

—No lo veo nada extraño —dijo ella.

—Es que voy de compras a San Francisco —dijo él sonriente—, que está a varios centenares de kilómetros.

—Sí, eso ya no es tan normal —admitió ella—. ¿Hay allí algo especial?

Sandy no pudo contener su entusiasmo y le contó lo de las miniempresas caseras y sus talentosos propietarios.

—Al parecer, constituye una parte importante de su labor —dijo ella—. No quisiera que nosotros la perturbásemos.

—Pues, entonces, ¿por qué no me acompañan? Podemos ir con los niños.

—Con una condición —dijo ella tras reflexionar un instante.

—La que sea.

—Que vayamos en sábado, aunque no vayan a la escuela japonesa. Estoy segura de que ir sólo por un día interferiría en sus planes.

¿Dos días en lugar de uno? Era un premio que Sandy no se había atrevido a soñar.

Salieron al amanecer y fueron, a moderada velocidad, por la autopista de la costa. Pararon a tomar un café en el rompeolas de Monterey, y Sandy les compró a los chicos comida para que se la echasen a las focas.

Al cabo de un rato los instaló en una suite de tres camas en el hotel Four Seasons Clift, de San Francisco e, inmediatamente, volvieron a salir para visitar Silicon Valley.

Allí Kimiko pudo conocer otra faceta de Sandy. Aunque, en general, e incluso con ella, era más bien tímido, con los jóvenes científicos se mostraba como un amable y benévolo padrino. Los aspirantes a inventores lo adoraban. La trataron a ella y a sus hijos como si fuesen colegas, sobre todo al percatarse de que Kimiko entendía perfectamente de qué hablaban.

Al anochecer bajaron a cenar los dos solos al French Room, un lujoso comedor con lámparas de cristal auténtico. A los chicos los dejaron en la habitación y encargaron que les subiesen la cena. Kimiko les recordó, sin embargo, sus obligaciones: su profesora japonesa les había asignado un deber para compensar la clase.

Sandy comprendió que algo le pasaba a Kimiko al ver que no probaba bocado.

—Si no somos sinceros no podremos ser amigos, Kimiko. Está preocupada, ¿verdad?

Ella asintió con la cabeza, visiblemente nerviosa.

—Me hago cargo. Porque yo también lo estoy. No teníamos que haberlos dejado solos —se aventuró él a decir.

Kimiko asintió de nuevo.

Al cabo de un momento, Sandy pagó la cuenta y fueron a coger al ascensor para volver con Hiroshi y Koji. Sandy les pidió una deliciosa tarta helada para postre.

Cuando los niños se hubieron dormido, Kimiko y Sandy quedaron al fin solos.

Aunque Sandy deseaba lo que era natural que ocurriese, temía dar un paso en falso que estropease lo que, hasta entonces, era un perfecto acercamiento. No obstante, se dijo que, al aceptar ir tan lejos, ella debía de ser consciente de que era inevitable que llegase el delicado momento.

Lo que no sabía es si estaría preparada para aquello. Kimiko no tardó en decírselo sin palabras: se excusó diciendo que iba a ducharse y reapareció algo cohibida, pero muy deseable, envuelta en la toalla del hotel.

—Tienes un cuerpo de niña —dijo él, tuteándola por vez primera.

—Si tú lo dices... —dijo ella sonriente y le cogió la mano; luego agregó—: La verdad es que siento cierta timidez.

—Y yo —le confesó él—. Pero siento algo más.

—No digas nada —lo acalló Kimiko posando el índice en sus labios—. No es necesario, Sandy. Los dos sabemos lo que hacemos —añadió vacilante—. Y los dos lo deseamos.

Y así empezó el proyecto de rejuvenecimiento más importante que Sandy hubiese emprendido nunca: el suyo propio.

Dos meses después, Sandy encontró una auténtica mina de oro. Identificó un grupo de genes que propiciaban el envejecimiento de las células de la piel. Tras repetidos experimentos, logró invertir el proceso de degeneración. La inversión del proceso podía no ser permanente, pero todo apuntaba a que podía repetirse indefinidamente.

Aunque trató de evitar todo sensacionalismo y publicó los detalles de su descubrimiento en una revista muy poco conocida, los avispados redactores de las agencias informativas tradujeron sus hallazgos al lenguaje coloquial. Y, de la noche a la mañana, Sandy Raven se convirtió en un personaje familiar en todos los hogares.

Fue entonces cuando la revista *Time* hizo los primeros contactos, que se plasmaron finalmente en la publicación de un artículo de fondo con la imagen de Sandy en la portada.

Todos los medios informativos lo elogiaban por haber hecho realidad el más grande de los sueños (sobre todo en Hollywood): un producto que prometía la eterna juventud.

Su plácida y cómoda existencia se vio de pronto asaltada por todas partes: llamadas, faxes, cartas. Más de un desesperado llegó a presentarse sin avisar en su laboratorio. Y, de seguir las cosas así, poco tardarían en presentársele también en la finca.

Sandy estaba tan abrumado en aquella especie de circo de tres pistas, que puso tierra de por medio y fue con su padre a Lake Tahoe, donde alquilaron un bungalow y se inscribieron con el nombre de Smith.

Los primeros días fueron idílicos y daban largos paseos respirando el aire puro y fresco de la montaña.

Allí aislados, al abrigo del confortable bungalow, pudieron seguir a través de los medios informativos el espectáculo de la codicia, con la retransmisión de la subasta de los derechos de explotación del descubrimiento de Sandy.

Cuando Corvax se impuso a Clarins y a Yves St. Laurent, al ofrecer un anticipo de cincuenta millones de dólares sobre los *royalties*, Sandy se enfureció en lugar de alegrarse.

—¡Es el colmo, papá! Esa gente es incapaz de darle un millón de dólares de subvención a un laboratorio que investiga sobre el cáncer. Pero sueltan cincuenta millones sin parpadear ante la perspectiva de que toda mujer pueda parecer un poco más joven.

—Oye, no seas aguafiestas —replicó su padre—. Es la única droga sin peligro de sobredosis. Como dijo Liz Taylor en *La gata sobre el tejado de cinc*: «Se puede ser joven sin dinero, pero no se puede ser viejo sin él.»

En su tranquilo retiro, padre e hijo se sinceraban a fondo, sobre todas sus cosas, hasta altas horas de la noche.

—Aunque ahora seas un científico famoso, muchacho, no eres tan viejo como para no aceptar un consejo de tu padre.

—Por supuesto. A ver: ¿de qué va el consejo?

—Pues de tu vida personal.

—¿En qué sentido?

—Párate a pensar un momento en ti —le dijo su padre en

tono admonitorio—. Tienes laboratorio propio, tus propios ayudantes, te rodeas de toda una parafernalia electrónica de seguridad. No he conocido a nadie que se consagre más al bien de la humanidad y menos a sí mismo. Escucha la voz de la experiencia: todo el dinero del mundo no vale lo que un abrazo y un beso de una mujer como es debido. ¿Tengo razón o no?

—Sí la tienes —reconoció Sandy sonriente.

—Y te lo digo yo, muchacho, que menudo desengaño me he llevado con las mujeres. El amor es más peligroso que jugar a la ruleta rusa. No es que haya sólo una posibilidad entre seis de que acabe contigo, sino que es al revés: hay cinco balas en la recámara. Y, sin embargo, por esa única posibilidad merece la pena intentarlo. Como dice la canción: «El amor es una cosa maravillosa.»

—¿Qué pasa?; que lo sabes, ¿no? —dijo Sandy, que lo miró un tanto cohibido.

—¿Acerté con lo de Hong Kong? —bromeó su padre.

—Acertaste el continente. Es japonesa —le dijo Sandy—. Pero ¿cómo...?

—¡Hombre! ¡Que no hace falta ser Sherlock Holmes! Supongo que en el alquiler de esta choza no irá incluida la foto de una oriental con sus dos hijos. ¿Es tan bonita como en fotografía?

—Más aún —contestó Sandy sin poder ocultar lo enamorado que estaba—. Me siento muy bien con ella, y con sus hijos también.

—Soy un poco viejo para aprender japonés. ¿Hablan inglés los pequeños?

—Mejor que tú y yo.

—Estupendo —dijo Sidney—. Esto me gusta pero que mucho. No hay más que verte la cara cuando hablas de...

—Kimiko.

—Kimiko Raven. Suena exótico.

—Es que es exótica, diferente —dijo Sandy.

Sidney rebosaba satisfacción al ver lo radiante que estaba su hijo.

—¿Sabes que te digo? Que ya quiero a esa personita. Aunque sólo sea por lo que ha hecho por ti.

La tarde del jueves de la misma semana en que el Instituto Tecnológico de California comunicó oficialmente la noticia del descubrimiento hecho por Sandy, un grupo de periodistas y reporteros gráficos irrumpieron en el laboratorio de Física en el que Olivia Raven, estudiante de primer curso en el Instituto Tecnológico de Massachusetts, trataba de concentrarse en su trabajo de prácticas de laboratorio.

Llevaba varios días tratando de darles esquinazo, pero al final se le echaron encima: la rodearon y le sacaron fotos, desde todos los ángulos imaginables, para mostrar a sus lectores a la hija del gran hombre en plena tarea.

—¡Quieren hacer el favor de largarse, sanguijuelas! —les espetó Olivia exasperada.

El alboroto llamó la atención de su tutora, que sabía muy bien cómo las gastaban los predadores de la prensa. Los fulminó con la mirada de tal manera que salieron sin chistar.

La tutora cerró entonces la puerta y condujo a la perpleja y desorientada estudiante a su despacho, le sirvió un té y trató de tranquilizarla.

—Lo que acabas de ver, Olivia, es lo más desagradable que tiene dedicarse a la ciencia. Las medios informativos se portan como auténticas aves de rapiña en cuanto huelen alguno de los llamados «milagros de laboratorio». ¡Cualquiera sabe lo que habrían hecho por entrevistar a Dios cuando separó las aguas del mar Rojo!

Olivia rió con ganas y los músculos de su cara se relajaron.

—Nadie mejor que usted para saberlo, doctora Da Costa —dijo Olivia.

—Ojalá pudiese yo lograr que mis estudiantes se aplicasen a sus ejercicios con tanta tenacidad como esos payasos a sus fotografías. Seguro que ya habríamos descubierto un remedio para el sida. Y, por favor, Olivia, llámame sólo Isabel, que somos casi de la misma edad. Pero, bueno, creo que ya puedes ir a terminar tu experimento de acústica.

Hasta que no estuvieron en la calle no cayó en la cuenta uno de los reporteros.

—¡Joder! —exclamó frustrado—. ¡Y me acuerdo ahora! El bombón de la bata blanca era la niña prodigio de la Física. ¿No las ha fotografiado a las dos juntas ninguno de vosotros?

Por una vez, los medios informativos no se salieron con la suya. Pese a todo su despliegue, los *paparazzi* no pudieron dar con el paradero de Sandy Raven. Lo buscaron en París, en Roma e incluso en Tokio. No se les ocurrió buscarlo entre los numerosos grupos de extranjeros que visitaban los templos budistas y sintoístas, los jardines y las tradicionales casas de Kioto, la capital cultural de Japón.

Porque allí se encontraba Sandy, en visita privada a una de las veinte universidades de la ciudad.

Periodísticamente, fue una pena. Porque la revista *People* pudo haber publicado una fotografía de gran impacto: el famoso científico norteamericano, una radiante joven oriental y sus dos hijos gemelos. Todos ellos rebosantes de felicidad.

56

ISABEL

Isabel da Costa echaba pestes al pensar que había estado a punto, muchas veces, de matricularse en una autoescuela para obtener el carné de conducir y que, en el último momento, siempre lo había dejado correr, en la creencia de que no merecía la pena si ello significaba restarle tiempo a su labor investigadora.

De manera que pidió un taxi por teléfono y, al cabo de unos minutos, el taxista oprimió el botón del portero automático con tal insistencia que despertó a su padre.

Raymond salió al salón medio dormido y vio que Isabel enfilaba hacia la puerta.

—¿Adónde vas? —le preguntó.

Hecha un manojo de nervios, Isabel trató de explicárselo en pocas palabras para no entretenerse.

—Voy... al aeropuerto.

—¿Qué pasa? ¿Que te fugas con Jerry? —le dijo su padre medio en serio medio en broma.

—No digas bobadas, papá. Va a venir a las ocho aquí. Por favor, dile que volveré lo antes que pueda —contestó Isabel, que salió precipitadamente sin dar opción a más preguntas a su perplejo padre.

Muriel estaba agotada de no haber dormido. Casi no pudo dar crédito a sus ojos al ver a su hija en la terminal de vuelos nacionales.

—¿Cómo te has enterado? —le preguntó en tono preocupado al estrecharla entre sus brazos.

—¿Qué más da eso? ¿Por qué no me has avisado de que venías? —replicó Isabel.

Por un instante, la niña que aún alentaba en ella estuvo a punto de no poder callarse la buena noticia. Pero comprendió en seguida que no era el momento para expansionar su ego.

Isabel había cogido tan desprevenida a Muriel, que ésta tuvo que improvisar una excusa creíble.

—Como sé que pasas en tu despacho todo el día, quería darte una sorpresa después de mi entrevista.

—¿Qué entrevista? ¿Qué demonios pasa?

Muriel cogió la mano de su hija entre las suyas, se tragó las lágrimas y trató de explicárselo en pocas palabras.

—Edmundo está enfermo. Tiene la enfermedad de Huntington.

—Lo siento muchísimo, mamá. Pero aún no comprendo por qué no me avisaste.

—En la Mass General hay un médico que ha descubierto un remedio definitivo. Pero el Instituto de Farmacología aún no ha terminado las pruebas. He venido a ver si consigo que esas pruebas las hagan con Edmundo.

—Iré contigo —dijo Isabel.

—No. De verdad, esto es algo en lo que no quiero que intervengas —dijo su madre con sorprendente sequedad.

—Pues ponte como quieras, mamá, pero no pienso dejarte sola ni un minuto.

Muriel meneó la cabeza abatida.

—Gracias, Isabel —musitó casi sin querer.

Para hacer tiempo, madre e hija desayunaron en una atestada cafetería contigua al hospital. La mayoría de los clientes era personal del centro, que acababan de terminar su guardia, con visibles muestras de cansancio en el rostro. Los más animados, claro está, eran los que iban a relevarlos. No se oía hablar más que de glóbulos rojos y de deporte, que era en torno a lo que giraba la vida de todo médico de Boston.

Aunque notaba a su madre muy circunspecta, Isabel no pudo evitar acosarla a preguntas.

—No sé nada de esta enfermedad, mamá —le dijo finalmente.

—Pues, mira: es una especie de bomba de relojería neurológica, que termina por destrozarlo todo.

—¿Y no hay posibilidad de curación?

—Ninguna —contestó Muriel compungida—. Es mortal.

—Pero ¿no dices que un médico de la Mass General ha descubierto un remedio?

—Sí. Ha descubierto un fármaco que funciona con los ratones —dijo Muriel con amargura— y con otras cobayas. Pero aún no tienen la autorización para administrárselo a seres humanos.

—¿Y no hay ninguna esperanza de que hagan una excepción?

—Bueno, a veces el Instituto de Farmacología accede por razones «humanitarias». Rezo por que la decisión dependa de un funcionario «humano».

Era alto y ancho de hombros. Sólo unas tenues pinceladas grises asomaban de sus pobladas cejas negras.

—Buenos días, señora Zimmer —dijo con fuerte acento ruso al tenderle la mano—. Soy el profesor Avílov. Tenga la bondad de entrar.

—Soy su hija —dijo Isabel, que se levantó casi al mismo tiempo que Muriel—. ¿Puedo entrar yo también?

—¿Su hija? —exclamó Avílov sorprendido—. Pues, en ese caso...

—¡No! —dijo Muriel con firmeza—. No quiero involucrarla en esto.

—Pero, mi querida señora Zimmer —replicó Avílov con exagerada cortesía—. ¿No cree que, por la propia naturaleza de la enfermedad, ya está involucrada?

—No. Es que no es de Edmundo... Quiero decir que su padre es Raymond da Costa —le aclaró Muriel.

Avílov miró escrutadoramente a Isabel y la reconoció.

—¡Ah! La famosa científica, ¿no?

Isabel se limitó a asentir con la cabeza.

—Considero un gran honor conocerla —dijo Avílov en tono deferente—. Admiro profundamente su labor —añadió antes de dirigirse de nuevo a Muriel—. No tenía ni idea, señora Zimmer. Pero el hecho de ser la madre de una persona tan prestigiosa quizá ayude con esa pandilla de burócratas de Washington. ¿De verdad no quiere que esté presente su hija?

Aunque emocionalmente destrozada y físicamente exhausta, Muriel se percató de que al pomposo profesor, cuya ayuda necesitaba tan desesperadamente, no iba a gustarle que Isabel no entrase con ella.

—Está bien —se resignó Muriel.

Madre e hija siguieron a Avílov hasta su amplio despacho, cuyas paredes estaban literalmente cubiertas con diplomas en numerosas lenguas. Cualquiera hubiese dicho que era miembro de todas las academias de ciencias del universo.

—Por favor, siéntense —les dijo en tono galante.

Avílov ocupó su sillón frente a la enorme mesa de madera, presidida por una fotografía en color en la que se veía a su rubia esposa y a sus tres hijos con sonrisa de anuncio de dentífrico.

—Bien...

Desde luego, ninguna de las dos captó el significado de tan elocuente monosílabo. Sin embargo, el conspicuo profesor pasó de inmediato a darles una conferencia, salpicada de una profesoral reiteración de «como estoy seguro que saben».

—La enfermedad de Huntington es, como estoy seguro que saben, una de las verdaderamente graves. Es incurable. Y fatal. No hay esperanza de ninguna clase. Hasta hace sólo unos años ni siquiera se conocía su localización en el genoma humano. Su hija debe de estar muy familiarizada con el tema, señora Zimmer. Pero contestaré con gusto a lo que me pregunte.

—Gracias. Pero siga usted, por favor —dijo Muriel quedamente.

—Los trabajos realizados en este mismo laboratorio por mi distinguido colega el doctor Gusella han permitido precisar que el gen causante de la enfermedad de Huntington se halla en un segmento del cromosoma cuatro. Ha sido el primero en utilizar localizadores de ADN para tener una idea aproximada de la localización de un gen, a falta de otras pistas. A partir de ese comienzo tan prometedor se abordó un trabajo en equipo, en el que participan algunos de los colegas de la doctora Da Costa del MIT. Basamos nuestra estrategia en un tipo de localizador de ADN que en el laboratorio llamamos RFLP. Y tras concienzudas exploraciones tenemos al gen de la enfermedad de Huntington en nuestras manos, por así decirlo. Y ahí tuve yo una pequeña intervención, un papel secundario en la gran obra. Tuve la suerte de «clonar» el perverso gen y, mediante una recombinación de ADN, logré producir una proteína que, por lo menos en experiencias de laboratorio, parece recomponer la estructura del cromosoma cuatro y devolverlo a su saludable estado inicial.

Avílov hizo una pausa en su alocución al mundo y volvió a dirigirse a Muriel.

—Ésta es, supongo yo, mi querida señora, la razón de su visita.

—En efecto, profesor —repuso Muriel en su tono más deferente, al percatarse de que la mejor manera de llegar al corazón de aquel hombre era a través de su ego.

Avílov apoyó el mentón en su mano derecha y pronunció uno de sus «bien», a modo de muletilla para meditar y proseguir luego su discurso.

—Como comprenderá, señora Zimmer, no es usted la primera que acude a mí con la misma petición —dijo dispuesto a perorar de nuevo—. La enfermedad de Huntington es mortal, y se me parte el corazón al pensar en todos los que la sufren, y a quienes espero curar algún día. Imagine qué ironía: que yo, ex ciudadano soviético, me vea aquí maniatado por lo que allí era un mal endémico: el papeleo burocrático. Desgraciadamente así es. Lo que más me exaspera es que estoy convencido de que mi reestructurado gen funcionará con los humanos igual que funciona con los ratones. Pero han hecho siempre oídos sordos cuando les he pedido que hagan una excepción.

Muriel bajó la cabeza, abatida.

—Y, sin embargo —dijo Avílov con sorprendente optimismo—, veo aquí una ventaja potencial.

—¿En qué la ve, profesor? —terció Isabel tras su largo silencio.

—En usted —dijo el ruso señalándola con el índice.

—No entiendo —dijo ella.

—Quizá no se percate, doctora Da Costa, de su enorme prestigio. Pero el mundo la considera un gigante de la ciencia y, con el orgullo de quien, como yo, acaba de nacionalizarse norteamericano, la consideran una heroína nacional. Si las autoridades de Washington diesen en creer que es usted hija de Edmundo Zimmer, sin duda acogerían la petición de un modo mucho más favorable.

Muriel rompió a llorar e Isabel la abrazó, aunque sin dejar de dirigirse al eminente científico.

—Es absurdo, profesor Avílov. ¿Qué tendré que ver yo en su enfermedad?

El llanto de Muriel era cada vez más desconsolado.

—¡Claro que tiene que ver, doctora Da Costa! —exclamó Avílov agitando el índice—. ¿No ve la dimensión genética de la cuestión?

—Pues, con franqueza, no.

—Permítame que lo exprese en pocas palabras: el mal de Huntington es, desde el punto de vista genético, una enfermedad de las llamadas *dominantes*. Las personas que la padecen tienen un cincuenta por ciento de probabilidades de transmitirla a sus hijos. Y estoy convencido de que, en cuanto se sepa que un talento científico como usted corre semejante peligro, nos darán la luz verde para tratar al paciente.

—¡Dios mío! —exclamó Isabel mirando a su madre—. ¿Saben esto Francisco y Dorotea?

—Sí. Y se hicieron análisis. Traté de disuadirlos y no hubo manera. Francisco ha estado de suerte, pero Dorotea sabe que está condenada a muerte.

—Qué horror —musitó Isabel.

Avílov se regocijaba interiormente al pensar de qué modo, tan inesperado, había llamado la suerte a la puerta de su despacho. No sólo le ponían en bandeja un medio infalible de acelerar la aprobación del departamento sino que, al tratarse de un personaje como Isabel, tenía la publicidad de su éxito garantizada.

—Si aprueban el tratamiento, doctora Da Costa, no sólo ayudará usted a su padrastro y a su hermanastra sino a muchos otros, a quienes podremos salvar si el tratamiento es eficaz.

—Por mí, adelante, mamá —dijo conmovida Isabel, que atrajo a su madre hacia sí—. Es nuestra única posibilidad de salvarlos.

Muriel no pudo entonces contenerse más y tomó a Isabel de las manos con expresión desesperada.

—Hay algo que tienes que saber —le confesó—. Porque te afecta de un modo que no imaginas.

—No te entiendo.

—Estás en peligro, cariño. Y por mi culpa —dijo con la voz entrecortada por el llanto—. No sé cómo decírtelo.

—Mamá, por el amor de Dios, ¿qué estás tratando de decirme? —le preguntó Isabel cada vez más alarmada.

—Es que..., Isabel, Edmundo es tu padre natural.

Isabel la miró atónita, sin acabar de creer que hubiese oído bien.

—Hazte cargo, cariño. Mi matrimonio estaba destrozado y Edmundo me quería mucho. Me amaba de verdad. Tuvimos relaciones... y te tuve a ti. Luego, al ver a Raymond tan obsesionado contigo, no me atreví a decírselo.

—¡Basta! ¡No quiero oír una palabra más! —le espetó Isabel, que se soltó de su madre.

Muriel lloraba ahora convulsivamente sin poder controlarse.

—La verdad es que transigí con que te manipulase como lo hacía porque me sentía culpable.

—No puede ser verdad. No puede ser verdad —dijo Isabel negándose a aceptarlo.

Isabel estaba tan conmocionada como si la hubiesen golpeado. De pronto su propia identidad se tambaleaba. Emocionalmente siempre se había sentido hija de Raymond da Costa. Había vivido casi exclusivamente con él. Y para él.

Tardó en reaccionar, en percatarse de que aquello se había desvelado en presencia del científico ruso.

—Mi querida doctora Da Costa, soy médico. Mantendré esto en la más absoluta confidencialidad.

—Profesor Avílov —le dijo Isabel—. He cambiado de opinión. De ningún modo voy a ser cómplice de esta farsa. No me parece ético.

Avílov se irguió en su sillón, visiblemente ofendido.

—Pero ¡ahora se trata también de su propia vida, doctora! ¡Debe hacerse un análisis!

—Me importa un comino —le espetó ella.

—Isabel —le imploró su madre—, ¿es que no comprendes que estás en peligro?

Isabel hundió la cara entre las manos.

—Se debe usted a la humanidad —dijo el ruso con untuosa grandilocuencia—. Es usted quizá el más grande talento de la física moderna y tiene un cincuenta por ciento de probabilidades de padecer la enfermedad de Huntington.

—Gracias por recordarme un futuro tan halagüeño —replicó Isabel furiosa.

—No he dicho que haya de padecerla forzosamente —se corrigió Avílov con una absurda sonrisa—. Si se hace el análisis, puedo darle el resultado en una semana. Y puede llevarse una alegría.

Aunque Isabel permaneció en silencio e inmóvil, Avílov notó que su argumento le había hecho mella, aunque no lo exteriorizase con palabras.

—Quizá debería dejarlas para que lo hablen entre ustedes —dijo Avílov, que sintió un acuciante apremio por desaparecer.

Isabel fulminó con la mirada a su madre, que estaba deshecha.

—¿Pretende que le dirija la palabra a la mujer que ha destrozado mi vida y la de mi padre? ¡No tiene perdón!

—Pues, de no haberse cruzado Edmundo en mi vida... ¡tú

no existirías! —le gritó su madre, tan desesperada como implorante.

—¿Qué quieres? ¿Que te dé las gracias? —replicó Isabel, que miró a su madre con implacable dureza y salió airadamente del despacho.

57

ISABEL

Aunque hacía un calor sofocante, Isabel volvió a pie a casa desde el despacho de Avílov.

Era como si acabase de vivir, en la realidad, una auténtica tragedia griega. En cuestión de segundos, había pasado de ser una persona mimada por la suerte a saberse amenazada de muerte.

No tenía la menor prisa por llegar a casa, y sí mucho en qué pensar.

Por extraño que pueda parecer, no era la incertidumbre sobre la suerte que le aguardaba lo que más la preocupaba, aunque fuese consciente de que, el día menos pensado, podía encontrarse cara a cara con el Ángel de la Muerte. Lo que más la preocupaba en aquellos momentos era el hombre que, desde que tenía memoria, la había querido, cuidado y protegido.

Y ni siquiera era biológicamente su hija.

Isabel era consciente de que, en cierto modo, a su padre ya no le importaría. Al fin y al cabo, el amor no se transmite genéticamente, y él se lo había prodigado a manos llenas durante años. Y, recíprocamente, ella le había profesado todo el afecto que pudiera anhelar un padre natural.

Después de darle muchas vueltas, decidió corresponder por haberle sacrificado su vida.

Se juró no revelarle jamás la traición de Muriel.

Cuando, en pleno desasosiego, pensó en Jerry sintió una terrible soledad.

Jerry le había proporcionado una inmensa felicidad. ¿Cómo iba a continuar ahora su relación? Se sentía estigmatizada, indigna de él.

Llegó al apartamento acalorada y empapada de sudor.

Tuvo la vaga sensación de que el apartamento estaba ahora más vacío. La puerta del dormitorio de su padre estaba cerrada. Quizá se hubiese refugiado del intenso calor de Cambridge e hiciese la siesta.

Estaba sedienta tras su larga caminata. Fue a la cocina y abrió el frigorífico. Se sirvió limonada y fue al salón, que era la estancia más fresca de la casa, porque dejaban los postigos cerrados.

Se sentó, bebió un largo trago y miró en derredor. Los periódicos y revistas estaban inusualmente ordenados en montones. Entonces reparó en que, en la mesa en la que normalmente trabajaban y comían, había un folio amarillo sujeto entre el salero y el molinillo de la pimienta.

Fue a cogerlo en seguida, temiéndose lo que diría:

Mi querida Isabel:

Has sido una hija maravillosa y cariñosa, mejor de lo que alguien tan mediocre como yo podía merecer jamás. Has sido una bendición y un regalo, que me ha cabido la dicha de poder disfrutar durante todos estos años. Demasiados.

Me hago cargo de que he querido prolongar en exceso mi presencia en tu vida, que tu sitio está con personas de tu edad, como Jerry, que es un muchacho maravilloso.

No te negaré que me duele mucho lo que hago, pero lo hago movido por el más profundo amor por ti.

Entre las muchas ofertas que Pracht me ha facilitado (¿por deshacerse de mí, quizá?), me acaba de llegar una para dar clases de física, en uno de esos colegios de postín a los que asisten esos infatuados hijos de papá.

Supongo que la fama de ser tu padre ha sido mi mejor recomendación. He llamado esta tarde y me ha dicho el director que me contrataba «a ciegas».

En cuanto me organice, me pondré en contacto contigo para darte mi nueva dirección y el teléfono. No lo olvides: quiero dejarte volar, pero no alejarme completamente de ti.

En adelante me comportaré con la madurez propia de un padre que tiene una hija que ya puede ser independiente. Me gustaría mucho que pudiéramos pasar juntos las fechas más señaladas: el Día de Acción de Gracias, Navidad, los cumpleaños.

Te dejo el único regalo que aún no te había hecho: tu libertad.

Sé feliz, hija mía.

Tu padre, que te adora.

Isabel se quedó sin habla. Sabía (como sabe el paciente sometido a anestesia local) que algo le acababan de extirpar. Pero sólo sentía la angustia por el vacío que estaba segura que iba a quedar en ella.

Hundió la cara entre las manos. De pronto su mundo empezó a girar como un torbellino. Estaba destrozada. Ella, que había representado siempre el papel de la indómita señorita Da Costa, siempre serena y con la sonrisa a flor de labios, incluso en las circunstancias más difíciles, se desmoronó, anegada en llanto.

Durante un buen rato perdió la noción del tiempo. Se sobresaltó al oír el estridente sonido del teléfono.

—Isa, se han florecido los panecillos del desayuno de tanto esperar. ¿Qué pasa? ¿Has conocido a uno más guapo, o qué?

—¡Oh, Jerry! ¡No sabes cómo me alegro de que hayas llamado! —exclamó ella con profundo alivio.

—Pues nadie lo diría —bromeó él.

—Escucha, Jerry, por favor. Ha sido el peor día de mi vida. Si te digo que ha sido trágico me quedo corta. ¿Por qué no vienes y cenamos aquí?

—¿Y por qué no me dejas que te invite yo para variar? Lo digo porque así estaremos solos.

—Estaremos solos, Jerry. Papá se ha marchado —dijo Isabel con voz queda.

—¿Qué demonios ha ocurrido, Isa?

—Todavía no he reaccionado. No sé si estoy en condiciones de entender nada, pero me parece que, de pronto, ha tenido mala conciencia. El caso es que ha aceptado un empleo en un colegio.

—Bueno —dijo Jerry, que trató de ver el aspecto positivo—, quizá sea lo mejor que podía ocurriros a los dos. ¿Por eso estás tan afectada?

—Es que ha ocurrido algo mucho más grave —contestó ella—. Pero ¿por qué no me dejas que te lo cuente en persona? Ten en cuenta que no hago invitaciones así todos los días. Lo digo porque en toda mi vida sólo he cocinado para mí y para papá. ¿Te conformas con algo sencillo? Porque, la verdad es

412

que no soy un *chef*. ¿Qué tal unos espaguetis y unas albóndigas?

—Estupendo. Estaré ahí a las siete.

Todavía medio aturdida, Isabel fue al supermercado a comprar lo que necesitaba para la cena, sin olvidar unos pastelillos.

El teléfono sonaba insistentemente al abrir Isabel la puerta. Dejó las bolsas de la compra en el suelo y corrió a coger el auricular.

—Isabel, por favor no cuelgues. Tenemos que hablar —le dijo su madre—. Estoy en el hotel Hyatt Regency. ¿Quieres que cenemos juntas?

—Lo siento. Tengo otros planes —dijo Isabel con sequedad.

—Sí, claro, ya comprendo que Raymond...

—No, mamá, no se trata de él —dijo Isabel, exasperada porque todo el mundo pareciese creer que no tenía vida privada.

—Pues dime cuándo podemos vernos —preguntó Muriel angustiada—. Lo que ocurre es demasiado terrible para no afrontarlo.

—Mira, ahora mismo no sé cuándo podré. Te llamaré mañana por la mañana.

—¿Y no podríamos quedar ya para desayunar? ¿A las ocho?

—Está bien —accedió Isabel de mala gana—. Y ahora perdona, que tengo que salir.

Justo cuando Isabel ya había logrado sobreponerse y creía poder desahogarse con Jerry, comprendió que unos nubarrones más negros aún se cernían sobre su vida.

Estaba enamorada de Jerry y segura de que él la correspondía. Siempre había dado por sentado que su relación se consolidaría, paso a paso, y que Jerry acabaría por pedirle que se casase con ella.

Y, sin embargo, en aquellas circunstancias, no. Con la herencia genética que le había caído en suerte, no.

Sonó el timbre de la puerta. Y, de pronto, a pesar de todo lo que la abrumaba, su semblante se iluminó de alegría. No podía estar más enamorada.

Jerry llevaba una botella de la exótica «sangría» y un ramo de rosas. Pero el mejor regalo que traía para ella era su buen humor.

Isabel se colgó impulsivamente de su cuello.

—¡Humm! ¡Qué delicia! —exclamó él—; me parece que voy a volver a salir y a volver a entrar para que se repita.

—No seas bobo —dijo ella en tono zalamero—. Siéntate para que pueda darte la paliza con mi depresión.

—¿Dónde está tu padre?

Isabel le dio a leer la nota de Raymond. Su joven amigo la miró visiblemente conmovido.

—Madre mía. Demuestra una gran entereza. Es un tipo magnífico. Puedes estar orgullosa de él.

La aprobación del hombre al que amaba, sus palabras de inequívoca ternura, tuvieron un paradójico efecto en Isabel. Se puso a llorar.

—¿Por qué lloras?

—Porque me han dicho la verdad: Raymond no es mi padre.

—No entiendo.

Se armó de valor para contárselo todo: quién era, en realidad, Edmundo. Y quién no era realmente Raymond.

—Debes saber algo —hizo notar Jerry—. El hecho de que él ni siquiera conociera la verdad otorga a todo lo que ha hecho un grado de generosidad aún superior.

En ese momento, Isabel no tuvo el valor necesario para referirse a la enfermedad de Edmundo; tal vez fuera por egoísmo, dado que no quería correr el riesgo de despertar temores en Jerry que lo alejaran de ella.

—Te parecerá absurdo, pero estoy furiosa con mi madre por haberme dado la vida.

—Absurdo es poco. Yo, la verdad, le estoy agradecido —dijo Jerry, que le tomó ambas manos y se las apretó cariñosamente.

«¡Aún no sabes lo peor!», pensó Isabel.

A media cena, quizá algo ayudados por la alegre «sangría», lograron dejar a un lado la conversación sobre los padres, la herencia y la fidelidad.

Era ya bastante tarde, casi la hora en que Jerry solía despedirse con su habitual caballerosidad.

Se levantó, rodeó con sus brazos a Isabel y se besaron con ternura.

—La última vez que tu padre estuvo enfermo, Isa, pasé la noche en el sofá —le susurró él.

—Sí, me acuerdo.

—Pues, esta noche, me gustaría quedarme, pero contigo.

Se miraron e Isabel le sonrió.

—Sí, Jerry —le dijo sin asomo de vacilación—. Me gustaría mucho que te quedases.

58

ADAM

En cierto modo, la enfermedad de Alzheimer es como una tortura que ahoga, tras repetidas inmersiones. La víctima pierde el conocimiento y, de pronto, logra asomar la cabeza y respirar una brizna de realidad. No es más que la señal de que no agoniza todavía y, sin embargo...

Paradójicamente, el proceso es más doloroso para el paciente al principio, cuando sus períodos de lucidez son más prolongados. Al final, las verdaderas víctimas son quienes rodean al paciente. Saben que, aunque todavía no haya desaparecido de este mundo, ellos ya lo han perdido.

Antes de que la llama de la vida se apague definitivamente, el paciente tiene que soportar un sinfín de humillaciones.

Adam se resistió denodadamente a que lo privasen del carné de conducir, resuelto a conservar aquel símbolo de su independencia.

Como Anya no daba abasto para proteger a Adam de sí mismo, contrató a Terry Walters, un fornido enfermero de raza negra, con mucha experiencia en la cruel enfermedad.

Era tan hábil, y tenía tan buen carácter, que no estaban muy seguros de si Adam tenía claro de para qué lo habían contratado.

A pesar de que, a medida que la enfermedad se agravaba, el paciente se mostraba más deprimido y aletargado, Terry lo convenció para que hiciese *jogging*. Salía a correr junto a él, siempre atento a sujetarlo cuando tropezaba.

La ayuda de Terry le permitió a Anya compaginar las dos vidas que tenía que llevar: la suya y la de Adam. Iba cada día al laboratorio, tomaba nota de los datos de los distintos experimentos en curso y se los llevaba a casa. A los miembros del equipo del laboratorio les decía que el profesor había contraído un virus muy desagradable durante su viaje, y que no acababa de quitárselo de encima.

En sus momentos de mayor lucidez, Adam anotaba comentarios al margen de los informes que Anya le traía, y ella cuidaba de que se siguiesen sus recomendaciones. Cuando sus ideas eran confusas (cosa que ocurría cada vez más a menudo) Anya les decía que, tal o cual aspecto, tenía aún que analizarlo a fondo. Y cuando lo veía con la mirada extraviada, incapaz de comprender un problema, trataba de adivinar lo que Adam hubiese dicho en circunstancias normales, y se lo transmitía así a su equipo.

La gran sintonía mental que habían conseguido, pese al poco tiempo que llevaban juntos, permitía a Anya aventurarse en terrenos que, de otro modo, le habrían estado vedados.

Anya no tuvo más remedio que decírselo a Prescott Mason, que lo sintió sinceramente. Quizá tras aquella fachada de típico profesional de las relaciones públicas, el representante de la Clarke-Albertson fuese más humano de lo que parecía.

Además, la tranquilizó en el sentido de que, hasta donde las circunstancias lo permitieran, continuaría representándolos, porque creía, de verdad, en la labor que realizaban.

Siempre pragmático, Mason prefirió considerar las trágicas circunstancias de su cliente como un acicate para trabajar contra el reloj. Hasta entonces había actuado con sutileza y sosiego, convencido de que dentro de tres o cuatro años podría hacer las operaciones de comercialización realmente importantes. Pero, tras lo que acababa de saber, tenía que pisar el acelerador.

En algunos aspectos, Anya demostró ser mucho más valiosa de que lo que pudo soñar. A medida que el MR-Alpha se utilizaba cada vez más, y se afirmaba el reconocimiento de su eficacia, aumentaban las peticiones para entrevistar a Adam. Pero, obviamente, era demasiado peligroso dejar que hablase con los representantes de los medios informativos.

Mason convenció a la prensa de que tenía mucho más interés entrevistar a aquella moderna esposa de los años noventa, ejemplo de que la mujer había dejado de estar en un segundo plano; que se hallaba, en pie de igualdad con su esposo, en vanguardia, para explorar nuevos campos, y hacer historia en la medicina.

En su interior, Anya anhelaba que se produjeran esos efímeros y cada vez menos frecuentes momentos en que Adam recuperaba su lucidez. Era como reunirse durante un cuarto de hora con un resucitado. Aunque hubiese que pagar el doloroso precio de verlo morir de nuevo.

Prescott Mason trabajaba incansablemente. En numerosas ocasiones, durante sus visitas a los más importantes centros de investigación científica del país, Mason hablaba en privado con científicos que ya habían obtenido el premio Nobel, o que eran firmes candidatos, y les revelaba que Adam Coopersmith se estaba muriendo.

No cabía duda —argumentaba él— que a Adam acabarían concediéndoselo. Pero quizá la norma más cruel y arbitraria de la Academia sueca fuese que el Nobel sólo podía concederse a alguien que, en el momento de las votaciones, estuviese vivo (aunque, irónicamente, si el galardonado moría de la impresión, un segundo después de recibir la noticia, su viuda podía recibir perfectamente el galardón).

En primavera, Mason ya había avanzado mucho camino. Había conseguido que llegasen a Estocolmo casi cuarenta «sugerencias» de congresistas, y una veintena de recomendaciones de prestigiosos nombres del mundo de la cultura.

Salvo durante las horas de trabajo, Anya no se separaba de Adam. A veces, lo llevaba en el coche al laboratorio y, aunque a menudo confuso y desorientado, iba con él pasillo adelante y lo animaba a corresponder al saludo de aquellos con quienes se cruzaban.

Aunque siempre la habían considerado un incordio, la pared de cristal del despacho de Adam era entonces muy útil. Porque le permitía comprobar al resto del equipo que el profesor seguía allí, «al pie del cañón». Anya lo ayudaba a sentarse frente a su enorme mesa y le ponía un libro en las manos.

Sin embargo, muchos miembros del equipo, acostumbrados a comentar sus problemas directamente con Adam, empezaron a encajar mal lo que consideraban una usurpación por parte de Anya, que cogía sus informes, les aseguraba que el profesor los estudiaría por la noche, y que se los devolvería ella por la mañana con sus comentarios.

¿Por qué permitía él que lo sustituyese hasta ese punto?

Anya se percataba de su creciente impopularidad, aunque le parecía un pequeño precio a pagar por lo que de verdad importaba, que no era, en definitiva, más que poder seguir adelante con todo.

Siempre que podía, iba a ocupar su puesto en el laboratorio, aunque sin quitarle ojo a Adam a través de la pared de cristal, atenta a cualquiera que tratase de entrar a hablar con él personalmente.

Con todo, cada semana que transcurría era preciso privar paulatinamente a Adam de los detalles cotidianos y privilegios propios de la edad adulta y no distraerse ni un segundo en vigilarlo (porque Terry, pese a toda su dedicación, no estaba allí las veinticuatro horas del día). Más de una vez, Adam había ido al garaje a intentar coger el coche.

No bastaba con haberle escondido el carné de conducir. También tuvieron que quitarle las llaves. Él se enfureció, y el enfado tardó bastante en pasársele. De manera inevitable, y aunque cada vez se diese menos cuenta de las cosas, notaba la limitación de movimientos de que era objeto.

Al final, Anya tuvo que recurrir al calmante infalible. Como ahora ella iba al laboratorio a medianoche, e intentaba trabajar en serio durante tres o cuatro horas, dejaba a Adam en el despacho con un «canguro» electrónico, mirando a la pantalla del televisor portátil que le había regalado él hacía tiempo.

A aquellas horas el edificio estaba casi desierto. En cuanto los dos o tres técnicos que quedaban iban a la cafetería a tomar algo, Anya lo ayudaba a ponerse la chaqueta e iban a coger el coche. Pero era consciente de que aquella farsa no podía prolongarse indefinidamente.

Entre otras cosas, porque el estado de Adam empeoraba. Hasta tal punto que, una noche, Anya vio a Adam tan nervioso que le rogó a Terry que hiciese unas horas más y se quedase con él mientras ella iba al laboratorio.

Mientras aguardaba el ascensor, se le acercó Carlo Pisani, aquel científico que era todo un regalo veneciano para las mujeres de Boston.

—Hola —lo saludó ella—. ¿Qué tal va su trabajo?

—Usted sabrá —replicó él con cierta sorna—. Usted lo ha comentado.

—Bueno, parece apasionante —reaccionó ella de inmediato—. Por lo menos, a juzgar por lo que me ha comentado Adam.

—Por favor, Anya, no me trate de imbécil —protestó él—. Será a juzgar por lo que usted le haya comentado a él. Creo que tendríamos que hablar —añadió en un tono que indicaba que algo sabía, aunque Anya no llegase a entrever hasta qué punto.

—Por supuesto, Carlo —dijo ella con inquietud—. Cuando quiera.

—Ahora mismo —la apremió el italiano.

—¿A estas horas?

—Tarde sí es, desde luego. Porque lo que me gustaría saber es por qué me lo ha ocultado tanto tiempo.

—No comprendo —dijo ella alarmada.

—Podía haber confiado en mí —persistió él—. Es más, si lo hubiese hecho, no se habría llegado a esto. La respeto a usted como científico. Y podíamos haber trabajado juntos.

Anya se encogió de hombros, sin saber qué decir.

—Mire, le voy a decir algo —prosiguió Pisani—: Como usted cierra con llave la puerta de la entrada, he tenido que recurrir al único acceso que queda fuera de sus límites. Anoche aguardé casi dos horas en el lavabo de caballeros, porque me dije que, probablemente, él entraría antes de marchar a casa. Y, efectivamente, entró.

—¿Y qué le dijo? —preguntó Anya con aparente aplomo.

—No tuvo que decirme nada. Me bastó con verlo —le dijo Pisani visiblemente compadecido—. Casi se me saltaron las lágrimas al ver a un hombre tan inteligente y brillante en un estado tan patético, tan desorientado que... se orinó en el suelo.

—¡Dios mío! —exclamó Anya tapándose el rostro con las manos.

—Está muy enfermo —musitó Carlo en un tono casi conspirativo—. Tenemos que hablar ahora mismo.

Anya no pudo más que asentir con la cabeza, llorosa. Aunque no lloraba por ella sino por el estado de Adam.

—Pero ¿a qué viene tanta urgencia? —dijo ella.

Carlo vaciló un instante, pero se decidió a decírselo.

—Porque hay otros candidatos.

—¿A qué?

—A Estocolmo —repuso Carlo con un dejo de orgullo.

A Anya se le cayó el alma a los pies. Todo estaba perdido.

—De manera —balbuceó ella— que es usted su espía, ¿no?

—No es el modo más amable de expresarlo, Anya —dijo sin acritud—. ¿No cree que deberíamos continuar esta conversación en el despacho del profesor Coopersmith?

Anya asintió abatida.

Al entrar en el santuario de Adam, incluso Pisani quedó impresionado por los innumerables diplomas que cubrían las paredes. Siempre había estado demasiado pendiente de las opiniones del profesor para fijarse en el decorado de su despacho.

Anya se parapetó tras la mesa de Adam y lo miró con fijeza.

—¿Qué va usted a hacer?

—Eso dependerá de lo que usted me diga.

Anya estaba destrozada. Iba a ser difícil, si no imposible, mentirle, porque no sólo era un científico sino también médico. Sólo podría apelar a su solidaridad, si es que se la inspiraba.

—No se equivoca usted —musitó Anya—. Mi esposo está enfermo.

—Eso ya lo sabemos —dijo Pisani.

—Y ¿qué creen en Estocolmo que tiene? —preguntó ella con ansiedad.

—No estoy seguro. Lo que sí sé es que están al corriente de que se trata de una enfermedad degenerativa.

Por un instante el temor de Anya se tornó en ira.

—¿Y por qué ha de preocuparle tanto a la Academia? Aunque estuviese entre los más firmes candidatos, si muriese antes de las votaciones, sus estúpidas normas impedirían que le concediesen el premio. ¡Como si la muerte pudiera empequeñecer sus logros!

—Cierto. Pero, en este caso, depende de la enfermedad. Si se tratase del sida, por ejemplo, podrían plantearse problemas.

—No lo creo —protestó ella—. ¿Cómo puede afectar eso a la idoneidad de un candidato para el premio Nobel?

—Mire: si Adam hubiese logrado *curar* la enfermedad, le concederían el premio a bombo y platillo. En cambio, si muriera a causa de esa enfermedad, determinados sectores podrían poner en tela de juicio su idoneidad moral.

—¿Aunque fuese hemofílico y se hubiese contagiado a causa de una transfusión?

—Seguiría siendo negativo para su imagen. Hay mucho escéptico por ahí: dirían que lo de la transfusión no era sino una tapadera para ocultar la verdad.

Anya renunció a polemizar y fue a lo que podía ayudar a su esposo.

—Lo que le puedo asegurar, Carlo, es que la enfermedad de Adam no tiene nada que ver con ningún síndrome de inmunodeficiencia.

—Por supuesto que no —admitió Carlo—. Sus síntomas externos apuntan a un tumor cerebral. Supongo que le habrán hecho un scanner.

Anya asintió con la cabeza. «Que saque sus propias conclusiones», se dijo.

—¿Cabe operarlo?

—No —dijo Anya.

—¡Oh *Dio*! —se lamentó el italiano—. Tan joven. Y con tan fructífera labor por delante...

—Ahórrese los elogios —le replicó ásperamente Anya—. Ha hecho más que suficiente para merecer el premio.

—Y yo estoy completamente de acuerdo.

—Entonces, ¿qué va usted a decir en su informe?

—Pues, muy sencillo: que se lo concedan ahora o... nunca.

—¿Cómo es que estás aquí, cariño? —dijo Adam, que estaba incorporado en la cama, recién afeitado por Terry y con un elegante pijama.

—Me ha traído Lisl —contestó su hija—. Tienes muy buen aspecto, papá.

—Es que me encuentro estupendamente —dijo Adam—. ¿No irás a creer esos rumores de que estoy enfermo? Lo que pasa es que aún no me he recuperado del palizón de mi viaje a Australia. Por cierto: ¿has recibido nuestras postales?

—Sí. ¡Qué bonitas las fotos de Fiji! ¿Lo habéis pasado bien?

—Regular —contestó Adam—. Porque te echaba muchísimo de menos, cariño. Ojalá hubieses venido. ¿Qué tal el colegio?

Heather no pudo disimular el temor que la embargaba.

—Oye, papá, deja de fingir conmigo para tranquilizarme —musitó abatida—. Ya sé que no me lo quieren decir, pero me parece que aún no estás del todo repuesto para asistir a la fiesta de fin de curso.

—Y lo siento mucho, Heather —admitió Adam desmayadamente—. No sabes cuánto lo siento. No puedo soportar la idea de no poder estar allí contigo.

—¡Maldita sea! —exclamó su hija, que se llevó las manos al rostro desesperada—. Es muy cruel...

—¿Y qué le voy a hacer? —dijo Adam encogiéndose de hombros.

Heather lo miró enternecida.

—¡Papá...! —exclamó llorosa—. No te mueras, por favor...

Heather se acercó más a la cama, recostó la cabeza en la almohada y rompió a llorar desconsoladamente. De pronto, notó que la cara de su padre se crispaba. La miraba con fijeza.

—¿Se puede saber quién te ha dejado entrar? —le espetó furioso—. Esto no es Harvard Square, ¿sabes? ¿Qué quieres?

Anya apareció al instante y rodeó con sus brazos a Heather, que no rechazó su gesto de consuelo.

—¿Qué le pasa? —musitó Heather asustada.

—Es consecuencia de su estado. Pero no te alarmes —contestó Anya en un tono lo más tranquilizador que le fue posible, aunque furiosa consigo misma por no haber estado allí para interrumpir la conversación.

—¿Qué ocurre? ¿Que no me reconoce?

—No es eso —dijo Anya tratando de parecer convincente—. A lo mejor, dentro de un rato se calma. Vamos a la cocina a tomar un té.

Heather y Anya se sentaron en la cocina. Los últimos rayos del sol se retiraban ya del jardín.

—Tener que estar así día y noche... —dijo Heather, que miró a Anya compungida—. ¿Cómo puedes soportarlo?

—La verdad es que no lo sé —le confesó Anya abatida.

59

ISABEL

Unos quedos sollozos despertaron a Jerry Pracht, que se levantó de la cama, se puso la bata de Isabel, que le daba un cómico aspecto, y fue al salón. La encontró sentada frente a la ventana con una extraña expresión, como si la entristeciese el amanecer. Se acercó a ella y posó la mano cariñosamente en su hombro.

—¿Te ocurre algo, Isa? —le preguntó quedamente—. ¿Por algo de anoche?

—No, Jerry —contestó ella acariciando su mano—. Ha sido maravilloso. Ojalá fuese siempre así...

—¿Y por qué no va a serlo?

—No, Jerry. Hay algo con lo que voy a tener que acostumbrarme a vivir —le dijo Isabel, que no tenía más que ver su cara para saber que podía confiarle cualquier cosa.

—Escucha —añadió—. Anoche te conté cosas terribles. Cosas que quería que supieras. Pero me callé lo peor.

—Pues, dímelo —dijo él cariñosamente—. No me asusto de nada.

—¿Estás seguro? —dijo ella con una amarga sonrisa—. Espera a que te lo explique.

Y le contó con pelos y señales toda la verdad acerca de la hereditaria amenaza que pendía sobre ella.

—Así que ya ves —dijo ella con negro humor—, en lugar de una superdotada he resultado ser una apestada.

—Ni se te ocurra decir esas cosas, Isabel —la acalló cariñosamente Jerry—. Para mí eres la misma persona a quien siempre he amado. Nada de lo que me has dicho me alejará de ti.

Isabel lo rodeó con sus brazos.

—No te lo reprocharé nunca si te alejas —le musitó en tono

apasionado—. Me conformaré con tenerte mientras puedas soportarlo.

—Haré algo más que eso. Voy a ayudarte —le dijo él con firmeza—. Pero vayamos por orden: en primer lugar, lo de tu madre.

—La odio.

—Es natural que, en caliente, reacciones así —concedió Jerry—. Pero, eso al margen, en estos momentos te espera en el comedor del hotel. Y creo que lo mejor es que la metas en un avión, de vuelta a casa, lo antes posible.

—Ah, eso desde luego —contestó Isabel—. La verdad es que no sé si sabré contenerme cuando la tenga delante.

—Iremos a verla los dos, Isa. No me despegaré de ella hasta que esté en el aeropuerto, y me aseguraré bien de que coja el avión.

—Pero ¿qué quieres que le diga? —exclamó Isabel fuera de sí.

—Lo menos posible. Ten cabeza: nada de lo que tú hagas va a remediar lo que ella hizo. Pero puedes hacer otras cosas.

—¿Ayudar a Edmundo?

—¡Al demonio con Edmundo! A mí sólo me preocupas tú.

Aunque a Muriel no le sentó bien que su hija no fuese sola, no tardó en comprender que aquel joven era muy importante en la vida de Isabel. Recordó entonces significativos comentarios que le había hecho por teléfono acerca de aquel «extraordinario jugador de tenis». Y, a pesar de sus recelos y de lo abatida que estaba, saber que Isabel podía apoyarse en él la tranquilizó un poco. Aceptó su presencia educadamente y lo invitó a sentarse con ellas. Entre otras cosas porque dedujo, correctamente, que Isabel se lo habría contado todo. De manera que podía hablar sin tapujos.

—El profesor Avílov me habrá llamado por lo menos una decena de veces desde que hablamos. Ni que decir tiene que está muy impaciente por aplicarle su tratamiento a Edmundo. Pero creo que exigirá que te hagas tú el análisis.

Isabel meneó la cabeza, confusa.

—Pues no sé si yo se lo permitiría, señora Zimmer —dijo Jerry con firmeza—. Porque, si da positivo, nada podría hacer, más que vivir con el miedo en el cuerpo al saberse condenada a una muerte prematura.

—Usted no es médico —replicó Muriel.

—Es mi mejor amigo, mamá —terció Isabel.

—Comprendo que signifique mucho para ti —dijo Muriel diplomáticamente, para tratar de congraciarse con su hija—. Pero, aunque Avílov no lo pusiera como condición para tratar a Edmundo, ¿no crees que es mejor para ti saberlo que vivir con la incertidumbre?

—Perdone —dijo Jerry retomando la iniciativa—, pero creo que hay aquí un problema ético. Esto no es como el sida, en cuyo caso, si Isabel diese positivo, podría poner en peligro a otras personas. No creo que, dadas las circunstancias, tenga Isabel que sacrificarse por el señor Zimmer ni por usted.

—Si sospechara usted que en su familia había antecedentes de la enfermedad de Huntington, ¿no querría asegurarse? —preguntó Muriel.

—Pues no —replicó él—. No querría que lo supiese nadie. Imagínese usted las compañías de seguros... Aunque le parezca un poco mojigato, creo que estos análisis, para predecir enfermedades a largo plazo, abrirían toda una caja de Pandora de abusos médicos.

—Es un modo de verlo muy frío, joven —replicó Muriel crispada—. Pero es que usted no tiene nada que perder.

—Muy al contrario, señora Zimmer —replicó Jerry, que se levantó furioso—. Está en juego lo que más quiero en esta vida —añadió rodeando con el brazo a Isabel—. La mujer con quien me voy a casar.

Pese a su abatimiento, Isabel se sintió rebosante de alegría ante la declaración de Jerry. Se cogió de su brazo mientras él hablaba con su madre.

—Pero, en fin... —prosiguió Jerry—. Me he tomado la libertad de reservarle plaza para un vuelo a San Diego que sale a mediodía. Esperaré abajo para que puedan hablar a solas.

Jerry besó a Isabel y dejó a madre e hija frente a frente. Fue Muriel quien trató de romper el hielo.

—Tiene mucho carácter ese muchacho. ¿Desde cuándo os conocéis?

—No es asunto tuyo —le espetó Isabel.

—Comprendo que estés furiosa conmigo.

—No creo que sea la manera adecuada de expresarlo, mamá —replicó Isabel con aspereza—. Traicionaste a papá.

—¿Y por qué ves sólo el lado negativo? —replicó Muriel—. Ser hija natural de Edmundo es, muy probablemente, la causa de que seas una superdotada.

—Vamos —dijo Isabel con amargura—. ¿No esperarás que te dé las gracias por lo que hiciste?

—Lo único que te pido es un poco de comprensión. Bien sabe Dios que soy consciente de que obré mal, y lo estoy pagando.

—Buenos días. Perdonen que las interrumpa —dijo Avílov, que se les acercó de pronto con talante jovial.

—No importa —se vio obligada a decir Muriel.

Siempre observador, el profesor reparó en que la mesa estaba puesta para tres personas.

—¿Interrumpo algo importante?

—Oh, no se preocupe, profesor —contestó Isabel con un dejo de sarcasmo—. Mi madre no va a consultar con nadie más. Nadie amenaza con arrebatarle la antorcha.

—No me preocupa mi «antorcha», doctora Da Costa. Ante todo soy médico y mi principal preocupación es salvar vidas.

—Y hacerse tanta publicidad como pueda —puntualizó Isabel.

—Es usted injusta —protestó Avílov.

—Con franqueza, su opinión me tiene sin cuidado —replicó Isabel.

—¡Basta ya! —estalló Muriel—. ¡Que está en juego la vida de una persona!

Isabel estuvo a punto de espetarle que las víctimas potenciales de aquella tragedia médica eran más de una, pero Avílov se le adelantó.

—Exactamente, señora Zimmer. Por eso estoy aquí; para comunicarle mi decisión —dijo antes de hacer una pausa para captar mejor su atención—. He dispuesto lo necesario para que se le aplique al maestro Zimmer mi nuevo tratamiento.

—Eso es ¡maravilloso! —exclamó Muriel.

—Desde luego, no puedo garantizar al ciento por ciento el resultado. Desde hace algún tiempo se aplican técnicas muy avanzadas en modernísimas clínicas del Caribe. Allí no es necesario contar con la aprobación del Instituto de Farmacología para administrar un medicamento. Deberíamos hacer, cuanto antes, la reserva de plazas para el primer vuelo que salga a Santa Lucía.

—Gracias, doctor. Muchas gracias —dijo Muriel casi a punto de echarse a llorar.

—Bueno —dijo Avílov, que se levantó dispuesto a marcharse tan súbitamente como había aparecido—. Me ocuparé de contactar con todas las personas necesarias —añadió—. Entre las que se encuentra usted, doctora Da Costa.

—No se moleste, profesor Avílov. No tengo el menor deseo de volver a saber de usted.

Jerry Pracht pensó que sólo había una manera de tranquilizar a Isabel.

—Casémonos en seguida, Isa.

—¿Qué?

—Ya me has oído. Y, si quieres, incluso estoy dispuesto a pedirle permiso a tu padre. Me refiero a Raymond, claro está.

—No puedo aceptártelo, Jerry. Soy una especie de bomba de relojería andante.

—Pero es que yo te amo, Isa.

—Y yo también —dijo ella—. Y, por eso precisamente, no puedo aceptar. Yo no tengo alternativa. Tú sí.

—En tal caso, me obligas a cambiar de opinión.

—¿Acerca de qué?

—De que te hagas el análisis. Por lo menos así, tendré el cincuenta por ciento de probabilidades de que aceptes.

—¿Sabes?, eso es lo único que me decidiría a hacérmelo. Por lo demás, estoy completamente de acuerdo con lo que le dijiste a mi madre. No duermo desde que lo supe. Aunque me digan lo peor, por lo menos lo sabré. Por otro lado, si dejamos que Avílov me haga el análisis dudo que no trascienda.

—Eso es verdad. Por mucho que se llenen la boca de ética, los científicos son tan indiscretos como cualquiera, cuando de una celebridad se trata.

Isabel suspiró desalentada.

—Pero nos queda un recurso —dijo Jerry—. Quizá te parecerá poco correcto, pero me he informado y he dado con la única persona de este mundo que, ni en broma, le confiaría un secreto a ese ruso de mierda.

—¿De quién se trata, que tan seguro estás?

—De su primera esposa —contestó Jerry con una maliciosa sonrisa—, que está casada ahora con Adam Coopersmith, de Harvard. Aunque actualmente trabaja en inmunología, al llegar aquí era una especie de esclava de ese Iván el Terrible. Colaboró con él en el desarrollo de la prueba del Huntington. Y, entre tú y yo, no sé por qué me temo que fue ella quien más aportó. A juzgar por lo que he oído, ella es una persona maravillosa con quien, por lo visto, Avílov se portó de un modo vergonzoso.

—No me lo imagino portándose de otra manera.

Quince minutos después, Jerry había concertado una entrevista con la doctora Anya Coopersmith.

Pese a lo preocupada que estaba, Isabel no podía evitar sentir una inexplicable afinidad entre ella y la todavía jovial y atractiva doctora rusa.

Anya estaba sentada frente a la mesa de su despacho en la Facultad de Medicina de Harvard. La expresión de su cara, y sobre todo la de sus ojos, transmitía una sensación de solidaridad que sólo podía haberse alimentado de sufrimiento.

Comprendió perfectamente la necesidad de discreción, e incluso insistió en ser ella misma quien le extrajese la sangre para el análisis.

—¡Ay Dios! —exclamó Isabel con visible aprensión—. ¡No sabe el pánico que me da que me pinchen!

—Quien más quien menos... —dijo Anya sonriente—. Verá: antes de conseguir la convalidación del mi título, aquí en los Estados Unidos, trabajé como técnico de laboratorio. Y la verdad es que pincho de maravilla.

Y no era sorprendente, porque Anya era una persona tan humana que se preocupaba de reducir al mínimo tanto el dolor físico como el psicológico.

—En cuanto tenga el resultado, la llamaré inmediatamente —le prometió a Isabel tras extraerle sangre.

—Sí, por favor —le rogó Isabel—. A cualquier hora del día o de la noche.

—No se preocupe —la tranquilizó Anya—. He aprendido de mi esposo a no hacer esperar a un paciente ni un minuto más de lo necesario.

—Debe de ser una persona extraordinaria —terció Jerry.

—Sí —dijo Anya contristada—. Estoy segura de que a Adam le encantaría conocerlos —añadió para mantener las apariencias—. Quizá podamos cenar algún día los cuatro, o ir a tomar algo.

—Me encantaría —dijo Isabel—. Pero lo primero es lo primero.

—Claro —convino Anya con un dejo de tristeza—. Lo primero es lo primero.

Unos días antes, aquella misma semana, recibieron la primera carta de Raymond, escrita en el papel con dorado membrete del colegio Coventry. Y no pudo llegar más oportunamente.

En lugar de aguardar durante todo el fin de semana a que los llamase por teléfono, cogieron el coche y fueron a verlo. Y, pese a tener que ocultarle tantas cosas, lo pasaron divinamente.

Quizá el aspecto más sorprendente de su visita fuese comprobar que Raymond ya había empezado a relacionarse. Pues, aunque quizá no se percatase de ello, citó innumerables veces a una tal Sharon, profesora de educación física y divorciada.

—Es encantadora —dijo Raymond—. La próxima vez que vengáis tenéis que conocerla —añadió de una manera que venía a decirles que volviesen pronto.

El cambio de talante de Raymond parecía increíble. Porque ahora, en lugar de ver en Jerry a alguien que le había quitado a su hija, se solidarizaba con él al verlo tan consagrado a Isabel. E incluso lo abrazó afectuosamente al despedirse.

Al regresar a Cambridge encontraron en el contestador automático un mensaje para que llamasen a la doctora Coopersmith a su casa.

—Como he supuesto lo impaciente que estaría, he acelerado el análisis —le dijo—. Pero, a lo que importa: tengo la inmensa alegría de comunicarles que, en la estructura cromosómica de Isabel, no existe, repito, no existe ningún gen Huntington dominante. Esto significa que puede pensar en una larga vida, fructífera y fecunda.

Aunque más claro no podía decírselo, Anya los invitó a que la visitasen de nuevo para hablarlo en persona.

Y, en cuanto fueron, les dio una detallada explicación del significado de todos los datos. Isabel no corría ningún peligro de llegar a padecer la enfermedad de Huntington, ni tampoco los hijos que pudiera tener con Jerry.

—De manera que ya puede ir pensando en morir a causa de otra enfermedad —dijo Anya con una sonrisa que, como la vez anterior, dejaba entrever una sombra de tristeza.

—¿Qué te parecería morir de vieja? —dijo Jerry.

—Hay muchas cosas apasionantes que se pueden hacer en la cuarta o quinta edad —dijo Anya—. No tardaremos mucho en llegar a una esperanza de vida media de cien años.

—¡Madre! —exclamó Jerry—. ¿Todo un siglo para un mentecato como Avílov? —añadió, aunque en seguida comprendió que se había excedido—. Perdone, doctora Coopersmith.

—No, en absoluto —dijo ella—. Soy la primera en estar de acuerdo con usted. Unos meses con Dimitri bastan para decir basta.

Los tres se echaron a reír.

Veinte minutos después, Jerry e Isabel iban de la mano caminando por el pasillo.

—¿Cuántos hijos tienen los Coopersmith? —le preguntó ella.

—Bueno, él tiene una hija de un primer matrimonio. Pero creo que con Anya no han tenido ninguno.

—Me lo ha parecido —dijo Isabel, condolida por pura intuición—. Quizá no te hayas fijado, pero rezumaba tristeza cada vez que se hablaba de hijos —añadió—. Y gracias, Jerry.

Isabel se había detenido en seco, visiblemente emocionada.

—¿Por qué en especial? —preguntó él sonriente.

—Por ser como eres. Por estar dispuesto a seguir a mi lado pese a todo.

60

SANDY

El dinero no cambió radicalmente la vida de Sandy Raven hasta 1994. Aquel año, la revista *Forbes* incluyó su nombre en la dorada nómina de las cuatrocientas personas más ricas de los Estados Unidos.

No obstante, ni siquiera una publicación tan bien informada pudo precisar su fortuna. Aunque, teniendo en cuenta que, al más pobretón de la lista, se le calculaban trescientos millones de dólares, no era difícil deducir cuál era el estado de las finanzas de Sandy Raven.

La tarde anterior a que apareciese la lista, su abogado, Nat Simmons, que ya había tenido el privilegio de ver un ejemplar de la revista, lo llamó para darle la sensacional noticia.

La reacción de Sandy alarmó al abogado.

—¡Pues la hemos hecho buena! ¿No hay manera de impedir que se distribuya?

—¡Hombre! Es una tirada de varios millones de ejemplares. Y, además, ¿qué más te da a ti? La gente se mata o, por lo menos, miente, para entrar en esa estúpida lista. ¿Qué te preocupa? ¿Que te acosen las mujeres por tu fortuna?

—Pues sí —contestó Sandy con una sarcástica sonrisa—. Más o menos.

—Bah. No temas por ese lado —lo tranquilizó Nat.

—¿Y eso por qué?

—Porque ya te acosan ahora. Además, mi consejo profesional es que cuando el público aplaude hay que saludar. Así que, buenas noches, Sandy. Espero que mañana estés de mejor humor.

Sandy colgó y salió al jardín. Pese a la recomendación del médico, Sidney aprovechaba hasta los últimos rayos de sol. Sandy le contó lo de la revista.

—¡Es formidable, muchacho! —exclamó su padre—. ¿Quién podía imaginar que el hijo de un tipo como yo iba a...?

—¡Vamos, papá! —lo interrumpió Sandy—. Tú sí que has tenido siempre olfato comercial. Lo mío ha sido suerte.

—Sí —dijo Sidney—, como el rey Midas.

—El rey Midas fue siempre un hombre muy desgraciado.

—Ya. Porque jamás tuvo una mujer a su lado —replicó su padre.

Como de costumbre, *Los Angeles Times* dedicó amplio espacio a los conciudadanos que habían entrado en la lista de «Los cuatrocientos».

Aupado al olimpo de la plutocracia, Sandy recibió un aluvión de llamadas de admiradores que lo felicitaban y a quienes, en su mayoría, apenas recordaba.

Terminó por tener que decirle a Maureen que no le pasase llamadas, pues, de lo contrario, no lo dejaban trabajar durante las pocas horas que acudía al laboratorio.

Maureen sólo lo desobedeció en una ocasión.

—Ya sé lo que me tiene dicho, pero estoy segura de que esta llamada sí querrá atenderla.

Sandy estaba seguro de que no era Kimiko, que siempre lo llamaba a casa. Además, ya habían hablado por la mañana.

—¡No me interesa hablar con nadie como no sea de Estocolmo! —le gritó a Maureen.

—Lo dudo —replicó su secretaria, muy segura de lo que decía.

—Bueno, a ver, ¿quién es? —la apremió él.

—Kim Tower —dijo Maureen.

Sandy se vio asaltado por un alud de encontrados sentimientos. El sueño de su infancia, la princesa que, en un negativo remedo de los cuentos de hadas, se había convertido en dragón. La mujer que estuvo a punto de hundir a su padre. La mujer que le había inspirado los más intensos sentimientos de amor y de odio y a la que, para no volverse loco, había tratado de desterrar de su pensamiento. Y ahora ella, que lo había ignorado o que, en raras ocasiones, se había dignado prestarle una aparente atención (sólo para desdeñarlo), lo llamaba.

—Está bien —accedió Sandy—. Pásemela.

Notó que le hervía la sangre mientras aguardaba a que le pasaran la comunicación.

—Hola, encanto —canturreó ella—. ¿Cómo se siente el hombre más famoso de la ciudad?

—Pues no sé qué decirte. ¿Cómo habría de sentirme?

—¡Hombre! ¡Pues como un auténtico Fórmula-1 —exclamó ella en tono zalamero—. ¿Qué tal tu padre? Tengo entendido que le va muy bien con la CBS. Dale recuerdos.

Sandy estaba demasiado asombrado para enfurecerse. No cabía mayor descaro.

—Se los daré —dijo Sandy con sequedad.

—¿A que no adivinas para qué te llamo? —dijo ella como si quisiera coquetear.

—A ver si lo acierto —repuso él en tono sarcástico—. ¿La Fox quiere llevar al cine la historia de mi vida?

Kim se echó a reír divertida.

—Pues, mira, no sería mala idea —le dijo con el empalagoso tono hipócrita de Hollywood—. La gente devora las historias de triunfadores que han partido de la nada. Pero dejémonos de historias. ¿Por qué no quedamos para tomar algo y charlamos de los viejos tiempos?

¿Viejos tiempos?, se dijo Sandy. ¿Qué íbamos a tener que recordar? Sin embargo, Kim había logrado avivar la llama. Y, aunque sin saber muy bien por qué, Sandy se dijo: ¡qué demonios...!

—Me encantaría, Rochelle.

—¿Quedamos esta noche en el Bel Air? Es viernes y no cierran hasta muy tarde.

—Por mí, sí. Aunque a lo mejor no me reconoces después de tantos años.

—¿Cómo que no? Estás de lo más interesante —repuso ella—. ¡Si, últimamente sale tu foto en los periódicos más que la mía! A mí nunca me ha dedicado la portada de *Time*. A las ocho entonces. Ah, pero invito yo. ¿De acuerdo? *Ciao*.

—¿Qué demonios piensas que quiere? —le preguntó Sandy a su padre.

—Sea lo que fuere —contestó su padre—, te apuesto diez contra uno a que tiene que ver con su cuerpo.

El cinismo de su padre desconcertó a Sandy.

—¿Cómo? —exclamó.

La verdad era que había deseado hacer el amor con ella desde que la conocía. Pero el tiempo había metamorfoseado a la protagonista de sus fantasías de tal manera, que tener relaciones sexuales con «Kim Tower» se le antojaba algo así como tenerlas con una diosa pintada en un sarcófago griego.

Aunque Sandy fue puntual, ella lo fue más aún y ya estaba estratégicamente sentada en un rincón, desde el que dominaba todo el comedor.

Llevaba el pelo teñido de un rubio deslumbrante. Incluso desde lejos tenía todo el aspecto de la superestrella que pudo haber sido, de no ser por su manifiesta falta de talento interpretativo. Lo que no empañaba su aura de triunfadora como ejecutiva, tan resplandeciente como toda la pedrería que llevaba, presidida por un collar con el *ankth* de diamantes. El popular símbolo egipcio del amor asomaba como una enjoyada señal de tráfico para dirigir la atención, de todo el que la mirase, hacia el nacimiento de sus pechos.

En esta ocasión, dejó que Sandy la besara en ambas mejillas mientras el *sommelier* les servía champaña. Nada más sentarse, Rochelle alzó la copa para brindar por su éxito.

—¡A la salud de la más brillante estrella! —dijo Rochelle sonriente.

—Exageras —replicó Sandy con desenfadada humildad.

—Siempre he estado segura de que triunfarías, Sandy. Ya en el colegio te imaginaba como un futuro premio Nobel o un futuro presidente de la nación.

—Pues no temas, que no voy a ser ni lo uno ni lo otro —se limitó a decir Sandy ante semejante halago.

—¡Vamos! —exclamó ella—. Si la Academia sueca pudo premiar a un tipo como Kary Mullis, no veo por qué ha de ser un obstáculo que seas multimillonario para recompensar tu extraordinario talento.

Sandy se maravilló una vez más de lo al día que estaba Rochelle. Aunque la suya fuese una cultura de periódico, tenía una memoria prodigiosa. Había tomado buena nota de la extravagante idiosincrasia del colega a quien, en 1993, concedieron el premio Nobel de Química.

Estaba claro que Rochelle veía ahora con otros ojos a su admirador de sus tiempos de colegiales. En lo que él se fijaba, en cambio, era en las manitas que debía de tener quien le hubiese hecho el *lifting*. Todo un alarde de la cirugía plástica. Ni una arruga tenía. Tanto es así que parecía veinte años más joven.

—¡Estás igual! —mintió ella, exhibiendo su puestísima dentadura (recompuestísima sería más exacto decir)—. ¿Qué haces?; ¿tomar tu fórmula mágica?

Sandy se tocó con cierto embarazo la coronilla, que le raleaba ya más de la cuenta, y se dijo: «¡Ah, ya! Acabáramos. Lo que quiere es la Fuente de la Eterna Juventud. ¿No irá a creer, en serio, que le voy a dar muestras gratuitas?»

—¿Sabes mi opinión, Rochelle? —le dijo en un intento de desviar la conversación—. Que no hay mejor fármaco que tener una buena naturaleza. Y tú eres privilegiada. Nunca envejecerás.

—Bah —exclamó Rochelle sonriente—. No me tomes el pelo.

La avivada llama empezaba a chisporrotear. Sandy notaba que sus defensas se debilitaban. Estaba tan deslumbrado que dejó a un lado su resentimiento por la crueldad con que trató a su padre tiempo atrás. Pese a todos los pesares, aún la deseaba.

—¿Por qué no vamos a tomar el café a mi apartamento? —le dijo ella arrimándosele—. Así lo ves. Porque nunca has estado, ¿verdad?

«¡Qué estupidez! ¡Como si no lo supiera!», se dijo Sandy, aunque dispuesto a seguirle el juego.

—En realidad, ya sé cómo es —trató de sorprenderla él—. Te lo sacaron en un reportaje de *Life*. Fabuloso.

—Lo que no imaginas es la vista que tiene. De ensueño —musitó ella—. Aunque, si quieres, primero hablamos antes aquí de negocios.

—Bueno —contestó él, que sentía verdadera curiosidad por ver cuál era la razón de que, de pronto, se hubiese acordado de que existía.

—Estoy segura de que sabes que llevo un carrerón al frente de la productora. Para los accionistas soy un «chollo».

—La verdad es que tienes una intuición increíble —convino Sandy, impaciente por ver adónde quería ir a parar.

—Y no me pagan nada mal. Pero, bah, una empleada al fin y al cabo —dijo como si fuese poco más que una telefonista—. Quienes se forran de verdad son los accionistas. Y llevo tiempo dándole vueltas. Creo que ha llegado el momento de dar el gran salto. Me he enterado de que nuestro principal accionista, el audaz George Constantine, pasa por dificultades económicas y trata de deshacerse de un buen paquete.

—Pues ahí tienes la oportunidad —la animó Sandy—. Cómpralas.

—¿Con qué? —exclamó ella en un tono de impotencia nada convincente—. A pesar de mi prestigio profesional, los bancos son muy sexistas. Para ellos no soy más que una estúpida que ha tenido un par de golpes de suerte. Si tuviese tus... atributos estaría forrada. Pero así son las cosas, y nadie me va a financiar la compra del paquete de acciones.

«Ah, acabáramos: quiere mi dinero», se dijo Sandy.

—Pues, yo, de acciones no entiendo ni media —mintió Sandy—. De... reacciones químicas, y voy que ardo.

—No seas bobo —le dijo ella con una indulgente sonrisa—. ¿No irás a decirme que no operas con bancos? Y tendrás tu cartera de valores, ¿no? Todo lo que necesitaría es un LBO, un *leveraged buyout*, como dicen en la jerga financiera. Un sistema para que los ricos se enriquezcan más. Es muy sencillo: consiste en un contrato de compra de acciones en virtud del cual un grupo de inversionistas compra todas las acciones de una empresa con un crédito garantizado por los demás valores de la citada empresa. Y con las garantías que tú puedes ofrecer, conseguirías con facilidad liquidez suficiente para hacerte con el paquete de acciones de Constantine.

Rochelle hizo una pausa y lo miró como si acabase de ofrecerle una mina de oro.

—Naturalmente —prosiguió Rochelle—, ya llegaríamos a un acuerdo tú y yo. Opciones y otros valores. Aunque, vaya, no es necesario ni que te lo diga. ¿Para que están los amigos? Por lo menos, he querido informarte.

—Ya —dijo Sandy en un tono extrañamente inexpresivo.

—¿Y bien?

Sandy se restregó la mejilla pensativo.

—Tendré que consultarlo con la almohada —le dijo.

—Lo comprendo. ¿No tendrás a tu chófer esperando, verdad? —dijo ella en un claro intento de cambiar de tema.

—No. No tengo chófer. Conduzco yo.

—¿Un Rolls? —inquirió ella.

—Un Chevrolet.

—Genio y figura, Sandy. No sabes cómo admiro a quienes sois capaces de vivir por debajo de vuestras posibilidades —le dijo con una radiante sonrisa—. Yo tengo un Lamborghini que me lleva a casa desde aquí en menos de cinco minutos. ¿Te apetece?

—Siempre me ha apetecido Rochelle —contestó Sandy, que se permitió la eufónica ironía de comerse la coma (al fin y al cabo, ése había sido el eufemismo de toda su vida).

¡Y de qué manera!

En una ciudad que imponía medidas draconianas para castigar el exceso de velocidad, Rochelle enfiló por Sunset Boulevard pisando a fondo. Luego dobló la esquina de Benedict Canyon y, en un visto y no visto, estuvieron frente a una verja de hierro, que se abría automáticamente con sólo pulsar un botón del salpicadero.

El marco le pareció a Sandy de lo más significativo.

No porque lo imaginase de otro modo, sino porque era una mansión realmente de película. No sólo tenía una piscina en el jardín sino otra en el mismísimo salón.

Lo que no se veía era servidumbre por ninguna parte.

—Anda, pasa, guaperas —le susurró ella dulcemente—. Déjame que te demuestre qué gran café puedo hacer con sólo unas pocas cucharaditas de Nescafé.

La siguió hasta una estancia que tenía un equipamiento tan moderno que para sí lo hubiese querido la cocina del hotel en el que acababan de cenar. Todo relucía: el cristal, los dorados, las pantallas de las luces indirectas.

—Estuviste casado, ¿no? —comentó ella con desenvoltura.

—Sí. Pero el matrimonio no me iba. O, para ser más exacto, no le iba a ella. Pero no lo lamento. Tengo una hija maravillosa.

—¿Ah, sí? —exclamó Rochelle en tono efusivo—. Tienes que hablarme de ella. Otro día —se apresuró a añadir—. Ahora, seamos egoístas.

—¿En qué sentido? —preguntó Sandy.

—¿Qué tal un chapuzón a pelo? —dijo ella con insinuante desenfado.

Sin darle tiempo a contestar, se bajó la cremallera y se quitó el vestido.

Aunque la había visto en *Playboy* hacía mucho tiempo, aún lo cohibía ver desnuda a su amiga de la infancia. Casi se sentía como un *voyeur* de la joven e inocente Rochelle Taubman (¿habría conocido de verdad la inocencia aquella mujer?), la Rochelle Taubman a quien le hacía los deberes encantado y a quien, durante tanto tiempo, soñó seducir. Pero, fuese por el aeróbic, por su naturaleza o por la cirugía plástica, el caso es que tenía un cuerpo espléndido.

—Vamos, cariño —le susurró mimosa—. ¿A qué esperas?

—No sé, Rochelle —dijo él quedamente—. Casi prefiero pasar.

—¿Qué te ocurre, Sandy? —exclamó ella mirándolo con incredulidad—. ¿Temes no dar la talla como hombre?

438

Pincharlo no sirvió más que para ayudarlo a superar un momento de vacilación.

—No, Rochelle —contestó él levantándose—. Al revés: no eres tú lo bastante mujer.

—¿Qué? —casi le chilló ofendidísima—. Siempre he sabido que te faltaban huevos. No eres más que un cobarde de mierda. ¡Vete al infierno!

—Gracias por la cena —dijo él, que no se había quedado más a gusto en su vida.

—¡Me has oído! —le gritó ella furiosa—. ¡Te he dicho que te vayas al infierno!

Sandy la miró con fría indiferencia.

—¿Sabes, Rochelle, lo divertido del caso? He estado allí todo este tiempo, y sólo ahora lo he comprendido.

Sandy tenía el trabajo tan atrasado que iba a tener que recuperar el tiempo perdido durante el fin de semana. Y fue directamente al aeropuerto sin pasar por casa. Lo solventó todo desde el teléfono del coche.

Llamó a Kimiko para explicarle que tenía que coger un vuelo urgentemente, a Nueva York, y que procuraría estar de vuelta a media tarde del día siguiente.

—¿Va todo bien?

—Irá bien cuando esté contigo —le contestó cariñosamente.

—¿Quieres que vaya a esperarte al aeropuerto?

—Sí —contestó él—. Me encantaría.

Como la primera visita que tenía Kim Tower el lunes siguiente había quedado anulada, no llegó a los estudios hasta casi las once de la mañana.

Por lo general, en cuanto el portero avistaba su Lamborghini rojo, levantaba la barrera para que pudiera entrar sin necesidad de cambiar de marcha.

Pero aquel día no levantó la barrera.

—¿Se puede saber qué pasa aquí? —preguntó ella con fingido enojo—. ¿Qué he de gritar? ¿Levad el puente?

—Ah, ¡hola, señorita Tower —la saludó el portero algo azorado—. ¿Cómo está usted?

La «gracia» de aquel paniaguado acabó con la paciencia de Kim y con su sentido del humor. En lugar de responder a su pregunta, se limitó a vociferar:

—¡Haga el puñetero favor, Mitch! ¡Levante la barrera!

El portero permaneció inmóvil junto al coche, saboreando su interno regocijo. Había tenido que hacer aquel mismo papelón en innumerables ocasiones, aunque nunca a tan alto nivel.

—No sé cómo decírselo, señorita Tower, pero... ya no está usted en mi lista.

—¿Que yo no...?

—Como sabe, la lista se actualiza todas las mañanas. Me temo que ya no trabaja usted aquí.

Kim sufrió un súbito cortocircuito que la hizo estallar.

—¡Óigame usted! ¡Le doy exactamente diez segundos para que se deje de cachondeo y me deje pasar! ¡O va a ser usted quien no trabaje aquí!

El portero permaneció impasible. Es más: adoptó una actitud solemne.

—Con todo mi respeto, señora, bloquea usted el paso. Voy a tener que pedirle que se retire.

—¡Cojones! —le espetó ella, que cogió el teléfono hecha una furia—. ¡Ahora mismo llamo a George Constantine y veremos quién se marcha primero de aquí!

Como es natural, tenía el número del jefe programado en la memoria del teléfono y línea directa con él. En seguida lo cogió Constantine, que estaba al otro lado del país. El magnate la saludó y aguardó estoicamente a que Kim Tower se desahogase de toda su ira.

—Escucha, encanto —le dijo en cuanto lo dejó—, nadie mejor que tú sabe cómo funciona el sistema. Es como una puerta giratoria: ahora, dentro; y luego, fuera. Y me temo que ahora te ha tocado el exterior. Aunque, en prueba de mi agradecimiento, te daré un consejo. Yo que tú, aprovecharía las veinticuatro horas que nos vamos a tomar, antes del anuncio que hemos de hacer público, para coger un avión a París y comprarte vestidos y todo lo que más feliz te haga. Que no te conviene nada estar aquí cuando la mierda dé en el ventilador.

La línea del teléfono se quedó más muda que la propia Kim.

Mitch la miraba satisfecho ante la confirmación de su autoridad. Antes de retirarse, Rochelle no pudo evitar hacerle «la pregunta del millón».

—Bueno —dijo con forzada amabilidad—, vamos a ver pues: ¿A quién le toca ser jefe de Producción esta mañana?

—Ah —exclamó Mitch con cara de póquer—. A un tal señor Raven.

—¿Quién?

—Señor Sidney Raven, señorita Tower —contestó Mitch—. Que tenga un buen día.

61

ISABEL

Algunos centros médicos nacen por necesidad, otros gracias a la filantropía y otros por pura desesperación.

Los ministerios de Sanidad, de aquellos países en los que la medicina está más avanzada, aplican normas cada vez más estrictas para aceptar en sus registros todo fármaco que vaya a administrarse a seres humanos. Pero los enfermos terminales se niegan a esperar. Y si no logran burlar a la burocracia de su país, recurren a determinadas clínicas especializadas que, desde hace algún tiempo, funcionan en pequeñas islas del Caribe que, hasta hace poco, sólo se conocían por sus playas y sus combinados de ron.

Muchos médicos «del sistema» vituperan a quienes dirigen estos centros, tachándolos de inhumanos y explotadores. Y, si bien en algunos casos la acusación está justificada, en otros se logran auténticas curaciones. Muchos enfermos, en principio incurables, siguen hoy con vida gracias a haberse arriesgado a hacer de conejillos de Indias bajo las cimbreantes palmeras.

Bien es verdad que un elevado porcentaje de las «curaciones» ofrecidas por estos centros se basaban en la administración de productos como el Laetrile, un fármaco antitumoral elaborado a partir de huesos de albaricoque por dos médicos californianos, cuyo único resultado ha sido forjar efímeras esperanzas y obligar a pagar elevadas facturas.

Los dudosos efectos beneficiosos del referido fármaco no han impedido que un río de pacientes, desahuciados por los métodos tradicionales, hayan recurrido a él.

En otros casos como, por ejemplo, el aprovechamiento de tejido de fetos abortados para usos médicos (prohibido por la ley bajo las administraciones de Reagan y de Bush), se han convertido en práctica habitual en las islas. De ahí que los especialistas en cirugía cerebral pudiesen experimentar allí métodos expeditivos y muy avanzados contra el mal de Parkinson e incluso contra la enfermedad de Alzheimer.

Aunque evitasen toda publicidad acerca de su presencia, representantes de todas las multinacionales de la industria farmacéutica hacían regulares, aunque discretas, visitas a aquellos remotos centros. Incluso muchas universidades de primer orden hacían la vista gorda si algunos de sus distinguidos profesores iban a darse un garbeo por el Caribe, para lo que eufemísticamente llamaban «ocio activo».

Pues bien, por aquellos pagos estaba Dimitri Avílov, que aguardaba junto a la pista del aeropuerto de Santa Lucía, un exuberante y verde paraíso de valles y volcanes.

Santa Lucía, que forma parte de las islas de Barlovento, y es la segunda en extensión, tenía dos especiales atractivos para el científico ex soviético: las modernísimas instalaciones de la privada Clinique Ste. Hélène y la feliz coincidencia de que tan minúsculo país (una quinta parte de la superficie de Rhode Island) hubiese dado ya dos premios Nobel (aunque ninguno de ellos en Medicina).

Muy poco a tono con su talante, Avílov vestía de sport, con una desabrochada camisa de manga corta. Miraba escrutadoramente el despejado cielo, a ver si atisbaba el Piper Comanche que transportaba a la familia Zimmer desde Caracas, adonde llegara desde Buenos Aires.

Estaba nervioso. Pese al aplomo de que hacía gala ante sus pacientes, albergaba muchas reservas respecto del nuevo tratamiento genético que iba a aplicar.

Aunque aventurarse a aplicar nuevas técnicas experimentales en lugares remotos tenía la ventaja de que los médicos podían, literalmente, enterrar sus errores, Avílov sentía verdadero pánico a fracasar. Por más recóndito que fuese el lugar, siempre cabía la posibilidad de que el hecho trascendiese. Y, aunque su plaza de profesor no corría peligro, su reputación internacional podía sufrir un daño irreparable.

Por otro lado, si tenía éxito, sus buenas relaciones con la prensa, que tanto había mimado siempre, le garantizaba que, si todo iba bien, los medios informativos volcarían su atención en la isla.

Avílov no tardó en oír el zumbido del pequeño aparato. Y en seguida lo vio aparecer, describir un círculo alrededor del aeropuerto y aterrizar después con suavidad.

El piloto saltó ágilmente de la cabina y corrió a abrirles la puerta a sus pasajeros. Una enfermera de piel morena, vestida con un conjunto azul de blusa y falda-pantalón de algodón, bajó rápidamente por la escalerilla con una cartera.

Tras recorrer con la mirada el grupo de personas que aguardaba frente a la puerta de la terminal, la enfermera le hizo una seña al chófer de un minibús blanco. Los enfermeros que habían aguardado en el minibús, protegidos del calor por el aire acondicionado, acercaron el vehículo al aparato y subieron a la cabina de pasajeros. Entre los dos bajaron a Edmundo Zimmer, cuya palidez presagiaba un pronto y fatal desenlace. Lo colocaron en una camilla y lo subieron al minibús.

Los otros pasajeros (Muriel, Francisco y Dorotea) subieron también, protegiéndose los ojos del abrasador sol del Caribe.

Las autoridades locales aplicaban un riguroso control aduanero que ni siquiera el célebre profesor podía saltarse.

Cumplido el trámite, Muriel y el ruso fueron con Edmundo en el minibús. Francisco y Dorotea los siguieron en un destartalado taxi que los dejó medio mareados de tanto traqueteo.

—No hay por qué esperar —dijo Avílov cuando se hubieron reagrupado todos en la Clinique Ste. Hélène—. La «operación» ya ha sido realizada en las muestras que tomé de su médula espinal. No tenemos más que inyectarle las recombinadas células y dejar que se apliquen a la labor de transformar al gen maligno. Creo que podemos proceder sin dilación.

—De acuerdo —dijo Muriel mirando a Francisco y a Dorotea, que asintieron a su vez.

—Pues, entonces —dijo el ruso—, dispondré que lo instalen en una habitación y que empiecen con la transfusión. Como los resultados no van a ser inmediatos, les sugiero que vayan al hotel a descansar del viaje.

—Yo prefiero quedarme con él —insistió Muriel.

—Y yo también —dijeron casi al unísono Dorotea y Francisco.

—Como quieran —accedió el profesor—. Pero les rogaría que no esté en la habitación con él más que uno de ustedes a la vez.

Tal como el profesor les anticipó, nada espectacular se observó en el estado de Edmundo durante varios días. Avílov había regresado a Boston para atender otros asuntos, y a otros pacientes, hasta que de nuevo fuese necesaria su presencia en la isla.

Cuando no estaban con Edmundo, sus hijos y Muriel iban a la playa.

—He hablado con varios médicos —comentó una noche Dorotea durante la cena—, y todos parecen estar de acuerdo en que Avílov va por el buen camino. Le pregunté a él si, al estar en un país médicamente permisivo, querría aplicarme a mí también su tratamiento. Y me dijo que sí.

—¿No te parece muy arriesgado?.—inquirió Muriel.

—No —repuso la joven en un tono que delataba tanto temor como crispación—: No podría vivir siempre con la amenaza de enfermar. Si no puede curarme, prefiero morir cuanto antes.

Francisco trató de disuadirla, pero fue inútil.

Al regresar de Boston y confirmarle Dorotea su decisión, Avílov se mostró exultante.

—¡Una sabia decisión! —exclamó—. Aún está a tiempo de ser una feliz madre de hijos perfectamente sanos.

Lo dijo en un tono tan efusivo que cualquiera hubiese dicho que también estaba dispuesto a ayudarla a quedar embarazada.

Pocas cosas había que hacer en aquel remoto paraíso. Los periódicos les llegaban con tres días de retraso. En su habitación, Muriel encontró un folleto con una breve historia de la isla. Decía el folleto que, una de las visitas de interés turístico, era un cementerio del siglo XVII, cuyas lápidas equivalían a un fresco histórico de las distintas oleadas de inmigrantes llegados a la isla (y desde allí a las colonias norteamericanas). Según el folleto, en aquel cementerio estaba enterrado un tal «Uriel da Costa».

—¿Crees que podría ser pariente? —preguntó Francisco.

—Lo dudo. Pero nos servirá para ayudarnos a pasar la tarde.

—Vayamos pues.

La visita les reservaba una sorpresa.

Francisco no tuvo dificultad en traducir los epitafios, que estaban todos en español o en portugués. Sin embargo, entre las desgastadas losas descubrieron tres mucho más recientes.

Aquellas tres tumbas no sólo eran más recientes sino que databan de hacía cinco años. Y quienes estaban allí enterrados no eran españoles ni portugueses. En una de las lápidas decía: «Mary Donovan, 1935-1989.»

Francisco le leyó el pensamiento a Muriel y se acercó al sepulturero, que rondaba por allí. Le preguntó quiénes eran los que estaban enterrados en aquellas tres tumbas, pero el sepulturero se encogió de hombros y farfulló unas palabras casi ininteligibles.

El joven Zimmer regresó furioso junto a Muriel.

—¿Qué te ha dicho? —le preguntó ella con ansiedad.

—Enfermos... Murieron. Y los enterré —contestó Francisco imitando la farfulla del sepulturero.

—¿Y no le has preguntado de qué murieron?

—*La Clinique*... —me ha dicho solamente.

Aunque alarmados y crispados, durante el camino de regreso decidieron no decirle nada a Dorotea.

En cuanto supieron a qué hora llegaba el avión de Avílov, de regreso de uno de sus viajes relámpago a Boston, fueron a esperarlo al aeropuerto.

El profesor reaccionó airadamente cuando le plantearon la cuestión.

—No pienso discutir de estos temas en público. Dejaré este vital material genético en la clínica y luego hablaremos.

Cuando al fin estuvieron en el despacho del profesor, Francisco no pudo contenerse.

—¿Por qué no nos fue sincero respecto de sus fracasos?

—Porque no los he tenido —contestó Avílov con frialdad—. ¿Acaso olvida que hay otros muchos médicos que tratan a pacientes en esta isla?

Muriel lo fulminó con la mirada.

—¿Fue Mary Donovan paciente suya? —le preguntó.

—Me parece muy poco ético... —dijo el profesor, tratando de esquivar la cuestión.

—Está bien —replicó Muriel—. Me parece que ya me ha contestado.

—¿Es que no lo entiende, señora Zimmer? —balbuceó Avílov visiblemente asustado—. Esa mujer estaba prácticamente muerta al llegar aquí. Era demasiado tarde. Y el tratamiento no le hizo ningún daño...

—Me hubiese sentido más inclinada a creerlo de habérmelo dicho usted en Boston.

—¿Habrían venido ustedes si se lo llego a decir?

—No lo sé —admitió Muriel—. Desde luego, me lo habría pensado dos veces.

—¿Se lo han dicho a Dorotea? —preguntó el profesor.

—No —contestó su hermano—. Todavía no.

446

—Pues, entonces, denme una semana de tiempo. Mantendré su retrovirus congelado y, entretanto, ustedes mismos verán si Edmundo mejora o no.

Muriel no podía evitar pensar en a cuántas otras personas no habría utilizado Avílov como conejillos de Indias. Cuántas Mary Donovan no habría en otras islas. Aunque no iba a tener más remedio que esperar a que el profesor comunicase los resultados, su intuición le decía que el ruso destacaría los resultados positivos y desecharía de su memoria a aquellos pacientes demasiado enfermos para llegar a tiempo.

Sólo tardaron cinco días en descubrir que el destino de Dorotea había dado un giro radical. A juzgar por el éxito de Avílov, estaba visto que incluso el propio diablo era capaz de obrar milagros.

Al margen de sus motivaciones, no cabía dudar de la gran talla científica de Avílov. A cada día que pasaba, más palpable era que Edmundo se había convertido en un caso único: el primer paciente afectado del mal de Huntington que, en lugar de agravarse, mejoraba.

Fue un logro sensacional.

Quizá merecedor del premio Nobel.

62

ISABEL

—¡A ver si te haces mayor de una vez, Isabel!

La estrella del departamento de Física del Instituto Tecnológico de Massachusetts, que tenía ya veintitrés años, se echó a reír.

—Lo intento, Jerry, lo intento —dijo ella—. Habrás visto que no te dejan pagar media entrada por mí en el cine, ¿no?

—Ya sabes a qué me refiero —replicó él—. Te pasas un poco. Me parece que ya es hora de que cojas ese teléfono y llames a tu madre. Comprendo que quieras castigarla. Pero, al margen de todo lo demás, no puedes dudar de que te quiere. Piensa en lo mucho que debió de sufrir cuando Raymond y tú la dejasteis sola.

—¡Puñeta, Jerry! —exclamó ella—. Preferiría que no fueses tan sensato, por lo menos cuando de los demás se trata —añadió—. Es que ahora no me atrevo.

—Claro —dijo él cogiéndola por los hombros—. Te preocupa que pueda haberse quedado viuda, y tema tu reacción si Edmundo hubiese muerto.

—¿No has pensado nunca en dedicarte a la psiquiatría? —repuso ella, no del todo en broma.

—Sólo trato de enfocar bien esa cabecita tuya para que la energía emocional que malgastas con la preocupación me la dediques a mí.

—Como ya no te puedo querer más de lo que te quiero...

—Prueba a ver —dijo él sonriente—. Anda, llámala, Isa. Llámala ahora mismo.

Jerry le acarició afectuosamente la nuca mientras, con dedos temblorosos, Isabel marcaba el número de su madre.

—Diga.

—Soy yo, mamá.

—¡Isabel! ¡Qué alegría oírte! ¿Cómo estás, cariño?

—Dejémonos de mí —dijo Isabel, aunque interiormente contenta por el afectuoso saludo de su madre—. ¿Cómo estáis vosotros? ¿Y Edmundo?

—Te parecerá increíble, pero estamos todos estupendamente. El tratamiento genético hizo el milagro. Y no parece tener efectos secundarios.

—¡Es maravilloso, mamá!

—¡Qué tal está Jerry? ¡No sabes lo enfadado que está Peter por que no le traje su autógrafo! ¿Cómo iba a saber yo que estaba ante toda una estrella del deporte?

—Tenías otras cosas en que pensar —dijo Isabel.

—Desde luego —dijo su madre—. Me invitaréis a la boda, ¿verdad? —añadió algo vacilante.

—Es que, verás: seguro que te alegrará saber que Jerry y yo estamos de acuerdo en que somos demasiado jóvenes para casarnos. Pero, como también nos parece que es una idea propia de personas maduras, estamos pensando en cambiar de idea. Bueno, si al final nos decidimos, te prometo que te invitaremos.

En el breve silencio que siguió, Muriel sintió un gran alivio.

—¿A Edmundo también? —le preguntó a su hija.

—Uy, mamá, ¡no sabes la de veces que lo hemos hablado Jerry y yo! Me ha hecho comprender que es una estupidez por mi parte estar enfadada con... tu marido. Aunque yo le hecho ver a él que con un padre me basta. ¿Me explico?

—Me temo que sí, cariño —dijo Muriel—. Pero es igual. Me has dado una gran alegría al llamarme —añadió con voz queda.

—Y yo me alegro de haberlo hecho.

Nada más colgar, el rostro de Isabel se iluminó con una sonrisa que reflejaba tanta alegría como alivio.

—Tenías razón, Jerry. Debía hacerlo. Gracias.

—Me alegro. No hay más que ver tu cara de felicidad.

—Pero ahora te toca a ti.

—¿A qué te refieres? —preguntó Jerry, que no tenía ni la menor idea de a qué se refería.

—Según tú, quieres casarte conmigo, ¿no?

—¿Qué significa eso de «según tú»? ¿No creerás que no te lo dije en serio, verdad?

—Estoy totalmente dispuesta a amar a un jugador de tenis; incluso a un entrenador de un equipo de instituto. Pero me niego a casarme con un cabeza de chorlito que no sabe qué va a hacer dentro de dos semanas. Realmente, Jerry, es perturbador.

Jerry escuchó su reconvención sonriente.

—Ya sabía yo que iba a pasar esto —le dijo en tono jocoso—. Te has aburguesado.

—Lo admito. En el fondo soy una persona muy convencional.

—¿Quieres que te haga una terrible confesión? —dijo él—. He descubierto que yo también. De manera que voy a colgar la raqueta, por lo menos hasta que tenga que enseñar a nuestros hijos, y me voy a embarcar en la aventura familiar. Más burgués imposible.

—¿Significa eso que también reanudarás tus estudios? —preguntó ella entusiasmada.

—No exactamente —contestó él—. La física teórica la dejo para que cerebros como tú y mi padre sueñen con modelos que lo expliquen todo. A mí me va más una física que se pueda tocar... —añadió en tono equívoco.

—Ya. Como la medición radiométrica del «microondas» —bromeó ella.

—Algo así. Y escudriñar el cielo con el telescopio. Míralo de este modo: si me aplico y llego a doctorarme, a lo mejor consigo un puesto en un observatorio —le dijo sonriente—. ¿He conseguido expresar claramente mi rendición incondicional?

—Como supongo que es por una buena razón... —replicó ella afectuosamente.

—Mejor que tú ninguna, Isa. Aunque debo plantear una condición innegociable.

—Ay. Para echarse a temblar...

—Si de verdad quiero conseguir el título, he de estudiar física con mucha dedicación. Y quiero que seas mi profesora.

—De acuerdo —dijo ella echándose a reír—, pero desde ahora te lo advierto: como enredes en mi clase, te suspendo sin piedad.

—Así me gusta —dijo Jerry, que la rodeó con sus brazos—. Sin piedad.

—Sí, Jerry —dijo Isabel—. Pero con todo mi amor.

Varias semanas después, embargada por encontrados sentimientos, Isabel recibió un artículo de Avílov dedicado, que aparecería en el siguiente número de *Journal of Genetic Therapy.*

450

Aunque, como es natural, no citaba a ninguno de los pacientes, Isabel dedujo, a tenor de los datos, que si el tratamiento había sido eficaz con varios pacientes de la edad de Edmundo, debía de haber resultado con el propio Edmundo. Aparte de que su madre ya le había dicho lo bien que se encontraba.

Desde un punto de vista estrictamente profesional, nada podía objetar al aspecto científico del artículo. Aunque Avílov no obtuviese ninguna recompensa personal, estaba claro que dominaba la especialidad. Y, aunque no utilizara rimbombantes adjetivos, su logro era tan espectacular que el *New York Times* le dedicó la portada.

El artículo especulaba también sobre otras consecuencias de su éxito. Era indudable que crear un retrovirus no sólo detenía el avance de tan grave enfermedad sino que restablecía la salud del enfermo, y hacía que la posibilidad de curar enfermedades tan terribles como el mal de Alzheimer estuviese mucho más cercana.

Lo que también quedaba claro en el artículo era que el científico ex soviético demostraba ser un alumno aventajado en los entresijos del capitalismo.

Aunque no proporcionase datos concretos, era obvio que el gigante suizo de la industria farmacéutica que patrocinaba la labor de Avílov había sido muy generoso. Y, pese a que el autor de la entrevista que aparecía junto al artículo ensalzaba el trabajo del ruso, dejaba traslucir su opinión de que Avílov era un hombre muy materialista. No en vano transcribió literalmente cómo se autodefinía Avílov: «Un hombre con una mujer preciosa, dos hijos maravillosos y cuatro coches deportivos último modelo.»

Por una feliz coincidencia, estaba a punto de producirse el más importante acontecimiento científico del año. Las distintas comisiones de la Academia sueca celebraban ya reuniones para la elección de candidatos a los galardones de Medicina, Química, Literatura y Física. El anuncio oficial de cada uno de los premios se haría en octubre, y la ceremonia de la entrega de los premios tendría lugar el 10 de diciembre, aniversario de la muerte de Alfred Nobel.

Las candidaturas habían sido presentadas, como era lo habitual, por anteriores galardonados, jefes de departamento de las universidades más prestigiosas del mundo y relevantes personalidades de la ciencia y la cultura.

No faltaban quienes, inclinados a no dejar nada al azar, se autopromocionaban y solicitaban, abiertamente, cartas de recomendación a colegas influyentes. Y, como es lógico, ése era el tema obligado de conversación en las reuniones de los científicos.

Una tarde, Jerry e Isabel, estudiante y profesora adjunta del Instituto Tecnológico de Massachusetts, respectivamente, cenaban con Karl Pracht.

—Es increíble. Ese ruso de Harvard ha tenido la desvergüenza de escribir, en los términos más obsequiosos, a todos los miembros del MIT que han obtenido el Nobel. Y ni siquiera conoce a ninguno de ellos personalmente —les dijo Karl.

—Lo ciega la ambición —dijo Isabel, sin aludir a su relación con él.

—No sólo es ambicioso. Es increíblemente astuto —replicó Karl—. Es asombroso: varios colegas se han sentido tan halagados que les ha faltado tiempo para recomendarlo a la Academia sueca. Y no hace falta que os diga que, para lo que importa, cualquier recomendación de ese calibre ayuda. Aunque, bah, este año el de Física está cantado —dijo Karl sonriéndole a su futura nuera—. Espero que tu sueco sea lo bastante bueno para pronunciar el discurso de aceptación en su idioma.

—¡Ahora que empezaba a disfrutar las delicias del anonimato! —protestó Isabel.

—Puedes renunciar al premio —dijo Jerry sonriente—. Jean-Paul Sartre rechazó el de Literatura en mil novecientos sesenta y cuatro.

—Ya —admitió su padre—, con lo que no hizo sino conseguir más publicidad.

—Pero es que yo no lo quiero, de verdad —les aseguró Isabel—. Es la coronación de una carrera, y yo no he hecho más que empezar.

—No sufras, cariño —le dijo Jerry sonriente—. Recuerda que Marie Curie lo obtuvo dos veces, y en una época en la que era casi un milagro que se lo concediesen a una mujer.

63

ADAM

Detrás de cada premio Nobel no hay sólo un trabajo de investigación sino toda una historia de sacrificio, de dolor, de decepciones y raramente (muy raramente) de auténtica alegría.

Isabel da Costa desafiaba todos los precedentes y, cuanto más crecía su fama, más humana se hacía.

No era difícil aventurar que, a tenor de la envergadura de su hallazgo (y del temprano reconocimiento por parte de la Academia italiana), el Nobel estaba al alcance de su mano. No había razón ninguna para que la Academia sueca no se lo concediese.

Su logro completaba la teoría de Einstein sobre el universo y, como era de esperar, los miembros de la Academia de Ciencias sueca no dudaron en concedérselo, casi por unanimidad. Sólo uno de los académicos se opuso, alegando que era demasiado joven. Pero no encontró apoyo alguno.

—Dejémonos de partidas de nacimiento y, por una vez, hagamos honor a las palabras de Alfred Nobel y premiemos el trabajo, sea quien sea su autor —dijo un destacado académico.

El pleno de la Academia duró menos de cuarenta minutos y el triunfo de Isabel era ya un hecho.

En los medios de Estocolmo, todos sabían que las batallas más duras que se librarían aquel año serían en Psicología y Medicina, premio este último para el que el procedimiento era radicalmente distinto a los demás.

Aunque inicialmente se barajasen muchos nombres, y pese a la solicitud de información a personalidades solventes (y, ciertamente, la discreta indagación en la vida privada), los nombres de los candidatos que entraban en la lista de la Comisión del Nobel se consideraban simples sugerencias, en modo alguno decisivas. La Comisión proponía cinco candidatos como orientación para la Academia de Medicina.

Los cincuenta miembros de la Academia eran doctores en distintas especialidades, que podían rechazar a todos los candidatos de la Comisión y proponer a cualquiera que considerasen merecedor del premio.

Lógicamente, algunos aspirantes al galardón consideraban ventajoso para ellos este procedimiento.

Y, como es natural, quienes colaboraban con Prescott Mason en representación de los intereses de Adam Coopersmith trataron de sacar partido de ello. Muchísimos médicos, totalmente desconocidos en el plano internacional, fueron agasajados con cenas, e invitaciones similares, hasta límites increíbles.

Los ejecutivos de la Clarke-Albertson se concentraron en avivar la llama retórica de sus agasajados médicos. Porque, una vez que la Comisión hubiese presentado su breve lista, quedaría el campo expedito para la batalla final.

Como dijo irónicamente una destacada personalidad sueca: «Si la votación se prolonga hasta altas horas de la noche, son capaces de acabar dándoselo a cualquier matasanos.»

De lo que no cabía duda era de que el resultado dependería mucho de los médicos suecos.

Dimitri Avílov se había preparado el terreno concienzuda y pacientemente. Ya en su época de miembro de la Academia de Ciencias soviética, visitaba Suecia todos los años y dedicaba mucho tiempo a relacionarse, tanto en el plano social como en el científico.

Además, mantuvo un largo y explosivo romance con la doctora Helga Jansen, microbióloga de la Universidad de Uppsala. Helga guardaba tan grato recuerdo de su relación que habría sido capaz de jugarse entera por él, aunque no hubiese estado entre los más firmes candidatos.

Por si fuera poco, la aparición de su artículo no podía haber sido más oportuna.

A Adam Coopersmith no lo conocía personalmente ninguno de los académicos que iban a decidir, pero la multinacional farmacéutica había logrado difundir el «secreto» de su grave enfermedad.

Además de la lógica simpatía que despertaba un brillante científico, que estaba a punto de morir muy joven, había otro importante factor que no cabía subestimar. Si le concedían el premio a Adam Coopersmith, honraban también la labor de

Max Rudolph, cruelmente privado del reconocimiento que merecía.

Junto a Avílov y Coopersmith había otros tres nombres en la reducida lista de la Comisión. El pleno tenía tradicionalmente un toque de opereta a lo «Gilbert and Sullivan», porque no pasaba año sin que un médico sueco, llamado Gunnar Hilbert, se propusiese a sí mismo para el galardón.

Las presiones eran innumerables y se ejercían desde todos los ángulos. En los primeros escarceos se citó, de pasada, el nombre de Sandy Raven. Aunque pesaba en el ánimo de todos que la celebridad y la fortuna de que gozaba eran ya suficiente recompensa.

Inesperadamente, Lars Fredricksen, uno de los más respetados y prestigiosos miembros de la Academia, armó un considerable revuelo al tomar la palabra.

—Ilustres colegas —dijo—, por mayor que sea nuestra condolencia, creo que no debemos permitir que el premio Nobel se convierta en algo así como un Oscar, tantas veces concedido, simplemente, porque un candidato sufría de una grave enfermedad. No creo que los científicos debamos pronunciarnos movidos por sentimientos de piedad, ni tampoco por celos.

Se advertía en la sala que el argumento de personalidad tan influyente había hecho efecto.

—¿Por qué la enfermedad ha de calificar a Coopersmith y la buena suerte descalificar a Raven? —prosiguió Fredricksen—. Al fin y al cabo, si analizamos su logro con absoluta objetividad científica...

Su ayudante, que estaba sentado a su lado, lo interrumpió en aquel momento y le pasó un papel.

—Señor presidente —continuó el académico tras leer la nota—. Aunque aún no he terminado de decir lo que quería exponer, tengo buenas y relevantes razones para solicitar una interrupción de quince minutos.

—En atención a nuestro distinguido colega, se acepta la petición —accedió el presidente—. Se reanudará la sesión dentro de un cuarto de hora.

Fredricksen corrió al teléfono.

—Sí, dígame.

—Oiga, Lars, me alegra oírlo. Espero que no sea demasiado tarde.

—La verdad es que, si llega a llamar dentro de una hora más o menos, hubiese podido darle una buena noticia.

—¿Como qué?

—La concesión del premio a su candidato. Le he hecho ganar muchos puntos. Creo que estoy muy cerca de conseguirlo.

—¡Gracias a Dios! Quiero decir que, gracias a Dios, no lo ha conseguido usted todavía.

—¿Qué quiere decir?

—Sería largo y complicado de explicar, Lars. Sólo le diré que, a última hora, he tenido que apostar por otro. ¿Qué probabilidades tendría Adam Coopersmith si usted no se opusiera?

—Pero, según mis instrucciones —replicó el académico, sumido en la mayor confusión—, Adam Coopersmith era precisamente el candidato a quien tenía yo que cerrarle el paso. Y, créame: no ha sido nada fácil. Porque inspira mucha compasión.

—Tanto mejor. Eso significa que ahora podrá usted explotarla.

—Aunque me deba a ustedes... —dijo Fredricksen con perceptible desazón.

—No dramatice, Lars —lo interrumpió su interlocutor—. Dejémoslo en que soy yo quien le debe una tangible demostración de gratitud.

—Está bien. Llámelo como quiera. Yo apoyo a su candidato. Si eso es lo que desea, pondré toda la carne en el asador para que se lo den a Coopersmith.

El académico no quiso que la conversación terminase sin recurrir a sus principios para salir airoso.

—¿Me permite que le diga una cosa con sinceridad?

—Por supuesto. Sinceridad es lo que quiero.

—Con franqueza, de haberme guiado exclusivamente por mi opinión, hubiese votado a Coopersmith desde el principio.

—Me alegro, Fredricksen. Hasta pronto.

Tras colgar, Tom Hartnell se sentó un momento a reflexionar, mirando pensativo al estanque de su finca de Virginia.

Era una de las llamadas telefónicas que más trabajo le había costado hacer en su vida. Porque, a última hora, desistió de algo que lo había obsesionado durante años: vengarse de Adam Coopersmith.

—Era eso lo que querías, ¿no, cariño? —preguntó al mirar a su hija.

—Sí, papá —repuso Toni con la cabeza gacha.

—¿A pesar de todo lo que te hizo?

—Todo tiene un límite —replicó Antonia Nielson—. Adam

ya ha sufrido bastante. Que se lleve por lo menos una satisfacción a la tumba. Además, la merece.

—No sé qué quieres que te diga, *Capi* —le dijo su padre sonriente—. Si siempre le diesen a uno lo que merece, hace tiempo que a mí me habrían dado mi merecido.

Se levantaron, se abrazaron afectuosamente y Toni salió en seguida a coger el avión.

De nuevo sentado frente a su mesa, el Jefe reparó en que aún tenía que ocuparse del otro pura sangre que corría en aquella carrera. Pulsó un botón de su teléfono y la memoria automática marcó un número.

—Diga, Jefe.

—Buenas tardes, Fitz. Perdóneme si interrumpo algo.

—No importa, mi capitán. No tiene más que decirme lo que quiere.

—Venda mis acciones.

—Se refiere a las de Corvax, ¿no? ¿Todas?

—Exactamente, Fitz.

—Maldición —masculló entre dientes el agente de Bolsa.

—Mire... Yo no tengo la culpa de que suba usted al carro de mi pequeña especulación con la longevidad a sus otros clientes. Así que apechugue. Ah, utilice toda la liquidez para comprar Clarke-Albertson por lo mejor. Buenas noches, Fitz.

La vida de Adam se reducía al pequeño espacio del dormitorio de la planta baja. En las dos plantas superiores de su casa de Brattle Street no había muebles, todo un símbolo de la vacuidad de su triunfo en este mundo.

Eran poco más de las cuatro de la madrugada y Anya charlaba distendidamente con Charlie Rosenthal. Hacía ya tiempo que había abandonado toda esperanza de superar su insomnio. Y no quería tomar somníferos, por temor a que Adam recobrase el conocimiento mientras ella dormía.

—Creo que su estado es bastante estable —dijo Charlie más por animarla que por convicción—. Estoy casi seguro de que me ha reconocido.

—Yo también —convino Anya que, a su vez, prefería que Charlie creyese que aún era capaz de aportar cierto consuelo a su amigo.

Para afirmarlo más en la esperanza, Anya le hizo una confidencia.

—¿Sabe lo más asombroso? Hasta hace una semana, aún hemos tenido ciertos escarceos de... relación sexual.

—No me extraña. Ése es uno de los aspectos más paradójicos de la enfermedad. Aunque bloquee insidiosamente casi todas las funciones del organismo, las sexuales permanecen intactas durante mucho tiempo.

—No me importaría que no me reconociera —dijo Anya con la voz quebrada—. Lo importante es que yo sé que es él. Aunque nunca volviésemos a tener una conversación, me basta verlo dormir o mirar sus ojos... aunque no me vean. Me conformo con eso. No sé si lo entiende.

—Claro que lo entiendo —asintió Charlie—. Es lo que les ocurre a las madres a cuyos bebés enfermos he tratado durante años. No les importa que su bebé no sea consciente...

Charlie se interrumpió de pronto al reparar que hablaba con una mujer doblemente afligida: por la incurable enfermedad de su marido y por no poder tener hijos.

Anya se percató del motivo de su interrupción. En cierto modo, la enfermedad de su esposo le permitía desahogar su instinto maternal.

—No le falta a usted razón —dijo Anya—. Adam es ahora casi como un hijo para mí. Me conformo con poder darle mi amor.

Sonó el teléfono.

—¿Quién será a estas horas? —exclamó Anya.

—De mi consulta, seguro —dijo Charlie excusándose—. Lo siento. Ya lo cojo yo.

—Pues no —dijo Rosenthal tras contestar—. ¡Menudas horas de llamar! Es para usted, Anya.

Anya fue cansinamente a coger el teléfono. En sus circunstancias, nada importante podía proceder del mundo exterior. Ni tenía el menor interés en nada ajeno a lo que ocurría entre sus cuatro paredes.

—Soy el profesor Nils Bergstrom, doctora Coopersmith, del Instituto de Medicina Karolinska de Suecia. Perdone por despertarla a estas horas.

—No se preocupe —musitó Anya abstraída—. No dormía.

—Supongo que imaginará por qué la llamo —dijo Bergstrom gentilmente.

—Más o menos —contestó Anya, que apenas se sentía con ánimo de agradecer lo que interpretó como una simple llamada de cortesía a un candidato.

—Tengo la gran satisfacción de informarle, de manera estrictamente confidencial, que, a mediodía, hora de Estocolmo, o sea, dentro de dos horas, daremos a conocer el nombre del premio Nobel de Medicina de este año. La Academia ha decidido premiar la labor realizada por usted, su esposo y su equipo, que ha conducido al descubrimiento del MR-Alpha, tal como comunicó en su día el *New England Journal.*

El profesor Bergstrom continuó hablando, pero Anya se quedó tan aturdida que no oyó más que un ininteligible río de palabras. Se limitó a darle las gracias y colgó.

—Se lo han concedido —le dijo a Rosenthal llorosa—. ¡Le han concedido el premio Nobel!

Charlie no pudo reprimir su alegría y saltó de la silla.

—¡Fantástico! ¡Hay que celebrarlo con champaña! ¿Tiene? —le preguntó a Anya, como si, por un momento, olvidara la enfermedad de su amigo.

—Sí que tengo —contestó ella algo vacilante—. Pero ¿no cree que primero habría que decírselo a Adam? No sé..., tratar de explicárselo.

—Tiene razón —convino Charlie—. Me quedaré con usted hasta que Adam tenga un momento de lucidez. Porque, si no le importa, Anya, me gustaría compartir con él tan feliz noticia. Es muy importante para mí.

—Por supuesto —asintió ella.

Fueron en seguida al dormitorio de Adam y lo miraron. Pese a la enfermedad, su rostro, apenas sin arrugas, aún resultaba atractivo. Su expresión era de placidez.

—¿Quiere que intentemos despertarlo? —dijo Charlie.

—De acuerdo —contestó ella, que oprimió con suavidad el brazo de su esposo.

—Adam... —le dijo.

Él entreabrió los párpados lentamente y los miró.

—Anya... ¿Cómo estás, cariño? —murmuró.

Anya y Charlie se miraron.

—Está lúcido —dijo ella—. Podemos decírselo. Quizá dentro de media hora lo olvide, pero, por lo menos, ahora está en condiciones de comprender.

—Tenemos una maravillosa noticia que darte —le dijo Anya cogiéndole la mano—. Te han concedido el premio Nobel. Se hará público dentro de dos horas.

—No..., a mí, no —dijo él con expresión de incredulidad y meneó la cabeza.

—Pero, Adam...

—Quiero decir que nos lo habrán concedido a los dos. Sin ti...

No pudo seguir. Su cerebro se bloqueó y fue incapaz de articular palabra.

—Lo ha comprendido —dijo Charlie—. Estaba completamente lúcido cuando se lo ha dicho. ¿No lo cree así?

Anya asintió con la cabeza y, entre los dos, recostaron a Adam, de nuevo sumido en el sopor.

Mientras Anya le preparaba unos huevos revueltos a Charlie antes de que se marchase al hospital, sonó de nuevo el teléfono. Era Prescott Mason.

—¿Lo sabe ya? —preguntó radiante.

—Sí —contestó ella quedamente.

—Fabuloso, ¿verdad? —exclamó Mason, casi con el mismo entusiasmo que si lo hubiese conseguido él.

—Desde luego —reconoció Anya—. Ha hecho usted una gran labor.

—Escuche, Anya —dijo Mason emocionado—. Ciertamente, nos hemos movido mucho entre bastidores. Pero no le conceden el premio Nobel a nadie que no lo merezca. Aunque ahora viene lo más peliagudo, por lo menos para usted.

—¿A qué se refiere? —preguntó ella.

—Pues a que..., ¿cómo va a hablar Adam con la prensa? Tendremos que hacerles creer a los periodistas que, a causa de la impresión de la noticia, no se siente con ánimo de hacer declaraciones. Estoy seguro de que usted podrá contestar a cualquier tipo de pregunta que le hagan, ¿me equivoco?

—¿Cree que va a ser necesario? —preguntó ella con el corazón encogido.

—Escuche, Anya, tendrá que hacerlo por él —dijo Mason—. Estoy seguro de que, aunque sólo sea por él, sabrá salir airosa.

—¿Y la ceremonia de la entrega del premio, qué? No quiero ni imaginar cómo puede estar Adam en diciembre.

—No desespere, Anya —la animó Prescott en tono afectuoso—. Cada cosa a su tiempo.

Cuando hubo colgado, Anya miró a Charlie con expresión inquisitiva.

—Ya lo he oído —dijo él quedamente—. Se le oía como si hablase con megáfono. En fin, Anya, no sé si puedo ayudar en algo. Pero, volveré en cuanto termine las visitas en la consulta. No es conveniente que esté sola en estas circunstancias.

—Gracias, Charlie —musitó ella entristecida.

—Hasta luego.

«No sé de dónde saca esta mujer tanta entereza», pensó Charlie al trasponer la puerta. Sintió un gran alivio al verla tan fuerte y, en cierto modo, al alejarse momentáneamente de tanto sufrimiento.

En cuanto se quedó sola, Anya llamó a Lisl Rudolph. Pensaba que la viuda de Max también podía considerar legítimamente suyo aquel premio.

Lisl rompió a llorar al oírlo.

Por Max.

Por Adam.

Y por sí misma.

—Quisiera que estuviese usted aquí conmigo cuando lleguen los periodistas, Lisl. No para que me ayude, sino porque nadie como usted simboliza hasta qué punto el premio corresponde a Max.

Minutos después llegó Terry Walters para cuidar a Adam, como cada día. Entre la impresión de la noticia y el trajín telefónico, Anya llevaba una hora sin entrar a ver a Adam.

—¡Dios santo! —le oyó exclamar a Terry, que corrió a la cocina—. ¡No está! ¡Su esposo no está!

Anya lo miró sobresaltada.

—¡No está en su cama! —le aclaró Terry—. Ni en el lavabo. Ni en ninguna parte. ¡No está en la casa!

Anya sintió pánico. Al principio de su enfermedad, Adam se levantaba a menudo de la cama y salía a vagar por el patio como un sonámbulo. Sólo últimamente no parecía sentirse con fuerzas para prodigar tales escapadas. Desde luego en el jardín no estaba. Anya lo veía perfectamente a través de la ventana. Pensó en lo mismo que Terry: corrieron al garaje y comprobaron lo que se temían.

Faltaba un coche.

Lenta pero implacablemente, la enfermedad de Alzheimer había privado a Adam Coopersmith de todas sus facultades.

Los cada vez más breves períodos de lucidez lo sumían en el mayor desánimo. Sólo había una cosa que no se atrevía a decirle a Anya: no estaba dispuesto a permitir que la enfermedad le arrebatase su dignidad.

Los súbitos, y siempre muy efímeros, períodos de lucidez tenían una explicación neurológica. Y, aunque ningún científico había descubierto en qué parte del cerebro radicaba la voluntad, todos reconocían su existencia y respetaban su inescrutable poder.

La vida de Adam había sido una incesante lucha para sobreponerse a las circunstancias. La tenacidad del adolescente, que lo convirtió en un consumado saltador de trampolín, revelaba la férrea voluntad de que haría gala a lo largo de toda su vida. Entonces enseñó a su cuerpo a obedecer a su mente para realizar las más audaces y hermosas piruetas.

Su enorme fuerza interior anunciaba el talante con que abordaría su carrera científica, consagrada a corregir los errores de la naturaleza. El premio que acababan de concederle era buena prueba de su éxito.

La noticia de Estocolmo fue como un estimulante neurológico que le dio un renovado impulso físico que, muy difícilmente, volvería a producirse.

Adam comprendió que aquél era el momento de actuar. Se incorporó en la cama como un autómata. Se vistió y se puso unas zapatillas de deporte (algo que no había podido hacer sin ayuda desde hacía varios meses). Encontró las llaves de uno de los coches en la mesita del recibidor y las cogió.

Como habían dejado la puerta del garaje abierta, no se oyó más ruido que el sordo petardeo del Ford Tempo de Anya.

Adam enfiló hacia el laboratorio, muy atento a las señales de tráfico y a velocidad moderada, para no cometer ninguna infracción que diese al traste con su plan.

Una vez en el recinto del laboratorio puso los cinco sentidos para aparcar correctamente. Luego cogió el ascensor hasta la octava planta, con la idea de ver por última vez su laboratorio. Pero, al reparar en que había varios miembros del equipo que, en plena madrugada, seguían allí trabajando, fue hacia la puerta de la escalera de incendios.

Con porte digno subió las escaleras que conducían a la terraza.

Era perfectamente consciente de dónde estaba y para qué había ido allí.

No sintió miedo.

Se acercó lentamente a la barandilla y se detuvo, erguido y orgulloso. A su pies se extendía la ciudad bañada por el resplandor del alba.

Luego evocó en su mente el lejano pero nítido recuerdo de sus piruetas y le ordenó a su cuerpo saltar al vacío.

EPÍLOGO

Nuestro espíritu, que entiende
la maravillosa arquitectura del mundo,
que mide el curso errante de los planetas,
que se adentra en la infinitud del conocimiento,
siempre a la zaga de las inquietas esferas,
nos ordena el incansable afán
de alcanzar el fruto más fecundo,
la incomparable bendición de la plena felicidad,
el dulce gozo de la plenitud, aquí en la Tierra.

CHRISTOPHER MARLOWE,
Tamerlán el Grande

A media tarde del 10 de diciembre, los más distinguidos representantes de la aristocracia y la cultura se dieron cita en el gran auditorio del palacio de la Música de Estocolmo. Tras una semana de numerosos actos para celebrar el acontecimiento, allí tendría lugar la solemne ceremonia de entrega de los premios Nobel.

A diferencia de lo que ocurre en una representación teatral, la ceremonia del Nobel concentraba espectadores a uno y otro lado de las candilejas. Porque, en el escenario, sentados en varias filas semicirculares, se encontraban ciento cincuenta miembros de las distintas academias suecas, con esmoquin y corbata blanca.

La blanquinegra uniformidad de la indumentaria de los académicos sólo se veía interrumpida por las aisladas pinceladas de color de alguna indumentaria femenina (por lo que no era de extrañar el pequeño papel concedido a la mujer en la historia del Nobel).

465

A las cuatro y media en punto, en un estrado situado detrás de las filas semicirculares, bajo la batuta de Niklas Willen, la Orquesta Filarmónica de Estocolmo interpretó el himno nacional.

El público se puso en pie. Sus Majestades, el todavía joven rey Carlos Gustavo, vestido con un elegante y discreto traje negro, y la reina Silvia, esplendorosa, con un vestido rojo y una brillante diadema que ceñía su pelo castaño, aparecieron en el escenario.

Exactamente un minuto después (la puntualidad de la Fundación Nobel es de cronómetro suizo), al compás de la *Marcha Rákóczy* (nada menos que de *La condenación de Fausto*), los galardonados entraron en fila a través de una cortina de flores, y pasaron frente a un busto, espectacularmente iluminado, de Alfred Nobel, el inventor de la dinamita y genio inspirador del acontecimiento.

Todos se sentaron en sillones tapizados de terciopelo rojo frente a los reyes.

Desde un sencillo podio, pintado de negro y con un copia de gran tamaño de la medalla del Nobel, el presidente de la Fundación pronunció unas breves palabras a modo de introducción.

Pasaron entonces a anunciar los premios, en el orden indicado por el fundador en su testamento.

Primero el de Física.

Al presentar a Isabel da Costa, el profesor Gunnar Nilsson aprovechó la solemne oportunidad para hacerlo en los términos más elogiosos. La situó, nada menos, que en la progresión de la Historia de la Ciencia que iba desde Galileo y llegaba (y superaba) a Einstein. También señaló el mérito añadido de la extraordinaria juventud de Da Costa.

—... que desplaza a sir William Bragg, que lo obtuvo a los veinticinco años, y se convierte en la personalidad científica que lo ha obtenido a más temprana edad.

Los reyes aplaudieron espontáneamente y arrancaron una cerrada ovación.

Isabel estaba radiante. Llevaba un vestido de satén azul oscuro, sin más adorno que un collar de perlas. Sus aires de infantil precocidad habían desaparecido. La muchachita de castaños bucles era ahora una hermosa mujer, cuyo digno porte evidenciaba que el aspecto informal de su infancia había quedado atrás.

Todos esperaban que hablase en sueco, como así hizo. Aunque sólo fuesen unas palabras introductorias.

—Ers Majestät, Ärade ledamöter av akademien, Jag tackar Er för denna stora ära («Majestades, miembros de la Academia, quiero expresarles mi agradecimiento por este gran honor»).

»También quiero expresar mi agradecimiento —prosiguió Isabel ya en su idioma— a mi padre, Raymond da Costa, sin cuya devoción y sacrificio no estaría yo hoy aquí, y a mi prometido, Jerry Pracht, por su apoyo moral y emocional, y por todo su amor.

(Jerry le hizo prometer que se abstendría de aludir a todo apoyo científico que ella «creyese» que podía haberle prestado.)

Raymond y Jerry estaban sentados juntos entre el público y, cada uno por distintos motivos, profundamente emocionados. Aunque le había prometido a Isabel no llorar, Raymond estaba a punto de romper su promesa cuando Jerry le oprimió afectuosamente el brazo.

—Felicidades, Raymond —le dijo.

La única obligación de los galardonados era pronunciar una conferencia el día que ellos eligiesen. Isabel optó por pronunciarla el día siguiente a la clausura de los actos oficiales, para evitar que la naturaleza de lo que iba a exponer causase excesivo revuelo.

Porque, contrariamente a la cínica opinión que expresaban algunos, en el sentido de que, en cuanto bajase del podio «se desconectaría como quien apaga una lámpara y se limitaría a tener hijos», pretendía aprovechar la ocasión para poner ella misma en duda el carácter «definitivo» de sus formulaciones.

Quería dejar claro que su logro no era una panacea de la física, que todo lo explicase y resolviese. Y que si no había nadie dispuesto a entrar en un profundo análisis crítico de su trabajo, lo haría ella misma.

—La teoría por la cual me han premiado no puede ser demostrada en nuestro mundo, tal como lo conocemos —dijo en su conferencia—. Porque un verdadero campo unificado sólo sería empíricamente observable a tan elevadas temperaturas, que son imposibles de alcanzar en laboratorio..., y que ni siquiera se dan en la formidable implosión de una supernova. Las fuerzas del campo estuvieron unificadas en el nacimiento del universo, y acaso se unan nuevamente cuando las fuerzas gravitacionales provoquen la implosión del entero universo. De manera que la respuesta quedará por siempre fuera del alcance de nuestra experiencia y de nuestra comprensión.

Y lo dijo así porque estaba decidida a dejar el camino expedito a ulteriores investigaciones.

—La Naturaleza y la Divinidad —concluyó con risueña elocuencia— guardan aún suficientes secretos para hacer que la humildad sea el lema más importante de todo científico.

En el curso de las ceremonias de los premios Nobel rara vez se vivían momentos de tensión. De producirse airadas reacciones, al anunciarse los nombres de los galardonados, éstas tenían lugar en octubre, que era cuando se daban a conocer.

Aquel año fue una excepción, por lo menos por lo que a Psicología y Medicina se refiere. Y, en aquellos momentos, la tensión se podía palpar en el gran auditorio.

El público guardaba un absoluto silencio mientras los periodistas se aprestaban a tomar sus notas.

Dos meses antes, cuando el profesor Bergstrom llamó a Anya aquella decisiva mañana, no consideró necesario decirle que la Fundación había decidido que, aquel año, el premio fuese compartido. Para él, lo importante era que Adam había sido galardonado, y no pensó más que en la humana urgencia de darle la noticia.

Sandy Raven, a quien inexplicablemente abandonó su más ferviente valedor, Lars Fredricksen, quedó en seguida descartado. Y, aunque Adam era ahora un seguro ganador, gracias, en gran medida, a la presión de Helga Jansen, los miembros de la Academia de Medicina llegaron al convencimiento de que debían recompensar los grandes avances que, en general, se habían producido en la manipulación genética para combatir enfermedades, campo en el que no sólo entraba el logro de Adam sino también el de Dimitri Avílov.

Al anunciarse la decisión, los académicos no repararon en que la esposa de Coopersmith lo fue también del otro galardonado que compartía el premio con él.

Poco tardaron los medios informativos en sacar partido de tan sabrosa información. Además, las investigaciones de los periodistas les permitieron descubrir que el divorcio de Anya distaba mucho de haber sido amistoso. Tanto era así que, en todos los años transcurridos desde entonces, Dimitri y Anya no se habían visto ni habían hablado una sola vez.

Cuando la hipersensible comisión organizadora del Nobel tuvo conocimiento de ello, se lanzó a una frenética «desincronización» de los programas de los dos científicos, para evitar que Anya se viese en situaciones violentas. En las fiestas y recepciones de la primera mitad de la semana, Anya, acompañada por los Rosenthal, Lisl y Heather, logró no tener que cruzar palabra con Dimitri. Y, debido a las previsoras medidas de la comisión, se sentaron bastante lejos el uno del otro en el escenario.

Sin embargo, Anya no podría eludirlo cuando Su Majestad, el rey Carlos Gustavo, los llamase.

Su inminente aparición en el podio provocó una expectante tensión entre el público.

Llegado el momento, Anya Coopersmith y Dimitri Avílov fueron ambos invitados a recibir sus galardones. Sorprendió al público el gran contraste físico entre ambos: ella parecía un delicado gorrión y él un temible oso.

El rey les hizo entrega de los premios; primero a ella, que lo recogería en nombre de su difunto esposo; y luego a Avílov. Ambos dispondrían de unos instantes para expresar su agradecimiento.

Incluso en momento tan feliz, Dimitri fue tan mezquino de querer castigar a Anya por estar allí. Y tenía un secreto recurso para hacerlo. Sólo ella podría comprender la velada significación de una expresión de afecto, aparentemente inocua, hacia su esposa e hijos.

—Debo agradecimiento a muchas personas —dijo—, pero, muy especialmente, a mi maravillosa esposa y a mis queridos hijos, pues es para ellos y para su futuro para lo que trabajamos los científicos. Sin ellos, nuestra vida carecería de sentido.

Anya ya contaba con que se sentiría muy violenta pero no esperaba sentirse tan herida, no por la alusión en sí sino porque, ni siquiera en ocasión tan feliz, dejase Dimitri de mostrarle su hostilidad.

Cuando le correspondió hablar a ella, sus palabras reflejaron tanta gratitud como pesar.

—Siento en estos momentos una gran alegría y una profunda tristeza —dijo—. El reconocimiento de los logros de mi esposo, que tanto deben a Max Rudolph, recompensa no sólo una extraordinaria labor científica sino una gran humanidad. Pues el progreso de la ciencia es, realmente, como las carreras de relevos en la antigua Grecia. La antorcha que Adam Coopersmith tomó de manos de Max Rudolph la recojo yo hoy humildemente. Me siento por ello muy honrada.

Esa antorcha ilumina este podio al recoger yo el premio en su nombre.

Anya entrevió entre el público a Lisl, que la miraba llorosa y visiblemente emocionada, mientras Heather la rodeaba cariñosamente con su brazo.

Normalmente, los galardonados que compartían premio intercambiaban protocolarios elogios. Pero el resentimiento entre Avílov y su ex esposa no podía ser más enconado. Ni una sonrisa de circunstancias se dirigieron, aunque la prodigasen al rey y al público.

Los periodistas se sintieron decepcionados, aunque no desesperaban. Avílov y la doctora Coopersmith no iban a poder dominarse indefinidamente. Tarde o temprano explotarían.

La profusión de actos de los primeros días de la semana había agobiado a Anya. Y, aunque se sobrepuso para el solemne momento, notaba un profundo vacío y un intenso dolor. Nunca había echado tanto de menos a Adam. De haber podido, hubiese dado la vida para que fuese él quien viviera aquel momento.

Tras la entrega de los premios se celebró, en el Salón Azul del Ayuntamiento de Estocolmo, un espléndido banquete al que asistieron mil trescientos invitados.

Para Isabel, los mejores momentos fueron los que más podían seducir a la niña que aún alentaba en ella. Se sintió transportada por la mágica sensación de saberse ante los ojos del mundo, ante un rey de carne y hueso, que le entregaba un diploma y una medalla de oro de veintitrés quilates, con la efigie de Alfred Nobel en el anverso; y la del Genio de la Ciencia que descorría el velo de la Naturaleza, en el reverso.

Como todas las medallas del Nobel, llevaba grabada una cita de Virgilio: «A aquellos que enriquecen la vida con sus hallazgos.»

Además, en aquellos mismos momentos, le hacían una transferencia de un millón de dólares a su banco de Boston.

Sin embargo, casi le entusiasmó más el surtido de helados con el que culminó el banquete: un interminable desfile de camareros, vestidos de gala, pasaba junto a los comensales con verdaderos alardes de la repostería helada.

Isabel insistió para que Raymond se olvidase de su riguroso régimen y compartiese con todos las tentadoras exquisiteces.

Avílov llevaba días al acecho de Isabel, impaciente por aumentar su prestigio con ella, por aprovechar la oportunidad de informar al mundo que él, Dimitri Avílov, había salvado al padrastro de la joven científica de una muerte cierta.

Como el acoso de Avílov empezaba a agobiar a Isabel y amenazaba con ensombrecer los momentos más felices de su vida, en una de las recepciones Jerry hizo un aparte con el ruso para pararle los pies.

—Profesor —le dijo con sequedad—, le estaría muy agradecido si hiciese el puñetero favor de dejar tranquila a mi futura esposa.

—¿Cómo dice? —exclamó Avílov airadamente.

—Trataré de decírselo de un modo más científico, a tono con su altura intelectual: o mantiene su repelente persona lo más lejos de ella o no le dejaré un hueso sano. ¿Me ha entendido, doctor?

Avílov no se atrevió a chistar y se esfumó como por arte de magia. Y ya no volvió a hacer el menor intento de hablar con Isabel.

Con su expeditiva actitud, Jerry vino, en cierto modo, a defender también a Raymond, casi más como ángel de la guarda que como guardaespaldas. Porque, al interponerse entre los Da Costa y los Avílov, evitaba que Raymond llegara a enterarse de la verdad respecto de la paternidad de su hija.

Durante la cena, la diplomática comisión organizadora tuvo buen cuidado en no sentarlos juntos. Tras el alarde de los postres y después de los brindis, los invitados pasaron al Salón Dorado, donde se oía ya a la orquesta afinar sus instrumentos para interpretar las piezas de baile.

Dimitri decidió aprovechar la ocasión para obligar a Anya a reconocer su apoteosis científica.

Al arrancarse la orquesta con un vals se acercó a ella.

—¿Me concede el honor de este baile, Anya Alexandrovna? —le dijo en tono cortés y deferente.

Ella le dirigió una beatífica sonrisa. No pudo evitar sentir un gran regocijo por haber conseguido lo que, como mujer, más anhelaba.

—Me temo que no va a poder ser —le contestó educadamente—. Órdenes del médico —añadió mirando a Charlie Rosenthal, que estaba sentado a su izquierda.

—¿Qué tal, Dimitri? —lo saludó Rosenthal afablemente—. Espero que lo pase bien en la fiesta. Que también es su noche.

—Gracias, doctor Rosenthal —correspondió Avílov muy serio—. ¿Puedo preguntar qué lo ha traído a Estocolmo?

—Me hallo aquí por razones profesionales —contestó Charlie—. La doctora Coopersmith es mi paciente. ¿Puedo decírselo, Anya?

Ella asintió risueña.

—Es que Anya está encinta, profesor —dijo Charlie.

—¿Cómo? —exclamó Avílov boquiabierto—. Eso es imposible.

—Pues no —replicó Charlie—. Más que posible. No es ninguna novedad que se reanude la ovulación tras una interrupción prematura. Está más que documentado en la literatura científica. Si quiere bibliografía... Aunque, vaya, aquí tiene la prueba.

—Sí, claro —balbuceó el ruso casi sofocado—. Debe usted sentirse muy feliz, doctora Coopersmith —añadió con una forzada sonrisa.

—En efecto, ilustre académico —dijo ella aludiendo maliciosamente a su condición de ex soviético.

Como era de esperar, Dimitri se sintió herido en su orgullo al saber que Anya estaba encinta. Pese a los muchos años transcurridos, se sintió obligado a justificarse por lo que, paradójicamente, podían considerar un fracaso personal suyo.

—Pues nos hallamos ante otro triunfo de la ciencia —doctor Rosenthal.

—No —lo corrigió Anya—. Ha sido, pura y simplemente, un milagro.

La ceremonia de entrega del premio Nobel es como un concierto con numerosos solistas, cuyo acorde final no suena precisamente en el auditorio del Salón Dorado.

Porque, a primera hora de la mañana siguiente, los galardonados, que se alojan todos en el famoso Grand Hotel, se despiertan al son de los cantores que anuncian el advenimiento de Santa Lucía, con el que comienza en Suecia la Fiesta de la Luz.

Para todos ellos, espectadores privilegiados que podían ver

a los grupos de cantores a través de las ventanas de sus habitaciones, aquel momento tenía un significado muy especial.

Dimitri Avílov se sentía exultante ante el solo nombre de aquella festividad ligada al lugar de su triunfo. Y, sin embargo, al día siguiente del banquete con el que culminaba la celebración, su insaciable apetito de honores se había despertado de nuevo. Por desgracia para él, tan vacua ambición jamás le permitiría disfrutar de sus éxitos.

Para Anya, la nueva vida que alentaba en su interior no sólo le recordaba que, en cierto modo, Adam también había estado en la emblemática ciudad de la Ciencia sino que estaría con ella para siempre.

Isabel y Jerry miraban al grupo de cantores con las manos entrelazadas.

—Qué hermoso, ¿verdad? —musitó ella.

—Sí. Todo ha sido muy hermoso, Isa. Y lo mejor es que ya se ha terminado. Ahora podremos concentrarnos en algo importante de verdad.

—¿Ah sí? ¿Y se puede saber de qué se trata?

—De nosotros.

Ellos eran, en definitiva, su mejor premio.

Impreso en Talleres Gráficos
DUPLEX, S. A.
Ciudad de Asunción, 26, int., D
08030 Barcelona